Marion Schreiner

Die Scheune

Zur Autorin:
Marion Schreiner ist seit über zwanzig Jahren Schriftstellerin. Sie gründete einen Kleinverlag, dann eine Literaturgruppe und begann für die Fachzeitschrift »Kanada aktuell« und regionale Medien zu schreiben. Ihre Spezialität sind Thriller besonderer Art, die sie nach dem Opfer-Täter-Prinzip verfasst. Ihre erste Trilogie wurde sofort zum Beststeller und ihr Erstroman bekam 2014 eine Nominierung zum »Indie Author Award« auf der Leipziger Buchmesse, wo sie fünf Jahre infolge Gast war. Mittlerweile ist sie einer der beliebtesten Autoren unter den Thriller-Autoren und lebt seit 2016 an der Küste von North Devon.

Bücher von Marion Schreiner

Thriller:

Die Gelton-Trilogie
1. Teil Die Scheune
2. Teil Das blaue Haus
3. Teil Vielleicht gab es keine Schuld

Edition M - mörderisch gut
Stumme laute Schreie

Die Kale-Hatfield-Story
1. Teil Es blieb nur dieser Blick
2. Teil Lydias Haus
3. Teil Rachels Zimmer

Sach-und Erfahrungsbücher:

Deutschland adé - Eine Ausreise nach Kanada
Denkmomente 1 - habe ich das Asperger Syndrom?
Denkmomente 2 - habe ich das Asperger Syndrom?
Denkmomente 3 - habe ich das Asperger Syndrom?

Website: www.marionschreiner.com
Facebook-Fanpage: www.facebook.com/schreinermarion/
Email: schreinermar@googlemail.com

Marion Schreiner
Die Scheune

ISBN-13: 978-1540479518
ISBN-10: 154047951X

3. Auflage

Printed by CreateSpace Amazon

Covergestaltung: Marion Schreiner
Coverbild: Lizenz by Shutterstock
Technische Umsetzung/Layout: Michael Schreiner

Lektorat: Elke Krüßmann

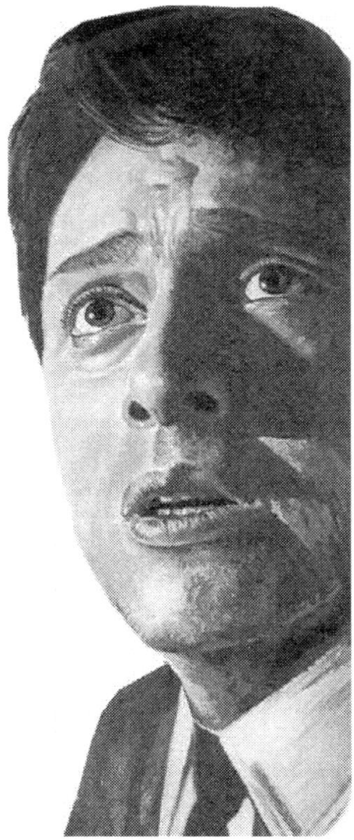

Dane Gelton

Vorwort:

Dies ist die Geschichte von Dane Gelton, wie sie in ihrer Art wahrscheinlich einmalig bleiben wird. Sie taucht ein in den Ursprung einer Vereinsamung, in die daraus resultierende Verworrenheit eines unglaublichen Denksystems und endet letztendlich mit einem vollkommen gestörten Verhalten.

Dane war fünfzehn Jahre lang mein bester Freund. Dann kam der Tag, an dem sich alles zwischen uns veränderte. Ich erfuhr plötzlich Dinge, die ich einfach nicht glauben wollte. Die plötzliche und schockierende Wahrheit über ihn verursachten in mir ein so starkes Chaos … ja, eine Fassungslosigkeit, aber auch Faszination, sodass ich begann, seine Geschichte aufzuschreiben. Sie existiert durch Gespräche, die wir führten, Briefe, die ich zu lesen bekam, und meine eigenen Beobachtungen, die ich machte. Aber auch von Hypothesen und Studien, die ich nach Aufarbeitung seiner Erkrankung mit verschiedenen Fachärzten der Neurobiologie, Psychologie sowie Psychiatrie guten Gewissens einbringen kann.

Mein Name ist Jim. Eigentlich heiße ich James Richard Clark, aber Freunde nennen mich einfach nur Jim. Ich bin Chirurg, 44 Jahre alt, und war viele Jahre im Cedars Sinai Medical Center in Los Angeles auf der Unfallstation tätig. Dort lernte ich Dane Galloway kennen. Er war neu in der Stadt, ungefähr in meinem Alter, und hatte sich sein rechtes Bein gebrochen. Damit war er in meine Behandlung gekommen, und wir verstanden uns auf Anhieb so gut, dass wir enge Freunde wurden. Da ich nichts von seiner Vergangenheit wusste, auch nie danach gefragt hatte, bekam unsere Freundschaft eine Art Makellosigkeit, etwas Unkompliziertes. Wir waren unvoreingenommen einander gegenüber und zweifelten keinen Tag an unserer gegenseitigen Aufrichtigkeit. Bei ihm war Fröhlichkeit stets an der Tagesordnung. Das machte ihn so beliebt bei mir und den anderen. In diesem Zusammenhang muss ich direkt Johnathan Gepart vorstellen.

Er ist der dritte in unserem Bunde und gute zwanzig Jahre älter als Dane. Er war der Freund meines verstorbenen Vaters, und wir haben nach dessen Tod einfach weiter Kontakt gehalten. Johnathan ist ein sehr angenehmer Zeitgenosse, der ständig von einem eigenen Lokal träumte. Wir hatten uns oft darüber unterhalten, aber nie hatte er den Mut besessen, seinen Traum wahr werden zu lassen. Das änderte sich, als er Dane durch mich kennenlernte. Dane suchte Arbeit und strahlte eine Energie aus, die uns beeindruckte. So nahmen die Dinge ihren Lauf. Dane und Johnathan verstanden sich auf Anhieb so gut, dass sie gemeinsam ein altes Gebäude mitten in Glendale kauften. Fünfzehn Jahre lang führten sie dort ein erfolgreiches Lokal, das sie *Running Horse* nannten.

Es waren die besten fünfzehn Jahre in unserem Leben.

Der Überfall

1978. Glendale/Kalifornien
Dane, 23 Jahre

Dane rannte die Straße entlang. Es regnete abscheulich und machte die Nacht dunkler, als sie war. Seine Schuhe traten in Pfützen, und aufspritzendes Wasser verschmutzte seine Hosenbeine. Oh, wie er das hasste! Während er rannte, wühlte seine rechte Hand bereits in der Jackentasche nach dem Schlüssel der Haustür. Als er davorstand, begann er frierend und durchnässt das Schlüsselloch zu suchen. Genau in diesem Moment peitschte ein Schuss durch die Nacht, unmittelbar an seinem rechten Ohr vorbei. Zeitgleich ertönte der Einschlag der Kugel in das schwere Holz der Eingangstür des *Running Horse*. Das ließ ihn panisch zusammenzucken und eine duckende Haltung einnehmen. Wer zum Teufel schoss auf ihn? Dane drehte sich geschwind um, und sein Blick erfasste eine große Gestalt in der Dunkelheit auf der anderen Seite der Straße. Der dichte Regen machte einen Blickkontakt unmöglich, aber Dane erkannte den großen Mann sofort. Es gibt Dinge, die man selbst nach zwanzig Jahren nicht vergisst, die man nie im Leben mehr vergisst.

Dane stand wie gelähmt vor der verschlossenen Tür und sah, wie sein einstiger Peiniger fortrannte. Er war fassungslos! Jetzt lebte er bereits seit sechs Monaten in Glendale und fühlte sich im Kreise seiner neuen Freunde wirklich wohl. Endlich hatte alles seine Ordnung: seine Tage und seine Nächte. Und es funktionierte. Er war zum ersten Mal in seinem Leben richtig glücklich.

Dane Galloway blickte traumatisiert auf das Einschussloch, während der Regen unablässig weiter auf seine Schultern niederprasselte. Die Kugel war direkt in der Höhe seines Kopfes eingeschlagen. Er stand dort und starrte nur noch auf dieses Loch, ein Loch, in das er mit all seinen Gefühlen hineinstrudelte.

1993. Fünfzehn Jahre später
Glendale/Kalifornien
Dane, 38 Jahre

Die Geschichte, die hier 1978 mit einem einzigen Schuss begann, war der Beginn einer unerbittlichen Jagd zwischen Dane und seinem einstigen Peiniger. Wir hatten von der Jagd all die Jahre nichts mitbekommen. Sie war wie ein unsichtbarer Film neben uns abgelaufen. Erst als sie in der Nacht vom 2. auf den 3. Mai 1993 für Dane ein bitteres Ende nahm, kam sie für uns ans Tageslicht. Leider war es nicht das wirkliche Ende. Es war nur der Anfang vom Ende. Aber es war das Ende unserer großartigen Freundschaft.

2. Mai 1993 – die besagte Nacht. Es war schon ziemlich warm in Glendale, wie immer um diese Jahreszeit. Ruhe lag über der Stadt, und immer mehr die Lichter in den Häusern verloschen. Nur aus dem *Running Horse* an der Ecke Roderick Place/ Weldon Avenue drang noch lautes Gelächter auf die Straße hinaus. Seit Stunden lachte, sang und erzählte man sich lautstark Ge-

schichten, was die Scheiben vernebelte und das Öffnen der Lokaltür unumgänglich machte. Das war höchst selten der Fall, denn das Lokal galt als ruhig und unauffällig. Fünfzehn Jahre waren es schon her, seitdem Dane und Johnathan dieses Lokal in der Stadt eröffnet hatten. Ich erinnere mich noch, als wäre es gestern erst gewesen. Sie hatten monatelang renoviert und das *Running Horse* schließlich im Juni 1978 eröffnet. Beide waren so stolz gewesen, besonders Johnathan. Endlich war sein Lebenstraum in Erfüllung gegangen. Das Lokal schlug wie eine Bombe ein. Johnathans Erfahrungen in der Gastronomie und Danes Organisationstalent neben seiner immer fortwährenden, temperamentvollen Fröhlichkeit lockten unzählige Gäste an. Wir waren jeden Tag aufs Neue fasziniert, wenn wir Dane im Lokal beobachteten. Er hatte zweifellos ein Talent im Umgang mit Gästen. Sie fühlten sich willkommen und entspannt, wenn sie das Lokal betraten.

Johnathan war schnell klar, dass die Entscheidung, zusammen mit Dane dieses Gebäude zu kaufen, die beste seines Lebens gewesen war. Als zweigeschossiges Gebäude nutzten sie unten den Platz für das Lokal, wogegen sie oben zwei großzügige Apartments bewohnten. Dort fand jeder einen Ort für sein Privatleben. Für Dane eine äußerst wichtige Angelegenheit, die wir alle während der Zeit unserer Freundschaft nicht ermessen konnten. Wir wussten nicht, was sich in seinen vier Wänden alles abspielte, ich meine, was sich zusätzlich in seinem Kopf abspielte. Oder was er so trieb. Vor uns erschien er immer fröhlich, und wir beneideten ihn um seine Eigenschaft, aus jedem Stress eine Freude zu machen. Johnathan war ein unkomplizierter Freund für ihn. Dadurch ließ er wahrscheinlich auch eine Art Vater-Sohn-Beziehung zu. John jedenfalls genoss diesen jungen Kerl wie seinen eigenen Sohn. Manchmal wussten beide nicht, wie sie eigentlich aneinander gebunden waren, privat oder geschäftlich. Sie verbanden es auf eine beeindruckende Art und Weise.

Johnathan ist ein sehr ruhiger Zeitgenosse, also ganz anders als Dane. Er war in einem Kinderheim groß geworden, nachdem er seine Eltern durch einen Autounfall verloren hatte. Diese Zeit war prägend für ihn gewesen und hatte ihn zu einem verschlossenen und nachdenklichen Menschen werden lassen. Seit seiner Volljährigkeit hielt er sich mit Jobs über Wasser, angefangen vom Schuhputzer bis hin zum Kellner. Eines Tages entstand in ihm der große Traum, ein eigenes Lokal zu besitzen. Leider hatte sich dieser Traum nicht verwirklichen lassen, weil er seine Zurückhaltung und Unentschlossenheit nicht überwinden konnte. Auch seine Beziehungen zu Frauen scheiterten an diesen Eigenschaften. Er hatte kaum Freunde. Mein Vater war einer von ihnen gewesen. Johnathan strahlte immer eine Art Trägheit aus, als würde sein Leben nur aus Arbeit und Schlafen bestehen. Das änderte sich kolossal, als ich ihm Dane Galloway vorstellte. Dieser lockte ihn sofort mit seinem jugendlichen Temperament aus der Reserve und setzte bei ihm Eigenschaften frei, die wir in ihm nie vermutet hätten. In Johnathan schlummerten wahre Talente. Dane ermutigte ihn, dieses Gebäude mitten in Glendale zu kaufen und endlich seinen Traum wahr werden zu lassen. Johnathan bestand damals darauf, Dane als gleichwertigen Partner einzusetzen. Dane hatte den gewissen Biss. Er war eben völlig anders als Johnathan. Er kannte kein großes Nachdenken und vor allem keine Tabus. Manchmal war seine Art, über alles zu lachen, wirklich anstrengend und nervend, aber das sprach ihm nicht die Ernsthaftigkeit gewissen Dingen gegenüber ab. Uns beeindruckte sein Scharfsinn, verborgen zwischen Fröhlichkeit und einer gewissen Ignoranz.

Wir alle mochten Danes Augen. Sie waren dunkelbraun und klar und lächelten irgendwie immer. Sie hatten etwas Sympathisches, etwas, das Vertrauen ausstrahlte. Er war ein gut aussehender Mann. Nicht so groß, dass die Frauen zu ihm aufsehen mussten, aber immer noch angenehm anzusehen. Sein dunkelbraunes Haar trug er kurz und immer korrekt gekämmt. Es war kräftig und glänzte. Seine Kleidung im Lokal war stets schwarz. Dane legte großen Wert auf sein äußeres Erscheinungsbild und erhielt sich mit viel Sport eine äußerst attraktive Figur. Das mochte Johnathan besonders an ihm. Sie waren eben ein Team, das hervorragend funktionierte.

Heute, in der Nacht vom 2. auf den 3. Mai, brachten sie ihre gegenseitige Freundschaft wieder zum Ausdruck. Es war Johnathans 60. Geburtstag.

Alle erwarteten, dass Dane eine großartige Party organisieren würde, und er enttäuschte uns nicht. Wann hatte er uns je enttäuscht? Viele Gäste waren geladen und erschienen gut gelaunt, um dieses Fest mit Johnathan zu feiern. Seit Dane in sein Leben getreten war, trug er sein Alter mit Stolz. Die Falten, die sich nun deutlich in seinem Gesicht zeigten, waren Überbleibsel ausgedehnter Lachsalven, und das graue Haar eine Farbe des Stolzes.

Dane hatte einen prächtigen Mann aus ihm gemacht. Und nun war es wichtig, ihn gebührend in das Alter der Sechzigjährigen zu begleiten, wie er so schön sagte. Also peitschte er gut gelaunt das Stimmungsbarometer in die Höhe und genoss den Abend.

Ich konnte an diesem besagten Abend leider nicht anwesend sein, weil ich meinem Bereitschaftsdienst im Krankenhaus nachkommen musste.

Die Feier bewegte sich gegen Mitternacht auf ihren Höhepunkt zu. Ein Raunen ging durch den Saal, als vier Männer eine riesige, unechte Torte zur Bühne trugen. Johnathan fühlte blankes Entsetzen in sich aufsteigen. Er wollte flüchten, aber ein strafender Blick von Dane ermahnte ihn, sich zusammenzureißen. Es war die Idee seiner Gäste gewesen, sagte er, nicht seine. Laute Musik eröffnete die Show. Langsam hob sich der Deckel der Torte in die Höhe und blond gelocktes Haar erschien. Johnathan erstarrte!

Dane hielt sich in dieser Zeit hinten an der Theke auf und lächelte der Show genussvoll zu. Er fühlte sich in blendender Stimmung und ließ sich von Susie, der Bedienung, ein Glas Gin einschenken. Dann nippte er wohlwollend daran, während er sich die Stripperin ansah. Als das Glas leer war, verlangte er nach einem zweiten. Susie lächelte und stellte ihm gleich die ganze Flasche hin. Sie wusste bereits, wie gerne er Gin trank.

Dane schenkte sich nach, und Susie sah, wie sich sein Gesichtsausdruck plötzlich veränderte. Er wirkte von einem auf den anderen Moment abwesend. Dachte er an Joan?

Dane hatte vor einigen Wochen eine Frau kennengelernt, die ihn wirklich zu faszinieren schien. Zuvor hatte er immer nur oberflächliche Bekanntschaften gehabt. Diesmal schien er eine Frau gefunden zu haben, die wohl zum großen Teil seine Vorstellungen von einer Lebenspartnerin erfüllte. Zumindest so weit, dass er ein gutes Gefühl bei ihr hatte, wie er mir am Telefon einmal überraschend mitteilte. Es war das erste Mal, dass Dane sich wagte, über seine Gefühle zu sprechen.

Johnathan mochte diese Joan nicht. Es war so ein Gefühl. Sie nahm ihn nicht nur aus unserem Freundeskreis fort, sondern auch von seinem Geschäftsleben. Danes korrekter Buchführung und Kalkulation war es mitunter zu verdanken, dass das *Running Horse* so erfolgreich lief. Er hatte ein Händchen dafür. So bemerkten wir alle natürlich, als sein Einsatz nachließ, weil er viel Zeit mit Joan verbrachte.

Ich habe Joan nie persönlich kennengelernt und hatte gar kein Gefühl, weder für noch gegen sie. Dane erzählte nur zögernd von ihr, und auch nur dann, wenn ich gezielt fragte. Aber es war schon auffallend, wie unangenehm ihm persönliche Fragen waren. Im Nachhinein fiel uns auch auf, dass er Joan von uns ferngehalten hatte. Ob es Absicht oder Zufall gewesen ist, wir wissen es nicht.

Johnathan hatte sie nur einmal gesehen, als sie im Lokal auftauchte und Danes Aufmerksamkeit auf sich zog. Er setzte sich zwischen seiner Arbeit immer wieder zu ihr an den Tisch und die beiden verfielen in ein angeregtes Gespräch. Da wurde Johnathan bewusst, dass diese Frau anders war als die, die ständig Danes Aufmerksamkeit im Lokal auf sich zu ziehen versuchten. Dane war derzeit wahrlich ein begehrter Junggeselle. Es war sicherlich seinem Charme zu verdanken, so viele weibliche Gäste begrüßen zu dürfen. Sie kicherten und flüsterten, wenn er sie bediente. Er alberte mit ihnen herum und gab jeder Frau das Gefühl, etwas Besonderes zu sein. Ein Teil seines Erfolgskonzepts, das jedoch nie zu einer ernsthaften Beziehung führte. Das war bei dieser Joan völlig anders. Sie kicherte und alberte nicht mit ihm herum. Sie war still und wirkte geheimnisvoll, sagte Johnathan. Ihr kurzes, dunkles Haar und die schwarze Kleidung übten auf Dane eine besondere Anziehungskraft aus. Sie war gutaussehend, mit großen, braunen Rehaugen und Lippen, die einem Herz glichen. Dane wirkte seit dem Moment ihrer Begegnung viel ernster, als hätte sie ihm seine Lässigkeit geraubt. Sein Gesicht zeigte hin und wieder eine Röte, die wir nicht kannten. Ein Zauber hatte ihn eingefangen und sein Temperament sichtlich gezügelt. Er war verliebt.

Nun stand er an Johnathans Geburtstag alleine hinten an der Theke und trank bereits sein viertes Glas Gin. Dann ein fünftes. Nachdem er die Flasche geleert hatte, überkam ihn ein Gefühl von Einsamkeit. Joan war nicht erschienen, obwohl sie eingeladen war. Es war zwar gegen Johnathans Wunsch geschehen, aber sie war jetzt die Frau an seiner Seite.

Susie registrierte, wie sein Blick sich versteinerte und er genug getrunken hatte. Sie gab ihm das Zeichen, für heute Schluss zu machen. Der Strip war vorbei und Johnathan missgelaunt. Jeder wusste doch, wie unsicher er Frauen gegenüber war. Die Show war zum Spaß der anderen geworden. Dane schwieg und sah erschöpft aus. Er war müde und zu nichts mehr zu gebrauchen, nicht einmal mehr, um gute Stimmung zu verbreiten. Sein Blick auf die Uhr teilte ihm mit, dass es bereits nach zwei war. Er gab Johnathan ein Zeichen für seinen Rückzug und suchte leicht schwankend den Weg hinauf in sein Apartment. Dort entledigte er sich seiner Kleidung und fiel erschöpft ins Bett. Warum war Joan nicht erschienen?

1978, fünfzehn Jahre früher

Dane lag mit offenen Augen im Bett. Er konnte nicht schlafen, wie so oft in letzter Zeit. Seit diesem Schuss waren seine Gefühle durcheinander gekommen. Es war nicht der Schuss gewesen, der ihn verwirrte, es war der Mann, der wieder präsent in seinem Leben war und dem er eigentlich nie wieder begegnen wollte. Doch heute hatte er den zweiten Schuss auf ihn abgefeuert, genau zwei Wochen später als den ersten. Es hatte ihn im Forest Lawn Memorial Park erwischt, wo er sich gerne zur Mittagszeit aufhielt. Dane erzählte mir einmal, dass Grabsteine auf ihn beruhigend wirken. Darüber mussten wir beide lachen, das heißt, eigentlich habe nur ich gelacht. Dane hatte aus Sympathie mit gelacht.

Doch diesmal war der Schuss nicht vorbeigerauscht. Die Kugel hatte seinen rechten Arm gestreift. Nichts Beunruhigendes, aber es blutete. „Lass mich in Ruhe!", hatte Dane dem Schützen hinterher geschrien, aber der Mann verschwand wieder so schnell, wie er erschienen war. Was nützte die Bitte, endlich Ruhe zu geben? Wer eine Waffe einsetzte, hegte nicht die Absicht, Ruhe zu geben.

Dane beseitigte seine blutdurchtränkte Jacke und das Hemd in einer Plastiktüte im Mülleimer seines Apartments.

Jetzt lag er da und fühlte den Schmerz am Arm. Die Wunde hatte er mit Desinfektionsmittel und Verband versorgt.

Was sollte er jetzt tun? Wie sollte er reagieren? Zweimal war er einer mehr oder weniger tödlichen Kugel entwischt. Die dritte könnte tödlich sein. Ihm kam der Gedanke, dass es das Beste wäre, die Polizei einzuschalten. Es ging ihm hier wirklich gut. Warum sollte er das ändern, nur um sich wieder mit diesem Schwein herumzuschlagen? Und was konnte die Polizei schon tun? Ihn unablässig beobachten? Das war kaum möglich. Das wollte er auch nicht. Niemand hatte zu wissen, wo er sich in seiner Freizeit aufhielt.

Dane sah auf seine Wunde am Arm. Es war nur eine kleine Wunde, aber es war schon mehr als beim ersten Mal. Wie weit würde der Schütze gehen? Würde er ihn wirklich umbringen wollen? Das war im Grunde nicht mehr nötig, denn er hatte ihn bereits getötet – innerlich, vor vielen Jahren.

Plötzlich durchzog ihn ein Kribbeln. Eine bisher unbekannte Lust stieg in ihm auf und es begann sich etwas in ihm zu verändern. Sein Leben hier mit Johnathan war hart. Das Lokal forderte große Disziplin und belohnte ihn selten mit Freizeit. Aber es war prima – in jeder Hinsicht. Es war eine erfolgreiche Sache. Er hatte mit Johnathan bisher viel zu lachen gehabt, aber das Loch in der Eingangstüre des *Running Horse* war nun mal da – schon seit zwei Wochen.

Dane lächelte plötzlich, als ihm erstmals der Gedanke kam, wie amüsant es ohne Polizei werden könnte. Wie viel Spaß würde es ihm bereiten, diesen Kampf unter Ausschluss der Öffentlichkeit auszutragen? Wie würde es sich anfühlen, am Abgrund zu stehen und doch nicht hinabzustürzen? Ein Richter über alles zu werden? Kein Gesetz, das eingreifen würde, keine Grenze, die gezogen werden würde. Ein Kampf ungeahnten Ausmaßes. Die Revanche für ein verlorenes Leben. In ihm entwickelte sich dieses neue Gefühl wie eine zweite Hälfte, die ihm schon immer in seinem Leben gefehlt hatte. Jede Schwäche hat seine Stärke, dachte er. Es war Zeit, die Schwäche hinter sich zu lassen und der Stärke die Macht zu geben. Diese Macht formte sich und entwickelte eine Eigenständigkeit. Am nächsten Morgen stellte Dane erregt fest, dass dieses neue Gefühl vollkommen in ihm war, als gehörte es schon immer zu seinem Leben. Damit bereitete er sich innerlich auf einen Kampf vor, den er zwar schon einmal verloren hatte, aber diesmal lagen die Dinge anders. Diesmal würde er nicht mehr verlieren. Und … diesmal würde es *ihm* Spaß machen!

1993, fünfzehn Jahre später

Es war 3.10 Uhr in der Nacht, als das Telefon Dane wieder aus dem Schlaf riss. Desorientiert und um sich tastend fand er den Lichtschalter. Die Erschöpfung saß nun noch tiefer in seinen Knochen als vor einer Stunde – ebenso der Alkohol. Das Treiben unten schien ruhiger geworden zu sein. Schlaftrunken griff er nach dem Hörer. „Ja, hallo?“, kam es müde aus seinem Mund. Er roch seine eigene Fahne. Eine weibliche Stimme wimmerte ihn durch den Hörer an: „Dane? Hier ist Joan! Du musst mir helfen! Ich stecke in Schwierigkeiten! Ich bin auf der

Palloma Street 34. Komm schnell!"

Ehe Dane die dringenden Worte, die ihm schmerzend ins Ohr drangen, sortieren konnte, war die Verbindung beendet. Verwirrt starrte er auf die Sprechmuschel seines Apparates und versuchte, seine Gedanken zu sortieren. Joan!

Der Name riss ihn endgültig aus dem Schlaf und ließ ihn aufrecht sitzen. Sein Atem beschleunigte sich, und verzweifelt versuchte er, ihre Worte wiederzufinden. Joan steckte in Schwierigkeiten! Das erklärte auch ihre Abwesenheit auf Johnathans Feier. Damit war er hellwach. Dane sprang aus dem Bett und kleidete sich mit wenigen Handgriffen an. Er langte nach dem Autoschlüssel und verzichtete auf Ordnung jeglicher Art, was ihm sonst unerlässlich schien. Seine Bewegungen waren rein mechanisch, bis ihm einfiel, für Johnathan eine Nachricht zu hinterlassen, falls er bis zum Frühstück nicht zurück sein würde. Das tat er immer. Das hatte die Zeit ihrer Freundschaft ihm zur Angewohnheit werden lassen. Er überlegte und schmierte auf ein leeres Blatt Papier neben dem Telefon: *Bin bei Jim, Dane.*

Um unerwünschten Fragen aus dem Weg zu gehen, war ich immer ein guter Vorwand. Ich war neben Johnathan sein bester Freund, oder besser gesagt, wir hatten eine andere Freundschaft als die, die er mit Johnathan pflegte. Da wir fast gleich alt waren, verbanden uns andere Interessen. Wir tranken guten Gin zu guter Musik und hatten einmal gemeinsam Schiffbruch erlitten, als wir meinen dreißigsten Geburtstag feierten und mitten in einer großen Wasserpfütze einschliefen, bis die Polizei uns fand und für eine Nacht in die Ausnüchterungszelle steckte. Wir sangen Lieder in der Nacht am Strand von St. Monica und gaben uns stundenlang schweigend dem Rauschen des Pazifiks hin. Ich könnte unzählige Momente aufzählen, die mein Leben durch ihn wirklich bereichert haben. Er hat mich verändert, ohne es zu bemerken. Bevor ich Dane traf, war ich verheiratet gewesen. Meine Ehe konnte dem Stress und der häufigen Bereitschaft in meinem Beruf nicht lange standhalten. Hinzu war ein unerfüllter Kinderwunsch gekommen, was zweifellos an mir gelegen haben muss.

Dane hat meine Exfrau nie kennengelernt, auch nie nach ihr gefragt oder mir einen Vorwurf wegen der Scheidung gemacht. Ja, so war eben mein Freund. Er ließ jeden sich selbst sein und kritisierte niemals persönliche Entscheidungen. Meine Exfrau wohnt jetzt in New York.

Nachdem Dane die Nachricht geschrieben hatte, legte er sie auf Johnathans Nachtkonsole und hoffte, sich damit die Ruhe zu verschaffen, die er jetzt brauchte, um Joan zu finden. Er rannte die Treppen hinunter, vorbei an dem Lokal, und blickte noch einmal flüchtig zu den letzten Gästen der Feier. Johnathan wartete mit großen Sprüchen auf und sah Dane nicht verschwinden. Nur Susie sah noch kurz seinen Schatten. Der raue Motor seiner geliebten 73er Corvette hinterließ nichts weiter als ein störendes Geräusch mitten in der Nacht am Roderick Place.

*

Die Corvette war etwas ganz Besonderes in seinem Leben. Er hatte sich diesen Wagen von seinem ersten selbstverdienten Geld mit dem Lokal gekauft. Sie gehörte zu seinem Leben wie das Loch, in das er immer wieder fiel. Eine seltsame Erregung beherrschte dann sein Leben, aber davon wusste niemand etwas. Er hatte sich in langen Nächten mit Meditation eine so perfekte Selbstbeherrschung erarbeitet, dass nichts mehr durch sie hindurch dringen konnte. Er präsentierte sich überall als ein gradliniger, aufrichtiger und herzensguter Freund, den nichts erschüttern konnte. Es wäre falsch zu behaupten, dass wir ihn je unglücklich gesehen hätten. Er trennte fein säuberlich seine Freunde und das Berufsleben von dem Loch. Das war nur einem zugänglich, einem, der ihm dieses Loch geschaffen hatte.

Dane selbst teilte mir erst lange Zeit später mit, dass er ihn lächerlicherweise Lochschaufler nannte. Wenn man den Hintergrund kennt, kann man diese Bezeichnung verstehen. Dane wusste, dass ihm das Loch Dunkelheit und Kälte bescherte. Immer, wenn er sich in diese zweite Welt hinabließ, tat er Dinge, für die die anderen kein Verständnis gehabt und die ihn bitter dafür bestraft hätten. Also tat er sie heimlich. Je öfter er sich darin befand, desto mehr liebte er das Schwarze darin. Er liebte es, einen Ort für seinen Hass, für seine Wut und seine Rache gefunden zu haben. Gefühle, von denen wir nichts wussten. Die Befriedigung, die er schließlich in dem Loch fand, ließ ihn dann der Mensch sein, den wir alle kannten. So zeigte er sich vor uns immer gut gelaunt und glücklich. Und nur so sahen wir ihn.

*

Dane raste auf den Freeway 2 South Richtung Downtown. Sein Kopf schmerzte. Die Angst um Joan nahm ihm jede Beherrschung im Verkehr. Der Alkohol verursachte ihm zusätzlich Schwierigkeiten, sich kollisionsfrei auf dem Freeway einzuordnen. Die Vernunft wies ihn an, die Finger vom Steuer zu lassen, aber Joans drängender Anruf ließ ihn jede Vernunft außer Acht lassen. Was ihr auch Schwierigkeiten machte, er würde sie da herausholen.

Die Lichter der Gegenfahrbahn blendeten ihn, und Panik ergriff ihn. Er konnte die Straße nicht finden. In welcher Art von Schwierigkeiten mochte sie steckten? Lebensgefährliche? Dane irrte weiter durch die dunklen Straßen. Dann fand er sie – die Palloma Street – und bog ein. Etwas wirkte ungewöhnlich in dieser Straße. Sie war unbewohnt. Die Straßenlaternen warfen lange, einsame Schatten über den leeren Asphalt, denn nicht ein Wagen parkte am Seitenstreifen. Was hatte sie hier verloren?

Dane versuchte, sich an den Klang ihrer Worte zu erinnern. Joan hatte sehr ängstlich geklungen. Sie befand sich in Schwierigkeiten, die einen nächtlichen Anruf wohl notwendig machten. Dane rang nach Luft. Er fühlte Schweiß auf seiner Stirn, etwas, das er selten spürte. Er tastete nach seinem Revolver, der unter dem Beifahrersitz lag. Dann schüttelte er den Kopf. Nein, er brauchte das Ding nicht. So schlimm konnte es schon nicht sein. Er ließ die Corvette vor der Nummer 34 anhalten. Nichts deutete auf Joans Anwesenheit oder gar ein Verbrechen hin. Der Motor des Wagens verstummte, und die Scheinwerfer klappten sich nach innen, als wären sie nie da gewesen. Er stieg aus und blickte kurz auf den glänzenden Lack seiner Corvette. Dann spürte er, wie seine Beine ihn zum Eingang des Hauses trugen, während sein Blick die Fassade hinauf glitt. Dunkle, schwere Gardinen hingen hinter alten, verfaulten Fenstern. Alles war ruhig – zu ruhig. Er stand vor der großen Eingangstüre und sah, dass sie nur angelehnt war, was in großen Mietblocks nicht ungewöhnlich ist. Im Flur breitete sich tiefe Dunkelheit aus. Statt eines Lichtschalters ragten nur ein paar Kabelenden aus der Wand. Von Joan fehlte jede Spur. Nirgendwo brannte ein Licht, das ihn von der Dunkelheit befreit hätte. Rechts nahm er schemenhaft die offene Tür einer verlassenen Wohnung wahr. Irgendwo in diesem Haus musste sie sein. Er erinnerte sich: Palloma 34. Er war richtig und ging lautlos zur Wohnungstür. In der Wohnung schien Licht zu brennen, oder war es nur die Straßenlampe, die ihren Lichtstrahl durch eines der Fenster warf? Nirgendwo brannte ein Licht. Die Wohnung war verlassen. Er sah ein paar Holzkisten, umgekippte Stühle, einen alten Holztisch und verfaulte Holzbretter, die auf dem Boden herumlagen. Es roch nach Moder und eisenhaltigem Wasser.

Dane trat ein. Sein Gefühl teilte ihm eindringlich mit, zu verschwinden, aber er dachte an Joans flehende Stimme. Feigheit war nie sein Ding gewesen, schon als Kind nicht. Er lief nicht weg.

Das Holz in der Dunkelheit verformte sich zu bizarren Schatten. Er fühlte sich plötzlich beobachtet, und sein Blick fuhr nach links. Er sah die Tür eines weiteren Zimmers. Dann hörte er plötzlich eine Bewegung. Es roch nach Alkohol. Nicht nach dem Alkohol, den er getrunken hatte – Gin –, nein, es war Schnaps. Er war nicht alleine! Das Geräusch kam von hinten. Dane fuhr herum. Damit wurde ihm klar, dass er einen großen

Fehler begangen hatte!

Dane sah in die Augen eines recht jungen, großen, schwarzhaarigen Mannes, der sich breitbeinig vor ihm aufbaute. Er roch nach Urin und Schnaps, eine Mischung, die Dane abscheulich fand. Er sah geblendet vor Ekel zur Seite und suchte direkt nach einer Möglichkeit zur Flucht. Dann sah er wieder zu dem Schwarzhaarigen und versuchte, dessen Schnelligkeit abzuschätzen. Ein plötzlicher Schrei zerschmetterte seine Überlegungen! Joan erschien in der linken Tür. „Dane, lauf weg!", schrie sie. Gepackt von einem zweiten Mann wurde sie wieder in das angrenzende Zimmer hineingezerrt. Dane starrte wie gelähmt auf die zugeschlagene Tür. Sie war also doch hier! Sie hatte nicht gelogen! Und sie war in Gefahr! Was hatte sie ihm verheimlicht?

Ein weiteres Geräusch ließ ihn nach rechts schauen. Ein dritter Mann erschien hinter einer Kiste. Dann ein vierter, ein fünfter. Wo kamen sie nur alle her?

Dane erkannte schnell seine Situation und hob als Zeichen seiner Unterlegenheit beide Hände in die Höhe. Hass attackierte seine Gedanken, und er schloss wütend beide Augen. Jetzt war er in die Falle von fünf verfluchten Junkies gelaufen. Was zur Hölle war hier los? Dann schlug es wie ein Blitz in seine Gedanken: Sie wollten gar nicht Joan, sie wollten ihn! Der Hilferuf war inszeniert und Joan nur der Köder gewesen. Der Gin hatte ihn heute alles falsch machen lassen. Er dachte an seine Nachricht für Johnathan: Bin bei Jim. Er dachte an die Falle, die er sich selbst damit gestellt hatte, und ihm wurde schlecht. „Keine Chance mehr?", fragte er mit erhobenen Händen und wusste, dass sie einen Auftrag zu erfüllen hatten. Kein persönliches Interesse, reiner Job. Alles, was zählte, war das Geld, das sie dafür bekamen. War es wenig, würde es nur bitter werden. Vielleicht ein paar Brüche. Eine Lektion eben. War es viel, würde es um Leben und Tod gehen.

Die Männer kamen langsam zusammen und bauten sich um ihn herum auf. Sie lachten, und ihre Blicke wurden zu Worten. Damit wusste Dane, dass es nicht nur bitter werden, sondern wirklich um Leben und Tod gehen würde. Einer holte zum Schlag aus. Dane wollte ausweichen und anschließend flüchten. Er baute auf seine Flinkheit, doch stattdessen spürte er den Schlag gegen die linke Wange. Das ließ ihn taumeln. Benommen sah er den Boden unter sich schwanken. Warmes Blut lief seinen Hals hinunter. Der nächste Schlag quetschte seinen Magen zusammen. Das ließ ihn ungewollt würgen. Er wollte zurückschlagen, aber zwei Männer unterbrachen ihn inmitten der Bewegung, indem sie ihn packten und seinen linken Arm gewaltsam nach hinten drehten. Ein tiefer, bohrender Schmerz durchdrang ihn. Da erst wurden ihm die Zusammenhänge bewusst. Der Lochschaufler hatte sie beauftragt. Hatte er auch Joan gekauft?

„Ihr seid Schweine!", brüllte er voller Wut, spuckte Blut und dachte an Joan. Hatte sie freiwillig mitgespielt? Hatte sie nur mit seinen Gefühlen gespielt? Sollte er jemals lebend aus dieser Sache herauskommen und es sollte sich herausstellen, dass sie von Anfang an dazugehörte, dann würde sie die Erste sein, die er jagen und die er töten würde! Seine Wut ging in blanken Hass über und brachte ihn zur Raserei. „Warum kommt er nicht selbst?! Warum schickt er so erbärmliche Schweine wie euch?!", schrie er und wusste doch, dass es nichts an der Situation ändern würde. Der Schwarzhaarige lachte. Damit erhielt Dane seine Antwort und versuchte sich frei zu raufen, aber er brachte die Schlägerei damit erst richtig in Gang. Ein Hagel von Schlägen sauste auf ihn nieder. Gedanken schwanden. Mit offenem Mund ging er in die Knie und taumelte zwischen Licht und Dunkelheit. Sie ließen ihn zu Boden sinken.

Einer der Männer trat mehrmals in den zusammengesackten und wehrlosen Leib. Dane verlor zunehmend seine Besinnung, als er plötzlich wieder seinen Namen hörte. „DANE!!", schrie jemand. Es war Joan, die sich erneut befreit hatte und in das Zimmer zurückgeeilt war. Einer der Männer packte sie und zerrte sie wieder zurück.

Sie hatte von Anfang an gewusst, dass es eine miese Sache werden würde. Umso mehr war sie erstaunt gewesen, wie sehr

Dane ihr vom ersten Tag an vertraut hatte. Der Auftrag wurde in dem Moment schwer für sie, als sie ihn zu mögen begonnen hatte. Aber sie mochte auch das Geld, das man ihr bot. Es war schwierig abzuwägen, was ihr wichtiger erschien. Die Entscheidung fiel schließlich zugunsten des Geldes. Jetzt tat ihr seine Aufrichtigkeit leid, denn er war so ein prima Kerl – auch im Bett. Man hatte ihr etwas von Anlocken gesagt, aber nicht von Mord. Man hatte ihr auch nicht gesagt, dass sie dabei sein würde. Sie hörte, wie die Männer Dane auslachten. Sie ergötzten sich daran, ihre Stärke an ihm als Unterlegenem zu messen und jagten ihren Trieb in immer höhere Dimensionen. Sie hoben ihn hoch, schleiften ihn über den Boden bis hin zu dem alten Holztisch und warfen ihn vornüber. Widerstandslos blieb er liegen. Dane spürte, wie sein rechtes Auge anzuschwellen begann und sein Rachen von Blut durchtränkt war. Plötzlich fühlte er die Nacktheit seines Unterleibes, als ihm die Situation bewusst wurde. Übelkeit stieg in ihm hoch, dann eine große Verzweiflung, sich nicht dagegen wehren zu können. Vergeblich bemühte er sich, sich noch einmal aufzurichten, musste dann aber jene Demütigung ertragen, die er sein Leben lang nie mehr vergessen würde. Die Übelkeit überkam ihn bis hin zum Erbrechen. Der Gin presste sich durch die Speiseröhre nach oben, und er gab die säuerliche Flüssigkeit frei. Eine große Lache bildete sich auf dem Boden unter seinem Gesicht. Er spürte mit jedem Stoß die Erniedrigung, gegen die er nichts mehr ausrichten konnte. Er versuchte zu schreien und inhalierte krampfhaft den ersten Sauerstoff nach seiner Kotzerei. Seine Stimmbänder krächzten, und er reizte sie aus, bis ihm ein erbärmlicher Schrei über die Lippen kam. Wie ein Irrer, ein Wahnsinniger schrie er: „NEIIIN!!“ Seine Hände wurden zu Fäusten, und seine Gedanken explodierten. Ein so neues Gefühl und doch so alt, als hätte er es erst gestern noch verspürt.

Es blieb nicht bei einem Mann. Es folgte ein zweiter, ein dritter. Dann konnte Dane nicht mehr zählen. Sein Bewusstsein gab ihn frei und erlöste ihn von den Schmerzen. Es nahm ihm die Erniedrigung und ließ ihn nichts mehr spüren.

Irgendwann ließen die Männer von ihm ab und schmissen ihn wie Abfall vom Tisch. Es war nur ein dumpfer Knall. Die Arme platschten, und der Kopf knallte auf harten Beton. Einer der Männer beugte sich zu Dane herunter, packte ihn am Haarschopf und riss sein Gesicht in die Höhe. „Das wolltest du doch so, nicht wahr?“ „Der ist hin“, sagte ein anderer. Und er hatte recht. Alles war weg: seine Fröhlichkeit, sein Lachen und seine strahlenden Augen. Er lag da – gebrochen und badete in seinem eigenen Blut.

Irgendwann kehrte Ruhe ein, als wäre nichts geschehen. Das Haus war unbewohnt.

1979, vierzehn Jahre früher, Dane, 24 Jahre

Dane lag mit offenen Augen im Bett. Da ihn immer öfter eine starke innere Unruhe zu plagen begann, erlernte er die Meditation. Gestern Abend war sie wieder nötig gewesen. Sie hatte seinen Verstand geschärft und ihn sicherer gemacht.

Er wollte herausfinden, wie weit der Lochschaufler gehen würde und wann er die Grenze erreichen würde, dass Dane sich aufgefordert sah, zurückzuschlagen.

Als er vorgestern die Ausgangstür des Memorial Coliseum passierte, überraschte ihn ein erneuter Angriff. Es war wieder niemand in unmittelbarer Nähe gewesen. Das Geschoss war durch einen Dämpfer kaum hörbar gewesen, aber Dane hatte ein lautes Geräusch vernommen, als die Kugel durch die Glasscheibe der Tür brach. Sie hinterließ nichts weiter als ein kleines Loch. Aber dann erwischte der Lochschaufler ihn trotz großer Vorsicht auf dem Parkplatz vor dem Supermarkt. Das Geschoss durchschlug seinen linken Oberschenkel, knapp am Muskelgewebe vorbei. Dane ging mit stummen Schmerzensschreien in die Knie. Jetzt war der Lochschaufler eindeutig zu weit gegangen. Jetzt hatte er ihn an den Abgrund getrieben!

Ein Arztbesuch war nun unerlässlich, zumal ihm eine Passantin zu Hilfe eilte und einen Rettungswagen anforderte. Dem

Arzt erzählte er von einer Gruppe Jugendlicher auf dem Parkplatz. Die hätten mit einer Waffe herumgespielt und wären davongerannt, als sich der Schuss gelöst hatte. Damit war die Aussage aktenkundig, aber sinnlos.

Zu Hause kümmerte sich Johnathan um ihn.

Dane kaufte sich eine Waffe.

1993, vierzehn Jahre später

Ich hatte gerade meinen Bereitschaftsdienst im Krankenhaus beendet und war erschöpft in mein Bett gefallen, als mich der erschütterte Anruf einer Frau wieder aus dem Schlaf riss.

„Schnell", bettelte sie, „Palloma Street 34! Sie tun ihm Schreckliches an, sie töten ihn!"

Ich hörte ein Handgemenge im Hintergrund, dann das Freizeichen. Die Verbindung war unterbrochen worden. Verwirrt hielt ich es anfangs für einen dummen Scherz in der Nacht, ein Scherz, wie er oft zu Tausenden die wirklich ernsten Notrufe in L.A. blockierte. Doch die verzweifelten Worte dieser Frau geisterten wie eine Spukgeschichte durch meine Gedanken und machten jeden Versuch, wieder in den Schlaf zu finden, unmöglich. Ich fühlte mich wie abgeschnitten von der Nacht und begann mich unruhig im Bett hin und her zu wälzen. Dann gestand ich diesem Anruf endlich Ernsthaftigkeit zu. Ich hatte nicht viele Menschen in meinem Leben, die mir wirklich wichtig waren. Mit den Patienten war es etwas anderes, nicht die Wichtigkeit, die diese Frau mit ihren Worten bei mir zu erreichen versucht hatte. Von wem, zum Teufel, hatte sie gesprochen? Etwa Dane? Wer sonst war mir so bekannt und wichtig wie Dane? Mich überkam plötzlich Panik, und ich beschloss, sicherheitshalber bei ihm anzurufen. Keine Verbindung. Mir fiel Johnathans Geburtstag ein, und zugleich überkam mich die peinliche Feststellung, ihm weder gratuliert noch einen Gruß geschickt zu haben. Die Einladung stand immer noch auf meinem Sideboard im Wohnzimmer.

Ich wählte Johnathans Nummer. Sein Apartment grenzte zur

Treppe nach unten und mit ganz viel Glück würde vielleicht jemand das Klingeln hören. Ich hatte Glück, denn Johnathan hatte inzwischen die letzten Gäste verabschiedet. Ich gratulierte ihm zunächst, dann fragte ich nach Dane.

„Ist er denn nicht bei dir?", bekam ich zur Antwort. „Hier liegt ein Zettel. Da steht: *Bin bei Jim.*"

Ich wurde blass! Was war das für ein Anruf gewesen? Ohne Johnathan eine Erklärung abzugeben, schmiss ich den Hörer auf die Gabel, um ihn kurz darauf wieder abzuheben und den Notruf 911 zu wählen. Zu meinem Entsetzen wurde mir mitgeteilt, dass sich alle Rettungsfahrzeuge in diesem Stadtbereich im Einsatz befanden. Sie würden sich darum kümmern und ein Fahrzeug aus einem anderen Gebiet anfordern. Mich befiel Panik! Wie lange mochte das dauern? Es konnte um Minuten gehen oder vielleicht Sekunden! Ich beschloss kurzerhand, selbst hinzufahren, kleidete mich hektisch an und raste mit dem Auto durch die Innenstadt, vorbei an verwahrlosten Motels und Schnellimbiss-Lokalen bis hin zur Palloma Street. Die Straße war mir noch durch ehemalige Patienten, die ich während meiner Assistenzzeit betreut hatte, gut in Erinnerung. Eine üble Gegend.

Mein Gefühl während dieser Fahrt war unbeschreiblich, ein Gemisch aus Wut und Angst. Wut darüber, dass die Sache brenzliger sein konnte, als ich mir vorzustellen wagte, und Angst davor, zu spät zu kommen! Ich verbot mir, an dieser Stelle weiterzudenken.

Mein Gefühl hatte mich nicht getäuscht. Verdammt! Ich hielt meinen alten Chevy direkt hinter seiner Corvette, die als einziger Wagen auf dieser Straße parkte. Die Fahrertür stand offen, Dane nirgends zu sehen. Was war hier los? Ich öffnete zitternd meine Fahrertür und taxierte die Umgebung. Meine Schritte waren zunächst zaghaft, dann wurden sie schneller, und ich eilte ziellos um die Corvette herum. Mein Blick fuhr zu den dunklen Fenstern hinauf, als erhoffte ich mir die Hilfe eines Anwohners. Erwartungsgemäß tat sich nichts. Keine Gardine, die sich zur Seite schob, kein neugieriges Gesicht, wie es sonst üblich war, wenn die Stille der Nacht unterbrochen wurde. In mir tobte nun eine unbeschreibliche Angst. Dane war der einzige Mensch, der mir derzeit wirklich nahe stand. Ich rief nach ihm: „Dane?" Mir war natürlich klar, keine Antwort zu bekommen, dennoch rief ich wiederholt: „Dane?" Mein Magen hob sich und senkte sich nicht wieder. Der ganze Körper stand unter Spannung. Nicht ein Herzschlag kam regelmäßig. Es war mir nicht möglich, mich zu konzentrieren. Ich sah erneut auf die Corvette und spürte neben meiner Angst noch Verzweiflung in mir hochkriechen. Da stand ich nun vor dem Wagen, der uns so viele schöne Stunden geschenkt hatte – Danes Schmuckstück. Ich dachte an das letzte Jahr. Was hatten wir für Touren gemacht ... schöne Zeiten! Ich hatte Dane immer um diesen Wagen beneidet. Eine 73er Corvette T mit eingebautem Telefon. Eine Seltenheit in den Siebzigern. Jetzt verharrte die Corvette leblos im Dunkeln. Keine Zeichen mehr von schönen Zeiten. Erschreckt darüber, doch das richtige Gespür gehabt zu haben, holte ich mich in die Gegenwart zurück. Somit betrat ich den dunklen Flur und fand anstatt eines Schalters nur die Kabelenden aus der Wand hängen. Es herrschte Grabesstille. Ich versuchte mich zu konzentrieren. Wenn hier etwas Gefährliches im Gange war, musste ich auf alles gefasst sein. Unsicher rief ich wieder seinen Namen. Ich war mir nun sicher, dass Joan diesen Anruf gemacht haben musste. Doch woher hatte sie meine Nummer? Hatte Dane sie ihr gegeben? Für den Notfall? Einen solchen wie diesen? Hatte Dane damit gerechnet?

Rechts sah ich eine offene Tür. Die Silhouetten von alten Holzkisten, Brettern und den üblichen Resten einer verlassenen Mietwohnung fielen mir ins Auge. Ein säuerlicher Geruch schlug mir auf den Magen. Ich sah einen Schatten hinter einem alten Holztisch, maß ihm allerdings keinerlei Bedeutung bei. Leise rief ich wieder seinen Namen. Keine Antwort. Zu spät? Mir wurde flau im Magen und ich schnappte nach Luft. „Dane?" Nichts.

Ich trat zögernd näher, um mich blickend und unsicher. Dann formte sich der Schatten hinter dem Tisch zu einem menschlichen Wesen, und ich musste entsetzt feststellen, dass dieses zusammengekauerte Etwas mein bester Freund war!

*

Johnathan konnte wegen meines Anrufs nicht einschlafen. Diese Situation war völlig neu für ihn. Er glaubte immer zu wissen, wo sich Dane aufhielt. Hätte Johnathan nur ein- oder zweimal, aus welchem Grund auch immer, versucht ihn zu erreichen, wäre ihm schon viel früher aufgefallen, dass Dane alles andere als ein glaubwürdiger Mensch war. Doch da die Nachricht auf seiner Nachtkonsole für ihn erstmals eine Lüge enthielt, war Johnathan niedergeschlagen und stark beunruhigt. Dane ging nie angetrunken aus dem Haus. Etwas Außergewöhnliches musste passiert sein.

Er fragte sich, woher ich Bescheid wusste? Was hatte ich damit zu tun? Ein stechender Schmerz durchzuckte die hintere Hälfte seines Kopfes. Er versuchte mich mehrmals zurückzurufen, konnte mich aber nicht erreichen. Die Hoffnung, dass Dane in dieser Nacht noch nach Hause kommen würde, erfüllte sich nicht. Die ganze Freude über die Feier war hin. Ein Ausnüchterungsprozess höchsten Grades.

Johnathan musste an Joan denken. Seit sie in Danes Leben getreten war, war nichts mehr in Ordnung. Er hatte von Anfang an das Gefühl gehabt, dass mit dieser Joan etwas nicht stimmte. Sie hatte Dane zu ernst und ruhig gemacht, obwohl wir alle es zunächst als eine Wohltat empfanden.

Aber irgendwie vermissten wir den alten Dane auch. Seine Beziehung zu Joan gab ihm eine neue Ausstrahlung, an die wir uns alle erst gewöhnen mussten. Aber wer versteht nicht die Veränderung eines verliebten Menschen?

Wie bei allen anderen Dingen ließ sich Dane nicht aushorchen. Er versteckte die Gefühle für diese Frau wie einen Schatz, sei es aus Angst, man könnte über sie urteilen oder sei es einfach seine Art, sich nicht in private Dinge hineinreden zu lassen. Darin war er ein wahrer Meister. Jedes Detail zu seiner

Zeit, war stets seine Antwort. Ich beneidete ihn, dass er keine Vorurteile in sich trug, und Johnathan liebte seine Aufrichtigkeit. Aber mit der Lüge in dieser Nacht kam er überhaupt nicht zurecht.

Im Osten zeigten sich die ersten Quellwolken und zogen ein düsteres Tageslicht hinter sich her. Das Grau verdichtete sich und kündigte einen Dauerregen an. Stunde um Stunde rann an Johnathan vorbei. Das schrille Klingeln des Telefons riss ihn schließlich aus seinen Gedanken und er griff hektisch nach dem Hörer. „Hallo?"

„Hier ist Jim", sagte ich zögernd. Mir war immer noch übel. Mir wurde noch übler, als ich an die Mitteilung dachte, die ich Johnathan machen musste.

„Gott sei Dank, du bist es", sagte Johnathan. Seine Erleichterung war ihm anzuhören. Ich stotterte: „Johnathan? Ich …"

„Ist Dane bei dir?", wurde ich von ihm unterbrochen.

„Ja, ich …", stotterte ich weiter.

„Ahh", klang ein langer Atemzug durch den Hörer. „Gut. Ich habe mir furchtbare Sorgen gemacht."

„Nein. Er … er …" Ich wusste nicht, wie ich es ihm mitteilen sollte.

„Ist er nicht bei dir?"

„Doch, schon, aber …"

„Na also."

„Schon bei mir, aber nicht zu Hause, sondern im Krankenhaus", sagte ich endlich.

„Was??", hörte ich Johnathan fragen. Ich konnte mir das bleiche Gesicht am anderen Ende der Leitung vorstellen. Es war sicherlich das gleiche wie meines vor wenigen Stunden.

„Es wäre gut, wenn du vorbeikommen könntest. Jemand hat ihm heute Nacht übel mitgespielt." Ich schluckte, legte eine kurze Pause ein und dachte widerwillig an die Sekunden, die ich wie gelähmt neben ihm gesessen hatte. Ich hatte das Blut meines Freundes gesehen, ihm die aufgeplatzte Wange gestreichelt, das zugeschwollene Auge betastet und vielleicht in diesem Moment mehr Schmerzen gehabt als er. Dann hatte ich noch etwas anderes gesehen! Ich weiß nicht mehr, wie lange ich dort gesessen und ihn angeschaut habe, ob es Sekunden oder Minuten gewesen waren, mit seinem Leben gespielt, bis mir der Gedanke an Hilfe kam. Kaum zu glauben als Arzt. Im Nebenraum hatte ich das Telefon gefunden, mit dem wohl der Anruf vor weniger als einer Stunde bei mir eingegangen war. „Johnathan? Es sieht nicht so gut aus."

Stille. Ich besaß in der Regel ein ausgesprochen gutes Einfühlungsvermögen, um mit Situationen wie diesen umzugehen, doch diesmal sollte es mir nicht gelingen. Es ging um meinen besten Freund! „Johnathan, du solltest sofort kommen. Ich gehe jetzt mit ihm in den OP. Komm auf die Intensiv und warte dort auf mich." Ich wartete die Antwort nicht ab, schmiss den Hörer auf die Gabel und musste wieder schlucken. Es hätte so viele treffen können – Menschen, die es wirklich verdient hätten, aber Dane konnte es nicht verdient haben. Nein, dafür war er viel zu gewitzt und zu klug – und zu freundlich.

Johnathan hielt den Hörer, aus dem der Ton der beendeten Verbindung erklang, in seiner Hand und fühlte sich schrecklich allein gelassen. In Sekundenschnelle sah er die fünfzehn Jahre seiner Freundschaft mit Dane an sich vorüberziehen, wie sie das Lokal hergerichtet hatten und ihnen nie die gute Laune abhanden gekommen war, nie der gute Glaube an das, was sie taten. Hitze und Kälte überkam ihn, Wut und Angst. Er stand nur da – allein gelassen und mit endlosen Fragen. Schlimm? Wie schlimm konnte es denn sein? Ich war für all seine Fragen nicht mehr am Telefon. Abwesend legte Johnathan den Hörer auf die Gabel und begann langsam nach dem Schlüssel seines Wagens zu suchen.

1979, vierzehn Jahre früher

Dane lag mit offenen Augen im Bett und konnte wieder nicht schlafen. Er hatte sich gestern eine Waffe besorgt. Es war Zeit für die Offensive. Sein Plan sollte sich so gestalten, dass er den Lochschaufler zunächst ganz nah an sich heranlocken wollte. Ein paar passende Worte an ihn würden nicht schaden. Deswegen beschloss Dane, das *Running Horse* nicht mehr zu verlassen. So konnte ihm der Lochschaufler in der Öffentlichkeit nicht auflauern. Er würde irgendwann gezwungen sein, ihn zu suchen und das Lokal zu betreten. Das würde der Moment sein, in dem Dane ihm die neuen Spielregeln verkünden würde.

Dane übertrug Johnathan die Aufgaben des Einkaufs und sonstiger Erledigungen, die tagsüber anfielen, während er sich mit allen schriftlichen Arbeiten im Büro auseinandersetzte. Johnathan begrüßte die neue Arbeitsaufteilung. Ihm lagen die schriftlichen Abwicklungen des Geschäfts nicht besonders.

Im Krankenhaus

1993, vierzehn Jahre später

Im Cedars Sinai Medical Center herrschte wie jeden Tag reges Treiben in der Eingangshalle. Nichts deutete auf irgendetwas Schreckliches hin. Die Schwestern an der Aufnahme telefonierten freundlich oder erledigten Formulare. Ein paar Kinder mit verbundenen Armen oder Beinen saßen gelangweilt neben ihren Müttern im Wartezimmer der Ambulanz.

Johnathan mochte keine Krankenhäuser. Für ihn hatten sie so etwas Endgültiges. Seine Eltern waren nach dem Verkehrsunfall darin verstorben. Der Geruch von Desinfektionsmitteln stieg ihm in die Nase und ließ ihn Übelkeit verspüren. Er suchte das große Informationsschild, das den Besuchern die Orientierung in dem Gebäude erleichtern sollte. Nach einiger Zeit fand er es und las: Intensivstation 5. Etage Gebäude B 1

Er fand den Aufzug und trat ein. Leise, summende Geräusche erklangen, während er in die 5. Etage fuhr. Die Tür öffnete sich, und er sah in einen langen, grauen Flur hinein. Vor ihm breitete sich die Stille der Intensivstation aus. Ein Geräusch unweit des Aufzugs ließ auf das Rascheln von Papier schließen. Er verließ den Aufzug und suchte nach Hilfe. Ihm fiel das große Schild UNBEFUGTEN ZUTRITT VERBOTEN ins Auge. War er unbefugt?

Eine große, untersetzte Schwester kam auf ihn zu und sagte: „Entschuldigen Sie, Sie dürfen hier nicht rein."

Johnathan erschrak. „Aber ich komme auf Dr. Clarks Anruf hin." Der Ernst der Situation zeigte sich immer deutlicher. Ihm wurde schwindelig. Er dachte an Dane, der irgendwo hinter einer dieser Türen liegen musste und um sein Leben kämpfte, während er auf diesem tristen Flur mit einer übergewichtigen Schwester redete. Er las ‚Emma' auf ihrem Namensschild und wollte an ihr vorbeigehen, doch ihre Leibesfülle versperrte ihm den Weg.

„Was hat Dr. Clark gesagt?", fragte sie in unfreundlichem Ton. Ihr Kittel saß eng und zeichnete deutlich ihr Übergewicht ab. Johnathan mochte sie nicht, doch er riss sich zusammen und sagte: „Ich komme wegen Dane Galloway. Dr. Clark hat gesagt, ich solle sofort kommen. Es sei dringend."

Ehe die Schwester antworten konnte, fragte er weiter: „Wie geht es Mr. Galloway?"

„Sind Sie ein Verwandter?", herrschte sie ihn nun überreizt an. Sie mochte es nicht, wenn sich Fremde auf der Intensivstation aufhielten. Ihnen war der Zutritt untersagt und sie behinderten nur ständig ihre Arbeit. Aber immer wieder meinten diese Ärzte, sie müssten die Benachrichtigten hier erscheinen lassen, wo es doch einen Stock tiefer einen Aufenthaltsraum direkt vor dem OP gab. Diese Intensivstation galt den Notfällen und vor allen Dingen der Ruhe. Sie atmete tief durch, um ruhig zu bleiben.

„Nein, ich bin kein Verwandter. Wir sind nur sehr eng befreundet. Würden Sie bitte Dr. Clark holen?"

„Einen Moment", sagte die Schwester, rückte ihren Kittel zurecht und wies mit der Hand auf einen Stuhl neben der Aufnahme. Die Aufforderung war unmissverständlich. Ein grauer Stuhl stand neben einer großen Theke und sah nicht sehr viel benutzt aus. Johnathan nahm Platz und begann nervös mit seinem Schlüssel zu spielen. Eine Angewohnheit aus seiner Kindheit. Die Stille ließ ihn noch nervöser werden, als er bereits war. Die Schwester fegte durch den Flur und betrat ein Besprechungszimmer. Kurze Zeit später kam sie wieder heraus und Johnathan erhob sich nervös, immer noch mit dem Schlüssel spielend.

„Dr. Clark ist mit Mr. Galloway im OP. Über die Dauer der OP kann ich Ihnen keine Auskunft geben. Ich kann Ihnen aber einen Platz im Wartezimmer anbieten. Da bekommen Sie warmen Kaffee am Automaten und unten ist ein Shop mit frischen Muffins.“

Johnathan schaute zu Boden und nickte. Er erinnerte sich wieder an meine Worte: *Wir sind im OP.*

„Es tut mir leid, aber mehr kann ich für Sie momentan nicht tun.“ Sie wirkte genauso steril wie diese Station, zeigte ihm einen Stock tiefer das Wartezimmer und begab sich wieder an ihre Arbeit.

*

Ich sehe heute noch die ganze Szene auf der Palloma Street vor mir, als wäre es erst gestern gewesen: Die gesamte Umgebung erleuchtete im grellen Blaulicht der Polizei- und Rettungsfahrzeuge. Ein Aufgebot uniformierter Männer strömte in das große Mietshaus und breitete sich überall aus, doch sie erkannten schnell, dass dies wieder einer der typischen Einsätze war, die sie sich hätten sparen können. Alles, was ihnen als Indiz dienen konnte, waren einige Spuren auf dem Boden vor dem Holztisch. Der intakte Telefonanschluss ließ jedoch auf einen geplanten Überfall schließen. Dane war der einzige Zeuge, und die Spurensicherung sah ihn mitleidig auf der Bahre im Krankenwagen verschwinden. Ich konnte nur nichtssagende Informationen geben und fuhr mit meinem Wagen dem Krankenwagen hinterher, in dem ein Notarzt Dane mit Schmerzmitteln versorgte.

Die Spurensicherung hielt sich noch zwei weitere Stunden in dem Gebäude auf – natürlich ergebnislos. Dann verschwand auch sie wieder. Es war saubere Arbeit geleistet worden, was in Los Angeles nicht selten war und sinnlos Unmengen von Aktenordnern füllte.

Der Krankenwagen fuhr schnell und stoppte härter als nötig vor der Notaufnahme. Wir rannten mit Dane auf der Bahre zum Röntgen und erledigten zwischendurch eine Blutabnahme. Wir schnitten seine Kleidung vorsichtig auf und trennten sie behutsam von seinem Körper. Wir desinfizierten ihn überall und deckten ihn mit einem vorgewärmten Tuch zu. Sein Gesicht war bis zur Unkenntlichkeit entstellt, aber ich war froh, dass er überlebt hatte – bis jetzt!

Dane hatte alles wahrgenommen, da war ich mir ganz sicher, denn kleine Anzeichen zeigten mir, dass er nicht mehr bewusstlos war. Seine Finger bewegten sich und suchten nach einem Halt, den ich ihm nicht geben konnte. Nach solchen Vorfällen war ich mit Berührungen vorsichtig. Sie konnten fatale Folgen haben und bei den Patienten gefährliche Reaktionen auslösen. Niemand wusste, wie stark seine inneren Verletzungen waren. Deswegen redete ich mit vertrauter Stimme auf ihn ein, dass er nun in Sicherheit wäre. Es mussten sich zu diesem Zeitpunkt entsetzliche Dinge in seinem Kopf abgespielt haben. Ich redete und redete auf ihn ein, dass alles vorbei sei und gut werden würde. Ich sah, wie er den Kopf zu schütteln versuchte, als wolle er sagen, nichts wird gut. Gar nichts würde je wieder gut werden. Die Röntgendiagnose war niederschmetternd. Mehrere Rippen waren gebrochen, Quetschungen, innere Blutungen, der linke Unterarm und das linke Schlüsselbein waren gebrochen. Es schloss sich eine ernstzunehmende Gehirnerschütterung an, unzählige Prellungen und Hämatome, drei hässliche Platzwunden und Verletzungen des Analkanals.

Ich war geschockt, konnte die letzte Diagnose nicht fassen, denn es waren nicht nur frische Verletzungen zu sehen, auch alte Narben zeigten sich. Ich schwieg, setzte mich auf einen Stuhl und vergrub mein Gesicht in beiden Händen. Welchem Verbrechen war ich auf die Spur gekommen? Ich bat die assistierenden Schwestern und Ärzte nachdrücklich um Schweigepflicht.

*

Dane hörte den Schrei einer Frau. Tief aus dem Loch hallte ihre Stimme nach oben. „Dane, lauf weg!“ Es war Joans Stimme. Dann wurde alles rot. Sein ganzer Körper schmerzte. Er hörte sein eigenes Röcheln. Es drückte ihm jemand den Hals zu und schnürte seinen Atem ab. Er spürte fremde Fäuste, die auf seinen Körper einprügelten, dann hörte er das Lachen der Männer. Er sah ihre Hände, wie schmutzig sie waren. Ihre Stimmen klangen verzerrt, hohl und unwirklich. Ein kurzes Bild des Grauens durchzuckte sein Innerstes. Gleich würde er aufwachen und alles wäre vorbei. Er sah, wie er Johnathan den schlimmen Alptraum erzählte. Dann ein Filmriss. Er wollte weiterdenken, aber etwas blockierte seine Gedanken. Ein Gefühl von Enge machte sich breit. Er flehte um weitere Erinnerungen. Sie waren grausam, das erkannte er schemenhaft. Auch, dass dies kein Traum war, sondern pure Realität, die unbarmherzig zuschlug. Und er sah, wie ihn ein abgrundtief hässliches Monster packte und blutspritzend in zwei Teile riss!

Sein Hilfeschrei erklang nur als leises Stöhnen. Seine Hände wurden zu Fäusten. Tiefe Scham überkam ihn und seine Fäuste öffneten sich wieder. Der Schmerz ließ nach und gab ihn in die Bewusstlosigkeit frei. Die Narkose begann zu wirken und wir machten uns für die OP fertig.

1979, vierzehn Jahre früher

Es war 16.30 Uhr. In einer halben Stunde würde das Lokal öffnen. Dane kontrollierte die Tische. Eine dreiundzwanzigköpfige Gruppe hatte sich angemeldet und wollte eine Silberhochzeit feiern. Das bedeutete viel Arbeit und eine gute Organisation. Während Helen, die Aushilfe für den heutigen Tag, die Blumengestecke richtete, kontrollierte Dane noch schnell den Getränkevorrat hinter der Theke. Der Ablauf der Feier war abgesprochen und man verließ sich auf einen reibungslosen Abend. Aber es sollte ganz anders kommen. Was anfangs wirklich gelungen aussah, entpuppte sich später als totales Chaos. Johnathan bemerkte plötzlich, dass mit Dane irgendetwas nicht stimmte. Er bewirtete die Gäste abwesend und warf ständig gehetzte Blicke zu einem Mann, der sich in der hinteren Ecke des Lokals an einem Einzeltisch niedergelassen hatte.

Dane war außer sich gewesen, als er ihn das Lokal betreten sah. Sein Plan hatte zwar funktioniert, doch nur heute durfte es auf keinen Fall sein. Gerade heute war er nicht bereit für ihn. Aber das kümmerte den Lochschaufler wenig, im Gegenteil, er konnte sich hervorragend in diesem Trubel verstecken.

Der Lochschaufler lächelte erhaben, während Dane begann, die Wünsche der Gäste zu überhören. Sollte er wirklich in diesem Lokal einen Angriff starten? Dane sah, wie die Gäste rebellierten und Johnathan sich im Kreis zu drehen begann.

Dane nahm kaum noch etwas wahr. Seine Aufmerksamkeit richtete sich nur noch auf eine eventuell gezogene Waffe, die sich plötzlich unter dem kleinen Tisch zeigen könnte. Seine eigene Waffe hatte er ausgerechnet heute oben im Apartment gelassen.

Als Dane sich plötzlich bei Johnathan entschuldigte und aus dem Gastraum verschwand, wurde der Lochschaufler unruhig, zumal Dane nicht wiederkam. Nach einer halben Stunde beglich er seine Rechnung und verließ verärgert das Lokal. Er wusste nicht, dass Dane bereits am Ausgang auf ihn wartete. Er fühlte plötzlich, wie ihn zwei Hände packten und seine Kehle zudrückten. Er wusste nicht, wie ihm geschah, als er zum Hinterhof gezerrt und zu Boden geworfen wurde. Fäuste droschen so stark auf ihn ein, dass er keine Luft mehr bekam. Er kannte Dane kaum wieder, die Wut, die er zeigen konnte, die Kraft, die er entwickelt hatte, obwohl dieser doch um einiges kleiner war als er.

Dane reagierte sich mit seinen Schlägen auf ihn vollends ab. Im Grunde ekelte es ihn an, diesem Mann so nahe zu sein und ihn zu berühren, aber der hatte ihm keine andere Wahl gelassen.

Als Dane von den Schlägen erschöpft war, ließ er von ihm ab. Er hätte zu gerne noch einmal zugeschlagen, doch er war am Ende seiner Kräfte und sah, dass sein Gegenüber genug hatte. Nun konnte er mit ihm reden. Atemlos sagte er: „Du … hattest deinen Spaß. Jetzt bin ich dran. Ab heute werde ich dich jagen!"

Er ließ ihn liegen, ging sich waschen und umziehen. Bei Johnathan entschuldigte er seine kurze Unpässlichkeit mit starken Kopfschmerzen, gegen die er nun eine Tablette genommen hätte. Den Rest des Abends war sein Einsatz einwandfrei. Seit diesem Tag verließ er wieder wie üblich das Lokal. Es konnte losgehen.

1993, vierzehn Jahre später

Los Angeles

Der Vormittag verging und holte Johnathan mit unerträglicher Nervosität ein. Er saß im Wartezimmer und trank viel zu viel Kaffee, taxierte angespannt die Stühle und wippte mit den Füßen. Wie viele Menschen mochten hier schon Stunden verbracht haben, in unerträglicher Nervosität, ob die OP eine gute oder schlechte Nachricht bringen würde? Alte, abgegriffene Zeitungen lagen zur Ablenkung unter einem Glastisch bereit. Johnathan nahm sich eine und versuchte durch Lesen ein wenig Ablenkung zu finden, doch nach kurzer Zeit legte er sie wieder zurück und dachte an sein Lokal. Gott ja, das Lokal! Panik überfiel ihn. Er sah sich nicht in der Lage, es unter diesen Umständen weiter zu führen – vorerst jedenfalls nicht. Entschlossen suchte er ein Telefon und beurlaubte das Personal zunächst für eine Woche mit der höflichen Bitte, einen entsprechenden Aushang an der Tür des Lokals anzubringen. Eine Vertretung für Dane ließ sich sicherlich nicht so schnell finden. Wer konnte ihm schon das Wasser reichen? Johnathan war noch nie in die Situation gekommen, das Lokal alleine führen zu müssen. Dane war immer die tragende Kraft gewesen, vertraut mit allen schriftlichen und praktischen Abwicklungen des Geschäfts. Zu zweit waren sie ein Team, er alleine war ein Nichts. Das stellte er nun schmerzlich fest und spürte die Angst, wieder in sein altes Verhalten zurückzufallen. Er konnte nichts dagegen unternehmen und erkannte, wie sehr er von Dane abhängig war.

Es begann uns die Luft abzuschnüren, wenn wir auch nur an seinen Verlust als Mensch und Freund zu denken versuchten. Ob sich Dane dessen bewusst war, kann ich nicht sagen. Das machte auch die Hochachtung aus, die wir ihm alle entgegenbrachten. Wir waren nicht nur zu seinem Sauerstoff geworden, sondern er war auch zu unserem geworden. Am schlimmsten hatte es Johnathan erwischt, der nun daran zu verzweifeln drohte. Fünf lange, ungewisse Stunden quälte er sich den Flur hinauf und hinunter, ehe die Lampe über dem OP erlosch. Seine Finger spielten wieder mit dem Schlüsselbund, als OP-Schwestern und Ärzte erschöpft herauskamen. Dass ich nicht unter ihnen war, machte Johnathan noch nervöser. Er hielt den letzten Arzt zurück und fragte nach mir.

„Kommt gleich", bekam er zur Antwort. Der Arzt ging ungerührt weiter, und Johnathan sah wieder zur Tür. Es erschien ihm wie eine Ewigkeit, bis ich herauskam. Ich hatte mir einen sauberen Kittel übergezogen und wollte erst einmal kurz verweilen, ehe ich ihm gegenübertreten würde. Wir sahen uns an und gaben uns die Hand, eine Geste, die wir nie für nötig gehalten hatten. Ich war überarbeitet und schaute betroffen zu Boden. Johnathan wurde unruhig. Ich sah wieder auf und wusste nicht, wie ich anfangen sollte. Ich zwang mich zu einer gefassten Haltung, um ihn zunächst zu beruhigen.

„Alles okay?", eröffnete Johnathan das Gespräch.

„Ja, ich denke schon. Dane hat die OP gut überstanden. Wir müssen nun abwarten, ob er auch gut durch diese Nacht kommt. Wollen wir das Beste hoffen. Er ist zäh." Mehr fiel mir nicht ein.

Johnathan nickte. „Was ist passiert?"

Betretene Stille. Ja, was war passiert? Und warum? Wenn ich das damals gewusst hätte. Ich sagte: „Er ist zusammengeschlagen worden."

Johnathan schüttelte den Kopf. „Nein, er ist nach oben in sein Bett gegangen.“ Das war für ihn klar.

„Und dann ist er verschwunden. Zur Palloma“, vervollständigte ich seinen Gedanken.

„Warum?“

„Keine Ahnung.“

„Was, in Gottes Namen, hatte er dort zu suchen?“

„Keine Ahnung.“

Johnathan sah mich verbittert an. Er wusste, dass ich eine Ahnung hatte. Er wusste aber auch, dass ich es hasste, zu spekulieren.

„Wie hast du ihn gefunden?“, fragte er.

Ich erzählte ihm von dem nächtlichen Anruf.

„War sie auch da?“

Ich schüttelte den Kopf. Nein, Joan war nicht da gewesen.

Wir schwiegen. Ich nahm ein leichtes Nicken von Johnathan wahr. Er fragte: „Ist die Polizei eingeschaltet?“

„Sicher.“

„Und?“

„Nichts. Sie haben nichts gefunden, was uns weiterhilft.“

„Hast du eine Ahnung?“, fragte er erneut.

„Nicht die geringste“, log ich wieder.

„Wenn es Joan war, die …“

„John, ich weiß nicht, ob sie es war. Es war eben eine Frauenstimme. Sie hat immerhin Hilfe gerufen. Sie hat ihm das Leben gerettet.“

Johnathan sah mich weiter verbittert an. Ich konnte seine Gedanken lesen. Für ihn war Joan die Schuldige, und ich konnte ihm diese Vermutung nicht einmal verübeln. Irgendwie hatte ich die gleiche.

„Wie schlimm sieht es aus, ich meine …“

„Ziemlich. Hat Dane irgendwelche Verwandten?“

„Nicht, dass ich wüsste", antwortete Johnathan, und plötzlich überkam ihn eine ihm völlig fremde Angst. Diese Art von Fragen verbarg meist eine grausame Realität. Er schaute mich wütend an. Ich sah weg und fragte weiter: „Vielleicht Geschwister oder Eltern, Onkel, Tante? Oder war er irgendwann einmal verheiratet?"

Johnathan schüttelte den Kopf, wütend über die Endgültigkeit meiner Worte. „Woher soll ich das wissen? Das müsstest du doch besser wissen!"

Ich hielt seinen Angriff schweigend aus und konnte verstehen, wie verwirrt er war. Vorwürfe oder Beschimpfungen von Verwandten oder Freunden eines Patienten waren hier an der Tagesordnung. Die OP war nicht so verlaufen, dass ich eine echte Chance gesehen hätte. Es war nun wichtig, Verwandte zu benachrichtigen, um deswegen später keinen Ärger zu bekommen. Aber Dane hatte nie etwas in dieser Richtung erzählt. Es gab keine Vergangenheit und somit gab es auch keine Familie. Damals war er auf seine Art in Kalifornien angekommen und sprach niemals über seine Vergangenheit. Worüber er sprach, war das Leben, das Hier und das Heute. Es gab bisher nichts, was ihm sein Lachen nehmen konnte. Er verkörperte das perfekte Bild eines glücklichen Amerikaners. Doch seine Vergangenheit? Sie existierte nicht für ihn, dachten wir. Es war schon fast beängstigend – oder man könnte sagen, es war alarmierend.

„Wird er sterben?", fragte Johnathan leise. Ich sah wieder zu Boden. „Ich will es nicht hoffen."

Johnathan blickte mit Tränen in den Augen zur Decke und kniff die Lippen fest zusammen. Seit Joan aufgetaucht war, hatte er keinen rechten Zugang mehr zu Dane gefunden. Er konnte nicht wissen, was sich in dieser Zeit alles abgespielt hatte. Aber er hatte gewusst, dass mit dieser Joan etwas nicht stimmte.

„Hast du vielleicht Joans Adresse?", fragte ich, um endlich zum Ende des Gesprächs zu kommen. Schließlich belastete mich die Situation genauso stark wie ihn.

„Nein, habe ich nicht. Ich habe überhaupt nichts von ihr."

Ich wusste, wie Johnathan sich fühlte und schluckte auch diese Antwort. „Dann schau dich doch bitte mal in Danes Apartment um. Vielleicht kannst du etwas finden", schlug ich vor.

Johnathan nickte zaghaft. Damit wusste ich, dass er nichts

finden wollte.

„Das sind wir ihr schuldig, falls sie nichts damit zu tun haben sollte", bemerkte ich mit Nachdruck. „Und außerdem sollten wir der Polizei alle erdenklichen Hinweise geben."

Johnathan nickte. Ich rieb mir die Augen. „John ... ich bin total erschöpft und möchte erst mal was essen. Sei mir nicht böse, aber es geht mir nicht gut. Ich komme dann später zu euch rüber. Ach ja ...", sagte ich im Gehen, „die Schwester wird dich nicht zu ihm ins Zimmer lassen, wegen der Ruhe, die er jetzt braucht, aber du kannst ja am Fenster schauen." Ich war ausgelaugt und zu nichts mehr zu gebrauchen, lächelte, hob die Hand zum Gruß und verschwand um die nächste Ecke. Mir war schlecht. Johnathan blieb stumm zurück.

Zum ersten Mal in meinem Leben brachte ich ein komisches Gefühl mit aus dem OP. Obwohl ich ein eiserner Verfechter der Ansicht bin, dass niemals ein Angehöriger oder enger Freund unter das Messer eines entsprechenden Arztes gehörte, so schaffte es diesmal irrsinnigerweise keiner meiner Kollegen, mir diese OP auszureden. Die Vorbesprechung hatte sogar so weit geführt, dass ich mich persönlich mit dem Chefarzt angelegt und fast flehend um die eigenhändige Durchführung der Operation gebeten hatte. Ich schaltete meine Ansicht kurzzeitig außer Betrieb und hatte festen Willens den Operationssaal betreten, konnte es jedoch nicht verhindern, dass sich zwei meiner Kollegen dafür aussprachen, mir bei der Arbeit behilflich zu sein. Für den Fall, dass ich die OP doch nicht durchstehen würde.

*

Die Ruhe auf der Intensivstation erschien Johnathan nicht mehr so unheimlich wie beim ersten Mal. Eine Schwester zeigte ihm freundlich den Weg zu Danes Überwachungszimmer, in dem er nun lag, und bat ihn, nicht einzutreten. Er konnte von einem Fenster aus das Zimmer einsehen. Zwei Stunden stand Johnathan schon davor, als Schwester Emma kam und ihn erstmals anlächelte. Jetzt hatte alles seine Ordnung.

Ich trat auf Johnathan zu und legte meine rechte Hand auf seine Schulter. Ein kurzes Zucken durchfuhr ihn und ich nickte ihm beruhigend zu. Es war Zeit, das Zimmer zu betreten. Für John befremdende Geräusche erfüllten den Raum. Alles klang mechanisch und hohl: das Piepen der Herz-Lungen-Maschine und das Zischen des Beatmungsgerätes. Für mich waren es alltägliche Geräusche und nicht weiter aufregend. Das Bett stand in der Mitte des Raumes und war umgeben von lebenserhaltenden Maschinen. John hatte Mühe, hinzusehen. Dane befand sich inmitten von unzähligen Schläuchen. In seinem Haar waren noch verklebte Blutreste des erbitterten Kampfes zu erkennen. Sein Gesicht war linksseitig durch einen Bluterguss und Schwellungen schlimm entstellt, und die Augenlider aufgequollen wie bei einem Boxer nach einem verlorenen Kampf. Für Johnathan war es kaum zu fassen, dass sie noch vor weniger als einem Tag fröhlich zusammengesessen und das Lachen ihnen fast den Verstand geraubt hatte. Es war auch kaum zu glauben, Dane je in einem solchen Zustand zu sehen, dass er überhaupt in eine Schlägerei geraten konnte. Johnathan konnte sich nicht entsinnen, Dane jemals außer Kontrolle erlebt zu haben.

Er war bis zur Brust mit einem weißen Leinentuch abgedeckt. Im Schulterbereich begannen sich blaugrüne Hämatome zu zeigen, und ein straff angelegter Brustverband hob und senkte sich leicht. Die Atmung ging flach, aber regelmäßig. Johnathan war schockiert.

„So sieht's aus", sagte ich, um die Stille zu unterbrechen. „Angesichts einer starken Prellung am Hinterkopf und der Gehirnerschütterung könnte sich anfangs eine Amnesie zeigen. Die Narkose müsste bald abklingen. Vielleicht kannst du ihn kurz ins Bewusstsein zurückholen und feststellen, ob er dich erkennt. Das wäre im Moment das Wichtigste. Ich kann leider nicht länger hier bleiben. Es warten noch andere Patienten auf mich. Hier am Gerät ist ein Knopf, mit dem du jederzeit meinen Funker erreichen kannst." Ich zeigte ihm eine rote Taste oberhalb des Beatmungsgerätes und sah, dass Johnathan nur blind hinschaute. Er nahm meine Worte kaum wahr. Ich sprach weiter: „Ich komme dann, so schnell ich kann. Ich bin die ganze Nacht und morgen den ganzen Tag hier. – Johnathan?"

Er schaute hoch und zu mir hin, war aber immer noch abwesend. „Johnathan, hast du mir zugehört? Du musst mit ihm reden, hörst du? Ich muss wissen, ob er dich erkennt. Aber bitte nur reden. Fass ihn nicht an, hörst du? Nicht anfassen!" Johnathan sah mich fragend an. Ich versuchte, eine Erklärung abzugeben: „Er darf sich nicht erschrecken. Also, nicht anfassen."

Ehe ich das Zimmer verließ, klopfte ich ihm auf die Schulter und nickte. Wahrscheinlich löste das leise Klicken der Tür, die hinter mir schloss, alles andere als Kraft in ihm aus. Johnathan hatte mir nicht richtig zugehört und legte, als ich den Raum verlassen hatte, seine Hand auf Danes Hand.

Es war ein komisches Gefühl, ihn zu berühren. So ganz anders, als wenn er ihm gegenüberstand und ihn anlächelte oder ihm die Hand schüttelte. Die Wärme, die Danes Hand ausströmte, gab ihm wieder etwas Zuversicht, und er begann mit ihm zu reden: „Was soll ich dir sagen, Junge?" Seine Stimme zitterte. Ja, was sollte er ihm jetzt sagen? „Wie konnte das nur passieren? Warum hast du mir nicht Bescheid gesagt? Warum hast du diesen verlogenen Zettel hinterlegt, du verdammter Hitzkopf?! Guck mal, wie du aussiehst!" Seine Worte kamen ins Stocken. „Du musst jetzt kämpfen, hörst du? Gib nicht auf."

Dane lag regungslos zwischen Kissen und Schläuchen und zeigte keine Reaktion. Sein Gesicht umschloss eine Art Friede, wären da nicht all diese hässlichen Schwellungen gewesen. Das Haar lag korrekt und spiegelte seine Eleganz auch in dieser verdammten Umgebung wider.

Johnathan verspürte das Bedürfnis, ihm unendlich viel mitteilen zu müssen – Gedanken, Wünsche, Erinnerungen und Dankbarkeit, aber ihm fehlten die Worte. Zum ersten Mal berührte er sein Gesicht und es war, als berührte er seinen eigenen Sohn. Dann tat sich etwas! Das Piepen der Herz-Lungen-Maschine wurde plötzlich schneller – wie beim Start einer Rakete. Johnathan blickte auf die geschlossenen Augen seines Freundes. *Komm, Junge, versuch zu blinzeln!* Er flehte … er betete … dankte Gott, dass Dane erwachte. Er umschloss nun seine Hand, als wollte er ihn halten, beschützen, vor irgendetwas. Dann kam die erste Reaktion von Dane – so unerwartet wie schockierend für Johnathan.

Dane durchfuhr ein ruckartiges Zucken am ganzen Körper. Er riss seine Hand aus der seines Freundes und schlug um sich! Die Versorgungsschläuche lösten sich. Blut tropfte auf den Boden. Johnathan konnte vor Entsetzen nicht feststellen, woher es kam und drückte hastig den roten Knopf. Zwei Minuten später kam ich herein gestürzt und sah das Chaos. „Ist er aufgewacht?“, fragte ich erwartungsvoll.

„Ich glaube, ja. Nimm mal seine Hand.“

„Seine Hand?“, fragte ich irritiert und sah zu Dane. Der lag inmitten des Wirrwarrs von Schläuchen, war nun aber ruhig.

„Ja, tu es“, drängte Johnathan. Ich hatte ihm doch ausdrücklich verboten, Dane anzufassen. Aber nun tat ich es auch. Ich fühlte seine Wärme, sein Leben, ja fast Hitze, und sah, wie er wieder reagierte. Mit bebenden Zuckungen eskalierte plötzlich sein ganzer Körper und bäumte sich auf. Seine Augen blieben geschlossen, und sein Gesichtsausdruck bekam etwas Quälendes. So hatte ich mir das erste Erwachen in etwa vorgestellt. Dane befand sich in einem stark traumatisierten Zustand!

Johnathan sah mich erwartungsvoll und fordernd an. „Was ist das?“, fragte er ungläubig.

„Na, er reagiert!“ Etwas anderes fiel mir nicht ein. Ich ahnte die Gründe, blieb aber stumm, näherte mich vorsichtig seinem Gesicht und flüsterte: „Dane? Hey, hier ist Jim. Blinzel mich mal an. Komm, Junge. Blinzel mal. Zeig mir, dass du wach bist.“ Nichts passierte. Meine Ahnung wurde zur bitteren Gewissheit. Dane war zweifellos ein Vergewaltigungsopfer, das in einer gegenstandslosen Angst gefangen war. Das typische Gefühl von Bedrohtsein nach einem Missbrauch lähmt diese Opfer regelrecht. Er wollte nicht berührt, nicht angefasst werden. Von niemandem. Aber irgendwie war mir diese Reaktion zu extrem. Sie verbarg womöglich mehr als nur die Geschehnisse der letzten Nacht. Viel später erfuhr ich, dass diese Nacht nur der Auslöser für alles Kommende und der Anfang einer Katastrophe war. Ich sah mich jedoch außerstande, Johnathan über meine derzeitigen Vermutungen aufzuklären, sondern rief nur eine Schwester, die das entstandene Chaos wieder beseitigen sollte.

Hallo!, rief das Loch. Wo bist du?
Ich weiß nicht, antwortete Dane. Ich habe mich verloren.
Werden wir uns wiedersehen?, fragte das Loch.
Ich weiß nicht, antwortet Dane. Ich weiß nicht, was mit mir geschehen ist. Ich spüre etwas Warmes. Mir wird übel. Alles tut weh. Irgendjemand ruft meinen Namen. Ganz laut. Es ist eine Frau. Ich möchte die Augen öffnen, aber es geht nicht. Jemand tritt mich in die Rippen. Ich kann mich nicht rühren. Jemand fasst mich an. Ich kann mich nicht wehren.
Ich kann mich nicht wehren! Ich kann mich nicht wehren!!! ICH KANN MICH NICHT WEHREN!!!!! NEIIIIN!!!!!

*

Um halb drei in der Nacht zeigte Dane erneut Anzeichen, wach zu werden. Diesmal ohne Berührung. Ich war derzeit auf Station 3 und mit der Versorgung anderer Patienten beschäftigt. Johnathan war inzwischen an Danes Bett sitzend eingeschlafen und wurde durch eine leichte Bewegung der Bettdecke geweckt. Das ließ ihn sofort hochfahren. Er sah auf die Finger seines Freundes, wie sie sich um Leben bemühten. Sie zogen sich langsam zu einer Faust zusammen und öffneten sich entspannt wieder. Sein Atem wurde schneller, und eine tiefe Kummerfalte malte sich auf Danes Stirn. Ja, die kannte Johnathan – die Kummerfalte. Er lächelte erleichtert und griff wieder unbedacht nach seiner Hand. Das veränderte die Situation kolossal. Danes leichtes Erwachen wechselte unverzüglich in eine starke Unruhe, und der ganze Körper bäumte sich plötzlich wieder auf. Dann schrie er: „Nein!!“ und sackte wieder rasch in sich zusammen. Fassungslos starrte Johnathan seinen Freund an und bekam wieder Angst vor der gewaltigen Abwehrreaktion und dem Fremden, das Danes Körper umgab; es war nicht nur der sterile Geruch, es war sein ganzes Wesen.

Hallo?, rief das Loch. Kannst du mich hören?
Dane antwortete nicht.

Johnathan drückte wieder die rote Taste am Beatmungsgerät und überfiel mich an der Tür mit der Schilderung des Geschehenen. Er konnte seine Aufregung kaum zügeln.

„Ist okay", beruhigte ich ihn. „Er durchlebt sicher den ganzen Kampf noch einmal. Das ist normal." Ich kontrollierte Danes Puls, der sich wieder normalisiert hatte. Seine Atmung war ebenfalls ruhig. Danes Erwachen hinterließ ein großes Entsetzen bei Johnathan. Er sprach es nicht aus, aber es beunruhigte ihn ungemein. Das blieb mir nicht verborgen. Dass sich die ganze Szene in der Nacht noch dreimal wiederholte, auch ohne Berührung, führte letztendlich zu der Maßnahme, dass ich ihn in den frühen Morgenstunden aus Selbstschutz fixieren musste. Ich fand es widerlich, aber unumgänglich. Johnathan sah entsetzt zu.

*

„Jim, was ist los mit Dane? Das alles ist doch nicht normal!" Johnathan sah mich fragend an. Irgendetwas legte sich zwischen unsere Freundschaft. Er hatte recht. Ich wurde verlegen, fast böse, nicht die Ruhe für eine Entscheidung finden zu können. So behütete ich weiterhin das Geheimnis und schottete mich mit der Lüge, es sei die Folge des Kampfes, vollends ab. Johnathan spürte es, musste aber die Schweigepflicht, die ich so kompromisslos einsetzte, hinnehmen, obwohl es für ihn nur schwer zu akzeptieren war.

Hallo!!, rief das Loch. Hörst du mich jetzt?!

Ja, antwortete Dane. Wo bist du?

Direkt unter dir. Du brauchst dich nur fallen zu lassen. Ich fange dich auf.

Was passiert dann mit mir?, fragte Dane.

Ich werde dich schützen. Niemand wird von uns erfahren. Rede mit niemandem, halte dich bedeckt. Dann wird dir nichts passieren.

Ist gut, sagte Dane. Aber was ist, wenn ich Angst bekomme?

Das Loch antwortete nicht.

*

Dane lag nach der OP eine Woche lang im psychischen Delirium und machte uns allen auf der Station große Sorgen. Wir konnten ihn nicht von der Intensivstation auf ein normales Zimmer verlegen, weil er mit seinen Gefühlsaufwallungen ständig kontrolliert werden musste. Er fand sich wahrscheinlich dauernd in der Situation der Vergewaltigung wieder, wie eine Schallplatte, die durch einen Kratzer ständig die gleiche Melodie wiederholte. Die kurzen, klaren Momente, die wir beobachten konnten, zeigten uns, wie fremd ihm seine Umgebung blieb. Sein Körper wand sich nachts durch schlimme Angstträume, die er wegzuschreien versuchte. Ich suchte immer wieder Kontakt zu ihm, aber er reagierte nicht auf mich. So konnte ich nicht feststellen, ob er an einer Amnesie litt oder nicht.

So etwas ist mir während meiner ganzen Laufbahn als Arzt noch nicht vorgekommen.

Als sich dieser Zustand eine weitere Woche hinzog, sahen die Schwestern seine Pflege langsam als mühselig an, allerdings verlor niemand mir gegenüber ein Wort. Alle respektierten meine Besorgnis und erledigten stumm ihre Arbeit. Immerhin wurden seine Aufwallungen täglich weniger, und ich konnte ihn wieder von den Riemen befreien. Das tat auch mir gut. Seine äußerlichen Wunden heilten gut, und sein Gesicht bekam langsam wieder das alte Aussehen, das wir alle so sehr vermisst hatten. Aber seine Augen öffnete er nicht. Ich beobachtete nur hin und wieder ein leichtes Blinzeln und wurde mit jedem Tag ungeduldiger. Was zum Teufel war mit ihm geschehen?

Ich habe Angst, sagte Dane.

Wovor?, fragte das Loch.

Dass ich nicht mehr durchhalte. Da sind so komische Gefühle in mir. Mir ist ständig heiß.

Das wird vorübergehen. Hab Geduld, sagte das Loch.

1980, dreizehn Jahre früher,
Dane, 25 Jahre
Glendale

Dane lag mit offenen Augen im Bett. Das neue Spiel machte ihm inzwischen Spaß. Zweimal konnte er den Lochschaufler mit der Waffe erwischen, wobei er das Wort *erwischen* sehr treffend fand, denn mehr wollte er nicht. Einmal hatte er ihn in der Gasse der Orilla Avenue und einmal im Sportpark des Recreation Centers von Glendale erwischt. Die neue Waffe schien sich zu bewähren, zumindest machte es ihm Spaß, den Lochschaufler damit zu jagen. Erledigen wollte er ihn später. Es wäre auch zu schade, wenn ein gutes Spiel zu schnell zu Ende ginge. Dann hätte sich der Kauf der Waffe kaum gelohnt.

Dieses Spiel gab Dane so etwas wie Ausgeglichenheit für den Alltag. Es war das Gefühl, etwas wirklich Sinnvolles für sich zu tun. Er präsentierte sich fröhlich und nach außen immer aktiv. Nur allzu oft sahen wir ein verschmitztes Lächeln auf seinen Lippen. Wir wussten nur nicht, wem oder was es galt.

1993, dreizehn Jahre später
Los Angeles

Nach drei Wochen war Danes Zustand immer noch unverändert. Es musste unbedingt etwas geschehen. Ich leitete aufwendige Untersuchungen und Fotografien von seinem Gehirn ein, aber man fand keine Auffälligkeiten. Für sein Verhalten fanden wir keine Erklärung, und ich kam nach einer Zeit großer Ratlosigkeit zu dem Entschluss, ihn einem sogenannten Functional Magnetic Resonance Imaging zu unterziehen, einem komplizierten Abbildungsverfahren, mit dem die Aktivitäten einzelner Regionen des Gehirns beobachtet werden können. Man spricht von der Erfassung des Aufbaus eines Gehirns und den chemischen Aktivitäten einzelner Hirnregionen. Diese Untersuchung kann im Ruhezustand, bei Reaktionstests oder beim Aufwallen von Gefühlen eingesetzt werden. Ich sah einen lohnenswerten Einsatz darin, dieses Verfahren für ihn anzuwenden und sein Gehirn auf emotionale Reize untersuchen zu lassen. Vielleicht hatte man ihm bei dem Überfall einen Schaden zugefügt, den man bisher mit den gängigen Messgeräten nicht feststellen konnte? Diese FMR-Untersuchung baut auf einer neuartigen High-Tech-Entwicklung auf und wird mit hochqualifizierten Computern durchgeführt. Es dient den Erforschungen im Bereich der Kriminalität, da man festgestellt hat, dass neben den Umwelteinflüssen auch biologische Ursachen, außergewöhnliche chemische Vorgänge vorhanden sein können, die offenbar tief in den Genen und im Gehirn der Menschen sitzen. Das Projekt bewegt sich auf der Ebene von veranlagten Verhaltensweisen in Verbindung mit der chemischen Substanz des Gehirns und soll klären, was einen Psychopathen ausmacht, beziehungsweise einen Menschen dazu werden lässt. Das Einsatzfeld erschien mir als recht unpassend, aber auch als letzte Chance und Möglichkeit, sein Gehirn mit unglaublicher Präzision auf Verletzungen untersuchen zu lassen. Inwieweit die Untersuchung einen Zusammenhang zu Danes Verhalten herstellen würde, ahnte niemand. Ich wollte eine vorübergehende Fehlfunktion des Gehirns als Folge des Überfalls ausschließen, um so einen Anhaltspunkt zu einem weiteren Verfahren zu finden. In Vancouver standen mir Kapazitäten auf diesem Gebiet zur Seite, die sicherlich einige Erfahrungen mit mir austauschen würden und weitere Behandlungsmöglichkeiten anbieten könnten.

Wie lange muss ich noch stillhalten?, fragte Dane.
Bis sich die Lage beruhigt, antwortete das Loch.
Aber sie ist doch schon ruhig.
Nein, sie werden dich mit Fragen quälen.
Das werden sie immer, sobald ich aufwache.
Siehst du. Also halte weiterhin still. Ihnen wird schon was einfallen. Mach dir keine Sorgen.

*

Der Tag kam, an dem Dane in den Rettungshubschrauber gebracht und nach Vancouver in das Forschungszentrum der Universität von British Columbia geflogen wurde. Ich saß bei ihm und fühlte mich von einer große Unsicherheit und Angst gequält. Am Abend fand die erste Konferenz statt. Beisitzend waren der Professor, ein Psychologe, ein Psychiater und ein Neurobiologe. Ihre Blicke verharrten stillschweigend auf meinen Berichten. Draußen war es bereits dunkel und ungemütlich. Dane lag auf der ersten Etage der Neurologie und zeigte keine weiteren Anzeichen von Veränderung. Sein Körper rebellierte zwar gegen die Fesseln, die ich ihm sicherheitshalber anlegen ließ, aber ansonsten nahm er keinen Kontakt zu mir auf. Zu niemandem. Er wurde allerdings merklich unruhiger, sodass wir ihm eine Beruhigungsspritze geben mussten. Es schien derzeit der einzige Weg zu sein, ihn hin und wieder zur Ruhe kommen zu lassen. Mit meinem Einverständnis wurde eine Blutabnahme zu weiteren aufschlussreicheren Diagnosen gemacht, wie man mir sagte.

Die Ärzte sahen mich nun an und schüttelten ratlos die Köpfe. Sie machten mich darauf aufmerksam, hier sicherlich nicht an der richtigen Adresse zu sein. Ihr Gebiet der Forschung befasse sich mit Krankheiten der Psychopathie und Perversion, mit Kurzschlüssen von Amokläufern und somit hochkriminellem Potential. Dane wäre wohl eher ein Fall für die Neurologie. Sie sahen die Gefahr einer Verwechslung und von Missverständnissen, nämlich die, zu Ergebnissen zu kommen, die zufälligerweise krankheitsähnlichen Symptomen im Rahmen ihrer Forschung glichen. Man konnte bei Dane nicht mehr von einer normalen Kontrollperson sprechen. Man wusste überhaupt nicht, wovon man sprechen sollte, wo ein Maß zu setzen war und was sie überhaupt finden sollten. Und sie verboten sich, Untersuchungen in eine nicht erforschte Richtung zu wagen. „Und dafür bin ich hierhergekommen? Um mir das anzuhören? Warum wurde die ganze Aktion von der Versicherung unterstützt? Herrgott!", schrie ich aufgebracht in die Runde.

Der Professor legte nachdenklich sein Kinn zwischen Zeigefinger und Daumen und überlegte sich die Antwort gut: „Es kommt auf die Darstellung des Falles an."

„Wie soll ich das bitte verstehen?" Ich fühlte mich in Frage gestellt und wurde bissig.

„Wie ich sagte, es kommt darauf an, wie Sie seinen Fall bei der Versicherung dargestellt haben."

Mir wurde unbehaglich und ich musste mich kurz räuspern. Der Versicherung hatte ich natürlich einen verschleierten Bericht zukommen lassen, um die Genehmigung für diese Untersuchung zu bekommen. „Sehen Sie, nachdem Ihr Patient nur gerade drei Wochen nach dem Vorfall Probleme mit sich hat, können wir ihm nicht diese Untersuchungen zumuten, geschweige denn das alles vor der Versicherung rechtfertigen. Hat Ihr Patient sich je zuvor auf krimineller Ebene bewegt? Sind Beweggründe vorhanden, ihn als krank im Sinne unserer Forschung zu sehen? Er hat einen schlimmen Überfall hinter sich, das ist uns klar, aber das ist auch alles, was wir wissen. Wir können doch nicht jeden Patienten, der überfallen oder vergewaltigt worden ist, hier in dieses Forschungsprogramm aufnehmen, nur weil er nicht so reagiert, wie Sie es gerne hätten. Und schon gar nicht nach so kurzer Zeit. Wo kämen wir da hin? Wir sollten doch nicht anfangen, einfach grundlos nach psychopathischen oder perversen Neigungen zu suchen. Das ist in diesem Fall – entschuldigen Sie die Ausdrucksweise – völlig hirnverbrannt, Dr. Clark."

Ich wurde rot und wütend zugleich, fühlte mich missverstanden und abgeblockt, eingeengt von der Überzahl der Kapazitäten und wurde wieder laut: „Verdammt noch mal! Will denn keiner verstehen? Ich will doch nur sehen und verstehen, was mit seinem Gehirn passiert ist. Ich will doch nichts anderes, als sein Verhalten zu erklären versuchen. Öffnen Sie sich doch bitte einmal einer anderen Forschung. Sie haben hier ein einmaliges Gerät in der Wissenschaft stehen. Das muss doch nicht nur der Suche nach dem Bösen dienen. Kann es nicht auch dem normalen Menschen helfen – helfen, zu begreifen? Den Ärzten helfen, ein weites Spektrum an psychosomatischen Krankheiten zu verstehen, Fehlfunktionen zu verdeutlichen, Genveränderungen aufzeigen? Es muss doch nicht immer in die Richtung der Psychopathie gehen. Vielleicht erkennt man Zusammenhänge zum vegetativen Nervensystem des Körpers, gesteuert von einer defekten Zelle oder einem fehlerhaften Gen im Gehirn. Sehen Sie, Mr. Galloway hat völlig untypische Reaktionen – seine körperlichen Reaktionen meine ich. An seinen Verstand bin ich bis jetzt gar nicht herangekommen, weil er geistig noch nicht zu sich kommt und sich mitteilen kann. Dann können Sie mir doch nicht erzählen, dass alles vielleicht seine Richtigkeit haben kann! Entschuldigung! Wie lange soll ich noch warten – vier Wochen, sechs Wochen, Monate, um wieder hierher zu kommen und mit Ihnen das alles noch einmal zu diskutieren? Ich möchte jetzt und hier verstehen und Ihre bisherige Testreihe ganz außer Acht lassen. Es ist mir egal, mit welchen Menschen Ihre Forschung arbeitet. Mir ist ein solcher Fall wie dieser noch nie unter die Augen gekommen. Wäre es nicht ziemlich verantwortungslos, ihn in ein paar Wochen der Psychiatrie zu übergeben, wo er dann vollgepumpt mit Psychopharmaka daliegt und nie mehr die Chance auf ein normales Leben erhalten würde? Was würden Sie von Ihrem Arzt erwarten, wenn es Ihnen so erginge und keiner gäbe Ihnen eine Chance?“ Das saß! Die Ärzte schauten mich an – alle. Betroffen blickten sie sich reihum an, bis ein stummes Nicken durch den Raum ging. Ich hatte mich abreagiert und fühlte mich ausgelaugt, doch ich verspürte auch eine gewisse Zufriedenheit. Dennoch fand ich, zurück in meinem Zimmer, keinen Schlaf.

*

Kurz nachdem die Sonne aufging, wurde Dane in das Untersuchungszimmer gefahren. Viele aneinandergereihte Bildschirme machten es zu einem neuartigen und für mich fremden Ort der Wissenschaft. Mich schmückten dunkle Ränder unter den Augen und es holten mich ehrliche Zweifel ein, hier das Richtige zu tun. Der Professor erschien als einziger. Wir gaben uns zum Gruß die Hand und begannen mit den Vorbereitungen. „Ich möchte Sie kurz darauf aufmerksam machen, dass wir bisher nur mit geistig wachen Menschen gearbeitet haben. Diese Messmethode soll nämlich keinem willkürlichen Maßstab zu Grunde liegen. Wir machen Hirnstrommessungen in neuesten High-Tech-Aufnahmen. Normalerweise bekommen unsere Testpersonen bei Hirnmessungen über einen Monitor nach und nach lange Listen von Wörtern eingeblendet, die üblicherweise mit positiven oder negativen Gefühlen belegt sind. Nun haben wir uns gestern Abend noch einmal zusammengesetzt und überlegt, wie wir mit Mr. Galloway verfahren können, um bestimmte, sagen wir mal normale Reaktionen und Messungen zu erlangen."

Ich hob den Zeigefinger wie in der Schule: „Wir …"

„Ja, ich weiß, wir brauchen ihn nur zu berühren. Mir ist klar, dass dann eine Reaktion stattfindet. Aber was verbinden wir mit dieser Berührung? Was erwarten wir? Was ist in seinem Fall denn eine gute oder schlechte Reaktion? Verstehen Sie das Problem? Wir sehen eine Möglichkeit darin, mit ihm zu kommunizieren, ihm bestimmte Worte zu sagen und ihn an bestimmten Teilen seines Körpers zu berühren. Aber dabei werden wir wohl immer die gleiche Reaktion erhalten. Sehen Sie sich Ihren Patienten doch einmal an. Er ist ja jetzt schon völlig aufgebracht. Wir brauchen eigentlich gar nichts tun."

Ich wollte etwas sagen, aber er signalisierte mit einer schnellen Handbewegung, dass er keine Antwort wünschte und bemerkte kurz: „Ich werde ihm vorsichtig die Messgeräte anschließen. Ist er fixiert?"

Ich blickte unter die Decke und nickte zufrieden. Der Professor hielt eine blaue Haube in der Hand, die innen mit vielen Sensoren versehen und außen durch sechs Kabel mit einem Computer verbunden war.

Hilfe!, schrie Dane. Was passiert hier?
Halt still, zischte das Loch. Verdammt, halt still!
Ich bekomme keine Luft mehr!
Du sollst stillhalten!

Erstarrt ließ Dane die Verkabelung über sich ergehen und presste panisch den Atem durch seine Nasenlöcher. Die Riemen an Hand- und Fußgelenken, Schulter und Leiste drückten sich tief in seine Haut. Der Professor schaltete das Gerät ein und sah mich dabei gleichgültig an. Der Computer zeigte konfuse Bilder, und es war überhaupt kein System in die Aufzeichnungen zu bringen, um eine ergebnisreiche Arbeit zu beginnen.

„Da, sehen Sie? Wie ich bereits sagte: zwecklos. Ich kann in diesem Zustand nicht mit ihm arbeiten."

Ich war irritiert. Die Aufnahme zeigte doch, dass sich in Danes Gehirn die Hölle abspielte!

„Sehen Sie sich das Dilemma an! So eine konfuse Aufzeichnung hatten wir noch nie." Der Professor schüttelte genervt den Kopf und sah seine Erwartungen bestätigt. Ihm war überhaupt nicht wohl bei dieser ganzen Aktion. Ich bemerkte: „Wir sollten ihm Zeit lassen, nicht mit ihm reden. Lassen Sie ihn zur Ruhe kommen. Wahrscheinlich ist er durch diese fremde Situation vollkommen überdreht. Ich schlage vor, wir warten, bis sich das Bild auf dem Monitor beruhigt hat." In mir krampfte sich der Magen zusammen, als ich daran dachte, noch nicht einmal Johnathan in diese Aktion eingeweiht zu haben. War ich ihm das nicht eigentlich schuldig?

Ich taxierte die fremden Geräte mit angespannter Neugier. Dann starrte ich, genau wie mein Gegenüber, mit gebannter Erwartung wieder auf den Bildschirm des Computers. Die Ausschläge verkürzten sich, bis tatsächlich eine ruhige und regelmäßige Aufzeichnung zu sehen war. Der Professor nickte mir stumm zu und begann mit dem Experiment: Er berührte Danes Hand. Die Aufzeichnung blieb konstant. Ich zog die Augenbrauen ungläubig hoch und schaute ernst zu dem Professor. Dieser legte seine Hand nun auf Danes linke Wange. Wieder blieb die Aufzeichnung konstant und Dane völlig ruhig. Es war unglaublich! Nachdem der Professor noch fünf weitere Stellen seines Körpers berührt hatte, befanden wir uns in einer merkwürdigen Situation. Ich wurde unruhig, man könnte mir eine Fehleinschätzung unterstellen, aber der Arzt beruhigte mich und überzeugte mich vom Gegenteil. „Sehen Sie sich das an! Er reagiert überhaupt nicht mehr. Sehen Sie, ich kann ihn überall anfassen und nicht eine Messung wird von dem Computer registriert." Der Professor fuhr mit seinen Händen den gesamten Körper ab, rauf und wieder runter, und nicht ein Ausschlag zeigte sich auf dem Bildschirm. Er schüttelte den Kopf und sprach Dane an: „Dane, können Sie mich hören?" Das Bild blieb ruhig. „Haben Sie Schmerzen?" Nichts. „Haben Sie Angst?" Nichts. „Was spielen Sie uns hier vor?" Eine leichte Veränderung zeichnete sich auf. „Sie spielen ein Spiel?" Das Gerät zeigte geringfügig veränderte Kurven an. Es tat sich etwas. „Sind Sie krank?" Nichts. „Wollen Sie hier weg?" Nichts.

So zog sich dieses recht ergebnislose Fragespiel hin. Den leichten Reaktionen auf Wörter wie Spiel oder spielen maßen wir keinerlei Bedeutung bei. Es war für uns ein völlig belangloses Wort. Der Professor gab ihm dann Worte vor, gute und böse, aber auch das bewirkte nicht das Geringste. Er atmete tief aus und zog Dane die Maske vorsichtig vom Kopf. „Sie haben recht, es stimmt etwas nicht mit ihm."

„Das ist Wahnsinn! Sie berühren ihn und es tut sich nichts! Berühre ich ihn, dreht er völlig ab!"

„Das wollen wir testen." Wieder streifte der Professor ihm die Haube über den Kopf. Dane blieb diesmal vollkommen ruhig. Man hätte ihn für tot halten können, wäre da nicht das Heben und Senken seiner Brust gewesen. Das Gerät zeigte dieselbe Reaktion wie eben, als ich meine Hand auf Danes legte. Was hatte ich erwartet? Es tat sich nichts. Ich berührte ihn weiter und fuhr genau wie eben noch mein Gegenüber den gesamten Körper ab. Dann begann ich, mit Dane zu reden: „Dane, zeig mir, dass das nicht wahr ist." Nichts. „Was ist dir in dieser Nacht passiert?" Nichts. „Hast du Joan getroffen?" Nichts. „Hast du Angst, angefasst zu werden?" Nichts. Ich schaute meinen Kollegen an. „Kann es sein, dass er uns überhaupt nicht hört?"

„Unmöglich. Dann wäre die Aufzeichnung völlig anders als sie ist. Ein Schlafzustand, Ohnmacht oder Bewusstlosigkeit zeigt sich anders. Er ist im Wachzustand und …"

„… warum öffnet er dann nicht die Augen?", fragte ich ungläubig. Wachzustand! Er hatte seit seiner Einlieferung nicht einen Tag die Augen geöffnet! Wie sollte er sich da im Wachzustand befinden?

„Wollen Sie meine ehrliche Meinung hören?", fragte der Professor über seine halbe Lesebrille hinweg.

„Ja, zum Teufel!" Das wollte ich!

„Weil er sich konzentriert. Und er kontrolliert sich, er meditiert."

„Er tut was?" Diese Antwort erschien mir so irre, ja blödsinnig, dass ich fast gelacht hätte.

„Sehen Sie, Sie glauben mir nicht. Lassen Sie uns weitermachen."

Während ich mit meinem Stuhl wegrollte und die nackte Wand anstarrte, bereitete der Professor ihn auf die nächste Untersuchung vor. Ich musste erst einmal meine Fassungslosigkeit verdauen. Wachzustand! Meditation! Kontrolle! Welche Gründe sollte Dane haben, so etwas zu tun?

Das machst du gut, sagte das Loch.
Dane hörte es nicht. Er war ganz weit weg.

Erneut umschloss eine Haube seinen Kopf, die innen mit Sensoren versehen und mit dem Computer verbunden war. Ich wurde wieder aufmerksam und rollte mit dem Stuhl zu meinem Kollegen zurück. Auf dem Bildschirm wurde eine klare High-Tech-Aufnahme von Danes Gehirn sichtbar, um anatomische Auffälligkeiten zu erforschen, wie der Professor mir erklärte. Wie ein Stück Torte schnitt er virtuell einen Teil des Gehirns heraus und konnte in biochemische Prozesse hineinsehen. Er wurde aufmerksam. Sein Interesse wuchs. Ich wollte etwas sagen, aber der Professor wehrte mich mit einer kurzen Handbewegung ab. Dann winkte er mich näher heran, bis sich unsere Gesichter fast berührten. „Sehen Sie das?" Der Professor zeichnete eine feine Linie mit seinem Zeigefinger auf den Bildschirm. „Da, sehen Sie. Es ist phantastisch zu erkennen."

Ich wurde aufmerksam, aber sehen konnte ich nichts. „Was ist das?", fragte ich so ruhig wie möglich.

„Das sind kleine Risse in den Nervenfasern. Sie verbinden als Kontrollinstanz wirkende vordere Teile des Gehirns mit tiefliegenden, in denen aggressive Impulse entstehen."

„Kann das durch den Überfall gekommen sein?"

„Das will ich nicht sagen. Diese Risse scheinen mir früherer Herkunft zu sein, vielleicht verstärkt durch den Überfall, aber nein, nicht allein davon."

Ich nickte. „Wie sind sie zustande gekommen?"

„Vielleicht durch frühkindliche Gewalt. Bei Untersuchungen von 4000 amerikanischen Jungen fand man bei Kindern, die zum Beispiel früh geschlagen worden waren oder bei deren Geburt es Komplikationen gegeben hatte, oft weil die Mutter keine ausreichende medizinische Beratung und Versorgung während der Schwangerschaft erhielt, diese Risse von wichtigen Nervenfasern. Meist aber bei misshandelten Kindern. Die Folgen sind oft fatal. Die Möglichkeit, später auffällig aggressiv oder gewalttätig zu werden, ist dreimal höher als bei Menschen, die diese Risse nicht aufweisen. Das soll jetzt aber nichts heißen. Ich wollte Ihnen nur kurz erklären … wie gut kennen Sie Ihren Patienten?“

Ich war zu perplex, um zu antworten. Es passte wirklich nichts zusammen. „Ich kenne ihn gut …“, sagte ich leise, „das heißt, ich glaube ihn zu kennen, aber das bringt mich jetzt doch etwas aus der Fassung. Besteht die Möglichkeit, dass diese beschädigten Nervenfasern vererbt sein können, ohne dass diese Voraussetzungen vorliegen, die Sie eben erwähnt haben?“

Jetzt stockte der Professor und schaute zu Boden. „Nein, diesen Aspekt muss ich ausschließen. Die Untersuchungen sind willkürlich durchgeführt worden. Es haben sich diese Risse nur bei nachweisbar vorbelasteten Patienten gezeigt. Wir können uns aber leider nur auf die 4000 Untersuchungen beziehen. Ich will nicht bestreiten, dass auch vereinzelt Ausnahmen vorkommen können.“ Der Professor rollte mit seinem Stuhl vom Monitor weg und sah mich an. „Ich stelle eine gewisse Schutzhaltung Ihrerseits gegenüber Ihrem Patienten fest. Ich hätte das gerne erklärt.“

Ich erklärte ihm kurz mein Verhältnis zu Dane und erhielt etwas Sympathie von meinem Gegenüber.

„Jetzt verstehe ich, Dr. Clark. Sie sind mit Mr. Galloway gut befreundet, nicht wahr?“ Er brauchte das Nicken nicht abzuwarten. „Das begünstigt unsere Aktion ungemein. Warum haben Sie das nicht gleich gesagt? Was wissen Sie über sein bisheriges Leben?“, fragte der Professor und tippte auf der Tastatur des Computers herum. Das Bild begann sich zu verändern. Es waren plötzlich bunte Farbschattierungen zu sehen, aktive Wärme- und Kältezonen, wie er kurz erklärte. „Ich gebe die Aufnahme jetzt für die emotionalen Reize frei.“

Die Farbspielereien veränderten sich und schwammen ineinander wie Wackelpudding, bis sich das Bild wieder festigte und die scharfen Konturen seines Gehirns zu erkennen waren. Aus den warmen Rottönen wurden vermehrt kalte Blautöne, bis sich ein fester Emotionszustand seines Gehirns eingespielt hatte.

„Er hat nie von früher geredet“, antwortete ich. „Ich kenne ihn seit fünfzehn Jahren als einen korrekten und freundlichen Menschen. Gradlinig. Er hat nie Anzeichen von Gewalt gezeigt oder sich auffällig aggressiv verhalten – eher das Gegenteil. Er ist unglaublich positiv und lustig, temperamentvoll, aber nicht kopflos oder überdreht. Manchmal auch sehr ruhig. Ja, er trägt hin und wieder eine nahezu unheimliche Ruhe in sich. Ich nenne es dann eine stille Wut.“

„Wann kommt diese stille Wut an die Oberfläche?“, fragte der Professor.

Jetzt hatte ich etwas gesagt, das ich gar nicht so schnell erklären konnte, also dachte ich nach. Ich wühlte in der Kiste meiner Erinnerungen und versuchte, diese stille Wut zu finden. Ich fand sie: „Sie kommt, wenn ich zu nahe an ihn herankommen will.“

„Sie meinen das im übertragenen Sinne?“

„Ja, genau. Wenn ich über meine Worte nachdenke, wird mir bewusst, wie wenig er immer von sich selbst gesprochen hat oder auch bestimmte Fragen nicht mochte. Ich meine nicht Fragen nach der Uhrzeit, ich meine Fragen, die ihn ganz persönlich betreffen, seine Person, seine Vergangenheit. Obwohl – es gab tausend Dinge, über die wir reden konnten, abstrakte Dinge. Aber manchmal konnte man merken, wie ihn etwas beschäftigt hat, an das er keinen heranließ. Das finde ich auch in Ordnung. Ich erzähle auch nicht alles, was mir im Kopf herumgeht. Das macht wohl auch unsere Freundschaft aus. Sie ist unkompliziert.“ Ich hielt mir den Kopf. „Ich glaube, ich zerlege hier etwas in eine völlig falsche Richtung. Er ist eben ein Mensch, der nicht gerne über sich redet, wie Tausende von Menschen, die das auch nicht tun, die es nicht mögen, sich in den Vordergrund zu stellen. Dane ist einer von ihnen. Ich sag ja, gradlinig.“

„Sie sagten, er ist unkompliziert.“

„Genau.“

„Das ist wahrscheinlich genau der Punkt, wie er gesehen werden will. Er will eine unkomplizierte Freundschaft. Er will, dass ihn niemand hinterfragt oder die Tür zu seinem wahren Ich öffnet. Dieser Kontrast seines Wesens erscheint mir auffallend. Er ist temperamentvoll und extrem verschlossen. Er ist redselig und extrem still. Ich behaupte mal, dass er temperamentvoll und redselig ist, wenn Sie unpersönliche Dinge mit ihm besprechen. Er ist ruhig und still, wenn Sie persönliche Dinge ansprechen. Er ist eine Welle, die nach oben und nach unten ausschlägt. Je nachdem, wohin Sie seine Gefühle jagen. Er ist einfach *nicht* gradlinig.“

„Sind wir das nicht alle?“

Der Professor schaute zu Boden. Auch ich versuchte über die Worte nachzudenken, aber sie gaben mir keinen Anlass, unruhig zu werden. Das sollte sich bald ändern.

Die High-Tech-Aufnahme war konstant geblieben. Dane hatte seine Meditation wieder eingesetzt, die höchste Ebene erreicht und zeigte keinerlei Reaktionen. Um ihn herum herrschte große Stille. Wie immer, wenn man ihm zu nahe kam.

Ich fuhr fort: „Er kann mit Gelassenheit, Scharfsinn und Ignoranz umgehen wie wir mit Messer und Gabel. Er setzt es einfach im richtigen Moment ein. Ich sehe es als eine Art Lebenskunst an, und das lässt ihn für mich so gradlinig erscheinen. Kurzum, er hat immer im rechten Moment die rechte Idee und das rechte Benehmen.“

„Sie wollen mich nicht verstehen“, sagte der Arzt.

Ich räusperte mich. Er hatte recht.

„Okay, dann fange ich anders an. Was ist mit seiner Zeit vor Ihrer Freundschaft? Haben Sie ihn schon vorher gekannt? Hat er immer schon in Kalifornien gelebt?“

„Nein, nicht dass ich wüsste. Er tauchte wie aus dem Nichts in meinem Leben auf – in unserem Leben. Da ist noch Mr. Gepart, mit dem zusammen er ein Lokal führt. Aber ich sagte ja schon, dass er nie über seine Vergangenheit gesprochen hat. Das ist ja auch sein gutes Recht. Was geht sie uns an?“ Ich wehrte und wehrte mich.

„Sie ist der Knackpunkt."

Ich sah den Professor verständnislos an. „Welcher Knackpunkt?"

Der Arzt sprach langsam, wie ein Lehrer, der einem begriffsstutzigen Knaben eine Aufgabe wieder und wieder erklärt: „Wenn er aus seiner Vergangenheit nichts zu verbergen hätte, hätte er Ihnen sicherlich schon so einiges erzählt. Als gute Freunde, und ich nehme an, das sind Sie, tauscht man doch mehr aus als nur die Realität. Was ist mit seiner Familie? Was wissen Sie über seine Eltern?"

„Nichts."

„Woher ist er gekommen? Wo hat er früher gelebt?"

„Weiß ich nicht."

„Was hat er früher gemacht, was hat er gelernt?"

„Weiß ich nicht."

„Hat er Geschwister?"

„Weiß ich nicht."

„Leben seine Eltern noch? Hat er Fotos von früher?"

„Herrgott! Weiß ich nicht!"

„Und das nennen Sie in Ordnung? Rutscht denn niemals ein Wort der Erinnerung an frühere Zeiten aus ihm heraus?"

Nein! Nein! Nein! Ich schüttelte den Kopf.

„Ist Ihnen nie in den Sinn gekommen, dass er etwas ganz Gewaltiges vor Ihnen verheimlicht?"

Nein!, schrie es in mir. Ich wollte diesen Makel unserer Freundschaft nicht wahrhaben. „Er war 23, als er zu uns nach Glendale kam!", schrie ich jetzt. „Was sollte er denn Großes vor uns zu verheimlichen haben? Er hatte zu diesem Zeitpunkt doch sein Leben noch vor sich! Und das haben wir bis heute mit ihm gemeinsam erlebt. Makellos!"

„Er hatte seine Kindheit und Jugend hinter sich. Die prägendste Zeit von allen. Das hatte er hinter sich. Und das ist der Knackpunkt."

Ich dachte plötzlich an die alten Vernarbungen an Danes Analkanal. Sollte ich das erzählen? Waren sie der Knackpunkt? Nein, ich wollte nichts erzählen. Dane hatte nichts erzählt, also sollte ich auch den Mund halten. Dane war mein Freund. Freunde sind auch zum Schweigen da. „Wenn seine Kindheit oder Jugend so schlimm gewesen ist, wie konnte er dann der Mensch sein, der er ist?“

„Wissen Sie, wie er wirklich ist? Wissen Sie, was er tut, wenn er nicht mit Ihnen zusammen ist?“

Ich dachte an Joan. Aber das waren nur wenige Wochen, die er mit ihr verbracht hatte.

„Vertrauen Sie ihm?“, unterbrach der Professor meine Gedanken.

„Absolut.“

„Das ist gut für ihn. Das ist wichtig für ihn.“

„Worauf wollen Sie eigentlich hinaus? Wollen Sie meine Freundschaft zu ihm infrage stellen?“

„Nein, ich will Ihnen nur die rosa Brille abnehmen, denn es ist unmöglich, dass Ihr Freund frei von allen Makeln ist. Glauben Sie mir einfach. Was ich bisher hier gesehen und gehört habe, ist mir sehr bekannt. Das werden Sie nicht verstehen, aber vielleicht kann ich Sie noch davon überzeugen, dass hier ein falsches Spiel von Seiten Ihres Freundes läuft. Ich will ihm gewiss nicht die Grausamkeit des Überfalls absprechen, um Gottes Willen, aber ich werde versuchen, Sie davon zu überzeugen, dass sein jetziger Zustand von ihm gesteuert wird – bewusst gesteuert. Was Sie bisher im Krankenhaus erlebt haben, ist nichts Ungewöhnliches, mit welchem Hintergedanken auch immer. Sind die Hintergründe des Überfalls aufgeklärt worden?“

„Nein, sind sie nicht.“ Wut kroch in mir hoch.

„Dieser Mann, der jetzt vor uns liegt und Ihr bester Freund ist, kann uns die Hintergründe hundertprozentig mitteilen. Ein Patient mit solch einem Verhalten, wie Sie es mir geschildert haben, kann nicht so meditieren. Das ist völlig widersprüchlich, dann wäre er auch in der Lage, seine Augen zu öffnen und mit Ihnen zu reden, was er ja offensichtlich nicht tun möchte. Meditation heißt Beherrschung, Beruhigung, Insichkehren. Hier stimmt etwas ganz und gar nicht.“

„Vielleicht meditiert er in den wenigen Sekunden geistiger Klarheit, um wieder zu sich zu kommen? Vielleicht sprechen Sie ihm eine ungeheure Bemühung um seine Gesundung ab."

Ich kann nicht mehr!, schrie Dane.
Du musst durchhalten!, schrie das Loch zurück.
Ich kann nicht mehr!, schrie Dane erneut.

Durch dieses Zwiegespräch mit dem Loch veränderte sich sein Emotionszustand und somit die High-Tech-Aufnahme. Das warme Rot überließ einer giftigen Grünfarbe den Vortritt. Der Professor nahm diesen Prozess sofort wahr und unterbrach unser Gespräch. „Sehen Sie das? Das meine ich. Das ist unglaublich!"

Ich starrte ebenfalls auf den Monitor.

„Wir unterhalten uns hier über das Leben von Mr. Galloway, und die ersten Reaktionen zeigen sich. Diese gravierende Veränderung zu dem Bild von eben zeigt uns, dass er uns jetzt zuhört und versteht, ansonsten würden die Farben konstant bleiben. Er ist gegenwärtig, das heißt, er ist jetzt wach! Er hat sich aus der Meditation gelöst. Diese grüne Farbe zeigt uns, dass er momentan emotionale Reize ausblendet. Die Veränderung, verstehen Sie?" Der Professor sah mich erfreut an. Ich verstand wieder einmal nichts und spürte nur Wut in mir.

„Wenn sich das Bild verändert, nimmt er Reize auf. Er hat unser Gespräch wahrgenommen und reagiert. Das Bild hat sich soeben neu gestaltet. Allerdings etwas ungewöhnlich." Der Professor redete jetzt langsamer und konzentrierter. „Über was sprachen wir gerade? Seine Vergangenheit? Die aktiven Wärmezonen, die sich jetzt eigentlich bei diesem Thema zeigen müssten, weisen nur minimale, fast gar keine Anzeichen von Wärme auf. Ich werde es Ihnen kurz erklären."

Das musste er, schon alleine, um meine Wut zu zügeln.

„Bei den meisten Menschen lösen gefühlsgeladene Begriffe wie Kindheit, Eltern, Geschwister, Jugend oder Vergangenheit erhöhte Aktivitäten in der Schläfengegend aus. Dies wäre bei dieser Aufnahme durch eine rote Farbe sichtbar. Man spricht dann von Emotionen im Bild. Bei Ihrem Freund zeichnet sich eine sogenannte Kälte ab – eine grüne Farbe. Er hört uns, ganz sicher. Das erklären die veränderten Farben der Aufnahme. Die können sich nur während eines Wachzustandes zeigen. Sein Gehirn reagiert aber nicht normal auf den emotionalen Reiz unseres Gesprächs. Es lässt Kälte zustande kommen, die zeigt, dass etwas nicht in Ordnung ist, etwas, das ihn abstößt, kalt lässt. Was er nicht wissen will. Sagten Sie nicht eben, dass er nie über seine Vergangenheit redet?"

Ich nickte benommen. Meine Wut wechselte zu Beklommenheit über.

„Weil sie ihn abstößt. Das ist das, was ich Ihnen zu erklären versucht habe. Er will nichts damit zu tun haben, mit dem Gefühl, das damit verbunden ist, verstehen Sie? Es muss eine schlechte Zeit für ihn gewesen sein. Wir sollten uns weiter unterhalten und sehen, was passiert. Aber warten Sie, ich hole kurz das Testergebnis seiner Genbestimmung hinzu. Sie wissen, durch die Blutabnahme gestern Abend haben wir uns herausgenommen, seine Gene zu bestimmen. Sie wollen ja schließlich ein Ergebnis haben, wenn Sie wieder nach Hause fliegen."

Ich sah mich nicht mehr in der Lage, der Sache zu folgen, während die Finger des Professors hastig auf der Tastatur herum tippten. Ich hatte mir gewiss eine Hilfe erhofft, aber nicht die, die ich nun bekam. Tausende von Zahlen flackerten über den Monitor. Es zeichnete sich ein neues Programm ab und eine komplizierte Grafik erschien, die der Professor eingehend studierte. Eine beklemmende Ruhe herrschte im Untersuchungszimmer.

„Das ist … wie soll ich sagen … sehen Sie." Der Kopf des Gelehrten wiegte sich leicht hin und her. Er zog den Mund spitz zusammen, entspannte ihn wieder und ließ schwarz auf weiß belegte Dinge über die Lippen kommen, langsam und ernst: „Hören Sie mir gut zu, was ich Ihnen jetzt zu sagen habe. Es ist wirklich kein Spaß mehr. Sein Verhalten scheint mir mit diesem Ergebnis immer plausibler. Mr. Galloway besitzt ein defektes Gen auf dem X-Chromosom, durch das die chemische Aggressionskontrolle im Gehirn gestört wird. Das ist unglaublich, ich kann es nicht fassen! Hat Ihr Freund wirklich niemals ... niemals aggressive Verhaltensmuster gezeigt oder niemals versucht, andere Menschen zu belästigen oder anzugreifen? Auch nicht aus Spaß oder so?“

Ich schüttelte bestürzt den Kopf!

„Ich kann es nicht glauben“, sagte der Professor kopfschüttelnd. „Dieser Gen-Defekt ist vorhanden. Er muss sein Leben unglaublich im Griff gehabt haben. Das findet man selten. Es ist ein in der Anlage verstecktes Gen. So ein Fall ist bisher nur einmal 1978 in den Niederlanden aufgetreten. Eine Frau wandte sich damals an die Ärzte des Uni-Klinikums Nijmegen, weil, so sagte sie, irgendetwas mit den Männern in ihrer Familie nicht stimmte. Einer hatte versucht, seinen Chef mit dem Auto zu überfahren, und ein zweiter wollte seine Schwester vergewaltigen. Andere waren Brandstifter oder Exhibitionisten. Als wahrscheinliche Ursache für diese über Generationen auftretenden Auffälligkeiten fand Professor Han Brunner Anfang diesen Jahres ein defektes Gen auf dem X-Chromosom. Verrückt, nicht wahr? Vielleicht steht Ihr Freund vor dem Problem, eine psychopathische Erkrankung vor Ihnen zu verbergen und Aggressionen zu unterdrücken, die sich um ein Vielfaches nach der Vergewaltigung verstärkt haben! Warten Sie, ich werde etwas verändern.“

Dabei wollte ich gerade etwas sagen.

ICH KANN NICHT MEHR!, schrie Dane, doch das Loch schrie ihn an, durchzuhalten.

Der Professor stand auf und nahm Dane die Haube mit wenigen Handgriffen wieder vom Kopf ab. Das veranlasste mich dazu, sprachlos, wie ich nun war, mich ebenfalls zu erheben. Dann sah ich die Spritze, auf der ‚radioaktive Zuckerlösung‘ stand und rastete vollkommen aus: „Einen Scheiß werden Sie tun! Ich glaub, ich spinne! Hätte mir denken können, dass ich von Ihnen nur Mist erfahre! Er ist doch kein Psychopath! Scheiße nochmal! Wieso lasten Sie ihm Dinge an, wollen aus ihm einen kranken Menschen machen? Wieso diese verdammte Spritze? Ich bin doch nicht hierhergekommen, um ihn zu brandmarken! Wieso diese verdammte Spritze?" Ich muss feuerrot im Gesicht gewesen sein, und das bin ich selten.

„Weil Ihr Freund allem Anschein nach wirklich krank ist, verstehen Sie? Sein Verhalten hat vermutlich gar nichts mit dem Überfall zu tun. Es hat etwas damit zu tun, dass Sie jetzt hinter Dinge kommen könnten, die er nicht bekannt geben will. Vielleicht in Zusammenhang mit den Motiven des Überfalls. Ich kann doch nichts für die Ergebnisse. Sie sind doch zu uns gekommen! Seien Sie froh, dies jetzt und hier erkannt zu haben und nicht später, wenn …"

„Ja!? Wenn was?", schrie ich ihn an.

„Ich will Ihnen doch nur helfen! Vielleicht schlummert in Ihrem Freund mehr, als Sie erahnen! Sie sind doch genauso irritiert über sein Verhalten wie wir. Alles passt zusammen. Es scheint mir, als wenn Mr. Galloway Sie hinters Licht führen will, ich meine, er zeigt Ihnen seelische Schmerzen, die er gar nicht hat, und es wirkt ja auch wunderbar bemitleidenswert. So bemitleidenswert, dass Sie die Motive des Überfalls wahrscheinlich bald in den Hintergrund schieben werden und sich nur noch um ihn selbst sorgen werden. Damit hat er Sie wieder einmal von etwas abgelenkt, das Sie nicht wissen dürfen. Geplante Überfälle wie diese finden nicht willkürlich statt. Ist doch logisch! Wissen Sie, man erkennt diese Menschen nicht auf den ersten Blick, denn zumeist sind sie auffallend charmant und blendende Schauspieler, die es meisterhaft verstehen, sich ins rechte Licht zu rücken und ihr Gegenüber um den kleinen Finger zu wickeln. Doch die einzigen Regeln, die ihr Handeln bestimmen, sind ihre eigenen. Sie sind schnell gelangweilt, oft großspurig im Auftreten und – bis auf unberechenbare, impulsive Aufwallungen mit ebenso unabsehbaren Folgen – eiskalt. Was sagen Sie?"

Ich glaubte nichts von dem, was ich alles zu hören bekam. „Das ist er nicht! Sie kennen ihn gar nicht! Er ist nichts von alledem. Er ist ein wunderbarer Mensch. Weshalb, glauben Sie, bin ich mit ihm hierhergekommen? Verdammt noch mal! Was soll diese Spritze?"

„Wir können mithilfe einer Detektorröhre Schicht für Schicht in sein Gehirn blicken und damit nicht nur dessen Aufbau mit dieser radioaktiven Zuckerlösung sichtbar machen, sondern auch die chemischen Aktivitäten einzelner Hirnregionen beobachten und finden vielleicht brauchbare Hinweise für sein Verhalten. Sehen Sie, wenn er auch bis jetzt alles gut vertuscht hat, so weist alles darauf hin, dass in ihm eine Veranlagung zu unkontrollierten Aggressionen steckt. Das ist es doch, was Sie hören wollten, nicht wahr? Wie ist sein Vater, seine Mutter? Wie ist seine Familie? Sie glauben gar nicht, in welchen Schichten wir diese Art von Menschen finden. Sie kennen doch seine Familie gar nicht."

„Nein … aber … aber ich werde es nicht zulassen, was hier passiert! Sie hatten recht gestern. Ich bin hier fehl am Platz und möchte bitte unverzüglich Ihre Universität verlassen."

„Aber Dr. Clark, Sie können doch nicht alles so im Raum stehen lassen. Wie wird er sein, wenn er wieder richtig zu sich kommt?"

„Verdammt normal, schätze ich! Und lassen Sie um Gottes Willen die Finger von ihm!"

Am späten Abend war ich mit Dane wieder in Los Angeles.

Gut gemacht, lobte das Loch.

Mir ist so heiß, sagte Dane. Ich halte das nicht mehr aus.

Das brauchst du auch nicht. Du kannst langsam wieder zu dir kommen. Aber halte dich bedeckt.

*

Ich schwieg über die Geschehnisse in der Universität und verfasste enttäuscht einen zweideutigen Brief an die Versicherung, mit dem Vermerk, man hätte nichts für Mr. Galloway tun können. Sollten die anderen Ärzte doch schreiben, was sie wollten! Mir war in diesem Moment alles egal. Eine starke Schlaftablette verhalf mir zum Schlaf, stürzte mich aber in der Nacht in wilde Träume.

Den vergangenen Tag schob ich weit von mir. Es gab nichts, absolut nichts, was mir ein bisschen glaubwürdig erschien. Damit begann ich unbewusst eine Gefahr zu decken.

1980, dreizehn Jahre früher
Glendale

Dane lag mit offenen Augen im Bett. Er hatte lange keinen Sex mehr gehabt und verspürte plötzlich ein starkes Verlangen danach. Mittlerweile war in seinem Leben alles anders geworden – seine Haltung und sein Gefühl. Auch das Verlangen nach sexueller Befriedigung. Das Loch hatte ihn das Hassen gelehrt, und er empfand es als wunderbar. Noch nie hatte er sich so unantastbar gefühlt. Diese Rolle gefiel ihm genauso gut wie sein Schauspiel. Niemand bemerkte etwas. Seine fröhliche Fassade glänzte jeden Tag aufs Neue, wie die des *Running Horse.* Allerdings hatte sich der Lochschaufler seit vielen Wochen nicht mehr blicken lassen. So ruhig, wie diese Zeit auch war, machte sie Dane unruhig. Das Loch als Ort, um seinen Hass ausleben zu können, fehlte ihm. Es war zu einer Droge geworden. Sollte der Lochschaufler etwa aufgegeben haben? Hatte er Angst bekommen?

Verdammt, sein sexueller Druck machte ihm zu schaffen. Er musste ihn irgendwie loswerden. Dann kam alles auf einmal zusammen!

Sie hieß Cathy. Dane hatte sie auf dem Straßenstrich in der Nachbarstadt Alabama gesehen und von hinten in eine dunkle Gasse gezerrt. Es war ihm wichtig, dass er nicht von ihr erkannt wurde. Er sprach kein Wort und drückte ihre Kehle zu, damit sie nicht schreien konnte. Die Geräusche der vorbeiziehenden Fahrzeuge übertönten ihre verzweifelten, heiseren Schreie nach Hilfe. Als Cathy sich nur noch schwach wehrte, verband er ihr die Augen und fesselte ihre Hände mit einer Krawatte, wie es sie zu Hunderten an den Straßenecken zu kaufen gab. Dann kam er seinem sexuellen Verlangen nach. Cathy wehrte sich nicht. In ihr mischte sich der Schmerz mit dem Entsetzen und ließ sie in einen Schock fallen. Sie roch sein Parfüm. Er musste ein gepflegter Mann sein, denn es war ein teures Parfüm. Und seine Hände waren weich.

Dane rückte seine Kleidung wieder zurecht und sah zu ihr hinunter. Cathy zitterte am ganzen Leib. Als Dane sich umdrehte und zum Eingang der Gasse schaute, sah er den Lochschaufler dort stehen. Wie lange mochte er dort schon gestanden haben? Was hatte er gesehen?

Cathy hörte plötzlich ein Handgemenge, eine Rauferei. Jemand fiel zu Boden, einer rannte weg. Erst viele Minuten später konnte sie sich aus ihrer misslichen Lage befreien. Neben ihr lag ein dreckiger und ungepflegter alter Mann.

Damit befand sich der Lochschaufler in einer äußerst peinlichen Lage. Auch als Cathy der Polizei schwor, dass er nicht der Mann ihrer Vergewaltigung gewesen war, so hatte er doch wegen diverser Vorstrafen viel Mühe, sich dieser Misere zu entziehen, denn schließlich hatte er den Vergewaltiger gesehen, über den er sich ausschwieg.

Dass sie Cathy hieß, erfuhr Dane einen Tag später aus der Zeitung. Schade, vom Lochschaufler stand nichts geschrieben.

1993, dreizehn Jahre später
Los Angeles

Johnathan war ratlos. Danes Verhalten war ihm unerklärlich. Er befand sich seit Danes Abwesenheit in einer tiefen Depression und bewegte sich wie in einem Nebel gefangen durch den Tag. Jeden Abend sah er traurig in das leere Apartment, das täglich von einem fröhlichen Lachen erfüllt gewesen war. In seiner Not konsultierte er einen Psychologen, denn von mir erfuhr er nichts. Aber auch der konnte ihm nicht weiterhelfen. So kam er wieder zu mir und bedrängte mich plötzlich auf eine mir bisher unbekannte, aggressive Art.

„Erst, wenn ich mit Dane geredet habe, werde ich mich dazu äußern! Und keinen Tag früher! Ist das ein für allemal klar? Er selbst muss sich erst einmal wieder unter Kontrolle bekommen“, gab ich zu verstehen. „Das braucht halt Zeit!“ „Zeit! Zeit!“, schrie mich Johnathan an. Seine unnachgiebigen Fragen machten mich ebenfalls aggressiv. Immerzu holten mich das Gespräch und die Untersuchung in Vancouver ein, während der Arbeit, beim Essen und im Schlaf – immer wieder, egal, was ich machte. Es brachte mich aus dem Gleichgewicht, und meine Gedanken bewegten sich zwischen Unglaubwürdigkeit und Wahnsinn. Ich dachte ständig an die verjährten Narben am Analkanal. Wovon mochten sie kommen? Was hatte Dane uns verheimlicht? Was hatte er erlebt, bevor er zu uns nach Glendale gekommen war? Johnathan wurde immer verzweifelter. Nachts fühlte er sich leer und tagsüber kraftlos. Wäre da nicht der Koch gewesen, der mit Susie und Helen das Lokal halbwegs am Laufen hielt. Täglich gingen Genesungswünsche für Dane bei ihnen ein. Johnathan kam plötzlich die Idee, dass Dane in ein schwarzes Milieu geraten sei. Die Gefahr, in den Fängen von Mafiabanden zu landen, war in der Gastronomie nichts Ungewöhnliches. Vielleicht wollte Dane das Lokal nur schützen und hatte deswegen nichts gesagt. Ja, vielleicht …!

Johnathan musste sich eingestehen, dass er weit weniger von seinem Partner wusste, als ihm lieb war. Er erinnerte sich an die ständig abgeblockten Gespräche zu Fragen wie: Wo kommst du her? Was hast du gelernt? Hast du keine Familie?

Manchmal hatte Johnathan Resignation in seinen Augen gesehen, wenn er die Vergangenheit zur Sprache kommen lassen wollte. Dann wurde Dane merkwürdig ruhig und verlangte nach einem Glas Gin. Ja, der Gin, der konnte die wenigen ernsten Momente zwischen ihnen schnell wieder in fröhliche verwandeln. Nur manchmal erschien es Johnathan, dass Dane zu oft zur Flasche griff. Es gab Zeiten, da fand er bis zu zehn Flaschen in der Woche im Mülleimer hinter dem Haus.

Johnathan lernte schnell und ging diesen Themen aus dem Weg. Das war ihm der Erhalt der Freundschaft wert. Jetzt erschrak er über seine eigene Oberflächlichkeit.

*

Darf ich jetzt aufwachen?, fragte Dane.
Ja, antwortete das Loch, aber pass gut auf, was du sagst und tust.

Vier Wochen waren um, und es erschien mir wie eine Ewigkeit. Dane fehlte mir sehr in meinem Leben, zumindest der Dane, den ich bisher kannte. Die Tage zogen ohne Fröhlichkeit an mir vorüber, und zum Weggehen am Abend war mir überhaupt nicht mehr zumute. Mein Leben begann, genau wie Johnathans, nur noch aus Arbeit und Schlaf zu bestehen. Es war wieder einmal Dane, der unser Leben bestimmte. Damals wusste ich noch nicht, wie geplant er unser Leben ausnutzte. Heute weiß ich, dass mir die Angst in den Gedanken geblieben ist. Er hat mir mein Lachen aus Gründen perverser Lust genommen.

Gegen Ende der vierten Woche fiel Dane plötzlich in einen tiefen Schlaf und befreite sich danach überraschend schnell aus seinem Delirium. Sein Blick zeigte mir, wie er die Personen, die ihn betreuten, zu erkennen begann. Die Umgebung wurde ihm zusehends vertrauter. Er erkannte mich sofort als seinen Freund wieder. Sogar der Chefarzt fand einen Platz in seinem Gedächtnis.

Ich zeigte Zuversicht und wurde nahezu euphorisch. Die Zeit schien mit mir zu arbeiten und immer mehr Erfolge zu verzeichnen. Allerdings war sein Lachen verschwunden.

Dane begab sich wieder ins Leben zurück. Er bemühte sich um Hand-und Körperkontakt und schrie nur noch selten in seinen Träumen.

In meiner freien Zeit machte ich mir Notizen und las Bücher über Verdrängungsprozesse und Persönlichkeitsspaltungen. Ich versuchte, Reaktionen gezielter zu verstehen und hypothetisch eine Vorgeschichte zu erarbeiten.

Die Diagnose von Vancouver verlor den Kampf gegen die Erklärung einer vorübergehenden Bewusstseinsstörung und eines intensiven Verdrängungsprozesses. Was hatte Dane erlebt, bevor er nach Kalifornien gekommen war? Die Schlüsselfrage. Wer war er wirklich? Gedanken, die mich zu ängstigen begannen.

Es war nicht die Schlägerei, die ihn zu dem gemacht hatte, der er nun war, es muss die Vergewaltigung gewesen sein. War es tatsächlich eine Vergewaltigung gewesen? Was wusste ich schon? Vielleicht war es ja ein Akt des gegenseitigen Einverständnisses gewesen. Und danach hatte die Schlägerei erst begonnen. Aber das entsprach nicht der Situation, in der ich ihn vorgefunden hatte. Ich habe auch Vergewaltigungsopfer während meiner Berufslaufbahn betreut, aber niemand hatte bisher ein solches Verhalten danach gezeigt. Ich hätte es verstanden, wenn er tagelang geschrien und geheult hätte. Wenn er zusammengebrochen wäre. Er wäre irgendwann zur Ruhe gekommen, und ein Psychologe hätte Kontakt zu ihm aufbauen können. Aber einfach in einem Nichts zu verschwinden und mit niemanden zu reden, sprach für ein schlimmes Trauma aus seinem früheren Leben. Nun saß ich in meiner freien Zeit in seinem Zimmer und wurde immer wieder aufs Neue enttäuscht, besonders, wenn ich Dane stumm und zitternd in seinem Bett verharren sah. Ständig schwirrte das Bild einer gewalttätigen Kindheit in meinem Kopf herum. Ich versuchte andeutungsweise mit ihm darüber zu sprechen, aber er nahm mich gar nicht wahr. Er war nur wach, mehr nicht.

In der siebten Woche forderte die Versicherung nach Überprüfung des Falles die Einweisung in eine Psychiatrie. Jetzt hatte ich jegliche Macht über seinen weiteren Werdegang verloren. Ich saß an seinem Bett und sah dieses Häufchen Elend an, das mit niemandem sprechen wollte, selbst mit Johnathan nicht. Mir blieb keine andere Wahl, als Dane meine Ratlosigkeit und Verzweiflung mitzuteilen. Er schwieg dabei und sah die karge

Wand an.

In der darauffolgenden Nacht erlitt er Weinkrämpfe und schrie sich wieder in einen Schockzustand. Niemand konnte ihn beruhigen, und so injizierte ich ihm ein starkes Schlafmedikament. Ich wartete, bis die Wirkung des Medikaments einsetzte und er die Kraft zum Schreien verlor. Seine Psyche spielte ihm wieder einen bösen Streich. Ich nahm an, dass dies die Angst vor der Psychiatrie war. Er fand einfach keinen Weg aus dieser Situation heraus. Seine Berührungsängste waren echter Natur. In der Fachsprache nennt man so etwas ein posttraumatisches Schock-Erlebnis, das sich postwendend emotional in die derzeitige Situation, die der einst auslösenden ähnlich ist, projiziert wird und den Betroffenen dann vollkommen beherrscht. Mit einfachen Worten: Er durchlebte unentwegt die Gefühle seiner Kindheit.

Hilfe!, schrie Dane. Hilfe! Die wollen mich einsperren!
Das Loch antwortete nicht. Dane weinte und flehte.

Ein Wimmern aus seiner Kindheit erklang. Ein tiefer Traum holte ihn ein. Darin hörte er weitere Stimmen. Sie kamen aus dem Loch. Dane sah sich um. Alles war schwarz um ihn herum, nur ganz oben war etwas Licht zu sehen. Da standen all seine Freunde und schrien: „Komm! Komm hoch zu uns." Plötzlich bildete sich ein diesiger Nebel davor, gleich einem Spinnennetz, das sich dichter und dichter zusponn. Auf diesem Spinnennetz saß ein Insekt. Es setzte sich plötzlich in Bewegung und schritt in drohender Haltung zu ihm nieder. Es öffnete sein faulig stinkendes Maul und …

Dane schrie! Er spürte den Stich und schlief ein.

1984, neun Jahre früher, Dane 29 Jahre
Glendale

Dane lag mit offenen Augen im Bett. Das Katz- und Mausspiel begann ihn zu langweilen. Es musste doch eine Möglichkeit zur Steigerung geben, etwas, das den Lochschaufler so erschrecken würde, dass ihm angst und bange würde. Er machte sich Gedanken zu einem teuflischen Plan.

1993, neun Jahre später
Los Angeles

Ich wusste mir keinen Rat mehr und setzte meine letzte Hoffnung in die Unterbringung in einer Rehabilitationsklinik. Einen Tag vor der Entlassung aus dem Cedars Sinai Medical Center und der Einweisung in eine Psychiatrie bekam ich eine Zusage der Klinik *Garden's Inn* aus Dallas und fühlte mich wie befreit.

Garden's Inn galt als eine der führenden Kliniken im Bereich der Verhaltensforschung und Psychoanalyse, worüber regelmäßig in einer Fachzeitschrift berichtet wurde.

Es musste einen Schock in Dane ausgelöst haben, als ich ihn auf die Psychiatrie vorzubereiten begann. Er machte plötzlich erstaunliche Fortschritte, begann mir zuzuhören und den alltäglichen Dingen wie Essen, Waschen und Anziehen selbständig nachzukommen. Wir alle waren sehr erstaunt. Allerdings redete er immer noch nicht. Er suchte in keiner Weise ein Gespräch. Ich konnte ihn auch nicht zum Schreiben bewegen. Stattdessen grübelte er den ganzen Tag über vor sich hin und zeigte immer wieder diesen fremden Blick, der mir mittlerweile Angst machte. Für mich stand fest, dass er in einer Tiefendepression steckte. So konnte ich ihn unmöglich ins Leben entlassen. Es wäre der Untergang für ihn und Johnathan zugleich gewesen. Diese Reha war ein Geschenk des Himmels.

Ich hatte Johnathan in dieser Zeit sehr vernachlässigt, rief ihn an und informierte ihn über die Einweisung in die Reha-Klinik. Für ihn war diese Nachricht ein großes Geschenk an sein eigenes Wohlbefinden. Er machte den Vorschlag, Dane persönlich in seiner Corvette nach Dallas zu fahren und hegte dabei die Hoffnung, Kontakt zu ihm aufzunehmen zu können und ihn zugänglicher zu machen. Ich hielt es für eine gute Idee. Wir wussten, wie abgöttisch Dane seinen Wagen liebte.

Sie wollen mich wegbringen, sagte Dane. Wie kann ich das verhindern, ohne zu reden?

Du solltest es nicht verhindern, sagte das Loch. Es wird für dich eine große Chance werden. Du bekommst eine neue Bühne. Niemand wird dich kennen. Wir werden wieder zusammen sein. Das wird wunderbar. Lass es geschehen.

Ich will aber nicht weg, flehte Dane, doch das Loch antwortete ihm nicht mehr.

*

Der Morgen fing schon mit unfreundlichem Nieselregen an, und Johnathan vergaß seine Kreditkarte bei der Tankstelle. Doch er kam rechtzeitig gegen halb acht am Medical Center an, während ich Dane eingehend auf die bevorstehenden Ereignisse vorbereitete.

Blass und blinzelnd trat er in das Tageslicht hinaus. Wie lange war es her … sechs Wochen? … sieben Wochen? …, seit er das direkte Tageslicht bewusst wahrgenommen hatte? Es schien ihm eine Ewigkeit her. Dass seine Corvette vor ihm auf dem Parkplatz stand, schien ihn nicht zu beeindrucken. Er schenkte weder uns noch dem Wagen seine Aufmerksamkeit.

Johnathan kannte Dane kaum wieder. Die Zeit hatte Spuren des Schmerzes und der Verzweiflung in seinem Gesicht hinterlassen. Die Gewichtsabnahme von zweiundzwanzig Pfund gab ihm ein ausgemergeltes Antlitz. Johnathan sah ihn an. Er hatte sich diese Szene ganz anders vorgestellt und war enttäuscht, dass Dane ihn noch nicht mal eines Blickes würdigte. Dessen Blick ging an ihm vorbei und berührte schmerzlich seine Seele. Ihr Lokal lief bei weitem nicht mehr so gut wie zu den Zeiten, als Dane noch da war. Die Gäste vermissten ihn und seine gute Laune, fragten ständig nach dem derzeitigen Stand der Dinge, aber Johnathan konnte ihnen keine Auskunft geben. Er wusste nicht mehr als die wenigen Informationen, die ich ihm am Telefon mitgeteilt hatte. Seine Besuche bei Dane waren ständig monoton und deprimierend verlaufen, sodass er keine Kraft mehr gefunden hatte, Dane in letzter Zeit zu besuchen. Er hatte Angst vor seiner eigenen Reaktion bekommen.

Hin und wieder fragten wir uns, was wohl aus Joan geworden war. Johnathan hatte weder eine Adresse noch eine Telefonnummer gefunden, sagte er. Ich wusste nicht, ob er auch wirklich danach gesucht hatte. Joan war nie im Krankenhaus erschienen, hatte auch nicht einmal angerufen. Vermutlich hatte sie ja meine Nummer schon einmal angewählt. Also blieb unser Gefühl ihr gegenüber mulmig und wir gewannen den Eindruck, sie hätte Dane tatsächlich vor dem Unglück verlassen. Andere Ideen verwarfen wir. Diese Joan war uns vollkommen egal geworden.

Dane sah Johnathan einfach nicht an. Er konnte sich nicht zwei Welten gleichzeitig stellen, denn auch Johnathan brannten zu viele Fragen auf der Seele.

Ich stand mit geballten Fäusten in den Kitteltaschen neben Dane und gab ihm alle guten Wünsche mit auf den Weg.

Johnathan hielt ihm die Hand entgegen, aber er sah nur ablehnend in den Himmel und stieg anschließend stumm in die Corvette. Ich hatte ihm zuvor erklärt, dass man ihm seine Fahrlizenz hatte entziehen müssen, um eventuellen Missverständnissen vorzubeugen.

Johnathan konnte es nicht glauben. War denn gar nichts mehr von ihrer Freundschaft übriggeblieben? Sie fuhren los, und die Beklemmung wuchs. Johnathan erzählte mir später, dass Dane vollkommen stumm geblieben war. Stundenlang folgten sie der Interstate 10, überquerten Autobahnnetze und pausierten an Roadstops, nur um weitere Stunden der Schweigsamkeit ertragen zu müssen.

Johnathan erschrak, als Dane den bestellten Kaffee beiseite schob und sich lediglich mit dem abgestandenen Wasser aus einem roten Plastikbecher begnügte. Dane hatte Kaffee immer gemocht, zu jeder Tageszeit. Stattdessen fiel sein Blick gelangweilt auf die triste Straße, die sich in der gleißenden Hitze zu Spiegelirritationen verzauberte. Johnathan sah er nicht an, er wich Blicken und Worten aus. Nach einer deprimierenden Übernachtung in einem Motel wartete er auf die Weiterfahrt. Hinter Dallas zweigte ein Weg hinunter zum Trinity River ab. Der Fluss glitzerte im grellen Sonnenlicht, umgeben von einer berauschenden Hügellandschaft mit riesigen Baumnestern. Eine Augenweide, der Dane nicht einen einzigen Blick schenkte. Verschwommen huschte die Landschaft an ihm vorbei. Als er aus dem Auto sah, standen sie vor dem Schild *Garden's Inn*, seine Bühne für die nächsten Wochen. Oder sollten es Monate werden? Es würde keine vertrauten Stimmen mehr geben.

Johnathan lenkte die Corvette langsam auf den großen Parkplatz vor der Klinik. Ratternd erlosch das raue Geräusch des Motors. Sie waren angekommen.

Du musst mir helfen, flehte Dane das Loch an.
Ich bin ja da, antwortet es ihm.

Eben noch da, jetzt spurlos verschwunden: die Hoffnung einer netten Geste. Johnathan fühlte sich zutiefst enttäuscht und warf einen bitteren Blick zu Dane hinüber. Der aber wendete sich ab und betrachtete das große Gebäude der Klinik. Dann warf er einen ersten flüchtigen Blick zu seinem einst so vertrauten Partner. Was war von dieser Partnerschaft übrig geblieben? Beide stiegen aus. Johnathan holte eine Reisetasche aus dem Wagen und hielt Dane seine Hand zum Abschied entgegen. Dane starrte sie an – die Hand seines Freundes. Eine Hand, die ihm Hilfe und Halt bieten wollte, wie sie es immer getan hatte, seit sie sich begegnet waren. Nun streckte sie sich ihm wieder entgegen, als würde sie schreien: „Komm zurück! Komm zu dir!!“ Dane nahm sie nicht an. Stattdessen griff er sich plötzlich an seine Ohren und hielt sie zu, als würde er ein schmerzendes Geräusch fernhalten wollen.

Hör das Pfeifen auf!, schrie Dane.
Ich freu mich so!, schrie das Loch. Endlich können wir wieder leben!

Johnathan zog entrüstet seine Hand zurück und stellte die Reisetasche vor Dane auf den Boden. Er hatte große Mühe, sich zu beherrschen. Von Besuchen wünschte die Klinikleitung vorerst abzusehen. Telefonische Auskünfte könnten jederzeit gegeben werden. Und so verabschiedeten sich beide schließlich mit einem kurzen Blick zueinander. Johnathan versuchte, dem nichts entgegenzusetzen. Es wäre zwecklos. Es graute ihm vor der langen Rückfahrt. Immerhin hatten beide wieder einmal viele Stunden zusammen verbracht. Leider nur nebeneinander, nicht miteinander.

Dane atmete tief durch und schulterte den Gurt seiner Tasche. Er schluckte und schlug den Weg zur Klinik ein. Sein Blick war gesenkt. „Pass gut auf dich auf", hörte er Johnathan rufen. „Ich will dich so bald wie möglich hier wieder abholen."

Das wirst du nicht! Er gehört mir!, rief das Loch.

Dane spürte einen stechenden Schmerz im Hinterkopf. Er musste die Augen schließen und verlor dabei ein wenig das Gleichgewicht. Dann schlug er den Weg zur Klinik ein.

Als er davorstand und die Fassade hinaufsah, wusste er bereits, dass hier sein letztes Spiel mit dem Lochschaufler stattfinden würde. Er senkte den Blick, und innerlich zeigte sich plötzlich ein grauer Asphalt, der in einen tiefen Tunnel hinein verlief. Von Kälte umgeben zog es seine Gefühle tiefer und tiefer dort hinein. Der Weg war trist. Als er aufsah, entdeckte er am Ende des Tunnels ein Licht. Das Loch war nicht unendlich.

*

Sarah

Das Haus des *Garden's Inn* war ein prächtiges Gebäude, unmittelbar am Trinity River gelegen, und spiegelte den herrschaftlichen Stil eines Südstaatenhauses wider. Eine imposante Veranda wurde von schmuckvollen Säulen getragen, und stilvolle Ornamente schmückten die Fassade. Der weiße Anstrich glänzte und spiegelte in der Sonne, als wäre er gestern erst aufgetragen worden. Lange Schatten fielen, von der Nachmittagssonne geformt, über die rostbraunen Bodendielen. Meere von Blumen befanden sich unter den Fenstern und verwandelten sich in der Sonne in leuchtende Farbspielereien. Die massiven Holztüren des Eingangs standen weit nach außen geöffnet und lehnten links und rechts an der Hauswand. Auf der Veranda stand eine gepolsterte Sitzgruppe.

Die Außenanlage war schier traumhaft: Obstbäume, Teichanlagen, Springbrunnen, weite Wege, mit Sitzbänken versehen, und großzügige Baumalleen. Alles ließ auf Ruhe, aber auch auf Abgeschiedenheit schließen. Die Geräusche des Alltags waren hier fremd. Nur hin und wieder kam ein Auto oder ein Taxi gefahren.

Dane blieb vor der großen Verandatreppe stehen und blickte wieder die Fassade hinauf. Er sortierte abermals den Schultergurt seiner Tasche und betrat die erste Stufe, als ihn das Gemurmel eines Gesprächs einholte. Er bemerkte zwei Männer und eine Frau auf der rechten Seite der Veranda. Sie saßen in kleiner Runde zusammen und unterhielten sich lebhaft. Die Frau sah auf und grüßte Dane mit einer Handbewegung. „Hallo! Guten Tag! Sind Sie neu?“, rief sie. Er sah kurz hin. Ihre Stimme war warm und freundlich und sie sah nicht wie eine Patientin dieser Klinik aus. Er wollte ihr antworten, öffnete seinen Mund, aber es blieb ein stummes Nicken. Sie zeigte zur Tür. „Gehen Sie rein und dann rechts. Da ist die Aufnahme. Ach, herzlich willkommen! Ich heiße Sarah!“ Sie winkte. Dane nickte und ging irritiert hinein. Sie sah ihm hinterher.

Die Eingangshalle war groß, wie alles in diesem Gebäude. Auf Hochglanz poliertes Parkett und vereinzelte Sitzgruppen luden zum Wohlfühlen ein. An den Wänden hingen Bilder mit naiver Malerei, und an der Decke baumelten riesige Farne.

Die Frau an der Aufnahme hieß Mrs. Buit, so zeigte es das Namensschild. Auch sie war freundlich und passte in diese Halle. Sie nahm ein vorbereitetes Formular zur Hand, als sie Dane hereinkommen sah, und legte es ihm vorne auf die Anmeldung. „Sie sind sicher Mr. Galloway?"

Dane nickte.

„Herzlich willkommen. Dr. Clark hat schon alles für Sie ausgefüllt und er möchte, dass Sie sich alles gut durchlesen. Wenn es in Ordnung ist, unterschreiben Sie es doch bitte. Er sagt, dass Sie zurzeit nicht sprechen können. Darum zeigen Sie einfach auf das, was nicht in Ordnung ist. Dann sehen wir weiter."

Dane nickte abermals. Er nahm das Formular entgegen und sah das Lächeln von Mrs. Buit. Das ließ auch ihn ansatzweise lächeln. Er setzte sich in einen Sessel und las.

Ich hatte seinen Zustand schlichtweg als verwirrt beschrieben und eine zusammengefasste Beobachtung der letzten zwei Monate verfasst. Dane muss festgestellt haben, dass ich nirgends die Sache mit Vancouver erwähnt hatte. Ich ließ ihm damit einen enormen Handlungsfreiraum.

Die Angaben waren in Ordnung und er gab das Formular unterschrieben bei Mrs. Buit wieder ab.

„Alles okay?", fragte sie.

Dane nickte. Er öffnete zwei Kragenknöpfe seines Hemdes. Ihm war heiß.

„Prima, dann werde ich einen Pfleger rufen, der Ihnen Ihr Zimmer zeigt. Wollen Sie ein Einzel- oder ein Doppelzimmer, geteilt mit einem anderen Patienten?" Sie schaute ihn an. Dane deutete ein Einzelzimmer an.

„Einzelzimmer?"

Dane nickte.

Während er auf den Pfleger wartete, taxierte er neugierig die Eingangshalle. Die Hitze in ihm ließ nicht nach. Oder war es die heiße Jahreszeit?

Er hörte Schritte. Ein großer Mann mit blondem Haar, Mitte zwanzig, erschien und stellte sich als Rhyan vor. Sie gingen gemeinsam über die Treppen in das zweite Stockwerk. Ein langer, mit rotem Teppich ausgelegter Flur führte ihn an unzähligen, nummerierten Zimmern vorbei und endete vor der Nummer 68. Rhyan schloss leise auf und wies Dane an, einzutreten. Dane stellte die Tasche zur Seite und schaute sich um. Die Tagesdecke war passend zu den Farben der Gardinen und des Sessels vor dem Fenster gewählt. Rechts ein großer Kleiderschrank, links ein breites Bett. Die Spätnachmittagssonne tauchte das Zimmer in eine entspannte Atmosphäre. Dann erschrak er, als er einen Blick durchs Fenster riskierte. Gitter schützten es. Er blickte sich weiter um und entdeckte eine Videokamera. Sie befand sich über der Zimmertür. Mit einem fragenden Blick starrte er Rhyan an.

„Erschrecken Sie nicht, Mr. Galloway. Das sind nur Sicherheitsmaßnahmen für die Patienten. Hin und wieder kommt es auch hier zu Situationen, in denen das alles notwendig wird. Außerdem schreibt es das Gesetz der Versicherung vor. Wenn Sie verstehen, was ich meine." Verstand er das?

„Wir können die Kamera im Notfall einschalten und somit rechtzeitig helfen. Das ist wie mit kleinen Kindern. Kurz vor dem Trockenwerden donnern sie noch mal kräftig in die Hose, zur Verzweiflung aller Mütter. Seien Sie nicht beunruhigt. Niemand versucht Ihnen nachzuspionieren. Hier ist Ihr Schlüssel." Rhyan reichte Dane den Zimmerschlüssel. „Haben Sie noch Fragen? – Ach, ja, Sie sprechen ja nicht. Ich werde lernen, auch so mit Ihnen auszukommen. Geben Sie mir eine Chance, okay?"

Dane schwieg und starrte ihn weiter unvermindert an. Seine Gedanken schienen abwesend.

„Mr. Galloway? Übrigens, herzlich willkommen. Sie werden es hier sicherlich schaffen. Alles braucht eben seine Zeit. Hier laufen übrigens ganz dufte Typen rum. Haben Sie keine Scheu, sich zu den netten Frauen zu setzen!“ Rhyan zwinkerte und ließ Dane allein.

Frauen?

Wo ist Joan?, fragte Dane.
Sie hat sich davongemacht, antwortete das Loch.
Was hat sie gesehen?
Nicht der Rede wert.
Was hat sie gewusst?
Auch nicht der Rede wert.
Wie kannst du so sicher sein?
Weil ich auch ihre Welt kenne.

Dane stellte seine Tasche ab und setzte sich aufs Bett.

Was soll ich jetzt tun?, fragte Dane.
Schmiede einen Plan, empfahl ihm das Loch.
Ich soll also hier das Ende meines Spiels planen?
Genau.
Das heißt, ich werde ihn hier töten.
Genau.
Darf ich wieder sprechen?
Nein, das darfst du nicht.
Warum?
Weil die Ärzte hier zu viele Fragen stellen.
Aber das wird niemals aufhören. Ich muss mir eine Geschichte ausdenken, die ich erzählen kann.
Das Loch lachte. Ja, das solltest du.

Dane ließ sich nach hinten in die Kissen fallen und schlief erschöpft ein. Knapp eine Stunde später klopfte Rhyan an seine Tür. Er gab zum Abendessen Bescheid.

1984, neun Jahre früher
Glendale

Dane lag mit offenen Augen im Bett. Er dachte an seine Begegnung mit dem Lochschaufler vor einer Stunde im Park.

„Das Spiel hat eine Pause", hatte Dane in die Nacht geflüstert. „Es ist langweilig geworden. Wir sollten etwas verändern, etwas wirklich Großes daraus machen. Machen wir eine Mutprobe daraus. Zusammen."

Der Lochschaufler sah ihn vom Boden aus liegend an. Dane kniete auf seiner Brust und hielt ihm die eigene Waffe an die Stirn. „Ich hätte dich längst gehabt, wenn ich es gewollt hätte", stammelte der Mann. Der Druck auf seine Brust war schmerzhaft.

„Das ist eine Kunst, mein Lieber", lächelte Dane ihn an.

„Was hast du Großes vor?", fragte der Lochschaufler.

Dane näherte sich seinem Gesicht und begann zu flüstern, während er die Waffe mit einem Klick entsicherte. Der Schuss peitschte in die Nacht hinaus und hinterließ ein klaffendes Loch im Asphalt, unmittelbar neben dem Schädel seines ärgsten Feindes, aus dessen rechter Gesichtshälfte Blut von den zersplitterten Steinen, die aufgeflogen waren, lief. Sein rechtes Ohr war seitdem taub.

1993, neun Jahre später
Dallas

Sarah sah ihn in einer Ecke des Speiseraumes sitzen. Sie wollte zu ihm gehen und sich einen Platz bei ihm erbitten, aber sie ließ es schließlich. Er war neu und sicherlich nicht morgen schon wieder weg. Ihr Herz pochte bis tief in die Nacht, bis sie endlich einschlief.

Die erste Nacht verlief wider Erwarten ruhig für Dane. Er fühlte sich entspannt und etwas klarer als gestern. Jemand hatte einen Zettel an seine Innentür geklebt – leuchtend gelb. Darauf war eine große, klare Schrift zu lesen. Die Klinikleitung teilte ihm mit, sich um neun bei Dr. Roosevelt zu melden. Dr. Roosevelt war sein therapeutischer Arzt während der Zeit seines Aufenthalts.

Das Frühstück beschränkte Dane auf eine Tasse schwarzen Kaffee, um pünktlich bei Dr. Roosevelt zu erscheinen. Dann stand er ihm gegenüber, dem Mann, der ihn in nächster Zeit sehr genau beobachten würde und der nichts merken durfte. Roosevelt war klein und übergewichtig, besaß aber ein sympathisches Erscheinungsbild. Sein schütteres Haar und sein Gesicht verrieten sein fortgeschrittenes Alter. Er bat Dane mit freundlichen Willkommensgrüßen Platz vor seinem Schreibtisch zu nehmen. Dane kam der Aufforderung nach und schaute sich im Zimmer um. Es wies keinerlei Ähnlichkeit mit einem Untersuchungszimmer auf, eher mit dem eines Anwalts. Massive dunkle Holzmöbel, auf Hochglanz poliert und erdrückend.

„Hallo, Mr. Galloway. Ich freue mich, Sie hier begrüßen zu dürfen. Mein Name ist Leonard Roosevelt", begann Dr. Roosevelt lächelnd. „Dr. Clark hat mir Ihre Geschichte erzählt. Das war eine schlimme Sache für Sie, aber Sie sollten wissen, Sie sind kein Einzelfall. Es laufen viele Menschen herum, die schlimme Erlebnisse hatten. Sie können jedem nur vor den Kopf schauen, nicht hinein."

Wie wahr!

„Ich werde Sie nicht untersuchen, wie es sonst üblich ist. Ich weiß Bescheid über Ihre Berührungsängste. Sie haben ja bei Dr. Clark schon eine umfangreiche Untersuchung hinter sich gebracht. Aber da sind andere Dinge, um die ich Sie bitten möchte: zum einen hier regelmäßig am Esstisch zu erscheinen, zum anderen möchte ich Sie gerne darüber informieren, dass wir eine offene Gesprächstherapie anbieten. Ich möchte Sie bitten, auch da einmal hereinzuschauen. Sie müssen nicht reden, nur zuhören. Das wäre ein guter Anfang. Messen Sie dem Wort Therapie hier nicht allzu viel Bedeutung bei. Es ist eine schöne Runde, ungezwungen und oft sehr lustig. Die Menschen, die teilnehmen, empfinden diese Treffen als sehr entspannend. Für Sie fände ich die Teilnahme ausgesprochen wichtig. Sie brauchen wieder Menschen um sich – andere als Ärzte. Und wieder die Ruhe, ihnen zuzuhören und sich vielleicht sogar mit ihnen zu unterhalten."

Dane sah ihn ausdruckslos an. Dr. Roosevelt redete weiter: „Ich habe gelesen, dass Sie vor dem Vorfall ein ausgesprochen temperamentvoller Mensch waren. Sie werden wieder Ihre Mitte finden, da bin ich ganz sicher. Der Info-Zettel mit Zeit und Ort zu diesen Treffen hängt vor meiner Tür. Sie haben übrigens viel Freizeit und jederzeit die Gelegenheit, sich an Angeboten zu beteiligen. Es steht Ihnen hier alles zur Verfügung. Wer fragt, bekommt Antworten."

Wie wahr!

„Sie können an Gestaltungsarbeiten sowie sportlichen Aktivitäten und der Meditation teilnehmen. Wäre für Sie sicherlich sehr empfehlenswert."

Dane entglitt ein gekünsteltes Lächeln.

„Arbeiten Sie bitte an sich ... und mit uns zusammen. Ich bin jederzeit für Sie da. Sie können Briefe schreiben, telefonieren und faxen. Zweimal in der Woche fahren Taxen von hier in die Stadt. Abends um zehn Uhr schließen wir ab, aber es besteht ohne weiteres die Möglichkeit, sich zu einem längeren Ausgang bei uns zu melden. Es sind immer Pfleger oder Aufseher im Hause, die Ihnen bei späterem Eintreffen gerne aufschließen."

Aufseher! Wie im Knast, flüsterte das Loch.

Dane nickte. Er starrte auf den dunklen Tisch und verlor die Konzentration. Erst nach geraumer Zeit bemerkte er, dass etwas nicht stimmte, denn Roosevelt redete nicht mehr. Er sah erschrocken auf und blickte in die beobachtenden Augen des Arztes, der sich räusperte: „Bitte, erlauben Sie mir eine sehr direkte Frage, Mr. Galloway."

Was wollte er fragen, dieser Arzt?

„Hatten Sie eine schöne Kindheit?"

Diese Frage bohrte sich direkt in sein tiefstes Innerstes hinein. Seine Augenlider zitterten, und stumm starrte er Roosevelt an.

Der hatte genug gesehen.

Lass dich nicht aus dem Konzept bringen!, sagte das Loch aufgebracht. Der blufft doch nur.

Ich konnte nichts dafür!, rechtfertigte Dane seine unangebrachte Reaktion.

Du musst mehr an dir arbeiten. Das sagt auch dein Arzt.

*

Roosevelt war ihm gefährlich nahe gekommen – und das schon am ersten Tag. Dane fiel nach dem Gespräch erschöpft auf sein Bett und glitt in einen Albtraum hinein. Er träumte von kranken Geschöpfen, die singend einen missgestalteten Affen umringten. Dieser begleitete den Gesang mit einer Querflöte und hüpfte dabei fröhlich im inneren Kreis herum. Dane erkannte sich selbst als einen der Geschöpfe und schreckte schweißgebadet in die Höhe. Sein Herz raste. Das fremde Zimmer machte ihm Angst. Er ging unter die Dusche, um den absurden Traum loszuwerden, als Rhyan plötzlich an seine Zimmertür klopfte. Er rief, man vermisse ihn am Mittagstisch. Oder kontrollierten sie ihn? Dane sah nach dem Duschen auf die Kamera. Sie war ausgeschaltet, jetzt, als er hinsah.

Als Dane die Treppen hinunter ging, dachte er angewidert an die Kranken, die ihn umgaben – nicht nur im Traum. Er fand den Gedanken abstoßend und betrat ohne Appetit den Speisesaal. Der war groß, viel größer als die Eingangshalle. Und die hatte ihn schon beeindruckt. Trockensträuße einst blühender Sommerblumen hingen zusammengebunden von der Decke herunter und verbreiteten den Duft von frischem Heu. Der Duft schenkte ihm blitzartige Gedankenbilder, die er nicht wollte. Ganz plötzlich waren sie da – die Erinnerungen. Sie überkamen ihn so unerbittlich, dass er beinahe sein Gleichgewicht verlor.

Reiß dich zusammen!, ermahnte ihn das Loch.

In den Ecken standen zusätzlich getrocknete Sträuße in großen Vasen. Ekelhaft. Die Tische fassten je vier Personen, einladend mit Besteck, Servietten und kleinen Sträußen gedeckt. Überall verbreitete sich der Geruch von Heu.

Dane suchte seinen Platz im hinteren Teil des Saals. Er verspürte weder Hunger noch Durst. Die anderen Patienten versuchten ihn unauffällig anzuschauen. Der Raum füllte sich, und eine für ihn unangenehme Geräuschkulisse entstand. Sein Blick verriet Verachtung. Alles Kranke, dachte er. Er mochte ihren Geruch nicht. Oder war es das Heu? Er nahm die Speisekarte und verbannte mit ihr seine Verwirrung. Eine freundliche, ältere, sehr gepflegte Dame erschien und fragte nach seinen Wünschen. Er hätte gerne einen Gin gehabt, den es hier aber nicht gab. Also bestellte er gleichgültig einen Kaffee.

Sie passierte die Tür, Sarah, die ihn am Tag seiner Ankunft so freundlich begrüßt hatte, und durchschritt den großen Speisesaal. Sie hatte sich in dieser Nacht alles genau überlegt. Ihr Blick schweifte suchend durch den Raum, bis sie ihn fand. Ihr Herz schlug kräftig. Sie sah sein dunkles Haar, sein Profil, bis sie schließlich vor ihm stand. Sein Blick war zum Fenster gerichtet. Leise erbat sie, an seinem Tisch Platz nehmen zu dürfen.

Dane fuhr erschrocken herum und sah zu der Frau auf, die plötzlich an seinem Tisch stand, zierlich und strahlend. Er nickte verlegen und zeigte widerwillig mit der Hand auf den gegenüberstehenden Stuhl. Sie nahm es erfreut als Höflichkeit auf und setzte sich. „Danke“, erwiderte sie.

Dane wurde nervös. Er sah wieder zum Fenster hinaus. Es war ihm nicht recht, dass sich jemand zu ihm setzte, und schon gar nicht eine Frau. Davon hatte er momentan genug.

Er spürte ihren Blick auf sich gerichtet und sah sie schließlich an, erst flüchtig, dann ganz direkt. Dann konnte er nicht mehr wegsehen. Ihr Blick ließ es nicht zu.

Sie versuchte natürlich zu lächeln, aber es war künstlich. Sein Gesichtsausdruck blieb ernst. Sie begann zu reden. Er sah wieder weg, schwieg. Dann sah er wieder zu ihr hin, und ihre Blicke verfingen sich erneut ineinander. Sarah verstummte und errötete, während Danes Gesichtsausdruck Verlegenheit verriet. Irgendetwas passierte in ihm. Er stand auf und verließ den Speisesaal.

Sarah saß nur da – starr, desorientiert, und unterdrückte ihre Tränen der Enttäuschung vor den anderen Patienten.

Reiß dich zusammen!, herrschte ihn das Loch an.

Hab ich ja!, verteidigte sich Dane. Was meinst du, warum ich gegangen bin.

Du solltest sie nicht wieder an deinen Tisch lassen.

Das werde ich nicht.

Reiß dich zusammen, verdammt! Sie ist gefährlich!

*

Der zweite Tag brach an. Dane konnte nicht sagen, ob er gut geschlafen hatte. Alles in ihm war durcheinander gekommen. Das Loch hatte ihn heute Morgen geweckt und noch einmal eindringlich auf ihn eingeredet, sich hier in dieser Klinik auf keine Bekanntschaft oder Beziehung einzulassen. Jeder, der ihm hier begegnete, könnte ihm gefährlich werden. Es würde seinen ganzen Plan durcheinanderbringen.

Dane stand vor dem Spiegel und betrachtete sein Gesicht, während das Loch auf ihn einredete. Er sah müde aus. Auf seiner linken Wange war eine Narbe von der Schlägerei zurückgeblieben, die ihm dieser Scheißkerl auf der Palloma Street zugefügt hatte. Noch immer konnte er seinen widerlichen Körpergeruch riechen. Er würgte.

Ja, sagte das Loch, genau das brauchst du.

Es ist widerlich, daran zu denken, sagte Dane.

Aber es ist der Zündstoff für deinen Plan.

Ach ja, sein Plan. Dane dachte an diese Frau von gestern. Wie hieß sie noch? Sarah, richtig. Sie zog ihn in einen Strudel von

Gefühlen, die ihn verwirrten. Er versuchte, sie dafür zu hassen. Hatte er doch genug Chaos derzeit in seinem Leben. Doch er konnte sie nicht hassen. Er wollte doch nur mit seinem Leben aufräumen. Dane überlegte schließlich, ob er es riskieren konnte, unten eine Tasse Kaffee zu trinken – vielleicht sogar zwei Tassen.

Sarah war nicht unten, als er den Speisesaal betrat. Er durchschritt den Raum und nahm die verachtenden Blicke der anderen wahr, die sein schamloses Verhalten gestern zweifellos mitbekommen hatten. Er suchte einen Tisch in einer anderen Ecke, um nicht direkt von ihr entdeckt zu werden. Auch als Zeichen, dass er ihre Gesellschaft nicht wünschte. Ihm wurde Kaffee gebracht.

Die Worte: „Es tut mir leid wegen gestern", ließen ihn den Kaffee, den er im Begriff war zu trinken, fast wieder ausprusten. Er fühlte Panik in sich aufsteigen. Sarah stand erneut vor ihm. Er würgte an seinem Kaffee herum, sah sie betreten an und hörte sie sagen: „Das war sehr respektlos von mir. Ich fühle mich deswegen schlecht und möchte mich in aller Form bei Ihnen entschuldigen."

Sie lächelte ihn an, wandte sich dann ab und wollte gehen.

Lass sie gehen!, schrie das Loch.
Ich kann nicht!, schrie Dane zurück.
Du musst!
Ich kann nicht!
Sie ist gefährlich! Sie bringt dich durcheinander!

Dane griff nach ihr, und sie spürte plötzlich seine Hand an ihrem Arm, die sie zurück an den Tisch holte. Sein Blick gestattete ihr einen neuen Versuch. Wieder brachte sie dieses Lächeln für ihn mit, womit er nicht umgehen konnte.

Sie saßen sich erneut gegenüber. Er schickte ihr einen entschuldigenden Blick und konnte nicht feststellen, was er fühlte, aber es war gewaltig und unmöglich, sich dem zu widersetzen. Dann lächelte er zum ersten Mal.

Sie ist eine Falle! Denk an Joan!, schrie das Loch.
Sie ist nicht Joan, verteidigte sich Dane.
Sie ist eine Frau! Sie wird dich durcheinanderbringen.
Und wenn schon.
Du machst einen großen Fehler!

Sarah hatte sich in der letzten Nacht sehr für ihr aufdringliches Verhalten geschämt. Jetzt spürte sie, wie sein Blick ihr Gesicht taxierte, während sie ihr Frühstück zu sich nahm. Das machte sie verlegen.

Dane spürte seit langer Zeit wieder leichten Appetit und bestellte durch ein Zeichen Toast mit Speck, etwas, das er noch nie gemocht hatte, das aber diese Frau vor ihm gerade mit großem Genuss aß. Was war es bloß, dass er plötzlich Appetit darauf verspürte? Er wollte mit ihr sympathisieren, das war es. Dane beobachtete sie weiter. Dass sie schwieg, war ihm angenehm. Sie wollte wohl nur in Ruhe frühstücken, nichts weiter, und er betrachtete dabei entspannt ihre Gesichtszüge. Sie wirkten zart, fast zerbrechlich, und deuteten ein leichtes Lächeln an. Ihr Haar trug sie naturblond und kurz. Es leuchtete wie Engelshaar. In ihren Augen erkannte er ein sechzehnjähriges Mädchen, aber eine unverkennbare Reife in ihren Gesichtszügen ließ ihn sie auf gute Dreißig schätzen. Ein blaues Shirt grenzte an eine enge Bluejeans und diese an zwei bunt gestreifte Espandrillos. Sie trug Ohrringe, silberne Sternchen, die wie Erinnerungen aus ihrer Jugendzeit wirkten.

Ihre Sprache fand eine Ebene, mit der Dane hervorragend umgehen konnte – das Schweigen. Schweigend beendeten sie ihre Mahlzeit und gingen wieder auseinander. Dabei nickten sie sich nur kurz und freundlich zu.

Dr. Roosevelt beobachtete, wie Dane durch den Park zum Fluss hinunterging.

Nimm dich in acht, warnte ihn das Loch erneut. Denke an Joan und an das, was sie dir angetan hat. Eine Frau, von der du einmal geglaubt hast, sie zu lieben.

Sie ist anders, sagte Dane.

Wie willst du das wissen?

Dane musste sich vor jedem in acht nehmen, der ihm freundlich begegnete, der ihm überhaupt begegnete. Der Lochschaufler konnte seine Späher überall haben. So erschien es ihm plötzlich merkwürdig, über viele Wochen ungestört im Krankenhaus gelegen zu haben. Wäre das nicht die Chance für den Lochschaufler gewesen?

Warum hat er mich im Krankenhaus in Ruhe gelassen?, fragte Dane.

Weil er dachte, dass du tot bist?, antwortete das Loch.

Aber die Presse hat der Öffentlichkeit doch das Gegenteil berichtet.

Dane, du weißt, dass er zurzeit nicht selbst erscheinen kann. Und es ist schwer für ihn, immer neue Handlanger zu finden von dort, wo er jetzt ist.

Wird er neue finden?, fragte Dane.

Er wird, antwortete das Loch. Schneller als du denkst. Also sei auf der Hut.

Verloren im Zwiegespräch mit seinem zweiten Ich war der Tag an ihm vorübergezogen. Er fühlte sich in einem Strudel von Gefühlen gefangen und versuchte seine Gedanken zu sortieren. Erst gegen Abend fand Dane den Weg zurück zur Klinik.

*

Sarahs Gedanken spielten ebenfalls verrückt. Was sie gestern als Angst empfunden hatte, zeigte sich heute als Glücksgefühl. Auch wenn sie Dane den ganzen Tag über nicht mehr gesehen hatte, so spürte sie, dass etwas in ihr geschah, obwohl sie noch nicht dazu bereit war. Es war nicht direkt sein Wesen, das sie ansprach, sondern seine Augen. Sie wollte das Alltägliche dieser

Klinik darin erkennen, aber sie konnte es nicht finden. Seine Augen trugen die Art von Geschichten mit sich herum, die hier keinen Platz hatten. Geschichten einer verlorenen Herzlichkeit, der Aggression und der Getriebenheit. Sie erkannte weder einen Patienten noch einen gesunden Menschen in ihm. Es war irgendetwas dazwischen – etwas Geheimnisvolles. Ihre Sinne begannen zu entgleisen, und sie verspürte jenes Bauchgefühl in sich, von dem sie glaubte, es nur ein einziges Mal in ihrem Leben in ihrer ersten Jugendliebe gefunden zu haben. Es hatte sie sanft in die Welt der Erwachsenen getragen, bis sie in einer Ehe voller Gewalt gelandet war, aus der sie erst spät erwachte. Vierzehn Jahre voller Leid und Schmerzen hatte sie hinter sich, dann fand sie keine Hoffnung mehr und reichte die Scheidung ein. Mit dieser seltsamen Begegnung des neuen Patienten, dessen Namen sie noch nicht einmal kannte, holte sie das lang vergessene Glücksgefühl wieder ein.

Dane lag mit offenen Augen im Bett und dachte immer wieder an diese Sarah. Er versuchte, sich gegen das Gefühl, etwas für sie zu empfinden, zu wehren, aber es war einfach zu stark. Selbst als er sich eindringlich ermahnte, auf der Hut zu sein, konnte er sie nicht aus seinen Gedanken vertreiben. Es war, als hätte sie ihm ein Rettungsseil zugeworfen, an dem er sich festhalten konnte. Er schlief ein und träumte von dem Licht, das sich am Ende des Tunnels zeigte.

*

Am nächsten Morgen beschloss er, diese Frau auf jeden Fall wieder loszuwerden. Es war das Beste. Es würde die Dinge sonst zu kompliziert machen. Er konnte sich nicht zwei Welten gleichzeitig stellen und musste eine Entscheidung treffen. Sein Loch triumphierte, hatte es doch genug in dieser Nacht auf ihn eingewirkt.

Dane schlenderte gelangweilt durch das Klinikgelände und traf nirgends auf Sarah. Sie war weder im Außengelände noch im Speisesaal. Er war erfreut und enttäuscht zugleich. Hatte er ihre Absichten fehlgedeutet? Vielleicht war sie jedem neuen Gast gegenüber freundlich. Vielleicht war es ihre Art, sich immer neue Gesellschaft zu suchen. Dann sollte es so sein. Dann hatte es sich für ihn erledigt. Am Abend traf er sie doch unverhofft in der Eingangshalle, und sein Adrenalinspiegel stieg sofort an, als er sie sah. Er hielt seinen Blick reserviert und versuchte ihr desinteressiert zu begegnen. Als sie vor ihm stand und ihn fragte, ob er gemeinsam mit ihr das Abendessen zu sich nehmen wolle, ließ er sich widerwillig überreden. Er sah sie dabei nicht einmal an, nur ein leichtes Nicken brachte er zustande.

Sarah verstand schnell und war irritiert. Dieser Mann, der ihr gestern noch so vertraut vorkam, wirkte plötzlich in sich zurückgezogen und ganz anders. Er trug Fremdes und Bekanntes so nahe beieinander, dass es ihr unheimlich wurde. Konnte sie jetzt schon von fremd reden, wo sie ihn noch gar nicht kannte?

Dane konnte die Fassade nicht lange aufrecht erhalten. Sie bröckelte mit jedem unvermeidlichen Blick zu ihr mehr und mehr ab.

„Ich heiße Sarah“, sagte sie plötzlich.

Er saß ihr gegenüber, wieder einmal, und sah sie stumm an. Hatte sie ihren Namen nicht schon am Tag seiner Ankunft gesagt?

„Sie reden nicht, nicht wahr?“, fragte sie unsicher. Dane sah zum Fenster hinaus und nickte. Er hasste sich dafür.

„Macht nichts“, fing Sarah seine stumme Antwort auf. „Darf ich Sie mit du ansprechen?“ Sie lächelte. Er sah zu ihr hinüber und nickte erneut.

„Ich werde dich Nick nennen, weil du immer so viel nickst.“ Sie konnte nicht anders und lachte aus vollem Hals über ihren eigenen Witz. Dane saß da und sah sie nur an. Dann musste er zum ersten Mal lachen.

*

Sarah begann ihn zu verzaubern. Sie war der erste Mensch, der ihn ganz tief erreichte und seinen Abstieg in das Loch zu verhindern schaffte. Sie ahnte nichts davon und begann seine Dunkelheit auf eine bezaubernde Art mit Licht zu füllen. Das verwirrte Dane zunächst, weil er dieses Gefühl seit seiner frühesten Kindheit nicht mehr kannte. Damals war es seine Mutter gewesen, die ihn mit Liebe und Wärme versorgt hatte, aber das war nur eine kurze Zeit gewesen. Jetzt, nach über fünfunddreißig Jahren, begegnete ihm dieses Gefühl plötzlich wieder. Und es war wunderbar, wo er doch immer dachte, dass die Dunkelheit wunderbar sei.

Er lag auf dem Bett und überlegte, ob er sich mit dem Lochschaufler überhaupt noch einen Kampf liefern sollte.

Du bist ein Narr!, schrie ihn das Loch an. Wann begreifst du endlich, dass du einen großen Fehler begehst?

Dane ging zum Fenster und sah hinaus.

Wann darf ich wieder sprechen?, fragte er.

Wenn du zu dir gekommen bist. Bleib bei der Sache. Du zettelst gerade ein Unheil an.

Weil ich mich mit dieser Frau treffe?

Weil du die Gefahr nicht erkennst.

Dane setzte sich aufs Bett.

Vielleicht gehört Sarah zum Spiel dazu, sagte Dane.

Du Narr!, rief das Loch. Du hast noch nie einen Partner an deiner Seite gebraucht. Du bist ein Einzelgänger. Wann begreifst du das endlich? Wenn du nichts unternimmst, wird er dich töten.

Vielleicht gibt Sarah mir die Kraft, die ich brauche, um diesen letzten Kampf durchzustehen, sagte Dane.

Sie wird dir alle Kraft rauben. Sie wird dir deine Konzentration rauben. Sie macht dich schwach und unaufmerksam. Er wird dich am Ende töten. Wegen ihr.

Wie soll er mich töten, wenn er nicht weg kann, von dort, wo er jetzt ist?
Warum soll ich hier weiter auf ihn warten?
Weil er einen Weg finden wird, um zu dir zu kommen. Sei auf der Hut!
Woher willst du das wissen?
Ich weiß alles!

Dane war wütend und verspürte das dringende Bedürfnis, sich zu duschen. Er fühlte sich dreckig und durcheinander. Nahezu eine Stunde verbrachte er unter der heißen Dusche, bis sich sein Körper vor Hitze rot färbte und brannte. Erst danach fühlte er sich besser. Auf seinem Bett besah er sich die Narben der Operation. Er betastete jede einzelne mit seinen Fingern, als sollten sie ihn an etwas erinnern, woran er nicht denken wollte. Er ließ sich nach hinten auf sein Bett fallen und schloss die Augen. Eine starke Unruhe überkam ihn plötzlich und es schien ihm, als starrten ihn viele gequälte Gesichter von allen Seiten an. Der Tagtraum wurde zur Qual. Die Gesichter schrien und Blut floss aus ihren Mündern. Es war so laut, dass Dane seine Augen aufriss, aufsprang und ins Bad flüchtete. Dort verschwanden die Gesichter und auch das Geschrei. Sein Blick traf den Spiegel. Er starrte sich an, als sei ihm sein eigenes Gesicht vollkommen fremd. Er öffnete den Mund und versuchte zu sprechen, doch nicht ein einziges Wort kam heraus. Er umklammerte seine Kehle, drückte zu, würgte, um anschließend die Stirn verloren gegen den Spiegel fallen zu lassen. Aus seinem Mund kam nichts heraus. Nicht ein Ton! Er war stumm. Er war tatsächlich stumm! Damit wurde ihm unmissverständlich klar, wie stark ihn das Loch bereits beherrschte, und er bekam Angst, doch das Loch lachte nur.

Die Kamera zeichnete alles auf.

*

Drei Tage waren bereits vergangen, und Dane nahm weder an einer Therapie noch an einem anderen Angebot der Klinik teil. Stattdessen unternahm er lange Spaziergänge oder vergrub sich hinter Büchern, die er sich aus der Bücherei der Klinik auslieh. Hin und wieder saß er im Park und sah den Gärtnern bei der Arbeit zu. Sarah hielt sich stets in seiner Nähe auf, sprach ihn aber nicht an. Wie ein Schutzengel folgte sie ihm und genoss jede Stunde, die sie einfach nur in seiner Nähe sein durfte.

Dane hatte eine distanzierte Freundschaft zu ihr gewonnen. Oder war es sein Weg, ihr näher zu kommen?

Eines Morgens bereitete Dane einen kleinen Zettel für Sarah vor, den er ihr nach dem Frühstück reichte. Sie nahm ihn erfreut entgegen, entfaltete ihn und las seine Mitteilung: DANE.

Kaum hörbar flüsterte sie: „Hallo, Dane."

*

Roosevelt war unzufrieden. Dane lehnte jeden Kontakt zu ihm und den anderen Patienten ab. Das verursachte Missstimmung und niemand zeigte mehr Interesse an ihm. Das schien ihm recht zu sein. Die erste Woche verging und nichts passierte, zumindest für die Außenstehenden.

Roosevelt war erbost, Dane war verwirrt und Sarah wartete.

Komm, sagte das Loch. Lass uns auf die Reise gehen …

Nach einer brühend heißen Dusche schmiss Dane sich auf sein Bett und besah sich wieder seinen vernarbten Körper. Seine Erinnerung an den Überfall war plötzlich so gegenwärtig, als hätte er gestern erst stattgefunden, und seine Gedanken glitten hinab in das Loch. Wie ein langer, schwarzer Tunnel zog sich der Gang nach unten. Weit am Ende des Weges schimmerte ein schwaches Licht. Da musste er hin. Es war der Ort, an dem alles begann, und zugleich der Ort, an dem alles beendet werden musste. Er musste jetzt dort hinfinden, dort hin, wo der Hass regierte.

Dane warf einen Blick zurück. Nur kurz. Oben stand Sarah. Sie lächelte, als würde sie sagen: *Geh weiter und bring es hinter dich.* Er sah wieder nach unten. Ein Leben ohne Hass und ohne

Sorge war ein Leben mit Sarah.

Dane verharrte in dem Tunnel und besah sich die Wände, die kalt und dunkel das Loch umgaben. Seine Hände ertasteten das rissige Gestein. Es war scharf und splittrig. Seiner rechten Hand entwich etwas Blut, als er das Gestein berührte. Er presste die Wunde an seine Lippen und trank sein eigenes Blut. Der Tunnel war gefährlich und mit Vorsicht zu genießen. Dane besah sich seine Wunde an der Hand. Als er näher hinsah, hatte sich etwas in sie hinein gezeichnet. Es war kein Blut und auch kein Schmutz von dem Gestein. Es war die Schwärze des Lochs, die deutlich das Wort *Wahrheit* in die Innenfläche seiner Hand gezeichnet hatte. Ein Wort, mit dem sich Dane erst wieder anfreunden musste. War die Wahrheit doch zu etwas geworden, das er in den letzten Jahren nur noch selten gelebt hatte. Mit Sarah war die Wahrheit wieder aufgetaucht, so unvermittelt, so unvermeidbar. Die Waffen der Lüge hatte sie ihm beim ersten Treffen schon entzogen. Ganz allein die Wahrheit musste ausreichen, um dem ganzen Spektakel das nötige Feuer zu verleihen. Dane ging weiter in den Tunnel hinein. Etwas Schattiges baute sich vor dem Licht am Ende des Tunnels auf. Dane verspürte plötzlich Hitze in sich aufsteigen, und sein Atem begann sich zu beschleunigen. Der Schatten formte sich zu einem Gebäude – einem großen, roten Gebäude.

Dane begann, sich auf seinem Bett hin und her zu schmeißen. Seine Hände schlugen um sich und dann … nach vielen Wochen, hörte er wieder seine eigene Stimme, die schrie: „Bitte, nein!" Es klang, als käme die Stimme aus dem Tunnel, eine Stimme in hoher Tonlage – die Stimme eines Kindes. Danes Atem beschleunigte sich. Es kostete ihn maßlose Anstrengung, mit den Gedanken in dem Tunnel zu verharren. Er wälzte sich herum und fiel mit einem dumpfen Knall zu Boden. Erschrocken öffnete er die Augen und stöhnte lautlos vor sich hin. Sein Hinterkopf schmerzte von dem Aufprall. Er kam langsam hoch und ging ins Bad. Ein Schluck Wasser würde ihm guttun. Er schaute wieder in den Spiegel, stierte auf ein fremdes und verlebtes Gesicht. Als er erneut versuchte, seine Stimme zu bezwingen, entglitt ihm nur ein Würgen. Seine Faust zertrümmerte mit einem Schlag den Spiegel. Blut rann aus seiner Hand. Die Wut wurde stärker. Er rannte zurück in sein Zimmer, fühlte sich aufgebracht und herausgefordert. Ein schrilles Pfeifen im rechten Ohr schmerzte ihn so sehr, dass er mit seiner Hand auf dieses Ohr schlug. Dann sah er zur Decke. Der Schmerz wurde stärker, worauf er wieder ins Bad lief und sich Wasser ins Gesicht spritzte, aber er ließ nicht nach. Er rannte zurück ins Zimmer, schlug rhythmisch seine Stirn gegen den Schrank und bezwang seine Stimme erneut, aber es blieb nur bei einem heiseren Hecheln. Er begann, mit den Fäusten gegen seine Stirn zu hämmern, empfand aber keine Erleichterung. Bekleidet, wie er war, suchte er die Dusche auf. Wasser ergoss sich über seine Kleidung. Heiß musste es sein. Er erstickte im Dampf und spürte die nicht enden wollende Unruhe, raste triefend nass wieder zurück ins Zimmer und mit dem Kopf voran gegen die Wand! Ein roter Blutstreifen rann die Tapete hinunter. Sein Körper ging zu Boden. Er heulte. Seine Stimme klang widerlich, und er krächzte mit ausgereizter Stimme: „Neiiin!“

Rhyan, der Pfleger, war bereits von Roosevelt beauftragt worden, nachzusehen, und lief die Treppe hinauf. Danes Tür war von innen verriegelt. Rhyan hörte Tumult hinter der Tür, Möbel flogen durch das Zimmer. Er hörte, wie Dane dabei stöhnte und röchelte. Der Pfleger klopfte nicht gerade zart an, sondern hämmerte gegen die Tür und rief: „Dane, mach auf!“ Er hatte in der Eile vergessen, die Zimmerschlüssel mitzunehmen. So ein Mist! Das Massaker hinter der Tür nahm weiter seinen Lauf und immer wieder hörte er Holz bersten und Schreie der Verzweiflung. Rhyans Körperkraft schlug das Schloss der Tür schließlich auf und er landete mit einem wuchtigen Sprung im Zimmer. Das Ausmaß des Anfalls war verheerend. Als er sich umdrehte, kam ihm ein Möbelstück entgegen!

„Du Schwein!“, schrie Dane und setzte seine letzte Kraft in den Wurf eines Tisches, den er Rhyan hinterrücks ins Kreuz schleudern wollte. Rhyan aber konnte ihn mit seinem rechten Arm im letzten Moment abwehren und packte Dane an den

Schultern. „Hey, du kannst ja reden!“, rief er.

Ungeachtet dieser Bemerkung schlug Dane zu, mit der Faust mitten in Rhyans Gesicht. Der reagierte prompt und packte Dane gewaltsam mit einem Schutzgriff. Dane schien nicht zu sich zu kommen. Er sah sich dem Überfall wieder gegenwärtig und versuchte, sich frei zu raufen, aber Rhyan war stark und groß und schüttelte ihn mit Nachdruck. Dabei schrie er: „Hey, nun komm mal zu dir! Wir sind hier nicht im Kampfring!“ Dane aber hörte ihn nicht. Er wehrte sich mit all seiner zur Verfügung stehenden Kraft. Seine Feinde würden ihn nie wieder so zurichten! Er würde sich nie wieder fangen lassen! Rhyan hielt ihn so lange in Schach, bis er am Ende seiner Kraft angelangt war und sich zu Boden sinken ließ. Eine Schwester kam gerannt und injizierte ihm ein Beruhigungsmedikament.

„Wie konnte das passieren?“, schrie Roosevelt seine Aufseher an. Alle zuckten ratlos die Schultern und trauten sich nicht zuzugeben, dass sie Danes Zimmer heute nicht richtig kontrolliert hatten. Erst als der Tumult seinen Lauf genommen hatte, hatte jemand hingesehen und Roosevelt informiert.

*

Das hast du gut gemacht, lobte das Loch. Dein Plan wird funktionieren.

Welcher Plan?, fragte Dane.

Na, um endlich Aufmerksamkeit zu erlangen.

Das ist mein Plan?

Ja! Du musst etwas in Bewegung setzen. Etwas, das ihn nervös macht.

Wie?

Du befindest dich auf dem besten Wege.

1984, neun Jahre früher
Glendale

Dane lag mit offenen Augen im Bett.

Er hatte gerade die Zeitung gelesen. BRUTALER RAUBMORD stand in großen Buchstaben in einer Zeitung, die nicht aus Kalifornien war, sondern die Dane bei einem Händler aus Kinman in Arizona bestellt hatte. Er las den Bericht voller Genugtuung. Die Tat, die in diesem Artikel beschrieben wurde, hatte sich natürlich anders abgespielt. Wie sollten die Reporter auch wissen, was sich in dieser Villa wirklich zugetragen hatte? Die, die das wussten, waren tot. Der Lochschaufler hatte sie umgebracht, alle.

Dane sah die gelungene Aktion noch einmal vor sich ablaufen: Der Einbruch in die Villa des erfolgreichen Inhabers der Firma IMOCUT. Die Familie, die plötzlich vor ihnen stand und das Geld, das sie bei sich hatten. Dane hielt ihm, dem Lochschaufler, die entsicherte Waffe an die rechte Schläfe und sagte voller Gelassenheit: „Du oder sie?"

Erst war der Lochschaufler skeptisch geworden, als Dane ihm den Plan von einem großen Geldraub mitteilte. Dann war er neugierig geworden. Geld konnte er immer gut gebrauchen. Alles klang so einfach. Alles hörte sich nach einem guten Plan von Dane an. Wieso sollte er nicht mal etwas mit ihm zusammen machen? Es war doch offensichtlich, dass Dane ihn nicht töten wollte. Dann hätte er es längst getan. Sie waren sich einfach zu ähnlich. Beide liebten den Abgrund vor sich.

„Nur einmal", hatte Dane ihm des Abends versprochen, als er ihm den Plan mitteilte. „Nur einmal eine Sache mit dir zusammen. Nur wir beide." Dass Dane dabei einen ganz anderen Plan verfolgte, wusste er natürlich nicht. Dane wollte ihm Angst einjagen, mächtig Angst. Er wollte, dass sich sein Gegner zutiefst vor ihm zu fürchten begann. Nun standen sie vor dieser vollkommen unschuldigen Familie.

Der Lochschaufler spürte die Waffe an seiner Schläfe. Seine eigene Waffe war auf die Familie gerichtet. „Du oder sie?", fragte Dane nachdrücklich.

Das konnte doch nicht wahr sein! Er sollte diese Familie erschießen? Einfach so? Er hatte noch nie einen Menschen mit einer Waffe erschossen. Das war eine Falle! Dane wurde unruhig. „Komm schon. Es kann doch nicht so schwer sein. Du hast schon einmal getötet. Du kannst das."

Der Lochschaufler spürte, wie ihm die Knie wegsanken: „Ich habe noch nie einen Menschen erschossen."

„Nein", sagte Dane, „nicht erschossen. Du hast mich nicht erschossen."

Dane spannte den Hahn seiner Waffe. Er würde gleich abdrücken, wenn der Lochschaufler es nicht tat. Sei's drum. Dann wäre das Spiel eben heute schon vorbei.

Der Lochschaufler bettelte, flehte … und gab nach. Die Schüsse peitschen durch das Haus! Eine Salve von fünf Schüssen streckte die gesamte Familie nieder. Der Lochschaufler flehte immer noch und schoss und schoss. Dann spürte er den Schlag auf seinem Hinterkopf, der auch ihn zu Fall brachte.

1993, neun Jahre später
Los Angeles

Es war spät am Abend, als mich Roosevelt in Los Angeles anrief. Das Treiben im Medical Center hatte gerade nachgelassen und alle kamen zur Ruhe – Ärzte und Patienten. Ich hatte mal wieder Bereitschaftsdienst, wie so oft in letzter Zeit, woran auch meine Ehe gescheitert war. Ich sah gerade einer wohlverdienten Pause entgegen und liebäugelte mit dem Bett im hinteren Teil des Ruhezimmers, als das Telefon klingelte. „Herrgott!", protestierte ich und gestikulierte wütend mit meinen Händen herum. „Clark." Es kam kurz und hart aus meinem Mund.

„Ja, hier Roosevelt."

Der Name kam so überraschend wie angenehm bei mir an. Meine Miene hellte sich auf und ich ließ mich erfreut in einen gepolsterten Lederstuhl fallen. Ich hatte schon lange auf ein Zeichen von Dane gewartet und erkundigte mich direkt nach seinem Wohlbefinden.

„Nicht so gut", sagte Roosevelt, „deswegen rufe ich an. Es läuft alles anders, als wir erwartet haben. Mr. Galloway scheint kein Patient zu sein, dem wir hier helfen können. Er ist nicht daran interessiert, sich Hilfe zu holen. Er zeigt an nichts Interesse und hat nur etwas Kontakt zu einer Patientin aufgenommen. Nichts Aussagekräftiges, eher Oberflächliches. Gestern Abend erlitt er plötzlich einen Tobsuchtsanfall und demolierte sein ganzes Zimmer."

Meine Miene verhärtete sich und ich fand vor Bestürzung keine Worte.

Dr. Roosevelt fuhr fort: „Er hat einen Pfleger, der ihm helfen wollte, angegriffen. Jetzt liegt Mr. Galloway ruhiggestellt auf der Krankenstation. Wir finden das sehr beunruhigend, Dr. Clark, denn solche Gewaltausbrüche werden in meiner Klinik nicht therapiert. Auch wenn augenscheinlich ein Prozess in ihm in Gang kommt und ich gerne bereit wäre, jetzt mit ihm zusammenzuarbeiten, aber so kann ich nicht absehen, wann es wieder zu einem Zwischenfall kommen wird. Er braucht professionelle Hilfe auf einem anderen Gebiet – und vielleicht Medikamente. Da er mir keine Gelegenheit geben möchte, mit ihm ernsthaft ins Gespräch zu kommen, kann ich momentan nicht viel tun. Ich muss leider anmerken, dass eine Einweisung in eine psychiatrische Klinik das Beste für ihn wäre. Sogar recht schnell. Mir bleibt nicht viel Handlungsfreiraum, wenn sich eine solche Gewalttat ereignet hat. Was er gestern veranstaltet hat, könnte morgen genauso gut ein Angriff auf Patienten oder ein Schnitt in die Pulsadern sein."

Ich versank in meinen Sessel und dachte ungewollt an die Diagnose aus Vancouver. Ich erinnerte mich an die Frage: „Hat er sich denn niemals gewalttätig anderen gegenüber verhalten?"

Sollte ich Dr. Roosevelt darüber informieren? Nein, das wollte ich nicht und sagte stattdessen: „Ich werde mich beurlauben lassen und zu Ihnen kommen. Vielleicht komme ich momentan besser an ihn heran. Doch zuvor möchte ich gerne eine andere Idee mit Ihnen besprechen ..."

*

Unser Leben war ohne Dane nicht mehr das gleiche. Für Johnathan und mich hatte sich ein völlig anderer Alltag eingespielt. Alles war irgendwie fad und freudlos geworden. Sicher, ich hatte auch einigen Spaß mit meinen Kollegen und Patienten und Johnathan mit seinen Gästen, aber es war nicht der Spaß, den wir mit Dane hatten. Er fehlte mir als Freund und John als Geschäftspartner. Wir vermissten das wirkliche Lachen, jenes, das sich über den ganzen Abend und schlimmstenfalls noch über die Nacht hinziehen konnte. Jenes, das uns mit einem tierisch guten Gefühl morgens wach werden ließ. Es war, als würden wir von einem auf den anderen Tag älter werden.

Gleich am nächsten Morgen rief ich Johnathan an, um mit ihm etwas zu besprechen. Mir war in der Nacht eine Idee gekommen. Ich wollte einen Blick in Danes Apartment werfen. Es musste sich doch irgendwo etwas Hilfreiches finden lassen. Vielleicht Fotos, Namen, Schlüssel von Schließfächern oder Ähnliches. Vielleicht sogar eine Geburtsurkunde. Dane musste alte Unterlagen besitzen. Er war viel zu ordentlich und organisiert, um keine zu besitzen. Weder Johnathan noch ich hatten je etwas zu Gesicht bekommen. Also durchwühlten wir sein Apartment bis in die hinterste Ecke und verrückten seine Möbel, bis wir, zwischen zwei Schränke geklebt, schließlich etwas fanden. Es verpasste uns einen schweren Schlag!

Dallas

Sarah hatte die ganze Nacht nicht schlafen können. Immer wieder hörte sie Danes verzweifelten Schrei, der durch die ganze Klinik gehallt hatte. Von Dr. Roosevelt hatte sie am nächsten Tag die Erlaubnis bekommen, Dane auf der Krankenstation besuchen zu dürfen.

Sie betrat leise das Zimmer und erschrak. Danes Stirn wies eine große, genähte Platzwunde auf, und seine Augenlider zuckten. Er stöhnte heiser und sie hörte zum ersten Mal seine Stimme.

„Hallo, Dane“, sagte sie tonlos, setzte sich an sein Bett und beobachtete ihn. Vorgestern hatte sie noch den Eindruck gewonnen, etwas Fröhliches in seinem Gesicht gesehen zu haben.

Es sah entspannt aus. Nun sah es wieder verhärmt aus.

„Das hättest du nicht tun müssen“, sagte sie.

Danes Blick wurde klarer und er suchte nach der Person, die mit ihm sprach.

„Du hast dein Zimmer zerschlagen und Rhyan angegriffen. Du warst gemein. Ich bin enttäuscht“, sagte Sarah, als hätte sie seine Gedanken gelesen. Sie lachte nicht mehr und wirkte besorgt, machte keinen Hehl aus ihrem Entsetzen über seine Tat. „Lass dir doch helfen! Rede mit Dr. Roosevelt. Wenn du keine Bereitschaft zeigst, musst du gehen. Und du weißt, wohin.“

Eine blau gekleidete Krankenschwester kam herein und zog ihm die Infusionsnadel aus dem Arm. Sie rollte einen Ständer mit drei leeren Flaschen aus dem Zimmer, drehte sich kurz an der Tür um und forderte Sarah auf, das Zimmer zu verlassen, da Dr. Roosevelt gleich zu Mr. Galloway wolle. Sarah erhob sich und drückte seine Hand. „Tschüss, Dane.“

Dane schämte sich für diese Szene. Dem Gemurmel vor der Tür war zu entnehmen, dass Roosevelt im Anmarsch war. Er kam schnellen Schrittes herein marschiert, ohne eine Spur von Freundlichkeit, und zog sich einen Stuhl zu Dane ans Bett. „Hallo“, sagte er kurz und hoffte auf eine Antwort.

Rhyan hatte ihm mitgeteilt, dass Dane erstmals gesprochen hatte. Also war dieses Tabu gebrochen. Roosevelt musste darauf keine Rücksicht mehr nehmen. Seine Hoffnung, dass Dane jetzt auch mit ihm sprechen würde, war jedoch vergebens. Stattdessen zeigte sich ein reuiger Blick seines Patienten. Roosevelt ließ sich nicht irritieren. „Das war großer Mist letzte Nacht! Geht es Ihnen denn jetzt besser?“

Dane nickte. Roosevelt räusperte sich. „So funktioniert das hier nicht, Mr. Galloway. Dass wir das gleich zu Anfang klarstellen. Morgen um neun möchte ich Sie in meinem Büro sehen. Falls Sie nicht zu mir kommen, werde ich Sie in eine psychiatrische Klinik einweisen. Ihr Verhalten ist eine Gefahr für die Öffentlichkeit! Darüber müssen wir reden.“

Das hatte gesessen! Roosevelt erhob sich und verschwand.

Kurz darauf kam Rhyan herein. Sein Gesicht hatte linksseitig eine Prellung „Ich wusste nicht, dass du so einen Ärger machen kannst!", sagte er und schmiss ihm die Kleidung aufs Bett. „Zieh dich an!"

Dane kam Rhyans Aufforderung nach und folgte ihm in ein neues Zimmer, das sich im dritten Stock befand. Dort gab es nur eine spartanische Einrichtung. Dafür hing über der Tür wieder eine Kamera. Rhyan unterrichtete ihn über sein zukünftiges Ausgehverbot, knallte ihm einen Wecker auf die Nachtkonsole und erinnerte ihn an den morgigen Termin mit Dr. Roosevelt. Von allen Seiten griff die Kälte nach ihm.

Was soll ich jetzt tun?, fragte Dane das Loch.
Mach einfach nur weiter, riet ihm das Loch.
Ich soll mich wieder vergessen und alles kurz und klein schlagen?
Dir fällt sicher etwas Besseres ein.

*

Roosevelt versuchte, erneut mit Dane ins Gespräch zu kommen. Seine Fragen waren freundlich und ohne böse Absicht, doch Dane reagierte nicht. Er saß dem Arzt stumm und teilnahmslos gegenüber und schaute immer wieder aus dem Fenster. Roosevelt beendete das Treffen schließlich und verließ unzufrieden den Raum.

Dane verbrachte den Rest des Tages in seinem Zimmer und bemerkte nicht, wie die Kamera alles aufzeichnete. Man brachte ihm Essen und Getränke. Er fühlte sich eingesperrt und begann plötzlich ein lautes Zwiegespräch mit seinem Loch.

Ich muss Sarah sehen, sagte Dane ungeduldig.
Warum?, fragte das Loch.
Ich brauche sie, um das alles hier durchzustehen.
Was kann sie schon für dich tun?
Sie kann mir helfen, einen anderen Weg zu finden.
Einen Teufel wirst du tun!, schrie das Loch.

Was macht das noch für einen Sinn hier!, schrie Dane zurück.

Das Loch beruhigte sich. Du wirst bald verstehen. Ich bin bei dir. Denke immer daran.

Du bringst mir nur Ärger, sagte Dane und ging unter die Dusche.

Dane verspürte gegen Nachmittag ein starkes Unbehagen in seiner Magengegend und erbrach sich. Er versuchte zu meditieren, aber seine Gedanken an Sarah ließen ihn nicht zur Ruhe kommen. So suchte er erneut das Gespräch mit dem Loch, aber es bestrafte ihn mit Ignoranz. Gegen Abend erbrach er sich ein weiteres Mal. Er duschte heiß und ging zu Bett. Seine Träume ließen ihn mehrmals aufschrecken, durchnässt vom Angstschweiß.

*

Am nächsten Morgen bestellte Roosevelt Dane wieder in sein Büro. Seine Ansprache war diesmal nicht mehr freundlich, im Gegenteil, er teilte ihm seine Entlassung aus dieser Klinik mit. Er werde ihn in eine andere Klinik überweisen müssen, gleich morgen. Damit nicht noch mehr Unheil geschehe.

Dane verließ den Raum. Roosevelt war klar, dass es nun in ihm brodeln musste. In der Tat, Dane hatte sich die Worte des Arztes genau angehört und sagte entschlossen zum Loch:

Du hast recht. Ich muss was tun.

Das Loch lachte.

*

Roosevelt gab Dane am nächsten Tag tatsächlich seine Entlassungspapiere. Im Anhang befand sich eine Einweisung in eine Psychiatrie wegen Selbstgefährdung und Gefährdung anderer. Dabei war dieses Verfahren gar nicht erlaubt. In der Regel bestellte man zur Unterstützung solcher Abwicklungen Angehörige oder Betreuer oder ließ die Betroffenen direkt in eine Klinik bringen. Doch Roosevelt dachte sich etwas dabei.

Er sah, wie Dane taumelnd das Zimmer verließ. Jetzt hatte er ihn!

Sarah vermisste ihn beim Abendbrot und sah jedes Mal zur Tür, wenn ein Patient den Speiseraum betrat. Später klopfte sie an seine Zimmertür und fragte, ob alles in Ordnung sei, aber sie bekam keine Antwort. Enttäuscht suchte sie ihr Zimmer auf und durchblätterte unaufmerksam eine Modezeitschrift.

Die Kamera in seinem Zimmer war eingeschaltet, aber sie zeigte nichts weiter als einen leeren Raum.

Es war schon spät in der Nacht, als einer der Aufseher die Situation schließlich für meldepflichtig hielt.

Nach dem Gespräch mit Roosevelt war Dane mit seinen Papieren in der Hand durch den Garten der Anlage geirrt. Er hatte zu dem kleinen Wald hinunter in das Tal gesehen und hörte Stimmen, die ihn riefen. Er folgte ihnen und verschwand zwischen Bäumen und Sträuchern. Da niemand seinen Ausflug bemerkte, suchte ihn zunächst auch niemand.

Komm!, rief ihn das Loch und führte ihn wieder in den Tunnel.
Dane folgte ihm unsicher.

Der Wald war dunkel. Er formte sich zu einem Tunneleingang, den Dane vorsichtig durchschritt. Der Tunnel war kalt, grau und leer. Und ganz hinten war immer noch das Licht zu sehen. Dane bewegte sich tiefer und tiefer hinein. Vor dem Licht baute sich wieder dieser große Schatten auf. Als er näher trat, erkannte er das riesige Gebäude. Es war eine alte Scheune. Die rostrote Farbe löste sich bereits überall vom Holz. Jetzt konnte er sich erinnern. Diese Scheune kannte er nur allzu gut. Weit entfernt hörte er Kindergeschrei, dann die wütenden Schreie eines Mannes. Dane sah sich um, aber er entdeckte niemanden. Die Schreie kamen aus der Scheune. Er lief auf das Gebäude zu, doch bevor er es erreichen konnte, prallte er gegen eine unsichtbare Wand aus Glas und stürzte benommen zu

Boden. Er hörte aber weiterhin die Schreie der Kinder, nah und ganz klar. Sie schrien und wimmerten: „Nein! Bitte, nein!!“ Eine derbe Männerstimme lachte.

Dane erhob sich mühsam und versuchte, die Wand aus Glas wegzuschieben, was ihm aber nicht gelang. Dann schlug er auf sie ein, aber sie zerbrach nicht. So nahm er Anlauf und rannte mit aller Kraft gegen diese Wand, die ihn von den wimmernden Kindern fernhielt, aber sie gab nicht nach. Er brach zusammen und sank besiegt zu Boden. Mit ihm fiel der Traum. Die Scheune blieb unerreichbar, die Stimmen verstummten und alles war friedlich, als wäre nichts geschehen. Dane lag zusammengekrümmt im Wald vor einem Baum. Um ihn herum flatterten seine Entlassungspapiere vom Wind getragen in alle Richtungen.

Mehr als vier Stunden waren Roosevelt und drei seiner Mitarbeiter suchend durch die Parkanlage gelaufen. Mit Taschenlampen hatten sie in die kleinsten Winkel geleuchtet und unablässig nach dem vermissten Patienten gerufen.

Roosevelt verfluchte die Absprache mit diesem Dr. Clark und sah sich schlimmen Konsequenzen gegenüber. Dann fanden sie Dane im angrenzenden Wald bewusstlos vor einem Baum liegen. Sein Gesicht wies Verletzungen im Stirn- und Nasenbereich auf, so als wäre er gewaltsam gegen diesen Baum gelaufen. Immer wieder zeigte sich bei ihm das Verlangen, seinen Kopf zu verletzen. Was verbarg sich in diesem Kopf?

Los Angeles

„Es hat geklappt! Die Weichen sind gestellt. Sie können kommen“, teilte mir Roosevelt zufrieden mit und legte um 2.30 Uhr in der Nacht den Hörer auf die Gabel.

Dallas / Texas

Sie waren ihm alle erschienen: Sarah, Roosevelt, Rhyan, Johnathan, die Gäste aus dem *Running Horse*, Joan, die Männer der

Vergewaltigung und ich. Jeder redete vor sich hin, sodass eine gewaltige Geräuschkulisse entstand. Sie bereitete Dane Kopfschmerzen, und er hielt sich die Ohren zu. Was war hier los? Eine Party? Alle standen um ihn herum, und er drehte sich im Kreis, um ihnen ins Gesicht zu sehen. Ihre Gesichter verzerrten sich plötzlich. Wie lächerliche Fratzen grinsten sie ihn plötzlich an. Er fragte: „Warum geht die Scheunentür nicht auf?"

Schallendes Gelächter brach aus, und die Münder verzogen sich zu blutenden Höhlen ohne Zähne. Dann sagte einer: „Du musst eben kräftiger drücken, du Eichhörnchen! Hast wohl keine Kraft mehr, du Schwächling. Du musst drücken!" Alle lästerten über ihn. Und dann schrien sie im Chor: „Drücken! Drücken! Drücken!"

Dane befreite sich aus der Mitte seiner Peiniger und sah sich um. Vor ihm baute sich wieder diese Scheune auf. Er ging auf sie zu und schaute sich noch einmal um. Seine Peiniger schrien immer noch; ihre Hälse wurden länger, wie die von Gänsen. „Drücken! Drücken!", tönte es zu ihm herüber. Er stand plötzlich vor dem riesigen verschlossenen Eingang der Scheune. Es gab kein Glas mehr, das ihn zurückhielt. Die Spötter verstummten, dafür wurden andere Schreie lauter. Sie kamen aus dem Inneren der Scheune und klarten sich zu Kinderstimmen auf. Ein Mann lachte. Dane begann gegen die Scheunentür zu drücken und setzte alle Kraft, die er aufbringen konnte, ein. Er presste seinen Körper gegen dieses eine Hindernis, das all seinen Hass und all seine Ängste verbarg. Als er die Tür nicht geöffnet bekam, begann er an ihr zu ziehen. Er zog, riss und schrie!

Ein ohrenbetäubender Knall ließ alles sterben. Dane erwachte aus dem Albtraum und fuhr erschrocken hoch.

Der feste Griff einer Hand an seiner Schulter holte ihn zurück in die Realität. Mit aufgerissenen Augen sah er auf den Mann an seinem Bett.

„Ich bin es, Jim", sagte ich.

*

Ich hatte mich beurlauben lassen und war, wie abgesprochen, zur Klinik gekommen. Hinter mir stand Roosevelt.

„Du hast geträumt, nicht wahr?“, fragte ich Dane. Er lag wieder auf der Krankenstation und sah mich verwirrt an. Er hatte nicht mit mir gerechnet. Wie auch? Er hatte ja nichts von meinem Plan mit Roosevelt gewusst. Ich erklärte ihm die Zusammenhänge und war erfreut, einen Fortschritt erlangt zu haben. Dane war weniger erfreut. Er wirkte desorientiert, als habe er die Spur verloren, die er verfolgen wollte. Wir mussten ihm Zeit geben, sich an die neue Situation zu gewöhnen, und zogen uns für kurze Zeit aus dem Zimmer zurück. Im Kontrollraum konnten wir über einen Bildschirm Danes Reaktion beobachten und hörten, wie er begann, mit seinem Loch zu reden.

Was nun?, fragte er das Loch.

Alles in bester Ordnung, sagte das Loch.

In Ordnung?! Nichts ist in Ordnung! Die sperren mich ein! Ist es das, was du willst?

Sie werden dich nicht einsperren.

Was lässt dich so sicher sein?

Sie sind viel zu neugierig, was jetzt passieren wird.

Und wo, bitte, soll das hinführen?

Wo willst du hin?

Ich will mit Sarah hier weg und in Ruhe leben.

Du kannst nicht in Ruhe leben. Nicht, solange er noch lebt.

Roosevelt und ich sahen uns an. Wir waren Zeugen einer schizophrenen Entgleisung geworden. Damit war mir klar, dass Dane nicht nur unter einem Trauma litt, sondern dass sich auch sein Geisteszustand bedenklich verändert hatte. „Ich sagte ja, dass ich ihn hier nicht therapieren kann“, bemerkte Roosevelt.

Mir war nun klar, was der Arzt meinte. Ich musste Dane tatsächlich nach Los Angeles in eine Psychiatrie bringen, nur wahrhaben wollte ich es nicht. Also fragte ich: „Darf ich noch ein paar Tage mit ihm hier arbeiten? Ich meine, bevor ich ihn endgültig mitnehme."

„Hmm ..." Roosevelt sah mich abschätzend an. „Ich weiß nicht, ob ich das verantworten kann."

Ich nickte. Klar, die Versicherungen. „Was wäre denn möglich?", fragte ich.

Roosevelt dachte nach. „Ich könnte die Einweisung auf einige Tage später datieren. Ich könnte so einiges später datieren. Aber was wollen Sie damit bezwecken?"

„Dass er sich öffnet. Dass er versteht, warum wir in Sorge sind. Dass er weiß, dass er Freunde hat, die ihm helfen."

„Und was sollte das ändern?"

„Dass wir erfahren, was mit ihm los ist. Dann könnte er viel gezielter therapiert werden. Aber wenn gleich mit Medikamenten losgelegt wird, hat er kaum noch eine Chance."

Roosevelt sah die Besorgnis in meinem Gesicht und nickte. „Gut, zwei Tage. Dann sehen wir weiter. Aber nur unter der Bedingung, dass Sie ihn lückenlos beaufsichtigen. Falls …"

Ich nickte und ging zurück zu Dane.

Wie konnte ich Roosevelt nur solche Versprechungen machen?

Ich sagte: „Hallo." Er sagte nichts.

„Du hast geträumt und erinnerst dich wieder, nicht wahr?", fragte ich.

Er nickte. Ja, er erinnerte sich.

Mein Blick war erwartungsvoll auf ihn gerichtet. Schweigen. Nichts. Absolute Leere. Kein Wort von Dane. Wir sahen uns nur an, nach acht langen Wochen.

Er will mich hier wegholen!, schrie Dane voller Angst. Er will mich mitnehmen und einsperren lassen! Hilf mir!

Beruhige dich, Dane, sagte das Loch.

Rhyan zeigte uns ein großes Zweibettzimmer und gab mir den Schlüssel. Dane sah mich verunsichert an. Dann waren wir alleine.

Irgendwie hatte ich die Erwartung, dass wir uns jetzt in die Arme fallen würden. Mehr als acht Wochen hatten wir uns nicht mehr gesehen. Das Verlangen war jedoch einseitig. Meine Wiedersehensfreude wechselte hin zu Anspannung. Wir standen da, einfach nur da, zwei Freunde, die niemals geglaubt hätten, sich einer solchen Herausforderung gegenüber zu sehen. Wie in einem gefährlichen Spiel umkreisten wir uns regelrecht, waren beide voller Emotionen. Mir war klar, wie verwirrt Dane sein musste. Nahm er doch an, dass ich ihn abholen würde. Ich wartete auf ein erstes Wort von ihm, doch er löste sich von meinem Blick und ging zum Fenster. Ich wartete, ob er etwas fragen würde, aber er sah nur hinunter in die Parkanlage.

Du hast recht, sagte Dane. Er holt mich nicht ab.

Sag ich doch, lachte das Loch. Die Bühne gehört dir!

Die Bühne gehört mir.

Ich begann meine Sachen in den Schrank zu sortieren, um die Spannung zu unterbrechen, und stellte einen Wecker auf meine Nachtkonsole. Daneben legte ich Block und Kugelschreiber. Ich versah die erste Seite mit dem derzeitigen Datum, den 3. August 1993. Auf dem Tisch platzierte ich ein Aufnahmegerät für eventuelle Dokumentationen.

Dane stand beharrlich am Fenster, während ich etwas aus meiner Brieftasche herauszog. Ich hielt es in Augenhöhe vor mich und sah zu Dane hinüber. Mal sehen, ob ich seiner Erinnerung etwas auf die Sprünge helfen konnte.

„Was ist das?", fragte ich und hoffte auf Danes Aufmerksamkeit, doch er sah nicht hin. Er sah weiter aus dem Fenster, was mich wütend machte. Also ging ich zu ihm hin und riss ihn brutal an der Schulter herum. Erneut hielt ich das kleine Büchlein hoch, ihm direkt vor die Augen. Das brachte mir Danes

Aufmerksamkeit. Er sah auf das kleine Heft in meiner Hand, und dann sah ich, wie er versuchte wegzusehen. Volltreffer!, dachte ich. „Was ist das?", fuhr ich ihn ein zweites Mal an – lauter und wütender. Als er offensichtlich immer noch nicht antworten wollte, packte ich ihn am Kragen. Mir war klar, dass ich seine Aggression hochjagte. Würde er auf mich einschlagen?

„Das ist ein ganz alter Ausweis, nicht wahr?", half ich nach. „Dein Ausweis! Warum steht dort Gelton und nicht Galloway? Warum steht dort Dane Gelton? Das bist du auf dem Foto, verdammt noch mal!"

Dane wirkte entsetzt. Das konnte er auch vor mir nicht verbergen. Ich beobachtete ihn und fühlte mich bestätigt. „Rede mit mir! Es wird dir leid tun, wenn du es nicht tust!" Ich wartete. „Na, was ist, fehlen dir die Worte?"

Schlägt er nun zu? Schweigt er? Redet er? Wird er theatralisch?

Er wurde theatralisch. Wenigstens etwas. Er ließ sich auf sein Bett fallen und stöhnte. Ich war genervt. „Ja, spiel dein Theater nur weiter!", schrie ich ihn wieder an und beobachtete sein Schauspiel. „Was ist nur aus dir geworden? Weißt du, wie viel ich immer von dir gehalten habe? Weißt du, was ich jetzt von dir halte? Du bist ein Arschloch geworden! Ein gottverdammtes Arschloch und ein Lügner noch dazu! Du frisst unnötig Geld der Versicherungen und schlägst die Mühen vieler Menschen in den Wind! Menschen, die dich wirklich gerne haben! Du schmeißt dies alles weg wie Dreck, der dich nicht mehr kümmert! Du lässt Johnathan einfach im Regen stehen, obwohl er alles für dich getan hat. Er hat dir deine Existenz in Glendale ermöglicht! Er hat dir ein geregeltes Leben gegeben! Jetzt schaust du ihn nicht einmal mehr an, als wenn er Unrat wäre! Scheiße! Wie ich dich verachte!"

Mir war es nie in den Sinn gekommen, so mit meinem Freund zu reden, aber es war nicht mehr viel kaputt zu machen. Und außerdem musste es raus.

Ich hatte bei der Wahl des Zimmers um absolute Diskretion gebeten und somit den kompletten dritten Stock von Roosevelt zugewiesen bekommen. Der Stock, in dem auch Dane die letzten Tage hatte verbringen müssen. Die Etage war leer und damit ideal für uns. Wir waren ganz allein und konnten alles tun! Minuten vergingen. Sie wirkten wie Stunden auf mich. Dane kam taumelnd hoch und ging zum Tisch. Er begann auf meinen Schreibblock zu malen. Ich kam interessiert näher und betrachtete die Zeichnung. Dane konnte immer schon hervorragend zeichnen. Er malte eine alte Scheune, wie sie in den fünfziger Jahren auf den Farmen in den Südoststaaten erbaut wurden. „Hast du davon geträumt?", fragte ich leise und war gerührt von seiner nickenden Geste.

„Heißt du Dane Gelton?", fragte ich weiter.

Dane antwortete: „Ja."

Auch darüber war ich gerührt. Gott, wie lange hatte ich diese Stimme nicht mehr gehört? Jetzt hörte ich wieder den Klang seines Lachens.

„Warum hast du deinen Namen geändert?"

Damit ließ Dane die Konversation sterben. Er wedelte hilfesuchend mit den Händen in der Luft herum und zuckte ratlos die Schultern. Aus.

„Du wurdest also als Gelton geboren und hast irgendwann diesen Namen ablegt. Ich denke mal, das war, als du zu uns nach Glendale kamst."

Ich versuchte, auf eine Fortsetzung des Gesprächs zu drängen, denn dieser neue Name brachte mich völlig aus dem Konzept. Dane wandte sich erneut ab und sah aus dem Fenster. Die Schlinge um seinen Hals zog sich enger zusammen.

Ich legte mich schweigend auf mein Bett. Kurze Zeit später schlief ich ein. GELTON hallte es in meinem Kopf.

*

Es war halb zwölf in der Nacht, als Danes Träume erneut begannen. Er stöhnte zaghaft. Dadurch wurde ich wach. Ich nahm den Block und drückte leise die Aufnahmetaste meines Gerätes. Dane wurde unruhig. Hecheln, Stöhnen, Schweißausbrüche und unverständliches Gemurmel, alles, was einer Aufnahme nicht dienlich war.

Bühne frei!, jubelte das Loch und ließ Dane walten.

Groß und gewaltig baute sich die Scheune wieder vor ihm auf. Er schaute sich um. Die hässlichen Spötter aus seinem letzten Traum waren verschwunden. Erst zaghaft, dann immer lauter werdende Stimmen von Kindern und die eines Mannes schlichen sich wieder in das Traumbild hinein. Sie kamen aus dem Inneren der Scheune. Er drückte mit seinen Händen gegen die große Scheunentür. Es bewegte sich nichts. Dann zog er. Sie war verschlossen. Der Riegel war von innen vorgeschoben. Wieder gelangte er nicht hinein. Selbst als er mit seinem ganzen Körper gegen die schwere Tür drückte, ging sie nicht auf. Sein Drang, den Kindern dahinter helfen zu wollen, wurde unerträglich groß. Er schmiss sich immer wieder mit den Schultern voran gegen das massive Holz, aber der Widerstand war einfach zu groß. Ihm kam der Gedanke, sich ein Hilfsmitteln zu suchen, um die Tür gewaltsam aufzubrechen, und er sah sich um. Er stand plötzlich nicht nur vor einer gewaltigen Scheune, sondern befand sich auf einer Farm. Er erblickte ein aus Stein und Holz erbautes altes Wohnhaus. Bei genauerem Hinsehen konnte er eine Frau hinter einem Fenster im oberen Teil des Hauses erkennen. Als ihre Blicke sich trafen, verspürte er Lähmung und vertraute Gefühle zugleich. Sein Herz raste. Er konnte erkennen, dass die Frau hochschwanger war. Dane wollte ihr eine vertraute Geste zukommen lassen, ein Zwinkern oder einen Wink, aber ihr plötzlicher Rückzug vom Fenster ließ ihn in seiner Bewegung verharren. Die Stimmen der Kinder holten ihn wieder zurück ins eigentliche Geschehen. Er setzte seine Suche fort und fand an der Seite der Scheune eine Axt. Mit großer Kraft schlug er damit auf die Tür ein.

Ich beobachtete Danes Gefühlsaufwallungen während seines Traums und machte mir Notizen.

Dane schlug eine Spalte in die Tür und sah hindurch. Er konnte den Kopf eines Jungen erblicken. Mit der Axt packte er wieder zwischen die Bretter und riss sie weiter auseinander. Dabei schrie er: „Aufhören!“, doch niemand hörte ihn.

Mein Gerät zeichnete seine Worte auf.

Völlig verschwitzt riss er die restlichen Bretter, die die Axt nicht packte, mit seinen bloßen Händen heraus und stieg in das Innere der Scheune. Er sah einen Jungen von ungefähr zehn Jahren, der ihm bekannt vorkam. Der Junge stand vor einem großen Mann und blickte ihn ängstlich an. Der Mann packte den Jungen an den Schultern und schüttelte ihn wütend. Dane schrie: „Hey, aufhören!!“, wurde aber weiterhin nicht gehört. Der Mann war riesig, dreckig und verschwitzt. Der Anblick löste Übelkeit in Dane aus.

Als ich sein Würgen hörte, suchte ich hastig nach einem Behälter im Zimmer, doch ich fand keinen. Also riss ich die Schublade aus seiner Nachtkonsole und hielt sie einsatzbereit.

Dane sah noch einen anderen Jungen. Er war kleiner, schmächtiger, vielleicht vier Jahre alt. Sein Anblick ließ Dane erstarren. Waren es nicht seine dunklen Augen; war es nicht sein blondes Haar, das er als Kind gehabt hatte? Der Kleine schrie: „Bitte, nein, Dad!“

Auch das nahm mein Gerät auf.

„Halt die Klappe!“, schrie der Mann zurück und blickte den kleinen Jungen rechts neben sich kurz an. Der Zehnjährige nutzte die Unaufmerksamkeit des Mannes und befreite sich aus dem Griff an seiner Schulter. Dann ging er auf den Mann los. Er riss an seiner Kleidung und spuckte ihm ins Gesicht.

Dane ignorierte die Kampfszene. Sein Blick war nur noch auf den kleinen, wimmernden Jungen gerichtet, der sich verloren und zitternd in eine Ecke drückte. Plötzlich kehrte Ruhe ein. Dane wurde dem Mann gegenüber wieder aufmerksam. Er stand nun alleine inmitten der Scheune und grinste. Wo war der Junge geblieben, der eben noch mit ihm gekämpft hatte? Dane fand ihn auf dem Boden liegend wieder. Er rührte sich nicht mehr. Sein Blick war leer, und aus seiner Nase und seinem rechten Ohr lief Blut. Was war geschehen?

Dane musste jetzt eingreifen, irgendwie, um den Mann zu stoppen! Da war immer noch der kleine Junge, der geschützt werden musste. Dane holte zu einem Schlag aus, und kurz darauf durchfuhr ihn ein stechender Schmerz hinauf bis zur Schulter. Die Faust hatte weder den Mann erreicht, noch war sie ins Leere gestoßen. Die Wand aus Glas war wieder da! Genau zwischen ihnen! „Du Schwein!!", schrie er durch die Glaswand, aber was er auch tat oder schrie, der Mann schenkte ihm keine Aufmerksamkeit. Er sah nicht einmal hin und ging zu dem kleinen Jungen hinüber. Er verpasste ihm eine so starke Ohrfeige, dass das Kind der Länge nach hinfiel. Auf unerklärliche Weise war dieser Schlag soeben auf Danes Wange gelandet! Er taumelte und schrie: „Lass mich in Ruhe!"

Der Mann hörte ihn nicht. Wie auch?

Ich hörte ihn – und das nicht zu leise! Die Kamera lief. Ich schmierte Beobachtungen auf das Papier.

Dane hämmerte erneut mit seinen Fäusten gegen die Glaswand. Sie war nicht zu zerbrechen, so verzweifelt er auch auf sie einschlug. Es war ihm unbegreiflich, dass er nicht in das Geschehen eingreifen konnte, wo er doch unmittelbar davor stand! Diese verfluchte Wand! Sie zermalmte seine verzweifelte Hoffnung und ließ ihn Dinge sehen, von denen er sich abwenden wollte, es aber nicht konnte.

Der Mann riss dem kleinen Jungen die Hose herunter und schmiss ihn auf einen alten Holztisch. Ein kleiner Messerschnitt vergrößerte den Darmeingang des Kindes, damit er den Analverkehr besser vollziehen konnte. Blut lief an den dünnen Beinen des Jungen herunter, und sein Wimmern verlor sich unter dem Hecheln des Mannes, der immer wieder zustieß, stöhnend und schweißtreibend. Mit seiner freien Hand hielt der Mann den Jungen in Schach, presste seinen Kopf auf den Tisch, damit er stillhielt. Der Junge hatte nicht die geringste Chance, sich zu wehren.

Der Junge erbrach sich! Dane auch.

Ich hatte große Mühe, Dane zu helfen. Das Würgen nahm kein Ende. Ich schlug auf seine Wange ein, einmal, zweimal, dreimal! Dane wurde nicht wach. Wie im Delirium wand er sich hin und her, bis er aus dem Bett fiel. Ich konnte ihn nicht halten. Dann Stille – nur ein Wimmern, ähnlich dem eines kleinen Jungen. Ich saß auf dem Fußboden, mitten im Erbrochenen, und hielt erschüttert seinen Kopf. Der säuerliche Geruch war nebensächlich. Ich wusste genug für heute.

Dane fiel nach dem Traum in einen tiefen Schlaf. Ich rief Roosevelt, der kurze Zeit später mit einigen Leuten kam und mir half, das Zimmer zu reinigen. Ich befürwortete eine Beruhigungsspritze, um Dane nicht erneut in einen Traum fallen zu lassen. Zunächst mussten wir diesen Traum aufarbeiten. Es stellte sich hier allerdings die Frage, wer ihn aufarbeiten musste.

Wie geht es dir?, fragte das Loch.
Besser, sagte Dane.
Ich bin sehr zufrieden mit dir. Das hast du gut gemacht.
Findest du?

*

Ich ging unter die Dusche und versuchte mir einen Reim auf das zu machen, was ich in der Nacht von Dane gehört hatte. Es lag auf der Hand, dass Danes Vater in die Sache verwickelt sein musste. In was jedoch genau, konnte ich ohne Dane nicht feststellen. Sicher, da waren einige alte Narben, die ich im Krankenhaus bei den Untersuchungen gefunden hatte, aber waren sie wirklich auf einen Missbrauch durch seinen Vater zurückzuführen? Mich beschäftigte jedoch etwas anderes viel mehr: Danes Stimme hatte sich während des Traums mehrmals verändert. Ich hatte zwei fremde Stimmen gehört. Das könnte auf eine multiple Persönlichkeit hinweisen, was nach frühkindlichem Missbrauch zwar selten ist, aber nicht ausgeschlossen. Aber Multiple ersetzen nicht die Rollen einer bereits existierenden Person.

Dennoch waren wir der Sache ein gutes Stück näher gekommen.

*

Es war 9.30 Uhr, als es an Roosevelts Tür klopfte. „Ja, bitte“, sagte er, von seinem Schreibtisch aufblickend.

Sarah blickte durch einen Türspalt in das Zimmer hinein und sagte: „Guten Morgen.“

„Ach, guten Morgen, Sarah! Kommen Sie doch bitte herein.“

Wenn es etwas gab, das seine Stimmung anhob, so war es der Anblick seiner liebsten Patientin Sarah Newshorn. Roosevelt bemerkte sofort ihre Niedergeschlagenheit. Dane hatte ihr viel von ihrer früheren Fröhlichkeit zurückgegeben, doch nun schien sie wieder sehr traurig zu sein.

„Ist Dane noch da? Ich habe ihn seit vorgestern nicht mehr gesehen.“

Dr. Roosevelt schaute sie verlegen an. „Ja, Sarah“, sagte er und suchte nach den richtigen Worten. Er unterlag der Schweigepflicht und war unsicher, was er Sarah wirklich mitteilen konnte. „Er ist oben im dritten Stockwerk und schläft.“

„Er schläft noch?“, fragte Sarah erstaunt.

„Es war eine anstrengende Nacht für ihn, Sarah. Sein Arzt aus Los Angeles, Dr. Clark, ist gestern hier eingetroffen und wird Mr. Galloway zusätzlich begleiten. Er ist jetzt bei ihm und will so ungestört wie möglich mit ihm arbeiten.“

Sarah hatte von Anfang an das Gefühl gehabt, dass ihre Beziehung keine Zukunft haben würde. Dane war die ganzen acht Wochen nicht ein einziges Mal vertraulich zu ihr geworden. Es klopfte erneut an der Tür.

„Ja“, sagte Dr. Roosevelt.

Ich trat ein, übermüdet, und hatte irgendwie den Kamm nicht gefunden. Es kleideten mich eine entsetzlich bunte Sommershorts und ein noch entsetzlicheres T-Shirt, sodass ich nicht gerade das Abbild eines Arztes darstellte. „T'schuldigung“, sagte ich schnell, als ich Sarah sah und wollte die Tür wieder schließen.

„Nein, Dr. Clark!“, rief mir Roosevelt eilig hinterher. „Kommen Sie herein! Das ist Sarah“, und er wies mit der Hand zu ihr. „Sarah, das ist Dr. Clark.“

„Jim“, verbesserte ich beschämt, weil ich so entsetzlich aussah, und reichte ihr die Hand. Ich war erfreut, denn sie sah wirklich nett aus. Ihr Händedruck war herzlich. „Wie geht es Dane?“, fragte sie mich direkt. Ich bemerkte ihre Ungeduld und sah hilfesuchend zu Roosevelt. Auch er wusste nicht, was wir Sarah erzählen sollten, also entschied ich mich für: „Gut. Prima. Er schläft.“ Weiter wollte ich auf die Frage nicht eingehen. Als sie meine Zurückhaltung bemerkte, nickte sie traurig. „Grüßen Sie ihn von mir.“ Mit einem Winken verließ sie das Zimmer, und ich sah ihr mitfühlend nach.

„Wie sieht's aus?“, fragte Roosevelt, als wir alleine waren.

„Er schläft noch“, antwortete ich kurz. Ich war gedanklich noch bei Sarah. Sie tat mir leid. „Den Rest der Nacht war er ruhig. Kein Wunder bei der Beruhigungsspritze. Wie lange wird sie ungefähr wirken?“

„Ich schätze bis heute Nachmittag. Es sieht so aus, als würde es sich tatsächlich lohnen, mit ihm hier weiter zu machen. Wollen Sie ein Frühstück?“

Ich nickte. „Gerne. Aber lassen Sie für Mr. Galloway auch etwas herrichten. Vielleicht Obst.“

„Ist in Ordnung“, sagte Roosevelt. „Gehen Sie nur in den Speiseraum. Ich werde in der Küche Bescheid sagen.“

Ich dankte und dachte an den Namen Galloway, dass er jetzt nicht mehr zutraf.

Nach einem ausgiebigen Frühstück – ich wusste nicht mehr, wann ich das letzte Mal so großartig gefrühstückt hatte – ging ich mit dem Tablett für Dane wieder hinauf in den dritten Stock. Unten herrschte inzwischen das typische Treiben vor Beginn einer Therapiestunde. Die Menschen sammelten sich diskutierend im Gruppenraum. Im Gegensatz zu unten überfiel mich oben eine beklemmende Stille, und ich atmete tief durch. Was mochte mich heute erwarten? Wie würde mir Dane begegnen?

In Gedanken versunken nahm ich das Tablett in die linke Hand, um mit der rechten die Zimmertür zu öffnen, als sie jemand von innen aufzog, ja, regelrecht aufriss. Als wenn jemand eilig einen Tatort verlassen wollte. Doch es war nur Rhyan. Wir zuckten beide zusammen.

„Oh, Entschuldigung, Dr. Clark. Ich wollte nur nach dem Rechten sehen. Ich habe Ihnen ein Radio gebracht. Vielleicht hilft es Ihnen etwas über die Langeweile hinweg. Und zwei Schokoriegel liegen auf dem Tisch. Gut für die Nerven." Er tippte sich dabei an die Schläfe.

Ich mochte ihn einfach. Er wurde mir mit jeder Begegnung sympathischer. „Super", sagte ich und wünschte mir so ein Personal auch in L.A. „Wenn Sie hier nicht mehr arbeiten wollen, kommen Sie doch zu mir nach L.A. Leute wie Sie suchen wir immer." Rhyan lächelte, winkte kurz und ging zum Aufzug.

Im Zimmer war es ruhig. Das Radio stand auf dem Tisch vor dem Fenster und war bereits eingesteckt. Daneben lagen die Schokoriegel. Ich stellte lächelnd das Tablett dazu und dann sah ich mir Dane an. Er schlief noch, atmete ruhig und entspannt. Von dem nächtlichen Dilemma war nichts mehr zu sehen, nur der säuerliche Geruch lag noch in der Luft. Die Fenster waren geöffnet, und durch die zugezogenen Gardinen wehte ein leichter Wind. Ich beschloss, die Zeit zu nutzen und an meinen Aufzeichnungen zu arbeiten, nahm meinen Block und las, was ich heute Nacht geschrieben hatte. Daraus ließ sich zwar eine hypothetische Geschichte lesen, aber ich wurde das Gefühl nicht los, dass der Traum mehr verbarg, als ich annahm. Ich dachte an die verschiedenen Stimmen und an seinen neuen Namen: Gelton. Wie fremd das für mich klang. Irgendwie passte der Name zu der Person, die jetzt ein Zimmer mit mir teilte. War nicht die Adresse in seinem alten Ausweis eingetragen? Ich kramte in meinen Papieren, fand ihn aber nicht. Ich schaute und wühlte in sämtlichen Unterlagen, Schubladen, im Schrank und zwischen der Wäsche, aber der Ausweis blieb unauffindbar. Weg! Mir brach der Schweiß aus, denn dieses verdammte Ding war der einzige Beweisgegenstand, den ich besaß. Ich war so wütend. Hatte Rhyan ihn genommen? Das konnte ich mir nicht vorstellen. Was sollte er damit anfangen? War Dane inzwischen wach geworden und hatte ihn selbst versteckt? Ich sah zu ihm hin. Nein. Auch wenn es sich ziemlich dumm anhört, aber ich habe außer seinem Namen nichts Weiteres darin gelesen. Der Name und das Foto waren alles, was mich interessiert hatte. Tja, nun wusste ich nicht einmal, wo dieser Ausweis ausgestellt worden war. Zu dumm. Ich dachte nach. Dane kam nicht aus Kalifornien, das stand fest. Es wäre auch zu einfach für eine neue Identität gewesen. Wie viele Geltons mochte es in allen anderen Bundesstaaten geben? Mir schoss ein Gedanke durch den Kopf. Irgendetwas hatte mich damals, als wir uns kennenlernten, an ihm gestört. Im Geist durchfuhr ich sämtliche Situationen mit ihm, die Treffen, Gespräche, Lieder. Die Lieder? Ja, das war es: das Lied!! Wenn Dane und ich ein wenig über den Durst getrunken hatten, sangen wir oft einen bestimmten Song. Doch er sang ihn mit frappierender Regelmäßigkeit falsch. Er ersetzte das Schlusswort mit einem völlig unpassenden Wort und ließ sich nie davon abbringen. Wir hatten damals harte Diskussionen deswegen gehabt, uns nach steigendem Alkoholkonsum darüber gestritten, aber Dane hatte nie nachgegeben.

Ich sang mir das Lied in Gedanken vor und beendete es immer mit *house*, Dane aber beendete es mit *home, my home*, obwohl es überhaupt nicht passte! Zusätzlich wurde mir plötzlich bewusst, dass Dane damals in einem mir fremden Slang sprach.

Wo kam er nur her? Ich rannte hinunter zu Roosevelt. Im Büro war er nicht anzutreffen, also versuchte ich es, trotz starker Proteste von Mrs. Buit, im Gruppenraum.

Ich stürzte durch die Doppeltür in das Geschehen der Therapie und starrte Roosevelt an. Zwanzig Paar Augen starrten zurück. Was machte ich nur?

Ich schluckte, wurde bleich und begann unbeirrt zu singen: „I go out to catch me a mouse. Can't get it, shit, man and go back to my home, my home."

Dann stellte ich meine Frage: „In welchem Bundesstaat singt man das so?"

„House", korrigierte mich Dr. Roosevelt zunächst, „nicht home."

„Kansas", kam es von der linken Seite. Rhyan saß außerhalb der Gruppe und machte Notizen. „Man singt es in Kansas so. Ich habe eine Tante dort, die singt das auch immer so."

Ich zog die Augenbrauen hoch. Hatte Rhyan den Ausweis etwa doch genommen und ihn gelesen? Jetzt begann mir die Situation peinlich zu werden. Ich nickte verlegen und sagte leise: „Danke." Als ich mich zurückzog und die Doppeltür schloss, hörte ich noch das Kichern dahinter.

Wieder oben angekommen, durchwühlte ich noch einmal meine Unterlagen nach dem Ausweis. Ich konnte schwören, ihn in einer Plastikhülle zu meinen Aufzeichnungen geheftet zu haben. Dane begann zu stöhnen. Ich blickte auf. Er drehte sich zur Seite und schlief weiter. Ich begann meine Aufzeichnungen zu vervollständigen und fügte zum Abschluss den Begriff KANSAS hinzu. Vielleicht hatte ich noch Zeit, Johnathan anzurufen, denn es waren nun viele Fragen zu klären. Um Dane nicht durch mein Gespräch zu wecken, ging ich hinunter zu Mrs. Buit und ließ mich nach Glendale verbinden.

Johnathan meldete sich nach dem zweiten Klingeln, und wir begrüßten uns herzlich.

„Ja, es geht ganz prima voran", sagte ich und berichtete von den Ereignissen der letzten Nacht. „Hör zu, du musst für mich einige Dinge klären. Du hast doch eine gute Verbindung zur

Polizei. Es geht um den Namen Gelton."

Pause. Johnathan stutzte.

„Ein Namenswechsel", erklärte ich. „Dane hatte damals, als er zu uns nach Glendale kam, seinen Nachnamen gewechselt. Ich glaube, dass Dane aus Kansas kommt. Aber bitte erspare mir die Begründung. Ich vermute es eben. Erkundige dich also nach dem Namen Gelton. Wo sie wohnen oder wo sie gewohnt haben. Vielleicht stößt du auf alte Adressen oder jemandem aus der Nachbarschaft, der noch Verbindung zu einem Gelton hat. Wie auch immer. Hast du alles? Gut. Ich rufe dich wieder an. Mach's gut, John. Und viel Erfolg."

Ich legte auf, und Mrs. Buit schaute mich neugierig an. „Das hört sich ja aufregend an."

Ich sah irritiert zu ihr hinüber und hatte für diese Art von Humor jetzt kein Verständnis. Als ich wieder in unserem Zimmer ankam, sah ich, dass Dane seine Lage wieder verändert hatte und sein Schlaf unruhiger wurde. Ich aß einen von Rhyans Schokoriegeln und schaltete das Radio ein.

Dane stöhnte. Er begann sich unruhig zu drehen, riss plötzlich die Augen auf und schrie: „Jeff!!" Ich sah, wie ihm Tränen in die Augen stiegen und er aus dem Liegen hochkam. Er starrte mich an. „Er hieß Jeff!", schrie er mich an.

„Wer hieß Jeff, Dane?" Ich fühlte mich direkt von einer heißen Neugier gepackt.

„Der große Junge", antwortete er.

„Hieß er Jeff Gelton?"

„Ja!"

„War er dein Bruder?"

Dane verlor den Faden und ließ sich zurück auf das Bett fallen. Er rieb sich die Augen, und sein Gesicht entkrampfte sich. Die Realität hatte ihn wieder. „Hallo, Jim", sagte er plötzlich ganz ruhig und fuhr sich durchs Haar.

„Willst du einen Kaffee?" Ich zeigte auf eine kleine Thermoskanne auf dem Tablett, doch Dane schüttelte den Kopf. „Nein danke. Ich geh duschen", sagte er, und ich sah ihm hinterher, dachte: War das alles?

Wie soll ich weitermachen?, fragte Dane das Loch.
Lass es erst mal so stehen.
Wird es ausreichen, um ihn anzulocken?
Das glaube ich nicht.
Ich will Sarah sehen.
Das Loch schwieg.

Es verging eine ganze Stunde, und er war immer noch nicht mit dem Duschen fertig. Zum ersten Mal bemerkte ich seinen Duschzwang. Ich wurde unruhig und ging nachschauen. Dane lenkte sofort ein und drehte das Wasser ab. Er wirkte hektisch. Sein fast magerer Körper hatte alle sportliche Haltung verloren. Seine Figur war in Müdigkeit und Resignation übergegangen. Ich erschrak, und Dane glänzte in seiner Rolle.

„Alles in Ordnung?", fragte ich.

Er nickte.

*

Unser erster gemeinsamer Nachmittag schlich wie der Gang einer müden, alten Katze dahin und verlief ergebnislos. Ich versuchte ein Buch zu lesen, aber mir fehlte die Konzentration. Es lag auch nicht in meiner Absicht zu drängen, doch ohne es eigentlich zu wollen, fragte ich: „Warum *hieß* er Jeff? Warum *heißt* er nicht Jeff?"

Dane reagierte nicht. Er stand vor dem Fenster und sah wieder hinaus. Ich hatte ihm verboten, das Zimmer zu verlassen, ging zu ihm und stieß ihn an. „Hey."

„Weil er tot ist", sagte er tonlos. Die Zimmertüre öffnete sich. Rhyan lugte herein. „Alles in Ordnung oder will jemand Kaffee und Kuchen?"

Ein beschissener Moment für Kuchen. Mir entfuhr ein schroffes „Nein!"

Rhyan verschwand, und wir hatten den Faden verloren. Ich stellte mich neben Dane und sah ebenfalls aus dem Fenster.

Sarah ging unten im Park umher.

„Sie ist nett", bemerkte ich und dachte an Joan, die ich nie kennengelernt hatte.

„Ja", antwortete Dane sanft.

„Kannst du dich an den Traum heute Nacht erinnern?" Mich quälte eine große Erwartung. Doch plötzlich passierte etwas völlig Unerwartetes. Dane ergriff einen Stuhl und schmiss ihn wütend durch das Zimmer, sodass er krachend an der Wand zerbrach. Ich stand wie gelähmt neben ihm und sah ihn an. Dann sah ich, wie er losrannte. Zuerst dachte ich, er wollte zur Tür, das Zimmer verlassen, stellte aber entsetzt fest, dass es die Wand war, die er sich zum Ziel setzte. Ich war einfach nicht schnell genug, um ihn aufzuhalten, und er rannte frontal dagegen. Ich sprang zu ihm hin, riss ihn brutal herum, schrie: „Hör auf!!", und packte seine Schultern, um ihn auf das Bett zu werfen.

Wie ein geschwächtes Kind sackte Dane in den Kissen zusammen. Stille.

Mein Herz raste. Ich war fassungslos, dass so etwas in meiner Gegenwart passierte. Und dann kam diese merkwürdige Frage von ihm: „Ist man in der Lage, Dinge zu tun, die man eigentlich nicht möchte, es dann aber doch tut, nur weil ganz tief von innen ein Befehl kommt, es tun zu müssen? Dann existiert nur noch dieser eine Befehl. Wie ist das möglich? Ein zweites Bewusstsein?"

Tu's nicht!, schrie das Loch. Verrate mich nicht!

Er schaute mich an. Das war eine gewaltige Überlegung.

„Ja", antwortete ich ihm beeindruckt. „Das hat mit einer sogenannten Verdrängungsmethode zu tun. Wir haben ganz tief in uns eine Vorstellung von Richtig und Falsch, sowie Moral und Normalität. Es ist uns im Normalfall auch anerzogen. Sobald sich aber etwas ereignet, das sich gegen diese Vorstellungen richtet, etwas Unrichtiges, Unmoralisches oder Anormales, was dir so peinlich ist, dass du es nie und niemanden erzählen möchtest, setzt sich aus Schamgefühlen oder aus Angst vor den Konsequenzen eine Art Verdrängung in Gang. Dein Bewusstsein schließt die Geschehnisse ins Unterbewusstsein ein, und dort werden sie so fest verbarrikadiert, dass sie für dich unerreichbar werden. Sie sind einfach aus deinem Bewusstsein und deiner Erinnerung verschwunden. Je intensiver du mit der Verdrängung arbeitest, desto höher der Erfolg, bis zur endgültigen Gedächtnislücke. Dann ist alles nur noch über die Hypnose zu erreichen, oder es kommt durch einen Vorfall zutage, der so extrem auf dich wirkt, dass du alles wider Willen ins Gedächtnis lassen musst. Dabei ist die Chance, dass dein Unterbewusstsein dir die Geschichte wieder komplett freigibt, nicht unbedingt gegeben. Du blockierst jede einzelne Erinnerung aus wahnsinniger Angst, dein Gesicht oder deine derzeitige Stellung in der Gesellschaft zu verlieren. Eine Art Fehlleitung bildet sich im Kopf. Du kämpfst gegen eine Erinnerung aus deinem Unterbewusstsein an und weißt nicht mehr, was du wirklich willst. Willst du wirklich alles wissen oder ist es besser, alles im Verborgenen zu lassen? Diese Uneinigkeit mit dir selbst macht dir derart zu schaffen, dass du beginnst, Dinge tust, die du gar nicht tun möchtest. Du bekommst regelrecht Befehle von einer zweiten Bewusstseinsebene, die dich fehlleitet. Zum Beispiel eben … diesen Stuhl herumzuwerfen."

Dane hörte aufmerksam zu. Ich war ihm so unglaublich nahe gekommen und fuhr fort: „Du beginnst einen Kampf mit deinem Unterbewusstsein, verstehst du? Es ist das Wachbewusstsein des nicht gegenwärtigen, seelischen Bereichs, aus dem wesentliche Impulse unseres Handelns und Verhaltens kommen. Aus dem auch der Traum aufsteigt und in den bestimmte, affektbesetzte Erlebnisse verdrängt werden. Ich bezeichne das jetzt einmal als eine Art Schublade. Du willst wissen, was in der Schublade drin ist, aber sie wird dir nicht geöffnet. Sie bleibt zu. Sie wird zu deinem Feind, der ständig darum bemüht ist, dich um deine Erinnerung zu bringen. Du hast aber festgestellt, dass es dir ohne dieses Wissen immer schlechter geht. Du erleidest Gefühlsverstrickungen, aus denen du dich nicht mehr freidenken kannst. Sie hemmen die Lust, die Freude, das Lachen, alles, was dich wieder aufbauen könnte. Eine Art Tiefendepression setzt ein. Du beginnst, dein inneres Ich aufzufordern, dir die verborgenen Erinnerungen wiederzugeben. Es passiert aber nicht. Daher schlägst du um dich, rennst mit dem Kopf vor die Wand und legst ein normabweichendes Verhalten an den Tag. Du weißt, dass dein Unterbewusstsein im Kopf sitzt und versuchst es zu verletzen, um es schwach und zugänglich zu machen. Es soll ja mit dir kooperieren. Im Moment gibt es für dich keine Außenwelt, sondern nur eine Innenwelt. Du kämpfst innen im Kopf. Dein Gehirn spielt dir einen bösen Streich, aber du hast dein inneres Ich schon verletzlich gemacht. Es gibt Bruchteile deiner Vergangenheit frei, die du über deine Träume abrufst und wieder erlebst. Aber es versucht immer wieder zu blockieren. Dann wirst du wütend und schlägst auf dich ein, rennst gegen die Wand und schmeißt unbeherrscht Dinge um dich. Es kommt zu psychomotorischen Anfällen, eine Art Dämmerattacke."

Kaum hatte ich meinen Vortrag beendet, begann er apathisch zu wippen, wobei er beide Arme ineinander verschränkte. Er hatte die Worte ganz tief in sich aufgenommen und begann zu reden: „Ich träumte von der Scheune …"

Ich lauschte, wie die Geschichte seines Traums brutal aus ihm herausbrach. Unterstrichen mit Gesten und Mimik erreichte sie meine tiefste Betroffenheit. Er wirkte auf einmal so ganz anders, als ich ihn je kennengelernt hatte. Wo er früher nie so etwas wie Tränen, Traurigkeit oder Depression gezeigt hatte, brach es nun wie eine schäumende Gischt aus ihm heraus und verdrehte mein ganzes Bild von ihm.

Es dauerte fast dreißig Minuten, bis Dane erschöpft in sich zusammenfiel. Es standen noch viele Fragen offen, aber ich zog es vor, die Sache für heute auf sich beruhen zu lassen, für uns beide. Es war mir nie bewusst gewesen, dass mein Freund eine solche Vergangenheit gehabt hatte. Doch ich wusste auch nicht, dass dies nur die Spitze des Eisbergs war.

Das hättest du nicht tun dürfen!, schrie ihn das Loch an.
Was?!, schrie Dane zurück.
Ihn so genau in alles einzuweihen!
Aber ich will hier raus!
Du hast einen Auftrag!
Ich will hier raus!
Reiß dich zusammen!

*

Es folgten zwei ruhige Tage. Sie taten uns gut. Roosevelt ließ uns gewähren und drängte nicht mehr mit der Einweisung. Dane und ich verbrachten die Tage mit Spaziergängen entlang des Trinity River, der uns durch seine schlichte Schönheit für wenige Stunden die Anspannung nahm. Der Abstand zur Klinik war wichtig. Wir fanden wieder andere Themen, die während dieser Zeit verloren gegangen waren. So redeten wir über seine Corvette, das Lokal und Johnathan. Er hatte den Wagen gut untergebracht, und das Lokal lief irgendwie weiter. Ich bemerkte nicht, dass Dane mit seinen Gedanken ganz woanders war.

Hör nicht hin, riet ihm das Loch. Er kocht dich weich.
Ich bin unsicher, sagte Dane. Es wird mir alles zu viel.
Ich dachte, du wärst stärker. Wie willst du das alles durchstehen, wenn du dir jetzt schon in die Hose machst?
Er wird es nicht bis hierher schaffen. Es wird alles umsonst sein.
Wie kommst du darauf?
Er ist eingesperrt und kann nicht weg.
Ihm ist immer etwas eingefallen, um dich zu erreichen. Denk an Joan.
Du meinst Sarah?
Unter Umständen.
Was ist, wenn er die Geschichte aus Kinman erzählt und mich der Justiz übergibt?
Das würde er nie tun.
Wie kannst du dir so sicher sein?

Er liebt den Abgrund, genau wie du. Aber nicht das Herunterstürzen. Er will dich weiter leiden sehen, in Freiheit. Er wird persönlich kommen, glaub mir.

*

Einen Tag später braute sich unsere Stimmung wie ein Gewitter über uns zusammen und wir warteten auf den Blitzschlag. Ich beobachtete Dane, wie er sich immer weiter in sich zurückzog, wie ein Kind, das eine bittere Strafe zu erwarten hatte. Die Geschichte, die ich von ihm erfahren hatte, war sicherlich eine gute Grundlage, aber sie hatte keinen Anfang und kein Ende. Der Traum war nur der Ausschnitt einer Szene. Wie viele grausame Szenen mochte es vor und nach diesem Vorfall gegeben haben?

Ich sehnte mich nach einem Facharzt, der sich mit posttraumatischen Erlebnissen auskannte und diese therapieren könnte. Ich war einfach nicht kompetent genug und überlegte, ob ich diese Aktion abbrechen und einem Spezialisten übergeben sollte, wie Roosevelt es von Anfang an empfohlen hatte. Er half mir zwar, alles vor der Versicherung zu verschleiern, aber wenn sich nicht bald etwas Grundlegendes ändern würde, sah ich keine Chance mehr, diese teure Klinik in Anspruch nehmen zu dürfen. Im Grunde war es doch nur ein überteuertes Hotel. Die einzige, die mich hier unterstützte, war Sarah. Sie konnte der Schlüssel sein, der seine geheimnisvolle Tür aufschließen konnte. Ich wollte Dane wieder zu ihr lassen und forderte ihn auf, zu ihr zu gehen. Das ließ er sich nicht zweimal sagen.

Sarah lief auf ihn zu und rief: „Hallo, Dane!" Er nahm sie in die Arme, als wären sie schon lange ein Paar, und legte seinen Kopf auf ihre Schulter, als würde er *halt mich* schreien. Er hatte sie nicht verloren. Zum ersten Mal hielt er sie in den Armen, brach seine Distanz und ließ sie spüren, dass er viel mehr als nur Freundschaft für sie empfand.

Ich sah ihnen von oben aus zu und freute mich über diesen Anblick, der Einiges zu versprechen schien. Während die Beiden sich im Park aufhielten, suchte ich weiter nach Danes Ausweis. Er konnte nicht einfach verschwinden. Ich fragte Rhyan, ob er ihn gesehen hätte, aber er versicherte mir, diesen Ausweis niemals zu Gesicht bekommen zu haben. Er hätte nur ein Radio und Schokoriegel zu uns bringen wollen und würde niemals in den Unterlagen fremder Leute herumwühlen. Wozu? Ich glaubte ihm und begab mich in die große Eingangshalle der Klinik. Dort sah ich durch ein Fenster Dane und Sarah auf einer Bank sitzen. Dane wirkte verspannt.

Bist du verrückt!, schrie ihn das Loch an.
Was?, fragte Dane. Was habe ich falsch gemacht?
Merkst du nicht, dass dich alle weichkochen?
Ich brauche Sarah.
Sarah! Sarah! Sarah! Ich kann es nicht mehr hören!
Was, denkst du, soll ich tun?
Vergiss nicht, dass er bald kommen wird. Dann wird alles anders werden.

Die Vergangenheit

1963. Dreißig Jahre früher
Valley Falls/Kansas
Dane, 8 Jahre

Es war im September 1963. Die Erntezeit auf den Feldern hatte begonnen. Man schnitt mit den ersten modernen Maschinen den Mais. Sie halfen wie ein Wunder bei der Ernte.

Samantha Gelton sah schon von Weitem das Fahrzeug des Postboten durch die Feldwege fahren und säuberte geschwind ihre verschmutzten Hände an dem alten Kittel. Mr. Sield, der Postbote, winkte ihr aus weiter Entfernung zu und hielt dabei etwas Weißes wedelnd zwischen seinen Fingern.

Mr. Sield mochte Samantha sehr. Ihre Schönheit schien weder durch die harte Feldarbeit noch durch ihr reifendes Alter zu vergehen. Dennoch konnte er über das selbstgewählte Schicksal dieser Frau nur bedauernd den Kopf schütteln. Er mochte ihren Mann nicht. Aber wer mochte schon Will Gelton? Sein ständig ungepflegtes Erscheinungsbild zeigte seinen Mangel an Würde und Selbstachtung. Seine launischen Bemerkungen und seine Grobschlächtigkeit hinterließen bei den anderen Farmern der Umgebung immer Missstimmung und Feindseligkeit.

„Ein Brief für Ihren Mann, Mrs. Gelton!“, rief Mr. Sield schon von Weitem. Samantha nickte und lächelte ein bisschen. Das erste graue Haar drängte sich zwischen den langen und dunkelbraunen Schopf und gab ihr ein weises Ansehen.

Dane liebte ihr langes und dickes Haar, das sie nachts immer zu einem Zopf zusammengeflochten trug. Es gab ihr etwas Mädchenhaftes zurück. Doch tagsüber trug sie ihr Haar verknotet am Hinterkopf, weil es praktischer für die Arbeit sei, wie sie sagte.

Abends am Esstisch lag der Brief geöffnet neben Will Geltons Teller. „Ich muss zur Armee – morgen“, verkündete Gelton kurz. Weder seine Frau Samantha noch Dane schenkten ihm einen Blick. Am nächsten Morgen war Will Gelton von der Farm verschwunden. Niemand verlor ein Wort darüber. Samantha Gelton schluckte die Bürde und kümmerte sich fortan allein um die Farm. Bei Dane vollzog sich ein erstaunlicher Wandel. Er begann zum ersten Mal in seinem Leben einen gesunden Appetit zu entwickeln. Das Leben alleine mit seiner Mutter bekam eine kolossale Wende, nicht jedoch ihr Schweigen. Es wurde nur etwas entspannter. Während Dane vormittags die Schule besuchte und nachmittags das Farmhaus in Ordnung hielt, verdiente seine Mutter bis in die späten Abendstunden das Wirtschaftsgeld auf den Feldern. Dane wurde ein guter Schüler, nahezu hervorragend. Seine schnelle Auffassungsgabe faszinierte seine Lehrer jeden Tag aufs Neue. Sie konnten die plötzliche Veränderung kaum fassen und erfreuten sich an seiner zunehmenden Lebendigkeit. Nachmittags, wenn er noch Zeit fand, half er seiner Mutter auf dem Feld, um ihr so zu einem kürzeren Arbeitstag zu verhelfen.

Viele Jahre später fand Dane durch seinen guten Schulabschluss eine Lehrstelle in einer Druckerei, eine der bestbezahlten Lehrstellen weit und breit – die der städtischen Druckerei *Beaman*. Das brachte eine gute finanzielle Veränderung für seine Mutter und ihn.

Die Worte längst vergangener Zeit, Zeit der Qualen, des Hasses und der Unmenschlichkeit, brachten beide nie zur Sprache. Totgeschwiegen verdaute Dane seine Kindheit bis zu einer unendlichen Leere. Hin und wieder überkam ihn die Wut, niemals Hilfe von seiner Mutter erfahren zu haben, aber seine tiefe Liebe zu ihr entschuldigte alles.

Der alte Pickup seines Vaters ersetzte später die tägliche Fahrt mit dem Bus. Der Einkauf wurde leichter, was seine Mutter in vielerlei Hinsicht entlastete.

Mit Zwanzig konnte Dane in der Druckerei *Beaman* den besten Abschluss von allen nachweisen und brachte damit einen guten Verdienst nach Hause.

Viele Jahre waren an ihnen vorübergezogen, und keiner der beiden konnte sich erklären, wo all diese Zeit plötzlich geblieben war. Aus dem Jungen war ein ansehnlicher Mann geworden und aus der Mutter eine ergraute, aber immer noch stolze und schöne Frau.

Dann kam der Tag, an dem seine Mutter von einer schrecklichen Diagnose aus der Routine ihres Alltags geworfen wurde. Der Arzt diagnostizierte ihr offene Tuberkulose. Dane war schockiert. Widerwillig unterzog auch er sich den Untersuchungen für den Fall, sich bei ihr angesteckt zu haben. Doch er war gesund, aber konfuse Gefühle holten ihn plötzlich wieder ein. Die über Jahre bestehende Harmonie zwischen ihm und seiner Mutter war mit der Diagnose der Krankheit zerstört worden. Sie musste für die weitere Behandlung in Quarantäne. Dane war wieder alleine, mehr als je zuvor. Die Farm erschien ihm wie ein Ort voller böser Geister. Die Nächte verbrachte er unten im Wohnraum auf dem Sofa, weil ihm sein Zimmer im ersten Stock unheimlich erschien. Die Liebe zu seiner Mutter wurde durch die Krankheit noch stärker, aber auch quälender. Seinen gesamten Verdienst gab er für ihre Behandlung aus. Ihm blieb kaum etwas zum Leben, aber das war ihm egal, denn das war es wert, wenn er sie damit nur wieder gesund machen konnte.

Es machte sie nicht mehr gesund. Er wusste es, nur wahrhaben wollte er es nicht. Es verging nicht ein Tag ohne Angst – Angst vor einem Anruf, dass sie verstorben sei. Dann kam eine noch stärkere Angst hinzu, nämlich die, in diesem wichtigen Moment nicht bei ihr gewesen zu sein. Hin- und hergerissen zwischen Arbeit und Besuchen im Krankenhaus vergrub er sich nachts stundenlang in irgendwelchen Büchern, weil der Gedanke an ihren herannahenden Tod ihm jeden Schlaf raubte. Die Sorge brachte sein Zeitgefühl völlig durcheinander.

Seine Mutter starb in dem Jahr, als er dreiundzwanzig wurde. Zu seiner tiefsten Enttäuschung alleine in der Nacht im Krankenhaus von Kansas City. Es hatte Dane den Verstand geraubt, dass ihn niemand rechtzeitig benachrichtigt hatte. Er war nicht einmal mehr in der Lage gewesen, vernünftig mit dem Arzt darüber zu sprechen, so groß war seine Wut. Seine Familie war jetzt vollkommen ausgerottet und hinterließ nichts anderes als eine große Leere in ihm.

Die Beerdigung brachte nur wenige Nachbarn an Samantha Geltons Grab. Es floss weder eine Träne noch wechselte man ein Wort. Stumme Gesichter blickten auf Dane. Er ließ ihre Blicke teilnahmslos auf sich ruhen. Gut gemeinte Angebote von Nachbarn, die ihm helfen wollten, flogen an ihm vorbei, als seien sie Luft. Am Friedhofstor sah Dane gedemütigt in den Himmel und schrie so laut, dass es alle hören konnten: „Gott? Wo?!“ Dann stieg er in den alten Pickup seines Vaters und fuhr geradewegs zurück zur Farm.

Dane spürte nichts weiter als kalten Hass, als er die Farm ein letztes Mal betrat. In dem alten Sekretär seiner Mutter fand er Schreibpapier und Umschläge und schrieb seine Kündigung an die Druckerei *Beaman*. Dann suchte er seine Kleidung zusammen und stopfte sie in zwei Koffer.

Über die abgeernteten Felder konnte Mr. Heddon, sein Nachbar, sehen, wie der alte Pickup die Gelton-Farm für immer verließ. Taub vor Trauer und Verzweiflung irrte Dane tagelang umher. Er durchquerte Colorado, Arizona und Nevada, bis ihn der Weg an die Westküste führte. Dort fuhr er wieder tagelang umher, übernachtete in seinem Pickup oder am Strand und ernährte sich ausschließlich von Fastfood. Er landete schließlich in Glendale. Der Ort gefiel ihm irgendwie. Er verkaufte den Wagen und entledigte sich damit eines weiteren Teils seiner Vergangenheit. Von dem Geld konnte er die ersten Kosten für eine Unterkunft tragen. Er beschloss, auch seinen Familiennamen abzulegen. Das wurde allerdings etwas komplizierter. Die Ausbildung in der Druckerei hatte ihm jedoch Tricks und Möglichkeiten für die Herstellung eines echt aussehenden Ausweises gebracht. Schon in der vierten Nacht in Kalifornien wurde aus Gelton Galloway.

Er ging auf Stellensuche. Tagelang durchstöberte er die Tageszeitungen, führte Vorstellungsgespräche und stritt sich mit Menschen herum, die ihm keine Chance geben wollten. Dann brach er sich das rechte Bein und war nicht krankenversichert. Damit winkte ihm der finanzielle Ruin.

Im Krankenhaus wurde er der Behandlung von Dr. Jim Clark, eben mir, zugeteilt. Ich schaute recht dumm, als ich zu hören bekam, dass der Patient seine Behandlung nicht bezahlen könnte. Mit der Frage nach dem Warum setzte ich dann seine Lügenwelt in Gang. Nicht, dass er direkt log, nein, er erzählte mir nur nicht die ganze Wahrheit. Er wäre von zu Hause ausgezogen und nun auf der Suche nach einem Job. Er wäre mittellos und würde alles tun, um auf eigenen Beinen zu stehen. Unser erstes Gespräch war lang und für mich sehr aufschlussreich. Er bot mir einen Schuldschein an. So etwas hatte ich noch nie erlebt und fand es irgendwie spannend. Der Kerl vor mir zeigte eine Entschlossenheit, die mich beeindruckte. Seiner Hartnäckigkeit war es zu verdanken, dass ich mich an Johnathan Gepart, einen Freund meines verstorbenen Vaters, erinnerte. Ich wusste, dass er schon lange den Traum hegte, ein eigenes Lokal zu besitzen. Mit Dane könnte er den Partner gefunden haben, den er brauchte, denn Dane besaß den Kampfgeist, der Johnathan zu dem Projekt fehlte. Dafür besaß Johnathan alle

Kenntnisse, um ein Lokal aufzubauen und zu führen. Dane suchte also einen Job und Johnathan einen Partner.

„Was für einen Partner?“, fragte Dane, als ich ihm davon erzählte, während ich seinen Gips entfernte.

„Gastronomie.“

„Gastronomie? Gott! Aber okay. Ist ein Anfang. Sucht er eine feste Kraft oder nur zur Aushilfe?“

„Nein“, sagte ich, „er sucht einen Partner. Jemanden, der ein Lokal mit ihm zusammen eröffnet.“

Damit hatte Dane eine neue Existenz gefunden.

Johnathan und Dane mochten sich auf Anhieb. Das war unglaublich! Wenn mich jemand fragen würde: *Was war das Beste, was du je getan hast?*, dann würde ich antworten: diese beiden Menschen zusammengebracht zu haben.

Sie besprachen nächtelang die Idee mit dem gemeinsamen Lokal und begaben sich auf die Suche nach einem geeigneten Gebäude. Das fanden sie an der Ecke Roderick Place/Weldon Avenue in Glendale. Irgendwie hatte dieser gotische Bau etwas, das beide faszinierte. Dane entwarf ein Sanierungskonzept und Johnathan ein Geschäftskonzept. Beides in einer ordentlichen Mappe unter dem Arm tragend, gingen sie auf die Suche nach einer Bank, die ihr Projekt finanzieren würde. Da Johnathan etwas Eigenkapital nachweisen konnte, bekamen sie bereits bei der ersten Bank einen geeigneten Kredit. Kurze Zeit später begannen sie mit der Renovierung des Gebäudes. Hier zeigte sich wieder einmal Danes Entschlossenheit. Er entwarf mit Johnathan zusammen einen Plan und begab sich monatelang mit ihm an die Arbeit. Wir waren von Danes handwerklichem Geschick sehr beeindruckt. Er arbeitete pausenlos und so exakt, dass die Renovierung hervorragend gelang. Da Johnathan diesem Tempo nicht gewachsen war, arbeitete Dane oft bis in die späte Nacht hinein alleine weiter. Er tat alles, nur um seinem alten Leben zu entweichen und nicht daran erinnert zu werden. An Spaß hatte es beiden nicht gemangelt. Ich erinnere mich noch an eine Farbschlacht mitten im Gästeraum, die sich beide lieferten und wobei sie sich fast totlachten. Noch nie hatte ich

John so glücklich und ausgelassen erlebt. Dane war ein Goldjunge für ihn. Und der war gerade dabei, eine Goldgrube in das stattliche Treiben von Glendale zu zaubern. Er hatte das Projekt irgendwie zu seinem gemacht, aber Johnathan nie außen vor stehen lassen. Im Grunde genommen war es genau das, was Johnathan brauchte. Sie nannten das Lokal *Running Horse*, woran Danes Tempo während der Renovierung nicht ganz unschuldig war.

Die neue Identität von Dane Gelton vollbrachte wahre Wunder. Er hatte eine neue Familie und ein neues Zuhause gefunden und strahlte vor Glück.

Dallas

„Dr. Clark, ein Anruf für Sie." Mrs. Buit an der Aufnahme hielt mir den Telefonhörer entgegen, als ich die Eingangshalle durchschritt. „Kalifornien", sagte sie.

„Ja, hallo, hier Dr. Clark." Ich dachte an das Krankenhaus, aber es war Johnathan.

„Hallo, Jim. Ich habe viele Neuigkeiten für dich. Halt dich fest."

„Warte", rief ich eilig und gab Mrs. Buit ein Zeichen, dass ich Block und Kuli benötigte.

„Jetzt", sagte ich und konnte gar nicht so schnell schreiben, wie Johnathan erzählte.

„Gelton ist ein weit verbreiteter Name", begann er, „aber es gab in den fünfziger Jahren nur eine Familie in Kansas mit Will und Samantha Gelton sowie ihren drei Jungen Jeff, Dane und Kevin."

Jeff war also doch ein Bruder. Dane hatte sogar zwei Brüder! Ich fragte noch einmal nach: „Irrst du dich auch nicht, ich meine, gibt es nicht eine Familie, die nur einen Jungen mit dem Namen Dane hat?"

„Nein, gibt es nicht", antwortete Johnathan mit Bestimmtheit. „Nun warte mal und lass mich weiterreden. Sie wohnten auf einer Farm in der Nähe von Topeka. Ihnen gehörte ein Pickup, mit dem Dane verschwand, nachdem seine Mutter verstorben war."

Jetzt wusste ich: Das ist er! Johnathan fuhr fort: „Ich erinnere mich, dass Dane früher öfter alte Pickups reparierte. Er tat es mehrmals für Freunde, um etwas dazu zu verdienen. Zuerst traute ich ihm das gar nicht zu, aber er hatte scheinbar wirklich Ahnung davon."

„Volltreffer!", rief ich und sah in die großen Augen von Mrs. Buit. Ich schickte ihr einen Luftkuss zu. Sie sah verlegen weg.

„Na warte, es kommt noch besser. Man kannte Jeff und Dane, aber den kleinen Kevin hat eine Nachbarin nie gesehen, sagt sie. Jeff sei auch erstaunlich früh von zu Hause weggegangen, berichtete man mir. Eine Art Sonderschule oder so. Keine Ahnung. Keiner weiß so richtig Bescheid. Die Familie lebte sehr zurückgezogen. Ich telefonierte mit den früheren Nachbarn. Sie heißen Heddon. Mrs. Heddon sagte, dass Will Gelton bei einem Kampfeinsatz in Vietnam ums Leben gekommen war und Samantha Gelton viele Jahre später an Tuberkulose verstarb. Dane hatte sie bis zu ihrem Tode in einem Krankenhaus gepflegt und ist dann sang- und klanglos verschwunden. Die Farm steht seitdem leer. Ist das unser Dane?"

„Ja, total!", schrie ich in den Hörer und war einem Freudentanz nahe. „John, wir kommen gut voran. Es geht ihm übrigens recht gut." Ich sah wieder zu Mrs. Buit hinüber und schickte ihr einen zweiten Luftkuss. Verlegen sah sie wieder weg. Ich fühlte mich wie ein Ritter nach gewonnener Schlacht. Dass die größte Schlacht noch vor mir lag, erfuhr ich erst in der folgenden Nacht.

*

Als Dane am Abend unser Zimmer wieder betrat, war ich am Tisch eingenickt. Dane sah in die Aufzeichnungen, die offen vor mir lagen, und schon alleine das Wort Gelton erregte sofort seine Aufmerksamkeit.

Will und Samantha Gelton, Jeff, Dane, Kevin Gelton. Kevin??
Will Gelton, Militärstützpunkt Toronto/Kanada
Einheit PSI 133852

Schmerzhaft drängten sich die Namen seiner Familie wieder in sein Gedächtnis. Die Erinnerung an sie brachte ihn ins Taumeln. Er massierte mit seinen Zeigefingern beide Schläfen und begann, leise auf sich einzureden: „Wer ist Kevin? Wer ist Kevin? Wer ist Kevin?" Dane schloss die Augen …

Dunkel und gewaltig baute sich erneut die Leinwand der Vergangenheit vor seinem inneren Auge auf. Ein dunkles Loch formte den Eingang zum Tunnel. Es dauerte etwas, da hörte er ganz tief im Tunnel ein Baby schreien. Dann sah er die Frau am Fenster und ihren hochschwangeren Bauch. Jetzt erkannte er sie!

34 Jahre früher
Valley Falls
Dane, 4 Jahre

Seine Mutter schrie! Herzzerreißend! Es waren Schmerzensschreie ohne Ende! Dann schrie das Baby, frisch geboren, und die Hebamme rief nach unten: „Es ist wieder ein Junge, Mr. Gelton!"

Dane saß unten in der Küche bei seinem Vater am Tisch. Ein Bruder!, durchfuhr es den Vierjährigen. Er hatte endlich wieder einen Bruder! Jeff war seit vielen Wochen nicht mehr da und er vermisste ihn so sehr. Sein Vater hatte etwas von einer Sonderschule außerhalb der Stadt gesagt, dann aber nie wieder über Jeff gesprochen. Er wusste nicht, dass Dane ihn in der Nacht nach seinem ersten Missbrauch beobachtet hatte, oben von seinem Fenster aus, das zum hinteren Teil des Hauses lag. Dane hatte mit großen Schmerzen auf seiner Fensterbank gesessen und einfach nur ins Dunkle gestarrt. Dann hatte er gehört, wie jemand unter seinem Fenster ein Loch gegraben und etwas Schweres hatte hineinfallen lassen. Er konnte sich den Vorgang nicht erklären und gab sich am nächsten Tag mit der Antwort zufrieden, es sei ein alter streunender Hund gewesen. Das war nichts Ungewöhnliches, denn ihnen lief öfter ein verirrtes Tier zu. Am nächsten Tag ging Dane nachschauen, konnte aber das zugeschüttete Loch zwischen all den unebenen Grashügeln nicht wiederfinden. Sein Vater hatte saubere Arbeit geleistet.

Als Dane nun die Freude seines Vaters über das Neugeborene wahrnahm, verging ihm seine eigene. Er dachte an all die Zwischenfälle in der Scheune, seit Jeff weg war. Es war der Beginn seines Martyriums. Er hasste seinen Vater dafür, aber die anerzogene Gehorsamkeit ließ ihn in Stillschweigen und Willenlosigkeit verharren.

Du wärst besser tot!, dachte Dane plötzlich, als er das Baby wieder schreien hörte. Seine reifen Gedankengänge machten ihm oft Angst. Körperlich war Dane immer stark zurückgeblieben und wurde später in der Schule oft gehänselt. Die Kinder aus der Nachbarschaft nannten ihn Eichhörnchen, weil er so schwächlich und klein wirkte. Er hatte kaum Appetit und aß lieber frisches Obst vom Apfelbaum, der im hinteren Teil des Gartens stand, als mit seinem Vater am Mittagstisch. Andere Nahrung nahm er durch die Liebe seiner Mutter auf, wenn sie ihn auf den Schoß nahm und an sich drückte. Sie erzählte dann, wie sie ihn in der Scheune auf die Welt gebracht und sich direkt in ihn verliebt hätte. Sie erzählte ihm von Engeln, die im Himmel lebten und dabei zugeschaut hätten. Sie sang sanfte Lieder und streichelte ihn oft bis in den Schlaf. Sein Entschluss, sie später einmal zu heiraten, stand fest, dann, wenn Dad nicht mehr da sein würde. Dann lächelte sie immer und gab ihm das Jawort. Ob die Engel auch sahen, was in der Scheune sonst noch passierte?

Dallas/Texas

Als ich erwachte, saß Dane apathisch wippend auf dem Bett. Er war blass und zitterte. „Woher hast du all die Namen?“, fragte er leise.

Ich sah auf meine Aufzeichnungen. „John hat für uns etwas recherchiert. Hast du es gelesen?"

Dane nickte.

„Und? Irgendwelche Erinnerungen?" Ich war mit unersättlicher Neugier erfüllt.

Dane wurde ruhiger. „Kevin war mein kleiner Bruder. Er wurde geboren, als ich vier war. Dad hat sich riesig über den kleinen Kerl gefreut. Ich nicht. Ich hatte nur Angst. Der Kleine tat mir leid." Dane erhob sich, ging zum Fenster und sah in den dunklen Park hinunter. „Warum?", fragte ich, obwohl ich es im Grunde wusste.

„Weil ... weil ...", stotterte Dane. In der Spiegelung der Fensterscheibe sah ich Tränen, die glitzernd in seinen Augen standen. „Na, ja, weil Dad sich so freute!" Er packte alles in diesen kleinen Satz und zwang sich zu einem künstlichen Lächeln.

Um 23.00 Uhr gingen wir wortlos ins Bett.

Sein innerer Schmerz stach nach außen. Erst durch kleine Löcher, dann durch die ganze Wand. Die Blockade brach, und Dane schlief sich in einen weiteren, schlimmen Traum.

Valley Falls
Dane, 6 Jahre

Dane sah die aufklarenden Bilder. Nebel löste sich in das scharfe Abbild der Farm auf. Sein Vater hatte Kevin an der Hand und ging mit ihm über den großen Hof zur Scheune. Kevin war bereits zwei Jahre alt, aber seine Schritte waren zu unbeholfen, um ihn auf dieses Alter zu schätzen. Es war der Tag, an dem sein Vater ihn zum ersten Mal mit in die Scheune nahm. Dane ging mit. Er war jetzt der große Bruder und würde schon aufpassen. Schließlich war er schon sechs! Und außerdem war Kevin viel zu klein, um diese schlimmen Dinge zu erfahren. Das beruhigte Dane.

Sein Vater öffnete die Scheunentür und blickte auf seinen Sohn zur linken Seite hinunter. „Na, Dane, wie geht's?"

Dane lächelte unsicher. Sein Lächeln hatte mit den Jahren etwas Hassendes bekommen.

„Wollen mal sehen, ob Klein-Kevin schon was für mich tun kann."

Das war doch nicht sein Ernst!! „Nicht, Dad", flüsterte der kleine Dane, „nicht Kevin."

„Ach", krächzte sein Vater und schlug ihn mit der Hand gegen die Stirn. Dane taumelte, fing seinen Sturz aber geschickt ab. Irgendwie roch sein Vater immer nach Schweiß. Er war nie richtig gekämmt, und seine blonden, fettigen Haare hingen ihm ungepflegt in die Stirn. Sein Teint war braungebrannt von der Feldarbeit, die Hände riesig und voll rissiger Hornhaut. Auf Dane wirkten sie beängstigend, zu groß, zu stark, einfach als die stärksten Hände der Welt. So rechtfertigte er mit sechs Jahren seine Gehorsamkeit. Es machte das Leben auf der Farm einigermaßen erträglich. Doch diesmal trieb es sein Vater zu weit. Dieser wendete sich dem Zweijährigen zu. Dane dachte an Jeffs Kampf vor zwei Jahren, als er sich als großer Bruder mutig und selbstlos für ihn eingesetzt hatte, als sein Vater ihn zum ersten Mal anfassen wollte. Jeff hatte einen chancenlosen, hassenden Kampf auf sich genommen, der niemals gesühnt wurde.

Dane war zunächst unsicher, denn immerhin war Jeff damals bereits zehn Jahre alt gewesen, doch dann sammelte er all seinen Mut zusammen. Er spürte, wie es in ihm zu brodeln begann – erst Wut, dann Zorn und dann Hass. Dann griff er seinen Vater an! Er biss ihn ins Bein und schlug auf ihn ein, wo immer er ihn treffen konnte. Seine Aggressionen entluden sich nahezu hysterisch und wollten nicht mehr enden, egal ob er sich dabei selbst verletzen würde. Er war bereit, dafür zu sterben – für Jeff und für Kevin.

Will Gelton trat um sich, als wollte er ein lästiges Insekt loswerden. Nachdem es ihm nicht gelang, Dane abzuwehren, packten seine riesigen Hände wieder einmal zu. Zuerst versuchten sie, Danes Hals zu fassen, erwischten ihn jedoch nur am Hemdkragen. Dane sah verstört auf und schlug wild ins Leere. Da waren sie wieder, die stärksten Hände der Welt! Sein Vater grinste verächtlich über die Hilflosigkeit seines Sohnes und trug ihn hinüber zum Schweinestall. Dort schmiss er ihn einfach zwischen die Säue und Ferkel. Dane rappelte sich benommen auf und stürzte zu dem Tor des Stalls. Das konnte sein Vater doch nicht tun! Seine kleinen Hände rissen an dem Tor, und nach vielen Tritten musste er hinnehmen, dass er es nicht alleine öffnen konnte. Auch mit seiner Größe konnte er es nicht überwinden. Er schrie! Tränen der Wut liefen ihm über das Gesicht, die er verächtlich mit seiner kleinen Hand fortwischte. Es hinterließ dunkle Schmutzstriemen auf seiner blassen Haut. Der Gedanke, eine Sau könnte ihm als Hilfe dienen, ließ ihn hoffen. Er schob, drückte und drängte eines der Tiere vor das Tor, doch ehe er es überhaupt in die richtige Position bringen konnte, quiekte es laut auf und lief wieder zu den anderen Tieren, die sich ängstlich in eine Ecke drückten. Dane startete einen neuen Versuch, der aber genauso kläglich wie der erste endete. Der ganze Schweinestall grunzte vor Aufregung. Dane war außer sich. Er wollte schreien, aber es kam nur ein lautloses Hecheln aus seinem Mund. Seine Stimme versagte. So sank er wimmernd und besiegt zu Boden. Nur ein kleines Astloch ermöglichte ihm den Blick zu den Geschehnissen, die er nicht mehr in der Lage war zu verhindern.

Sein Vater hatte Kevin bereits entkleidet. Der Kleine schrie jähzornig auf. Ein Schrei, den Dane nur allzu gut kannte. Sein Vater öffnete hastig seine Hose und Dane sah widerwillig, dass dessen Glied bereits erigiert war. Es war so riesig gegen dieses kleine Leben! Gott, hilf mir!, flehte Dane mit innerlicher Stimme, aber da war kein Gott. Er wollte schreien oder Krach machen, etwas, das seinen Vater ablenken würde, doch sein kleiner Leib konnte nur noch zittern. Er wollte wegsehen, doch er sah hin. Dann sah er ein Messer aufblitzen! Ohnmächtig fiel sein kleiner Körper zwischen die Ferkel und Säue. Sie grunzten und beschnupperten ihn neugierig. Seine Ohnmacht war tief und dauerte lange.

Als Dane wieder zu sich kam, war alles vorbei. Vorsichtig riskierte er einen Blick durch das Astloch und sah erschrocken auf die Hosenbeine seines Vaters. Dann spürte er plötzlich den Griff an seinem Hemdkragen, wie er gepackt und aus dem Schweinestall herausgehoben wurde. Er hörte die Worte seines Vaters: „Wie siehst du denn aus, du Schwein! Geh und wasch dich. Mutter hat zum Essen gerufen!"

*

Kevin saß nicht mit am Mittagstisch, seine Mutter auch nicht. Der leere Babystuhl und der leere Stuhl seiner Mutter ließen die Stimmung in der Küche erbeben und zehrten Danes Gefühle aus. Sein Vater saß ihm gegenüber. Angeekelt beobachtete Dane, wie dieser die Suppe direkt aus der Schüssel in sich hinein schaufelte. „Was schaust du so?!", schnaufte sein Vater. „Mom musste mit Kevin zum Arzt. Er hat Durchfall oder so!"

Dane stockte der Atem! Ihn überkam Übelkeit. Er hörte, wie sein Vater hemmungslos schlürfte und rülpste. Dane verlor seinen Esslöffel aus der Hand und sah, wie er platschend in seine Suppe fiel. Er hatte jeglichen Appetit verloren. Seinen Vater kümmerte es nicht. „Ich muss aufs Feld", sagte er und verließ das Haus. Dane blieb zurück und starrte erschüttert auf die leere Schüssel seines Vaters. Erst das drängende Gefühl, urinieren zu müssen, holte ihn wieder zurück. Dane rannte, so schnell er konnte, zur Toilette und erbrach sich dort, während sein Urin in die Hose strömte …

Als er den Tisch abräumte, klebte seine Hose unangenehm zwischen seinen Beinen und er beschloss, den Rest des Tages auf seinem Zimmer zu verbringen. Er schlich mit steifem Schritt die Treppe hinauf, vorbei an der Tür des Elternschlafzimmers. Ein leises Wimmern ließ ihn aufhorchen. Die Tür war angelehnt. Stumm riskierte er einen Blick hinein und sah, wie seine Mutter im Schaukelstuhl saß und aus dem Fenster starrte. Sie hielt sich ein Taschentuch vor den Mund und schniefte. Wie ein Blitz schlug die Lüge seines Vaters in seine Gefühle! Seine Mutter war weder beim Arzt noch hatte sie Kevin bei sich! Nichts war wahr gewesen von dem, was sein Vater gesagt hatte.

Dane sah seine Mutter noch einmal an und dann sah er weg. Er war nicht mehr in der Lage, sie zu trösten.

Sie sah kurz zu ihm hin, doch dann wandte sich auch ihr Blick wieder ab. Sie wollte keinen Trost mehr, auch nicht von ihm. Es war der Tag, an dem die liebevollen Lieder am Abend endeten. Seitdem durfte sie ihn nicht mehr berühren. Dane zog die Tür des Elternschlafzimmers zu und ging ausgebrannt in sein Zimmer. Sein psychisches Fassungsvermögen war erschöpft und alle weiteren Gefühlsregungen in ihm erloschen. Er verlor den Kontakt zu seinen Gefühlen und somit auch zu seiner Seele.

*

Nachts um eins saß Dane auf der Fensterbank und starrte auf die Grasbüschel unter seinem Fenster. Seine Hose war inzwischen getrocknet. Ein süßlich scharfer Uringeruch verteilte sich im Zimmer, den er nicht mehr wahrnahm. Der Vollmond warf schleierhafte Schatten über die Felder. Dane mochte die Geräusche der Nacht, denn sie trugen einen Frieden in sich, den er tagsüber nicht finden konnte.

Ein plötzliches Geräusch erweckte seine Aufmerksamkeit. Ein Schatten huschte unter seinem Fenster vorbei! Eine Schaufel stach in den Boden! Etwas plumpste in die Erde! Kein Hund!, durchfuhr es Dane zitternd. Die letzten Jahre hatten ihn reifen lassen, so auch seine Fassungslosigkeit. Vor zwei Jahren war es dann sicherlich auch kein Hund gewesen! Es war Jeff gewesen! Aber was half es? Jetzt. Seine Gefühle waren bereits taub und seine Seele zu einem Trümmerhaufen der stärksten Hand der Welt geworden. Dane nahm seit diesem Tag nichts mehr wahr. Als seine Eltern versuchten, ihm den Tod seines Bruders durch die Folgen einer Darmkrankheit klarzumachen, sah er zur Decke der Küche und wartete, bis die Lügen endlich endeten und er in sein Zimmer gehen durfte. Sein Leben nahm eine abrupte Wende. Er sah seine Mutter nie mehr lachen und fühlte sie nie mehr an seiner Haut. Weder sie noch er spürten etwas.

Wenige Tage nach Kevins Tod strich Dane die Namen seiner Brüder aus seinem Gedächtnis. Das machte vieles leichter, besonders seine Verzweiflung. Seit dieser Zeit war er nicht mehr in der Lage, seine Aggressionen auf natürliche Weise abzubauen. Er sammelte alles in einer inneren Schublade und schloss sie zu. Seitdem beherrschte ihn das Schweigen.

Dallas/Texas

Am nächsten Morgen schreckte ich aus meinem Bett hoch, als kalte Wassertropfen auf mein Gesicht fielen.

„Jim, wach auf!“, fuhr Dane mich an. „Ich hab dir was zu sagen.“ Meine Müdigkeit war schlagartig verschwunden und verwandelte sich in höchste Aufmerksamkeit. Eine Fähigkeit, die mir im Krankenhaus durch die häufigen Bereitschaftsdienste zu eigen geworden war.

Dane hatte geduscht und rubbelte sich gerade sein Haar trocken. Er konnte es kaum erwarten, von seinem Traum der letzten Nacht zu erzählen. Ich hatte gar nicht bemerkt, dass er geträumt hatte. So hatte ich auch keine Aufnahmen oder Aufzeichnungen gemacht. „Erzähl!“, drängte ich neugierig und kam unter meiner Decke hervor.

„Nein, nicht so!“ Dane fuchtelte mit seinen Händen herum. „Schalt das Band ein! Es ist eine lange Geschichte, die ich bestimmt kein zweites Mal erzählen werde.“

Ich sprang aus dem Bett und holte das Aufnahmegerät. Dane erzählte seine ganze Geschichte von Anfang bis Ende, während das Gerät alles aufzeichnete. Sie begann mit seinen ersten Erinnerungen im Alter von vier Jahren und endete schließlich mit dem Tag, als er nach Kalifornien kam. Seine Haltung war dabei erstaunlich gefasst. Ich zog mich zwischenzeitlich an und wusste nicht, wo mir der Kopf stand. Ein Gefühl des Sieges überkam mich. Ich hatte es tatsächlich geschafft, meinen Freund aus seiner Schweigsamkeit zu locken. Dass ich es gar nicht war, der sein Schweigen brach, erfuhr ich erst viel später.

Das hast du gut gemacht, lobte ihn das Loch.

Wird er jetzt kommen?, fragte Dane.

Warum so eilig?

Weil Jim mich jetzt hier wegholen wird.

Du hast vielleicht zu schnell zu viel erzählt. Du solltest nachhelfen. Such dir einen Helfer in der Klinik.

Wird dann die Zeit reichen?

Das werden wir sehen.

Dane ging auf die Suche.

*

Roosevelt saß im Frühstücksraum, während in der Küche reges Treiben herrschte. Die Vorbereitungen für einen neuen Kliniktag waren in vollem Gange. Der Arzt erkannte schon an meiner Hektik, wie ich auf ihn zukam, dass heute Nacht etwas Wichtiges passiert sein musste. Er tupfte sich den Mund ab und setzte ein breites Grinsen auf. „Guten Morgen“, sagte er freundlich.

„Haben Sie Zeit? Wir brauchen Ihre Hilfe“, sagte ich drängend. Dane stand hinter mir. Er hatte seinen Teil erfüllt und beobachtete nun voller Erwartung unsere Reaktionen.

„Sicher!“, sagte Roosevelt und war gespannt auf die Neuigkeiten. Er ging mit mir in sein Büro, während Dane zurückblieb. Er wollte Johnathan informieren. Ich fand, dass das eine gute Idee war. Johnathan würde sich bestimmt freuen, seine Stimme zu hören.

Roosevelt bot mir einen Stuhl an. „Danke, aber wir haben nicht unbedingt viel Zeit“, sagte ich und zeigte ihm mein Aufnahmegerät. „Hier ist die Geschichte drauf, auf die wir so lange gewartet haben. Von Anfang bis Ende. Es handelt sich um

Kindesmissbrauch an drei kleinen Jungen mit zweimaliger Todesfolge."

Diese kurze Aussage genügte, um Roosevelt zu erschüttern. Er sah mich mit ernster Miene an und fragte: „Zwei tote Kinder, sagen Sie?"

Ich nickte.

„War Mr. Galloway das überlebende dritte?", fragte er weiter.

Gelton, dachte ich, nicht Galloway. Ich nickte. „Ja."

„Wer waren die beiden anderen Kinder?"

„Seine Brüder. Sein Vater hat es getan. Aber …"

Es klopfte an der Tür, und Rhyan lugte durch den Türritz zu uns hinein. „Dane sucht Mrs. Buit. Sie hat den Schlüssel für das Telefon. Wann kommt Mrs. Buit, Dr. Roosevelt?" Roosevelt sah auf seine Armbanduhr. „Es ist sieben. Sie müsste jeden Moment kommen. Ach, Rhyan, kommen Sie doch gleich danach mal zu mir. Ich brauche unter Umständen Ihre Hilfe." Er wandte sich an mich und fragte: „Darf ich die Geschichte hören?"

„Sicher!", antwortete ich nickend. „Sie müssen sie sogar anhören, denn wir brauchen jetzt Ihre Unterstützung. Es ist so einiges ans Licht gekommen. Hinter einem alten Farmhaus in Kansas bei Topeka liegen die Leichen zweier Jungen im Alter von zwei und zehn Jahren vergraben. Die Polizei dort muss sofort informiert werden, um die Leichenreste zu sichern. Weiter muss in Erfahrung gebracht werden, ob Danes Vater, Will Gelton, der die Jungen getötet hat, noch lebt. Er ist pädophil, extrem pädophil. Bis jetzt weiß ich nur, dass er bei einem Vietnameinsatz vermutlich ums Leben gekommen sein soll, aber eine Bestätigung für seinen Tod haben wir nicht bekommen. Zumindest keine von einer zuständigen Behörde."

„Mr. Galloway heißt Gelton?", fragte Roosevelt erstaunt.

„Gelton", bestätigte ich und erzählte ihm von dem Namenswechsel vor fünfzehn Jahren.

Rhyan stand an der Tür und lauschte unserem Gespräch. Dann sah er Mrs. Buit kommen und kam zu uns ins Zimmer. Er schloss die Tür und nahm seitlich von uns Platz.

„Gut, dass Sie da sind, Rhyan. Ich habe Schreibarbeit für Sie."

Roosevelt sah zu mir. „Wissen Sie, Dr. Clark, Rhyan ist nämlich auch mein Sekretär, neben Mrs. Buit."

Wieder beneidete ich ihn um diesen Mann.

„Sie sind sich ja bewusst, Dr. Clark, dass Dane … wie heißt er doch gleich? Gelton? Dass Mr. Gelton auch unter Umständen Ärger bekommen könnte. Je nachdem, wie sich der Fall darstellt. Er weiß nun schon viele Jahre von dieser kriminellen Handlung und hätte es längst der Polizei mitteilen müssen."

Ich schüttelte energisch den Kopf und sagte: „Er war ein Kind, als das geschah. Sie und ich werden bezeugen, dass er unter einer Bewusstseinsblockade gelitten hat. Sein Unterbewusstsein hat die Geschichte über dreißig Jahre isoliert. Oder wie wollen Sie seinen Aufenthalt hier erklären? Meinen Aufenthalt? Zeugenaussagen? Unsere Telefonate, die Bandaufnahme?" Ich zeigte auf das Gerät und Roosevelt nickte. „Das könnte ihm helfen. Er sollte trotzdem eine Anzeige machen. Nur zur Sicherheit."

Ich nickte. Roosevelt sah Rhyan an. „Rhyan, würden Sie bitte den Wortlaut der Tonbandaufnahme gleich mitschreiben und dann an das Police-Departement in L.A. faxen? Es muss zunächst an den Wohnort des Klägers gehen. Dort wird es dann weitergeleitet. Ich werde danach alles abzeichnen. Die Bescheinigung des Aufenthaltes erledige ich heute Nachmittag."

Ich war zufrieden. Nachdem Rhyan bereit war, schaltete ich das Tonband ein und wir lauschten betroffen dieser unfassbaren Geschichte.

Mrs. Buit verband Dane inzwischen mit Johnathan in Glendale.

„Hallo, Dane!!", schallte es laut aus dem Hörer.

„Hör zu, Johnathan, ich habe keine Zeit für wie-geht-es-dir-wie-geht-es-mir-Floskeln! Es geht mir prima, und ich habe eine Bitte an dich. Du musst dich mit Whiseman in Verbindung setzen. Ich habe ihm eine Menge mitzuteilen." Whiseman gehörte zum Mord-Dezernat des L.A. Police Departments. Johnathan kannte ihn schon viele Jahre privat, und die Aussicht, diese

Angelegenheit über ihn zu regeln, erschien Dane erst einmal das Beste. Es würde sicherlich viele unangenehme Fragen und jede Menge Zeit ersparen.

„Was, in Gottes Namen, ist passiert?“, fragte Johnathan. Schweigen. „Eine lange Geschichte“, sagte Dane. „Du würdest sie nicht verstehen.“

„Sag etwas. Etwas, das ich verstehen könnte.“

„Mein Vater hat meine beiden Brüder getötet.“ Mehr wollte er nicht sagen.

Johnathan war entsetzt. War das die Geschichte, die mit dem Überfall auf der Palloma Street zusammenhing? War sein Vater nun hinter ihm her? Warum?

Ehe Johnathan ihn fragen konnte, sprach Dane weiter: „Eine polizeiliche Abordnung muss nach den Leichen suchen und sie sicherstellen. Ich kann aber nicht genau sagen, wo sie liegen. Jim sagt, du weißt, wo die Farm ist?“

Keine Antwort. Johnathan verstand nichts. Er fragte erneut: „Dane, was ist passiert? Ich verstehe nicht.“

„Bitte, Johnathan, stell jetzt keine Fragen. Tu, was ich dir sage. Ich werde dir später alles erklären.“

„Was soll ich tun?“

„Ich versuche dir jetzt zu erklären, wo die Leichen vergraben sind. Sag es Whiseman. Ich kann das nicht selbst erledigen, aber Jim wird Whiseman heute noch eine entsprechende Nachricht zukommen lassen. Also, hör gut zu: Von der Rückansicht des Hauses siehst du zwei Fenster im ersten Stock. Das linke davon ist das meines früheren Zimmers. Darunter ungefähr sollen sie mit den Grabungen beginnen. Es ist die Stelle, an der meine Brüder liegen müssten.“ Johnathan notierte alles geschwind. Dann hatte auch er Neuigkeiten: „Ich habe deinen Vater gefunden. Er sitzt! In einem Gefängnis in Arizona. Wegen dreifachen Mordes vor neun Jahren. Waren deine Brüder dabei?“

Dane glänzte in seiner Rolle. „Nein. Das war viel früher. Aber woher weißt du, dass mein Vater lebt?“, antwortete er betroffen, während Mrs. Buit ihn beobachtete.

„Hat Whiseman mir mitgeteilt. Er ist nicht in Vietnam umgekommen. Wusstest du das nicht?"

Doch! „Nein! Woher denn? Er hat noch dreimal gemordet, sagst du?", fragte Dane aufgebracht.

„Ja. Der sitzt erst mal fest, lebenslänglich", sagte Johnathan.

Lass dich nicht verunsichern, mischte sich das Loch ein.

„Ich muss jetzt Schluss machen", sagte Johnathan noch. „Setze mich sofort wieder mit Whiseman in Verbindung und werde ihm alles mitteilen. Ich wünsch dir alles Gute. Melde mich, sobald alles läuft." Es klickte in der Leitung. Die Verbindung war beendet.

Dane besann sich einige Momente und ließ den Hörer langsam auf die Gabel gleiten. „Danke, Mrs. Buit", sagte er benommen und setzte ein künstliches Lächeln auf.

Dane klopfte nicht an, als er Roosevelts Büro betrat. „Alles in Ordnung", bemerkte er kurz.

Wir wollten gerade das Fax abschicken und Roosevelt setzte noch schnell seine Unterschrift darunter. Ich bemerkte sofort Dane veränderte Haltung und sein verhärmtes Gesicht. Ich nahm ihm das *alles in Ordnung* nicht ab. „Johnathan setzt sich jetzt mit Whiseman in Verbindung.", sagte er, dann brach seine Stimme.

„Gut, Dane. Wir haben hier auch alles erledigt. Haben auch ein Fax nach L.A. fertig gemacht. Dr. Roosevelt ist so freundlich und erledigt den Papierkram. Du musst nur noch eine Anzeige erstatten."

„Dane?", fragte Roosevelt vorsichtig.

Dane sah aus seiner Abwesenheit auf. Seit wann nannte Roosevelt ihn beim Vornamen?

„Setzen Sie sich doch bitte und lassen Sie uns kurz miteinander reden."

Dane setzte sich und sah den Arzt konzentriert an. Jetzt war seine Haltung von besonderer Bedeutung.

„Der Start hier war leider nicht so gut, aber ich hoffe, dass Sie einen Anfang finden konnten. Jetzt liegt ein langer Weg vor Ihnen.“

Dane blickte zu Boden. Seine Füße wippten nervös. Der Arzt konnte nicht ahnen, was in ihm vorging. „Wissen Sie“, sagte er, „ich bin ziemlich durcheinander.“ Und das war verdammt ehrlich! „Ich weiß nun von Dingen, die mir bis heute Nacht völlig verborgen waren.“ Das war ein Lüge! „Der schwerste Schritt steht noch bevor.“ Das war wieder verdammt ehrlich. Aber wir dachten natürlich an die behördlichen Dinge.

„Dane, die müssen erst einmal feststellen, ob dein Vater noch lebt. Und dann müssen sie ihn noch finden“, erwähnte ich.

„Sie haben ihn schon gefunden“, sagte Dane tonlos und blickte weiter zu Boden.

„Was?“, entfuhr es mir ungläubig. Roosevelt sah Dane genauso irritiert an wie ich.

„Johnathan hat erfahren, dass mein Vater nicht in Vietnam ums Leben gekommen ist. Er sitzt in einem Gefängnis in Arizona. Wegen dreifachen Mordes vor neun Jahren. Er hat wieder gemordet.“

Ich war sprachlos, genau wie Roosevelt. Deswegen waren auch keine Unterlagen über Will Geltons Tod zu finden. Rhyan blickte kurz vom Faxgerät auf und sah Dane an. Sie tauschten einen kurzen Blick aus, der mich etwas irritierte. Ich sah zu Roosevelt. „Können Sie bis morgen die Entlassungspapiere fertig machen?“ Da stimmte etwas nicht. Dem musste ich nachgehen. Danes Vater hatte drei weitere Morde begangen? Wen, um Himmels Willen, hatte er noch auf dem Gewissen? Und warum hatte mir keine Behörde mitteilen können, dass er noch lebte? Ich musste so schnell wie möglich zurück nach Los Angeles.

Roosevelt nickte. „Ja, natürlich mache ich alles fertig.“

Wir gingen schweigend auseinander. Das war einfach zu viel Information auf einmal.

Was wird wohl passieren?, fragte Dane.

Das, was passieren muss, antwortete ihm das Loch. Alles geht einmal zu Ende.

Wird er jetzt kommen?

Aber ja. Hast du alles gut vorbereitet?

Ich denke schon, sagte Dane.

Konntest du die Waffe organisieren?

Ja.

Na, dann warten wir mal ab.

Aber wir werden morgen wahrscheinlich aufbrechen, sagte Dane. Ich hab nicht mehr viel Zeit!

Es wird schon klappen, beruhigte ihn das Loch.

Alles bekam eine beängstigende Geschwindigkeit für ihn. Wo sich normale Menschen vor lauter Verwirrung in sich zurückziehen, um die Dinge emotional zu verarbeiten, wurde Dane auffallend aktiv, oder sollte ich besser *nervös* sagen?

Ich war so sehr mit diesen Nachrichten beschäftigt, dass mir sein merkwürdiges Verhalten nicht auffiel, aber Roosevelt hätte es auffallen müssen, wo doch posttraumatische Erlebnisse sein Spezialgebiet waren. Er hätte merken müssen, dass an dieser Geschichte etwas faul war. So einfach kam kein Opfer aus dieser Nummer heraus!

Ich bin pragmatisch veranlagt und sah den ersten Schritt getan. Die nun anstehenden Schritte mussten von der Polizei übernommen werden, besser noch von Whiseman, den wir direkt in unserer Nähe in L.A. hatten. Wir konnten hier in dieser Klinik nichts mehr tun, was uns von Nutzen war. Zudem benötigte Dane aus meiner Sicht heraus eine lange Therapie. Hier war nur der Ort, der die Bombe hatte platzen lassen sollen. Es war eine gigantische Bombe gewesen. Bald würde die Suche nach den Trümmern beginnen. Dass Dane noch eine weitere Bombe vor uns verbarg, ahnte natürlich niemand. Er wartete selbst auf die Explosion!

Ich brauchte unbedingt Abstand zu der Sache. Es war nicht Danes alleinige Belastung gewesen. So sagte ich zu ihm: „Ich denke, mehr können wir im Moment nicht tun. Wir sollten packen und in Glendale alle weiteren Schritte gut überlegen." Dabei blickte ich ihn abschätzend an. Er war in seinen Gedanken gefangen und nahm mich nicht wahr. Ich konnte es verstehen, denn er hatte nicht nur ein schlimmes Trauma durchlebt, sondern auch noch erfahren, dass der Mann, der dieses Trauma verursacht hatte, noch lebte. So war zumindest mein Wissensstand.

Rhyan klopfte an und fragte nach unserem Befinden. Ich war froh über diese Ablösung und ließ beide allein. Irgendetwas erschien mir komisch an ihnen, als ich das Zimmer verließ. War es die Art, wie sie sich ansahen?

Ich fuhr in die Stadt.

*

Sarah hatte Dane nicht von hinten kommen hören. Sie zuckte zusammen, als sich seine Hände um ihre Taille legten.

Wie schön es war, wieder seine Nähe zu spüren.

„Ich glaube, ich liebe dich!", flüsterte er ihr ins Ohr. Er drehte sie sanft zu sich um und nahm ihre Hände in seine. Jetzt war sie doch erstaunt, wie schnell er die Distanz brach. Noch erstaunter war sie über seine direkten Worte. Er suchte keine Wege mehr um seine Gefühle herum, sondern sprach sie gerade heraus aus. Das gefiel ihr und sie antwortete: „Das sind große Worte, Mr. Galloway. Ich weiß nicht, ob ich damit umgehen kann!" Sarah verbannte den Ernst aus ihrem Gesicht und musste lachen. Sie griff in eine Tasche, die links neben ihr stand und holte eine Tüte mit gepflückten Kirschen hervor, der ganze Stolz ihrer morgendlichen Beschäftigung. „Wir sollten etwas für unsere Gesundheit tun. Dazu sind wir hier", sagte sie und hielt ihm die Kirschen entgegen. Er lachte, ja, er lachte zum ersten Mal und sah sie dabei direkt an.

Sie setzten sich auf eine Bank und genossen das frische Obst.

„Ich fahre wahrscheinlich morgen wieder nach Hause", sagte er leise. Zunächst fiel ihm nichts Besseres ein.

Sie sah zu Boden und nickte. „Ich weiß, das heißt, ich hab's mir gedacht."

„Es gibt jetzt viel zu tun." Er wollte es ihr nicht näher erklären.

„Es war schön mit dir", sagte Sarah traurig und sah in den Himmel. Das war es also. Er hatte nur gelacht, weil er wieder nach Hause fuhr. „Werden wir uns einmal wiedersehen?"

„Ja!", antwortete er schnell, „ja, natürlich! Ich werde dich hier doch nicht alleine lassen. Wir werden miteinander telefonieren, uns kennenlernen, besser, meine ich. Vielleicht darf ich dich besuchen kommen. Was meinst du?"

Sie dachte an seine soeben gesagten Worte *ich glaube, ich liebe dich* und wusste nicht, wie viel Wahrheit darin steckte. Ihr waren so viele Versprechungen bisher im Leben gemacht worden, dass es auf die eine oder andere auch nicht mehr ankam. So sagte sie: „Lassen wir alles auf uns zukommen und machen das Beste daraus, okay?"

Er nickte und legte sanft seinen Arm um sie.

So saßen sie auf der Bank und genossen die letzte Zeit gemeinsam in dieser Klinik, die sie so unverhofft zusammengeführt hatte.

*

Ich begann zu packen und sortierte gerade meine Kleidung in den Koffer, als Dane hereinkam. „Alles klar?", fragte ich.

Er nickte. In seinem Blick lag Traurigkeit. Ich wusste von seinem Abschied mit Sarah und zeigte ablenkend auf das Bett. „Die haben deine Sachen gewaschen und gebügelt. Ist das nicht nett?"

Dane nickte abermals.

Es war schon spät, als mir einfiel, wegen des Abschlussberichts noch einmal Roosevelt aufzusuchen. Ich sagte zu Dane: „Es könnte länger dauern. Ich sag schon mal gute Nacht", tippte mit dem Zeigefinger an meine Schläfe, als eine Geste der Verabschiedung aus alter Zeit und verschwand.

*

Gegen Mitternacht ließen Dane dezente Klopfgeräusche an der Zimmertür hochschrecken. Ein kurzer panischer Schrei entglitt ihm. Der Lochschaufler! Er war gekommen! Er hatte es geschafft! Unpassender hätte es nicht sein können.

Hilfe!, schrie Dane. Ich brauche deine Hilfe!
Das Loch schwieg.

„Dane?“, flüsterte eine helle Frauenstimme. „Dane, bist du wach?“

Sarah! Dane erlangte seine Fassung wieder und ließ sie herein. Sie trug einen goldroten Kimono und suchte nach einem Zeichen des Abschieds. Sie in dieser Nacht bei sich zu haben, war wohl das schönste Abschiedsgeschenk, das er sich wünschen konnte.

Sei auf der Hut … sei auf der Hut, summte das Loch.

Es war weit nach Mitternacht, als Roosevelt und ich alle Berichte fertig hatten. Wir waren mit dem Ergebnis zufrieden und wünschten uns eine gute Nacht. Ich taumelte übermüdet über die Treppen nach oben, meine Füße waren schwer wie Blei. Endlich stand ich vor meinem Zimmer und fühlte schon die weiche Bettdecke, unter die ich mich gleich verkriechen würde. Ich nahm wohl den dezenten Geruch von Parfüm wahr, aber mehr nicht. Schmiss meine Kleider gleichgültig auf den Boden und wollte ins Bett steigen, als mir bewusst wurde, dass in diesem Zimmer irgendetwas nicht stimmte. Im Schein des Mondlichts sah ich meinen Koffer stehen. Davor lag meine Kleidung auf dem Boden. Zu meinen Füßen sah ich ein Kleidungsstück, das mir nicht gehörte, hob es auf und besah es verdutzt. Es war ein Kimono aus Seide. Ein Kimono? Es dauerte einige Sekunden, bis mir die Situation, in die ich geraten war, klar wurde. Ich entschlüsselte das nächtliche Rätsel mit einem Blick auf Danes Bett. Sie schliefen Arm in Arm und hatten mich nicht bemerkt, zumindest zeigten sie es nicht. Ich lächelte, denn ich hatte ein gutes Gefühl für die Beiden.

Mein nächster Gedanke galt einer neuen Schlafgelegenheit. Zunächst einmal schlich ich mich davon und fand mich fröstelnd vor Müdigkeit im Flur wieder. Meine einzige Bekleidung bestand aus einer Shorts. Es lag auf der Hand, dass ich ein anderes Zimmer finden musste, was nicht allzu schwierig sein dürfte, denn alle umliegenden Zimmer in diesem Stockwerk waren unbewohnt. Das erste Zimmer war verschlossen, sowie das zweite, dann das dritte und auch all die anderen. Mein Vorhaben schlug fehl, und Verdruss kam auf. Ich konnte doch nicht bei den beiden im gleichen Zimmer schlafen! Mir fiel die Eingangshalle ein, die wohl jetzt der einzige Ort für mich wäre, um für den Rest der Nacht noch etwas Schlaf zu finden. Meine Füße trugen mich wieder die vielen Treppen hinunter, und ich fand einen Zweisitzer aus Rattan, der mir eine unbequeme, aber einigermaßen vertretbare Lösung bot. Darauf wendete ich mich solange, bis ich eine gewisse Bequemlichkeit erlangte, die mich einschlafen ließ.

*

Mrs. Buit brachte wie jeden Morgen ihr Fahrrad hinter das Haus und stellte es dort ab. Es erwartete sie ein Job, dem sie schon seit mehr als zwölf Jahren mit Freuden nachkam. Sie ging stets mit viel Motivation und Gewissenhaftigkeit an ihre Arbeit und schloss zuallererst die großen Eingangstüren auf. Es war erst sechs in der Frühe. Mrs. Buit war heute früher gekommen, denn sie hatte viel Arbeit zu erledigen, darunter auch Danes Entlassungsbericht. Der Duft von saftigem Gras verbreitete sich in der Eingangshalle, und das morgendliche Sonnenlicht durchflutete den Raum. Sie legte ihre Tasche auf die Theke, hinter der sie täglich saß, und taxierte die Halle auf Ordnung und Reinlichkeit. Die Mülleimer und Aschenbecher waren geleert und die Sitzmöglichkeiten exakt in Stellung – auf den ersten Blick. Auf den zweiten Blick sah sie mich. Ich passte nicht in ihr morgendliches Inspektionsbild, und eine Art Wut stieg in ihr auf. Ungläubig kam sie näher und betrachtete mich eingehend.

Da ich durch das Öffnen der Türen nicht wach geworden war, wurde ich es auch nicht, als sie schon eine geraume Zeit vor mir stand. Sie holte tief Luft und sagte laut und spitz: „Dr. Clark!!"

Ich war schon viele Wecktechniken in meinem Leben gewöhnt, aber das übertraf alles. Ich wusste nicht wie, aber ich kippte mitsamt dem Sofa zu Boden, so dass ich im ersten Moment die Orientierung verlor. Es dauerte ein paar Sekunden, ehe ich zu mir kam. Schmerzgebeugt rappelte ich mich zu voller Größe vor Mrs. Buit auf und sah sie an. Erst dann spürte ich eine tiefe Demütigung in mir aufsteigen. Ich hatte sie wegen ihrer fehlenden Brille zuerst nicht erkannt, aber dann sagte ich: „Oh, Mrs. Buit. Sie schon da?" Ich suchte hastig nach Worten und Kissen. Worte fand ich keine, aber Kissen, die ich beschämt vor meine Shorts hielt. „Entschuldigen Sie, aber oben war..." Ich überlegte. Was war denn oben?

„Guten Morgen", grüßte ich sie noch schnell und verschwand eilig im Aufzug, bevor die Patienten und vor allem Dr. Roosevelt hier aufkreuzten.

Als ich mein Zimmer betrat, war niemand mehr da. Der Kimono war verschwunden und meine Kleidung, die ich in der Nacht achtlos auf den Boden geworfen hatte, lag sortiert auf meinem Bett. Ich hörte die Dusche.

Das war's also, dachte ich. Was für eine Geschichte! Mit den Papieren ging es wieder heimwärts nach Los Angeles. Mann, war ich froh!

Die Dusche verstummte. Dane lugte kurz ins Zimmer und rubbelte sein Haar trocken. „Guten Morgen!", sagte er. „Es tut mir leid wegen heute Nacht. Ich ..."

„Ist schon in Ordnung, Dane", sagte ich und lächelte ihn an. Er lächelte zurück. „Danke." Mehr Worte wollten wir dem nächtlichen Missverständnis nicht schenken. Irgendwie war es plötzlich wie früher. Das letzte Frühstück nahmen wir gemeinsam ein. Dane wirkte sehr unruhig. Er wirkte aggressiv und war nicht anzusprechen. Das irritierte mich, denn ich ging davon aus, dass er froh sei, endlich wieder nach Hause zu kommen. Irgendetwas beschäftigte ihn auf eine unangenehme Art und Weise. Sarah konnte es nicht sein. Sie hätte nicht diese Aggression in ihm ausgelöst, eher Traurigkeit.

Nach dem Frühstück beschlossen wir, oder besser, beschloss ich, uns für die Heimfahrt fertig zu machen. Es war kurz vor zehn, und die Patienten versammelten sich langsam zur Gruppentherapie.

Sarah hatte sich an diesem Morgen nicht sehen lassen. Sie und Dane hatten es in der Nacht so abgesprochen.

Die Zeit drängte – ich drängte. Danes Unruhe wurde stärker. Dann mischte sich Wut dazu. Heute weiß ich, was seine Unruhe ausgelöst hat.

Ich weiß nicht, wie ich die Abreise noch hinauszögern kann!, schrie Dane. Alles geht zu schnell!

Warte, flüsterte das Loch.

Nur warten?

Nur warten.

Während ich nach oben ging, um unsere Koffer zu holen, ging Dane zu Mrs. Buit. Er wollte für Sarah noch eine Nachricht hinterlassen. Dane fiel sofort die Unruhe im Gruppenraum auf. Die Therapie hätte eigentlich schon beginnen müssen, aber Dr. Roosevelt war noch nicht anwesend. Eine Tatsache, die Dane erst nicht glauben konnte, denn er kannte Roosevelts Pünktlichkeit. Kopfschüttelnd ging er zu Mrs. Buit und bat sie freundlich um einen Zettel. Ihn überkam plötzlich ein Gefühl, das ihn kaum atmen ließ. Es lag ein Geruch in der Luft, der ihn ekelte – ein Hauch von einem Geruch, den er kannte. Dann hörte er aus Roosevelts Zimmer ein unbeherrschtes Streitgespräch. Dane schüttelte den Kopf und sammelte seine

Gedanken wieder für Sarah. Ein starker Luftzug unterbrach nochmals sein Vorhaben. Jemand hatte Roosevelts Tür gewaltsam von innen aufgerissen. Dane zuckte erschrocken zusammen und sah auf das leere Blatt, auf das er immer noch nichts für Sarah geschrieben hatte. Er konnte sich nicht konzentrieren.

Ein alter Mann kam aus Roosevelts Büro gestürzt. Er war groß und bullig, und sein Haar war angegraut. Es hing ihm fettig in die Stirn. Er roch nach Schweiß – wie immer – und ging hinterrücks an Dane vorbei.

Danes Körper straffte sich. Der Geruch! Er war gekommen! Und er war hinter ihm! Er war tatsächlich gekommen!

Danes Gefühle gerieten außer Kontrolle. Es packte ihn plötzlich eine unerwartete Resignation und schmiss ihn tiefer, als er je gefallen war – tief bis in seine früheste Kindheit hinein. Flinkheit ging in Lähmung über, Erregung in Angst. Seine ganze Kindheit sammelte sich im Magen und begann langsam nach oben zu steigen. Ihm wurde übel. Es ließ ihn wieder Kind werden. Missstimmung und Verzweiflung rangen um Erregung und Sieg. Er wollte doch nur wieder den Weg in ein ehrliches Leben finden.

Dane versuchte sich zu konzentrieren und dachte an Sarah. Das gab ihm die erste Kraft. Zuerst veränderte sich sein Blick. Seine Augen zogen sich zu Schlitzen zusammen, und Mrs. Buit sah Dane ungläubig an. Dann sah sie auf den alten Mann hinter ihm.

Dane konzentrierte sich und atmete tief durch, als er nach dem Loch rief. Es öffnete sich grinsend und ließ ihn eintreten. Er spürte ein Kribbeln in den Leisten und ließ seiner Lust, die langsam in ihm emporstieg, freien Lauf. Dane fühlte die Kraft, die durch seine Glieder strömte. Es war wunderbar! Jetzt bin ich soweit, dachte er, lass uns beginnen, und er drehte sich langsam um …

Kämpfe!, rief ihm das Loch zu. Kämpfe! Es wird dich niemand aufhalten, es wird dich niemand verurteilen, was immer du auch tust. Du bist hier auf sicherem Boden!

Will Gelton hatte seinen Sohn in der Hektik von hinten nicht erkannt und war an ihm vorbeigerauscht. Doch dann spürte auch er den Blick in seinem Rücken. Das ließ ihn in seiner Bewegung verharren, und langsam drehte er sich um. Blicke des Hasses trafen sich. Es waren die gleichen Augen – hassend, krank und wahnsinnig.

Zum ersten Mal wurden Dane die abnormen Gesichtszüge seines Vaters bewusst. Die letzten Jahre hatten ihn mächtig altern lassen. Sein Haar war noch grauer und die Haut tiefer durchfurcht und verlebter.

Der alte Gelton sah seinen Sohn an. Dane sah prächtig aus trotz allem, was er hinter sich hatte. Gelton musste lächeln, als er daran dachte, wie dumm sein Sohn vor wenigen Monaten in seine Falle gelaufen war. Es war eine enorme Genugtuung gewesen. „Hallo, Kleiner", eröffnete Will Gelton den Kampf.

Dane sah keine Waffe, aber er wusste von ihr. Es genügte, seinem Vater in die Augen zu sehen. Sie verrieten jeden Gedanken und jede künftige Handlung.

„Ich habe schlimme Sachen über dich gehört. Du erzählst Lügen über mich", sagte der alte Gelton.

Dane schwieg und konzentrierte sich. Die Augen seines Vaters zuckten nervös. Er mochte es nicht, wenn sein Sohn ihn so überlegen ansah.

Die ersten Patienten hatten sich bereits um sie herum versammelt und sahen erschrocken dem Geschehen zu.

„Was soll ich jetzt mit dir machen?", giftete sein Vater ihn an. Dane wusste, dass er ihn nur lächerlich machen wollte. Es blieb immer die gleiche plumpe Art. Er hatte sich nicht verändert. Roosevelt stand der Sache wie gelähmt gegenüber. Mrs. Buit saß hinter ihrem Schreibtisch – ebenfalls erstarrt. Sie beide sahen die Waffe in Will Geltons Hand und trauten sich nicht einzugreifen. Er verbarg sie schräg hinter seinem Rücken, eben seine Art zu kämpfen – unfair und brutal, wie immer.

Die Patienten im Gruppenraum signalisierten durch eine immer größer werdende Lautstärke ihre Unbeholfenheit. Dadurch bildete sich für Dane eine unangenehme Geräuschkulisse, die ihm die Konzentration und die Ruhe raubte. Will Gelton fühlte die Macht durch die Waffe, die seine rechte Hand fest umschloss. Er hatte sie vor der Klinik schon entsichert und freute sich, seinem Sohn wieder einmal beweisen zu können, was für ein Schwächling er war.

Dane sah ihm weiterhin in die Augen und las in seinen Gedanken wie in einem offenen Buch. Sein Vater schien immer wieder zu vergessen, dass sein Sohn weder klein noch ein Schwächling war – und dumm schon gar nicht. Das hatte er unzählige Male bewiesen.

Wir sind allein, nur du, er und ich, sagte das Loch.

Endlich kam die Waffe zum Vorschein, und Dane entwich ein hämisches Grinsen. Das Spiel begann.

Dane sah, wie der Lauf der Waffe auf ihn zielte und hörte einen scharfen, dröhnenden Knall. Er spürte, wie die Kugel sein linkes Schlüsselbein durchbohrte und zuckte nur kurz von dem Einschuss zusammen, denn er spürte keinen Schmerz. Er hatte gewusst, dass sein Vater nicht treffen würde, nicht so, dass er sich ernsthaft Sorgen machen musste. Es war wie immer. Er hielt aufrecht die Stellung vor ihm. Sein Körper glühte vor Hitze. Dann spürte er langsam den Wahnsinn in sich hochkriechen, schleichend und zäh. Die Kraft kam. Dane öffnete den Mund und schrie – laut und irre, und dann stürzte er sich ungeachtet seiner Verletzung auf seinen Vater, bevor dieser ein zweites Mal schießen konnte. Beide schlugen zu Boden. Dane roch wieder den Schweiß. Will Gelton versuchte die Waffe, die ihm beim Sturz aus der Hand gefallen war, zu erreichen und bekam sie zu greifen. Ein Schuss, und alles wäre aus der Welt. Sein Geist hatte keine Fortschritte gemacht in all den Jahren. Beide rangen miteinander und Dane prügelte brutal auf ihn ein. Das Kind in ihm zeigte sich mit allen bisher nicht verarbeiteten Aggressionen. Sie drangen mit unkontrollierbarer Brutalität nach außen. Unzählige Fausthiebe trafen Will Gelton Kopf, sodass er sich rasch seine Unterlegenheit eingestehen und atemlos die Hinterlassenschaft seines Alters akzeptieren musste.

Vom Wahn gepackt war es Dane klar, dass er seinen Vater jetzt mit allen Konsequenzen töten würde. Die Zeit war reif. Er schlug und prügelte sich um den Verstand. Ein zweiter Schuss peitschte plötzlich durch die Halle. Beide starrten sich regungslos an. Die Augen des Alten waren weit aufgerissen, Danes zu Schlitzen verengt. Dann schlug Dane weiter auf seinen Vater ein. Die Kraft, die Lust, ihn zu töten, schien nicht nachzulassen. Der eintretende Tod seines Vaters ließ ihn nicht stoppen. Er prügelte all seine Schmerzen, seine Ängste und seinen Hass in den Körper eines Mannes hinein, der ihn fast um sein Leben gebracht hätte.

Ich war durch die Schüsse aufmerksam geworden und kam die Treppe herunter gerannt. Eine große Menschenmenge hatte sich vor Roosevelts Büro eingefunden und umzingelte etwas, das ich nicht erkennen konnte. Doch ich wusste sofort, dass Dane in irgendetwas verwickelt war. Ich drängte mich hastig durch die Menge und sah, wie Rhyan und Roosevelt meinen Freund gewaltsam von einem alten, leblosen Körper herunter zerrten. Dane schrie Worte des Hasses aus sich heraus und schlug wie ein Irrer mit seinen Fäusten weiter ins Leere. Er wehrte sich verzweifelt gegen den Rückhalt seiner Kraft, sodass beide ernste Schwierigkeiten hatten, dabei nicht selbst verletzt zu werden. Eine Schwester kam herbeigerannt und injizierte ihm ein Beruhigungsmittel. Die Wirkung trat spontan ein. Dane sackte in sich zusammen, stöhnte auf und fiel in tiefe Dunkelheit.

Ich verfolgte gelähmt die Vorgänge. Ein lebloser alter Mann lag vor mir und ich schrie: „Wer, zum Teufel, ist das?!"

Stille. Nicht ein Wort war zu hören. Mein Herz raste.

„Ich weiß nicht. Sein Vater vielleicht?", hörte ich Dr. Roosevelt antworten. „Er hatte eine Waffe. Ich glaube, er hat Ihren Freund an der Schulter erwischt. Wir bringen ihn sofort ins Sanitätszimmer." Er und Rhyan schleppten Dane in einen Nebenraum. Ich stand immer noch fassungslos dabei. Danes Vater saß doch im Gefängnis!

Mrs. Buit saß heulend hinter ihrem Schreibtisch. Einige Patienten hielten sich die Hände vor ihr Gesicht, andere flüchteten entsetzt in alle Richtungen. In einer Ecke saß Sarah. Zusammengekauert wippte sie mit verschränkten Armen vor sich hin und war nicht ansprechbar. Sie stand unter Schock. Ich konnte ihr nicht helfen, denn ich brauchte selbst dringend Hilfe. Polizeisirenen heulten, und vier Polizisten kamen hereingestürzt. Mrs. Buit hatte die Polizei unmittelbar bei Kampfbeginn informiert.

Die letzten Patientengrüppchen lösten sich auf Anweisung der Polizei in kleine Gruppen auf oder verschwanden in ihre Zimmer.

Whiseman vom Mord-Dezernat in L.A. kam plötzlich hereingerannt. Whiseman hier? Was war hier los? Ich konnte den Abläufen einfach nicht folgen. Er kam auf mich zu und hielt mir seine Hand zum Gruß hin. Ich sah sie an, völlig durcheinander, und ergriff sie wie ein Rettungsseil.

„Scheiße noch mal! Was ist denn hier passiert?“, schrie Whiseman und schluckte. Ich sah mit ihm auf die Leiche.

„Ich bin sofort hierher geflogen. Will Gelton ist heute Nacht aus dem Gefängnis ausgebrochen. Er hat einen Wachmann und zwei Polizisten erschossen. Niemand weiß, wo er die Waffe her hat. Dann ist er wohl direkt hierhergekommen. Alle Grenzen waren informiert. Flughäfen, Bahnhöfe, alles! Wie, zum Teufel, hat er das geschafft? Warum, verdammt noch mal, war denn keine Polizei hier vor Ort?“ Whiseman wütete und sah verbittert in die Gesichter der umstehenden Polizisten, die seinem Blick auswichen. „Aber, Scheiße wohl!“, schrie er weiter. „Warum, glaubt Ihr wohl, gibt es ein Telefon? Ich habe gesagt, hier soll eine Abordnung von mindestens fünf Polizisten stehen! Und Dr. Roosevelt sollte auch informiert werden!“

Ich war nicht in der Lage, dem Ganzen zu folgen. Es überstieg meinem derzeitigen Wissensstand, also fragte ich benommen: „Woher wusste der alte Gelton überhaupt von Danes Aufenthalt hier?“ Es gab keine Logik und keine Zusammenhänge für mich. Whiseman wedelte weiterhin wütend mit seinen Händen herum. Jetzt lag Will Gelton in einer Blutlache vor mir. Ich sah ihn zum ersten Mal. Das Ungeheuer war aus seiner Höhle gekrochen und hatte sich die gerechte Strafe geholt. Ich spürte kein Mitleid, nur Hass, und konnte Dane nichts verdenken, was auch immer er getan hatte. Roosevelt kam hinzu. Er sah mitgenommen und müde aus. Die Leiche wurde abgedeckt.

„Das ist Dr. Roosevelt, Leiter der Klinik“, stellte ich ihn Whiseman vor. „Er hat wohl alles gesehen.“ Whiseman und Roosevelt gaben sich die Hand.

„Ich bin Lieutenant Whiseman vom Police-Department in L.A. Wo ist Dane?“

„Er wurde angeschossen und liegt im Sanitätszimmer.“

„Von Gelton?“

„Ja.“

„Schlimm?“

„Nein, nicht so schlimm. Das hier“, und er zeigte auf die abgedeckte Leiche, „ist viel schlimmer. Wie konnte das passieren?“, fragte Roosevelt aufgebracht, denn auch er sah keine Zusammenhänge. Whiseman zuckte mit den Schultern. „Ich würde gerne erfahren, was sich hier genau abgespielt hat.“

Ich sah Roosevelt an, als er zu erzählen begann: „Kurz vor zehn heute Morgen kam dieser Mann“, und er zeigte wieder auf die Leiche, „in mein Büro gestürzt und hat sich sehr aufdringlich nach Dane Galloway, einem Patienten von mir, erkundigt. Dann fuchtelte er mit einer Waffe vor mir herum. Ich bat ihn um Ruhe, aber er schrie mich an und drohte zu schießen, falls ich mich weigerte, ihm zu helfen. Ich sagte ihm, dass Mr. Galloway irgendwo hier im Gebäude herumlaufe. Er müsse ihn schon selber suchen. Dann verließ er wütend mein Büro und ich lief ihm hinterher. Dass sich Mr. Galloway direkt vor meinem Büro aufhielt, konnte ich ja nicht ahnen. Zuerst sahen sie sich nur an. Dann schoss der Alte und traf Mr. Galloway an der Schulter. Daraufhin stürzte sich Mr. Galloway auf ihn, und sie kämpften miteinander. In dieser Zeit hat Mrs. Buit die Polizei gerufen. Wir konnten wegen der Waffe nicht eingreifen. Dieser

Mann hielt sie noch irgendwo in der Hand. Dann knallte der zweite Schuss. Die Waffe musste sich zwischen beiden Körpern verfangen haben. Wer abgedrückt hat, kann ich nicht sagen, aber es hat den Alten getroffen. Als der Kampf beendet war, haben wir Mr. Galloway direkt ins Sanitätszimmer gebracht. Dann kamen auch schon die Polizei und Sie. Wie konnte das nur passieren?“

Gelton, dachte ich nur, nicht mehr Galloway. Ich stand völlig neben mir. Alles lief wie ein falscher Film vor mir ab. Whiseman sah auf die Leiche und rieb sich nachdenklich das Kinn. Wir alle schauten mit ihm auf die Leiche.

„Sie haben uns doch diese Geschichte gestern Morgen berichtet, nicht wahr?“

Roosevelt nickte.

„Das ist der einzige Anhaltspunkt, den wir haben.“ Whiseman sah Roosevelt ins Gesicht. „Daraufhin ist Gelton in der Nacht mithilfe einer Waffe, von der niemand etwas wusste, ausgebrochen. So einfach ist das.“

Ich dachte *einfach*?

Whiseman wütete: „Ich kann nicht glauben, wie simpel man aus dem Gefängnis fliehen kann! Ich frag mich, wozu wir dieses verdammte Ding brauchen, wenn da jeder rein- und rausspazieren kann, wie es ihm passt!“ Er atmete tief durch und spürte immer stärker sein Unbehagen darüber, wie sich die Dinge entwickelt hatten. „Uns fehlt das Bindeglied! Ist es möglich, dass Dane selbst Kontakt zu ihm gehabt hat?“ Er wusste, wie dumm die Frage war, aber es war eine von jenen, die geklärt werden mussten.

Ich schüttelte entschlossen den Kopf. „Nein, niemals. Dane wusste nicht mal, dass sein Vater noch lebt.“

Auch Roosevelt schüttelte den Kopf. Er erklärte Whiseman kurz und präzise die Merkmale eines Verdrängungsprozesses, den Dane hier durchlebt hatte.

„Wie sonst lässt sich diese Misere erklären?“, bemerkte Whiseman. „Gelton muss einen Informanten gehabt haben, der ihn über Danes Aufenthaltsort informiert hat. Warum nicht

Dane selbst? Vielleicht wollte er sogar hier auf ihn treffen, nachdem er sich wieder an alles erinnerte."

„Aber ich sagte doch gerade, dass Dane nicht mal von seiner Existenz wusste."

Ich dachte an das Telefongespräch von Dane, während ich mich mit Roosevelt im Büro über die Bandaufnahme unterhielt. Hatte Dane etwa doch seinen Vater angerufen? Nachdem Johnathan ihm mitgeteilt hatte, wo er sich befand?

Wir holten Mrs. Buit hinzu, die uns versicherte, Dane habe nur nach Glendale telefoniert. Sie selbst habe ihn verbunden. Verdrossen schüttelte ich den Kopf. „Ich kann es nicht erklären, aber Dane hatte mit Sicherheit keinen Kontakt zu ihm. Das ist eine lange, komplizierte Geschichte. Sonst wussten nur Dr. Roosevelt und ich von der Sache."

„Aber der alte Gelton muss etwas erfahren haben. Entweder von euch hier oder von einem bei uns in L.A. Das sind doch keine Zufälle! Es existiert auf jeden Fall eine undichte Stelle. Ist Ihnen vielleicht jemand unter den Patienten oder dem Personal aufgefallen, der sich besonders häufig mit Dane beschäftigt hat?"

Roosevelts Gedanken führten instinktiv zu Sarah. Er sah sich um und fand sie in der hinteren Ecke der Eingangshalle. Sie wippte immer noch. Nein, sie konnte es nicht sein, auf gar keinen Fall. Seine Überlegungen wanderten weiter.

Und dann durchfuhr es Roosevelt und mich zur gleichen Zeit wie ein Blitz. „Rhyan!!"

Whiseman konnte nicht sehen, wer von uns schneller war. Wir rannten in die gleiche Richtung, rannten zum Sanitätszimmer. Ich stand als erster in der Tür. Es war eine Bewegung, der Sprung von mir zu Rhyan, der ihn zu Boden riss, mit der Spritze in der Hand, die über den Fußboden schleuderte. Eine Spritze mit einer Überdosis Morphium, wie sich später herausstellte. Für Dane! Fürs endgültige Aus!

*

Dane wurde von einem auswärts angeforderten Arzt behandelt. Der Schuss saß zehn Zentimeter über dem Herzen und war durch die kurze Entfernung ein glatter Durchschuss gewesen. Wie durch ein Wunder waren keine lebenswichtigen Gefäße verletzt worden. Wegen der unkomplizierten Behandlung konnte Dane in der Klinik bleiben.

Den ganzen Tag über herrschten große Hektik und Aufregung. Niemand schien sich zu beruhigen. Die Nachricht ging wie ein Lauffeuer durch das Gebäude und erreichte auch die Menschen, die von alledem gar nichts wissen wollten. Selbst die Sonne zog sich zurück und schickte den ersten Nieselregen über das Land. Nur wenige Patienten hielten sich noch im Außengelände auf. Die meisten sammelten sich im Fernsehraum, wobei das Fernsehen völlige Nebensache war. Es waren laute Diskussionen zu hören. Wo sich bisher niemand so recht für Dane Galloway interessiert hatte, fand man nun mitfühlende Worte und zeigte große Betroffenheit.

Ich saß wie betäubt im hinteren Teil der Eingangshalle, während Roosevelt allen möglichen Leuten Rede und Antwort stehen musste. Die Leiche wurde zwei Stunden nach der Tat aus der Halle entfernt und der Boden gereinigt.

Wie im Nebel sah ich den alten Gelton verschwinden. Mir war aufgefallen, dass sich die Waffe nicht in seiner Hand befand. Sie lag wie unbeteiligt neben der Leiche. Ich spürte die Angst, man könnte Danes Fingerabdrücke darauf finden. Es wäre zwar Notwehr gewesen, aber es könnte ihm auch Absicht unterstellt werden. Wer hatte wirklich geschossen? Mich überkam eine tiefe Verzweiflung. Vielleicht war diese Begegnung so etwas wie Danes Schicksal gewesen, die Chance der Wiedergutmachung, eine Revanche. Ich schaute mich in der Eingangshalle um. Wo war Sarah? Ich fand ein kleines Etui mit ihrem Namen in der Ecke, in der sie eben noch gesessen hatte, hob es auf und ging sie suchen. Vielleicht hielt sie sich im Park auf.

Der Regen und die abgekühlte Luft taten gut, und ich konnte die trockene Erde förmlich knistern hören. Nebel erhob sich über dem ausgetrockneten Rasen. Mein Blick schweifte über die riesige Parkanlage. Weit draußen im Garten sah ich Sarah auf einer Bank sitzen. Ich schlenderte zu ihr, setzte mich neben sie und legte behutsam meinen Arm um ihre feuchte Schulter. Sarahs Lippen waren blau. Wir schwiegen und ließen den Regen auf uns niederfallen. Erst als es dunkel wurde, suchten wir unsere Zimmer auf. Ich musste duschen. Anders war der Tag nicht loszuwerden. Mein Zimmer war plötzlich merkwürdig still und leer. Dane schlief unten auf der Krankenstation. Er hatte blass ausgesehen. Wie würde er nach dem Erwachen reagieren?

Es klopfte plötzlich an meine Tür. Ich dachte an Rhyan, der immer so zaghaft geklopft hatte, aber er konnte es nicht sein.

Es war Roosevelt. Er bat mich nach unten.

Da saßen wir nun: Roosevelt, Whiseman und ich. Unsere Stimmung glich der bei einer Beerdigung. Wir taxierten die glänzend polierte Oberfläche des Tisches, und ich rieb leichte Fettkreise mit meinen Fingerspitzen darauf. In der Mitte stand eine Ginflasche. Gin konnten wir jetzt alle gut gebrauchen. Ich musste an Dane denken, der jetzt sicherlich auch gerne ein Glas getrunken hätte.

Whiseman sah übermüdet aus. Er hatte den ganzen Tag über telefoniert und Informationen über Will Gelton eingeholt. Es lenkte sein Idealbild von der Menschheit wieder einmal in wirre Bahnen. „Rhyan war tatsächlich der Informant", begann Whiseman. Roosevelt fiel ihm ins Wort: „Aber Rhyan arbeitet doch schon so viele Jahre bei uns. Er kann doch nie und nimmer gewusst haben, dass Mr. Galloway irgendwann einmal bei uns aufgenommen wird. Das kann ich mir nicht vorstellen."

„Bis seine Spielsucht begann, war auch alles in bester Ordnung", fuhr der Lieutenant fort. „Aber beginnen wir bei Punkt eins." Viele Blätter Papier raschelten durch die Hände des Lieutenants, bis er den Anfang seiner Aufzeichnungen fand. „Will Gelton wusste immer, ich betone *immer*, wo sich sein Sohn aufhielt. Man hat Aufzeichnungen in seiner Zelle gefunden. In Glendale fand er ihn durch einen Zeitungsartikel über die Eröffnung des Lokals *Running Horse* 1978 erstmals wieder. Er muss sich zu dieser Zeit ganz in seiner Nähe aufgehalten haben.

Ob Absicht oder Zufall, wissen wir nicht. Vielleicht ist er ihm heimlich von Kansas aus gefolgt. Auf jeden Fall begann er ab diesem Moment das Leben seines Sohnes kontinuierlich zu verfolgen. Er hat sämtliche Artikel, die über das Lokal veröffentlicht wurden, gesammelt. Dane war mit dem Lokal sehr erfolgreich. Will Gelton hingegen hatte nie viel verdient. Die Feldarbeit brachte nichts ein, und die Farm war ständig verschuldet gewesen. Daraufhin begann der Alte damals seine pädophile Neigungen auszuleben, eben um seine Frustration zu bewältigen. Das hatte niemand in seiner Umgebung mitbekommen. Die Einberufung in die Armee war dann die Chance gewesen, der Situation zu entkommen. Er verschwand spurlos. Als er seinen Sohn hier in Glendale fand und seinen Erfolg sah, musste es eine große Wut in ihm ausgelöst haben. Merkwürdige Aufzeichnungen lassen darauf schließen, dass er Dane aufgelauert haben muss. Vielleicht hat er ihn um Geld erpresst. Das weiß ich noch nicht. Will Gelton wurde dann wegen dreifachen Mordes an einem Geschäftsmann und seiner Familie vor neun Jahren zu einer lebenslangen Haft verurteilt. Der Geschäftsmann hatte derzeit eine größere Summe Geld bei sich, weil er die Baranzahlung für eine Geschäftsübernahme in Kalifornien an dem Abend plante. Er hatte einen Termin mit dem Besitzer des Geschäfts. Das erzählten Bekannte des Geschäftsmannes. Wir konnten allerdings nicht herausbekommen, welches Geschäft er zu übernehmen plante. Alle Unterlagen und Verträge sind seit seiner Ermordung verschwunden. Gelton wurde auf jeden Fall die Tat zur Last gelegt. Seine Fingerabdrücke waren an der Waffe, mit der die Familie ermordet wurde. So wurde er von einem Gericht in Arizona zu einer lebenslangen Haftstrafe verurteilt. Er erwähnte wohl ständig einen Komplizen, der ihn zum Töten der gesamten Familie gezwungen hätte, und der sich dann mit dem Geld und den Unterlagen davongemacht haben soll. Den Namen des Komplizen gab er allerdings nicht bekannt.

Vom Gefängnis aus plante der alte Gelton dann einen Überfall auf seinen Sohn. Ich sage nur Palloma Street. Wir haben

Namen und Briefe von Personen gefunden, die er beauftragte. Der Name Joan taucht öfter auf."

Ich horchte auf. Joan? Das konnte doch nicht wahr sein! Hatte Johnathan etwa Recht gehabt? Es erklärte zumindest ihr plötzliches Verschwinden. Ich hörte Whiseman weiter zu.

„Wir konnten durch gefundene Zeitungsartikel in Geltons Zelle diese Joan als eine Prostituierte identifizieren. Natürlich spurlos verschwunden, ist klar. Er hat sie mit Sicherheit gekauft. Auf jeden Fall hat er sie als Köder benutzt. Zu Geltons Freude schnappte die Falle zu. Dane hing schon nach kurzer Zeit an Joans Angel. An dieser Stelle kommen fünf Typen ins Spiel. Es waren wahrscheinlich die, die Dane in der Palloma Street so zusammengeschlagen haben. Dass sie pervers waren, brauche ich nicht zu erwähnen. Sie ließen sich sicher leicht im Milieu finden. Und gegen Geld vergisst man auch so manche schmutzigen Geschäfte. Der Köder lockte, der Fisch hing an der Angel, dann kam der Schlag mit der Keule, und alle glaubten, die Arbeit wäre erledigt. Doch jetzt bekommt die Sache einen Haken. Diese Joan, vermuten wir mal, rief dich des Nachts an", und er zeigte auf mich. „Sie sendete einen Notruf aus. Vielleicht hatte sie kalte Füße bekommen. Vielleicht war sie auch nicht in die ganze Sache eingeweiht gewesen, ich meine, dass es ein Mord werden sollte. Vielleicht hatte man ihr gesagt, dass man ihm nur eine tüchtige Abreibung verpassen wollte. Irgendeinen Grund musste der Anruf ja haben. Leider fehlt uns von der Frau jede Spur. Fakt ist, dass Dane den Überfall überlebt hat. Gelton besorgte sich einen neuen Helfer, der Dane weiter beobachten sollte. Er wusste ja nicht, ob Dane reden würde. Dieser Informant schleuste sich als Aushilfe für die Essensausgabe ins Krankenhaus und lieferte weitere Informationen an den alten Gelton. Dann kam Dane in diese Klinik, und eine weitere Beobachtung wurde unmöglich. Jetzt kommt Rhyan ins Spiel. Von wem er allerdings eingekauft wurde, haben wir noch nicht herausgefunden. Es muss eine Menge Geld im Spiel gewesen sein. Ich weiß leider noch nicht, woher das Geld kam. Rhyan hatte in letzter Zeit viele Spielschulden. Ich habe heute mit ihm gesprochen. Nach seinen Aussagen hatte er immer nur telefonischen Kontakt. Seine Aufgabe war es, zu berichten, was Dane so alles erzählte. Eine durchaus unkomplizierte und ungefährliche Aufgabe. Für schnell verdientes Geld kein Problem. Das ließ Rhyan also ahnungslos in die Sache einsteigen. Er ahnte nicht, dass Mordabsichten dahinter steckten. Erst als er den Auftrag bekam, Dane mit einer Überdosis Morphium zu beseitigen, wollte er aussteigen. Doch dann habe man ihn übel bedroht. Als Gelton hier auftauchte, geriet Rhyan in Panik. Er vermutete, dass sich weitere Männer von Gelton in der Nähe des Hauses aufhalten würden. Also griff er zur Spritze. Ein Behandlungsfehler war eher zu überstehen als ein Mordanschlag. Rhyan sitzt in Untersuchungshaft. Er ist zutiefst verwirrt. Mehr habe ich noch nicht herausgefunden."

Wir schenkten uns ein Glas Gin ein und verdauten, was wir gehört hatten.

Es war nun unumgänglich anzunehmen, dass Dane Kontakt zu seinem Vater gehabt haben musste. Das erklärte vielleicht auch seine Verschlossenheit. Im Grunde hatte er wie ein gehetztes Tier gelebt, während er uns täglich bei Laune hielt. Was mich am meisten bestürzte, war, dass ich nichts von alledem bemerkt hatte. Auch Johnathan nicht. Wie hatte Dane diese ganze Geschichte nur vor uns geheim halten können? Und warum, zum Teufel? Darauf konnte nur er eine Antwort geben, und die wollte ich haben.

„Was wird weiter passieren?", fragte ich.

„Wir haben zunächst die Waffe von heute auf Fingerabdrücke untersucht, um festzustellen, wer abgedrückt hat. Es war der alte Gelton. Er hat sich selbst erschossen."

Ich glaubte, ein Zwinkern in Whisemans Augen zu sehen und atmete erleichtert auf. Allerdings ließ mich der unvorstellbare Gedanke, dass Dane und Will Gelton immer schon Kontakt hatten, nicht los.

*

Dane öffnete müde seine Augen.

Guten Morgen, begrüßte ihn das Loch.
Was willst du?, fragte Dane. Ich habe alles erledigt, was du mir gesagt hast.
Das hast du, in der Tat.
Also lass mich in Ruhe!
Du glaubst, du kommst mit dem bisschen Spektakel davon?
Ich will jetzt ein neues Leben beginnen.
Ha, lachte das Loch. Das wirst du nicht schaffen.
Ich werde es dir beweisen.
Ich bin zu tief in dir drin, du wirst mich immer brauchen.
Dane antwortete nicht.

Zwei Tage nach dem Zusammenstoß mit seinem Vater durfte Dane das Krankenzimmer verlassen, um zunächst wieder bei mir im dritten Stock einzuziehen. Wir hatten bisher noch nicht über das Geschehene gesprochen. Er war wieder völlig in sich gekehrt und unerreichbar und zeigte auch keinen Willen, ein Gespräch zu suchen. Als wir die erste Nacht wieder gemeinsam in unserem Zimmer lagen, startete ich den ersten Versuch. Es war wie am ersten Kliniktag, der Fortschritt war zum Rückschritt geworden. Dane hatte große Schwierigkeiten mit seinen Gefühlen. Er tat wieder einmal das, was er am besten konnte – er schwieg. Ich sagte ihm, dass die Polizei auf ein Gespräch mit ihm wartete. Da wären einige ungeklärte Dinge. Er winkte ab und sagte: „Später." Er musste erst einmal in Erfahrung bringen, wie die Dinge bei der Polizei um ihn standen und was genau sie wussten.

*

Der nächste Morgen war wieder drückend heiß. Die Schwüle machte uns beim Aufstehen schon zu schaffen. Ich hatte in dieser Nacht schlecht geschlafen und versucht, mir viele Gedanken darüber zu machen, wie ich am besten vorgehen könnte, doch es war mir keine Idee gekommen. Wir verbrachten auf Grund seiner Verletzung eine weitere Woche in der Klinik. Dane ließ sich auf kein Gespräch über seinen Vater ein, auch nicht mit Whiseman. Er behauptete, sein Vater wäre ein Spinner gewesen, und der Kontakt hätte nie stattgefunden. Mehr war ihm nicht zu entlocken. Wir glaubten ihm, denn nichts gab uns den Anlass, das Gegenteil zu vermuten. Es gab keinen Hinweis von Dane auf einen Kontakt, nicht den geringsten. Das beruhigte mich irgendwie. Das machte ihn wieder sauber für mich. Und Whiseman gab Ruhe.

Danes Wunde heilte schnell, so wie alles bei ihm schnell ging. Selbst die Verarbeitung des Kampfes mit seinem Vater. Als ich ihn vorsichtig danach fragte, antwortete er nur, dass man nicht in vergangenen Dingen herumwühlen sollte. Es würde sie nicht besser machen. „Lass es", sagte er nachdrücklich und sah mir dabei in die Augen. Damit wurde mir klar, dass ich nichts ans Tageslicht bringen sollte, was alles noch komplizierter machen würde. Eine weitere Woche verging, in der wir erneut die Heimreise planten. Doch bevor uns der Alltag wieder einholen sollte, wollte ich noch etwas erledigen. Ich warf ihm ein Paar Turnschuhe vor die Füße und sagte: „Zieh die mal an, wir gehen ein bisschen laufen." Es wurde Zeit, ihn wieder körperlich etwas zu mobilisieren.

„Nein", war seine knappe Antwort.

„Doch!", gab ich erbost zurück. Dane sah meine böse Miene und kam der Aufforderung schließlich nach. Er konterte nicht mehr. Zuerst liefen wir langsamen Schrittes der Klinik davon, bis ich an Tempo zulegte.

„Komm, mach schon", schrie ich ihn an, „oder bist du zu schwach?"

Dane fühlte sich provoziert und wurde schneller. Ich legte weiter an Tempo zu. Der Weg am Wald entlang zum Fluss war angenehm zum Laufen. Ich schrie ihn wieder an: „Hey, was ist los? Ist das alles?" Ich sah plötzlich, wie Dane an mir vorbeirannte, vom Weg ab und quer durch das Gestrüpp in den dichten Wald hinein. Ich nahm an, ihm wohl auf die Nerven gegangen zu sein und ließ ihn ziehen. Dabei schrie ich ihm hinterher: „Ja! Renn nur weg!!“ Das konnte er doch am besten!

Dane rannte.

Es dauerte eine Weile, bis ich ihn im Wald wiederfand. Er lag auf einer Lichtung in der Sonne, vollkommen nass. Er musste in den Fluss gesprungen sein. Sein Atem ging schwer. Ich legte mich neben ihn, schloss die Augen und dachte an Glendale. Wie gerne wäre ich jetzt ohne Sorgen in meiner Wohnung. Dane sah in den Himmel und schien nachzudenken, wie immer.

Es dauerte eine Weile, bis ich vorsichtig begann, von Whisemans Mitteilungen zu erzählen. Dane erfuhr völlig unaufgefordert die Dinge, die er wissen musste, um keine falschen Aussagen zu machen. Der Name Joan fiel. Daraufhin erzählte er zum ersten Mal von seinem Überfall auf der Palloma Street, wie Joan ihn dorthin gelockt hatte und was ihm dort widerfahren war. Er erzählte es völlig ungerührt, zeigte weder Hass noch Betroffenheit, und beobachtete dabei den Lauf des Flusses, als erzähle er von einer angenehmen Erinnerung aus seinen Kindertagen.

In der Abenddämmerung machten wir uns zurück auf den Weg zur Klinik.

*

Es wurde Zeit, um endgültig Abschied zu nehmen – von dieser Klinik, aber auch von Sarah. Die Polizei erwartete Dane in Los Angeles, um die letzten Unklarheiten zu beseitigen. Der Fall sollte schnellstens abgeschlossen werden, empfahl Whiseman. Mir war irgendwie unwohl bei der Sache, denn mir schwirrte immer wieder diese Vorstellung im Kopf herum, dass Dane doch in Kontakt zu seinem Vater gestanden haben könnte, aber ich fand keinerlei Anhaltspunkt dafür. Was sollte ich wirklich glauben? Mein Pragmatismus riet mir, die Dinge auf sich beruhen zu lassen. Was auch immer vorgefallen sein mochte, es war vorbei. Doch mein Instinkt sagte mir, dass nichts vorbei war.

In Sarah herrschte heilloses Durcheinander. Sie würde bald nach Denver zu ihren Eltern zurückkehren, und Dane musste sich in Glendale weiter um sein Lokal kümmern. Sie tauschten wie Teenager ihre Adressen und Telefonnummern aus und nahmen beklemmend Abschied. Für beide war es eine Katastrophe.

Veränderungen

Glendale

Johnathan war aufgeregt wie ein kleiner Junge. Er konnte es kaum erwarten, uns wieder in seiner Nähe zu haben, und bereitete einen kleinen, herzlichen Empfang in dem Lokal für uns vor. Wir beide fielen uns erleichtert in die Arme. Auch wenn Dane noch eine gewisse Zurückhaltung zeigte, so waren wir sicher, mit etwas Geduld und einer guten therapeutischen Begleitung bald den Freund wieder zu bekommen, den wir kannten, und der wieder Stimmung in unser Leben brachte.

Wir irrten uns – leider. Dane hatte sich vollkommen verändert. Er war ernst und zurückhaltend geworden, ja, manchmal sogar exzentrisch und angriffslustig. Wir dachten an die Sache mit seinem Vater und gestanden ihm eine gewisse Eingewöhnungszeit zu. Er lehnte jede therapeutische Hilfe ab und kümmerte sich zunächst um einen neuen Ausweis und die namentliche Umschreibung des Lokals von Galloway auf Gelton. Die Behörde stellte viele unangenehme Fragen wegen des Namenswechsels, doch Dane stand sie erstaunlich gefasst durch. Er krempelte seine ganze Vergangenheit wieder nach außen und erlangte auch bei den Behörden ein tiefes Mitgefühl, nicht aber das gesetzliche Recht, eine solche Fälschung begehen zu dürfen. So balancierte er am Rande einer Anzeige wegen Behördenbetruges, bis ihn ein Bericht von Roosevelt und mir schließlich vor den folgenschweren Schritten der Justiz bewahrten. Ich war immer schon gut im Verfassen von verschleierten Berichten gewesen. Dane bekam nur eine kleine, erträgliche Geldbuße in

Höhe von 1500 Dollar.

Als er die Arbeit im Lokal wieder aufnahm, sah er sich einer völlig vernachlässigten Buchführung gegenüber und war wütend. Die Arbeit machte ihm keine Freude mehr. Das Leben in Glendale war vorbei, so auch die Lust an dem Lokal. Irgendwie fehlte ihm der Antrieb, oder war es die Herausforderung? Fehlte ihm etwa sein Vater? Hatte dieser Kontakt doch bestanden? War er etwa der Kick gewesen, den er in seinem Leben benötigte? Welche Bedürfnisse schlummerten in ihm? Wen würde er sich als Nächsten suchen, um eine neue Herausforderung zu spüren? Steckte in Dane eine verborgene Lust zum Jagen von Menschen, oder gar zum Töten?

Ich wollte mich diesen Fragen nicht mehr stellen, aber mein Vertrauen zu Dane war seit diesen Vorfällen in der Klinik nicht mehr das gleiche. Irgendwie passte die Geschichte von seinem Vater zu dem jetzigen Verhalten von Dane. Es war ohne Weiteres für ihn möglich gewesen, diesen Kontakt komplett vor uns zu verheimlichen. Die Gerissenheit dazu besaß er.

Ich redete mit Johnathan darüber, aber er konnte sich an keine merkwürdigen Begebenheiten erinnern.

Dann dachte ich an die Morde, die Danes Vater vor neun Jahren begangen hatte. Eine unschuldige Familie war niedergemetzelt worden! Wer war sein angeblicher Komplize gewesen? Ich dachte an Vancouver, *hat Ihr Freund niemals aggressives Verhalten gezeigt oder andere Menschen angegriffen? Wie gut kennen Sie Ihren Freund?*

Ich schreckte schweißgebadet aus meinen Träumen hoch, nächtelang.

*

Dane telefonierte täglich mit Sarah, und seine Sehnsucht zu ihr wuchs ins Unermessliche.

Die polizeilichen Untersuchungen und das erneute Aufrollen seiner Vergewaltigung auf der Palloma Street machten ihm zu schaffen. Ihm durfte kein Fehler bei seinen Aussagen unterlaufen. Die Polizei kam bei ihren Ermittlungen schließlich zum Stillstand. Man fand weder eine Spur von Joan noch von den Männern, die sein Vater bezahlt hatte. Will Gelton blieb als einziger Täter in den Akten, und der konnte nichts mehr aussagen. Doch Whiseman gab nicht nach und hatte Dane weiterhin bezüglich des Kontakts zu seinem Vater befragt. Die Sache erschien ihm zu undurchsichtig, um die Akte zu schließen. Zu viele Details passten nicht zusammen. Dane wies jede Schuldzuweisung zurück. Er blieb bei seiner Aussage, dass sein Vater eben krank war. Das würden doch die Vorfälle auf der Farm, die Ermordung der Familie in Arizona und der Überfall auf der Palloma Street beweisen. Whiseman jagte Dane an seine Grenzen, bis Dane ihn anschrie. Zum ersten Mal erlebte Whiseman ihn außer Kontrolle. Dane tobte und schlug einen Stuhl gegen die Wand. Es gab keinen Dane Galloway mehr. Vor uns stand Dane Gelton.

Hab ich dir nicht gesagt, dass dir etwas fehlen wird?, triumphierte das Loch. Wir gehören zusammen, ob du willst oder nicht.

Verschwinde!, schrie Dane und hielt sich die Ohren zu.

*

Dane hatte seine Fröhlichkeit nun ganz verloren. Johnathan tat sein Möglichstes, und ich hatte große Probleme bei der Arbeit, weil ich kaum noch eine Nacht durchschlafen konnte.

Wir alle durchlebten eine große Veränderung. Dane hatte das Lachen zu uns gebracht und es nun wieder genommen.

Durch die Erschöpfung, mit der ich meine Arbeit als Chirurg wieder aufgenommen hatte, kamen große Konzentrationsschwächen bei mir auf. Zweimal während der letzten Wochen musste ich eine wichtige OP abbrechen und an den assistierenden Arzt übergeben. Ich begann, meine Fähigkeiten als Chirurg infrage zu stellen und verlor an Autorität.

Dane und ich hatten vorübergehend den Kontakt verloren. Zu dieser Zeit verband uns plötzlich nichts Aufregendes mehr.

Wir hatten keinen Zugang mehr zueinander. Doch eines Abends rief er völlig unerwartet bei mir an. Ihn hatte eine große Verzweiflung gepackt, nicht weniger als meine bereits war. In diesem Zustand trafen wir uns wieder.

Dane hatte Gin mitgebracht, der etwas von unserer Beklemmung nehmen sollte.

„Komm, setz dich", begrüßte ich meinen Freund. Dane wirkte fremd auf mich, noch fremder als in der Klinik. Früher herrschte immer Entspannung und gute Laune zwischen uns, doch diesmal war eine große Distanz zu spüren. Ich wusste nicht, wie ich ihm begegnen sollte, also nahmen wir stillschweigend gegenüber Platz. Der Gin symbolisierte die anstehenden Probleme, die ausgesprochen werden sollten. Dane kippte das erste Glas herunter. Ich nippte es zur Hälfte leer, musste an meine Arbeit morgen früh um 5.30 Uhr denken. Wir schwiegen und warfen uns leere Blicke zu, bis mir der Kragen platzte. „Was ist nur los mit dir?" Ich sah ihn verbittert an. Er wusste genau, wovon ich sprach und wich meinem Blick aus. Ich stutzte, als er das zweite Glas mit einem Zug leerte. Es gab Momente, da ordnete ich das Leeren von Gingläsern einer gewissen Geselligkeit zu, diesmal ordnete ich es einer Depression zu. Ich war genervt. Mein eigenes Leben entglitt mir gerade seinetwegen, da forderte er mich schon wieder auf, ihm zu helfen. Ich dachte an unsere frühere Freundschaft, als wir keine Probleme hatten. Vielleicht waren wir beide nicht auf Dauer für Probleme geschaffen. „Wenn du nicht redest, kann ich dir nicht helfen", sagte ich schließlich.

„Nein", sagte er, „kannst du nicht."

Mein Bein begann nervös zu wippen. „Warum kommst du dann hierher?"

Keine Antwort. Stattdessen ein drittes Glas Gin.

„Warum nimmst du keine therapeutische Hilfe in Anspruch?", fragte ich weiter.

„Wofür?"

„Damit es dir besser geht?" Ich fühlte Wut in mir aufsteigen.

„Quatsch!"

„Ich weiß, bei dir ist alles Quatsch, was die anderen sagen."

Jetzt nahm Dane eine aggressive Haltung ein. Ich ließ die Situation kurz auf mich wirken. Wir waren beide an einem Punkt angekommen, an dem wir uns fragten, ob wir noch Freunde waren. Vielleicht war unsere Aggression gut. Ich überlegte, was ich eigentlich wollte, und plötzlich hörte ich mich sagen: „Ich würde gerne woanders neu anfangen. Erst mal ein langer Urlaub und dann alles ganz neu."

Dane zuckte ratlos die Schultern. Seine Haltung entspannte sich wieder. Dann sagte er überraschend: „Ich würde Sarah gerne wiedersehen."

Ich schaute hoch. Damit hatte ich nicht gerechnet, dachte, der Kontakt hätte sich längst erledigt, weil Dane kein Wort mehr über sie verloren hatte. In mir hellte sich etwas auf, denn das hörte sich nach einem guten Anfang an. Es freute mich, dass Dane dieser Freundschaft eine Chance zu geben schien. Sie wären ein gutes Paar. Sarah bot sich geradezu ideal an, ihn zu führen. Sie war ruhig und geduldig und würde ihm den Weg in ein neues Leben zeigen. Ich war mir ganz sicher. „Warum fährst du nicht hin?", fragte ich sofort.

„Wegen Johnathan", sagte er und trank ein weiteres Glas Gin.

„Ich kann ihm nicht schon wieder alleine das Lokal überlassen. Nein, das kann ich nicht tun."

Dachte er dabei wirklich an Johnathan oder an den finanziellen Verlust, den das Lokal erlitten hatte?

Ich nickte. Beide hatten sich in einem Dilemma von Pflichten festgefahren. So ist eben das wahre Leben.

Dane trank ein weiteres Glas und leerte die Flasche.

„Hör zu, Dane. Johnathan hatte das Lokal damals, als du im Krankenhaus warst, nur eine Woche geschlossen. Es würde doch funktionieren, richtige Betriebsferien anzukündigen. Für zwei oder drei Wochen. Dann setzt die Arbeit komplett aus, und du könntest Sarah besuchen. Du brauchtest keine Angst haben, dass hier etwas schief läuft. Rede doch mal mit Johnathan darüber. Und dann seht Ihr weiter."

Dane schwieg und dachte nach. Er wirkte selbstverloren und übernachtete bei mir auf dem Sofa, denn er fuhr nicht alkoholisiert mit der Corvette.

*

Am nächsten Morgen sprach er Johnathan ohne Umschweife am Frühstückstisch an. Johnathan war entsetzt. Es machte ihm schon genug Angst, Dane in den letzten Wochen so anders zu erleben, doch das, was er jetzt forderte, war nicht nur anderes, es war neu – und undenkbar! Was sollte er mit Ferien? Er lehnte den Vorschlag ab, doch nachdem Dane ihm die Hintergründe schilderte, fand sein Vorschlag schließlich Gehör, und sie beschlossen, die Ankündigung heute noch an der Eingangstüre auszuhängen. Das Lokal sollte für zwei Wochen schließen.

Johnathan musste sich in der nächsten Zeit an viel Neues gewöhnen. Es war im Grunde egal, wann er damit anfing.

Dafür blühte Dane auf. Er teilte Sarah am Telefon mit, sie besuchen zu kommen. Johnathan war misstrauisch. Die Freude, die Dane fortan zeigte, machte ihn immer noch nicht zu dem, der er einmal gewesen war. Johnathan konnte das Gefühl nicht unterdrücken, dass die anstehende Veränderung größer werden würde, als er sich zu denken getraute. Er stand bedrückt am Fenster, als Dane einen Koffer in seine Corvette packte. Seine Gefühle zu ihm hatten sich merklich verändert. Das alte Vertrauen war weg. Fuhr er wirklich zu Sarah?

*

Das Gefühl, die Corvette auf dem Highway auf Höchstgeschwindigkeit zu jagen, gab Dane Gelton erstmals wieder das Gefühl von Macht über sich selbst. Er genoss die Fahrt und freute sich auf Sarah. Sie war immer noch eine Patientin der Klinik, doch auch ihr Aufenthalt näherte sich dem Ende zu.

Die Anlage von *Garden's Inn* hatte an Schönheit nichts verloren. Die Blätter waren inzwischen herbstlich gefärbt und verwandelten die Anlage in ein schier traumhaftes Farbspektakel. Und dann sah er sie, Sarah, und all seine Resignation der letzten Wochen verschwand. Er stoppte den Wagen, stieß die Fahrertür auf und rannte auf sie zu. Sie fielen sich in die Arme und hielten sich nur fest, spürten die heiße Sehnsucht, die sie Wochen gefangen gehalten hatten und nun herauslassen konnten. Plötzlich hörte Dane von Weitem seinen alten Namen Galloway. Dr. Roosevelt kam herbeigelaufen und beide ließen voneinander ab. Dane drückte dem Arzt reserviert die Hand.

„Mr. Galloway! Wie schön, Sie hier zu sehen. Sie sehen gut aus! Wie geht es Ihnen?"

Dane wollte auf den falschen Namen hinweisen, unterließ es jedoch. Er hatte keine Lust, die alten Geschichten wieder aufzuwärmen, also sagte er: „Es geht so. Ich wollte eigentlich Sarah besuchen." Dabei schaute er sie an. „Gibt's hier in der Umgebung eine Möglichkeit zur Übernachtung?"

Sarah freute sich. Er wollte länger bleiben.

„Ach was, Sie sind mein Gast", sagte Roosevelt kurzentschlossen. „Sie können bei mir ein Zimmer beziehen, wenn es Ihnen recht ist."

Dane stutzte. „Ich weiß nicht, ob das eine gute Idee ist, aber ich werde es mir überlegen. Ich sage Ihnen nachher Bescheid."

Roosevelt nickte freundlich und nahm Sarahs flehenden Blick wahr. Sie wollte mit Dane alleine sein. Er war schließlich kein Patient mehr.

Wo er in den letzten Wochen so wortkarg gewesen war, sprudelten die Worte jetzt nur so aus ihm heraus. Er erzählte von seinen Problemen, die er in Glendale nicht mehr bewältigen konnte, seinen schlaflosen Nächten, und dass der Klinikaufenthalt hier alles verändert hätte. Sarah erzählte von den neuen Patienten und dem neuen Pfleger, der Rhyan bei Weitem nicht das Wasser reichen konnte.

„Wie geht es ihm eigentlich?", fragte sie.

„Als ich ihn das letzte Mal sah, hatte er furchtbar abgenommen. Ich habe ihn beim Vorsprechen bei Richter Slinger getroffen, der seinen Prozess führen soll. Es war schon komisch, ihn wiederzutreffen."

Sarah nickte verständnisvoll.

Bei Einbruch der Dunkelheit entschloss sich Dane, das Angebot von Dr. Roosevelt anzunehmen und in der Klinik zu übernachten. Es fühlte sich merkwürdig an, ein Zimmer zu betreten, das seinem sehr ähnlich sah. Als er im Bett lag, fragte er sich zum ersten Mal, was Sarah eigentlich in diese Klinik getrieben hatte. Und warum war sie immer noch hier?

*

„Wir haben uns nie über den Vorfall mit deinem Vater hier unterhalten, Dane", sagte Sarah am nächsten Morgen.

Nein, hatten sie nicht. „Lass es ruhen", wehrte Dane ab. „Ich bin nicht so, wie du denkst."

Sie spürte sofort seine Ablehnung. Also fragte sie: „Was denke ich denn?"

„Dass ich gewalttätig bin."

„Bist du das nicht?"

„Sarah, es war eine Situation, die sehr schwer zu verstehen ist."

„Dann erklär sie mir."

„Das ist eine zu lange Geschichte."

„Du warst nicht nur gewaltsam, du warst grausam."

Dane spürte Unbehagen aufkommen. Für solche Gespräche war er nicht gekommen und sagte: „Du kennst die Zusammenhänge nicht. Ich kann es nicht so einfach erklären. Da ist etwas zwischen meinem Vater und mir vorgefallen, das diese Auseinandersetzung unumgänglich machte."

Sie sah ihn an und er fühlte sich aufgefordert, weiter zu erzählen. „Wenn ich mich nicht gewehrt hätte, hätte er mich umgebracht."

„Auseinandersetzung nennst du das? Du hast dich nicht gewehrt, du hast angegriffen!"

„Er hat auf mich geschossen! Sollte ich ihm noch einen Schuss schenken?"

Sie spürte seine aufkommenden Aggressionen und sah, wie er vor Zorn errötete.

„Es war mehr als eine Auseinandersetzung! Es war …“ Er nahm plötzlich ihre eingeschüchterte Haltung wahr und hielt inne. „Ich kann es nicht mehr rückgängig machen.“

Sarah senkte den Kopf. „Nein, das kannst du nicht.“

Dane sah sie flehend an. „Aber wir können jetzt und hier neu anfangen.“

„Man kann nicht mit allem neu anfangen. Sicherlich mit so einigem, aber manches ist so tief drin, dass es immer wiederkommen wird.“

„Mein Vater wird nicht wiederkommen.“

„Nein, dein Vater nicht.“

„Sarah, bitte. Ich bin nicht zu dir gekommen, um dich mit meinen Problemen zu konfrontieren. Die sind jetzt vorbei.“

Sarah war ebenfalls ein gebranntes Kind. „Nichts ist für immer vorbei. Alles wird wiederkommen.“

„Mein Vater nicht, versteh doch!“

„Ja, Dane, ich verstehe, dein Vater nicht.“

Dane spürte wieder Wut in sich aufsteigen. So hatte er sich die Zeit mit Sarah nicht vorgestellt. So hatte er sich Sarah überhaupt nicht vorgestellt. Seine Stimme wurde wieder lauter: „Was willst du von mir hören?“

Sie sah ihn an und blieb ruhig.

„Was kann ich tun?“, flehte er.

Es lag nicht in ihrer Absicht, sich wieder einem gewalttätigen Mann anzuvertrauen. Um das zu lernen, war sie hier in diese Klinik gekommen.

Er ging auf Distanz und sagte plötzlich: „Darf ich dich wenigstens ab und zu anrufen?“

Jetzt war sie verwirrt. „Du willst wieder weg?“

Er nickte. „Es wird das Beste sein. Es wird nicht funktionieren. Ich kann dir nicht ununterbrochen Erklärungen geben. Alles ist so, wie es jetzt ist.“

Jetzt bekam sie Angst. Hatte sie ihn mit ihren Vorwürfen verschreckt? Ihre Mutter hatte einmal zu ihr gesagt: „Du wirst nie einen anständigen Kerl finden!“ Sarah lenkte ein: „Vielleicht sollten wir versuchen, einfach ein paar schöne Tage miteinander zu verbringen. Es wird uns beiden guttun.“ Vielleicht sollte sie ihm eine Chance geben. Vielleicht war es zu früh und auch unfair, diese Beziehung zu beenden, bevor sie richtig begonnen hatte.

Dane reagierte unzufrieden, nickte aber. Er wollte so einen Vorfall nicht noch einmal mit ihr erleben.

*

Danes Erfindungsreichtum hatte schon immer alle überrascht. Diesmal überraschte er Sarah damit. Von morgens bis abends fuhr er mit ihr zu den schönsten Schauplätzen, die Dallas zu bieten hatte. Sie besuchten den Communication Tower, John Neely Bryan‘s Blockhütte und das John F. Kennedy-Denkmal, fanden ein gemütliches Restaurant zum Lunch und einen stillen Park zum Entspannen. Außerhalb der Stadt lud er sie auf einer leer stehenden Farm zu einem wildromantischen Picknick ein und machte ihren letzten Tag damit perfekt.

Sarah war überwältigt. Wie lange war es her, als sie so ein tiefes Glück gespürt hatte? Sie tanzte durch die Felder wie ein kleines Kind und schmiss sich glücklich in das Heu der Ernte. Sie erzählte von ihren Träumen als Kind, auf einer solchen Farm einmal leben zu wollen. Dann liebten sie sich in einer alten, verlassenen Scheune und jagten durch die Wälder, als hätten sie etwas nachzuholen. Zum ersten Mal bekam Dane das Gefühl, dass sich wirklich etwas veränderte. Sarah brachte ihn auf völlig neue Gedanken. Sie entführte ihn nicht nur in das Gefühl des vollkommenen Glücks, sie gab ihm auch Kraft und neue Lebenslust zurück.

So etwas Reines und Unverdorbenes hatte er noch nie gespürt, wo sein Leben doch immer von Dunkelheit und eiskalter Berechnung bestimmt gewesen war. Die Welt, die er mit Sarah erleben konnte, war einfach nur schön. Er dachte plötzlich an sein Elternhaus in Topeka, Valley Falls bei Jefferson in Kansas.

Es stand leer, inmitten von Feldern, solchen Feldern, die Sarah so sehr liebte. Die Farm war rechtmäßig sein Eigentum …

Die Tage gehörten Sarah, aber die Nächte gehörten ihm. Sie verursachten ihm wilde Albträume, seit er begonnen hatte, an die Farm zu denken. Inwieweit war er überhaupt fähig, sie wiederzusehen? Sie hatte so ein großes Loch in seine Gefühle gerissen. Vielleicht wäre alles ganz anders, wenn Sarah dabei sein würde. Vielleicht würde alles besser heilen.

Dane dachte aber auch über das Lokal und Johnathan nach. Was war dieser Ort schon ohne das Spiel mit seinem Vater? Wer war Johnathan schon als Freund, wo er nun Sarah haben könnte? Glendale war nicht mehr der Ort, an dem er leben wollte, und Johnathan nicht mehr der Freund, den er um sich haben wollte. Jim? Der wusste überhaupt nicht mehr, wohin er gehörte. Aber Kansas! Das konnte eine wirkliche Herausforderung werden!

Am nächsten Morgen wurde Danes Weg zum Frühstück von Mrs. Buit jäh unterbrochen. Sie wedelte mit dem Telefonhörer und winkte ihn zu sich. „Es ist Dr. Clark, Mr. Galloway."

Sein alter Name begann ihn zu stören. Etwas verstimmt nahm er den Anruf entgegen. „Hallo, Jim, was gibt's?"

„Dane, es tut mir leid, wenn ich dich jetzt stören muss, aber ich bin ganz außer mir und dachte, ich muss es dir sagen."

„Was, Jim? Was musst du mir sagen?" Dane wurde nervös und dachte an Johnathan, dass ihm etwas zugestoßen sein könnte. Oder hatte Jim etwas Neues herausbekommen? Ich schickte ihm eine ganz andere Nachricht durch den Hörer: „Rhyan hat sich heute Nacht in seiner Zelle erhängt. Mit einem Ledergürtel. Keiner weiß, wie er da dran gekommen ist." Ich war entsetzlich aufgeregt.

„Oh, mein Gott!", entfuhr es Dane, und er bemerkte, wie Mrs. Buit erschrocken aufsah. Er musste jetzt unbedingt Fassungslosigkeit zeigen. Die Nachricht war zweifellos furchtbar, aber keineswegs überraschend für ihn. Rhyan wusste zu viel.

Dafür hatte er ihm den Gürtel geschenkt. Eine kleine Hilfe, wie er nebenbei bemerkte. Für die Hose natürlich. Sie schlabberte um seinen mageren Leib.

„Jim, das tut mir entsetzlich leid. Was sagt Whiseman?"

„Tja, der Fall ist damit wohl komplett ad acta gelegt worden", antwortete ich. „Es wird jetzt keinen Prozess mehr geben. Vielleicht wusste Rhyan doch mehr, als wir vermuteten, und hatte Angst. Wie sagt man so schön: Das war's."

Dane war zufrieden. Die Sache mit der Spritze hätte nicht sein dürfen.

„Wie geht es dir?", fragte ich neugierig, um das Thema zu wechseln.

„Im Moment oder überhaupt?"

„Überhaupt. Im Moment geht es mir auch beschissen."

„Ich denke, dass sich etwas verändern wird."

Sarah kam die Treppe herunter und sah Dane bei Mrs. Buit telefonieren. Schon das alleine beunruhigte sie irgendwie. Dane Gesichtsausdruck zeigte Besorgnis. Er führte kein entspanntes Gespräch. Auch, dass er sich wegdrehte, als er sie kommen sah, behagte ihr nicht. Sie ging forschen Schrittes auf ihn zu.

„Sarah kommt, Jim. Wir sprechen später. Ich komme in drei Tagen nach Hause. Grüße Johnathan von mir. Sag ihm, ich freue mich auf ihn."

Noch ehe sie ihn erreichen konnte, legte er den Hörer auf und zwang sich zu einem Lächeln. Sie aber nahm seine Nervosität wahr und fragte: „Was ist passiert? Du schaust so komisch aus."

Dane griff nach ihrem Arm und zerrte sie aus der Hörweite von Mrs. Buit. „Sarah, ich habe gerade eine sehr schlimme Nachricht erhalten."

Sarahs Augen weiteten sich. „Was ist los?"

„Jim hat mich gerade angerufen. Rhyan ist tot. Er hat sich in der Zelle erhängt."

Sie war auf alles Mögliche gefasst gewesen, aber dass es Rhyan betraf, den sie so gemocht hatte, schockierte sie zutiefst. Sie wollte etwas sagen, aber ihr gelang nur ein entsetzter Blick zu Boden. Sie spürte Danes Hand an ihrer Wange und wich seiner Berührung aus. Seit er in diese Klinik gekommen war, hörten die Grausamkeiten nicht auf.

Beiden war der Appetit vergangen. Sie tranken nur Kaffee und fanden keine Worte, mit denen sie sich begegnen konnten. Das löste eine große Verwirrung in Dane aus. Heute sollte ein ganz besonderer Tag werden. Sarah sollte von seiner Vergangenheit erfahren, zumindest einen Teil davon. Rhyan hatte nicht in diesen Tag gehört. Die Nachricht von seinem Tod brachte Sarahs Gefühle sichtlich durcheinander. Sie war nicht mehr belastbar. Dane ärgerte sich über diese Entwicklung. Er war wütend, während sie trauerte.

Der heutige Tag war verdorben. Sie teilten gemeinsam Roosevelt die Nachricht von Rhyans Tod mit und schlenderten schweigend durch das Klinikgelände. Dane fand es äußerst anstrengend, sie so still neben sich ertragen zu müssen. In der folgenden Nacht schlief er wieder unruhig. Wollte er wirklich mit Sarah leben? Was konnte sie überhaupt ertragen? Hatte das Loch recht, dass sie Gift für ihn sein würde?

*

Sarah fühlte sich am nächsten Morgen immer noch irritiert, aber sie ließ sich nichts anmerken. Dafür kam Dane frohgelaunt die Treppe hinunter. Er sah kurz zu Mrs. Buit, die einige Papiere sortierte und keinen Anruf für ihn meldete. Das war gut so. Er hatte sich in dieser Nacht genau überlegt, was er Sarah erzählen konnte und was er besser verschweigen sollte. Er organisierte in der Küche einen Picknickkorb und begleitete sie zum Wagen.

„Wohin geht's? Was hast du vor?“, fragte Sarah. Dane lächelte sie nur an.

Es trieb ihn in die Einsamkeit, die er brauchte, um das zu regeln, was für ihn einmal von größter Bedeutung werden sollte. Er fand ein entlegenes Waldstück und stellte seinen Wagen unter eine alte Eiche.

„Was hast du vor?“ Sarah war ungeduldig. Sie genoss seinen Einfallsreichtum und hoffte so inständig, dass er anders sein würde als ihr erster Ehemann.

„Sarah?“, fragte Dane leise.

Sie sah ihn an und dachte, nein, lass es nicht vorbei sein. Doch er sagte: „Ich glaube, es ist an der Zeit, dir zu erzählen, was alles passiert ist. Damit du verstehst, warum ich so bin.“ Mit diesen Worten war ihr klar, dass sich nun Vieles ändern würde, aber auch, wie ernst er es meinte.

Dane erzählte von seiner schlimmen Kindheit, seiner anstrengenden Jugend, der Krankheit seiner Mutter und seinem erfolgreichen Lokal mit Johnathan. Ende. Es klang wie die Geschichte vom armen Tellerwäscher, der zum Millionär wurde, schockierend und gleichzeitig hinreißend und beeindruckend. Er erzählte nichts von seinem Kontakt zu seinem Vater in Glendale und nichts von seinen dunklen Gefühlen. Und schon gar nichts von seinem grausamen Spiel, mit dem er seinen Vater zu einem dreifachen Mörder gemacht hatte. Alles in allem war es eine eindrucksvolle Schilderung. Sarah hörte ihm geduldig zu, ohne ihn zu unterbrechen. Und dann kam die Frage von Dane: „Was hältst du von der Idee, mit mir mein Elternhaus in Kansas anzuschauen?“

Sie war sofort irritiert, denn sie hatte gerade erst erfahren, dass er eine Farm in Kansas besaß. Jetzt erschien ihr alles zu schnell, und sie wandte sich von ihm ab. Alles war zu schnell. Das war eine gewaltige Entscheidung, die er von ihr verlangte. Es machte ihr Angst, dass er etwas verändern wollte, ihr Leben verändern wollte. Ihre Beziehung hatte gerade erst begonnen, und schon ging er den nächsten Schritt.

Er schwieg, als sich Sarah von ihm abwandte. War es richtig gewesen, sie jetzt schon zu fragen? Aber diese Farm reizte ihn, seit Sarah ihn auf den Gedanken gebracht hatte.

„Ich kann das nicht, Dane. Es ist zu schnell“, sagte sie schließlich.

Er war außer sich. „Sarah! Ich will die Farm doch nur mit dir anschauen! Ich will sie nicht gleich beziehen! Nur anschauen!"

Lüge! Lüge!, schrie das Loch.

Dane hörte es seit Wochen zum ersten Mal wieder.

Sarah wurde unsicher. Das hatte nicht nach Anschauen geklungen, es hatte endgültiger geklungen. Oder hatte sie es falsch verstanden? War sie zu ängstlich geworden?

„Nur anschauen?", fragte sie vorsichtig.

Er nickte. „Nur anschauen. Nichts weiter."

Sie sagte schließlich zu, und Dane nahm sie überwältigt in den Arm. Damit wusste er, dass er gewonnen hatte, und lachte zufrieden.

Glendale

Als Dane wieder heimkehrte, ahnte Johnathan sofort die Veränderung. Dane sah glücklich und bedrückt zugleich aus. Fing das Spiel schon wieder an?

„Jim hat vorige Woche seine Stelle im Medical Center gekündigt", sagte Johnathan, als er im Türrahmen von Danes Apartment stand.

Ich hatte mich entschieden, in vier Wochen nach Santa Ana zu ziehen, um dort eine neue Stelle in einem kleineren Krankenhaus anzutreten. Ich hatte inzwischen eine Frau namens Linda kennengelernt und wollte mehr Zeit für sie haben. Wie sollte ich Zeit für sie finden, wenn ich in einem Krankenhaus wohnte?

Dane zeigte sich nicht sonderlich berührt von meiner Entscheidung. Schließlich hatte er auch eine getroffen, die unsere Trennung veranlassen sollte. Nur Johnathan war standhaft geblieben. Er war der Leidtragende von uns allen.

Mit kleinen Bemerkungen ließ Dane seine Pläne langsam durchschauen, doch Johnathan verstand schnell und machte keinen Hehl aus seiner Enttäuschung. Er erinnerte sich, dass

Dane vor fünfzehn Jahren mit der gleichen Entschlossenheit dieses Lokal mit ihm aufgebaut hatte. Es waren gute Jahre mit Dane gewesen, mitunter die besten seines Lebens. Er hatte gewusst, dass es eines Tages auseinanderbrechen würde. Jetzt war der Tag gekommen, und er versuchte, es mit Fassung zu tragen. Er konnte Dane nichts verdenken, nach allem, was ihm passiert war. Aber musste es unbedingt sein Elternhaus sein? War es nicht die Hölle, aus der er damals geflohen war?

Sie gingen auf die Suche nach einem neuen Partner für Johnathan. Es dauerte nicht mal eine Woche, bis sie einen Interessenten fanden. Einige Straßen entfernt löste sich ein mexikanisches Lokal auf. Der Besitzer, ein lustiger kleiner Mexikaner namens Pedro Sachez, sprach sich für eine geschäftliche Partnerschaft aus. Er verkehrte öfter als Gast im *Running Horse* und war Johnathan somit auch nicht fremd, was etwas von dessen Beklemmung nahm. Pedro Sachez war siebenundvierzig Jahre alt, witzig und pfiffig. Johnathan mochte ihn vom ersten Gespräch an. Seine Bedenken wurden weniger, bis er schließlich Freude an dem Gedanken fand, mit Pedro zusammenzuarbeiten. Er ersetzte Dane sicherlich nicht, aber immerhin einen Teil seines einstigen Humors. So erlangte das Lokal wenigstens das Temperament wieder, das es einst ausgestrahlt hatte.

Dane arbeitete ihn sorgfältig in seinen Arbeitsbereich ein. Zu Johnathans Freude hatte sein kleiner Mexikaner ein überaus geschicktes Händchen dafür, und seine Vorliebe für Tequila war auch willkommen. Verschiedene mexikanische Gerichte hatten großen Erfolg bei den Gästen, und es dauerte nicht lange, bis Dane sich auf die Abreise vorzubereiten begann.

*

Sarah wusste nicht, wie sich die Dinge in Glendale entwickelten. Dane erzählte ihr auch nichts von seiner endgültigen Entscheidung, mit der er die Farm nur anschauen wollte. Sie freute sich auf den Tag, an dem sie mit ihm nach Kansas fahren würde. Dass er zu dieser Zeit bereits keine Existenz mehr in Glendale besitzen würde, kam ihr nicht in den Sinn. Wie sollte es auch? Sie kannte ihn nicht. Sie wusste weder etwas von seinen skurrilen Gedanken noch von seiner Sucht, wieder einen Ort für seine dunklen Gefühle zu finden.

Mein eigener Abschied von Dane und Johnathan war in all der Hektik fast untergegangen. Wir drei saßen am letzten Abend im *Running Horse* zusammen und fanden kaum die richtigen Worte für den Zustand, der eingetreten war. Es herrschte eine traurige Beklemmung und freudige Erwartung zugleich. Wir versprachen uns, in Kontakt zu bleiben und ließen die Zeit unserer Freundschaft still ausklingen.

*

Sarah beendete ihren Aufenthalt in *Garden's Inn* am 14. November 1993. Den Tag zuvor legte Dane seine Abreise fest. Er brach früh morgens um vier auf und hatte nur zwei Koffer dabei. Alles andere würde Pedro in seinen Besitz nehmen.

Dane sah ein letztes Mal die Fassade des *Running Horse* hinauf, dann stieg er in seine Corvette und ließ sie aufheulen. Zum Abschied hupte er, denn er wusste, dass Johnathan hinter den Gardinen am Fenster stand.

Dane Gelton verließ Glendale so unscheinbar, wie er dort einmal angekommen war. Er hatte eine Art Brandmal bei uns hinterlassen und ein Lachen aus uns herausgeholt, dass es manchmal den Anschein hatte, es würde nicht enden wollen. Doch jetzt war es verstummt. Wir stießen auseinander wie eine Explosion. Jeder schlug eine andere Richtung ein. Momente, die wir nie vergessen würden. Sie sind einfach nur traurig. Erstaunlich war der Gegensatz der Richtungen. Wo ich nach Ruhe und mehr Freizeit trachtete, suchte Dane die Unruhe und die unerlässliche Beschäftigung für sein anderes Gefühl. Es wollte einfach keine Ruhe geben. Nur Johnathan hatte Rückgrat bewiesen.

*

Sarahs Gesicht war von Ungeduld gezeichnet. Sie verabschiedete sich von Dr. Roosevelt und den anderen Patienten und stieg in Danes Wagen. Sie wollte ihm vertrauen und zuerst sein Elternhaus gemeinsam mit ihm anschauen. Danach wollte Dane sie nach Denver zu ihren Eltern bringen und wieder zurück nach Glendale zu Johnathan fahren. Das hatte er ihr zumindest erzählt. Und er wusste genau, dass sie zustimmen würde. Sarah war stolz, ihm bei seiner großen Entscheidung zur Seite stehen zu dürfen.

November 1993
Kansas

Als sie das Grenzschild von Kansas passierten, wurde Dane plötzlich unruhig. Sarah fühlte mit ihm. Wie musste er sich wohl fühlen, nach so langer Zeit sein Elternhaus wiederzusehen? Seine Unruhe war also nichts Ungewöhnliches. Sie fand, dass er einen enormen Schritt in seinem Leben tat. Dass sie dabei sein durfte, zeigte ihr, wie groß seine Liebe und sein Vertrauen zu ihr bereits waren. Und das stimmte, absolut.

Weite, dunkle Felder umschlossen die Interstate 70, die quer durch Kansas nach Topeka führte. Dane konnte sich dunkel an den Tag erinnern, als er dieses Land vor vielen Jahren einmal verlassen hatte.

Sie erreichten Topeka, und Dane erkannte, dass sich die Vergangenheit nur in den Randbezirken bewahrt hatte. Die alte Atmosphäre existierte nicht mehr. Er durchfuhr Topeka und fand die Straße nach Grantville Perry, die ihn zu dem Ort geleitete, an dem seine Farm einst von seinem Vater erbaut worden war, nach Valley Falls.

Sarah war von der Weite, die sie umgab, überwältigt.

Der geteerte Straßenbelag wechselte plötzlich in einen unebenen Schotterweg – der Weg zur Gelton-Farm. Er war immer namenlos gewesen, jetzt hatte man ihn schlicht und einfach *Fields* genannt. Eine lieblose Bezeichnung, wie Sarah fand. Als warte man auf den Verfall der Farm.

Als Dane die ersten Umrisse der Farm sah, hielte er inne. Er stoppte den Wagen und ließ den Motor verklingen. Sarah schwieg. Sie fand, dass es ganz allein sein Krieg war, auf den er sich einlassen wollte. Ein bisschen war sie ja vorbereitet. Dane wollte seine Panik bis zu diesem Zeitpunkt nicht wahrhaben, doch seine Übelkeit war da.

Komm!, rief das Loch. Komm heim.

Dieser kleine Punkt mitten in den Feldern war also seine Farm. Rings umher lagen dunkle, schlafende Felder. Es roch nach fetter Erde, wie in alter Zeit.

Dane fühlte sich taub. Als der Atemnebel sich im Inneren des Wagens auf die Scheiben legte und die Sicht behinderte, startete Dane erneut den Wagen. Sarah atmete erleichtert auf. Ihr war kalt.

Er steuerte den Wagen in die Mitte des Hofes und konnte das benommene Gefühl in seinem Magen nicht loswerden. Es wurde stärker. Es war eigentlich irre. Hier hatte sich nichts verändert. Dane sah seine Mutter am Fenster der Küche stehen und seinen Vater von der Feldarbeit heimkehren. Er hörte Kevin an der Seite des Hauses im Dreck herumexperimentieren und einen streunenden Hund in weiter Entfernung bellen. Wie ein Nebel umschwirrte die Vergangenheit seinen Geist. Sarah räusperte sich. Das holte Dane wieder zurück. Die Farm lag ihm tot und verkommen zu Füßen.

Sarah war überwältigt. So etwas hatte sie nicht erwartet, nicht einmal in ihren kühnsten Träumen. Der Anblick des Farmhauses war schon beeindruckend, aber die alte, rostrote Scheune malte sich nahezu gigantisch in den Himmel. Sicherlich musste hier Einiges getan werden, um alles wieder bewohnbar zu machen, aber … was fühlte Dane? Sie sah zu ihm hinüber und nahm seinen versteinerten Ausdruck wahr. Er war wieder benommen. Sie stiegen aus. Es war kalt. Sicherlich würde es auch hier bald schneien. Wie schön mussten dann die Felder aussehen? Dane sah zur Scheune hinüber.

„Alles okay?", fragte sie und steckte ihre eigenen Gefühlsausbrüche hinter seine. Er aber ließ sie mit einem kurzen Blick spüren, dass er mit seinen Gedanken alleine sein wollte. Aus der rechten Hosentasche zog er einen alten Schlüssel und gab ihn ihr abwesend. „Da, nimm. Wenn du willst, kannst du dich schon mal im Haus umschauen. Ich komme gleich nach. Geh, es wird dir gefallen."

Sarah glaubte, sich verhört zu haben. Sie sollte sich alleine das Haus seiner Eltern anschauen? War er es nicht, der das tun wollte? Mit ihr?

Enttäuscht ging sie mit dem Schlüssel zur Eingangstür. Was ging hier vor? Ihr war kalt. Sie drehte langsam den Schlüssel im Schloss und öffnete vorsichtig die Tür. Ein seltsamer Geruch strömte ihr entgegen – Muff und Moder. Sie sah zurück zu Dane. Wie ein Schatten verschwand er in der Scheune. War diese Scheune um so vieles wichtiger als dieses Haus, in dem er mit ihr vielleicht einmal leben wollte?

Sie sah in das Haus hinein und erblickte die Kulisse einer längst vergessenen Zeit. Durch das einfallende Sonnenlicht waren unzählige Spinnweben zu sehen. Darunter verbarg sich die schlichte Kücheneinrichtung aus Danes früherem Leben. Es waren Möbel aus den sechziger Jahren – alt und abgenutzt. Links standen eine Spüle, ein alter Gasherd, zwei Schränke, ein großer Kühlschrank und ein Besenschrank. In der Mitte des Zimmers sah sie einen alten Holztisch mit vier Stühlen. Hätte sie genauer hingeschaut, wäre ihr der alte Kinderstuhl hinter dem halb zugezogenen Vorhang aufgefallen, der zwischen dem Besenschrank und der Wand stand. Aber ihre Neugier trieb sie in das nächste Zimmer, das rechts zur Küche lag, das Wohnzimmer. Es hatte durch die ebenfalls karge Einrichtung nichts Gemütliches. Da standen ein dunkelgrünes Veloursofa, ein brauner Sessel, ein runder Holztisch und zwei Sideboards. Von der Küche aus führte eine Treppe nach oben zum elterlichen Schlafzimmer und dem Kinderzimmer, in dem Dane groß geworden war. Sarah stieg die Treppen hinauf und schaute neugierig in das Schlafzimmer. Hier also hatte Will Gelton einst mit seiner Frau geschlafen. Sarah sah ein altes Messingbett und verliebte sich sofort darin. Das war ein Möbelstück, das ganz gewiss keinen neuen Besitzer finden würde, dachte sie, und bemerkte nicht, wie das Haus langsam Besitz von ihr ergriff.

Plötzlich hielt sie inne. Ein merkwürdiges Geräusch drang von draußen in das Innere des Hauses. Etwas Hartes stieß in regelmäßigen Abständen aufeinander. Sie erschrak und suchte ein Fenster, von dem sie auf den Innenhof blicken konnte. Auf dem Flur vor dem Schlafzimmer fand sie es und sah hinunter zur Scheune. Sie erschrak noch mehr, als sie feststellte, woher die Schlaggeräusche rührten. Dane hatte einen alten Holzschrank aus der Scheune auf den Hof gezerrt und schlug nun mit einer riesigen Axt auf ihn ein. Dabei rann ihm Schweiß über das Gesicht. Wütend ließ er immer wieder die Axt niedersausen und schrie dabei Worte, die Sarah nicht verstand. Sie war zunächst fassungslos und erinnerte sich an den Anfall, der Dane einst in der Klinik eingeholt hatte. Dann spürte sie Mitleid aufkommen. Wer verstand nicht die Wut, die er gegen diese Scheune haben musste?

Sarah wendete sich vom Fenster ab und ging die Treppe wieder hinunter. Sie fühlte sich zum ersten Mal, seit Dane mit ihr zusammen war, einsam. Bisher hatte er ihr Fröhlichkeit und Glück geschenkt, die Dinge, die sie in ihrer ersten Ehe nicht erfahren hatte und die sie so dringend gebrauchen konnte. Plötzlich war alles weg. Sie war wohl noch nicht so weit, wie sie gedacht hatte. Es schmerzte sie, und sie wusste nicht, ob sie schon mit den Dingen umgehen konnte, die Dane ihr zu zeigen begann.

Unerwartet hatte ihn der Drang eingeholt, hier und jetzt mit etwas zu beginnen, mit dem er noch nicht fertig war. Dr. Roosevelt würde sagen, es handele sich um eine aktive Vergangenheitsbewältigung. Über viele Stunden raste Dane mit der Axt herum, sodass trotz der bitteren Kälte Schweiß durch sein Hemd hindurch drang. Er hatte zum Schluss nicht nur einen Schrank zerschlagen, nein, er hatte fast alles zerschlagen, was er irgendwie in der Scheune finden konnte. Damit glaubte er, seinen Qualen, die er in dieser Scheune erlitten hatte, gerecht geworden zu sein. Vorerst.

Sarah wollte seiner Wut nicht zusehen. Es regte sie zu sehr auf, denn sie hasste Gewalt und noch mehr die Gedanken, die dahinterstanden. Aber sie konnte ihn auch ein bisschen verstehen. Sie musste ihm eine Chance geben und die Notwendigkeit erkennen, mit der er dies alles tat. Alles, was er meinte tun zu müssen, würde sie lernen zu respektieren, bis er damit fertig sein würde. Dann wäre er auch bereit für eine Beziehung. Sie schöpfte neuen Mut und lenkte sich ab, indem sie begann, die Küche von den Spinnweben zu befreien und zu reinigen.

Gegen Mitternacht hatte sich Danes Kraft erschöpft. Er ließ sich in das gefrorene Gras neben der Scheune fallen, während ein eisiger Novemberwind über die Felder wehte. Sein Atem ging schwer, und er verspürte die erste Genugtuung. Plötzlich fiel ihm Sarah ein. Wo war sie? Was war geschehen? Wie lange hatte er hier wie ein Irrer herumgewütet? Angst überkam ihn, und er ließ sie mit einem Panikschrei aus sich heraus.

Sarah hatte inzwischen die Küche gereinigt und war anschließend am Tisch sitzend zusammengesackt und eingeschlafen. Irgendwann in der Nacht hatte die Farm ein fürchterlicher Schrei erschüttert. Sie schrak verwirrt hoch, dann sackte sie wieder zusammen und schlief weiter. Sie musste sich wohl noch an Vieles gewöhnen – auch daran, dass sie heute nicht mehr wegkam.

Dane stürzte verschwitzt und dreckig in die ungeheizte Küche. Ein alter Kerzenstumpf gab ein schimmerndes Licht von sich. Er sah, wie Sarah – ihren Kopf in ihre Arme gebettet – auf dem Tisch liegend schlief. Das beruhigte ihn sofort, und er ließ sich auf einem Stuhl neben ihr nieder. Als er ihr Haar streichelte, sah sie kurz hoch. Er nahm sie liebevoll in den Arm und führte sie nach oben in das Schlafzimmer seiner Eltern, während draußen ein eisiger Wind pfiff.

Das Zimmer stank widerlich.

*

Der nächste Morgen kam. Der Frost war während der Nacht stärker geworden, kroch durch die Ritzen des Hauses und bemalte die Fenster mit Eisblumen. Das Geräusch eines herannahenden Wagens ließ Dane gegen acht Uhr erschrocken hochfahren. Seine Kleidung war zerknittert, die Haare zerwühlt, und dunkle Ränder unter den Augen spiegelten seine Erschöpfung wider. Der gestrige Tag war vollkommen aus dem Ruder gelaufen. Wie konnte das nur passieren? Verdammt, wo war er? Dieses Zimmer war ihm fremd. Er durfte es als Kind nie betreten und hatte es auch später nicht getan. Dann erinnerte er sich an Sarah und sah zu ihr hinüber. Sie blinzelte und lächelte. Das Zimmer stank und die Bettdecke sah widerlich aus.

Dane hörte den Wagen unmittelbar vor seinem Haus stoppen und dann das zweimalige Zuschlagen von Autotüren. Er sprang aus dem Bett und lief zum Flurfenster, um auf den Hof hinunterzublicken. Der Frost hatte sich in der Nacht über den Hof gelegt und die zerschlagenen Holzbretter benetzt. Es sah furchterregend aus. Was hatte er nur getan?

Neben seiner Corvette parkte ein alter Ford Taurus. Ein alter Mann und eine alte Frau irrten auf dem Hof herum und besahen sich das Desaster. Dann sahen sie neugierig an der Hausfassade hinauf und erblickten das Gesicht eines Mannes hinter der Scheibe des Flurfensters im ersten Stock. Dane sah zu ihnen hinunter. Sein Blick traf den der alten Frau und verweilte einen Moment. Dann lief er eilig die Treppe hinunter und öffnete die schwere Eichentüre. Drei Blicke trafen sich – vertraut und seltsam. Die alten Leute kamen näher und taxierten sein Gesicht. Die alte Frau fragte leise: „Dane?"

Dane nickte und versuchte diese seltsame Vertrautheit, die in ihrer Stimme mitklang, zu erklären. Dann bekam die alte Dame einen Namen und somit wieder einen Platz in seinem Leben. Wie konnte er sie nur vergessen haben? Mrs. Heddon, seine frühere Nachbarin, die ihm so oft geholfen hatte, als seine Mutter im Krankenhaus lag. Sie hatte ihn mit Essen und frischer

Wäsche versorgt, Erledigungen, die er zwischen seinem Job und den Besuchen seiner Mutter nicht geschafft hatte. Es waren seitdem so viele Jahre vergangen, und er hatte dies alles vergessen – so viel Schönes einfach, sogar ihr Gesicht. Die Begegnung rührte ihn zutiefst, und er fühlte plötzlich, wie er den Boden unter seinen Füßen verlor. Sie fing ihn auf und schloss ihn in ihre Arme.

Wie sehr hatte sie ihn vermisst! Er war damals einfach von hier weggegangen, so still und ohne sich zu verabschieden. Jetzt hatte sie ihn endlich wieder. Sie drückte ihn wie einen lang verloren gegangenen Sohn an sich.

Mr. Heddon hielt sich im Hintergrund und sah den beiden lächelnd zu. Er besaß immer noch einen Strohhut und hielt ihn voller Anstand in der linken Hand, während er Dane seine rechte Hand zu einem Willkommensgruß reichte. Dane ergriff überwältigt die Hand des alten Mannes.

„Dane!“, sagte Mr. Heddon mit dunkler Stimme, in der Freude und Achtung mitklang. Dane bat die alten Leute gestikulierend herein. Die Zeit hatte auch bei ihnen Spuren hinterlassen. Ihre Haare schienen noch weißer und die Falten tiefer geworden zu sein. Die Schulterbeugung von Mrs. Heddon ließ auf das fortgeschrittene Stadium ihrer Osteoporose-Erkrankung schließen. An Sympathie hatte ihr Äußeres nichts verloren. Ihr Wesen strahlte nach wie vor Ruhe und Zufriedenheit aus. „Wir wollten mal nachsehen, was hier passiert. Wir haben gestern den weißen Wagen auf dem Hof bemerkt und wollten jetzt einmal einen Blick darauf werfen, nachdem hier in letzter Zeit so viel los war“, sagte Mrs. Heddon ernst.

„Was war denn hier los?“, fragte Dane vorsichtig und fühlte sich plötzlich seiner Wiedersehensfreude beraubt. Er wurde unruhig.

„Na, erst der braune Rover, dann die Polizei und dann deine Verwandten. Hier war immer Ruhe. Aber jetzt …“

„Moment mal! Ich habe keine Verwandten mehr. Wie sahen die denn aus?“

Mrs. Heddon überlegte, ob sie vielleicht etwas Falsches gesagt hatte. „Es war ein Paar. Ungefähr so alt wie du. Ein großer, dunkelhaariger Mann und eine kleinere, dunkelhaarige Frau. Sie gaben vor, mit dir verwandt zu sein und zogen in Erwägung, die Farm zu kaufen. Dann sind sie aber ganz plötzlich wieder verschwunden. Wir haben sie nie wieder gesehen. Dane, war das nicht in Ordnung?"

Dane überlegte. Die Beschreibung der Frau ließ vermuten, dass es Joan gewesen sein könnte, möglicherweise mit dem Mann, den Whiseman noch suchte – dem Handlanger seines Vaters. Der Gedanke ließ ihn schaudern. Sie waren hier gewesen, auf seiner Farm! Sie hatten ihn sicherlich gesucht, und sie würden wiederkommen, das spürte er. „Wie lange ist das her?", fragte er, und eine tiefe Kummerfalte bildete sich auf seiner Stirn.

„Drei Monate?" Mrs. Heddon schaute ihren Mann an, der nickte.

Sie waren über Danes Reaktion irritiert. Was war mit seiner Freude, sie wiederzusehen?

Dane ging zum Küchenfenster und sah zum Hof hinaus. Die alten Leute sahen ihm unverständlich nach. „Dane?", fragte Mrs. Heddon leise. Sie spürte, dass etwas nicht stimmte. Sie hatte immer gespürt, wenn Dane durcheinander war. Er musste es ihr nicht sagen.

Sarah kam die Treppe hinunter und unterbrach die Spannung, die unten vorherrschte. Sie begrüßte die alten Leute freundlich mit einem herzlichen Händedruck, und Dane stellte ihnen Sarah als seine Lebensgefährtin vor. Er sah sie dabei erwartungsvoll an.

Zum ersten Mal sprach er ihre Beziehung offen aus. Sie hatte einen offiziellen Platz in seinem Leben bekommen.

„Weißt du was, Dane? Ich lade euch zum Frühstück ein", schlug Mrs. Heddon vor, als sie die Kälte im Haus spürte. Der Vorschlag kam sehr gelegen, zumal Dane an eine morgendliche Dusche dachte. Sarah dachte kurz an ihre Wohnung in Denver, wann Dane sie wohl nach Hause fahren würde. Das Haus hier konnte in diesem Zustand bei diesen Temperaturen unmöglich bewohnt werden.

Sie fuhren zusammen in dem alten Ford Taurus zur Heddon-Farm, die eine Meile von der Gelton-Farm entfernt lag. Sarah und Dane konnten duschen und fühlten sich direkt wohler. Mr. Heddon bestand darauf, dass Dane sein altes Rasiermesser benutzte. Er mochte Dane sehr – immer schon. Er wünschte sich, dass sein Sohn auch so wäre, aber das war er nicht. Er war vollkommen anders.

Als Sarah und Dane am Frühstückstisch Platz nahmen, sah Mr. Heddon erst, was für ein ansehnlicher Mann Dane geworden war. Und Sarah war zweifellos die hübscheste Frau, die er in den letzten Jahren zu Gesicht bekommen hatte – außer seiner eigenen natürlich. Es war ein großartiges Gefühl, diese beiden jungen Menschen um sich zu haben. Es brachte endlich wieder Leben in ihr Haus.

„Werdet ihr hierbleiben?“, fragte Mr. Heddon. Mrs. Heddon sah vom Herd auf, auf dem sie gerade einige Eier briet. Dane sah zu Sarah hinüber. Sie sah ihn an.

„Das werden wir beide noch entscheiden“, antwortete Dane und zog sich damit aus der Affäre, sie mit seiner endgültigen Entscheidung zu konfrontieren. An der Antwort war nichts falsches, sodass Sarah es dabei beließ. Sie würde sicherlich nicht vor den alten Leuten mit ihm über Entscheidungen diskutieren. Er hatte sie schon gestern um eine Erklärung gebracht.

Dane lenkte schnell ab, indem er mit den Heddons in alten Zeiten zu schwelgen begann. Anschließend erzählte er von Johnathan und dem Lokal in Glendale und witzige Anekdoten über ehemalige Gäste. Alle fühlten sich großartig, bis auf Sarah, die freundlich lächelte und den Geschichten von Dane lauschte. Das Frühstück schmeckte gut und stärkte sie wieder. Am meisten aber schmeckte es den alten Leuten selbst. Wann hatten sie zum letzten Mal Gäste gehabt? Sie erzählten von ihrem fünfzigsten Hochzeitstag im letzten Jahr und ihrer selbstgebackenen dreistöckigen Biscuittorte. Sie hatten ein Foto mit der Polaroid davon gemacht und es ihrem Sohn nach Los Angeles geschickt.

Es war sieben Tage später mit der Bemerkung *schön* wieder zurück gekommen. Ein Glückwunsch war nicht dabei gewesen. Sarah war entsetzt und gratulierte ihnen nachträglich. Mrs. Heddon war gerührt und kochte verlegen frischen Kaffee.

Dane kannte das Problem mit ihrem Sohn. Er war nie für seine Eltern da gewesen, hatte immer nur für sich und seine Vorteile gesorgt. Das hatte ihm, Dane, dann schließlich diese liebevolle Beziehung zu den Heddons verschafft.

Alle, bis auf Sarah, erzählten und lachten, das heißt, sie lachte auch, aber sie erzählte nichts. Es war ein schöner Tag. Das Angebot von Mr. Heddon, sie zurück zur Farm zu fahren, lehnten Sarah und Dane entschieden ab. Ein Spaziergang würde ihnen gut tun.

Der Weg zur Gelton-Farm führte sie durch die Felder. Sarah genoss das Gefühl der Weite. Die Sicht war klar und weit. Wie schön musste es hier aussehen, wenn die Früchte auf den Feldern im Sommer heranreiften.

Sarah dachte an den gestrigen Abend. Danes Wutausbruch hatte ihr großen Kummer bereitet. „Dane, ich habe gestern Abend furchtbare Angst gehabt."

Dane antwortete nicht, er verstand sie auch so.

„Du warst schon wieder ungehalten und aggressiv. Weißt du, es hat mich entsetzt, dich so zu sehen. Ich kann das nicht vertragen."

„Ich war nicht gewalttätig. Ich war nur sehr wütend", versuchte Dane einzulenken. „Ich war wütend auf diese verdammte …"

Sarah unterbrach ihn: „Dane, du wolltest mit mir dein Elternhaus anschauen. Hast du das vergessen? Deswegen bin ich mitgekommen!"

Dane schwieg. Mist! Das hätte nicht passieren dürfen. „Du hast recht", lenkte er erneut ein. „Ich weiß nicht, was in mich gefahren ist. Es wird nicht mehr passieren, das verspreche ich."

„Ich sollte dir etwas erklären, bevor du irgendwelche Pläne mit mir machst", sagte Sarah. „Wir haben nie darüber gesprochen, aber jetzt solltest du es wissen. Ich war vierzehn Jahre mit einem gewalttätigen Mann verheiratet. Er hat mich geschlagen und vergewaltigt. Es hat lange gedauert, bis ich die Kraft aufbringen konnte, mich von ihm zu trennen. Das war eine Erfahrung, die ich nicht noch einmal machen möchte, wenn du verstehst, was ich meine."

Dane schwieg. Nahm sie an, dass er sie schlagen würde?

Sarah fuhr fort: „Die vierzehn Jahre waren so schwer für mich, dass ich große Mühe habe, mit dem, was ich gestern gesehen habe, umzugehen. Die Scheidung ist gerade ein Jahr her, und ich bin keineswegs darüber hinweg."

Dane hörte aufmerksam zu und blickte zu Boden. Es überraschte ihn eigentlich nicht allzu sehr, von Sarah diese Geschichte zu hören. Jeder hatte seinen Grund für den Aufenthalt in *Garden's Inn*. Ihm wurde klar, wie wenig er doch von ihr wusste. Oder wissen wollte?

Sie redete weiter: „Gestern Abend, als du so außer dir warst, habe ich Angst bekommen, dass du auch mir etwas antun könntest. Wir kennen uns doch erst kurze Zeit, und das nicht einmal im Alltag. Ich bin mir nicht sicher, ob ich das alles hier will. Ob ich das kann. Vielleicht solltest du hier erst einmal alleine wohnen." Sie hatte sich die Worte gut überlegt, auch wenn sie ihr schwer fielen. Wie gerne würde sie bei ihm bleiben, aber nicht um jeden Preis.

Ihre Worte trafen Dane mitten ins Herz. Er spürte, wie sein Blut in Wallung geriet und sein Herz schneller zu schlagen begann. Plötzlich meldete sich das Loch:

Mitten ins Fettnäpfchen! Ich sagte doch, Sarah ist Gift für dich.

Er schluckte und versuchte, seine Beherrschung nicht zu verlieren. Was, um Himmels Willen, meinte sie? Sie durfte nicht weggehen! War es nicht gut genug, was er ihr hier bieten konnte? Was hatte sie von ihm erwartet?

Er besann sich, sie hatte recht. Gestern Abend war wirklich kein guter Anfang gewesen. Er schämte sich plötzlich für sein Verhalten, blieb stehen und nahm sie in seine Arme. „Eine

Chance. Gib uns eine Chance. Gib mir eine Chance. Mehr will ich nicht.“

Sie standen da, in enger Umarmung. Er hielt sie fest, bis sie nickte. Sie wusste nicht, auf was sie sich gerade eingelassen hatte. Als sie die Farm erreichten, war Sarah sehr durcheinander und stellte keine Fragen mehr. Er versprach ihr, sie spätestens morgen nach Denver zu fahren, sich aber heute noch einmal die Zeit zu nehmen, das Haus komplett anzusehen. Das hörte sich vernünftig an. Sie brachten ihre Koffer ins Haus und Dane entzündete ein Feuer im Kamin. Der Generator für die Elektroheizung war defekt. Der erste Schnee fiel, und der zweite Tag begann.

Sarah hatte ein komisches Gefühl, als sie beobachtete, wie Dane das Haus begutachtete. Es schien ziemlich festzustehen, dass er hier bleiben wollte. Er legte eine provisorische Liste von Dingen an, die zunächst zu besorgen wären. Keine Spur mehr von einer gemeinsamen Entscheidung. Sie sah ihn euphorisch durchs Haus eilen und traute sich nicht zu fragen. Er würde sie sicherlich morgen nach Hause bringen. Schließlich hatte er es versprochen.

Dass Dane temperamentvoll und unermüdlich war, hatte sie schon in Dallas bemerkt, aber dass es so stark ausgeprägt war, machte sie doch unruhig. Dane war seit heute Morgen vorsichtiger geworden. Er erklärte ihr genau, was er zu tun gedachte und fragte sie, ob sie einverstanden wäre. Wie konnte sie seinem erwartungsvollen Blick auch entfliehen? Was würde sie bei ihm auslösen, wenn sie sich ihm widersetzen würde? Sie gab nach, um eine Konfrontation mit ihm zu vermeiden und dachte dabei nur an die morgige Abreise.

Um sich nicht den Tag über zu grämen, ging sie ihm zur Hand. Sie putzte die Fenster und brachte die Küche weiter auf Vordermann. Er ging nach oben und wollte die Möbel inspizieren, wie er sagte. Schon alleine seine Schritte, wie er die Treppe hinaufstampfte, brachte sie innerlich auf. Der darauffolgende Krach ließ sie erzittern. Sie dachte an Morgen, an die Heimfahrt. Ihr einziger Trost. Dane schmiss alle Möbel, bis auf das

Messingbett seiner Eltern, durch das Flurfenster hinaus auf den Hof. Mit Sarah sollte alles neu werden. Über das Bett seiner Eltern wollte er zunächst hinwegsehen, aber das würde er auch noch verschwinden lassen – irgendwie, irgendwann. In Gedanken malte er sich eine gigantische Veränderung aus. Gewaltig sollte alles werden, wie immer in seinem Leben. Am späten Abend lag alles auf dem Hof. Die Möbel des Hauses verteilten sich über den zerschlagenen Resten, die Dane gestern aus der Scheune geschafft hatte und wurden langsam von einer dünnen Schneeschicht überdeckt. Dann tat er etwas, wovon er Sarah nichts gesagt hatte. Die Idee war ihm im Wahn der Entrümpelung gekommen, und er fand sie wunderbar.

Sarah stand am Küchenfenster und sah, wie Dane ein flammendes Inferno auf dem Hof veranstaltete. Es ließ sie schaudern. Vom Kamin her hörte sie gleichzeitig das Holz knistern. Sie war von Feuer umgeben.

Dane war vollkommen rußverschmiert, als er das Haus um Mitternacht wieder betrat. Sarah stand nur da und zitterte. Es war im Grunde das gleiche Schauspiel wie gestern gewesen. Dabei hatte er ihr heute Morgen noch versprochen, so etwas nie wieder zu tun. Doch anstatt Reue zu zeigen, ging er auf sie zu, nahm sie in den Arm und sagte: „Es ist alles in Ordnung. Ich habe nur den Müll beseitigt. Das macht man hier so. Man verbrennt es. Wir sind hier auf dem Land."

In der darauffolgenden Nacht schrieb er einige Zeilen an sie, denn es ließ ihm keine Ruhe, dass sie von Angst gesprochen hatte. Sie brauchte keine Angst vor ihm zu haben, denn er würde ihr nie etwas zuleide tun. Er legte seine Zeilen unter ihr Kopfkissen und sie fand seinen Brief am nächsten Morgen, als er in die Stadt fuhr, um Frühstück zu besorgen.

Meine liebe Sarah!

Du sollst wissen, wie sehr ich dich liebe. Mehr, als ich es für möglich gehalten habe. Wie konnte es nur so lange gedauert haben, dir zu begegnen? Ich spüre deine Liebe so tief in mir, aber auch deine Angst, die dich seit gestern hier gefangen hält. Angst, dass dir hier etwas zustoßen könnte.

Das werde ich nicht zulassen. Du brauchst keine Angst vor mir oder vor dieser Farm zu haben. Vertraue mir. Bitte gib mir nur eine Chance, mit meiner Vergangenheit abzurechnen. Gegen sie richtet sich meine derzeitige Wut, nicht gegen dich. Ich bin der, der hier einiges klarzustellen hat, nicht du. Du würdest es nicht verstehen, wenn ich es dir erklären würde. Es ist zu gewaltig und zu kalt für dein warmes und liebevolles Herz. Versuche es einfach nur zu akzeptieren. Du brauchst es nicht verstehen. Es wird eine Zeit kommen, in der alles hinter uns bleiben wird. Ich bitte dich, noch ein paar Tage hier zu bleiben. Nur für das Gefühl, dass jemand in meiner Nähe ist, der mich liebt und der mich auffangen kann, wenn ich am Ende meiner Kraft bin. In Liebe, Dane

Sarah war von seinen Worten so sehr gerührt, dass sie weinen musste. Er hatte ihre Angst erkannt und versuchte, sie ihr zu nehmen. Verbarg sich wirklich schon ein so großes Vertrauen seinerseits dahinter? Seine Zeilen waren so rührend und offen – so einfach und verständlich, dass sie entschied, noch ein paar Tage bei ihm zu bleiben.

Sie legte seinen Brief zwischen ihre Kleidung, die immer noch in ihrem Koffer lag, und dachte daran, dass es nun an der Zeit war, ihn auszupacken. In Denver wartete außer ihren Eltern niemand auf sie. Ihre Wohnung war untervermietet, und wen kümmerte es schon, wenn sie ein paar Tage später heim käme? In der Küche prasselte bereits ein wärmendes Feuer, und der Tisch war mit dem wenigen Geschirr, das Dane in den Schränken gefunden hatte, einladend gedeckt. Es hatte in der Nacht wieder etwas geschneit. Sarah hörte, wie die Reifen der Corvette über die Steine des Hofes knirschten und das Fahrzeug vor dem Haus zum Stehen kam. Das Geräusch des Motors erlosch, und Dane verließ mit einem großen Strauß Blumen in der Hand den Wagen.

Damit war Sarahs Angst vorerst einem großen Glücksgefühl gewichen, und Dane sah sich bestätigt, mit dem Brief und dem Strauß Blumen das Richtige getan zu haben. Er wollte Sarah nicht wieder beunruhigen. Sie sollte sich hier wohlfühlen. Was also würde ihr mehr Freude bereiten, als bei der Neugestaltung des Farmhauses mitzuwirken? Es sollte schließlich auch ihr neues Zuhause werden.

Von einer gemeinsamen Entscheidung war keine Rede mehr. Er entschloss sich, seiner Vergangenheit vorerst aus dem Weg zu gehen und holte die Einkäufe aus dem Wagen – Nahrungsmittel für eine ganze Woche.

*

Sarah wusste immer noch nicht, dass Dane jede Verbindung nach Glendale abgebrochen hatte, aber als sie am Frühstückstisch saßen, überkam sie eine leise Ahnung, und sie sprach ihn an. „Was ist mit deinem Lokal? Musst du nicht zurück?"

Er log: „Ich habe Johnathan vorgestern zurückgerufen und ihm gesagt, dass hier viel geregelt werden muss. Wir haben das Lokal deswegen für einige Wochen geschlossen. Wer weiß, vielleicht werde ich die Farm verkaufen."

„Du willst sie verkaufen?", fragte sie plötzlich irritiert. Wofür hatte er dann den ganzen Trubel hier veranstaltet?

Natürlich hatte er sich dabei etwas gedacht und sagte: „Eventuell schon. Ich weiß ja nicht, ob es dir hier gefällt. Und wenn ich schon einen Käufer für die Farm suche, sollte alles in Ordnung sein. Es ist ja kein Katzensprung von Kalifornien bis hierher. Jetzt bin ich schon mal da und wäre froh, alles direkt einem Makler übergeben zu können."

Wie berechnend war er?

Er wartete. Sie sollte endlich reagieren. Er setzte nach: „Ich dachte, ich sollte alles in Erwägung ziehen." Er wartete wieder und fragte: „Gefällt dir die Farm überhaupt?"

Sie deutete ein Nicken an. Jetzt hatte er sie, auch wenn das Nicken zaghaft war. „Das Haus ist massiv. Und gut in Schuss ist es auch", bemerkte er nachdrücklich.

Sie sah ihn an und lachte. „Du willst die Farm gar nicht verkaufen. Sie gefällt dir genauso gut wie mir, stimmt's?" Beide mussten laut lachen.

Als er den Frühstückstisch abdeckte, dachte er, er könnte mit ihr die ersten Pläne schmieden, doch für Sarah war die Sache noch nicht klar. „Ich kann doch nicht sofort mit dir zusammenziehen. Wie stellst du dir überhaupt alles mit uns vor?“ Er wollte die Frage überhören, aber Sarah gab nicht nach: „Ich kann gerne noch ein paar Tage bei dir bleiben, aber dann möchte ich schon gerne erst mal heim.“

Er antwortete ihr nicht. Jetzt wurde sie nachdrücklich: „Dane, das geht nicht so einfach, wie du es vielleicht erwartest!“

Er drehte sich zu ihr hin, sah sie an und sagte: „Ich brauche dich hier.“

„Aber wir können doch nicht direkt zusammenziehen! Wir kennen uns doch kaum!“

„Ich fahre dich nach der Renovierung direkt nach Hause. Versprochen. Es ist nur so wichtig, dass du wenigstens alles mit aussuchst. Wenn alles fertig ist, kannst du ja zeitweise bei mir wohnen. Bis wir soweit sind.“

Was redete er da? War er sich überhaupt im Klaren darüber, wie lange diese Renovierung dauern würde? Das würde Monate in Anspruch nehmen!

Er flehte: „Es soll dir doch gefallen.“

Gestern schrieb er noch von ein paar Tagen, heute redete er von Monaten, morgen wäre es ein Leben lang. Sie fühlte sich aufgebracht, erstickt und schrie: „Hier stimmt etwas nicht, Dane! Es ist nicht in Ordnung, dass du dich einfach über mich hinwegsetzt! Vielleicht teile ich deine Vorstellungen gar nicht! Es ist ja alles wunderschön, aber zu schnell. Muss denn alles jetzt und hier erledigt werden? Wir haben doch genug Zeit, die Dinge langsam angehen zu lassen. Du hast noch deine Arbeit in Glendale und ich muss in Denver auch viel erledigen. Es wird noch viel Zeit brauchen, bis wir hier anfangen können.“

Er wäre jetzt gerne in die Scheune gerannt und hätte dort alles kurz und klein geschlagen, aber er wusste, dass er sie damit endgültig vertreiben würde. Plötzlich meldete sich auch noch das Loch.

Sie ist nichts für dich! Wann glaubst du mir endlich?

Dane ging zum Fenster, um aus ihrem Blickfeld zu gelangen. Sie sollte seine Wut nicht sehen. Sein Atem ging schwer. Er zwang sich zu den Worten: „Du hast recht. Ich fahre dich gleich nach Denver." Was würde sie jetzt sagen?

Sarah antwortete: „Was würdest du sagen, wenn ich jetzt okay sage?"

Dane drehte sich vom Fenster weg, um sie wieder anzusehen. „Dann fahre ich dich heim."

Sie sagte: „Okay." Damit ließ sie ihn stehen.

Während sie oben alles wieder zusammenpackte, hörte sie den Motor der Corvette aufheulen. Vom Fenster aus sah sie ihn den Hof verlassen. Zwei geschlagene Stunden saß sie mit ihren gepackten Koffern in der Küche, bis sie die Corvette wieder herannahen hörte. Als er die Küche betrat, fragte sie: „Wo warst du?" Und er antwortete: „Ich war bei den Heddons, mich von ihnen verabschieden. Wir können doch nicht einfach wieder abhauen, ohne ihnen Bescheid zu sagen. Du hast doch gestern gesehen, wie nett sie sind. Sie werden uns sehr vermissen." Er zeigte ihr eine prall gefüllte Tasche und erklärte: „Das hat uns Mrs. Heddon mit auf die Reise gegeben. Sie hat noch schnell Kuchen gebacken. Deswegen hat es auch so lange gedauert."

Sarah war sprachlos. Sie fühlte sich um ihre Entscheidung betrogen und sah traurig auf die Tasche, in der sich der Kuchen befand. Sie hatte selbst gesehen, wie glücklich die alten Leute über ihre Ankunft waren.

Dane setzte ihr noch mehr zu, indem er sagte: „Ich möchte dir danken, dass du mit mir hierher gefahren bist. Auch dafür, dass du so geduldig warst. Es tut mir leid, dass ich nicht bemerkt habe, wie gerne du nach Hause willst. Ich war wohl vollkommen abwesend. Ich habe den Wagen schon getankt." Er sah auf ihre Koffer. „Wir könnten sofort los, wenn du willst."

Sie saß wie benommen in der Küche und zweifelte plötzlich an ihrer Entscheidung. Es überkam sie die Angst, dass sie ihn mit ihrer Entscheidung verloren hatte. Seine Bereitschaft, sie jetzt und hier sofort nach Denver zu bringen, erschien ihr plötzlich zu einfach. Seit zwei Tagen kämpfte er um ihre Anwesenheit und jetzt diese übereilte Abreise. Hatte sie das Band zwischen ihnen zerschnitten? Sie sah sich in der Küche um und konnte sich des Gefühls nicht erwehren, als griffe das gesamte Haus nach ihr. Als würde es schreien: *geh nicht*!

„Gib mir noch ein paar Minuten", sagte sie, um Zeit zu gewinnen, doch Dane griff nach ihrem Koffer und brachte ihn zum Wagen. Dann löschte er den Kamin und kontrollierte das Haus, ob alle Fenster geschlossen waren.

Sarah saß derweil immer noch in der Küche und dachte nach. Ihr war zum Heulen zumute, denn sie wusste, dass sie die Farm nie wiedersehen würde, wenn sie jetzt mitfuhr. Irgendwie spürte sie, dass Dane ihr diese Chance nur einmal geben würde. Was war jetzt die richtige Entscheidung?

Sie fühlte sich in die Enge getrieben. Plötzlich dachte sie daran, wie schön es hier werden könnte. Die Heddons waren wunderbare Menschen, die sie gerne um sich haben würden. Mit ihren Eltern hatte sie immer nur Probleme. Bot sich ihr gerade ein Neustart an? Alles klang so einfach und traumhaft. Sie brauchte nur zuzugreifen. Dane wäre überglücklich, ebenso die Heddons. Ganz zu schweigen von ihr selbst. Stand sie wieder einmal ihrem eigenen Glück im Weg?

Jetzt fühlte sie sich wie eine Verräterin. Dane hatte ihr das Schönste, das er besaß, zu Füßen gelegt, und sie trat es weg wie Dreck. Die Heddons hatten sie so herzlich bei sich aufgenommen, und sie verließ sie nun ohne Dankeschön und Abschiedsgruß. Als Dane wieder zu ihr hereinkam und sie ansah, fragte sie: „Wie stellst du dir denn die Renovierung vor?"

Dane grinste. Er nahm sie an die Hand und führte sie nach oben, zeigte ihr sein altes Zimmer und erklärte ihr, dass er sich dieses Zimmer als Gästezimmer für ihre Eltern oder Freunde vorstelle. Das Schlafzimmer sollte natürlich das Schlafzimmer bleiben, mit diesem wunderschönen Messingbett. Auch das nahm er jetzt in Kauf. Er ging mit ihr die Treppe wieder hinunter und machte dort weiter. Da die Küche sehr geräumig war, dachte er daran, ein großes Badezimmer abzugrenzen. Die Küche würde er gerne selbst bauen, ganz nach ihren Bedürfnissen und ihrem Geschmack natürlich, jeden einzelnen Schrank. Das Wohnzimmer sollte der gemütlichste Raum werden, das Herz des Hauses, mit einem eigenen Kamin, sodass sie im Winter bei Schneefall vor dem knisternden Feuer sitzen und reden könnten. Draußen vor dem Haus könnte man einen prächtigen Blumengarten und hinter dem Haus einen schönen Gemüsegarten anlegen. Vielleicht sogar mit einem kleinen Blumenpavillon nur für sie alleine – als Rückzugsort im Sommer. Die Scheune würde er zu einer Werkstatt und Garage umgestalten. Der Hof könnte kunstvoll gepflastert werden und das Grundstück eine schöne Einfassung bekommen. Mehr brauchte er ihr nicht erzählen. Sie ging von alleine zum Wagen und holte ihren Koffer wieder heraus. Dabei sagte sie: „Vielleicht sollte ich doch hierbleiben und dir helfen. Das schaffst du niemals alleine." Sarah vergaß, dass Dane seit über fünfzehn Jahren als erfolgreicher Geschäftsmann tätig war. Er verkaufte Träume, die keine waren.

*

Er nahm sich vor, die Scheune vorerst nicht zu betreten. Das war er Sarah schuldig. Aber das hieß nicht, dass er mit ihr fertig war. Sie würde ihn nur zu sehr von der Renovierung des Hauses ablenken. Nein, fertig war er noch lange nicht mit diesem Gebäude! Sein Loch hielt er dort gefangen, verriegelt hinter schweren Holztüren und einem gewaltigen Kettenschloss davor.

Dane erledigte zunächst die behördlichen Formalitäten und eröffnete ein Bankkonto. Er erzählte Sarah nichts davon, sondern besprach mit ihr die ersten Schritte der Renovierung und richtete das Haus in der ersten Woche provisorisch bewohnbar her. Dann mietete er sich einen Truck und es ging los. Er schleppte so viel Baumaterialien heran, dass Sarah den Überblick verlor und auf seinen Zusammenbruch wartete, doch sie kannte ihn nicht gut genug. Er brach nicht zusammen. Er war es gewohnt, im großen Stil zu arbeiten. Doch ihr kam ein logischer Gedanke: „Woher nimmst du das ganze Geld?“

Er dachte nicht nach und antwortete: „Von dem Erlös des Lokals.“ Zu spät bemerkte er seinen Fehler, und er hörte sie sagen: „Aber du …“ Sofort unterbrach er sie, ehe sie den Gedanken aussprechen konnte: „Ich habe vorerst einen Kredit aufgenommen.“ Er schluckte. Mist! „Den werde ich später ablösen.“ Sie nickte.

Da er die Scheune mied, diente das Wohnzimmer als Lagerraum. Er schleppte einen neuen Stromgenerator für Heizung, Elektrogeräte und Beleuchtung ins Haus. Es war höchste Zeit geworden, denn das Feuerholz, das sie von den Heddons bekommen hatten, ging zur Neige. In der zweiten Woche begann er das Badezimmer abzugrenzen. Er benötigte keine Handwerker, um die alten Rohre und Leitungen zu erneuern, denn seine Begabungen waren weitreichend. Er brauchte und wollte niemanden hier auf seiner Farm sehen – außer Sarah. Die Heddons kamen jeden Tag nach dem Rechten schauen und brachten ihnen immer eine reichhaltige Mahlzeit mit. Dieser Spaziergang zur Mittagszeit war ihnen schnell zu einer lieben Gewohnheit geworden. Sarah genoss den Trubel und die liebevolle Versorgung der Heddons.

Nach nur zwei Wochen konnte ein neues und modernes Bad in Betrieb genommen werden, und Sarah mochte kaum glauben, dass Dane dies alles alleine geschafft hatte. Er erzählte ihr von der Renovierung des *Running Horse* in Glendale, die weit umfangreicher gewesen war. Sarah empfand eine große Motivation, mitzuhelfen, und schliff und strich alle Fensterrahmen. Nachdem Dane die oberen Schlafräume vorbereitet hatte, strich sie sie in frischen Farben an. Das Kinderzimmer wurde ein Gästezimmer, doch das Schlafzimmer blieb das Schlafzimmer seiner Eltern für ihn, auch als es neue Farben und ein, bis auf das Messingbett, neues Mobiliar bekam. Das Haus atmete eine nie da gewesene Liebe ein. Jedes Detail hatte Dane mit Sarah sorgfältig besprochen, gekauft und einen Platz dafür gefunden. Sarah war beeindruckt von seiner nicht endenden Ausdauer, seinem handwerklichen Geschick und seiner Energie, mit der er jeden Tag in dem Haus herumwirbelte. Sie telefonierte mit ihren Eltern, und sie hörten den euphorischen Klang in der Stimme ihrer Tochter, als sie von Dane und der Farm erzählte. Das machte sie misstrauisch, denn Sarah war manchmal so naiv.

Nun war es für Dane an der Zeit, sich etwas einfallen zu lassen, um das Lokal in Glendale endgültig loszuwerden. Zunächst erzählte er ihr, dass Johnathan eine Aushilfe eingestellt hatte und das Lokal gut weiterlief. Dann erzählte er ihr, dass Johnathan bereits eine Agentur eingeschaltet hatte, um einen neuen Partner zu finden. Und dann kam der Clou: Johnathan hätte einen neuen Partner gefunden, der Danes Teil komplett übernehmen würde. Dane brauchte nur zur Unterzeichnung des Vertrages erscheinen. So verschwand er für zwei Tage ins Nirgendwo und kam mit dem Vertrag, den er Sarah sofort vorlegte, zurück. Dass er das Kaufdatum manipuliert hatte, war doch klar. Damit war die Sache aus der Welt geschafft und Sarah überzeugt, dass der Kredit abgelöst war. Alles hatte jetzt seine Ordnung.

*

Inzwischen waren fünf Wochen vergangen, und Sarah sah sich nicht mehr veranlasst, nach Denver zu reisen. Sie fühlte sich mittlerweile so wohl, dass sie sich gar nicht mehr vorstellen konnte, ohne Dane, die Heddons und diese Farm zu leben. Zum ersten Mal in ihrem Leben hatte sie das Gefühl, ein Zuhause gefunden zu haben. Das Gleiche schien sie bei Dane festzustellen. Die Renovierung hatte sie wie zwei Seelen zusammengeschweißt, die einsam, ungeliebt und verloren umhergeirrt waren. Es machte ihr viel Spaß, mit Dane zu planen und zu arbeiten. Er war immer guter Laune und für einen kleinen Witz nebenbei jederzeit zu haben. Genauso hatte Johnathan damals die Renovierung des *Running Horse* mit Dane erlebt. Die Parallelen waren beängstigend. Welche Nebenbeschäftigung würde er wohl hier auf dieser Farm finden? Dass er eine Herausforderung brauchte, hatte er selbst bemerkt. Die lauerte bereits in der Scheune …

*

Weihnachten stand vor der Tür. Ihr erstes gemeinsames Fest verbrachten sie bei den Heddons, denn ihr Haus glich immer noch einer Baustelle.

Im Neujahr schrieb Sarah ihren ersten Brief an ihre Eltern und teilte darin alles mit, was sie hier auf dieser Farm erlebte. Ihre Eltern waren weiterhin misstrauisch und bestanden darauf, dass Sarah ihren Wohnsitz in Denver nicht aufgeben sollte. So wollten wenigstens sie noch eine vernünftige Entscheidung für ihre Tochter treffen, zumal sie den Mann an der Seite ihrer Tochter immer noch nicht kannten. Dane war mit der Entscheidung nicht einverstanden, aber er schwieg. Er wusste, dass er ihr Zeit lassen musste. Ihre Liebe zu dem Haus war inzwischen so stark geworden, dass er sich über ihre Entscheidung keine Gedanken mehr machte. Und so bemerkten beide, dass diese Zeit wohl eine ihrer glücklichsten sein würde. Dane verlor sein abgemagertes Antlitz. Seine Wangen wurden fülliger und unterstrichen damit seine strahlenden Augen. Sein Körper bekam wieder die sportliche Haltung von früher. Er sah fantastisch aus. So hatte Sarah sich ihr Leben immer vorgestellt: an der Seite eines Mannes, der attraktiv, einfallsreich, aktiv, humorvoll, und vor allen Dingen unermüdlich war. Dane verkörperte dies alles. Sarah konnte sich nicht mehr vorstellen, jemals wieder ohne ihn zu leben. Die Nächte mit ihm waren leidenschaftlich und schön – im Bett seiner Eltern, das er innerlich verabscheute.

Wenn Sarah sich nicht so sehr an dem schnellen Fortschritt der Dinge erfreut hätte, wäre ihr schon bald aufgefallen, mit welchem Fanatismus Dane die Sache betrieb. An eins dachten sie nie: an die Zeit nach der Arbeit. Was, wenn das Haus einmal fertig werden würde? Der nahende Frühling gab ihnen keine

Gelegenheit, darüber nachzudenken. Sie waren viel zu sehr mit ihrem Glück beschäftigt.

*

Sarah wollte ihre Wohnung in Denver immer noch nicht aufgeben. Dane konnte nicht abschätzen, ob es der Einfluss ihrer Eltern oder Sarahs Angst war, es könnte noch etwas schieflaufen. Es machte Dane auf jeden Fall mit jedem weiteren Tag zu schaffen. Was erwartete sie noch von ihm? Was fehlte, was er ihr nicht bieten konnte? Nun lebten sie seit fast einem Jahr als Paar auf dieser Farm, richteten ein Heim auf Lebenszeit her, und sie konnte sich nicht entscheiden, diese verdammte Verbindung zu ihrer Wohnung nach Denver abzubrechen. Es machte ihn wahnsinnig. Es kam ihm vor, als warte ein anderer Mann auf sie, der sie auffangen würde, wenn er sich einen Fehler erlauben würde. Dane erlebte einen unerträglichen Druck der Eifersucht und arbeitete sich um Kopf und Kragen. Er steckte beim Entwurf und Zusammenzimmern der Küche so unglaublich viel Energie in die Sache, dass er fast zusammengebrochen wäre. Aber auch das brachte ihm nicht die ersehnte Entscheidung. Auch nicht, nachdem er das Wohnzimmer zu einer Oase ihrer Gefühle eingerichtet hatte. Der Herbst nahte, und Dane stand kurz vor der Explosion. Er sprach sie schließlich darauf an, und sie versprach ihm, die Wohnung nach Weihnachten abzugeben. Mehr konnte er nicht erwarten. Es nahm ihm nicht die Eifersucht. Von der Pflasterung und Eingrenzung des Hofes, dem Blumengarten, dem Pavillon und dem Gemüsegarten war keine Rede mehr. Ein Geschäftsmann verspricht immer mehr, als er hält.

Das Haus war allerdings komplett fertig und entsprach genau dem, was Sarah sich vorgestellt hatte.

*

Ende Oktober fiel der erste Schnee, fast einen Monat früher als im letzten Jahr.

Ein ganzes Jahr war vergangen, und keiner wusste, wo es geblieben war. Mindestens einmal in der Woche kamen die Heddons zu Besuch und streichelten glücklich die Wangen der jungen Leute. Sie fanden in Sarah die Tochter, die sie nie bekommen hatten. Zum ersten Mal hatten Dane und Sarah das Gefühl, eine richtige Familie um sich zu haben. Die Heddons ersetzten ihre Eltern und gaben ihnen Unterstützung, wo immer sie es konnten. Es fiel kein unangenehmes oder neugieriges Wort, und Spannungen waren ihnen gänzlich fremd.

Sarah war endlich in ihrer heilen Welt, von der sie immer geträumt hatte, angekommen.

Eine seltsame Ruhe kehrte ein. Sarah bemerkte, dass in letzter Zeit häufiger Gingläser zwischen dem Spülgeschirr standen. Er hatte ihr den Gin nicht verschwiegen, aber die Menge, die er in letzter Zeit zu sich nahm. Sein Blick irrte manchmal so komisch ziellos im Zimmer umher.

Dezember 1994

Anfang Dezember schrieb ich, als Danes einst bester Freund, meinen ersten Brief aus Santa Ana an beide. Sarah hatte mir regelmäßig geschrieben und ausführlich von Danes wunderbarer Entwicklung berichtet, seit er in diesem Haus wohnte. Aber auch von der Angst, die sie in letzter Zeit häufiger spürte, seit er zur Ruhe gekommen war.

Das zweite Weihnachtsfest stand an, zu dem Sarah mich und meine Lebensgefährtin Linda herzlich einlud. So staunte Dane nicht schlecht, als er den Brief mit meiner Zusage las. Ich hatte ein Bild von Linda und mir beigelegt und auf der Rückseite vermerkt: Wir freuen uns!

Dane war außer sich vor Freude. Er versuchte noch rasch die letzten Kleinigkeiten im Haus auszubessern, damit alles perfekt aussah.

*

Kurz vor dem Fest machte sich Dane auf die Suche nach einer Arbeit, denn der Erlös aus dem Lokal reichte nicht ewig aus. Er war durch die Renovierung und die gemeinsamen Lebenskosten stark geschmälert worden. Dane dachte an die Druckerei *BEAMAN* in Kansas City, bei der er früher gelernt und gearbeitet hatte. Ob sie noch existieren würde? Das tat sie, und es nahm immer noch die gleiche Dame wie einst im Vorzimmer die Telefonate an, die Dane freudestrahlend einen Termin beim Chef einrichtete. Dane sah sich um Jahre zurückversetzt, als er vor dem großen Gebäude stand. Der Sohn, Rick Beaman, hatte inzwischen den Vater ersetzt, sodass der Betrieb sich seitdem *BEAMAN & SON* nannte.

Sie kannten sich noch von der Ausbildungszeit und gaben sich, rückblickend auf eine bombige Zeit des Schabernacks, die Hand.

„Mensch, Junge! Prima, dass du wieder da bist!“ Rick Beaman freute sich offensichtlich sehr. „Da hast du aber Glück. In zwei Monaten will der alte Gordon aufhören und in den Ruhestand gehen, und ich habe immer noch keinen Ersatz. Wenn es dir nicht zu lange dauert, würde ich dich gerne einstellen. Was sagst du?“

Dane konnte sein Glück kaum fassen. Er nahm das Angebot dankbar an und ließ alle erforderlichen Unterlagen sofort im Betrieb.

Mit einem dicken Blumenstrauß bepackt überbrachte er Sarah die freudige Mitteilung, eine feste Anstellung gefunden zu haben. Das war ein Grund zum Feiern. Sie fanden ein mexikanisches Restaurant in Topeka und feierten bis spät in die Nacht.

Dane musste an Johnathan denken und wollte ihn gleich morgen anrufen. Johnathan war außer sich vor Freude, als er Danes Stimme hörte. Er notierte sich eilig die Telefonnummer der Gelton-Farm und fragte neugierig nach Sarah. Dane jagte das ganze letzte Jahr innerhalb weniger Minuten durch den Hörer nach Glendale. Johnathan bemerkte, dass Dane sein altes

Temperament wiedergefunden und sich dessen Entscheidung scheinbar als richtig erwiesen hatte. Johnathans Lokal lief bestens. Der Umsatz war gut und seine Freundschaft zu Pedro nach wie vor unkompliziert. Das Gespräch endete schließlich mit einer Einladung zum Weihnachtsfest, die Johnathan mit großer Freude annahm.

Sarah bemerkte, dass Dane wohl wieder zu sich selbst gefunden hatte. Es war sicher die Langeweile gewesen, die ihm im Herbst zu schaffen gemacht hatte. Und doch wurde sie das Gefühl nicht los, dass es eher wie die Ruhe vor dem Sturm wirkte. Sie konzentrierte sich auf die Planung der Gästeunterbringung und die Vorbereitungen auf das Fest.

Da Sarah auch ihren Eltern eine Einladung hatte zukommen lassen, war sie enttäuscht, als diese absagten, um zu Hause im Kreise ihrer Familie zu feiern, dort, wo sie *immer* feiern würden. Dabei hätte Sarah ihnen so gerne ihr neues Zuhause gezeigt. War es zu viel verlangt, einmal im Leben diese Tradition zu brechen? Für ihre Tochter? Dafür versprach Sarah ihnen einen Besuch im neuen Jahr. Es war ihr zu einem wichtigen Anliegen geworden, ihnen endlich Dane vorzustellen, den sie noch nicht einmal durch ein Foto kannten. So näherte sich das zweite Weihnachtsfest. Endlosem Schneefall folgten bitterkalte Temperaturen.

Die Heddons waren selbstverständlich auch eingeladen, da Sarah und Dane doch das letzte Jahr bei ihnen gefeiert hatten. Ihr einziger Sohn zog es wieder einmal vor, mit seiner Familie in Los Angeles zu bleiben.

Mrs. Heddon und Sarah planten das Essen, während Dane sich mit Mr. Heddon um die Getränke kümmerte. Sarah und Dane waren aufgeregt wie kleine Kinder. Es sollte ein tolles Weihnachtsfest werden, das beste überhaupt.

*

Ich traf mit meiner Freundin Linda schon morgens um zehn Uhr ein, als Dane sich gerade mit einem riesigen Tannenbaum abmühte und ihn ins Haus zu schaffen versuchte. Ich konnte es nicht fassen, ihn so zu sehen. Was hatte er sich doch gemacht! Gut sah er aus, ja, hervorragend! Wir konnten die Tränen der Wiedersehensfreude nicht verbergen. Während ich mir die Augen wieder trockenrieb, stellte ich Dane und Sarah meine Freundin Linda vor, mit der ich bereits anderthalb Jahre glücklich zusammenlebte. Beide schlossen sie sofort ins Herz. Das tat ihr gut und mir auch. Ich sah mir meinen alten Freund Dane näher an und fand kaum Worte für meine Gefühle. Er war wieder da, der alte Dane! Er hatte es geschafft!

Sein Haus sah fantastisch aus! Man konnte die vielen Stunden schwerer Arbeit sehen. Ich fand nicht eine Stelle, die ich ihm vorwurfsvoll zeigen konnte. Genau wie das *Running Horse* ließ er es auch hier nicht an Perfektion mangeln. Dann erblickte ich die Scheune und sah, wie Dane mich ansah. Wir sahen beide wieder weg. Die Sache hatte heute keinen Platz zwischen uns. Wir gingen ins Haus, und Linda und ich lernten die Heddons kennen. Wir mochten uns sofort und lachten ohne Ende. Johnathan traf am späten Nachmittag ein. Ein neuer Höhepunkt kam zustande, denn auch wir hatten uns lange nicht mehr gesehen.

Linda sagte mir später, sie hätte mich gar nicht wiedererkannt. Ich sagte ihr, dass es mit Dane und Johnathan früher immer so gewesen sei und zeigte ihr meine Lachfalten. Sie schloss sich problemlos der Fröhlichkeit an. Wir redeten alle durcheinander, und doch verstanden wir uns. Es war irre. Ja, wann hatten wir zum letzten Mal so einen Spaß zusammen gehabt? Die Heddons genossen die Geselligkeit als eine nie da gewesene Abwechslung in ihrem stillen Leben. Die Frauen schmückten irgendwann gemeinsam den Baum, während wir Männer uns am Gin ergötzten. Mr. Heddon saß in einer Ecke und genoss schmunzelnd eine dicke Havanna. Das war alles, was er wollte. Ich fand das nicht so ganz in Ordnung und hätte ihn gern in unserer Mitte gehabt, aber er war mit seiner Rolle zufrieden. Die Frauen übernahmen gerne die Arbeit und sahen immer wieder zu uns Männern herüber, wie wir drei, ja wir drei, schwatzten, lachten und Gesten verteilten. Wie sollten wir auch all die Jahre, die wir gemeinsam verbracht hatten, in diesen einen Abend packen? Ich weiß nicht mehr wie, aber irgendwie haben wir es geschafft. Johnathan und ich sahen immer wieder zu Dane. Es ergriff uns erneut diese Faszination, die er verbreitete, und doch war sie so anders als früher. Er wirkte auf eine merkwürdige Art gelöster, und wir gaben Sarah die Schuld. Dane hatte einen guten Griff mit ihr getan. Sie war das Beste, was ihm je in seinem Leben passiert war. Er wusste es, und genau das war auch der Grund einer Angst, die er ganz tief in sich trug. Er war durch sie so geworden. Sie durfte ihn niemals mehr verlassen.

Es wurde das fröhlichste Weihnachtsfest, das wir jemals gefeiert hatten, und wir machten die Nacht zum Tag. Über glühende Wangen und tiefe Lachfalten hinweg litten wir gemeinsam irgendwann in der Nacht an einer immer stärker werdenden Heiserkeit. Die Heddons machten sich gegen drei Uhr in der Nacht auf den Heimweg, während der Schnee ihnen den Weg zwischen den Feldern ausleuchtete.

Die Zeit des Abschieds sollte auch diesmal kommen, auch wenn wir alle nichts von ihr wissen wollten. Die schöne Zeit der letzten zwei Tage machte es für uns alle schwerer, als wir dachten. Johnathan und ich sahen Dane noch winken und lachen.

*

Es kehrte wieder Ruhe in das alte Farmhaus ein. Dane freute sich über das gelungenes Fest, und Sarah atmete seine Komplimente für ihren Einsatz genussvoll ein. Seine Worte waren immer so charmant und reizend.

Dann wurde Dane wieder unruhig und Sarah etwas besorgt. Was konnte es nur sein, das seine Stimmung so schnell wechseln ließ?

Er entzündete gegen Abend eine Kerze im Wohnzimmer, wie Sarah es eigentlich häufig tat, aber schon alleine der Umstand, dass Dane es diesmal war und dass er dabei zitterte, beunruhigte sie sehr. Er zitterte immer noch, als er sie in seine Arme zog und küsste. Heute Abend musste er es endlich klarstellen. Sie hatte es immer irgendwie geschafft, ihn hinzuhalten und dadurch seine Geduld arg strapaziert. Es war ihm in der letzten Zeit zunehmend schwerer gefallen, es vor ihr zu verbergen. Das Fest hatte ihn schließlich wieder etwas zur Ruhe kommen lassen, aber jetzt war es vorbei. Er trug schon seit vielen Wochen einen Ring mit sich herum und hatte auf die Gelegenheit gewartet, in der Sarah sich endlich entscheiden würde, aber sie hatte es nicht getan. Jetzt musste er nachhelfen! Er griff in seine rechte Hosentasche und holte ein kleines Päckchen hervor. Es war wunderschön eingepackt. Sarah stockte der Atem, als sie das Etikett des Juweliers sah. Jetzt zitterte auch sie. Sie war auf alles Mögliche vorbereitet gewesen, aber nicht auf das, was nun kam. Dane sah sie erwartungsvoll an, als sie die kleine verpackte Schachtel entgegennahm und errötete. Sein Blick drängte sie, sein Geschenk auszupacken. Sarah fand einen schlichten, goldenen Ring in der Schachtel, gleich einem Ehering. Sie konnte weder lächeln noch etwas dazu sagen. Ihr Herz schlug wild um sich, und sie musste schlucken.

Dane machte ihr auf seine Art einen Heiratsantrag. Er hatte es nicht zu Weihnachten getan, nicht als all seine Freunde da waren. Er machte es jetzt, als sie ganz allein waren und er nur Zeit für sie hatte. Dieser wichtige Augenblick sollte nicht im Trubel eines Festes untergehen.

Sarah konnte nicht glauben, was er zu ihr sagte. Es waren so wunderschöne Worte. Sie fühlte sich wie in einem Traum. Die Worte klangen so sanft aus seinem Mund, dass sie ihr Gesicht in beiden Hände verbarg und weinen musste. Wie konnte sie eben noch daran gedacht haben, er könnte eine unangenehme Überraschung für sie bereithalten?

Dane war zunächst etwas irritiert, aber dann wartete er geduldig, bis sie sich beruhigt hatte. Sie musste ihm heute unbedingt noch eine Antwort geben. Wenn das der Preis war, um sie hier auf der Farm zu halten, so wollte er ihn bezahlen. Er vernahm leise ein schluchzendes *Ja* und nahm sie zutiefst erleichtert in seine Arme. Er weinte. Sie sah es nicht, denn er weinte ohne Tränen. Sie wimmerte irgendetwas von einer glücklichen Erinnerung und einer Zukunft, aber Dane hörte es kaum. Er war zu sehr mit seiner Erleichterung beschäftigt. Nun musste sie die nächste Entscheidung treffen, und das war der Abschied von Denver.

*

Der erste gemeinsame Besuch bei Sarahs Eltern stand auf dem Programm. Eine Pflicht, der Dane nicht mit Freuden nachkam, aber er bemühte sich, seine Unlust so gut wie möglich vor ihr zu verbergen. Er nahm sich vor, ihren Eltern charmant und gut gelaunt zu begegnen. Dieser Vorsatz hielt gerade bis zur Haustür. Es empfing ihn und Sarah ein so riesiger Begrüßungstrubel der Familie Newshorn, dass es ihn zu erdrücken begann. Unzählige Familienmitglieder scharten sich um ihn wie um einen Außerirdischen, der begutachtet werden musste. Sie löcherten ihn mit Fragen und wühlten in seinem Leben herum. Er hasste diese Fragerei und wusste nicht, dass Sarahs Familie so groß war. Warum hatte sie ihn nicht gewarnt? Die liebgemeinte Gastfreundlichkeit wurde zu einer niederschmetternden Farce, und nur mühsam konnte er sein Lächeln aufrechterhalten. Wo er früher den Trubel geliebt hatte, brach er nun unter ihm zusammen.

Sarah bemerkte sein Unbehagen und zuckte ratlos die Schultern. Sie hatte nicht gewusst, dass ihre Wiederkehr ein so großes Ereignis sein würde. Ihre Mutter hatte die gesamte Familie zusammengetrommelt. Sie tat immer das, was Sarah nicht mochte, und doch hatte es immer diesen lieben Anschein für die anderen. Sarah fühlte sich schlecht, als sie Dane in ihrer Familie untergehen sah, doch die Zeit sollte vorbeigehen. Um wenigstens nachts zur Ruhe zu kommen, übernachteten sie in einem Motel.

Als Dane das Zimmer betrat, ließ er sich erschöpft aufs Bett fallen. Er konnte einfach nicht mehr. Sie hatten versucht, ihn wie eine Zitrone auszupressen, aber es war ihnen nicht gelungen. Was ihnen jedoch gelungen war, war seine Abneigung zu schüren. Doch die anstrengende Zeit sollte auch ihr Gutes mit sich bringen. Sarah fällte endlich die Entscheidung, auf die er so lange schon gewartet hatte: Sie war bereit, ihren Wohnsitz in Denver aufzugeben. Damit entschuldigte Dane alle Strapazen der letzten zwei Tage. Er fuhr mit ihr wieder zufrieden zurück nach Valley Falls. Aber noch zufriedener war er mit Sarahs Mutter, die offensichtlich kein gutes Verhältnis zu ihrer Tochter pflegte. Nun gehörte ihm Sarah ganz allein.

Januar 1995
Valley Falls

Hol mich hier raus!, schrie das Loch.
Ich komme, antwortete Dane.

Bisher war er der Scheune immer aus dem Weg gegangen – war es Angst? Er wusste es nicht. Die Langeweile trieb ihn schließlich zu der Entscheidung, sich endlich darum zu kümmern.

Danes Lachen war plötzlich ganz verschwunden. Das hatte Sarahs Aufmerksamkeit geweckt. Und eines Tages, es war Ende Januar, sah sie ihn am späten Nachmittag in der Scheune verschwinden. Damit ahnte sie, dass sich bald eine große Veränderung zeigen würde. Sie bekam wieder diese Angst und dachte an ihre Wohnung in Aurora, die ihre Mutter gerade dem neuen Untermieter übergab.

Dane betrat die Scheune. Sie fraß ihn beim Eintritt regelrecht auf. Wie das Maul eines riesigen Wals schlang sie ihn in sich hinein. Er hatte sie größer in Erinnerung. Je ein kleines Fenster links und rechts ließen ein spärliches Licht hinein. Eine alte Petroleumlampe, die Dane entzündete, erhellte einen kleinen Radius in der Mitte.

Es roch immer noch nach der damaligen Schweinezucht. Deutlich zeichneten sich die Umrisse des alten Stalls ab. Ganz plötzlich knackte es! Das Geräusch war von hinten gekommen. Dane fuhr erschrocken herum und sah zur Tür. War Sarah ihm gefolgt? Nein, die Scheunentür war zu. Irritiert ging Dane tiefer in die Scheune hinein. Er schloss die Augen und wartete auf das, was dieser Ort ihm mitzuteilen hatte. Unzählige Qualen hatte diese Scheune miterlebt, Schreie der Verzweiflung widerhallen lassen und niemals eine Rache dafür zu spüren bekommen. Das sollte sich hier und heute ändern. Danes Atem wurde schwer. Die Luft erschien ihm zäh und stickig. Er roch wieder die Schweine und hörte sie grunzen. Er spürte die Prügel, die er neben seinem Missbrauch ertragen musste. Sein Körper war ständig geschunden gewesen, voller Blessuren und Hämatome. Eisige Kälte fraß sich in seine Hände und Füße, und er spürte den innerlichen Hass aufkommen. Wieder knackte es! Wieder kam es von hinten! Das gleiche Geräusch. Wieder fuhr Dane erschrocken herum. Nichts! Hatte er Halluzinationen oder war es nur der Wind? Wollte dieser Ort ihm nun den Rest seines gesunden Menschenverstandes rauben oder war es nur der Wind?

Wenn einer aus Hass getötet wird, kehrt er zurück, flüsterte das Loch.

Weit entfernt hörte er wimmernde Kinderstimmen – oder war es nur der Wind? Die Stimmen waren zu weit entfernt, um sie verstehen zu können. Wie ein quälendes Geheul geisterten sie durch die Scheune. Sein Blick schweifte umher, als wollte er die Stimmen damit einfangen. Sie veränderten sich schließlich zu dem Geheul des Windes. Scharf pfiff er durch die Ritzen in das Innere der Scheune, sodass es Dane fröstelte. Das Holz knarrte mit schaurigem Gesang, der sich mit den Erinnerungen aus seiner Kindheit mischte.

„Zehn Minuten halte ich noch aus, dann renn ich raus“, sagte er leise, schloss die Augen und begann, wie früher als Kind, die Sekunden zu zählen. Dann wieder das Geräusch! Dane riss die

Augen auf! Nichts. Er musste noch einmal von vorne mit dem Zählen beginnen. Dann war das Geräusch so unmittelbar hinter ihm, dass es schon keine Täuschung mehr sein konnte. Er spürte etwas um sich herum und konnte nicht mehr weiterzählen. Was würde er sehen, wenn er sich jetzt umdrehte?

Er drehte sich um – ganz langsam. Er sah einen Nebel, ein Nichts, und doch war ein Schatten darin zu erkennen. Als der Nebel sich legte, bekam der Schatten eine Kontur. Es wurde die Gestalt eines Mannes sichtbar. Groß und breitbeinig stand er plötzlich vor ihm. Ein riesiges Wahnbild. Er konnte es nicht sein! Er war tot! Es war nur eine Täuschung des Nebels! Nichts weiter. Dane versuchte, ein verächtliches Grinsen über die Lippen zu bringen, aber sein Mut verließ ihn, bevor das Grinsen kommen konnte.

„Ich schließe jetzt die Augen, und wenn ich sie wieder öffne, ist alles weg", flüsterte er sich zu. Er tauchte in seinen Kindesverstand hinein und kniff verkrampft die Augen zusammen. „Ich mache sie nicht mehr auf. Ich mache sie einfach nicht mehr auf. Ich gehe jetzt mit geschlossenen Augen hinaus und mache sie erst draußen wieder auf."

Gott, er war wieder ein Kind! Er erinnerte sich, dieses Spiel als Sechsjähriger häufig gespielt zu haben, besonders dann, wenn seine Mutter ihn hier hineingeschickt hatte, um Gemüse zu holen.

Er begann zu blinzeln, also doch ein bisschen mutiger als ein Kind. Sein Vater stand immer noch vor ihm und starrte ihn stumm an. Dane kniff die Augen schnell wieder zu und begann langsam zur Tür zu gehen. Ein „Hey" ließ ihn in seiner Bewegung erstarren! Erschrocken zuckte er beim Klang der Stimme zusammen. Kein Wahnbild?

Dane flüsterte: „Was willst du hier?" und hielt die Augen weiterhin geschlossen. Wo war der Erwachsene in ihm? Sollte er inzwischen nicht über diesen Dingen stehen? Sein Vater konnte nicht in dieser Scheune sein. Er konnte nirgends sein. Diese Gestalt war reine Einbildung. Der Gedanke ließ Dane schließlich wachsen und er öffnete seine Augen …

Sein Vater war groß. Er war immer schon groß gewesen. Selbst jetzt, als Dane erwachsen war, reichte er an diese Körpergröße nicht heran. Immer noch musste er seinen Kopf anheben, um ihn anzusehen. Dane trat zwei Schritte zurück. Sein Vater blieb stehen. Wie konnte das sein? Hatte er nicht gerade mit ihm geredet? War das "Hey" nicht aus seinem Mund gekommen? Dane sah zu den Fenstern. Sarah war nicht in der Nähe, also wagte er ein Gespräch: „Ich fragte, was willst du hier?“

Die Gestalt antwortete leise: „Ich will mit dir reden.“

Dane glaubte es nicht! Er sprach mit seinem Vater, seinem *toten* Vater!

„Was meinst du mit reden?“

„Von Mann zu Mann“, antwortete sein Vater wieder.

In Dane brauten sich sofort gewaltige Aggressionen zusammen, und er wurde laut: „Du bist kein Mann! Du bist ein Schwein! Ein Mann vergreift sich nicht an seinen Kindern! Nur Schweine! Und Schweine bringt man um! Hast du mir selbst gesagt.“

„Ja, Dane, du hast mich umgebracht! Du hast abgedrückt! Jetzt bin ich tot, ja.“

Sein Vater hatte es also mitbekommen, obwohl er die Waffe doch selbst in der Hand gehabt hatte. Dane hatte nur ein wenig die Ausrichtung verändert und am Abzugshahn etwas nachgeholfen. Nur ein kleiner Druck war es gewesen. Damit war die ganze Geschichte vorbei.

„Ich weiß, was passiert ist, aber deshalb bin ich nicht hier“, sagte sein Vater. „Es gibt etwas, das du wissen solltest. Nur damit du endlich Frieden mit dir und mir schließen kannst.“

„Was ich weiß, reicht mir! Zwischen uns wird es niemals Frieden geben! Du hast alles in mir zerstört, was man zerstören kann! Soll ich mir jetzt auch noch eine Entschuldigung dafür anhören?“

Die illusionäre Figur seines Vaters bewegte sich plötzlich. Sie setzte sich auf einen Tisch. Wo kam der Tisch her? Der Tisch, der seinem Vater jahrelang als Hilfsmittel für seine Taten gedient hatte. Der Tisch, den Dane jahrelang unter sich gespürt und der seine Leisten wundgescheuert hatte. Hatte er am ersten Tag auf dieser Farm nicht alles aus der Scheune hinausgeworfen und verbrannt? Wie, verdammt noch mal, kam dieser Tisch hierher?

Einbildung, dachte Dane wieder, genau wie sein Vater, reine Einbildung.

Dane war fassungslos über sich und über das, was sich vor seinen Augen abspielte. „Das gibt's doch nicht! Du bist doch nicht wirklich hier! Das alles findet nicht wirklich statt!"

Sein Vater aber lächelte ihn an. „Ich werde dir jetzt etwas sagen, wozu ich nie Zeit gefunden habe."

Danes Atem wurde noch unruhiger. Wofür er nie Zeit gehabt hatte! Musste er sich das bieten lassen, von einer Einbildung? Was zum Teufel hatte sein Vater ihm noch zu sagen? „Dann fang endlich an!!", schrie er ungehalten, und sein Vater begann: „Dane, ich wollte dir nie weh tun …"

Das reichte schon! Damit verlor Dane den letzten Rest seiner Fassung und rannte ungehalten auf etwas zu, das er weder erreichen noch vernichten konnte. Er wusste es und tat es trotzdem, schon alleine, um diese Einbildung zu zerstören, die so erbärmlich an seinem Verstand nagte. Schreiend stieß er in den Nebel, in dem sich sein Vater wieder verhüllte, und stürzte mit dem Holztisch, der tatsächlich noch in der Scheune stand, zu Boden. Er verletzte sich dabei an der rechten Hand, die sich unter der zersplitterten Holzplatte vergrub. Blut überströmte die Hand. Sein Vater war weg. Zurück blieb nur dieser zerbrochene Tisch, von dem Dane immer noch nicht wusste, wie er wieder in diese Scheune gelangt war. Er schlug im Wahn seiner Wut auf das Holz ein und heulte.

Dass Sarah ihm heimlich gefolgt war, hatte er nicht bemerkt. Sie hatte vom Seitenfenster aus alles beobachtet und gehört. Es war ihr so unheimlich vorgekommen wie nie etwas zuvor in ihrem Leben. Sie hatte gewusst, dass diese Scheune gefährlich für ihn war. Sie hätte einen Abriss in die Wege leiten sollen. Nun war es zu spät. Nun hatte sie Dane wieder in den Bann gezogen. Sie barg Krankheit und Tod in sich, Dinge, nach denen Dane zu trachten schien. Dabei war Dane nur auf dem Weg, Frieden mit seiner Vergangenheit zu schließen. Aber eben auf seine Art. Sarah rannte heulend ins Haus.

Dane riss die riesige Scheunentür auf und warf die Reste des Tisches auf den Hof hinaus. Es war wie am ersten Tag auf dieser Farm. Er kehrte wieder in die Scheune zurück und ließ seinem Zerstörungswahn freien Lauf. Alles, was er am ersten Tag nicht hinausgeschafft hatte, würde er jetzt hinausschaffen. Er trat das Tor zum Schweinestall ein, hinter dem er einmal so erbärmlich verharren musste, hievte das zersplitterte Holz aus den Scharnieren heraus und warf es dem Tisch hinterher. Mit der Axt schlug er alles kurz und klein, was die Scheune nicht zum Einsturz bringen würde. Er raffte und wühlte das zerschlagene Holz auf dem Hof zusammen und versuchte es zu entzünden. Drei Versuche brauchte er, bis es zündete. Kurze Zeit später erleuchtete wieder ein gigantisches Feuer die Farm. Dane setzte sich, geblendet von der Helligkeit der Flammen, schniefend dazu. Die starke Hitze brannte auf seiner Haut, sein Gesicht war von Tränen schwarz verschmiert, und die Haare klebten wirr um seinen Kopf. Jetzt spürte er den Schmerz an seinen Händen. Immer noch rann das Blut aus der Wunde an seiner rechten Hand und mischte sich mit dem Blut vieler anderer, kleineren Wunden. Als das Feuer erlosch, war es bereits tief in der Nacht. Vor ihm kräuselte sich die Asche, die durch den Wind in alle Richtungen verwehte. Ein Gefühl des Sieges stieg in ihm auf. Er hatte den ersten Kampf gegen diese Scheune gewonnen. Seine Kraft war für heute verbraucht.

Leise schlich er sich ins Haus unter die Dusche.

Sarah hatte dem Feuer vom Küchenfenster aus zugeschaut. Sie hatte seine Schreie gehört und seinen Schweiß auf den Boden des Hofes tropfen sehen. Seine Kraft war gigantisch. Sie musste sich die Ohren zuhalten, um dies alles zu ertragen, und hatte gegen ihre Angst angekämpft. Sie war nach oben gerannt und hatte seinen Brief, den er so liebevoll an sie geschrieben hatte, herausgesucht und gelesen.

Gegen sie richtet sich meine Aggression und Wut, nicht gegen dich. Die Scheune, diese verfluchte Scheune, hatte er gemeint!

Die Heddons riefen an, ob alles in Ordnung sei. Sie hatten Feuer gesehen. Sarah beruhigte sie, Dane würde nur Holzreste verbrennen. Nichts war in Ordnung! Sie hörte irgendwann in der Nacht die Dusche und fand ihn schließlich tief schlafend im Bett. Seine rechte Hand war in Toilettenpapier eingewickelt.

*

Dane Gelton wollte oder konnte sich an diesen Vorfall nicht mehr erinnern. Sarah war zum ersten Mal nach langer Zeit wieder verzweifelt. Was für ein Schauspiel war das gestern in der Scheune gewesen? Er braucht unbedingt Hilfe, dachte sie und sah seine tiefe Wunde an der Hand. Seine Anfälle waren wieder da, und sie wurden schlimmer. Widerstandslos ließ er sich von ihr verarzten und hüllte sich in Schweigen. Ihre Fragen blieben nur vergebliche Versuche, ihm helfen zu wollen. Er wollte weder Hilfe annehmen noch über den Zwischenfall in der Scheune reden. Er wollte es auf seine Art erledigen. Der Kaffee und das Frühstück taten ihm jedoch gut.

Wie geht es dir?, fragte das Loch.
Gut, antwortet Dane kurz.
Ist es nicht wunderbar, dass wir wieder zusammen sind?
Dane schwieg. Er dachte an Sarah.

„Wir sollten die Scheune abreißen lassen“, schlug Sarah vor und sah Dane erwartungsvoll an.

Er sah auf, erschrocken, als hätte sie ihm eine Todesnachricht überbracht.

„Du solltest nicht mehr hineingehen“, flehte Sarah weiter.

Hilfe!, schrie das Loch. Das darfst du nicht zulassen!

Dane sah zum Fenster hinaus, als hätte er ihre Worte nicht gehört. „Ich habe doch nur weiter aufgeräumt“, sagte er, als wäre es das normalste der Welt. Das hatte er, in der Tat. „Es muss doch aufgeräumt werden. Wir werden die Scheune brauchen für den Wagen, Holz, Gemüse und …“

„Wir werden eine neue Scheune bauen lassen. Eine schöne, kleinere, die besser zu uns passt. Dieses alte Ding …“

Sie will uns trennen!, schrie das Loch verzweifelt.

Dane erhob sich. Sein Kopf schmerzte. Er hatte heute viel zu tun. Er hatte Mr. Heddon versprochen, bei der Renovierung eines seiner Zimmer zu helfen. Und außerdem würde Mrs. Heddon gleich zu Sarah kommen, um mit ihr neue Gardinen für das Zimmer zu nähen. Es wurde Zeit, den alten Gemäuern der Heddon-Farm neuen Pfiff zu verleihen.

*

Das nächtliche Gespräch mit seinem Vater ließ Dane in der darauffolgenden Nacht keine Ruhe. Was er jäh mit Aggressionen unterbrochen hatte, machte ihn nun neugierig. Was wollte und konnte sein Vater ihm schon sagen?

Es war weit nach Mitternacht, als er sich leise zur Scheune schlich. Es war nicht mehr so schauderhaft wie am ersten Tag, und doch war es unheimlich. Er entzündete wieder die Petroleumlampe und sah sich in der leeren Scheune um. Er begann zu frieren, doch er wartete. Es tat sich nichts. Nirgends bildete sich ein Nebel, und nur die üblichen Geräusche der Nacht waren zu hören. Er entschied schließlich, dieser wahnwitzigen Idee ein Ende zu setzen. Es erschien ihm plötzlich albern, hier auf etwas zu warten, das gar nicht existieren konnte. Er spuckte verachtend auf den Boden und ging zur Tür. Genau in diesem Augenblick raunte etwas durch die Luft. Es war wie ein Windzug. Dane sah es genau. Es bildete sich wieder dieser Nebel, direkt vor der Scheunentür. Eine dunkle Gestalt entglitt dem

Nebel und baute sich deutlich vor ihm auf. Dane wagte kaum zu atmen. Er betrachtete das Gesicht seines Vaters und stellte erstaunt fest, dass es weder jung noch alt war. Es war zeitlos. Dane spürte, wie sich seine Muskeln spannten, er aber von dem Blick zu seinem Vater nicht ablassen konnte. Sein Vater schien jetzt starr zu sein. Wie eine unbewegliche Schaufensterpuppe verharrte er vor ihm. Dane wurde es unheimlich. „Was hast du mir zu sagen?“, fragte er leise. Kaum dass seine Stimme erklang, begann das Wahnbild zu leben. Die Augenlider seines Vaters schlugen zaghaft auf und nieder, und auch seine Arme zeigten kleine Anzeichen von Bewegungen. Dane spürte, wie seine Knie nachgaben. Ihn holten Angst und Aufregung zugleich ein. Wie, um Himmels Willen, konnte das nur möglich sein? Hatte ihn der Wahnsinn gepackt? Er ging zitternd auf die Knie und gab der Schwere seines Körpers nach, sodass sein Gesicht den Boden berührte. Er heulte und heulte. Sein Vater stand vor ihm und sah auf ihn nieder. Da lag sein Sohn, direkt vor seinen Füßen, wie ein verlorenes Bündel Mensch. Er wusste, dass es nur die innere Zerrissenheit war, die ihn in diese Stellung zwang. Sein Sohn war weder durchgedreht noch geisteskrank. Er war nur am Ende seiner Kraft. Da musste er hinkommen, um wieder neu zu beginnen.

Sarah sah ihn vom Flurfenster aus wieder in dieser Scheune verschwinden. Wie konnte sie ihn aufhalten? Seine Schritte waren so entschlossen, als er auf dieses Ding zuging. Sie hatte Angst, ihn erneut anzusprechen, weil sich seine Gewalt dann auch gegen sie richten könnte, doch sie konnte nicht anders und folgte ihm wieder heimlich. Sie schlich über den Hof zu dem kleinen Fenster an der rechten Seite und schaute vorsichtig hinein. Dane kniete zusammengesackt in der Mitte der Scheune und weinte. Dann sah sie, wie er sich wieder aufrichtete und mit jemandem zu reden begann. Er veränderte seine Stimme dabei und gestikulierte mit seinen Händen in der Luft herum. Sie horchte angestrengt und versuchte, seine Worte zu verstehen.

„Ich habe nicht gelernt, mit allem so intelligent umzugehen wie du“, sagte Will Gelton und sah seinem Sohn direkt in die Augen. Eine Geste, die ihm früher gänzlich fremd war. Dane kniete vor ihm und sah schweigend zu ihm hoch. Sein Vater sprach weiter: „Ich habe Ziele und Wünsche gehabt, wie jeder andere Mensch auch, aber ich konnte sie einfach nicht erreichen. Und das hat mich wütend gemacht. So wütend, dass ich nicht anders konnte und es an euch ausließ.“

Mit wem sprach Dane überhaupt? Wer in Gottes Namen hatte seine Wut anders ausgelebt? Sprach er von sich selbst? Sprach er mit seinem Vater? Wollte er auf diesem Wege Frieden mit seinem Vater schließen? Sarah war zutiefst beunruhigt. Das war keine aktive Vergangenheitsbewältigung mehr, nein, das grenzte an eine Form von Wahnsinn oder sogar Schizophrenie?

„Ich wollte es für euch zu Wohlstand und Glück bringen, aber das verdammte Land warf keinen müden Heller über unseren Verbrauch hinaus ab.“

„Was hat das eine mit dem anderen zu tun?“, fragte Dane. „Du meinst, dass unser Glück nicht vom Wohlstand abhängen musste?“

„Zum Beispiel.“

„Ich glaubte immer, ihr würdet nur glücklich sein, wenn es uns finanziell wirklich gut ginge.“

„Hast du uns je danach gefragt?“

„Das brauchte ich nicht. Ich sah ja, wie unglücklich ihr wart.“

„Hast du Mom je danach gefragt, ob sie deswegen so unglücklich war?“

„Warum?“

„Überleg doch mal. Wie hast du dich ihr und uns gegenüber benommen? Was hast du ihr und uns angetan? Ich habe Mom lachen sehen, wenn sie alleine war. Sie konnte wirklich lachen. Sie brauchte dein Geld nicht dazu. Was sie brauchte, war deine Liebe. Stattdessen hast du ihr und uns Gewalt angetan.“

„Aber sie hat nie etwas gesagt!“

„Nein. Weil sie Angst vor dir bekommen hat. Sie hat dich geliebt. Du weißt doch, dass Mom nie viel redete und schon gar nicht über ihre Gefühle."

„Mein Vater hat mich andere Dinge gelehrt. Für ihn war Geld das Wichtigste. Er hatte so viel erreicht und erwartete das Gleiche von mir. Er hat mich oft bestraft, wenn mir etwas misslang. Dann hat er mich angefasst, mich geschlagen und manchmal tagelang im eiskalten Keller eingesperrt. Ich wollte mit deiner Mutter so gerne alles anders machen, aber ich hatte keine Chance. Es war so tief in mir drin. Der Hass, alles. Und es kam, wie es kommen sollte."

„Du bist von deinem Vater angefasst worden?" Dane fühlte sich verwirrt. Das hatte er nicht gewusst.

Sein Vater nickte. „Wie kann ich es dir beweisen?", fragte er.

Dane sah zu Boden und zuckte mit den Schultern. In ihm kam plötzlich Mitgefühl auf. Der Versuch, Frieden mit seinem Vater zu schließen, fruchtete. Will Gelton schaute zur Decke und dachte nach. Dann fiel ihm etwas ein: „Schau oben auf dem Dachboden nach. Deine Mutter hat Tagebuch geführt. Vielleicht kannst du darin einige Antworten finden."

Dane sah zu seinem Vater auf. Vor seinen Augen löste sich die Illusion plötzlich auf und zurück blieb nur die karge Dunkelheit.

Dane erhob sich langsam und blies die Lampe aus. Er hatte mit seinem Vater endlich Frieden geschlossen. Jetzt war seine Mutter an der Reihe.

Sarah rannte so schnell sie konnte über den Hof in das Haus zurück und verkroch sich ins Bett. Ihre Hände und Füße waren unterkühlt, aber Dane durfte nichts bemerken. Sie hörte ihn kurz danach unten in der Küche herumhantieren. „Was ist los?", rief sie nach unten, um die Situation natürlich erscheinen zu lassen.

„Ich suche nur etwas", rief Dane hoch.

„Mitten in der Nacht?"

„Ich konnte nicht einschlafen. Dann ist mir eingefallen, dass ich für Rick noch etwas habe, das ich nächste Woche mitbringen wollte. Du weißt ja, dass ich nächste Woche wieder mit der Arbeit anfange. Ich komm gleich hoch. Schlaf du nur. Ich komm gleich."

Er kam in dieser Nacht nicht mehr zu Sarah ins Bett. Sie wusste nicht, was er unten wirklich gemacht hatte, aber es hatte ihn bis in die Morgenstunden beschäftigt.

*

Am nächsten Morgen wurde Sarah mit einem üppig gedeckten Frühstückstisch empfangen. Ein großer Blumenstrauß sollte sie für die nächtliche Ruhestörung entschädigen, doch sie konnte seine Entschuldigung nicht annehmen. Dane schien ihre Zurückgezogenheit nicht zu bemerken und langte beim Frühstück tüchtig zu. Sie trank nur einen Kaffee und wartete auf eine Erklärung, doch er verlor kein Wort über den nächtlichen Zwischenfall.

Er brachte Sarah anschließend mit den Heddons zusammen in die Stadt. Mrs. Heddon wollte gemeinsam mit Sarah zum Friseur und danach gemütlich zu *Winnie* zum Lunch. Mr. Heddon wollte sich mit einem alten Freund treffen.

Es war für Dane die Gelegenheit, sich ungestört im Haus zu bewegen und den Dachboden zu durchstöbern. Er ließ polternd die Dachbodentreppe herunter und stieg mit einer Taschenlampe hinauf. Oben stieß er auf Dinge aus seiner Vergangenheit. Er fand eine Babywiege, die sein Vater einmal selbst gezimmert hatte, und die die Initialen aller drei Gelton-Kinder trugen. Alte Stühle standen dahinter, passend zu der alten Küche. Hatten seine Eltern eine noch größere Familie geplant? Dann sah er den alten Sekretär seiner Mutter. Hatte er nicht unten im Wohnzimmer gestanden, als er die Farm verlassen hatte? Hatte er nicht an diesem Sekretär damals seine Kündigung an *Beaman* geschrieben? Er konnte sich nicht erinnern, dieses Möbelstück hier hinaufgetragen zu haben, weder damals noch als er die Farm wieder bezogen hatte. Dane schüttelte verdrossen den Kopf und befreite das Möbelstück mit einem Lappen von dem Jahre alten Staub. Er konnte es nicht fassen, wie logisch sich die Geschichte seines Vaters zu gestalten begann. Wie war es möglich, dass hier oben noch so viele alte Dinge herumstanden? Hatte er das Haus nicht von all diesen Dingen befreit? Hatte er den Dachboden dabei vergessen? Der Sekretär war verschlossen. Er holte den Schlüssel, den er des Nachts in der Küche gesucht hatte, aus seiner Hosentasche, und schloss den Sekretär damit auf. Er fand alte Briefe seiner Großeltern, Verwaltungsunterlagen der Farm und zwei kleinere Bücher. Das waren sie! Zwei verstaubte und vergilbte Tagebücher sollten alles ans Tageslicht bringen, mehr als Dane verarbeiten konnte. Er nahm die Bücher an sich und kletterte die Treppe wieder hinunter. Dann schloss er die Klappe zum Dachboden und versteckte die Tagebücher in seinem Kleiderschrank. Er war alleine und duschte stundenlang.

*

Sarah fühlte sich schon vom ersten Tag an bei Mrs. Heddon gut aufgehoben. Sie hieß Heather mit Vornamen und mochte es, wie sanft Sarah ihren Namen aussprach. Sie war gerne mit ihr in der Stadt unterwegs und genoss heute das klare, wenn auch kalte Wetter mit ihr.

Mrs. Heddon hatte sich nie träumen lassen, einmal eine Frau an ihrer Seite zu finden, mit der sie sich so gut verstehen würde. So war sie stets daran interessiert, wie es ihr und Dane auf der Farm erging. Heute wirkte Sarah bedrückt. Es war ihr klar, dass jedes Paar auch schwere Zeiten durchlebte. Nach 50 Ehejahren mit Raimund konnte sie ein Lied davon singen.

Sarah liebte es, mit Heather zusammen zu sein. Ihre eigene Mutter hatte zwar immer für ihr leibliches Wohl gesorgt, aber ihre Seele dabei vergessen. Die hatte Sarah dann ihrem Vater geschenkt, der sie so liebte, wie sie war. Das wiederum verursachte eine große Eifersucht bei ihrer Mutter. Umso befreiter fühlte sich Sarah, als sie mit Dane nach Kansas ziehen konnte, viele Meilen von Denver entfernt. Hier hatte sie endlich Ruhe vor den ständigen Angriffen ihrer Mutter. Dafür hatte sie jetzt allerdings ein neues Problem. Man konnte eben nicht alles im

Leben haben, und Sarah nahm sich fest vor, dieses Problem zu beseitigen. Sie wollte nie wieder zurück nach Denver.

„Wie geht es euch?", fragte Mrs. Heddon und unterbrach damit Sarah in ihrer geistigen Abwesenheit. Sie saßen im *Winnie* und ließen hier ihren gemeinsamen Tag bei einem leckeren Mittagessen ausklingen. Sarah stocherte appetitlos auf ihrem Teller herum und überlegte, ob sie Heather in ihre Probleme einweihen sollte. Es war nicht gut für Dane, wenn andere Menschen von seinem Problem erfuhren. Sarah musste ihm zugutehalten, dass er auch nicht mit ihren bei anderen hausieren ging. Wenn sie richtig darüber nachdachte, hatte Dane auch keine wirklichen Freunde hier. Hier war nur Mr. Heddon, dem er hin und wieder auf seiner Farm half, wenn die Arbeit zu schwer für den alten Mann wurde. Dane hatte ein glückliches Händchen die Fürsorge der Heddons betreffend, fand Sarah. Er hatte ein gutes Herz. Und genau das war es, was sie veranlasste, Heather einzuweihen. Sie kannte sein gutes Herz und konnte sicherlich den einen oder anderen Rat geben. Sarah sah Mrs. Heddon an und sagte: „Dane geht es nicht gut."

Mrs. Heddon hatte gar nicht in Erwägung gezogen, dass es Dane schlecht gehen könnte. Er war mit so viel Energie hier wieder angekommen, dass sie eher vermutet hätte, es wäre ihm in Kalifornien schlecht ergangen. Umso mehr erschrak sie über Sarahs Worte. „Ist er krank?", fragte sie besorgt. „Das kann ich noch nicht sagen." Wie sollte sie ihr das Problem mitteilen? So fragte sie: „Erzähl mir von früher, Heather. Was weißt du alles über die Geltons?"

Heather sah wie ein überraschtes Kind in die Luft, rollte mit ihren Augen und gestikulierte mit den Händen herum. „Oh, mein Gott! Wo soll ich nur anfangen? Raimund und ich hatten nie viel Kontakt zu den Geltons. Niemand mochte Will, Danes Vater. Er war so abweisend und unsympathisch. Es hatte auch niemand hier verstanden, wie er so eine nette Frau finden konnte. Er war ein Kotzbrocken, entschuldige, aber das war er. Er sprach nicht, er blaffte einen an. Wir haben das Wort erfunden. Gelton hat wieder *geblafft*, sagten wir immer." Mrs. Heddon musste kichern und fuhr fort: „Samantha bekam drei Kinder von ihm.“ Sie hielt sich den Handrücken vor den Mund und flüsterte: „Es darf keiner wissen, aber sie hatte keinen normalen Geschlechtsverkehr mit ihm. Er konnte nur … du weißt schon … wenn er sie mit Gewalt nahm.“

Davon hatte Dane nie etwas erzählt! Oder hatte er es als Kind nicht mitbekommen?

Mrs. Heddon fuhr fort: „Er hat sie oft in der Scheune vergewaltigt, weißt Du. Damit seine Kinder nichts mitbekamen.“

Wieder diese verdammte Scheune! Mrs. Heddon fuhr flüsternd fort: „Samantha hat es mir mal erzählt. Danach durfte sie nie wieder mit mir reden. Als sie mit Dane gerade schwanger war, war ich mit George auch schwanger. Sie kamen fast zur gleichen Zeit auf die Welt. Kate, unsere Hebamme, erzählte mir, das Samantha eine sehr beschwerliche Schwangerschaft und eine sehr schwere Geburt mit ihm hatte. Sie hatte ihn in der Scheune zur Welt bringen müssen, damit das Schlafzimmer nicht verschmutzte. Danes Köpfchen war im Geburtskanal stecken geblieben, weil er die Nabelschnur um den Hals gewickelt hatte. Und als sie den kleinen Kerl endlich raus hatten, war er schon ganz blau angelaufen. Die Hebamme wollte sofort einen Krankenwagen rufen, aber der alte Gelton hat sie von der Farm gejagt. Er hat ihr hinterhergeschrien, sie sollte sich nie wieder dort sehen lassen. Vielleicht konnte er den Transport nicht bezahlen. Als Samantha vier Jahre später wieder schwanger war und eine Hebamme brauchte, war Kate Gott sei Dank schon in den Ruhestand getreten. Dafür kam Elisabeth, die neue Hebamme. Sie brachte dann Kevin auf die Welt. Ja, und das war ...“ Mrs. Heddon schaute unsicher im Restaurant herum, ob ihr auch niemand zuhörte, „… eine ganz merkwürdige Angelegenheit. Ich habe den Jungen nie gesehen. Es wurde gemunkelt, dass er sehr früh am Kindstod verstorben sei, aber das glaube ich nicht. Er war fast zwei. Da stirbt man nicht mal eben am Kindstod.“

Sollte Sarah sie aufklären? Mrs. Heddon fuhr fort: „Diesem Gelton war alles zuzutrauen.“

„Wie war Dane als Kind?", fragte Sarah.

Jetzt nahm Mrs. Heddon die schützende Hand vor ihrem Mund wieder fort. „Oh, ja, Dane! So ein lieber Kerl! Leider viel zu klein und zu dünn. Er und George spielten hin und wieder miteinander, aber sie verstanden sich nicht sehr gut. In der Schule mussten sie sogar auseinandergesetzt werden, weil sie ständig miteinander rangelten. Ich habe Dane immer gerne bei uns gehabt." Sie kicherte. „Ich hatte immer das Gefühl, ihn versorgen zu müssen. Er war so still und schmächtig und wurde in der Schule viel gehänselt, weil er so schlecht im Unterricht mitkam. Und unser George war immer bei der Hänselei dabei. Wir haben ihm diese Bösartigkeit nie austreiben können."

„Wie war sein Verhältnis zu seinem Vater?", fragte Sarah und wollte es endlich auf den Punkt bringen.

Mrs. Heddon hob die Hände. „Das weiß ich nicht. Was mir allerdings aufgefallen war, war, dass er, nachdem sein Vater zur Armee gerufen wurde, wirklich aus sich raus kam. Er wurde in der Schule viel besser und holte plötzlich den Stoff der ganzen letzten Jahre innerhalb kürzester Zeit nach. Er muss Tag und Nacht daheim gelernt haben. Er wuchs plötzlich auch viel schneller. Seine Haare wechselten auf einmal von blond auf dunkelbraun, als wenn er ein ganz anderer Mensch werden würde. Es war unglaublich, ja fast unheimlich. Er lachte und hatte plötzlich viele Freunde. Aber die brachte er nie mit heim. Ich vermute mal, dass ihm die ärmlichen Verhältnisse zu Hause peinlich waren. Auf Grund dieser Entwicklung nahmen wir an, das dieser Gelton seinen Sohn ziemlich drangsaliert und unterjocht haben muss."

„Hat er ihn geschlagen?"

„Nun, das vermuten wir mal. George erzählte einmal, dass Dane voller Blutergüsse im Sportunterricht aufgefallen sei. Dane erzählte allen, er wäre oben von der Scheune heruntergefallen, aber Geltons Neigung zur Gewalt war ja unübersehbar. Er muss den Kerl furchtbar verdroschen haben. Hat ja auch seine Frau geschlagen. Und Jeff."

„Warum hat niemand die Polizei eingeschaltet?"

Mrs. Heddon sah sich wieder im Raum um, dass ihr auch niemand zuhörte. Sie flüsterte: „Bist du verrückt! Wir alle hatten doch Angst vor diesem Kerl. Der hatte doch die Gewalt ins Gesicht geschrieben."

„Hat denn niemand etwas auf dieser Farm beobachten können?"

Nun wurde Mrs. Heddon stutzig und fragte: „Sarah, was ist mit Dane?"

Sarah spürte, wie ihr die Tränen kamen. Nun gab es kein Entrinnen mehr.

Mrs. Heddon fragte: „Ist Dane gewalttätig dir gegenüber geworden?" Das war nicht undenkbar.

„Nein, nein", währte Sarah sofort ab.

„Was ist es dann? Was ist mit Dane?" Mrs. Heddon ergriff Sarahs Hand.

„Diese Scheune …", stotterte Sarah. „Er verschwindet ständig in dieser Scheune." Sie weinte. „Als würde sie ihn rufen. Er redet dort mit irgendjemandem. Da ist aber niemand."

Mrs. Heddon musste schniefen. „Sarah, sieh mich an!"

Sarah sah auf.

„Was hat Dane in dieser Scheune erlebt?"

Sarah sah weg. „Ich kann es nicht sagen." Sie brach zusammen. „Es wäre Dane gegenüber nicht fair."

Mrs. Heddon sah ihren Mann ins *Winnie* eintreten und sie suchen. Sie winkte nach der Rechnung und flüsterte Sarah zu: „Lass ihn in diese Scheune gehen, so lange, bis er fertig ist. Glaub mir, er weiß, was er tut. Er muss das ganz alleine schaffen." Sie ahnte etwas. Damit beglich sie die Rechnung und nahm Sarahs Hände noch einmal in ihre, um ihr Zuversicht und Kraft zu spenden.

Mrs. Heddon hatte genug gehört. Endlich hatte ihre Vermutung Bestätigung bekommen. Sie riefen Dane an, der sie nun sofort abholen konnte.

*

Dane verbrachte drei Nächte hintereinander in der Scheune und las die Tagebücher seiner Mutter aufmerksam durch. Sie brachten furchtbare Zustände in seiner Familie ans Tageslicht. Seine Mutter kam aus einer Familie, in der sexueller Missbrauch an der Tagesordnung gewesen war. Nur war es nicht ihr Vater gewesen, der sie über viele Jahre angefasst hatte, sondern ihr Onkel, der Bruder ihrer Mutter. Niemand wollte es bemerken. Man schwieg eben. Samantha Gelton wuchs dadurch mit einem desolaten, sexuellen Gefühl auf, und war über die perverse Neigung ihres zukünftigen Mannes keineswegs irritiert. Da sie niemals den Unterschied zwischen einer normalen sexuellen Beziehung und einer Vergewaltigung kennengelernt hatte, empfand sie Will Geltons Vergewaltigungen als normal. Er war gewalttätig und bestimmend, und sie war ihm in jeder Beziehung hörig. Auch als er sich sexuell an seinen Kindern zu befriedigen begann, griff sie nicht ein. Sie hielt sich in ständigen Verzeihungszeremonien gefangen und opferte ein Kind nach dem anderen, ohne etwas zu unternehmen. Man hatte ihr nicht beigebracht, sich zu wehren. Um das Leben auf der Farm mit Will Gelton erträglich zu machen, flüchtete sie in die Vorstellung, eine traumhaft schöne Zeit mit ihm auf der Farm zu haben.

Samantha Gelton beschrieb auch ihre Schwiegereltern als merkwürdige Menschen. Will Gelton kam aus einem ebenfalls gewaltbestimmten Elternhaus. Bei ihm war es der Vater gewesen, der ihn Prügel, Missbrauch und andere Strafen hatte spüren lassen. Will Gelton wuchs mit unbändigem Zorn gegen seinen Vater auf und übernahm später exakt die gleichen Verhaltensmuster, als sein Farmbetrieb nicht mehr erfolgreich lief. Ein alter Fluch der Familie Gelton stellte sich plötzlich ein und zwang ihn zu den sexuellen Übergriffen.

Die Tagebücher deckten mehr Wahrheit auf, als Dane verarbeiten konnte. Er war das Produkt einer kranken Familie! Nicht nur sein Vater war krank, auch seine Mutter war psychisch gestört gewesen. Wie viele Generationen aus seiner Familie mochten bereits mit diesen Störungen gelebt haben?

Diese Informationen brachten Dane völlig durcheinander.

Glaub den Büchern kein Wort, flüsterte das Loch. Alles Lügen! Du bist nicht wie sie.

Sarah hatte sich den Rat von Mrs. Heddon zu Herzen genommen und ließ Dane gewähren, wenn er in die Scheune ging. Sie wollte auch nicht mehr wissen, was er dort tat. Vielleicht war es das Beste, wenn er die Geschichte mit seinem Vater dort alleine ausmachte. Nur so konnte er zur Ruhe kommen. Sarah las noch einmal den Brief, den Dane ihr geschrieben hatte. Er schenkte ihr Trost und Zuversicht.

*

Obwohl das Loch unablässig auf Dane einredete, nichts von alledem zu glauben, konnte er sich einem weiteren Trauma nicht entziehen. Bisher hatte seine Mutter immer eine besondere Stellung bei ihm gehabt, eine Art Heiligenstatus. Der war nun zerbrochen. Er warf ihr plötzlich vor, einfach nur weggeschaut zu haben, als sein Vater ihn peinigte. Eine liebende Mutter würde so etwas niemals zulassen. Sie hatte jetzt genauso viel Schuld an seinen Schmerzen wie sein Vater. Dabei hatte Dane ihr so viel Vertrauen entgegengebracht. Seit dem Tag, an dem Dane die Tagebücher gelesen hatte, konnte er nicht mehr richtig schlafen. Wilde Albträume begannen ihn zu quälen.

„Was hast du in der Scheune gemacht?“, fragte Sarah ihn, als sie bemerkte, dass sich seine nächtlichen Besuche einstellten.

„Ich habe die Tagebücher meiner Mutter auf dem Dachboden gefunden und sie dort gelesen“, antwortete er völlig unbefangen, als wäre es das Natürlichste der Welt. Tagebücher, dachte sie, klar! Man sitzt in der Scheune auf dem Boden und redet mit sich selbst. Sollte sie ihn jetzt anschreien und zurechtweisen? Sie sah, wie Dane aufstand, zum Sideboard ging und zwei vergilbte Bücher herausholte. Er reichte sie ihr und sagte: „Du kannst sie lesen."

Sarah war irritiert. Was sollte das? Sollte sie ihm jetzt mitteilen, dass sie ihn in der Scheune beobachtet hatte? Ohne Tagebücher?

„Lies sie! Du willst doch alles wissen! Lies sie und du weißt alles!"

Sie sah ihn an. Er schmiss die Bücher auf den Tisch und verließ das Wohnzimmer.

„Was soll ich denn wissen wollen?", rief sie ihm hinterher.

„Woher ich komme!", rief er aus dem Bad. Die Dusche lief.

Sarah las die Bücher tatsächlich aufmerksam durch und war zutiefst geschockt. Sie hätte so viele Fragen gehabt, doch Dane ging ihr aus dem Weg. Er reparierte stattdessen diese verdammte Scheune! Er strich sie an, von außen und innen, stellte seine Corvette hinein, richtete sich eine Werkzeugbank ein und schien offensichtlich zufrieden. Er kam zu ihr, gab ihr einen Kuss, führte sie zum Essen aus und liebte sie anschließend so intensiv, als hätte er noch nie eine Frau gehabt. Es war, als wäre nichts geschehen. Die letzten vier Wochen waren wie weggewischt. Sarah konnte es nicht glauben. Sollte der Spuk etwa vorbei sein? Hatte Mrs. Heddon mit ihrem Rat, ihn in Ruhe zu lassen, etwa recht gehabt? War das der letzte Verarbeitungsprozess von Dane gewesen, den er brauchte, um wieder in ein normales Leben zurück zu finden? Sie wollte es so gerne glauben, aber ein inneres Gefühl sagte ihr, dass das nicht stimmte. Eine fadenscheinige Ruhe breitete sich aus.

*

Sarah bekam unerwartet einen Anruf von den Heddons. Das brachte sie auf andere Gedanken. Mr. Heddon bat sie um ein Gespräch unter vier Augen. Hatte er etwas erfahren? Doch es ging um Mrs. Heddon, die nunmehr ihre Hilfe im Haushalt brauchte, sich aber nicht zu fragen getraute. Also fragte Mr. Heddon hinter ihrem Rücken, ob Sarah nicht hin und wieder aushelfen könnte. Selbstverständlich. Es kam ihr sogar sehr gelegen, denn Dane hatte inzwischen seine Arbeit bei *BEAMAN&SON* begonnen. So war sie viel allein auf der Farm, zu viel, um sich ausgelastet zu fühlen und ihre immer noch unterschwellig vorhandene Angst unter Kontrolle zu bekommen. Die Ereignisse der letzten Wochen spukten ständig in ihrem Kopf herum. Sie hatte einen Gemüsegarten hinter dem Haus angelegt, in dem sie viel Zeit verbrachte, aber viel lieber besuchte sie die Heddons, die immer eine Tasse Tee für sie bereit hielten. So verband sie ihre Besuche mit der Hilfe, die sie leisten konnte.

*

Zunächst stand Dane seiner neuen Arbeit ratlos gegenüber. Durch den Fortschritt der Technik hatte sich viel verändert, aber seine rasche Auffassungsgabe ließ ihn schneller als vermutet einarbeiten. Sein Humor kam gut bei seinen Kollegen an, und Rick Beaman erkannte in ihm eine wirkliche Bereicherung seines Betriebes. Dane ging in seiner Arbeit regelrecht auf. Er fühlte sich herausgefordert, den gesamten Betrieb zu beherrschen. Das Einkommen war gut und Dane sehr zufrieden. Es gab in der Druckerei jeden Tag neue Herausforderungen, denen er sich stellen konnte. Es blieb ihm nichts verborgen, doch sein Ehrgeiz entwickelte sich schon bald zum Leidwesen seiner Mitarbeiter. Er konnte es seinem Humor verdanken, sie bei Laune zu halten. Dane hatte nach wenigen Wochen alles im Griff, mehr als Rick Beaman selbst. Sein Drang zur vollkommenen Kontrolle verursachte die erste Missstimmung bei Beaman.

Sarah lud im Sommer ihre Eltern nach Valley Falls ein. Dane hatte sich gegen diesen Wunsch nicht gewehrt, solange sie nur einmal kamen. Er würde es ertragen, und viel vorzuweisen hatte er ja auch.

Die Newshorns waren von den Verhältnissen, in denen ihre Tochter nun lebte, schwer beeindruckt und freuten sich über die erfolgsversprechende Zukunft, die sich ihr hier zu bieten schien. Sie erkannten in Dane nun einen guten und aufrichtigen Partner für Sarah und schätzten sich glücklich, ihn als Schwiegersohn im Kreise der Familie aufnehmen zu dürfen. Dane schwieg dazu. Es wurde dennoch eine schöne Woche. Dane war freundlich und charmant, was Sarah glücklich machte, und die Newshorns waren nach fünf Tagen wieder verschwunden. Alles lief nach Plan.

Es häuften sich die Nächte, in denen Dane nach Sex verlangte. Er liebte sie dann wild und heißhungrig zugleich. Für Sarah war das Gefühl nicht neu. Nachdem sie viele Jahre ungewollten Sex mit ihrem Exmann aushalten musste, empfand sie das intime Beisammensein mit Dane nun als ziemlich ähnlich. Sie hatte wieder einen Mann, der sie zwar wirklich liebte, der aber mehr seinen eigenen Trieb stillen wollte als ihren. Sie bekam Angst und dachte an die Tagebücher. Inwieweit nahmen sie Einfluss auf sein sexuelles Verlangen?

16. September 1995

Als Dane von der Arbeit heimkam und einen alten Jeep vor seinem Haus stehen sah, spürte er ein leichtes Unbehagen aufkommen. Es war nicht einer jener Wagen, wie Johnathan oder gar Jim ihn fahren würden, es war ein Wagen, der Schwierigkeiten ankündigte – dreckig und verrostet.

Zunächst wollte Dane seine Corvette wie jeden Abend in die Scheune fahren, aber ein ungutes Gefühl mahnte ihn zur Vorsicht. Er sah zur Heddon-Farm hinüber und den alten Ford Taurus vor dem Haus stehen. Da er nicht auf Besuch eingestellt war, wusste er auch nicht, wer hier bei Sarah etwas verloren hatte, wenn er nicht zu Hause war. Sarah hatte ihm auch nichts von irgendwelchen Freunden erzählt, die heute kommen wollten.

Dane taxierte das Haus, während er aus dem Auto stieg. Er schloss die Eingangstür leise auf und ging hinein. Sarah war nicht in der Küche, wie es sonst ihre Art war. Kein Essen war zubereitet, keine Musik lief. Auch im Wohnzimmer lauerte eine gähnende Leere. Ein Blumenhocker war umgekippt. Dane wurde etwas übel. Er schlich geräuschlos die Treppe hinauf in den ersten Stock, öffnete flink die Tür des Schlafzimmers und schaute hinein. Nichts. Dasselbe im Gästezimmer. Alles befand sich in peinlicher Ordnung. Der Duft von Trockensträußen, die Sarah selbst gebunden hatte, hing in der Luft.

Sarah war nicht im Haus. Es blieb nur noch die Scheune, diese verdammte Scheune! Sie hatte nie etwas Gutes geborgen. Der Gedanke trieb ihn hektisch die Treppe hinunter. In der Küche ergriff er ein großes Fleischmesser und verließ das Haus.

Sein Gang zur Scheune war aufrecht und entschlossen. Er riss brutal die großen Türen auf und ließ helles Tageslicht einfluten. Dann bezog er seitlich einer Tür Stellung, während er das Messer hinter seinem Rücken verbarg. Sein Instinkt rechnete mit dem verheerenden Bild einer Vergewaltigung, sah sich aber dann mit einer durchaus friedlichen Szene konfrontiert.

Sarah stand im hinteren Teil der Scheune und unterhielt sich freundlich mit einem großen, schwarzhaarigen Mann und einer kleinen, dunkelhaarigen Frau. Ihre Augen glichen denen eines Rehs – groß und dunkel. Rein gar nichts gab Anlass zur Sorge. Als Dane geräuschvoll in die Stille platzte, unterbrachen sie ihre Unterhaltung und sahen zu ihm hinüber.

„Hallo, Dane! Schön, dass du da bist. Sieh mal, wer hier ist! Dein Cousin mit Frau aus Los Angeles."

War es Sarahs Naivität oder hatte sie vergessen, dass er keine weiteren Verwandten hatte? Woher sollte er plötzlich einen Cousin haben?

Die fremde Frau sah ihn lächelnd an. Ein Stich durchzuckte Danes Herz und er sah in die dunklen Augen von Joan. Was hatte er je an dieser Frau so geliebt? Während ihr Blick ihn früher verzaubert hatte, sah er nun die pure Boshaftigkeit in ihm. Sie warfen sich hasserfüllte Blicke zu, bis er den Blickkontakt löste und auf den Mann neben ihr schaute. Auch der war ihm bekannt und er wühlte in der Kiste seiner Vergangenheit. Er fand ihn, das Schwein! Alles lief wieder vor seinem inneren Auge ab: der Überfall, die Vergewaltigung, der Schmerz und die

Demütigung. Es war, als sei es gestern erst gewesen. Dieser Mann hatte ihn fast zu Tode geprügelt und maßlos gedemütigt. Damit wusste Dane, dass Joan alles mit angesehen hatte. Sie gehörte dazu! Ihm wurde schlecht, als er die beiden bei Sarah stehen sah. Was hatten sie ihr erzählt? Der Gedanke raubte ihm den Atem. Er umschloss das Messer noch fester in seiner Hand und sah Sarah in Gefahr schweben! Sie aber redete völlig unbeschwert weiter auf ihn ein. Er hörte sie nicht, er spürte nur das Messer hinter seinem Rücken und wie seine Handflächen feucht wurden.

„Sarah …!“, sagte Dane ernst und hart. Sein Atem ging stoßweise und sein Tonfall ließ Sarah sofort in ihrer Unbekümmertheit einhalten. Sie spürte, wie ihr Adrenalin anstieg, weil er noch nie so streng ihren Namen ausgesprochen hatte. Da erst wurde ihr bewusst, dass etwas nicht stimmte. Sie musste ihm jetzt unbedingt gehorchen. Es war nicht der Tonfall, den er anschlug, wenn er böse war, nein, er musste Angst um sie haben, und die war zweifellos groß im Moment.

Sarah entfernte sich von den beiden, die ihr gar nicht so unsympathisch erschienen waren, und ging gehorsam auf Dane zu, bis sie neben ihm stand. Weder Joan noch der Schwarzhaarige unternahmen den Versuch, sie zurückzuhalten.

Als Dane Sarah bei sich hatte, flüsterte er ihr leise ins Ohr: „Geh und lauf' zu den Heddons. Schnell!“

Noch nie war Sarah so schnell durch die Felder gerannt, voller Panik und Angst um Dane. Der Gedanke, die Polizei zu rufen, ließ sie hechelnd in die Eingangstüre der Heddons stürzen.

Das war also der große Unbekannte, dachte Dane. Der, der ihn unentwegt beobachtet und Rhyan in die Sache hineingezogen hatte. Er passte optisch gut zu Joan. Sie waren ein schönes Pärchen. Joan wollte etwas sagen, aber der Schwarzhaarige gebot ihr Einhalt und ergriff das Wort: „Wir wollen nur unser Geld, dann sind wir wieder weg. Also mach keine Schwierigkeiten!“

Geld! Das war es also. Sie haben hier auf dieser Farm also nach Geld gesucht. Da haben sie aber Pech, denn von ihm würden sie bestimmt keins bekommen. „Welches Geld?“, fragte Dane. Er stand immer noch an der Scheunentür.

„Das Geld, das Will uns versprochen hat.“

„Aha. Und was hat er sonst noch so versprochen?“

„Mach keinen Ärger.“

„Ich mache keinen Ärger. Sieh doch, ich stehe hier ganz ruhig. Ich will nur, dass Ihr verschwindet.“

„Erst, wenn wir unser Geld haben.“

Dane lächelte und schüttelte den Kopf. „Mein Vater ist tot. Und er wird wohl kaum Geld gehabt haben. Er hat euch hinters Licht geführt.“

Der Schwarzhaarige wurde unruhig. „Erzähl keine Geschichten!“

Wieder lächelte Dane. „Wie meinst du das?“

„Du hast die ganze Farm renoviert. Wovon hast du das alles bezahlt?“ Der Schwarzhaarige wurde zusehends unruhiger.

„Von meinem Geld! Es gibt noch ehrliche Leute.“

„Du hast es auf dieser Farm gefunden, stimmt's? Es gehört uns! Gib es uns, und wir lassen dich in Ruhe.“

Dane wusste nicht genau, ob er oder Joan eine Waffe versteckt bei sich trugen, aber er stellte sich auf einen Angriff ein.

„Ich habe kein Geld gefunden. Und wenn, dann wäre es schmutziges Geld. So etwas will ich nicht“, sagte er.

Joan zog eine Pistole und zielte gekonnt. Dane zuckte zusammen. Sie hatte also doch eine Waffe dabei. Der Schwarzhaarige signalisierte ihr wieder Einhalt. Er hatte seine eigene Methode und ging langsam auf Dane zu. „Hör zu“, sagte er im Gehen, „es hat dir wohl noch nicht gereicht. Was muss ich noch tun, um dir auf die Sprünge zu helfen?“ Jetzt wurde Dane unruhig, hielt aber weiterhin die Stellung. Nicht die Nerven verlieren!

Wo bist du!, schrie Dane das Loch an. Wo bist du! Du musst mir helfen!

Das Loch schwieg.

Ohne das Loch hatte er keine Chance. Dann, plötzlich:

Ich bin hier!

Er umschloss den Griff des Messers fester in seiner Hand. Jetzt hatte er so richtig Lust. Ich bring ihn um! Der Gedanke entlockte ihm ein eiskaltes Lächeln und er sagte: „Ich weiß nicht, was du tun musst, um mir zu helfen. Lass dir was einfallen."

Der Schwarzhaarige trat vor ihn hin, größer als er, erhaben, und holte zu einem Schlag aus, aber Danes Messer blitzte auf und kam ihm als Abwehr zuvor. Es bohrte sich tief in die rechte Schulter seines Gegenübers, und ein reißender Schrei erschütterte die Farm. Damit hatte der Schwarzhaarige nicht gerechnet. Erschrocken und von Schmerz getrieben, umschloss er den Griff des Messers und zog es verbissenen Antlitzes aus seiner Schulter heraus. Dane nutzte die Gelegenheit, stürzte sich auf ihn und brachte ihn mit einem Hagel von Schlägen zu Boden. Joan zielte mit der Waffe unsicher hin und her, während Dane auf den Fremden einprügelte. Er war nicht sehr zielsicher, aber stärker, als es der Fremde erwartet hatte. Ihre Körper rangen im trockenen Staub und es dauerte nicht lange, bis Dane erkannte, wieder einmal der Unterlegene zu sein. Wieder schmeckte er sein eigenes Blut. Es war ihm unter den vielen Hieben, die er plötzlich einstecken musste, kaum noch möglich, sich zu bewegen, wenn er auch keinen Schmerz dabei spürte.

Hilfe!!!, schrie Dane. Gib mir Kraft!
Das Loch schwieg.

Dane stöhnte, als der Schwarzhaarige von ihm abließ, und krümmte sich benommen im Dreck zusammen. Dann sah er plötzlich einen Benzinkanister über sich und hatte nicht einmal mehr die Kraft aufzustehen, als das ätzende Zeug auf ihn hinabstürzte. Es lief über sein Gesicht, in seinen Mund hinein und über die gesamte Kleidung. Verzweifelt spuckte er die bittere Flüssigkeit wieder aus, als ihm bewusst wurde, was der Schwarzhaarige mit ihm vorhatte.

Hilfe!!!, schrie Dane. Wo bist du?

Das Loch lachte und sagte: Ohne mich bist du nichts, und schickte ihm Kraft.

Das alleine rief seine letzten Reserven zur Hilfe, und es gelang ihm, sich gegen die Stärke seines Gegners aufzurichten, der ihn mit einem Fuß am Boden zu halten versuchte. Danes Blick fiel auf die Axt. Er wollte sie mit einem schnellen Sprung erreichen, sah aber ein brennendes Streichholz fliegen, und sein Sprung ging zur Scheunentür hinaus. Er landete vor der Scheune im Dreck, sodass ihn das Streichholz nicht erreichen konnte. Durch seine Leichtigkeit flog es gerade einen Meter weit vor dem Schwarzhaarigen zu Boden. Das kleine Feuerrinnsal floss geradewegs zu ihm zurück, zu seinen Schuhen, die ebenso mit Benzin getränkt waren wie seine Hose. Er hatte keine Chance mehr. Die selbstgelegten Flammen eilten auf ihn zu und fraßen sich an ihm hoch. Joan befiel Panik. Geschockt sah sie das brennende Wesen in der Scheune herumirren, begleitet von furchtbaren Schreien, bis es zu Boden fiel. Joan sah keine Möglichkeit mehr, die Ausgangstüre zu erreichen, denn die Flammen hatten das alte, getrocknete Holz des Giebels bereits erreicht und bauten sich wie eine Mauer vor ihr auf. Dann sah sie rechts das kleine Fenster, riss es auf und kletterte in panischer Angst hinaus. Sie hustete den Ruß aus ihren Lungen und kam wieder zu sich, während es in der Scheune abscheulich knisterte. Sie dachte an Dane, der auf der vorderen Seite der Scheune liegen musste. Wenn sie schon ohne Geld hier wieder weg musste, so wollte sie doch wenigstens das Wissen um seinen Tod mitnehmen. Er wusste einfach zu viel.

Das Feuer prasselte inzwischen überall. Joan schlich benommen zur Ecke und sah Dane keuchend im Dreck liegen. Das

Benzin brannte in seinen Augen und ätzte sich in seine Atemwege, was ihm einen ekelhaften Geschmack im Mund verursachte. Er sah Joan nicht näherkommen, aber er hörte etwas. Der Hahn einer Waffe knackte. Sie wollte gerade abdrücken, da bekam er ihre Beine zu packen und riss sie zu Boden. Der Schuss verfehlte sein eigentliches Ziel, und seine Hände suchten nach ihrem Hals. Joan versuchte sich zu wehren. Sie schlug auf ihn ein und spürte, wie kraftvoll er sie in Schach hielt und zudrückte. Er war blind! Sie würgte! Es war ihm eine Lust, sie jetzt zu töten, für alles, was sie wusste und getan hatte! Und er war sich sicher, dass es auch sein Recht sei, dies zu tun.

Aus weiter Entfernung hörte er plötzlich Polizei- und Feuerwehrsirenen näher kommen. Ganz weit entfernt hörte er jemanden rufen: „Dane, hör auf!“ Sarah war es, die ihn vor dem größten Fehler seines Lebens und Joan vor dem Erwürgungstod bewahrte. Dane ließ durch die Warnschreie von Sarah ab. Benommen keuchte er das Benzin aus seinen Lungen, während Joan ihren Hals umfasste und ebenfalls keuchte.

Die Scheune gab sich dem Feuer hin und verbrannte vor den Augen aller.

Als die alten Heddons die Farm erreichten, bot sich ihnen ein erschütterndes Bild: Drei Feuerwehrfahrzeuge bemühten sich um etwas, das sie nicht mehr unter Kontrolle bekommen sollten. Der Untergang der Scheune war unvermeidlich. Zwei Polizeistreifen standen umher. In einem Polizeiwagen saß Joan. Die Heddons fanden Sarah und Dane schließlich im Haus, in dem ein scharfer Benzingeruch lag. Es war gut, dass er das nasse Tuch vor seine Augen presste. Es machte das ätzende Gefühl des Treibstoffes erträglicher. Er dachte an nichts anderes mehr als an seinen Sieg.

Sarah schaute zur Tür, als Mrs. Heddon eintrat – einfach nur dankbar für ihre Anwesenheit. Mrs. Heddon teilte ihr mit, dass der Krankenwagen auch unterwegs sei. Sarah nickte benommen und konnte nicht fassen, mit welcher Brutalität dieser Kampf vonstattengegangen sein musste. Es war nicht nur sein Gesicht, das von Prellungen gezeichnet war, Tage später stellte sie entsetzt fest, dass sein ganzer Körper Verletzungen davongetragen hatte. Der einzige Gedanke, der sie beruhigte, war, dass diese verdammte Scheune endlich aus ihrem Leben verschwunden war.

Dane Geltons Augenlicht wurde weitgehend wieder hergestellt. Einige Verätzungen in der Speiseröhre und im Magen ließen sich nicht mehr beheben, aber es war auszuhalten, und es würde besser werden, sagte der Arzt, wenn er nur Milchprodukte meiden würde. Auch das ließ sich aushalten.

„Wann hört es endlich auf?“, fragte Sarah ihn mit traurigem Blick. Sie konnte nicht mehr.

„Jetzt“, war seine Antwort. Zu Hause besprachen sie den Termin für ihre Hochzeit.

*

Es ließ Dane keine Ruhe, dass Joan und dieser Mann nach Geld auf seiner Farm gesucht hatten. Hatte sein Vater hier in diesem Haus etwa wirklich Geld versteckt? Dane ging auf die Suche. Es kam nur der Dachboden in Betracht, alles andere war komplett renoviert worden.

Er ließ die schwere Dachbodentreppe wieder herunter und stieg hinauf. Dort machte er eine seltsame Entdeckung. Er fand eine Kiste, verborgen unter Decken und Lumpen, die er mit Sarah die Treppe hinuntertrug und sie in ihrem Beisein im Wohnzimmer aufbrach. Es lagen 250 000 Dollar darin, und Dane zeigte ein schier grenzenloses Erstaunen. Alles passte so gut zusammen. Jedes Detail zu seiner Zeit, dachte er und verspürte Genugtuung.

Sarah und Dane waren sich sofort einig, dass es Will Geltons Eigentum sein musste, und sie ließen von einem Teil des Geldes eine neue Scheune bauen.

*

Die Geschichte seiner Vergangenheit ließ Sarah keine Ruhe, auch wenn Dane ihr täglich zu zeigen versuchte, damit abgeschlossen zu haben. Er wirkte so normal, dass es schon wieder komisch wirkte. So sprach er ihr gegenüber plötzlich einen Kinderwunsch aus. Das beunruhigte sie noch mehr. Sicher, sie hätte gerne ein Kind mit ihm, aber war es nicht eine große Unvernunft, mit dieser familiären Vorgeschichte Kinder zu bekommen?

Dane zeigte für ihre Argumente kein Verständnis. Er war gesund, sie war gesund. Wo war das Problem? Er konnte doch nichts dafür, dass sein Vater krank gewesen war. Deswegen war er doch nicht gleich auch krank.

Sarah hatte wohl Mitleid, aber sie traf eine verhängnisvolle Entscheidung. Sie erinnerte ihn an die Tagebücher und die darin beschriebene Familienkrankheit und ließ sich gegen seinen Willen sterilisieren. In Dane braute sich eine große Wut zusammen. Zeitweise grenzte sie an Hass, aber nicht gegen Sarah, nein, es sollte doch wieder sein Vater sein, der sein Leben bestimmte. Konnte er jemals diesen Hass ablegen?

Sarah ahnte nicht, dass ihr Entschluss zu einer fatalen Entwicklung führen würde, denn es trieb Dane dazu, sich wieder mit Dingen aus seiner Vergangenheit zu beschäftigen. Zunächst kümmerte er sich um die Gebeine seiner Brüder, sowie um die Leiche seines Vaters. Sie sollten alle neben seiner Mutter Samantha Gelton auf dem Edwardsville Cemetery beigesetzt werden. An einem regnerischen Herbsttag war er ganz alleine, als seine Familie wieder zusammengeführt wurde. Sarah wollte nicht dabei sein. Was hatte sie auch zwischen ihm und seiner Familie zu suchen? Außerdem war es an der Zeit, ihm zu zeigen, dass er von diesen Dingen ablassen musste, und dass sie sich jetzt nicht mehr dafür interessieren wollte. Sie hatten sich für ein gemeinsames Leben entschieden und nicht zu einem, das Sarah ständig mit seiner schlimmen Vergangenheit zu teilen hatte.

Als Dane von der Beisetzung nach Hause kam, krochen sie hoch – die Gedanken –, in ihn hinein, wie ein Wurm, hässlich, glitschig und ohne Ende.

Die Krankheit bricht aus

1996, Januar
Valley Falls

Sie waren wirklich ein schönes Paar. Die Zeit ihres gemeinsamen Lebens hatte es bisher nicht immer gut mit ihnen gemeint. Gerade zweieinhalb Jahre waren sie zusammen und von mächtigen Wellen des Glücks, aber auch des Unglücks getragen worden, wobei das Unglück überwogen und recht tiefe Narben hinterlassen hatte. Sarah hatte so manches Mal am Abgrund ihrer Verzweiflung gestanden und kaum noch Kraft schöpfen können. Neue Kraft sollte sie am 16. Januar 1996 schöpfen. Es war sein 41. Geburtstag und gleichzeitig der Tag ihrer Hochzeit. Sie besiegelten ihre Liebe im engsten Kreise der Familie, wobei Sarah auf beachtliche achtundzwanzig Personen kam. Als Ersatz für seine Familie standen Dane die Heddons sowie Johnathan und ich, Jim, mit meiner Lebensgefährtin Linda zur Seite. Zum einen Johnathan, weil er fünfzehn glückliche Jahre mit ihm ein Lokal in Glendale geführt hatte, und zum anderen ich, weil ich ihm während seiner Zeit der Depression zur Seite gestanden hatte – wie Dane mir selbst mitteilte, mit einem Glas Gin in der Hand. Dass die Heddons an diesem Ereignis teilnahmen, war klar. Mehr war nicht vom Karussell seines Lebens übrig geblieben. Aber er fühlte sich irgendwie glücklich im Kreise seiner Familie. Immerhin bot sich ihm die Gewissheit, sie selbst ausgesucht zu haben, wohingegen Sarah das nicht konnte.

Sarah fand eine Freundin in Kansas City und Dane niemanden – abgesehen von den Heddons. Da war noch Rick Beaman, sein Chef, mit dem er täglich viel Spaß hatte, aber als Freund, so wie Johnathan oder mich, war er kaum anzusehen. Sicherlich hatten Dane und Sarah auch einen gewissen Kontakt zu Rick und seiner Familie, doch der war eher beruflicher Natur.

Nach ihrer Hochzeit begann für beide ein ungewohnt ruhiges Leben. Sie waren stolz auf ihr Haus und vor allen Dingen auf die neue Scheune. Sie verbrachten zwar viel Zeit bei den Heddons, doch manchmal vermisste Dane die Zeit mit Johnathan und mir in Glendale. Übrig geblieben davon war nur seine Corvette. Alles andere hatten ihm die letzten zwei Jahre genommen. Genauso vermisste Sarah manchmal den Trubel ihrer Familie. Dane nicht – nicht den Trubel.

Die Heddons waren mit ihren jungen Nachbarn nach wie vor glücklich und besahen sich oft den ansehnlichen Mann, der vor gar nicht langer Zeit noch als dünnes Geschöpf durch die Felder gerannt war. Sie haben nie erfahren, was sich damals auf der Farm abgespielt hatte.

Nachts, wenn Sarah schlief und glaubte, auch Dane täte es, lag er wach. Stundenlang grübelte er über etwas, von dem er nicht einmal wusste, was es war. Das Wort *Geisteskrankheit* schlich sich immer wieder in seine Gedanken – ein überaus böses Wort. Er versuchte, es durch ein anderes zu ersetzen, fand aber keines. Auch die Bemühung, das Wort aus seinem Gedächtnis zu streichen, gelang ihm nicht. Dann versuchte er sich eine Geisteskrankheit vorzustellen, wie sie sich wohl anfühlen würde – schon alleine aus dem Grund, um sich vor diesen Merkmalen zu schützen. Letztendlich erkannte er, dass es ihm nicht möglich war, denn er glaubte, ihn leite ein völlig normaler Verstand. Dass er niemals eine eigene Familie gründen würde, machte ihm immer wieder schwer zu schaffen. Eine Adoption widerstrebte ihm jedoch gänzlich. Das Thema war erledigt. Er versuchte, alles so zu akzeptieren, wie es war, und nahm sich vor, das Beste daraus zu machen.

Sarah wusste nicht, dass Dane fast täglich nach der Arbeit zu dem Grab seiner Familie fuhr. Er wusste nicht einmal selbst, warum er es tat. Er tat es eben, wie eine Notwendigkeit, mit der man seine kranke Familie besuchte. Was verbarg dieses Grab nur und warum verlangte es so oft seine Anwesenheit? Was teilte er mit dieser Gruft? Dabei heilte alles so gut und alles war so, wie es für ihn sein sollte. Er hatte eine wunderbare Frau, freundliche Nachbarn, ein großartiges Haus, ein kleines Vermögen und einen tollen Wagen. Vielleicht hatte er zu viel Gutes um sich!

*

Der Winter in Kansas schlug in diesem Jahr unbarmherzig zu und hielt die Temperaturen bis Anfang März weit unter dem Gefrierpunkt. Eine berauschende Schneedecke zwang die Menschen unablässig in ihre Wintermäntel, bis das Tauwetter schließlich einsetzte. Eis und Matsch auf den Straßen verursachten Chaos und Gereiztheit bei den Bürgern von Kansas City. Die Fahrt zum Arbeitsplatz in der Stadt wurde für Dane jeden Morgen zu einer Prozedur. Die defekten Bremslichter seines Vordermannes wurden ihm dann zum Verhängnis. Zu spät sah er den kurzen Abstand und prallte scheppernd auf den Wagen. Der Gurt drückte sich schmerzhaft in Becken und Schulter, und kurz darauf erschütterte ihn noch ein wuchtiger Stoß von hinten. Dane war geschockt, als er feststellte, seine Corvette in einer Massenkarambolage verloren zu haben. Zehn Jahre tiefe Verbundenheit zu dem Fahrzeug waren ihm innerhalb weniger Sekunden einfach genommen worden, durch seine eigene Unachtsamkeit. Er sah schon an Ort und Stelle, dass eine Reparatur nicht mehr möglich war, und starrte seine Corvette nur schweigend an. Der Mann, der ihm aufgefahren war, versuchte ihm lächelnd klarzumachen, dass dies alles kein Problem sei. Seine Versicherung würde sich schon um eine Entschädigung kümmern. Dane sah den Mann nicht einmal an.

Als Sarah ihn mit einem Taxi heimkommen sah, dachte sie sofort, der Wagen sei in der Werkstatt. Als sie ihm in die Augen sah, wusste sie jedoch, dass die Corvette aus seinem Leben verschwunden war. Er verlor nicht ein Wort über den Unfall. Er weinte nicht, er schrie nicht, er fluchte nicht. Er schwieg. Keine Werkstatt konnte ihm helfen. Die Corvette hatte einen

Totalschaden erlitten. Sein eigener Versuch, dem Wagen mit einem Schweißgerät zu begegnen, endete erfolglos, und er nahm sich vorerst einen Mietwagen.

Sarah war über seine krankhafte Liebe zu dem Fahrzeug sehr irritiert. Sie hielt es nicht mehr aus. Es musste ein Ersatz her, irgendetwas, das ihn wieder begeisterte, doch er wollte kein anderes Fahrzeug als das, was völlig verbeult in der Scheune stand. Hatte Sarah denn nicht verstanden? Wie konnte sie ein Bein annähen wollen, das er schon vor Wochen verloren hatte?

Sie entschieden sich schließlich lieblos für ein zweckmäßiges Modell der Marke Chrysler, einen Chrysler Baron.

Diese Anschaffung nahm ihm einen großen Teil seiner Lebensfreude. Sarah sah ihn seitdem nie wieder mit Freude in seinen Wagen steigen. Sie war sich nicht bewusst gewesen, wie viel die Corvette ihm bedeutet hatte. Es war seine erste große Anschaffung in Kalifornien gewesen. Eine Art Grundstein oder Symbol für ein neues Leben nach dem auf der Farm. Jetzt befand er sich wieder am Anfang!

*

„Dane, wach auf", entfuhr es Sarah in der Nacht. „Hör doch, das Telefon!"

Dane horchte auf und schaute auf die Uhr. Es war kurz nach zwei. Unten im Wohnzimmer läutete das Telefon, unbarmherzig und ausdauernd. Ihm schwante nichts Gutes. Er lief die Treppe hinunter und nahm den Hörer ab. Die Schatten des Vollmonds ließen ihn undeutlich die Umrisse der Küchenmöbel erkennen. Es fröstelte ihn. „Ja, hallo", sagte er vorsichtig und drückte frierend seinen linken Arm an seine Brust. Es war schon Mai, aber die Kälte schien nicht nachlassen zu wollen. Wehmütig dachte er an die Wärme in Glendale um diese Zeit. Flehend und bestürzt klangen die Worte von Mr. Heddon durch den Hörer: „Dane! Oh Gott, Dane! Du musst rüberkommen. Heather hat einen Herzinfarkt oder so. Komm doch schnell, ja? Der Krankenwagen ist schon unterwegs!"

Dane erschrak und antwortete kurz: „Ja, ich komme.“ Er hatte gewusst, dass dieser Tag kommen würde, dennoch fühlte er sich unvorbereitet. Er rief zu Sarah hoch und sie kam mit einigen Kleidungsstücken auf dem Arm die Treppe heruntergerannt. Dane lief währenddessen halb nackt durch die kalte Dunkelheit über den Hof zur Scheune, dann fuhr er heulend mit dem Chrysler vor. Sarah hatte sich geschwind angezogen und stand zitternd in der Türe. Sie hielt eine Hose für Dane in der Hand. Sie hatten Angst – beide, jeder auf seine Art, und fuhren zu der Heddon-Farm. Gemeinsam rannten sie in das hell erleuchtete Haus der alten Leute. Unten war niemand anzutreffen, also liefen sie die Treppe hinauf. Der Anblick, der sich ihnen bot, ließ beide in der Tür verharren. Heather Heddon lag leblos in ihrem Bett, während ihr Mann betend davor kniete. Als er die Anwesenheit von Dane und Sarah bemerkte, erhob er seinen alten Körper kummervoll und sah bitter zu ihnen hinüber. Sarah nahm ihn mit hinunter in die Küche.

Dane trat zu Mrs. Heddon ans Bett. Er dachte an seine Mutter, die er nicht hatte sterben sehen. Er hatte sie so geliebt, und dann war sie ohne ihn gestorben. Dane sah plötzlich, wie die Gesichtszüge von Mrs. Heddon zu denen seiner Mutter wurden. Er streichelte ihre Wange und sagte weinend: „Mom.“ Er presste seinen Mund auf ihren und stieß sein Leben in sie hinein. Sie ließ es ungenutzt wieder heraus. Er stieß es erneut in sie hinein, aber sie wollte es nicht mehr. Er wurde hektisch. War sein Leben – sein Atem – nicht gut genug für sie? Er ließ wütend von ihr ab und dachte weiter nach. Das Herz! Er presste seine Hände in regelmäßigen Abständen auf ihre Brust. Aus Wut wurde Verzweiflung. „Nein, Mom, nicht so! Anders, aber nicht so!“, wimmerte er. Seine Wiederbelebungsversuche wurden kräftiger.

Sarah hörte etwas von oben. Sie hörte Danes Stimme, die „Mom“ wimmerte und wusste Bescheid. Im selben Moment sah sie vom Fenster aus den Krankenwagen herannahen. Dane hielt inne. Er war erschöpft. Er wollte ihr nicht wehtun. Vielleicht hatte er zu kräftig gedrückt. Er wollte sie doch nicht verletzen! Ein Kampf war zu Ende. Sinnlos! Er sah einen Nebel durch das Zimmer kriechen, der Mrs. Heddon ihre Gesichtszüge wiedergab. Der Nebel hüllte auch ihn ein. Er hörte Stimmen und, ein fröhliches Lachen drang in seine Gedanken. Er roch den Gänsebraten aus der Küche, sah den Tannenbaum – ihr zweites Weihnachtsfest auf der Farm. Dann holte ihn ein anderes Lachen ein. Er sah Sarah mit dem Blumenstrauß in der Hand und seinem Ring an ihrem Finger – seine Hochzeit. Sie lächelte in die Kamera. Mrs. Heddon flüsterte ihm von hinten etwas ins Ohr, dass auch er lachen musste. Ihre Stimme hatte so furchtbar in seinem Ohr gekitzelt. Das Bild seiner Hochzeit stand immer noch im Wohnzimmer der Heddons. Alle hatten gelacht – und Dane nur durch das Kitzeln im Ohr. Das Lachen verstummte. Durch den Nebel bewegte sich etwas Weißes und kam auf ihn zu. Mit den Worten: „Darf ich mal?“, stieß ihn der Notarzt zur Seite. Dane taumelte. Er hörte, wie ihn jemand ansprach: „Alles in Ordnung?“

Das ließ Dane wieder zu sich kommen. Er nickte und ging benommen nach unten zu Sarah und Mr. Heddon. Sein Blick war gesenkt, als er die Küche betrat und signalisierte damit die Aussichtslosigkeit der Lage. Mr. Heddon sackte heulend am Küchentisch zusammen. Dane zog sich müde einen Stuhl heran, setzte sich und ließ den Kopf in seine Arme fallen, die auf dem Tisch lagen. Er spürte nichts als Leere. Mom war tot.

Die Ärzte begannen oben mit der Reanimation. Es war alltägliche Routine und keine Erschütterung mehr, mittels des EKGs schließlich ihren Tod festzustellen. Die Macht der Technik sollte das Leben von Mrs. Heddon nicht wieder zurückholen.

Sarah kochte Tee, um irgendetwas zu tun. Sie war vertraut mit der Küche, hielt sich am Wasserkessel fest und war sich bewusst, dass Mr. Heddon diese Nacht nicht mehr ins Bett gehen würde. So stellte sie sich auf eine lange Nacht ein.

Noch bevor der Kessel pfiff, kamen die Ärzte herunter und schüttelten stumm ihre Köpfe. Mr. Heddon brach erneut zusammen, während Dane seinen Kopf immer noch in seinen Armen auf dem Tisch bettete. Erst als die Ärzte wieder die

Treppe hinaufgingen, um ihre Geräte einzupacken, sah Dane auf und ließ Mr. Heddon an sich heran. Eine aufrichtige Trauer drückte ihre Körper fest zusammen. Mr. Heddon spürte zum ersten Mal den Jungen von nebenan so nah an sich. Sarah nahm den Kessel vom Herd und war erstaunlich gefasst. Sie ging nach oben und besprach mit dem Notarzt den Abtransport von Mrs. Heddon. Dann rief sie Reverend Nelson wegen der Letzten Ölung an. Die Heddons waren gläubige Katholiken. Sarah auch. Nur Dane nicht. Er war nie gläubig gewesen. Alle schwiegen, denn die Situation schien zum Reden unerträglich. Der Leichenwagen kam und brachte Mrs. Heddon zu dem Unternehmen *Peace by Pierson*, das auch Danes Mutter vor vielen Jahren unter die Erde gebracht hatte.

Um sieben Uhr morgens rief Dane übermüdet in seiner Firma an und entschuldigte sich für diesen Tag. Er nahm sich noch drei weitere Tage frei, um Mr. Heddon bei den Formalitäten der Bestattung zu helfen. Er wusste, dass George, der Sohn aus Los Angeles, es nicht tun würde.

Vier Tage nach ihrem Tod wurde Mrs. Heddon beigesetzt. Dane fühlte sich seitdem abwesend und müde. Er fand kaum noch ein Lächeln für Sarah, dabei hätte sie es so dringend gebraucht. Wofür er Zeit fand, war das Grab seiner Familie. Sarah versuchte, wieder einmal Verständnis dafür aufzubringen und alles erst einmal zu akzeptieren. Sie sprach weder ihr Recht auf eigenen Trost aus noch sprach sie ihn auf seine Pflicht an, sie nicht zu vergessen. Sie war enttäuscht und kümmerte sich in diesen Tagen zu ihrer eigenen Ablenkung um Mr. Heddon. Sie beschloss, ihn vorerst im Gästezimmer unterzubringen, hatte Angst, dass die Trauer des alten Mannes sie eines Tages vor eine bittere Tatsache stellen würde.

*

Zwei Wochen nach der Beerdigung brach Sarah zusammen. All ihre Kraft und Standfestigkeit waren aufgebraucht, und sie fand sich eines Abends mit einem Weinkrampf in ihrem Schlafzimmer wieder. Abgemagert fiel sie Dane in die Arme und wartete, dass er sie auffangen würde. Dane bemühte sich wirklich. Er nahm sie in den Arm und fühlte sich sehr schlecht, dies nicht schon früher getan zu haben. Wie konnte er Sarah in seiner eigenen Trauer so vergessen haben? Sein Verlustgefühl für Mrs. Heddon war ihm näher gegangen, als er gewollt hatte. Er drückte Sarah an sich und versuchte sie zu streicheln, aber es war so lieblos, dass sie sich wieder von ihm abwendete.

Am nächsten Morgen stand Sarah auf und kam ihren täglichen Aufgaben nach, als wäre nichts geschehen. Da war immer noch Mr. Heddon, um den sie sich kümmern musste.

Dane stand auf, als Sarah das Haus schon gerichtet hatte und sah in den Spiegel. Sein Gesicht sah grauenvoll aus. Seine Haut war grau geworden, wie die von Mr. Heddon.

Die Tage schlichen dahin.

Sarah wurde nun auch von dieser Antriebslosigkeit erfasst und fand immer schwerer in den Tag. Sie sah Dane lustlos zur Arbeit fahren und Mr. Heddon lustlos in der Küche sitzen.

Fünf Wochen nach der Beerdigung führten sie den alten Mann wieder in sein Haus zurück. Er hatte es so gewollt. Ihr Angebot, bei ihnen wohnen zu bleiben, schlug er eigensinnig aus. Die Auflösung von Mrs. Heddons Habseligkeiten ließ das ganze Ausmaß der Trauer erneut ausbrechen. Ihr Sohn aus Los Angeles sah seine Schuldigkeit mit einer Beileidskarte getan. Eine Geste, mit der Mr. Heddon gerechnet hatte und der er daher weiter keine Aufmerksamkeit schenkte. Sarah und Dane zeigten dafür allerdings kein Verständnis. Die Tage flossen dahin wie zäher Sirup.

Sarah stellte fest, dass Mr. Heddon immer mehr abmagerte, trotz der täglichen Mahlzeiten, die sie ihm hinüberbrachte. Doch sie konnte nicht kontrollieren, was der alte Mann wirklich zu sich nahm. Mit selbstloser Hingabe leistete sie ihm täglich Gesellschaft in seinem Haus, um ihm wenigstens ein paar Stunden am Tag die Einsamkeit zu nehmen, doch meistens schwiegen sie.

Die Stimmung auf der Heddon-Farm übertrug sich auf die Gelton-Farm. Sarah und Dane redeten kaum noch miteinander. Es war für Sarah gleich, ob sie mit Dane oder mit Mr. Heddon zusammen war. Während sie vereinsamte, bebte es in Dane.

*

Dane erlitt plötzlich starke Kopfschmerzen. Dann folgten die ersten kleinen Aussetzer. Seine Arbeit in der Druckerei begann fehlerhaft und unbrauchbar zu werden. Rick Beaman fragte vorsichtig nach, aber Dane brach das Gespräch geschickt ab. Mit der Empfehlung eines längeren Urlaubs sah sich Dane angegriffen und lehnte den Vorschlag ab. Er weihte auch Sarah nicht in seine Probleme ein. Sarah dachte an die Tagebücher seiner Mutter, und Dane dachte daran, was passieren würde, wenn Sarah ihn verlassen würde. Es wäre undenkbar. Er liebte sie so sehr!

Es kam der Tag, an dem Sarah Mr. Heddon tot in seinem Bett vorfand. Er hatte seine Frau nur zehn Wochen überlebt. Den einzigen Trost, den Sarah und Dane finden konnten, war, dass er wieder bei seiner Frau sein konnte. Mrs. Heddons Grab wurde geöffnet und mit ihrem Mann wieder verschlossen. Die Heddon-Farm starb, und das Haus verkam zu einem Geisterhaus. Der Sohn der Heddons sendete ein kurzes Dankschreiben für all ihre Bemühungen. Er sei nun der rechtmäßige Besitzer der Farm und gedenke, diese zu verkaufen.

Der Tod der Heddons hinterließ ein verheerendes Gefühl der Einsamkeit bei Sarah und Dane. Sie bemühten sich, den Schicksalsschlägen zu trotzen, indem sie jeden Abend einen langen Spaziergang unternahmen. Sie waren jetzt ganz alleine, umgeben von weiten Feldern und einem Weg, der immer noch Fields hieß. Der Blick zur Heddon-Farm ließ sie jedes Mal schaudern, aber sie mussten sich wohl daran gewöhnen. Dane dachte, wie schön es wäre, wenn sie jetzt ein Kind hätten – oder sogar zwei Kinder. Es hätte dann niemals dieses Schweigen auf der Farm gegeben. Es hätte dann Vieles nicht gegeben, vielleicht noch nicht einmal den frühen Tod der Heddons. Aber so war alles still.

Es war mitten in der Nacht, als Sarah ein Gedanke kam. Er erregte sie so sehr, dass sie nicht mehr einschlafen konnte. Sie hatte endlich eine Lösung gefunden. Es war eine Idee, die auch Dane gefallen würde, ihn vielleicht sogar aus seiner Schweigsamkeit holen würde. Sarah wollte jedoch nichts übereilen und erzählte ihm erst am Abend nach seiner Arbeit von ihrer Idee: „Was hältst du davon, wenn wir Jim fragen, ob er nicht Interesse an der Heddon-Farm hat? Es hat ihm zu Weihnachten doch gut gefallen hier. Du hättest wieder einen guten Freund um dich, und ich hätte Linda. Was sagst du?"

Ich hatte Sarah in meinem letzten Brief an sie mitgeteilt, dass ich inzwischen eine feste Partnerschaft mit Linda aufgebaut hatte und wir uns sogar schon mit dem Gedanken an eine Heirat getragen hatten.

Dane schwieg zu dieser Idee, was Sarah sehr wütend machte. Wollte er denn gar nicht reagieren? Die Idee konnte doch nicht so absurd sein, dass es ihn völlig kalt ließ. Sie hatte soeben von seinem besten Freund geredet! Und er schwieg? Dane hatte ihre Worte sehr wohl verstanden, aber es fröstelte ihn in letzter Zeit öfter, so, als hätte er Fieber. Dann fiel ihm das Denken besonders schwer. Aber es war kein Fieber. Er kochte innerlich, weil ihm die Herausforderung fehlte. Also dachte er nach. Jim auf der Heddon-Farm? Mit Linda? Warum nicht? Er sah auf und lächelte Sarah an.

Später, in derselben Nacht, hörte sie ihn am Sekretär seiner Mutter, der im Gästezimmer stand, arbeiten. Sie hörte, wie er die Klappe des Sekretärs öffnete und Papier aus einem Fach entnahm. Er wollte wohl einen Brief schreiben. Sarah wollte am nächsten Tag nicht neugierig sein, doch als Dane zur Arbeit fuhr, wurde sie zusehends unruhiger über den Vorgang in der letzten Nacht. Was mochte er geschrieben haben? Sie begab sich schließlich auf die Suche nach dem vermeintlichen Brief, den er zwischen einem Stapel von alten Rechnungen versteckt hatte. Damit war ihr klar, dass sie den Brief nicht lesen sollte.

Warum, erfuhr sie, als sie ihn dennoch las:

Mein lieber Jim, alter Freund!

Sicherlich wirst Du Dich wundern, diese Zeilen von mir zu erhalten. Ich war nie ein großer Briefeschreiber. Das hat Sarah immer erledigt, aber die Angelegenheit, die diesem Brief zugrunde liegt, möchte ich Dir gerne persönlich mitteilen.

Im Moment sind wir doch sehr von Niederschlägen geplagt. Sarah hat Dir bestimmt von meinem Unfall geschrieben. Gewiss gibt es Dinge, über denen man stehen sollte, aber Du weißt, was der Wagen mir bedeutet hat. Ich habe ihn von meinem ersten selbstverdienten Geld gekauft. Das ist doch immer eine besondere Anschaffung, oder?

Eine schlimme Nachricht muss ich Dir über die Heddons mitteilen. Mrs. Heddon starb vor einigen Monaten an einem Herzinfarkt und Mr. Heddon vor einigen Wochen. Jetzt weiß ich, was ein gebrochenes Herz anrichten kann. Wir haben viel Mühe damit, es zu verarbeiten, zumal sich Sarah viel um Mr. Heddon gekümmert hat. Leider vergeblich. Die Heddons waren immer ein ganz besonderes Paar und werden es immer bleiben. Das Gleiche erhoffe ich von Sarah und mir auch.

Leider werde ich in letzter Zeit recht häufig von Kopfschmerzen geplagt. Ist vielleicht der Stress. Ist einfach zu viel im Moment. Habe mit Sarah noch nicht darüber gesprochen. Sie hat genug Probleme. Wird wohl nur der Druck der letzten Wochen sein.

Damit komme ich auch gleich auf den Punkt. Es ist mir ein besonderes Anliegen, Dir und Linda, wo Ihr doch bald heiraten wollt, mitzuteilen, dass die Heddon-Farm zum Verkauf steht. Es war Sarahs Idee, Euch zu fragen, ob Ihr Interesse daran hättet? Über einen eventuellen Arbeitsplatz musst Du Dich in Kansas City informieren. Dort stehen einige große Krankenhäuser. Ich würde Dir beizeiten beide Daumen drücken, soweit es in Deinen und Lindas Vorstellungen liegt.

Mit der Bitte, alles gut zu überdenken, schicke ich viele Grüße nach Santa Ana und hoffe auf baldige Antwort.
Dein alter Freund Dane

Sarah las den Brief zweimal und konnte zunächst nicht glauben, was Dane mitunter geschrieben hatte. Tief verletzt, von seinen starken Kopfschmerzen in einem Brief an seinen Freund zu erfahren, knallte sie die Klappe des Sekretärs zu und nahm den Brief mit nach unten in die Küche. Wenn er schon über dieses Leiden schrieb, musste es eine Grenze des Unerträglichen bei ihm erreicht haben. Wie lange mochten ihn diese Schmerzen schon quälen?

Sie war enttäuscht, fühlte sich um ihr Vertrauen gebracht und wollte Dane direkt nach der Heimkehr damit konfrontieren. Wie oft hatte sie Verständnis für alles gezeigt? Wie viel Verständnis hatte sie überhaupt gezeigt? Ihre erste Ehe war sicherlich alles andere als schön gewesen, aber diese Ehe schien sich auf die eine oder andere Art genauso grausam zu entwickeln. Dane hatte sie nie geschlagen und nie vergewaltigt, aber heute fing auch er damit an – nur anders. Er schlug eben nicht auf ihren Körper ein; er traf ihre Seele.

Den ganzen Tag über wurde Sarah von Unruhe, Sorge und viel Wut geplagt. Im Garten hinter dem Haus stach sie den Spaten mit harter Gewalt in den Boden und weinte und fluchte dabei. Als sie das Essen lieblos herrichtete, hörte sie draußen den Chrysler vorfahren. Das ließ ihr Herz bis zum Hals schlagen. Vorsichtig riskierte sie einen Blick durch die Gardinen und sah erschrocken auf etwas, das sie nicht glauben konnte. Dane hielt den Wagen vor dem Haus an und drehte die Zündung aus. In der Regel fuhr er den Chrysler direkt in die Scheune. Hatte er noch etwas vor? Sarah sah genauer hin. Er sah erschöpft und müde aus. Plötzlich schlugen seine Hände zu Fäusten geballt gegen seine Stirn. Immer wieder! Er schlug auf sich ein und knallte dann seinen Kopf auf das Lenkrad: einmal, zweimal, dann sah Sarah empört weg. Sie ging zu einem Stuhl und musste sich setzen. Vor ihr auf dem Tisch lag der Brief.

Dane hatte Schmerzen ohnegleichen. Sein Gesicht verzerrte sich, und er konnte nicht aus dem Wagen steigen. So schlimm war es noch nie gewesen.

Hör auf!, schrie Dane das Loch an.

Doch das Loch lachte ihn aus. Siehst du? So ist das, wenn du ohne mich weiterleben willst.

Lass mich in Ruhe!, schrie Dane.

Du kannst nicht ohne mich leben! Du brauchst mich! Du bist ein Nichts ohne mich!

„Verschwinde!“, schrie er. Hoffentlich hatte Sarah ihn nicht gehört. Er wusste nicht, wie lange es gedauert hatte, aber irgendwann ließen die Schmerzen nach und er konnte den Wagen verlassen. Er versuchte, einen unauffälligen Gesichtsausdruck zu zeigen, doch dann wurde ihm übel. Sarah sah erschrocken zur Tür, als er in das Haus gestürzt kam. Er sah entsetzlich blass aus und rannte an ihr vorbei ins Badezimmer, wo er sich übergeben musste. Dane erbrach sich schmerzgebeugt und konnte das Gefühl in seinem Kopf nicht erklären. Auf einmal war es da – das erregende Gefühl und gleichzeitig der Ekel. Er übergoss sein Gesicht mit kaltem Wasser, bis er sich besser fühlte. Als er aufsah, stand Sarah in der Tür und hielt sich die Hände vor den Mund. Ihre Blicke trafen sich, reflektiert durch den Spiegel.

„Dane …“, flüsterte sie zitternd.

Er drehte sich um und schaute sie hilflos an. „Ich geh gleich zu Dr. Carrouthers“, entschuldigte er sich. „Vielleicht hab ich mir einen Virus eingefangen.“

Er wusste, dass er log, und sie wusste es auch, aber ganz sicher wollten sie beide nicht sein. Als Dane in die Küche kam, sah er seinen Brief auf dem Küchentisch liegen. Das erklärte ihren entsetzten Ausdruck.

„Was sagt Rick?“, fragte sie, um dem Gespräch einen Anfang zu geben.

Er tat unwissend und sah auf den Brief. „Was meinst du?“

„Was sagt Rick dazu, wenn du so starke Kopfschmerzen bei der Arbeit hast? Ich meine, deine Arbeit muss doch fehlerhaft werden.“

Sarah kombiniert gut, dachte Dane, und er beschloss, ihr die Wahrheit zu sagen. „Er bot mir Urlaub an."

„Und?"

„Ich habe abgelehnt. Bitte, Sarah, lassen wir das für heute!"

„Für heute? Bis wann? Wie lange hast du schon diese Schmerzen?"

Dane nahm den Brief an sich und sagte mit strenger Stimme: „Sarah!" Er hob gleichzeitig seine rechte Hand, um ihrem Kommentar Einhalt zu gebieten. Die Geste erstickte ihre Worte.

Zwing mich nicht zur Lüge!, durchfuhr es Dane.
DU BIST DIE LÜGE!, schrie sein Loch.

„Sei still!", schrie er zurück.

Sarah fuhr zusammen! Dane fuhr ebenfalls zusammen! Er hatte sie angeschrien! Er hatte mit seinem Loch geredet und Sarah angeschrien! Er dachte an die Anzeichen, vor denen er so starke Angst hatte, und ihm wurde wieder übel. Er schloss die Augen und schluckte die wieder aufkommende Übelkeit herunter. „Es tut mir leid", flüsterte er.

„Dane, ich komme gleich mit zu Dr. Carrouthers."

„Nein ... bitte ... warum?"

„Weil ich dich liebe und mir große Sorgen mache. Du weißt, dass es kein Virus ist!"

Dane stand kommentarlos auf, ging ins Bad und schloss sich ein. Es schnürte Sarah den Atem ab, wenn er sie so stehen ließ. Sie beschloss, kurzerhand Rick Beaman anzurufen und einen längeren Urlaub für Dane anzumelden. Dann nahm sie seinen Führerschein an sich und versteckte ihn im Schlafzimmer zwischen ihrer Leibwäsche. Sie war sicher, dass sie ihm helfen konnte, solange sich die Anzeichen gering hielten. Sie rief Dr. Carrouthers an, während Dane duschte.

*

Die Praxis von Dr. Carrouthers zog sich über drei Eingänge eines weißen, mehrstöckigen Hauses in der Oakland Avenue hin. Sarah und Dane fanden das Wartezimmer bis auf einen Patienten leer vor. Mit den neuesten Geräten für die innere Medizin schien dieser Arzt ein weites Spektrum an Krankheitsbildern zu behandeln. Und das war Dane bereits positiv aufgefallen, als er Dr. Carrouthers wegen der Nachbehandlung seiner Speiseröhre und seines Magens kennengelernt hatte.

Die Entscheidung von Sarah, den Wagen selbst zu steuern, ließ Dane stumm über sich ergehen, was er sicherlich nicht mit seiner Corvette zugelassen hätte. Ihm war nicht nach Gesprächen und Diskussionen. Er spürte erneut Übelkeit aufkommen, als er mit Sarah die Praxis betrat. Der einzige Patient im Wartezimmer, ein älterer Mann, beschäftigte sich eifrig mit Daumendrehen und schaute gelangweilt zur Decke. Ein knapper Gruß unterbrach seine Beschäftigung nur kurz. Schon nach fünfzehn Minuten war ihr Aufruf durch die Sprechanlage zu hören.

„Hallo, Mr. Gelton! Was macht der Magen?“, fragte Dr. Carrouthers und ging Dane mit ausgestreckter Hand zum Gruß entgegen. Dane reichte ihm freundlich die Hand und nickte. „Danke.“

Sarah bezog hinter ihm Stellung und ließ ein schüchternes Lächeln über ihre Lippen kommen.

„Meine Frau Sarah“, sagte Dane, und der Arzt begrüßte auch sie. „Setzen Sie sich“, bot er beiden an. Sie taten es.

„Was kann ich für Sie tun?“

Die Frage klang so einfach. Dane versuchte, einen Anfang zu finden: „Der Magen ist okay, soweit ich das beurteilen kann. Es hat sich nichts verändert. Aber ich bin heute wegen einer anderen Sache hier …“

Sarah schaute ihn erwartungsvoll an. Oh, wie er das hasste! Dr. Carrouthers nickte.

„Es ist schon fast vier Wochen her, als ich zum ersten Mal diese Kopfschmerzen bekam. Ich bin da wirklich nicht empfindlich, aber sie werden immer stärker. Zeitweise sind sie so stark, dass ich den Wagen anhalten muss, um wieder richtig zu mir zu kommen. Es ist so ein Stechen von hinten bis zur Mitte des Kopfes. Dann habe ich in letzter Zeit Probleme mit dem Gedächtnis. Ich kann mich dann nicht mehr im Ganzen erinnern. Und heute ist mir zum ersten Mal übel geworden. Ich musste mich übergeben."

Dr. Carrouthers schaute ihn taxierend an, während er bemerkte, dass Sarah unruhig wurde. Sie hatte nicht gewusst, dass ihn schon mehrere Leiden beherrschten und dass es bereits so schlimm war. Warum musste er immer alles verschweigen? „So weit, so gut", sagte der Arzt. „Sonst noch Anzeichen wie Müdigkeit oder Durchfall?"

„Nein, eher Unlust, aber Müdigkeit ... nein."

„Gut. Viel Arbeit?"

„Normal."

„Überstunden?"

„Nein."

„Fühlen Sie sich mit der Arbeit überfordert?"

Jetzt kam er ins Stocken. Wie sollte er das erklären? Wie sollte er überhaupt den Übergang zu dem eigentlichen Problem beschreiben? „Schon. Wegen der Aussetzer ist alles recht schwierig geworden."

Der Arzt kam um seinen Schreibtisch herum und begann erst einmal die routinemäßigen Untersuchungen bei Dane durchzuführen. Es war alles in Ordnung.

„Wissen Sie was, Mr. Gelton? Morgen früh um 7.30 Uhr kommen Sie nüchtern zu einer Blutabnahme. Dann sehen wir weiter. Ich gebe Ihnen zur Vorsicht Medikamente gegen Erbrechen und Kopfschmerzen mit. Bevor wir jetzt ein weit umfassendes Projekt starten, möchte ich erst einmal die üblichen Ursachen ausschließen. Es könnte sich nämlich ohne weiteres um eine tüchtige Erschöpfung handeln. Die zeigt schon mal etwas merkwürdige Anzeichen. Haben Sie noch Urlaub?"

Sarah mischte sich ein: „Ja, er hat ab heute drei Wochen frei."

Entsetzt sah Dane sie an, aber Sarah ließ sich nicht verunsichern. Er hatte wochenlang nichts zu ihr gesagt, und jetzt spielte sie das gleiche Spiel mit ihm. Er würde schon merken, wie unangenehm sich das anfühlte.

Dane war wütend und unterdrückte ein paar unfreundliche Worte. Niemand würde über ihn bestimmen, auch Sarah nicht. Zu Hause würde er die Dinge regeln.

„Gut. Machen wir das Beste daraus“, sagte Dr. Carrouthers und brachte beide wieder von ihren Gedanken ab.

„Wir hätten noch eine Frage“, warf Sarah ein und Dane strafte sie mit einem weiteren scharfen Blick. Wir? Dr. Carrouthers hatte doch soeben die Sachlage geklärt. Warum begann sie in Dingen herumzuwühlen, die überhaupt nicht relevant waren?

„Ja, bitte.“ Der Arzt nahm seine Brille ab und sah sie an.

„Kennen Sie sich mit Erbkrankheiten aus?“

Dane spürte, wie sein Blut in Wallung geriet! Carrouthers stutzte. „Nicht so gut. Was wollen Sie denn wissen?“

„Es geht um eine Veranlagung, ich meine …“

Dane unterbrach sie streng: „Sarah! Es ist überhaupt nicht angebracht, hier über so etwas zu reden!“

Dr. Carrouthers wurde aufmerksam. Er bemühte sich, dem Gespräch zu folgen und sagte: „Warten Sie, Mr. Gelton.“ Er sah Sarah an. „Was genau meinen Sie?“

Sie schluckte und bekam das Wort nur schwer über die Lippen: „Perversionen.“

Die Augen des Arztes weiteten sich, und er bemerkte den aufsteigenden Zorn von Dane. Wie um Himmels Willen kam sie auf Perversionen? Wann war er je pervers zu ihr gewesen? „Perversionen? Wie kommen Sie denn darauf?“, fragte der Arzt.

„Dane, willst du es ihm sagen?“

„Sarah! Nein!“

„Dann werde ich es tun. Sein Vater war pervers und pädophil veranlagt.“

Dane erhob sich entsetzt. Er hatte gewusst, dass sie etwas anzetteln würde. Wie hatte er nur zulassen können, dass sie mitkam? Der Arzt wies Dane zur Ruhe. Er setzte sich wieder.

„Lebt Ihr Vater noch?“, fragte der Arzt vorsichtig und sah Dane dabei an. Dieser kniff sich mit Zeigefinger und Daumen zwischen die Augen. Wieder begann ihn ein starker Kopfschmerz zu terrorisieren. Er schüttelte genervt den Kopf. Wie konnte er dieser Konversation nur ein Ende setzen?

„Was hat Ihr Vater denn getan?" Er schaute immer noch zu Dane, der sich wieder erhob und sagte: „Ich geh jetzt!"

„Aber Mr. Gelton", fuhr ihn Dr. Carrouthers ernst an. „Ich bitte Sie! Setzen Sie sich doch noch einmal. So können wir das Gespräch doch nicht beenden. Wollen Sie mir nicht etwas dazu sagen?"

„Nein!" Dane setzte sich nicht.

„Doch!", schrie Sarah entnervt dazwischen. „Wir müssen darüber reden! Irgendwann müssen wir das! Wie lange steht diese Angst schon zwischen uns? Ein halbes Jahr? Ein Jahr? Wo willst du es enden lassen? Wann willst du endlich anfangen, dich damit auseinanderzusetzen? Wenn es zu spät ist?"

„Es wird nicht zu spät sein! Es wird überhaupt nichts sein! Du lässt es sein! Herrgott, hör auf, nach etwas zu suchen, was nicht da ist!"

Das Gespräch war laut, aber der Arzt mischte sich nicht ein. Es waren anscheinend wichtige Worte, die ausgesprochen werden mussten und die offensichtlich zu Hause nicht den rechten Weg nach draußen fanden. Die Sekretärin schaute kurz wegen der Unruhe in das Behandlungszimmer herein, verschwand aber sofort wieder nach einem Wink des Arztes. Dane biss sich auf die Lippen und hielt den Atem an. Dann setzte er sich. Sarah schwieg. Dr. Carrouthers sah die Wut und die Verzweiflung von Sarah, und er sah auch Danes Sturheit. „Wie alt sind Sie, Mr. Gelton?"

Dane schaute auf und wusste mit dieser Frage nichts anzufangen. „Einundvierzig."

„Fühlen Sie sich gut?"

„Ja!"

„Sie haben ein schönes Alter. Nicht zu jung und nicht zu alt. Genau richtig für eine gute Lebensreife, die sicherlich auch schon so manche Erfahrung mit sich gebracht hat. Ich denke, da ist man ganz gut in der Lage, ernsthaft genug herauszufinden, ob etwas nicht stimmt oder sich etwas verändert hat. Hat sich in letzter Zeit irgendetwas geändert außer den Dingen, die Sie mir eben geschildert haben? Sind Sie beunruhigt, geängstigt?"

Dane holte tief Luft. „Wissen Sie, die letzte Zeit war nicht leicht. Ich bin etwas gereizt und einfach nur enttäuscht."

Zum ersten Mal in seinem Leben sprach er über seine Enttäuschung. Es gab keinen Gin mehr. Sarah hatte diese Tradition vor Monaten schon aus dem Haus verbannt, und seine Meditation fand schon lange keinen Platz mehr in seinem Leben.

Der Arzt schaute zu Sarah. „Was glauben Sie denn, sei ein Hinweis auf diese Neigungen?"

„Das weiß ich eben nicht. Ich weiß ja nicht einmal, wie es anfängt! Vielleicht Kopfschmerzen oder Konzentrationsmangel? Können Sie uns nicht ein bisschen weiterhelfen?"

Dr. Carrouthers schaute wieder zu Dane, der seinem Blick auswich. „Mr. Gelton, schauen Sie mich doch bitte an." Ihm behagte das Ausweichmanöver seines Patienten überhaupt nicht. Da schien tatsächlich mehr zu sein, als dieser Mr. Gelton vorzugeben versuchte. „Sie wissen, was pädophil bedeutet?"

Dane nickte. Sicher wusste er das.

„Sind Sie pädophil?", fragte Carrouthers ganz direkt.

Jetzt war Dane zutiefst entsetzt und schüttelte verachtend den Kopf. Carrouthers schaute genau hin und fragte: „Sind Sie pervers veranlagt?"

Auch auf diese Frage schüttelte Dane energisch den Kopf.

„Gut, aber ich werde Ihnen trotzdem etwas über Perversionen erzählen, und Sie werden es sich einfach nur anhören. Dann wird sich vielleicht schon einiges klären. Eine Perversion ist ein zwanghaftes sexuelles Fehlverhalten. Die charakterliche Eigenart kann angeboren oder erworben sein, durch Geisteskrankheit oder Verführung."

Dane räusperte sich unwohl. Er dachte, genau wie Sarah, an die Tagebücher seiner Mutter. Sei still, flehte er seine Frau innerlich an.

„Eine Perversion setzt voraus, dass ein Orgasmus ausschließlich durch ein bestimmtes Verhaltenssystem erreicht werden kann. Eine andere Art von Sex zum Beispiel.“ Sarah schüttelte den Kopf. Fehlschlag. Sie empfand den Sex mit ihm als durchaus normal.

„Die Art des süchtigen Verhaltens kann sich im Laufe des Lebens auch ändern. Regelmäßige heterosexuelle Bestätigung kann perverse Neigungen abschwächen. Jedoch bei zwanghaften Abläufen ist das nicht mehr möglich. Als auslösende Ursache für eine Perversion muss in der Regel eine psychopathische Grundstruktur angenommen werden.“

Dane spürte Übelkeit in sich aufsteigen. Der Arzt sah Sarah an. Sie schüttelte wieder den Kopf. Nein, das war es alles nicht.

„Eine Heilung von einer Perversion ist sehr schwierig, da die Betroffenen selbst ihr sexuelles Verhalten als positiv ansehen.“

Dane wurde zornig, als Sarah das Wort erneut ergriff: „Danke, Dr. Carrouthers. Es ist, wie Sie schon sagen, alles erst einmal eine Vermutung. Das, was Sie erklärt haben, trifft sicherlich nicht zu. Aber was können wir tun?“

„Wir warten morgen erst einmal die Blutuntersuchung ab. Ich werde dann vielleicht noch umfangreichere Untersuchungen durchführen, um hoffentlich eine andere Erklärung für Ihr Problem zu finden, Mr. Gelton. Sie werden auch Ihren Teil dazu beitragen und Ihren Urlaub bewusst wahrnehmen, sich mit Dingen beschäftigen, die Sie entspannen. Machen Sie sich keine Gedanken, wo keine hingehören. Wenn Sie dennoch Auffälligkeiten beobachten, schreiben Sie bitte alles auf. Falls Sie sich sehr unsicher fühlen, können Sie auch Kontakt zu Dr. Hendell aufnehmen. Er ist ein hervorragender Psychiater. Vielleicht würde ein Gespräch mit ihm einiges klären.“ Dr. Carrouthers erhob sich. „Wir werden auf jeden Fall erst einmal alles andere ausschließen.“ Er sah zu Sarah hinüber. „Versuchen Sie sich zu Hause mit einer guten Tasse Kaffee zu beruhigen. Suchen Sie sich eine Entspannung für heute.“ Dann sah er zu Dane. „Ich sehe Sie dann morgen. Nüchtern.“

Dane und Sarah verabschiedeten sich von dem Arzt. Seine Worte waren zwar freundlich gewesen, aber sie hatten auch einen gewissen Ernst mitklingen lassen. Beide fuhren schweigend zur Farm zurück, während Dane Sarah keines Blickes würdigte. Sie fühlte eine deprimierende Niederlage, aber sie hatte ihn immerhin aus der Reserve gelockt. Dane duschte sehr lange und suchte, wie immer alleine, das Grab seiner Familie auf. Die Schlinge um seinen Hals begann sich enger und enger zuzuziehen. Die darauf folgende Nacht schickte Dane in verzweifelte Träume. Einer Person erneut uneingeschränkte Dominanz über sich einzuräumen, widerstrebte ihm unendlich. Der Hass auf seinen Vater kam erneut in ihm hoch. Ständig schwirrten Worte wie *ich kann ohne dich nicht leben* durch seine Träume, nicht schlüssig, ob sie Sarah, seinem Vater oder dem Loch galten. Ängste, dass bald etwas Schlimmes geschehen würde, breiteten sich in ihm aus und hinterließen am nächsten Morgen dunkle Schatten unter seinen Augen.

Durch die vom Arzt eingeleiteten Untersuchungen musste sich Dane einigen unangenehmen Prozeduren unterziehen. Man schob ihn anschließend in eine Röhre und führte eine Blutabnahme durch. Dane begriff, dass es Dr. Carrouthers durchaus ernst war. Die Untersuchungen verliefen streng und präzise. Dane schloss es in die Schublade der traumatischen Erlebnisse ein und war sich jetzt schon sicher, dass sie nichts finden würden, denn für den Bereich, in dem sie fündig werden könnten, gab es bei ihm kein Gerät und keine Untersuchungsform. Aber was blieb ihm anderes übrig, um Sarah endlich zu beruhigen? Ausgelaugt verließ er mit ihr am Mittag die Praxis. Sie erinnerte ihn an den Brief, den er vorgestern an seinen Freund geschrieben hatte. Sie hatte ihn, während sie auf Dane gewartet hatte, eingeworfen. Dane wollte nichts davon wissen. Heute nicht. Den Vorschlag von Sarah, auswärts zu essen, lehnte er ab. Dane hatte keinen Appetit und wollte nur noch nach Hause. Mit der Dusche erhoffte er sich, all den Schmutz der vielen Finger, Röhren, Schläuche und Geräte abwaschen zu können. Die Erschöpfung trieb ihn für den Rest des Tages in sein Bett, wo er bis zum Abend durchschlief. Nie zuvor hatten ihn so viele Menschen angefasst. Es ekelte ihn, aber er musste es wohl erdulden. Dafür liebte er Sarah zu sehr. Der Gedanke an sie hatte ihm die Kraft dazu gegeben, und er dachte daran, dass Vancouver viel gefährlicher gewesen war.

Sarah rief ihren Vater an, während Dane oben schlief. Sie brauchte jetzt unbedingt eine vertraute Person, mit der sie reden konnte. Sie entschied aber, nicht über die Probleme mit Dane zu reden und fragte nur nach seinem Befinden. Ihr Vater lud sie und Dane am Ende des Gesprächs spontan nach Denver ein, was Sarah nicht so ganz ungelegen kam. Sie sagte vorsichtig zu.

Dane lag schon gut eine Stunde wach und fühlte sich von unendlich vielen Gedanken erdrückt, als Sarah leise das Schlafzimmer betrat. Sein Blick grub sich in die Kargheit der Zimmerdecke und er sah nicht, dass sie eine Tasse Kamillentee für ihn aufgebrüht hatte. „Hi. Wie geht es dir?", fragte sie leise.

„Besser", antwortete er und versuchte ihr ein nettes Lächeln zu zeigen.

„Ich habe dir Tee aufgebrüht. Magst du?"

Er sah sie an. Wie lange hatte er sie nicht mehr richtig angesehen? Sie war so wunderschön und ohne schlechte Gedanken. Wie hatte er sie in der letzten Zeit so vernachlässigen können?

Als Sarah die Tasse auf seinen Nachttisch stellte, griff Dane nach ihrem Arm und zog sie zu sich ins Bett.

Der Tee war kalt, als sie sich wieder voneinander lösten. Sarah hatte sein Begehren genossen, aber noch mehr das Gefühl, wieder einmal seit langer Zeit von ihm geliebt zu werden. Der Zeitpunkt schien ihr anfangs etwas unpassend, aber danach fühlte sie, dass er so passend war wie nichts anderes in den letzten Wochen.

„Dane, wir werden es schaffen, ja?"

Er lächelte sie beruhigt an und trank den Tee. „Was auch passiert", sagte er, „ich werde alles tun, um es nicht zuzulassen. Vielleicht handeln wir auch zu schnell, und alles löst sich in Wohlgefallen auf. Nächste Woche weiß ich mehr. Lass uns die Zeit bis dahin mit schönen Dingen verbringen. Wir machen Ausflüge. Was meinst du?"

„Ich habe mit meinem Vater gesprochen ...“, sagte sie und Dane fuhr sie böse an: „Was hast du mit deinem Vater besprochen?“

„Dass wir zu ihm nach Denver kommen können! Ich hab ihm nichts erzählt! Nur, dass wir Urlaub machen. Mein Gott, Dane! Hab doch ein bisschen Vertrauen!“ Dane sah zur Decke und holte tief Luft. „Du hast recht. Es tut mir leid. Verdammt, ich bin so gereizt.“

„Das ist verständlich, aber bitte verliere nicht den Glauben an uns. Bitte!“

Er beendete das Gespräch mit einem Kuss und ging unter die Dusche. Hatte er vergessen, dass er vor einigen Stunden bereits geduscht hatte?

*

Die Tage wurden tatsächlich ruhiger. Dane las nach langer Zeit wieder einmal ein Buch und schaute sich sogar den Motor seines Chryslers an. Sarah sah mit Freuden vom Küchenfenster aus, wie er einen Ölwechsel machte und auch sonstige technische Dinge überprüfte. Er wusch das Fahrzeug sogar und polierte den Lack mit großer Ausdauer auf Hochglanz. Die Newshorns sollten sehen, wie prächtig es ihrer Tochter auf der Gelton-Farm erging. Sie litt keinen Mangel. Sein verächtliches Spucken auf den Boden, während er den Wagen polierte, sah Sarah nicht. Wie hätte sie das auch sehen können? Sie bereitete selig sein Lieblingsgericht zu. Am Abend bestand Dane darauf, Sarah alleine nach Denver zu schicken, was sie überhaupt nicht akzeptierte und auch zutiefst bestürzte. Hatte er den Wagen nur für sie überprüft und gewaschen? All ihre Hoffnungen vom Nachmittag verflogen, und sie leitete eine heftige Diskussion ein. Immer ging er in diese Extreme. Sie begann es zu hassen. Er schaffte es immer wieder, ihre schwer erarbeitete Zuversicht durch wenige Worte zum Teufel zu jagen, und sie fragte sich, wie Johnathan es fünfzehn Jahre lang mit ihm ausgehalten hatte. Doch Danes Methode hatte einen Haken bekommen: In einer Ehe funktionierte so etwas nicht – und schon gar nicht bei Sarah. Sie liebte ihn dafür viel zu sehr.

Nach einem langen Wortwechsel gab Dane nach und erklärte sich bereit, mitzufahren. Er war genervt und müde, doch er machte zur Bedingung, sich dieser Prozedur nicht länger als fünf Tage lang zu unterziehen.

*

Sie brachen in aller Frühe auf. Ihr neuer Wagen fasste weit mehr Gepäck als seine Corvette, sodass Sarah meinte, ihre gesamte Familie mit Geschenken beglücken zu müssen. Dane betrachtete kopfschüttelnd das ganze Gepäck und setzte sich kommentarlos auf den Beifahrersitz. Es war der Tag, an dem seine Laborergebnisse bei Dr. Carrouthers eintrafen.

Der Weg nach Denver war weit und Sarah aufgeregt wie ein Kind. Sie freute sich sehr auf ihre Familie, und es tat ihr gut, wieder einmal fröhliche Menschen um sich zu haben. Dane konnte das Verlangen nicht mit ihr teilen. Seit die Heddons tot waren, war sein Verlangen nach Geselligkeit ganz verschwunden.

Die Fahrt schien kein Ende zu nehmen, und Sarah brauchte lange Pausen zur Erholung. Sie war die weite Strecke nicht mehr gewohnt und dachte, dass es auch Dane gut tun würde, sich mit ihr an einer Tasse Kaffee zu erfreuen. Aber auch da enttäuschte er sie wieder einmal. Ihm war weder nach Kaffee noch nach Tee zumute. Ein Gin hätte seine Schuldigkeit getan, den er sich nicht zu bestellen traute. Ihr Gespräch war nicht nur wortkarg, es war gar nicht vorhanden. Sie akzeptierte seine ablehnende Haltung und ließ sich nicht beirren. Eisern steuerte sie das Fahrzeug nach Aurora. So kamen sie gegen Abend in stickiger Hitze bei den Newshorns an. Dane graute es vor der Begrüßung, und er hatte sich nicht getäuscht. Nach überschwänglichen Worten der Freude und unangenehmen Umarmungen suchte er den Weg zum Telefon und versuchte, Vernunft und Ruhe über seine Gereiztheit zu stellen. Angesichts der Tatsache, dass er endlich allein zu sein schien, wählte er zitternd Carrouthers Nummer. Nach kurzer Zeit verband ihn die Dame vom Vorzimmer freundlich mit dem Arzt. „Schön, dass Sie anrufen, Mr. Gelton. Ich habe Ihre kompletten Untersuchungen ausgewertet und … warten Sie mal … ach ja, möchte Ihnen Folgendes dazu sagen: Das Blutbild ist hervorragend. Es konnte nichts Auffälliges gefunden werden, das Ihre Übelkeit und Ihr Erbrechen erklären würde. Der pathologische Befund: Das Elend mit Ihrem Magen ist Ihnen ja bekannt. Wir fanden leichte Vernarbungen an der linken Lunge –, möglicherweise durch Rippenbrüche verursacht, die im Knochen Verheilungsmerkmale zeigen. Kann das stimmen?"

„Ja, ein Unfall."

„Gut. Dann ... Vernarbungen am Darmeingang, verheilt und problemlos. Möchten Sie dazu etwas sagen?"

„Nein, möchte ich nicht."

„Gut. Verschiedene Organe zeigen Anzeichen von ehemaligen Quetschungen, scheint aber alles prima. Wahrscheinlich von dem Unfall. Die Kernspintomographie zeigt keinerlei Metastasen oder Anomalien. Also, alles in allem kein auffälliger Befund. Das war's. Sie sind kerngesund. Wie geht es Ihnen seit der letzten Woche?"

Dane dachte an seinen ungewollten Aufenthalt hier bei den Newshorns und an die Entspannung, die ihm der Arzt empfohlen hatte. „Es geht mir eigentlich hervorragend. Sie werden recht gehabt haben. Ich war wohl nur erschöpft."

„Sehen Sie, es löst sich alles in Wohlgefallen auf. Ich würde aber dennoch viel Wert darauf legen, dass Sie diesen Zustand nicht erneut heraufbeschwören. Manchmal geht es nicht so glimpflich ab. Der Beginn eines nervlichen Zusammenbruchs kann mitunter sehr gefährlich werden."

„Vielen Dank für Ihre Mühe. Falls sich etwas ergeben sollte, melde ich mich wieder."

„Ja, tun Sie das. Ich wünsche Ihnen noch einen erholsamen Urlaub."

Dane spürte die Verlogenheit des Gesprächs und war wütend über den Wunsch für einen erholsamen Urlaub. Alle Befunde ließen darauf schließen, dass er sich bester körperlicher Gesundheit erfreute und die eigentlichen Beschwerden unentdeckt blieben. Er war zufrieden, sie hatten nichts gefunden. Das würde auch Sarah beruhigen. Immerhin hatte er seit einer Woche keine Kopfschmerzen mehr, nicht so, dass sie nicht auszuhalten wären.

Sarah hatte sein freundliches Gespräch von der Küche aus beobachtet und etwas beruhigter durchgeatmet. Das Familientreffen überrumpelte dann ihre nötige Aussprache und sie musste sich mit den Worten *alles in Ordnung* zufrieden geben. Sarahs Vater, Ben Newshorn, umgarnte Dane den ganzen Abend mit viel Herzlichkeit, alten Familiengeschichten und einer gehörigen Portion Gin, was bei Dane zu bester Laune führte. Zu guter Laune, wie Sarah fand. Als sie seine schwankenden Bewegungen wahrnahm, hielt sie es für angebracht, sich für den restlichen Abend mit ihrem Mann zurückzuziehen. Dane fand das nicht in Ordnung, er hätte so gerne noch weitergetrunken.

Schwankend fand er den Weg nach oben in das Gästezimmer, wo er sich, zum Glück, im Bad erbrach. Das entsprach bei diesem Alkoholkonsum der Normalität, und er schlief bald darauf ein, ohne ein Wort wegen des Telefongesprächs mit Sarah gewechselt zu haben.

*

Dane begann es zu hassen. Ständig fielen die vielen Familienmitglieder gleichzeitig über ihn her. Er wusste nicht, was sie an ihm fanden, er sprach doch kaum mit ihnen. Vielleicht war es genau das, vielleicht war er der einzige in diesem Haus, der nicht ununterbrochen redete. Die Namen, die auf ihn einströmten, konnte er nicht mehr zuzuordnen. Das endlose Gerede verursachte ihm Kopfschmerzen, und er versuchte wieder zum Gin zu finden, aber Sarah strafte ihn mit bösen Blicken, bis sie ihn verschwinden sah.

Es war, als würde er ersticken. Sein Hemd hatte er schon weit geöffnet und die Arme bis zum Anschlag aufgekrempelt, aber die Hitze schien ihm immer noch unerträglich. Er sehnte sich nach Stille und beschloss, einen Spaziergang zu machen. Es tat gut, allein zu sein. Er sah den Weg vom Haus zur Straße entlang und folgte ihm erleichtert. Als er auf die Straße trat, bot sich ihm eine weniger angenehme Szene. Sarah hatte den Chrysler zwei Häuser weiter geparkt. Da stand ein recht großer, blonder Mann vor seinem Wagen und zierte sich nicht, in aller Ruhe die Autonummer seines Fahrzeugs auf ein kleines Blatt Papier zu notieren. Erst als er Dane bemerkte, ließ er vom Schreiben ab und verschwand schnell im Labyrinth der Siedlung. Dane überkam ein großes Unbehagen. Wer war an seiner Autonummer interessiert? Er hatte den Mann nie zuvor gesehen.

„Dane! Dane!“, schrie jemand hinter ihm. „Wo willst du hin?“

Dane sah sich erschrocken um und schaute in die blauen Augen eines kleinen, blonden Jungen. Der vierjährige Sohn von Sarahs Cousine Maggie war ihm gefolgt und rannte auf ihn zu. Sein Gesicht strahlte vor Neugier. Das entlockte Dane ein Lächeln, und der Junge lief ihm kichernd in die Arme. Sein zarter Körper ließ ihn leicht wie eine Feder erscheinen.

„Ich wollte eigentlich ein bisschen spazieren gehen, kleiner Mann.“

Der Junge nickte. Er wollte mitgehen.

„Wie heißt du eigentlich?“, fragte Dane. Er konnte sich die vielen Namen einfach nicht merken, nicht einmal, wenn einer den gleichen Namen trug wie er. Und der war selten.

„Dane“, sagte der Junge, und es zuckte in den Augenwinkeln von Dane Gelton.

„Was?? Du heißt genau wie ich? Das ist ja ein Ding! Das müssen wir feiern. Was meinst du, sollen wir Eis essen gehen?“

„Oh ja!!“

Dane vernahm einen ohrenbetäubenden Freudenschrei und streichelte die zarte Wange des Kindes. Ein Sohn, durchfuhr es ihn. „Weißt du, wo es hier Eis zu kaufen gibt?“

„Ja, da hinten", und der Kleine zeigte auf ein großes Haus am Ende der Straße. „Da hinter dem Haus gibt es tolles Eis, sag ich dir!"

„Prima, dann gehen wir doch mal dahin."

Händehaltend schlugen sie den Weg zum Eiscafé ein. Dane überkam ein großartiges Gefühl. Er spürte, wie sich die kleine Hand in seine bohrte und sah, wie das kurze, blonde Haar neben ihm bei jedem Schritt wippte. Dane genoss die Gesellschaft des kleinen Kerls als die willkommenste Abwechslung seit gestern Abend. Das Kind nahm ihm die Gereiztheit des ganzen Tages, und er dachte daran, wie schön es wäre, mit Sarah auch so ein Kind zu haben.

Man konnte kaum sagen, wessen Eis größer war, Danes oder Danes.

„Du?", fragte der kleine Dane mit eisverschmiertem Gesicht, und der Große antwortete belustigt: „Ja, Dane."

„Warum lachst du so wenig?"

Die Frage überraschte Dane. Dieser kleine Mann vor ihm schien ihn heute beobachtet zu haben. Und er hatte recht. Dane schenkte dem Kleinen einen hochachtungsvollen Blick. Vier Jahre, dachte er, eine erstaunliche Frage für einen Vierjährigen.

„Weißt du, ich habe mein Lachen diesmal nicht eingepackt, als ich hier zu euch kam. Es liegt noch zu Hause in Kansas in der Badewanne und muss gewaschen werden. Es war so schmutzig. Und jetzt bin ich eben ohne gekommen."

Der Kleine schaute ihn irritiert an und fragte dann weiter: „Warum hast du es nicht schnell gewaschen und abgetrocknet? Dann hätte es doch mitkommen können."

„Ja, das stimmt, aber weißt du, es war in letzter Zeit sehr böse, und da habe ich gesagt, dass ich es nicht mitnehmen möchte."

„Wie kann ein Lachen böse sein?"

„Na dann, wenn es lachen soll und es nicht tut oder auch zur falschen Zeit lacht, weißt du? Es ist ein sehr ungezogenes Lachen." Dane versuchte, ernst zu bleiben.

„Wann lacht es denn nicht?"

„Ja, zum Beispiel immer morgens, wenn es Tante Sarah anlachen soll. Dann schimpfe ich, und es lacht trotzdem nicht."

„Dann musst du ihm mal den Popo verhauen. Das hilft bestimmt, sagt Mama auch immer."

Dane musste lächeln. Wenn alles nur so einfach wäre. Sie verbrachten zwei schöne Stunden miteinander, und Dane fühlte sich aufgeheitert und entspannt. Der Kleine bohrte nicht in seinen alten Geschichten herum oder lockte ihn bewusst aus der Reserve. Sie unterhielten sich über Baseball, den Kindergarten, und über eine Menge von leckeren Lieblingsgerichten. Nichts veranlasste beide zu irgendwelchen Meinungsverschiedenheiten oder Streitereien. Was hatte der Kleine den Erwachsenen doch voraus? Nur schade, dass es sich irgendwann einmal verlieren würde. Dane stocherte vorsichtig in seinem Eis herum, während der Junge es mit Genuss in sich hinein schaufelte.

Es wurde Zeit, nach Hause zu gehen. Dane schaute auf die Uhr und stellte erstaunt fest, dass es schon nach sieben war. Er winkte der Bedienung, um zu zahlen, als sein Blick die Ecke der Ironton Street streifte. Da stand er wieder! Der gleiche Mann, der eben noch an seiner Autonummer interessiert gewesen war. Dass er sie beobachtet hatte, wusste Dane, als sich ihre Blicke trafen, und dass Gefahr lauerte. Dann verschwand der Fremde plötzlich genauso flink wie vorhin. Dane war irritiert, zahlte rasch und legte noch ein gutes Trinkgeld dazu. Der Kleine bekam ein Taschentuch zur Beseitigung seiner Eisflecken am Mund und einen großen, roten Luftballon. Das ließ die Augen des Jungen erneut strahlen, und er fiel Dane dankbar um den Hals. Dieser musste sich tief bücken und sog die Freude des Kindes auf wie schon lange nichts mehr. Er fühlte sich glücklich, wenigstens zwei gelungene Stunden wieder mit nach Kansas nehmen zu können.

Der kleine Dane wurde auf dem Heimweg müde und rieb sich erschöpft die Augen. Es waren zwei schöne, aber auch anstrengende Stunden für ihn gewesen. Sein kleiner Körper drückte sich müde an Danes Beine. Er sah hinunter zu dem Kind und füllte seine Arme und sein Herz mit ihm. Der Ballon ragte weit über sie hinaus, und nach kurzer Zeit spürte er den kleinen Kopf des Kindes auf seiner Schulter liegen. Er war kaum zehn Minuten mit dem Kleinen auf dem Arm gegangen, als er von Weitem eine kleine Gruppe von Menschen auf sich zulaufen sah. Allen vorweg Maggie, Danes Mutter, gefolgt von deren Mutter, gefolgt von deren Schwester, Sarahs Mutter und Sarah selbst.

„Oh, mein Gott!“, rief Maggie vorwurfsvoll. „Warum habt Ihr denn nicht Bescheid gesagt? Wir haben alles nach Dane abgesucht! Wie konntest du ihn einfach mitnehmen?“ Brutal riss sie den schlafenden Jungen aus seinen Armen, ehe er die Situation erklären konnte. Die Harmonie, die beide so liebevoll füreinander gewonnen hatten, zerbrach. Niemand bemerkte seine Absicht, den Jungen behutsam übergeben zu wollen. Er ertrug die bösen Blicke, drehte sich stumm um und ging davon. Er hatte keine Lust mehr, sich den Vorwürfen der Frauen zu stellen. Nicht einmal Sarah hatte ihm beigestanden. Er hasste es. Für den Rest des Abends zog er sich in sein Zimmer zurück.

Sarah kam erst spät in der Nacht nach. Als sie das Zimmer betrat, sah sie Dane auf der Bettkante sitzen, in sich versunken und apathisch seinen Körper wippen. Die linke Hand bedeckte seine Stirn, die Augen waren geschlossen, und die rechte Hand lag fest gepresst auf seinem Bauch. Wie lange mochte er hier schon so sitzen? Ihre Anwesenheit unterbrach ihn nicht in seinen Bewegungen. Er hatte sie nicht einmal hereinkommen hören. Sarah erschrak und bekam zugleich große Angst. Sie schloss leise die Tür hinter sich und sah wieder zu ihm hin. Er bemerkte sie immer noch nicht, zumindest zeigte er es nicht. Etwas Fremdes umgab ihn. Dann nahm sie den säuerlichen Geruch von Erbrochenem wahr. Sie hatte unten bei ihrer Familie viele böse Worte über ihn ertragen müssen und auch nicht den Mut aufgebracht, ihn zu verteidigen. Sie hatten ja alle mit ihrer Empörung recht gehabt. Im Grunde genommen war sie ja auch empört gewesen. Wo war sein Verstand geblieben, als er den kleinen Jungen mitgenommen hatte? Sie hatte unten die ganze Zeit darüber nachgedacht, was er wohl mit dem Jungen gemacht hatte. Jetzt saß er auf diesem Bett und wippte so widerlich vor sich hin, dass sie Angst bekam. Es reichte! Sie fuhr ihn an: „Was hast du mit Dane gemacht?!“ Ihre Worte klangen scharf und verurteilend und rissen ihn aus seiner Bewegung. Er sah langsam zu ihr hoch. Sein Blick war so unheimlich wie noch nie. Sarah versuchte standhaft zu bleiben, aber es war ihr, als bekämen seine Augen lange, hässliche Arme und rissen ihren Kopf zu Boden. Sie konnte nichts dagegen unternehmen. Sein Blick besaß plötzlich eine Macht, die sie vollkommen aus der Fassung brachte. Keine Handgreiflichkeit, nichts dergleichen, und doch fühlte sie sich von ihm geohrfeigt. Ob zu Recht, wusste sie nicht. Es beschäftigte sie den ganzen Abend nur diese eine Frage: „Was hast du mit Dane gemacht, habe ich gefragt!“ Sie dachte dabei widerwillig an seinen Vater.

Mit dieser Frage wusste Dane, dass Sarahs Vertrauen hier und jetzt endete. Im Grunde wusste er es schon lange, aber jetzt bekam er eine unmissverständliche Antwort darauf. Wie hätte es auch anders kommen können, nachdem er ihr gestattet hatte, die Tagebücher seiner Mutter zu lesen – gefüllt mit perversem Zeug. Er hatte damit sein eigenes Urteil gefällt und doch so fest daran geglaubt, das Richtige zu tun, wenn er sie an seine Probleme heranließ. Es war falsch gewesen, so falsch wie nichts sonst, was er in den Jahren seiner Ehe getan hatte. Es war immer schon falsch, die Menschen an sich heran zu lassen – nach wie vor. Sie nutzten jede Gelegenheit, daraus eine Farce zu machen. Oh, wie er das verabscheute! Dabei liebte er Sarah so sehr. Wie konnte sie ihm eben nur eine solche Frage stellen? Was war übrig geblieben von ihrer Liebe zu ihm, die vor drei Jahren so traumhaft begonnen hatte? Hatte er nicht schon genug Niederlagen mit ihr durchgestanden? Sie wusste einfach zu viel von ihm, das war das Problem. Wortlos verschwand er unter der Dusche, wo er über eine Stunde mit Seife und Wasser seine Wut wegzuschrubben versuchte. Es gelang ihm halbwegs, zumindest so viel, dass er sich einigermaßen beruhigen konnte. Als er das Bad wieder verließ, lag Sarah schon im Bett. Er riskierte einen kurzen Blick zu ihr und sah die verwischten Tränen. Was war nur los mit ihnen? Das konnte doch nicht das Ende sein. Er durfte sie nicht verlieren. Er sammelte alle Ruhe, die ihm noch geblieben war. „Sarah“, begann er mit zitternder Stimme, „ich war mit Dane Eis essen. Er ist mir nachgelaufen, als ich raus ging. Mir war so heiß. Da sind wir Eis essen gegangen. Ich habe nicht daran gedacht, Bescheid zu sagen.“ Sarah sah nicht hin, als er mit ihr sprach. „Die ganzen zwei Stunden?“, fragte sie bissig.

„Ja, die ganzen zwei Stunden. Wir haben uns nur unterhalten“, erklärte Dane und musste schlucken, so sehr strengte ihn die Beherrschung an.

„Und warum hast du dich übergeben?“

Mit dieser Frage fühlte er seine Beherrschung schwinden. Ihm war die Ruhe im Haus plötzlich egal, die ganze Familie egal, und auch sein Ton, den er Sarah gegenüber anschlug: „Weil mir das Eis nicht bekommen ist! Du kennst die Geschichte mit meinem Magen! Ich vertrage keine Milch, und ich wollte Dane nicht enttäuschen!“

Sarah schluckte. Gott, hilf mir, flehte sie innerlich. War es nun die Wahrheit oder seine Dreistigkeit, dies als Vorwand zu benutzen? Sie versuchte, sich wieder zu beruhigen und seinen Worten einen Funken Wahrheit abzuringen. Es hörte sich alles wieder so verdammt logisch an! Vielleicht war wirklich etwas an seiner Erklärung dran und sie war nur die Überreizte. Wer war hier eigentlich krank? Sie oder er? Gewissensbisse begannen sie zu plagen, Dane in ein Boot gesetzt zu haben, in das er nicht wollte und nicht passte. Sie musste umdenken, er paddelte doch schon seit Monaten gegen den Strom ihrer Missgunst. Wie konnte sie sein Vertrauen nur so strapazieren? Dane lebte alles immer so unglaublich still aus. Er schrie seinen Frust nie heraus. Wie konnte sie ihm das jetzt, wo er es endlich tat, zum Vorwurf machen? Er fasste sie nicht einmal an, wie es ihr früherer Mann fast täglich getan hatte. Er war so lieb und so beherrscht. Er versuchte, sie immer vor Streit zu bewahren. Was für ein feiner Mensch war er doch! Und trotzdem forderte sie ständig das Gegenteil heraus. Sarah fühlte sich plötzlich elend und fragte leise: „Warum hast du mir das nicht gleich gesagt?"

„Warum?" Dane suchte die Antwort. Warum? Als er sie fand, brachte er sie nur schwer über die Lippen: „Weil ich mich eben nicht daran erinnern konnte."

Sie musste weinen und nahm ihn in den Arm. Sie hatte ihm Unrecht getan. Er brauchte jetzt mehr denn je ihre Hilfe.

In der Nacht träumte er, dass die Krankheit seines Vaters in ihn gekehrt sei, worüber er sich im Traum ebenso unglücklich fühlte wie nach dem Erwachen glücklich, dass es eben nur ein Traum gewesen war.

Ihr dritter Tag in Denver war wieder furchtbar. Er hörte schon am frühen Morgen die Türglocke der Newshorns und dann ein lautes Gerede in der Küche. Ben Newshorn bot ihm nicht einmal mehr einen Gin an, aber irgendwie nahm auch dieser Tag ein Ende, und der nächste Tag war ihr letzter. Dane atmete erleichtert durch, als er den Koffer zum Chrysler brachte. Zum Abschied kam ein Großteil der Familie noch einmal zusammen, und es endete in einem lauten Gerede und mit zahlreichen Umarmungen. Dane war in seinen Wagen geflüchtet. Er konnte das alles nicht mehr ertragen und sah von Weitem seiner Frau zu, wie sie sich nur schwer von ihrer Familie lösen konnte. Er dachte daran, wie einsam es für sie auf der Farm wieder sein würde. Er musste sich etwas einfallen lassen, sonst wäre er innerhalb der nächsten Wochen wieder hier, und das würde ihn ganz gewiss um den Verstand bringen.

Ein Klopfen an seiner Scheibe holte ihn aus seinen Gedanken. Der kleine Dane stand an seiner Tür und sah ihn mit großen blauen Augen an. Wie hatte er ihn nur vergessen können, ihn, den Einzigen, von dem er sich wirklich zu verabschieden wünschte. Was für ein hübsches Kind. Dane öffnete geschwind seine Tür und lächelte den kleinen Jungen an. Dann griff er ihm unter die Arme, hob ihn auf seinen Schoß und roch das frische Shampoo in seinem blonden Haar. Es roch bezaubernd.

„Wann gehen wir wieder Eis essen?", fragte der Kleine.

„Ich weiß nicht, kleiner Mann. Hat es dir so lecker geschmeckt?"

Der Junge nickte. Ja, das hatte es. Ihm hatte nicht nur das Eis geschmeckt, ihm hatte alles mit Dane geschmeckt. Er hatte ihn nicht weggejagt oder wie ein kleines Kind behandelt. Bei ihm war er schon ein richtiger Großer. Das durfte er zu Hause nie sein.

Dane überlegte: „Was hältst du davon, wenn du uns im Herbst einmal besuchen kommst? Dann werden wir uns eine schöne Zeit machen und so viel Eis essen, bis wir umfallen." Ehe er den Satz beendet hatte, sprang der Kleine von seinem Schoß, rannte aufgeregt zu seiner Mutter und quengelte nach ihrer Aufmerksamkeit. Dane sah, wie der Junge ihr etwas mitteilte und sie daraufhin zu ihm herüber zum Wagen sah. Sie lächelte und kam auf ihn zu, wobei der Junge sie kraftvoll hinter sich herzog. Dane wurde unruhig. Er konnte das Lächeln nicht erwidern. Seit dem Vorfall vor drei Tagen hatte er mit ihr nicht mehr geredet. Er wollte es auch jetzt nicht und blieb im Wagen sitzen. Maggie kam zu seiner Tür, die immer noch weit offen stand und fragte: „Ist das wahr, was Dane erzählt hat? Er kann euch im Herbst besuchen kommen?"

Dane räusperte sich. Er sah den Jungen an. *Dir glaubt man auch nicht, nicht wahr?* „Sicher! Wenn er das gesagt hat, wird es wohl stimmen." Er verübelte Maggie diese Hinterfragung. „Das träfe sich prima. Wir wollen im Oktober für eine Woche zu Mikes Schwester nach New York. Das wäre auf dem Weg und würde uns unglaublich entlasten. Kann ich das fest einplanen?"

„Ja, sicher. Mach das. Sarah wird sich bestimmt auch darüber freuen." Er wandte sich an den Jungen: „Und weißt du was? Wir haben ein ganz tolles Zimmer für dich ganz allein. Und viele Felder. Das wird dir Spaß machen. Rufst du mich vorher an, dass alles klar geht, dann werde ich Berge von Schokolade und Eis besorgen, okay?"

Der Kleine nickte und rannte mit hochrotem Kopf zu den anderen, um seine Nachricht überglücklich kundzutun. Maggie schaute wieder zu Dane in den Wagen. „Es tut mir leid wegen vorgestern, aber ich war total fertig. Vergessen wir das, okay?"

Dane lächelte gekünstelt. War es das, was die Familie hervorragend zu beherrschen schien: die Entschuldigung? Er versuchte, sie von Maggie anzunehmen und sagte widerwillig: „Okay, tun wir das."

Maggie lächelte ihn an und nickte zustimmend. Dane war ein feiner Kerl. Sie verstand, warum er hier in diesem Auto saß und nichts mehr von dem Trubel wissen wollte. Es ging ihr häufig ähnlich. „Ich wünsche dir eine gute Heimfahrt, Dane. Fährt Sarah?"

„Ja."

„Warum? Hast du keine Lizenz?"

Dane musste schlucken. Da waren sie wieder – diese endlosen Warum-Fragen. Er antwortete kurz: „Sie kennt sich hier besser aus. Ich fahr dann später. Wir wechseln uns eben ab." Maggie nickte. Er war scheinbar schon wieder überreizt. „Prima. Gute Fahrt. Bis Oktober, sag ich mal. Und vielen Dank, Dane." Sie winkte, als sie zurück zu den anderen ging.

Dane schickte ihr einen kurzen Gruß per Hand zurück und schloss wieder die Beifahrertür. Er fühlte sich eigentlich gut und dachte an den kleinen Dane, wenn er im Oktober zu ihrer Farm kommen würde. Das würde eine große Freude werden, und Sarah würde endlich sehen, wie groß der Fehler gewesen war, sich sterilisieren zu lassen. Er freute sich und wünschte, die Zeit bis dahin würde schnell vergehen.

In der Bewegung, aus dem Handschuhfach ein Pfefferminzbonbon zu nehmen, zuckte er plötzlich zusammen. Da stand er wieder und schaute mit blinzelnden Augen dem Geschehen vor dem Newshorn-Haus zu. Er – dieser Fremde, der kein Fremder zu sein schien. Er bemerkte nicht, wie Dane ihn vom Wagen aus beobachtete. Wie klug wäre es, ihn jetzt zu überraschen, dachte Dane. Es wäre unklug, dachte er dann plötzlich, und dass es weitaus klüger wäre, sich das Gesicht einzuprägen. Er vergaß das Pfefferminzbonbon und zeichnete das Gesicht in sein Gedächtnis hinein.

Sarah hatte sich überall verabschiedet und stieg erledigt hinter das Steuer.

„Schau mal", sagte Dane zu ihr und zeigte zu dem Fremden hinüber. „Kennst du den Mann?"

Als Sarah hinsah, war der Fremde verschwunden.

Dane wurde unruhig. Ein lautes Hupen beendete das Drama für ihn in Aurora, und er sehnte sich nach Ruhe und seiner Farm.

Sarah fand es großartig, den kleinen Dane im Herbst bei sich zu haben – auch in Hinsicht auf ihre Probleme. Sie hatte Zeit und würde sicherlich gut acht auf den Jungen geben. Die Wunde von ihrem letzten Gespräch blutete immer noch.

*

Seine letzte Urlaubswoche brach an, als sie die Gelton-Farm wieder erreichten. Ihr Briefkasten quoll über vor Briefen, Werbung und Zeitungen. So war Sarahs erster Gang, bevor sie das Haus betrat, zum Briefkasten, und sie entleerte ihn mit beiden Händen. Dane brachte das Gepäck ins Haus, und gemeinsam fielen sie erschöpft auf ihr Ledersofa. Nach einer kurzen Erholungspause raffte Dane sich auf, die Post durchzusehen. Da sich meistens Sarah mit diesen Angelegenheiten auseinandersetzte, war sie ihm recht fremd.

Dr. Roosevelt aus Dallas schickte einen lieben Gruß und viele gute Wünsche für die Zukunft. Sarah hatte ihm von ihrer Hochzeit geschrieben. Dann hielt Dane einen Brief von seinem Freund Jim in der Hand. Er zeigte ihn ihr. „Hattest du meinen Brief an Jim abgeschickt?"

Sarah sah ihn an. Sie hatte es ihm doch gesagt! „Ja, ja, an dem Tag, als du die vielen Untersuchungen hattest, bin ich noch einmal in die Stadt gegangen. Ich habe es dir doch erzählt."

Dane nickte. „Richtig." Hatte sie das?

„Ach, Dane, apropos Untersuchungen. Wir haben uns noch gar nicht über die Ergebnisse der Untersuchung unterhalten."

Sarah konnte es nicht lassen. Verdammt noch mal! Er wollte jetzt nicht schon wieder irgendeine blödsinnige Diskussion führen. Sie kam aus ihrer halb liegenden Stellung hoch und wandte sich ihm aufmerksam zu.

„Da gibt es nicht viel zu sagen. War alles in Ordnung. Keine Auffälligkeiten."

„Gar nichts? Ich meine wegen deines Erbrechens."

„Nichts. Er sagt, ich war erschöpft und sollte mich in meinem Urlaub gut erholen. Dann wollen wir weitersehen. Also, lass mir jetzt meine Erholung." Dane öffnete gereizt den Brief.

„Wie hieß noch der Psychiater?"

Dane verharrte in seiner Bewegung. Er starrte auf den Brief und zwang sich zur Ruhe. „Sarah … bitte … hör … auf! Du machst mich ganz verrückt. Fang doch nicht gleich wieder damit an. Es geht mir gut. Ich habe mit dir deine Familie besucht und wir sind wieder zu Hause. Lass es jetzt gut sein. Lass mir wenigstens jetzt etwas Ruhe."

„Dr. Hendell, nicht wahr?"

Dane spürte einen Stich in seiner Brust, erhob sich kurzerhand und ging mit dem Brief in die Küche. Ihm war wirklich nicht nach einer Fortsetzung des Gesprächs. Er begann am Küchentisch zu lesen, während Sarah niedergeschlagen auf dem Sofa zurückblieb.

Mein lieber Dane, alter Freund, meine liebe Sarah!

Schön, von Euch zu hören. Zunächst einmal habt Ihr mein Mitgefühl, die Heddons betreffend. Ich muss euch recht geben, sie waren ungewöhnlich nette Leute. Aber Ihr werdet auch sicher wieder zu Euch finden. Es kommen neue Zeiten, bessere Zeiten.

Nun muss ich den Clou der Woche loswerden. Linda und ich bekommen Nachwuchs! Wir wissen es schon länger, wollten aber die kritische Zeit der ersten drei Monate abwarten. Und nun ist sie schon im fünften Monat! Na, was sagt Ihr? Wir wollen vorher noch heiraten, mal sehen. Nun zu Dir, lieber Dane.

Ich möchte Dich mit Nachdruck darauf hinweisen, Dich dringend einer Untersuchung zu unterziehen. Sollte Dein Arzt keine körperlichen Leiden feststellen, so tu mir den Gefallen und wende Dich an einen Psychiater oder Psychologen, Dane, und ich rate Dir dringend als Freund, der um Deine Vergangenheit weiß, aber auch als besorgter Arzt, dass Du die von Dir beschriebenen Symptome äußerst ernst nehmen musst. Ich meine wirklich ganz ernst. In Anbetracht der Tatsache, dass Dein Vater mit einer psychopathischen Krankheit veranlagt war, solltest Du auf solche Veränderungen achten und Dich unverzüglich um psychologische Hilfe bemühen. Das könnte Dir in vielerlei Hinsicht weiterhelfen. Es verändert viel, wenn Du mit dem Bewusstsein Deiner Vergangenheit und ihrer Hintergründe leben musst. Es besteht dann die Gefahr, dass Du aufgrund aufkommender Zwangsvorstellungen unbewusst den gleichen Weg suchst. Also hör auf mich und zeige auch Sarah diesen Brief. Sie wird Dir eine gute Hilfe sein.

Linda und ich haben die Entscheidung getroffen, uns die Farm von den Heddons einmal anzuschauen – vielleicht nächste Woche, so Anfang August. Wir wollen Euch damit nicht terminieren, sondern alles spontan entscheiden. Ihr werdet schon merken, wenn wir aufkreuzen. Zuvor möchte ich mich mit den Krankenhäusern in Kansas City kurzschließen und die Chance auf eine Einstellung ausloten. Dann sehen wir weiter.

Wir danken Euch für den netten Brief und verbleiben mit vielen Grüßen.

Dein alter Freund Jim

Der Brief glitt langsam aus seinen Händen, sein Blick war starr auf den Tisch gerichtet. Hatte Sarah ihm von den Tagebüchern geschrieben? Jetzt griffen sie ihn von allen Seiten an. Wollten alle nur sein Bestes? Wo sollte das hinführen? Er zerknüllte den Brief und schmiss ihn in eine Ecke der Küche, wo er rollend unter einem Küchenschrank verschwand. Ein stechender Kopfschmerz durchzuckte ihn plötzlich, und es holte ihn das starke Bedürfnis nach einer Dusche ein. War das eins von diesen Anzeichen? Das Verlangen war in letzter Zeit so stark geworden. Er verkniff sich den Drang und redete sich ein, dass nichts von alledem, was im Brief stand, zutraf. Niemand hatte auch nur die geringste Ahnung, was er wirklich fühlte. Niemand hörte ihm richtig zu. Nun hatte er versucht, mit Sarah alles anders zu machen, und es blieb doch immer das Gleiche, wie es schon zu Johnathans Zeiten in Glendale gewesen war. Er hätte so furchtbar gerne geduscht, ging sich aber nur Gesicht und Hände waschen. Dabei betrachtete er sein Gesicht im Spiegel und sah seine übermüdeten Augen. Die Farbe seines Gesichtes war grau, die Haut wirkte alt. Ihm wurde übel. Erst war es nur ein Unwohlsein, dann verstärkte sich die Übelkeit. Ein Gefühl von Erregung mischte sich dazu – ein so bekanntes Gefühl. Er wusste nicht, woher es diesmal kam und versuchte es verzweifelt zu unterdrücken. Es half nichts. Seine dunkle Macht meldete sich wieder! Das Loch! Es hatte sich über seinen Geist hinweggesetzt und den Weg in seinen Körper gefunden. Die Spur der Übelkeit führte vom Waschbecken bis zur Toilette. Er kniete davor und ließ der letzten Nahrungsaufnahme freien Lauf nach draußen. Dabei würgte und würgte er. Blutfäden zogen sich durch den letzten abgehenden Schleim, und ein krampfartiges Gefühl im Magen ließ ihn nicht wieder hochkommen.

Wer nicht hören will muss fühlen, flüsterte das Loch.

Sarah hörte alles und griff zu einem Block am Telefon. Sie schrieb:

9. Juli 96 - Erbrechen, starke Kopfschmerzen

17. Juli 96 - Erbrechen, Gedächtnislücken (Dane hat mit einem kleinen Jungen Eis gegessen)

21. Juli 96 - Erbrechen

Dann ging sie in die Küche und war sicher, ihm selbst nicht mehr helfen zu wollen. Er brauchte scheinbar den tiefen Fall, um auf den Boden der Vernunft zurück zu kommen. Sie schloss aus dem, was sie gerade im Badezimmer hörte, keine Hilfe mehr für ihn zu sein, weder durch Reden noch durch Zuhören oder Bitten. So sollte es wieder allein sein Kampf werden.

Sie fand den zerknitterten Brief unter dem Schrank und las ihn. Die Worte seines besten Freundes erschienen ihr als eine willkommene Hilfe und gleichzeitig lösten sie einen Schrecken in ihr aus. Sie brachte den Brief und ihre Notizen in das Schlafzimmer und legte beides unter ein Taschentuch in die mittlere Schublade ihres Nachtschränkchens. Dann befreite sie sich von der unbequemen Kleidung und schlüpfte in ihren Hausanzug. Der war bequem und leicht, und sie war damit gewappnet, Dane den Krieg mittels Ignoranz zu erklären. Vielleicht einer Methode, der er jetzt wirklich bedurfte.

Damit lag sie gar nicht so falsch. Als sie herunterkam, war Stille eingekehrt. Die Tür zum Bad stand offen, und es roch säuerlich. Die Spuren seiner Krankheit waren ordentlich beseitigt worden, nur Dane war nirgends aufzufinden, weder im Haus noch in der Scheune. Der Wagen parkte auf dem Hof, doch ihr fiel auf, dass sein Schlüssel fehlte. Sie sah über die Felder, aber auch da konnte sie Dane nicht entdecken, und die Sicht war wirklich weit nach allen Seiten. Das brachte sie sehr durcheinander. Wieder bestimmte er das Spiel. Sie ging zurück ins Haus und packte die Koffer aus. Die Wäsche musste gewaschen werden. Was sollte sie auch sonst tun?

Der Abend kam, die Nacht kam, Dane kam nicht.

Sarah verspürte das Bedürfnis, die Polizei einzuschalten. Sie wünschte sich Johnathan oder Jim mit einer Idee herbei, die ihre mit Vernunft übertraf, und scheute den Alleingang im Dunkeln, um ihn zu suchen. Die Angst vor Gewalttätigkeit trug sie seit ihrer ersten Ehe mit eisernen Ketten mit sich herum und konnte sie nicht abzulegen. Also blieb sie daheim und schaltete zur Ablenkung den Fernseher ein.

Sarah war zu benommen, um auf die Uhr zu schauen, als sie den Schlüssel in der Haustür hörte. Sie war sicher, dass es spät in der Nacht oder früh am Morgen sein musste. Draußen war es dunkel. Das Nachtprogramm hatte versucht, durch die dritte Ausgabe von „Psycho" ihre Aufmerksamkeit auf sich zu ziehen, aber sie war eingeschlafen.

„Wo warst du?", fragte sie verschlafen, als Dane im Wohnzimmer vor ihr stand. Auf seiner Stirn spiegelten sich Schweißtropfen, und sein Gesicht war rot. Sein schneller Atem verriet ihr, dass er gerannt sein musste – nicht langsam, sondern irrsinnig schnell. Er schwitzte selten.

„Ich war bei den Heddons. Hab geguckt, ob alles in Ordnung ist, wenn Jim kommt."

Sie nickte gleichgültig, fragte nicht weiter nach und ging wortlos ins Bett. Es beruhigte sie irgendwie, dass er immer wieder plausible Antworten gab und sich nicht in Lügen zu verstricken schien. Sie unterschätzte ihn gewaltig. Ihr fiel auf, dass er nicht duschte, denn das hatte er schon bei den Heddons erledigt. Seine Hände schmerzten. Der alte, verrostete Zaun um den Edwardsville Cemetery, über den er geklettert war, musste wirklich bald neu gestrichen werden.

Sein unruhiger Schlaf ließ Sarah zweimal in der Nacht wach werden. Im Traum unterzog er sich ununterbrochen seelischen Strafen. Er drohte sich das Alleinsein sowie die Einweisung in eine Psychiatrie an. Es quälten ihn Wahnvorstellungen von Dingen, die er imstande war zu tun.

Erst spät am Morgen um neun Uhr war die Nacht für Dane zu Ende. Ein völlig neues Gefühl ließ ihn erwachen und erschrecken zugleich. Sarah lag nicht neben ihm!

Von unten hörte er plötzlich die Geräusche leiser Radiomusik, das Klappern von Geschirr und das fröhliche Pfeifen seiner Frau. Sarah war nicht weg. Nach dieser beruhigenden Feststellung überkam ihn der Drang nach einer Dusche so unerbittlich wie nie zuvor, und er bemerkte, wie wenig es mit körperlicher Reinlichkeit zu tun hatte. Es war ihm zu einer Notwendigkeit wie das Trinken und das Essen geworden. Es war auch kein schönes Gefühl mehr, darunter zu stehen. Es war anstrengend und zermürbend geworden. Er versuchte, Sarah dennoch frisch und munter unter die Augen zu treten. Sie flötete ein fröhliches *guten Morgen* herüber und versuchte, sein Lächeln nicht zu sehen. Er wollte antworten, aber sie fiel ihm ins Wort: „Ich fahre gleich weg. Ich brauche neue Materialien für meine Blumenbinderei. Dann wollte ich noch gerne zur Buchhandlung. Du weißt ja, das könnte Stunden dauern.“ Sie schob sich rasch den Rest ihres Butterbrotes in den Mund, trank hastig den Kaffee im Stehen und verschwand mit einem schnellen Gruß. Dane stand wie getadelt in der Küche und konnte dieser Szene überhaupt keinen Glauben schenken. Seine Bemühungen, ihr die Chance für einen neuen Anfang einzuräumen, zerschlugen mit dem

Knall der Haustüre und hinterließen eine große Wut in ihm. Dann kam der Druck. Er ballte sich wie Sprengstoff in seinem Kopf zusammen, der darauf wartete, gezündet zu werden. Dane schwankte und hielt sich am Tisch fest. Das Radio plärrte Rockmusik von Van Halen. Wütend schlug er das Ding zu Boden, und es zerschellte in tausend Teile. Er hatte keine Lust auf diese Musik und auch keinen Hunger. Er räumte hastig den Tisch ab und beseitigte anschließend das zerbrochene Radio mit einer Kehrschaufel. Wieder schrie die Dusche nach ihm. Er flüsterte ein leises *Nein* in die Stille des Hauses, aber sie zog ihn mit der Kraft einer Droge zu sich in das heiße Wasser. Aus einer Stunde wurde eine zweite, dann erst verspürte er die Reinigung, die er für diesen Tag brauchte. Der Schmutz von heute Morgen hatte sich abgewaschen, mit ihm aber auch seine Geduld. Jetzt glänzte sein wahres Ich wieder. Es strahlte ihn an und sagte: *Jetzt hast du mich wieder*. Und er sagte beruhigt: *Ja*. Dass nicht alles sofort wieder mit dieser Erregung beginnen konnte, war ihm klar. Klar war aber auch, dass ihn wieder dieser unüberwindliche Gegner Zeit einholte. Er hatte nun Zeit und wusste nichts damit anzufangen. Zunächst kochte er starken Kaffee und trank eine Tasse davon, dann eine zweite und noch eine dritte hinterher. Danach fühlte er sich etwas klarer, nur nicht ruhiger. Nervös begann er im Wohnzimmer auf und ab zu laufen. Das Auto war weg, Sarah war weg. Er sehnte sich nach einer Tätigkeit, irgendeiner. Sollte er Johnathan anrufen? Das erschien ihm absurd. Welche netten Worte hätte er jetzt mit ihm wechseln können? Er beschloss, die Scheune aufzuräumen und das Werkzeug auf seinen Zustand hin zu prüfen.

*

Sarah suchte nicht das Blumengeschäft und nicht den Buchhandel auf, sondern Rick Beaman, Danes Chef.

Er freute sich über ihren Besuch, sah aber direkt die Besorgnis in ihren Augen, als sie sein Büro betrat. Er mochte Sarah und gab ihr beim Eintreten einen freundschaftlichen Kuss auf

die Wange. Das ermutigte sie. „Rick, ich muss mit dir reden."
Rick Beaman spürte sofort, dass Sarah etwas sehr Ernstes auf der Seele lag. Er bot ihr im hinteren Teil seines Büros Platz an, in dem eine bequeme Ledergarnitur stand, und sah, dass sie zitterte. „Sarah, was ist los?"
Sarah vergrub ihr Gesicht in beiden Händen. Tat sie wirklich das Richtige?
„Ist etwas mit Dane?"
Sie nickte und sah auf. „Ja, es ist etwas mit Dane. Es ist viel mit ihm. Und es ist an der Zeit, dass du es erfährst."
Rick Beaman wurde aufmerksam.
„Du musst mir versprechen, dass alles, was ich dir jetzt sage, unter uns bleibt."
Er nickte, und Sarah ließ all ihre Sorgen und Ängste aus sich herausfließen. Rick Beaman war erschüttert.
„… und so möchte ich versuchen, die Krankheit so früh wie möglich aufzuhalten und behandeln zu lassen. Ich habe mich schon etwas informiert. Eine Heilung ist nicht undenkbar, auch das Unterbinden von bestimmten Verhaltensauffälligkeiten lässt sich durch Medikamente beeinflussen, sodass es erst gar nicht zu irgendwelchen Handlungen kommt. Du musst mir helfen, Rick."
Rick Beaman nickte schweigend, und Sarah fuhr fort: „Er darf seine Arbeit nicht verlieren. Das ist ganz wichtig. Bitte versuche, ihm unbemerkt unwichtige Arbeiten zu übertragen. Ich habe Geld auf der Bank liegen. Davon kann ich dir Ausgleichszahlungen zu seiner unproduktiven Arbeit leisten, aber bitte … wirf ihn nicht raus. Übergehe seine Fehler. Er bemerkt sie sicherlich selbst und würde es nicht ertragen, wenn du ihn auch noch kritisierst."
„Wann lässt er sich behandeln?"
„Weiß der Himmel!" Sarah hob ihre Hände in die Höhe. „Ich versuche ihn gerade dazu zu bewegen. Ich hoffe, bald …"
Rick Beaman erhob sich und kam um den Tisch herum zu ihr. Es gab nur wenig Frauen, die er aufrichtig mochte. Sarah war eine von ihnen. Er mochte sie wie eine langjährige, liebe

Freundin, ging vor ihr in die Hocke und sah in ihre traurigen Augen. „Liebe Sarah", begann er und nahm dabei ihre Hände in seine. Das ließ sie hoffen und ruhiger werden. „Ich finde es ganz bewundernswert, dass du mir das alles gesagt hast. Ich stelle fest, wie sehr du Dane lieben musst, um diesen Weg mit ihm zu gehen. Ich muss dir eingestehen, da ein echtes Problem mit ihm in letzter Zeit gesehen zu haben. Das ändert natürlich alles. Ich beginne zu verstehen. Lass mich überlegen ... Ich werde sehen, was ich tun kann. Der Betrieb steht zurzeit gut da, und so wäre es kein Problem, einen kleinen Verlust zu schlucken. Aber es muss absolut unter uns bleiben, und es darf nicht zu lange dauern."

Sarah nickte mit einem unsicheren Lächeln.

„Ich werde versuchen, vorerst eine passende Arbeit für ihn zu finden. Du behältst dein Geld schön für dich. Wenn es Probleme gibt, setzen wir uns wieder zusammen. Ich werde versuchen, seinen Arbeitsbereich zu verlagern, und denke, das lässt sich einrichten. Und wenn sich alles geklärt hat, lädst du Angie und mich zum Essen ein und kochst ein richtig gutes deutsches Gulasch, ja?"

Sarah holte tief Luft und nickte dankbar. Sie fiel ihm erleichtert in die Arme und verließ ermutigt die Druckerei.

Nun stand Dr. Hendell auf ihrem Plan. Sie hatte sich den Namen bei Dr. Carrouthers gut gemerkt – genau wie seinen Blick, als sie von Danes Problem erzählt hatte. Bevor sie die Kraft fand, den Psychiater aufzusuchen, setzte sie sich in ein Café und versuchte, die Ruhe zu finden, die sie nun brauchte. Ein Stück Sahnetorte und ein starker Kaffee verhalfen ihr schließlich zu der nötigen Kraft, und sie schlug entschlossen den Weg zur Nummer 239 der Westview Central Avenue ein.

Die Dame an der Anmeldung war freundlich. „Sie möchten mit Dr. Hendell nur über Ihren Mann sprechen?", fragte sie.

Sarah nickte.

„Warum ist er denn nicht selbst gekommen?"

Sarah antwortete erbost: „Das ist ja der Grund, warum ich hier bin."

Die Dame, um fünfundvierzig, attraktiv, schlank und professionell geschminkt, nickte mit offenem Mund. „Hören Sie, da Sie ohne Termin gekommen sind, müssten Sie sich auf eine längere Wartezeit einstellen. Ist Ihnen das möglich?"

„Natürlich", antwortete Sarah und verließ noch einmal kurz die Praxis. Sie war irgendwie unruhig, suchte eine Telefonzelle auf und wollte versuchen, Dane einmal kurz anzurufen. Nachdem sie es viele Male hatte klingeln lassen, wurde sie nervös. Er nahm den Hörer nicht ab. Sie ließ es weiter klingeln, denn sie kannte seine Sturheit sehr wohl und auch seine Art, ihr eine Antwort auf ihr morgendliches Benehmen zu geben. Dann hatte sie Erfolg.

„Ja?"

„Dane, ich bin es. Du, ich habe eine gute Freundin getroffen und möchte gerne mit ihr noch in die Stadt etwas essen gehen und vielleicht Kaffee trinken. Dann wird es wohl später. Ist das okay?"

Sie hörte seinen schnellen Atem, er musste gerannt sein, und er tat ihr unendlich leid. „Ich habe noch Fisch im Eisschrank. Für dich." Sie wartete auf eine Antwort, die sie nicht bekam. Sie hörte nur seinen Atem – seine stumme Wut, die durch den Hörer kroch. „Dane! Hast du mich verstanden?" *Herrgott*, dachte sie, antworte doch du dummer Kerl! Dann bekam sie ihre Antwort: Es klickte in der Leitung, und die Verbindung war beendet. Zunächst sah sie ungläubig in die Sprechmuschel, dann nickte sie. Hatte sie diese Reaktion nicht irgendwie erwartet? Sie wollte sich nicht beirren lassen und besorgte sich ein Buch über Gemüsezucht und zwei Ecken weiter bei *Flowers Paradise* die Materialien für ihre neuen Blumengestecke. Sie musste ihm gegenüber auch glaubwürdig bleiben, packte alles in den Wagen, der direkt vor Dr. Hendells Praxis parkte, und trat den Weg ins Wartezimmer an.

Sie hatte Glück. Entweder verdankte sie es der hervorragenden Planung der Sekretärin oder dem Zufall, dass sich nur eine Frau im Wartezimmer aufhielt, obwohl Aufhalten das falsche Wort war; sie kauerte im hinteren Teil des großzügigen Wartezimmers und starrte geistesabwesend zu Boden. Sarah grüßte sie freundlich, bekam aber keinen Gruß zurück. So setzte sie sich in die andere Ecke des Zimmers und nahm nervös die Daily News in die Hand, die auf dem Tisch vor ihr lag. Ein Sommerfest mit großem Rummel und Tombola wurde angekündigt und die Neueröffnungen verschiedener Geschäfte wurden bekannt gegeben. Dann fiel ihr der Artikel einer Suchmeldung ins Auge: **Wieder ein kleiner Junge verschwunden!**

Interessiert las sie den Bericht:

Der kleine Kevin Cloths ist seit dem 17. Juli spurlos verschwunden. Die Eltern sind verzweifelt. Zeugen behaupten, ihn mit einem dunkelhaarigen, schlanken Mann in einem Eiscafé gesehen zu haben. Kevin Cloths ist 4 1/2 Jahre alt, blond und trägt eine schwarze Jeans mit einem schwarzen T-Shirt und rote Sandalen.Wir möchten die Bürger von Kansas City auffordern, sich an der Suche zu beteiligen oder stärkere Aufmerksamkeit auf einen solchen Mann mit einem kleinen Jungen zu legen. Hinweise bitte an die hiesige Polizeidienststelle.

Das Bild, das neben dem Artikel abgedruckt war, war dem kleinen Dane ihrer Cousine Maggie sehr ähnlich. Sarahs Adrenalin stieg an. Sie bekam Panik und rechnete fünf Tage zurück. Beruhigt stellte sie fest, an diesem Tag mit Dane in Denver bei ihrer Familie gewesen zu sein, doch sie griff in ihre Handtasche und holte sicherheitshalber ihre Notizen, die sie gestern gemacht hatte, heraus. War es nicht der 17. Juli gewesen, als Dane mit dem Jungen von Maggie Eis essen war? Die Parallelen waren ihr unheimlich, und sie schmiss die Zeitung zurück auf den Tisch.

Die Dame, die in der Ecke saß, wurde freundlich von Dr. Hendell hereingerufen. Eine Stunde später saß Sarah in seinem Zimmer. Helle Möbel und riesige Grünpflanzen verwandelten sein Arbeitszimmer in einen Dschungel. Sarah fand es angenehm, und Dr. Hendell war ihr auch auf Anhieb sympathisch. Die ruhige und nette Art, sie anzusprechen, weckte sofort ihr Vertrauen. Er war recht jung, klein und leicht untersetzt, hatte dichtes, blondes Haar und trug eine moderne Metallbrille. Sein Gesicht war gebräunt, und die klare, dunkle Stimme gab ihr das

Gefühl, hier die Hilfe zu finden, die sie benötigte.
„Sie sind also Mrs. Gelton?“
Der Name war ihr immer noch fremd. Merkwürdig, obwohl sie ihn doch schon seit mehr als zwei Jahren trug. Sie dachte an die Tagebücher von Danes Mutter. Sie waren von einer Mrs. Gelton geschrieben worden.
„Ja, Dr. Hendell. Ich komme leider alleine, weil mein Mann es noch nicht für nötig hält, hierher zu kommen.“
„Das heißt, dass Sie für Ihren Mann kommen?“
„Ja.“
„Was heißt, noch nicht für nötig hält?“
„Er braucht unbedingt Hilfe, aber er sieht das ganz anders.“
„Das ist bei uns an der Tagesordnung. Aber was heißt aus Ihrer Sicht, dass er Hilfe braucht?“
„Er kommt aus einem desolaten Elternhaus. Und das verfolgt ihn jetzt.“
Hendell nickte. Jetzt kam er der Sache schon näher. Die Kindheit war in den meisten Fällen die Ursache für spätere Probleme im Leben. Er fragte Sarah: „Geben Sie mir einen Anhaltspunkt für sein Problem, damit ich mir ein Bild machen kann.“
Sarah dachte nicht lange nach und sagte: „Sein Vater hat ihn ab seinem vierten Lebensjahr missbraucht und misshandelt.“
Hendell räusperte sich. Das genügte, um eine Akte anzulegen. Sarah kam nicht umhin, Danes ganze Geschichte zu erzählen, soweit sie informiert war, aber auch ihre eigene, um das zusätzliche Problem zwischen ihnen zu erklären. Sie griff wieder nach Worten, die sie inzwischen hasste.
Dr. Hendell hörte ihr aufmerksam zu und nickte ständig mit dem Kopf, während er eifrig Notizen machte. Als Sarah endete, sah er sie stumm an, und seine linke Hand bezog Stellung vor seinem Mund. Sarah konnte förmlich spüren, wie seine Gedanken kamen und er sie in Worte zu fassen versuchte. „Fangen wir ganz langsam an. Zuvor möchte ich bemerken, dass wir dieses Gespräch mit außerordentlicher Vorsicht zu genießen haben, denn zu leicht verfällt man auf diesem Gebiet zu einer

Überbewertung von Situationen. Aber … ich muss zugeben, dass Ihre Schilderungen etwas Beunruhigendes haben, zumal eine sehr starke Auffälligkeit bereits in seiner Familie vorgekommen ist – sogar über Generationen. Das müssen wir ernst nehmen. Wir sollten aber versuchen, uns an die Dinge zu halten, die Sie definitiv beobachtet haben und die Ihnen besonders aufgefallen sind. Auch wenn der Vater Ihres Mannes zweifellos pädophil war und ein perverses Verhalten gezeigt hat, so würde ich das bei Ihrem Mann ausschließen – wenn auch eine gewisse Komponente für die Voraussetzung dieser Neigung zu erkennen ist. Ich denke da an sein regelrecht krankhaftes Duschen – ein Waschzwang. Das ist zweifellos eine Auffälligkeit. Aber weiter sehe ich keine Merkmale, die für eine Perversion sprechen könnten. Ich sehe da eher eine Neigung zu Neurosen. Wie ich eben schon sagte: der Waschzwang. Wir dürfen aber seine Vergangenheit dabei nicht aus den Augen verlieren. Ebenso das letzte Zusammentreffen mit seinem Vater. Das alles hat natürlich auch irgendwie seine Auswirkungen. Das sind massive Stationen in seinem Leben gewesen, die er nicht einfach vergessen kann. Alles kommt auf die eine oder andere Weise irgendwann heraus. Jeder Mensch verarbeitet die Dinge in seinem Leben anders. Wer verarbeitet schon solche Situationen normal? Unter den gegebenen Umständen würde ich ihm gewisse Zwänge ohne weiteres zugestehen, in einem gewissen Rahmen."

„Aber mir macht die Sache mit seinem Vater so sehr zu schaffen. Da muss doch irgendwo eine Veranlagung in seiner Familie liegen. Denken Sie doch nur an Danes Großvater, der auch seinen Sohn missbraucht hat. Dane hat keine Kinder. Ist es möglich, dass er sich selbst zu missbrauchen beginnt?"

Hendell stutzte. Sich selbst missbrauchen? „Sie meinen, das Erbrechen, die Kopfschmerzen und die Gedächtnislücken könnten die Anzeichen eines eigenen gedanklichen Missbrauchs sein?"

„So ungefähr."

„Wenn er eine pädophile Neigung hätte, die er nicht beherrscht bekommt, wäre er längst durch ein auffallendes Verhalten Kindern gegenüber in Erscheinung getreten. Können Sie das bestätigen? Gab es da Vorfälle?"

„Nein. Er ist nur einmal mit dem Sohn meiner Schwester plötzlich verschwunden. Aber da stellte sich heraus, dass sie nur Eis essen waren."

„Wie alt ist der Junge?"

„Vier."

„Vier", wiederholte Hendell. „Und es ist sicher, dass die beiden nur Eis essen waren?"

Jetzt stockte Sarah. Sollte da doch etwas vorgefallen sein? „Mein Neffe zeigte keinerlei Anzeichen von Einschüchterung. Im Gegenteil, er ist Dane gegenüber sehr angetan. Dane hat ihn im Oktober sogar zu uns auf die Farm eingeladen."

„Sehen Sie, da beginnt schon unser Problem. Die Geschichte läuft in die Zweideutigkeit. Gesetzt den Fall, dass Dane diesen kleinen Kerl einfach nur mag, tun wir ihm großes Unrecht an, wenn wir ihm einen eventuell anbahnenden oder geplanten Missbrauch unterstellen. Eine solche Veranlagung geht manchmal merkwürdige Wege. Aber deswegen können wir nicht in jeder normalen Situation eine Gefahr suchen."

Sarah nickte. „Wie fängt denn eine solche Veranlagung an sich zu zeigen?"

Der Duschzwang, dachte Hendell, und er wusste, dass Sarah das Gleiche dachte. Eine Weiche wäre damit ohne weiteres gestellt. „Es ist natürlich sehr schwer, jetzt alles richtig zu beurteilen – zumal Ihr Mann nicht selbst gekommen ist und mit mir darüber reden möchte. Sie können mir nur Ihre Beobachtungen schildern, aber leider nicht seine Gedanken. Die sind der wichtigste Teil, um etwas richtig beurteilen zu können. Es gibt so viele seelische Erkrankungen, die fließend ineinander übergehen und nur schwer voneinander abzugrenzen sind."

„Was ist mit den Neurosen, die Sie eben erwähnt haben?"

„Die könnten eine anfängliche Auffälligkeit sein. Darunter fällt nämlich auch der Zwang."

„Was sind Neurosen genau?"

„Es gibt Verhaltensmuster, mit denen wir Konflikte bewältigen. Diese Verhaltensmuster erlernen wir in der Kindheit und Jugend, und wenn diese Zeit weitgehend unter normalen Umständen verlaufen ist, funktionieren die erlernten Verhaltensmuster auch immer, und wir können problemlos Beziehungen knüpfen und ein ausgeglichenes Leben führen. Neurosen sind auch Verhaltensmuster, mit denen wir Konflikte zu bewältigen versuchen, aber wenn man als Kind schon mit neurotischen Störungen gelebt hat, passen die erlernten Verhaltensmuster nicht mehr zu den Konfliktlösungen im späteren Leben –, es entstehen Zwänge, Ängste und Ticks."

Sarah nickte. „Das könnte doch bei ihm der Fall sein –, oder?"

Der Arzt zögerte: „Da sind wir wieder bei dem Wörtchen *könnte*. Alles bleibt eine Eventualität. Aber um Ihre Frage doch noch zu beantworten: ja … eigentlich hat jeder von uns im Laufe seines Lebens einmal Zwänge und Ängste, besonders Ticks. Wir suchen uns dann Partner und Freunde, die zu uns passen und Berufe, in denen wir mit unserem neurotischen Anteil weniger auffallen. Wir suchen uns eine Alltagsbeschäftigung, in der wir mit unseren neurotischen Störungen relativ ausgeglichen leben können."

Sarah schluckte. Sie passte also zu Dane. Sie war ruhig, geduldig und nachsichtig. Sie bewunderte ihn immerzu … und lobte ihn. Und wie sie passte!

„Kann sein Beruf in Glendale ein solcher Beruf gewesen sein?"

„Sicher. Wem fällt schon zwischen Temperament, Trubel und Hektik eine neurotische Störung auf? Aber wie ich eben sagte, jeder von uns hat einen neurotischen Anteil in sich.

Und jeder von uns sucht sich die passende Umgebung. Das macht letztendlich die Vielfältigkeit unserer Gesellschaft aus."

Sarah dachte plötzlich an die Renovierung des Farmhauses. War es nicht eine nahezu fanatische Aktion gewesen?

„Kann sich eine Neurose noch anders als durch Zwang bemerkbar machen?"

„Oh, der Zwang ist eine der wesentlichen Beschwerden der Neurosen. Besonders die Charakterneurose. Die schafft sich der Betroffene selbst und sie passt zu seinem Wesen."

„Was ist das – eine Charakterneurose?"

„Die Hypochondrie zum Beispiel, obwohl man bei bester Gesundheit ist."

„Könnten die Tagebücher seiner Mutter zu einer Hypochondrie führen?"

„Das wäre nicht ausgeschlossen. Es wäre denkbar und könnte einiges erklären. Könnte! Er stellt sich zum Beispiel die Merkmale einer geerbten Erkrankung vor, was in diesem Fall die Übelkeit, der Kopfschmerz und der Konzentrationsmangel als beginnende Merkmale sein könnten. Er verbindet das Ganze mit dem Zwang und erleidet tatsächlich diese Symptome."

Sarah rutschte unruhig auf ihrem Stuhl herum. „Eine rein gedankliche Abwicklung?"

„Eine rein gedankliche Abwicklung. Wobei später physische Konsequenzen zum Tragen kommen können – ja."

Sarah schwieg. War sein Erbrechen das Ergebnis seiner Vorstellungskraft?

„Gibt es noch andere Charakterneurosen?"

„Ja. Es gibt die übertriebene Pingeligkeit, obwohl alles bestens aufgeräumt ist."

Sarah nickte. Das Haus. Alles war bis in die kleinsten Ecken perfekt. Auf keiner Fußleiste befand sich ein Kratzer.

Dr. Hendell unterbrach ihre Gedanken: „Es gibt eine große Variationsbreite, aber das wären die wichtigsten, die für Ihren Mann in Betracht kommen könnten. Zum Leiden werden sie dadurch, dass der Betroffene merkt, dass etwas mit ihm geschieht, was er eigentlich nicht will. Auch das könnte seine Übelkeit und anderes erklären."

„Was ist mit seinem Duschzwang?"

„Wie oft duscht Ihr Mann?"

„Manchmal drei- bis viermal täglich."

„Hat er einen Grund dazu –, zum Beispiel eine schmutzige Arbeit?"

„Nein –, er geht immer sauber unter die Dusche."

„Wie lange?"

„Ein halbe, manchmal eine Stunde."

„Das wären zwischen anderthalb und vier Stunden duschen am Tag. Die unterste Grenze ist noch akzeptabel. Bei vier Stunden beginnt es schon auffällig zu werden. Das könnte alarmierend sein. Tendiert er eher zur unteren oder oberen Grenze?"

„Zur oberen. Wenn nicht, sogar noch darüber. Er hat auch schon zwei Stunden am Stück darunter gestanden. Und er duscht immer sehr heiß."

Hendell nickte. Je heißer, desto intensiver war der Reinigungsprozess, den der Betroffene erreichen wollte. Hendell sah Sarah an. „Es ist also ein sich immer wiederholender Handlungsablauf, ich meine das häufige Duschen. Er macht das unter großer Anspannung, nicht zu seinem Vergnügen. Können Sie das in etwa bestätigen?"

Sarah nickte. Ja, Dane sah nicht entspannt aus, wenn er unter die Dusche ging. Er wurde dann hektisch, als fühlte er sich gejagt und wollte etwas abwaschen, was ihn störte.

„Wie sieht es bei ihm, abgesehen von der körperlichen Reinigung, mit Ordnung und Sauberkeit aus?"

Sarah dachte wieder an das Haus. Wann hatte in dem Haus je Unordnung geherrscht? Wann hatte er je einen gedeckten Tisch nach dem Essen stehen lassen oder das Geschirr auf dem Schrank oder die Wäsche auf dem Stuhl? Er räumte oft mit großer Hektik auf, beseitigte jeden Fleck, den er auf dem Schrank oder Boden sah, und wischte und putzte, wo alles bereits sauber war. Jetzt fiel es Sarah richtig auf. Sie hatte es bisher als Aufmerksamkeit und Hilfe ihr gegenüber betrachtet. Der Einzige, dem er dabei half, war er selbst. Alles, was er tat, wie er aussah, wie er sich kleidete, wie er sich pflegte, wie er das Haus pflegte, wie er seine Corvette gepflegt hatte und wie er das Restaurant in Glendale geführt hatte, drehte sich nur um Ordnung und Reinlichkeit – alles! War es, weil sein Leben früher von einem großen Chaos beherrscht worden war, oder weil sein Vater so dreckig gewesen war?

„Zu einem Problem werden die Zwänge erst dann", hörte sie Hendell sagen, „wenn es dem Betroffenen nicht mehr möglich ist, einen normalen Alltag zu gestalten."

Ja, sein Alltag! Wie hatte der ausgesehen, als das Haus fertig war? Er ging in diese verdammte Scheune und redete dort mit sich selbst!

„Mrs. Gelton, alles in Ordnung?"

Sarah schrak zusammen. Sie zitterte. „Gibt es noch andere Neurosen?"

„Oh ja, die sogenannte Angstneurose. Der Betroffene wird von diffusen Ängsten überflutet, die er nicht mehr kontrollieren kann, und die ohne Auslöser auftreten. Das Gefühl der Angst kann so mächtig werden, dass es zu einer intensiven Panikstimmung kommt. Häufig richten sich Angstneurosen auf den eigenen Körper. Wenn dem Betroffenen ein Angstanfall droht, zieht er sich zurück und versucht sich zum Beispiel mit Entspannungstechniken oder Beruhigungsmedikamenten zu schützen."

Sarah wusste nichts von seinen Meditationen, die er ständig heimlich gemacht hatte, aber sie wusste von dem Gin. „Kann Alkohol auch als Ersatz für ein Beruhigungsmittel genommen werden?"

„Wäre denkbar. Wenn es ihn von der Angst befreit."

„Dane hat in letzter Zeit viel Gin getrunken. Ich habe es ihm verboten."

Der Arzt nickte nachdenklich. „Wann?"

„Vor einigen Wochen."

„War er ein regelmäßiger Trinker?"

„Nein. Unregelmäßig – aber wenn, dann eine ganze Flasche."

Hendell nickte wieder nachdenklich. Alkohol als Beruhigungsmittel. „Hat Ihr Mann meditiert?"

„Nein, nicht dass ich wüsste."

„Wenn er zu Hause ist, sind Sie dann ständig mit ihm zusammen oder verlassen Sie hin und wieder das Haus alleine?"

Sarah dachte nach. Heute war sie zum ersten Mal alleine weg. Nein! Sie war früher öfters mit Mrs. Heddon unterwegs gewesen! Hatte Dane diese Zeit für Meditationen genutzt? War er damals schon Ängsten ausgesetzt gewesen, von denen sie nichts gewusst hatte? Sie hörte Hendell weiterreden. „Als Sie ihm den Alkohol untersagten, fingen die Auffälligkeiten dann erst an oder waren sie schon vorher zu beobachten?"

Sarah dachte angestrengt nach. „Danach."

Alkohol also nicht nur als Beruhigungsmittel – Alkohol für Vieles mehr.

„Ich habe ihn einmal bei einem apathischen Wippen erwischt."

„Das könnte ein sogenannter Tick sein und fällt auch unter die Beschwerden einer Neurose. Man versteht unter einem Tick eine unbeherrschbare, unmotivierte Körperreaktion nach einer Extremsituation, die der Betroffene nicht mehr bewältigen kann. Ihm ist es dann auch nicht möglich, von alleine damit aufzuhören."

Nein, dachte Sarah und erinnerte sich wieder an Danes Wippen im Gästezimmer ihrer Eltern, als wäre es eben erst gewesen. Sie hatte eine große Angst dabei verspürt. Er hatte erst damit aufgehört, als sie ihn angeschrien hatte. Plötzlich passte alles zusammen! Es war der Tag, an dem er mit dem kleinen Dane unterwegs gewesen war! Sarah rieb sich das Gesicht, als sie es Hendell mitteilte. Jetzt stutzte auch dieser. Wenn Dane keine wideren Absichten mit dem Jungen gehabt hatte, warum fiel er dann anschließend in ein solches Verhalten? War in seinen Gedanken und Gefühlen doch mehr als nur eine normale Zuneigung vorhanden gewesen? Hegte er bereits Pläne mit dem Jungen, als er ihn so freundlich auf seine Farm einlud? Hendell holte tief Luft. Konnte man jetzt noch von Hypothesen sprechen?

Sarah holte ihn aus seinen Gedanken. „Alles zeigt sich bei ihm ohne ein System und immer so anders. Ich kann gar nicht mehr abschätzen, wie er reagiert."

„Oh, das Ganze ist ganz und gar nicht ohne System. Neurosen entstehen meist in Situationen, in denen man entweder zu viel oder zu wenig bekommt. Eine übermäßige, besitzergreifende Fürsorge kann ebenso zu Neurosen führen wie mangelnde Zuwendung und Liebe oder fehlende Anerkennung und Aufmerksamkeit. Auch wenn man vor ambivalenten Entscheidungen steht, entstehen Neurosen …"

Sarah hörte Dr. Hendell nur noch unterschwellig zu. Sie spürte starken Kopfschmerz aufsteigen. Dr. Hendell redete weiter.

„Das Aushalten von Widersprüchen und Ambivalenzen gehört zu den schwierigsten Aufgaben im Leben. So zum Beispiel Liebe und Hass gemeinsam zu ertragen."

Sarah sah wieder auf. Liebe und Hass? Ja, der ewige Kampf zwischen ihr und seinem Vater – die Liebe und der Hass.

„Auch traumatische Erlebnisse bewältigen zu müssen sind Auslöser von neurotischen Störungen."

Sarah dachte plötzlich an seine Träume in der Klinik. Wie gestört mochte er zu dieser Zeit schon gewesen sein? „Gibt es noch andere Auslöser?", fragte sie flüsternd und überfordert.

„Oh, ja. Auslöser können alle Lebensphasen sein, in denen es zu Um- und Neuorientierungen kommt."

Sarah dachte an den ersten Tag auf dieser Farm. Der Winter hatte gerade begonnen. Hatte ihn zu dieser Zeit sein Leiden schon beherrscht?

Die Uhr zeigte bereits 18.00 Uhr, und die Dämmerung des Abends strömte rötlich und warm in das Arbeitszimmer. Draußen herrschte immer noch eine große Hitze. Das Gespräch mit Dr. Hendell hatte länger gedauert, als sie erwartet hatte, und sie fühlte sich ausgelaugt und erschöpft. Sie hörte die vielen Fahrzeuge und ihre Huperei durch das Fenster und dachte daran, dass Dane zu dieser Zeit auch immer unterwegs war. Er hatte es nie erwähnt, hatte sich nie beschwert oder darüber geflucht. Er verarbeitete vieles so anders, genau wie Dr. Hendell es ihr erklärt hatte.

„Mrs. Gelton", sprach Dr. Hendell sie an.

„Sarah", korrigierte sie.

„Sarah, es wäre wichtig, dass Ihr Mann einmal bei mir vorbeikommt. Sehen Sie, sollte es ihm nicht mehr möglich sein, in einem normalen Rahmen zu leben und zu arbeiten, muss er lernen, sich ehrlich und offen in solchen Momenten, die wir gerade besprochen haben, mitzuteilen. Nur Offenheit kann ein solches Leiden heilen. Wenn er das in einem vertrauten Kreis nicht kann, sollte er sich einer Psychotherapie unterziehen. Dort lernt er, das Leiden zu beherrschen."

„Wie sieht es mit Medikamenten aus? Gibt es Medikamente dafür?"

„Natürlich. Man kann Vieles mit Medikamenten bewirken, aber sie heilen nicht, sondern decken die Symptome nur zu. Manchmal ist es angebracht, sie für eine kurze Zeit einzusetzen, bis der Patient wieder selbst im Leben klarkommt. Dann macht es Sinn. Aber manchmal müssen sie auch ein Leben lang genommen werden und führen vereinzelt leider zu einem Suchtverhalten. In dem Fall Ihres Mannes würde ich eventuell eine kombinierte Therapie von Medikamenten und Gesprächstherapie vorschlagen."

Sarah nickte. „Ich werde versuchen, ihn zu überzeugen."

„Gut. Und ich werde versuchen, Ihnen zu helfen. Sie sind wirklich eine bewundernswerte Frau, Sarah." Dr. Hendell stand auf und reichte ihr die Hand zum Abschied. Sarah erwiderte seinen festen Händedruck, der ihr neue Hoffnung gab. Sie lächelte heute zum ersten Mal und ging. Dane musste nur lernen, sich mitzuteilen, dachte sie. Das ist alles.

Dr. Hendell sackte erschöpft auf seinem Stuhl zusammen und war sich nicht mehr sicher, ob er ihr vielleicht zu viel Mut zugesprochen hatte. Er hatte Hoffnungen ausgesprochen, die ihm plötzlich zuwider waren. Das Bild wurde immer klarer, und es passte zu Sarahs Aussagen. Er sah einen Fall voller Komplikationen und suchte noch an diesem Abend die Adresse der städtischen Psychiatrie in Kansas City heraus. Auf einem Zettel schrieb er die Telefonnummer und legte sie zu seinen Aufzeichnungen, die er noch bis in den späten Abend vervollständigte. Er sah das Problem nicht in Danes Verschlossenheit, nein, er sah es in einer sich anbahnenden Gewalt den Menschen gegenüber, von denen er sich bedroht fühlte. Und dazu gehörte auch Sarah. Und jetzt sogar er selbst …

*

Die Gelton-Farm lag wie immer ruhig und wunderschön anzusehen zwischen den Feldern. Sarah liebte diesen Anblick. Als sie den Wagen in der Scheune abgestellt hatte und die Eingangstür aufgeschlossen hatte, kam ihr der Duft von gebratenem Fisch entgegen, was sie erleichtert aufatmen ließ. Er hatte sich Essen gekocht. Auch hier war alles wieder sauber aufgeräumt – wie immer. Das Gespräch mit Dr. Hendell ging ihr die ganze Zeit durch den Kopf. Abgesehen von Danes auffälliger Reinlichkeit könnte auch alles auf sein jahrelanges Junggesellenleben zurückzuführen sein. Zudem hatte er über viele Jahre ein Geschäft in der Gastronomie geführt, das nur mit einer sorgfältigen Hygiene und strenger Disziplin erfolgreich sein kann. Sarah entspannte sich bei dieser Erklärung etwas. Vielleicht war er auch nur das Opfer ihrer Unsicherheit geworden.

Ihre Gedanken wurden in dem Moment zerstört, als sie in der Küche stand und die eingekauften Sachen auf den Tisch legte. Dane hatte hinter der Tür auf sie gewartet und schlug sie nun mit einer harten Bewegung zu! Sarah erschrak zutiefst! Sein Griff an ihre Schultern war schnell und schmerzte sie furchtbar. Sie konnte kaum atmen. Er war zornig und schrie sie an: „Wo warst du?!“

Sie fuhr zusammen und wehrte sich gegen den starken Druck an ihren Schultern. Eingeschüchtert antwortete sie: „Bei Heather, warum?“

„Weil ich dort angerufen habe, und du warst nicht dort! Verdammt! Du lügst! Warum?“

Sarah fielen keine Ausreden oder Entschuldigungen ein, nicht so schnell. Sie schluckte und versuchte ihre Phantasie zu aktivieren, aber der Überfall von Dane schockierte sie zu sehr. So rief sie: „Ich kann es dir nicht sagen!“

„Was kannst du mir nicht sagen? Was?!“

„Dane!“, schrie sie hysterisch. „Fass mich nicht an! Ich hasse das!“

Schlagartig kehrte Ruhe ein. Er kniff seine Augen schmerzverzerrt zusammen und ließ von ihr ab. Wutgebeugt drehte er sich weg, weg aus ihrem Sichtfeld, weg aus ihrem Weg. Sarah brach in Tränen aus. Er hatte es wieder einmal geschafft, all ihre Hoffnungen, die sie am Tag so mühselig erarbeitet hatte, in wenigen Sekunden zu zerstören. Als er die Badezimmertür hinter sich zuschloss und kurze Zeit später duschte, ließ sie sich verzweifelt auf das Sofa fallen und weinte hemmungslos.

Die Dusche veränderte ihn wieder kolossal. Seine Ruhe, der nette Blick und die Zärtlichkeit, mit denen er sich plötzlich zeigte, hätte Sarah nicht für möglich gehalten. Sein Schauspiel endete dann wieder im Bett. Das erschien ihr merkwürdig, denn erneut suchte er sexuelle Befriedigung nach einem Streit. Erregte ihn dieser Zustand in letzter Zeit mehr als die Harmonie? Er versuchte sie zu lieben, aber seine Zärtlichkeit hatte sich verändert. Seine Küsse und seine Berührungen hatten nichts Sanftes mehr an sich. Er wirkte tollpatschig und grob. Brutal drang er in sie hinein und ließ sich danach in einen tiefen Schlaf fallen. Sarah lag nur da. Es machte sie konfus, diesem vierzehn Jahre alten Gefühl aus ihrer ersten Ehe wieder zu begegnen. Sie suchte nach Entschuldigungen, die sie schließlich fand: da waren seine Anspannung und seine Verwirrung, eben das ganze Durcheinander an diesem Tag. Zu viele, nur allzu verständliche Neurosen.

*

Dane drehte das Spiel einfach um. Er stand am nächsten Morgen früher auf als sie und bereitete ein liebevolles Frühstück zu. Unten versuchte er schnell zu duschen und erweckte durch zwei Kerzen auf dem Frühstückstisch den Versuch einer Entschuldigung. Er empfing Sarah mit einer Umarmung und einem zärtlichen Kuss, und ihr gemeinsames Frühstück war wirklich schön. Sie unterhielten sich wieder einmal über die Dinge, die sie von dem eigentlichen Problem ablenkten. Sarah fühlte sich erleichtert und aufgemuntert, bis sie die erste Welle warf: „Du wolltest doch wissen, wo ich gestern war. Ich war bei Dr. Hendell."

Diese Äußerung ließ Dane erstarren. Er wollte diese Worte nicht von ihr gehört haben, und seine Gesichtsmuskeln fingen nervös an zu zucken. „Und?"

„Ich habe mich nur mit ihm unterhalten."

„Über mich?"

„Ja, über dich, das heißt, über deine Vergangenheit und deine Ängste zu der Krankheit deines Vaters. Dane …"

„Über was?"

„Dass du in deiner Kindheit neurotische Störungen erlitten hast."

Er konnte es nicht glauben! „Und weiter?"

Sarah glaubte tatsächlich, dass es ihn zu interessieren schien. Sie ahnte nicht, dass es kein Interesse war, sondern er nur einen Grund suchte, um erneut seinen Hass zu spüren. Der Hass war ihm in letzter Zeit so dringend notwendig wie nichts anderes geworden, und er hatte im Grunde den ganzen Morgen nur darauf gewartet, das alles wieder aufleben zu lassen. So ahnte Sarah nicht, was sie mit ihren Worten anrichtete und fuhr fort: „Na, dass die Möglichkeit besteht, dass du schlichtweg nur unter einer Zwangsneurose leidest. Das ist nichts Ungewöhnliches. Du hast einfach nur Zwänge, die du nicht ablegen kannst. Man kann lernen, damit umzugehen. Wenn allerdings die Lust dazukommt …", sie dachte widerwillig an die Perversion, die unmittelbar mit der Lust verbunden ist, „dann musst du etwas unternehmen. Das ist eine ganz große Gefahr. Oh, Dane, würdest du versuchen, einmal mit Dr. Hendell zu reden?"

Er verstand das Kauderwelsch ihrer Worte nicht, aber er spürte das Brodeln in sich. Ja, darauf hatte er gewartet! Jetzt hatte sie wieder alles kaputtgemacht: das schöne Frühstück, seinen guten Willen und seine Beherrschung. Jetzt war es genug! Ihm war nicht mehr nach Ruhe zumute, und in seinem Kopf bildete sich ein Gefühl von Enge. Es war gut, dass sie ihn soweit gebracht hatte, nicht er selbst. Das machte Vieles leichter, besonders sein Schuldgefühl. Während ihn das Loch willkommen hieß, schaute sie auf das Sideboard und sah, dass das Radio verschwunden war. „Wo ist das Radio?“, fragte sie.

„Kaputt.“

„Was? Kaputt? Aber gestern lief es doch noch.“

„Ich habe es gestern Morgen zu Boden geschmissen, nachdem du weg warst. Ich war so wütend!“

„Auf mich?“

„Auch. Auf alles. Sarah, können wir uns heute einen schönen Tag machen und alles vergessen?“, versuchte er ein letztes Mal einzulenken, aber Sarah fragte: „Hast du denn gar nicht zugehört?“

Dane schaute sie mit flehendem Blick an.

„Dane, es ist mir bald ganz egal, was mit dir passiert, aber glaub mir, wenn du mir auch nur ein Haar krümmst, siehst du mich nie wieder!“

Das saß! Dann passierte es!

Ja! Ja!, schrie das Loch. Mach sie fertig! Sie hat es nicht anders verdient!

Seine Augen verengten sich zu Schlitzen. Sarah hatte es genau gesehen und das erreicht, was sie nicht wollte. Er sprang von seinem Stuhl auf und schmiss ihr den gesamten Frühstückstisch entgegen. Sie reagierte schnell und sprang nach hinten weg. Scheppernd landeten Glas, Porzellan und Kerzen auf dem Boden vor ihren Füßen. Der Marmeladenaufstrich vom Toast schmierte sich an die linke Seite ihres Morgenmantels. Ihr Herz raste. Es war also alles wieder nur Schau gewesen. Sie schaute ihn angstvoll an und sah den Hass in seinem Gesicht. Es verzerrte sich so komisch, und sie konnte nicht anders, als ihn anzuschreien: „Daaane!!“

Sie sah, wie seine Hände nach ihrem Hals griffen und wich ihm erschüttert aus. Er konnte sie nicht erreichen, der Tisch lag zwischen ihnen. Noch nie war sein Blick so unheimlich gewesen. Sarahs Herz klopfte bis zum Hals. Sie holte aus und schlug ihm so kräftig mit der Faust gegen die Wange, dass er zur Seite taumelte. Daraufhin rannte sie die Treppe hinauf zum Schlafzimmer und schloss sich wimmernd ein. Verzweifelt brach sie auf dem Bett zusammen. Für sie war das das Ende auf dieser Farm!

Sie horchte auf die Geräusche, die aus der Küche nach oben drangen. Dane schien die Küche aufzuräumen. Dann hörte sie den Knall der Haustür. Er unternahm wieder einmal einen Fluchtversuch. Ungewaschen schlüpfte sie in eine Jeans und einen Pullover und holte einen Koffer vom Kleiderschrank herunter. In dem Moment hörte sie den Chrysler aufheulen und rannte geschwind zum Flurfenster. Die Scheunentür stand offen und dichte Staubwolken bäumten sich über dem Hof auf. Der Chrysler verlor sich bereits als kleiner Punkt zwischen den grünen Maispflanzen.

Sarah überlegte nicht lange und handelte schnell. Sie warf Unterwäsche, Pullover und Hosen quer durch das Zimmer in den Koffer, der weit geöffnet auf dem Bett stand. Wutentbrannt drückte sie den Kleiderhaufen zusammen und schloss den Koffer. Bevor sie die Farm endgültig verlassen würde, musste sie noch unbedingt Dr. Hendell informieren. Sie wühlte hektisch in der Schublade des Telefonschränkchens herum und konnte das Telefonbuch nicht finden. Sie lief ins Wohnzimmer und fand es dort. Es lag in tausend Papierschnipsel zerrissen auf dem Boden!

Wann, um Himmels Willen, hatte er das getan? Hatte er gestern nach Heathers Nummer gesucht und sie war so blind gewesen und hatte das Chaos, als sie heimgekommen war, übersehen? Was wollte er damit bezwecken? Sarah begann zu zittern. Das konnte sie nicht mehr entschuldigen. Sie sackte über den Papierschnipseln zusammen und weinte.

Irgendwann kam sie wieder zu sich und ließ sich über die Auskunft mit Dr. Hendell verbinden. Es sollte in seiner Hand liegen, was weiter mit Dane passieren sollte. Sie fühlte sich zu keiner Entscheidung mehr fähig. „Schnell, ein Notfall!“, flehte Sarah in den Hörer. Die Dame im Vorzimmer verband sie sofort. Dann hörte sie: „Hendell.“

„Oh, gut, dass ich Sie erwische. Hier ist Sarah Gelton. Es ist soweit. Mein Mann hat versucht, mich anzugreifen!"

„Sarah, hören Sie ..."

„Ich werde gleich abreisen. Ich kann nicht mehr! Es ist aus! Bitte kümmern Sie sich um alles Weitere!"

Er redete lauter: „Sarah, hören Sie! Ihr Mann ist bei mir."

Sarah erstarrte. Wie war das möglich? Es konnten kaum mehr als dreißig Minuten seit dem Zwischenfall in der Küche vergangen sein. Wie schaffte Dane es immer wieder, so schnell den Ort zu finden, an dem sie ihn am wenigsten vermutete? „Was sagen Sie?", flüsterte sie ungläubig in den Hörer.

„Ihr Mann ist eben gekommen. Er war ziemlich außer sich, so dass ich ihm etwas zur Beruhigung gegeben habe. Ich glaube, er schläft jetzt im Nebenzimmer. Es ist alles in Ordnung."

Sarah sah auf den Koffer, der fertig gepackt zu ihren Füßen stand. Sie wurde plötzlich unsicher, mit ihrer Abreise das Richtige zu tun – jetzt, nachdem Dane endlich gehandelt hatte. Dr. Hendell unterbrach die Stille: „Was haben Sie getan, dass er gekommen ist?"

Seine ruhige Stimme beruhigte sie. „Ich habe ihm heute Morgen erzählt, dass ich bei Ihnen war."

„Prima. Es ist gut, dass ich ihn bei mir habe. Wenn es Ihnen recht ist, kommen Sie doch bitte heute Abend um sechs mit einem Taxi vorbei. Ich glaube, er hat den Wagen bei sich. Es wäre besser, wenn er heute nicht mehr fährt. Ich werde ihm nachher wahrscheinlich noch einmal ein Beruhigungsmedikament geben."

„Aber ich hatte gerade vor, die Farm zu verlassen. Wir haben abgemacht, dass ich gehe, wenn er mich tätlich angreift. Ich kann das nicht. Sie können nicht von mir erwarten, dass ich einen weiteren Angriff riskiere."

Dr. Hendell schaute durch die offene Tür in sein Nebenzimmer. Dane schlief fest und ruhig. „Ja, das kann ich verstehen. Es liegt mir auch fern, Sie zu überreden, aber wäre es jetzt nicht sinnvoller, gemeinsam die Therapie zu beginnen? Ich werde noch Dr. Carrouthers anrufen und mich von dieser Seite absichern, ich meine, dass keine organischen Ursachen wie zum

Beispiel eine Tumorbildung für sein Verhalten verantwortlich sind. Haben Sie Freunde hier in der Stadt? Vielleicht könnten Sie da unterkommen."

„Heather, meine Freundin, wohnt hier in der Stadt. Aber ihr Mann ist mir gegenüber sehr reserviert. Nein, das wäre keine gute Hilfe. Ich glaube, Sie haben recht. Ich werde hier bleiben."

Dr. Hendell lächelte zufrieden. Er sah momentan auch keine bessere Lösung, die naheliegend genug wäre für einen guten Therapieverlauf. So verstärkte er sie in ihrem Vorhaben: „Ja, Sarah, das wäre sehr mutig und für Dane das Beste. Wie schon gesagt, ich werde ihm gegen Abend ein starkes Beruhigungsmedikament geben. Dann können Sie beruhigt die nächsten vierundzwanzig Stunden mit ihm verbringen. Morgen sehen wir dann weiter. Ich muss erst mal ein Gespräch mit ihm führen. Sind Sie damit einverstanden?"

Sie lächelte erleichtert, während sie sprach: „Ja, das würde mir sehr helfen. Wissen Sie, wir sind hier ganz alleine auf der Farm. Ich könnte schlecht an Hilfe kommen. Ich komme dann gegen sechs zu Ihnen und hole Dane ab. Vielen Dank, Dr. Hendell. Ich bin sehr froh, dass Sie uns helfen."

„Oh, bitte, Sarah. Das ist mein Job. Ich denke, wir gehen den richtigen Weg."

Sarah legte den Hörer langsam auf die Gabel und schaute auf den Küchentisch, der wieder sauber hergerichtet in der Küche stand. Ebenso war der Boden gereinigt worden. Typisch Dane. Selbst im Streit hielt er unerlässlich seine Ordnung ein. Er hatte es heute Morgen sicherlich gut gemeint, aber was hätte es schon geändert? Vielleicht diesen Morgen. Dann wäre der Streit an einem der nächsten Tage ausgebrochen. Sein Problem ließ sich nicht mit einem schönen Frühstück beseitigen. Sarah brachte den Koffer wieder nach oben und versteckte ihn in ihrem Kleiderschrank. Sie konnte nicht abschätzen, wann sie ihn doch noch brauchen würde.

Sie fühlte sich wieder etwas ermutigt, als sie daran dachte, dass Dane nun bei Dr. Hendell saß. Es zeigte, dass er soeben zu weit gegangen war und es bemerkt hatte. Auch, dass er sich nun endlich ernsthafte Sorgen um seine Gesundheit machte. So sah sie es – so wollte sie es sehen. Sie setzte sich auf einen Küchenstuhl und überlegte, was sie bis zum Abend tun könnte. Zunächst schüttete sie sich eine Tasse Tee auf und schaute zum Küchenfenster hinaus. Ja, sie liebte diese Farm, und sie liebte Dane, immer noch. Es musste doch möglich sein, die Probleme in den Griff zu bekommen. Es steckte so viel Gutes in ihm. Ihre Aufregung legte sich und sie beschloss, in ihrem Gemüsegarten zu arbeiten, vielleicht gegen Nachmittag noch Heather zu besuchen. Da sie in der Stadt wohnte, wäre es kein Umweg, und außerdem täte es ihr gut, sich den Kummer von der Seele zu reden. An ihre Eltern wollte sie dieses Problem nicht herantragen. Die würden sie sofort von dieser Farm wegholen. Das könnte Sarah sogar verstehen, aber das war diesmal nicht der Weg, den sie gehen wollte, denn Dane war ein ganz anderer Mensch als ihr erster Mann Phil. Das war er, in der Tat.

Die Arbeit an der frischen Luft tat ihr gut, und ihre Gedanken klärten sich, doch der Schock von heute Morgen saß ihr spürbar tief in den Knochen. Immer wieder kam ihr Danes Mutter in den Sinn – Mrs. Gelton. Hatte ihre Ehe mit Will Gelton genauso begonnen? Davon hatte sie in den Tagebüchern nichts gelesen, oder hatte es zwischen den Zeilen gestanden? Waren sie am Anfang ihrer Ehe auch gewaltfrei miteinander umgegangen, und dann hatte sich die Veränderung langsam eingeschlichen? Der letzte sexuelle Kontakt mit Dane war zweifellos anders gewesen. Waren das etwa die ersten Anzeichen? Konnte er zum ersten Mal seinen Druck nicht beherrschen? Irgendwie war es eine Vorstufe einer Vergewaltigung gewesen. Und da Sarah das Gefühl kannte, hatte es sie nicht allzu sehr verwirrt, genau wie bei Danes Mutter. Auch sie war mit sexuellen Störungen in diese Ehe gekommen. War das die Art von Frau, die sich ein Gelton grundsätzlich suchte? Sarah bekam wieder Angst, auch vor sich selbst. Sie konnte kaum noch unterscheiden, ob es ihre oder Danes Gedanken waren, die gerade entgleisten. Am Nachmittag beendete sie ihre Arbeit im Garten und ging ins Haus, um sich für Heather frisch zu machen. Der Besuch würde ihr bestimmt guttun. Als sie das Flurfenster im ersten Stock passierte, sah sie in weiter Ferne einen Menschen, der sich eiligen Schrittes ihrer Farm näherte …

*

Als Dane wieder zu sich kam, war es bereits zwei Uhr am Nachmittag. Er hatte vier Stunden geschlafen. Die Umgebung, in der er erwachte, war ihm unbekannt, aber die hellen Möbel und die vielen Pflanzen übten eine sanfte Ruhe auf ihn aus. Er fühlte sich angenehm beschwingt, ganz anders als eben, als er … ja, was war denn eben passiert?

Ein Mann stand neben seiner Liege und schaute ihn lächelnd an. Er war Dane fremd.

Dane konnte sich nicht mehr daran erinnern, heute Morgen völlig aufgebracht in die Praxis von Dr. Hendell gestürzt zu sein. Er rieb sich die Augen und schickte einen fragenden Blick zu dem Menschen hin, der ihn immer noch anlächelte.

Dr. Hendell schwieg. Er beobachtet Dane, der wieder sein Arbeitszimmer inspizierte.

Wo, in Gottes Namen, befand er sich? Und wer war dieser Mann neben ihm? Warum lag er selbst auf so einer komischen Liege und konnte sich nicht mehr erinnern? Danes Wohlgefühl begann sich plötzlich in Aggression zu wandeln. Das Medikament ließ nach, und Dr. Hendell war vorbereitet. Es setzte wieder die Aggressionen frei, die Dane verspürte, als er seine Praxis betreten hatte.

Dane spürte den Kopfschmerz von hinten einziehen. Ihm wurde schwarz vor Augen, und sein Gehirn schickte ihm Bruchstücke des morgendlichen Vorfalls ins Erinnerungsvermögen. Das löste einen hysterischen Schrei in ihm aus.

„Neiin!!“, schrie er und hielt sich die Ohren zu. Seine Verzweiflung hallte durch die gesamte Praxis.

Dr. Hendell reagierte und knallte ihm seine flache Hand ins Gesicht. „Es ist gut, Mr. Gelton!“, sagte er laut. Damit war ihm klar, dass er jetzt nicht mehr von Hypothesen sprechen konnte.

Vor ihm lag ein völlig entgleister Mensch. Wie gefährlich die Entgleisung sein würde, musste unbedingt festgestellt werden. Der Gesichtsausdruck seines Patienten sprach Bände tiefster Verwirrung. Schon allein seine hektischen Blicke waren alarmierend. Sein ganzes Gesicht zuckte, und der Arzt war sich sicher, niemals zuvor einen solchen Menschen in seiner Praxis vor sich gehabt zu haben. Sie waren in geschlossenen Kliniken zu finden. Ein hartes Stück Arbeit lag vor ihm.

Durch die überraschende Ohrfeige Dr. Hendells sprang Dane von der Liege auf und schämte sich zugleich.

„Möchten Sie einen Kaffee, Mr. Gelton?", fragte der Arzt.

Dane vergrub sein Gesicht in beiden Händen und nickte.

Der Arzt gab seiner Sekretärin über die Sprechanlage Bescheid, dann wandte er sich wieder an Dane: „Ihre Frau hat eben angerufen."

Dane sah hoch. „Sarah?"

Der Arzt nickte. „Sarah."

„Was sagte sie?"

„Schlimme Sachen."

„Ja, sie hatte von Anfang an recht. Sie hatte gestern recht, sie hatte heute recht. Verdammt, sie hat immer recht!"

„Heute? Was war heute?"

„Sie sagte, wenn ich Lust an meinem Zustand empfinde, dann sei es vorbei."

„Und, haben Sie Lust empfunden?"

„Ich wollte sie schlagen … und fand es in Ordnung. Für kurze Zeit zumindest. Ich habe den ganzen Küchentisch gegen sie gekippt und wollte ihr an den Hals. Ich habe sie angegriffen!"

„Haben Sie sie verletzt?"

„Nein! Sie konnte rechtzeitig ausweichen. Oh Gott … bin ich jetzt krank?"

Die Sekretärin brachte zwei Tassen Kaffee herein. Dr. Hendell forderte Dane höflich auf, ihm ins Arbeitszimmer zu folgen, das ihnen eine bessere Atmosphäre für ein Gespräch bot.

Der Psychiater genoss mit berechnender Ruhe seinen Kaffee, während Dane ihn zitternd mit kleinen Schlucken zu sich nahm.

„Fühlen Sie sich krank?“ Die zu erwartende Antwort blieb aus. Das war dem Arzt fast klar. Hatte Sarah nicht von seiner Sturheit gesprochen? Gut, Sturheit war zu brechen. „Darf ich Sie Dane nennen?“

Dane nickte.

„Danke. Das ist sehr nett von Ihnen. Sarah liebt Sie sehr.“

„Schön.“

„Ja.“

„Und?“

„Sagen Sie was. Sie sind gekommen, nicht ich.“

Stille. Der Arzt blieb ruhig und beobachtete Dane. Was er beobachtete, war erstaunlich. Wo er eben noch einen verzweifelten Menschen vor sich hatte, saß ihm nun ein beherrschter und disziplinierter Mann gegenüber – freundlich, adrett und sympathisch. Der Arzt stellte fest, dass sich nicht nur der Gesichtsausdruck, sondern auch seine Haltung mit seinen Stimmungen veränderte. Eine phantastische Fähigkeit, wie er bemerkte, und er dachte an die zweistimmige Konversation, die Dane mit sich selbst in der Scheune geführt hatte, von der ihm Sarah gestern berichtet hatte. Er dachte an eine Persönlichkeitsspaltung, aber das war es nicht. Wohl eine Spaltung, aber auf einer ganz anderen Bewusstseinsebene. Konnte er bei diesem Menschen überhaupt noch von Neurosen sprechen? Es schien ihm, als sei Dane schon einige Schritte über die Neurosen hinausgekommen. Er stellte Berechnung und Theater zur Schau. Sprach Sarah nicht davon, dass sein Vater psychopathisch veranlagt gewesen war? Hendell lächelte und fragte: „Möchten Sie wieder nach Hause?“

„Ja.“

„Deshalb sind Sie gekommen?“

„Es war ein Fehler.“

Hendell wurde ernst. Er hatte sich eine andere Antwort erhofft, aber dafür kannte er Dane zu schlecht. Wie oft hatte es Johnathan schon versucht, mit ihm ins Gespräch zu kommen? Wie oft hatte er eine harte Abfuhr bekommen? Dane ließ es immer noch nicht zu, dass man sich in sein Leben einmischte.

Und das erkannte der Arzt jetzt nur allzu gut. Es war ganz klar ein Kurzschluss gewesen, der Dane hier hatte erscheinen lassen – nicht sein aufrichtiger Wille. Es war die Panik, etwas gezeigt zu haben, das er niemals hätte zeigen dürfen. Nun verstand Hendell Sarahs Angst. „Dann rufe ich jetzt Ihre Frau an und lasse Sie abholen. Es hat keinen Zweck, mit Ihnen zu reden. Schade für die Mühe, die sich Ihre Frau mit Ihnen gibt. Sie sind unkooperativ und nicht im Geringsten darum bemüht, Ihre Probleme in den Griff zu bekommen. Ich bin von Ihrer Frau gestern doch recht umfassend informiert worden, und Sie können mir glauben, dass ich alles tun werde, Ihnen an den Kragen zu gehen, wenn Sie Sarah oder sonst jemandem Schaden zufügen. Mir stehen genügend Mittel und Wissen zur Verfügung, Sie entsprechend einweisen zu lassen. Auch gegen Ihren Willen. Und nun möchte ich Sie bitten, meine Praxis zu verlassen. Ich rufe Ihre Frau an. Sie können unten auf sie warten. Ehrlich gesagt, Ihre Frau tut mir sehr leid. Sie gibt sich so viel Mühe, Ihnen zu helfen. Ich sage Ihnen was: Sie werden sie verlieren. Auf Wiedersehen, dort ist die Tür." Er stand auf und wies Dane mit der Hand zur Tür. Er hoffte, den Ton gefunden zu haben, der Dane erreichte. Und er hatte recht –, die Worte hatten gesessen.

Perplex über die Drohungen reagierte Dane plötzlich unschlüssig. Er fühlte sich hilflos und sah zum ersten Mal seine Wut wirklich in Frage gestellt.

Geh!, schrie das Loch. Verlass diese Praxis!
Und Sarah?, fragte Dane verzweifelt.
Sie hat dich in diese Misere gebracht! Hast du das vergessen?
Aber vielleicht hat sie recht.
Sie wird dir niemals dein wahres Ich nehmen können.

Dane wusste nicht, was er darauf antworten sollte und tat etwas, das ihm in der letzten Zeit immer mehr zu einer Notwendigkeit geworden war: Er schloss seine Augen, krümmte sich zusammen und begann zu wippen. Dr. Hendell nickte. Er sah Sarahs Beobachtungen bestätigt. Dieses Wippen war eine Eigenart von Patienten, die nicht mehr frei herumlaufen sollten. Der Arzt blieb an der Türe stehen und wartete auf das, was Dane noch tun würde. Dane verharrte plötzlich und sagte: „Ich brauche Ihre Hilfe. Bitte helfen Sie mir."

Neiiin!!, schrie ihn das Loch an.
Lass mich!, schrie Dane zurück. Ich weiß, was ich tu!

Erleichtert setzte der Arzt sich wieder hin und lächelte. Er wollte gar nicht darüber nachdenken, was hätte passieren können, wenn Dane wirklich gegangen wäre. Es ließ den Arzt aufatmen. „Das ist gut, Dane. Ich werde versuchen, Ihnen zu helfen. Es ist ein guter Anfang, wenn Sie das einsehen. Denn solange Ihnen bewusst ist, dass sich in Ihnen etwas Falsches abspielt, sind Ihnen alle Türen geöffnet, um das in den Griff zu bekommen. Wären Sie in der Lage, mir alles zu erzählen?"

Tu´s nicht!!, schrie das Loch verzweifelt.
Sei still, befahl Dane. Ich weiß, was ich tu.

Dane schaute hoch und erkannte natürlich die Gefahr in dieser Frage. Er zwang sich zu tiefer Konzentration und erzählte nur das, was der Arzt hören durfte. Die Zeit hier würde vorübergehen und Sarah wieder beruhigt sein. Dann musste er sich unbedingt ernsthafte Gedanken darüber machen, wie es weitergehen sollte. Er hatte zu viel in letzter Zeit nach außen gelassen. Diese verdammte Wahrheit brachte ihm nichts als Ärger. Über eine Stunde erzählte er Dr. Hendell von den Ängsten, die er unbekümmert zugeben konnte. Er erzählte von seinem Vater, was er eben erzählen konnte, und von seiner Übelkeit und den Kopfschmerzen. Er stellte sich hervorragend dar.

Hendell sah ihn an. Wie eigenartig normal das alles klang. Jedes Detail passte zum nächsten. Dem Arzt schien zunächst nichts ungewöhnliches an der Geschichte, außer den Lebensumständen, die Dane als Kind erfahren hatte. Doch darauf baute sich eine nachvollziehbare Entwicklung auf. Eine sehr bewundernswerte Entwicklung sogar, wenn er daran dachte, dass dieser Dane ein hervorragender Geschäftsmann zu sein schien und sogar in der Lage war, wieder sein Elternhaus zu bewohnen. Vielleicht klang die Geschichte aber auch zu wunderbar. Vielleicht hatte sie zu wenig Ecken und Kanten. Vielleicht war das genau der Knackpunkt.

Dane hatte niemals ärztliche Hilfe in Anspruch genommen oder war in den dreißig Jahren nach seinem Missbrauch einmal unverhofft zusammengebrochen. Sicher, da hatte dieser Überfall und anschließend diese merkwürdige Reaktion von Danes Seite stattgefunden, aber das war eine andere Geschichte. Die Eigenschaft eines Verdrängungsprozesses war nicht zu unterschätzen, aber selbst als Dane die Geschichte über Träume ans Tageslicht brachte, hatte er sich erstaunlich schnell erholt. Zu schnell, wie Dr. Hendell fand. Alles ging bei diesem Dane Gelton immer sehr schnell, als würde er nach einem Plan arbeiten und könnte die Ruhepausen dazwischen nicht abschätzen. Dr. Hendell versuchte, die Kanten der Geschichte herauszufinden, aber er wurde nicht fündig. Selbst Dane folgte seinem eigenen Leben mit ungebrochener Aufmerksamkeit. Sein ständig bedachtes Nicken signalisierte dem Arzt, dass er die Sachlage durchaus verstand. Ja, das tat er – und wie er alles verstand! Wie sehr Dane die Situation inzwischen belustigte, konnte selbst der Psychiater nicht einschätzen.

Bravo!, lobte ihn das Loch.
Sei still, zischte Dane.
Das Loch war zufrieden. Er wird eins mit mir, dachte es.

*

Sarah sah den Fremden durch das Küchenfenster näher kommen. Durch die Art seines Ganges und seine Größe schloss sie auf einen Mann, aber es war nicht Dane. Dafür war der

Mann zu groß. Sie lief geschwind nach oben, um ihre verschmutzte Kleidung zu wechseln. Dann hörte sie ein Klopfen an der Haustür. Es war energisch. Warum benutzte dieser Fremde nicht die Klingel? Es klopfte ein zweites Mal – lauter und dringlicher, so dass sie nach unten rief: „Ich komme, Moment!" Sie zerrte sich hastig einen Pullover über den Kopf, als es ein drittes Mal klopfte. Dann rannte sie die Treppe hinunter und öffnete. Sie sah sich nicht vor, sie war unbekümmert und wieder einmal zu naiv. Vor ihr stand Phil Cammons, ihr erster Mann, von dem sie seit mehr als drei Jahren geschieden war. Seinen Namen hatte sie nach der Scheidung abgegeben und geglaubt, es mit ihren Erinnerungen ebenso getan zu haben. Sie irrte sich, wie sie jetzt feststellen musste. Die Erinnerungen holten sie in diesem Moment auf eine ganz widerliche Art und Weise ein.

Mehr als ein überraschtes „Phil!" kam ihr nicht über die Lippen. Sie wusste nicht mehr, was sie fühlen sollte. Er war viel größer als Dane. Sie hatte es nie gemocht, zu ihm aufzuschauen, aber er hatte es immer genossen. Seine Größe war es dann auch, die sie überrumpelte, als er einen unaufgeforderten Schritt in ihre Küche tat. Jetzt erst begann ihr Herz schneller zu schlagen, ihre Hände zu zittern, und vor Schreck wich sie einen Schritt nach hinten aus. Cammons stank widerlich – wie immer. Er schien sich nicht verändert zu haben, fühlte ihre Angst, wie immer, und genoss es nach wie vor mit großer Erregung. Sarah hatte an Schönheit sehr gewonnen. Ihre Haar war gepflegt und keck geschnitten, sie war nach wie vor schlank und zudem hübsch gekleidet. Cammons taxierte ihre Erscheinung mit wohliger Lust und dem Drang, sie jetzt anfassen zu wollen. Sie drückte sich verängstigt an den Küchenschrank. Wie verwahrlost er aussah! Sein Gesicht war von Drogen und Alkohol gezeichnet.

„Hallo, mein Schatz!", sagte er lächelnd, als er langsam die Tür hinter sich schloss.

Sie dachte an Dane, der sich gerade bei Dr. Hendell aufhielt.

„Wie hast du hierher gefunden?", fragte sie. Sein plötzliches Auftauchen hier auf dieser Farm war ihr unerklärlich. Kaltschnäuzig antwortete er: „Dein Mann hat es mir gesagt."

„Dane?"

„Ach ... Dane heißt er also."

„Nein, nie, ich glaub' dir kein Wort!"

Phil Cammons genoss die Situation und zeigte mit seiner Hand zum Küchentisch. „Komm, setz dich, ich muss mit dir reden."

Sie warf einen kurzen Blick auf die Uhr, es war kurz nach vier. In zwei Stunden musste sie Dane abholen. Dann fiel ihr Blick auf das Telefon, das so nah und doch so unerreichbar für sie war. Ihre Vernunft wies sie an, seiner Bitte erst einmal nachzukommen, und sie setzte sich. Sein Grinsen war widerlich, so wie alles an ihm.

„Wie geht es dir, Sarah?", fragte er. In seinen Worten klang Ironie mit.

„Willst du das wirklich wissen?"

„Ich habe dich immer geliebt, das weißt du. Du bist gegangen, nicht ich."

Sarah glaubte etwas Trauriges in seinem Blick zu sehen, als er redete, aber sie war auch sehr wohl mit seiner Verlogenheit vertraut, also sagte sie: „Es hatte keinen Zweck mehr mit uns, Phil. Ich konnte das alles nicht mehr ertragen ..."

„Ich habe mich geändert", unterbrach er sie.

„Das wäre schön für dich."

„Ich habe wieder eine Arbeit, eine schöne Wohnung, viele neue, gute Freunde und eben alles anders gemacht. Du würdest staunen." Schon alleine der Ton, in dem er sprach, war verlogen. Er hatte sich nicht geändert. Vielleicht hatten sich seine Lügen geändert.

Sarah war überrascht, wie gefasst sie der Situation gegenüberstand. „Was möchtest du dann hier? Ich meine, du musst doch einen Grund haben, hierher zu kommen?" „Sicher."

„Und?"

„Ich wollte dich wiedersehen."

„Das hast du jetzt. Phil, ich bin wieder verheiratet und sehr glücklich mit Dane. Bitte, lass mich in Frieden. Ich wünsche es mir von dir."

„Ich brauche Geld."

Das war es also wieder einmal – das Geld. Wie immer in seinem Leben. Sie beobachtete ein Zucken in seinen Augenwinkeln und fühlte sich zusehends mehr eingeschüchtert. Er nahm ihre Hände in seine, was sie nur zögernd zuließ. Sie dachte an Dane, wie er ihr in der Scheune das Leben gerettet hatte – vor Joan und diesem schwarzhaarigen Mann. Aber jetzt war Dane nicht da, er rettete gerade sein eigenes Leben. Phil drückte ihre Hände schmerzhaft zusammen und sah ihr dabei in die Augen. Jetzt zerfiel sie, und die frühere Angst kehrte sich erbarmungslos nach außen. Ihr Atem wurde heftiger, und sie verspürte den Drang nach einem hysterischen Schrei. Er riss sie gewaltsam zu sich über den Tisch, sodass ihre Brust schmerzhaft gegen die Kante der Tischplatte prallte. Damit hatte er ihr die letzte Kraft geraubt. „Sarah, ich brauche unbedingt Geld! Und dich! Bitte komm wieder zurück!"

„Phil!!", schrie sie, „du tust mir weh! Lass das!"

Er zog sie näher zu sich heran, so nah, dass ihre Gesichter sich fast berührten. Sie roch angeekelt seine Schnapsfahne, und seine Zähne grinsten ihr in einem matten, ungepflegten Zustand entgegen. Der Geruch von tagealtem Schweiß umgab ihn, ein Geruch, den sie nur allzu gut kannte.

„Erst, wenn du mir sagst, dass du mitkommst, lass ich dich los."

Sarah überlegte krampfhaft. Sie begann verzweifelt zwischen Vernunft und Aufrichtigkeit zu entscheiden. Letztendlich siegte die Aufrichtigkeit: „Nein, ich komme nicht mit!"

Fehler!

In Phil Cammons Gesicht braute sich etwas zusammen. Es begann zu zucken. Hatte er sie richtig verstanden? Sagte sie *nein*? Er sprang von seinem Stuhl auf und drückte sich am Tisch vorbei zu ihr hin. Seine Hände umklammerten immer noch ihre, und sie kam nicht von ihm los. Wortlos zerrte er sie ins Wohnzimmer. Sie flehte. Sie wusste, was er tun würde, wenn er nicht mehr mit ihr redete und sie in ein anderes Zimmer zerrte. Sie flehte weiter. Er war so stark. Plötzlich schlug er zu, und sie landete von seinem Faustschlag getroffen am Boden und war sofort benommen. Benebelt nahm sie die große Gestalt über sich wahr. Ehe sie etwas sagen konnte, traf sie ein zweiter Schlag ins Gesicht, und sie schrie: „Phil!! Hör auf!!“

Er hörte sie nicht – er wollte es nicht und legte sich auf sie. Sie spürte seinen schweren Körper und konnte in ihrer Verzweiflung nicht einmal mehr unterscheiden, ob es nun Dane oder Phil war, der ihr Gewalt antat. Sie spürte noch das Herunterzerren ihrer Kleidung, hörte das Zerreißen ihrer Unterwäsche und fühlte den brennenden Schmerz im Unterleib.

*

Heather Hendry hatte dreimal angerufen und konnte sich Sarahs Unzuverlässigkeit nicht erklären. Sie hatten doch am Vormittag miteinander telefoniert.

Dane hatte abends um halb sieben zweimal angerufen und konnte sich Sarahs Wegbleiben auch nicht erklären. Er war sehr zufrieden mit dem Gespräch bei Dr. Hendell und hatte sich mit einem starken Beruhigungsmedikament einverstanden erklärt. Das war ihm eigentlich zuwider, aber es gehörte nun einmal da zu. Er wollte es nehmen, wenn ihn Sarah abholte.

„Wissen Sie was, Dane?“, sagte Dr. Hendell, als er sah, dass Dane niemanden erreichen konnte. „Ich fahre Sie heim und wir lassen für Sarah einen Zettel hier an der Tür meiner Praxis. Dann weiß sie Bescheid und kann Ihren Wagen beruhigt nach Hause fahren. Vielleicht ist ihr wirklich etwas Unvorhergesehenes dazwischen gekommen.“

Dane nickte, obwohl er mit dem Vorschlag des Arztes nicht so ganz einverstanden war. Hendell reichte ihm das Medikament und ein Glas Wasser, und Dane schluckte widerstandslos die Tablette. Er bekam Angst. Hatte Sarah ihn tatsächlich verlassen?

Auf dem Weg nach Valley Falls versuchte Dr. Hendell ständig, ein Gespräch zustande kommen zu lassen, aber Dane schwieg und wurde dieses ungute Gefühl nicht los. Das mischte sich mit der ersten aufkommenden Müdigkeit.

Die Farm lag friedlich in der goldenen Abendsonne. „Gott, was wohnen Sie schön!“, sagte Dr. Hendell, als er Danes Anwesen sah, doch Dane hörte nicht hin. Die Farm sah wie immer aus. Mit knirschenden Reifen kam der Mercedes auf dem Hof zum Stehen. Dane stieg vorsichtig aus und bemerkte, wie seine Wahrnehmung durch das Beruhigungsmedikament deutlich gestört war.

„Ich fahre gleich weiter“, rief Dr. Hendell durch sein geöffnetes Fenster. „Am besten, Sie legen sich gleich hin. Grüßen Sie Ihre Frau ganz herzlich von mir. Sie werden sehen, es wird alles gut.“

Dane schüttelte den Kopf. „Nein, bitte, kommen Sie doch noch kurz mit rein. Das nimmt vielleicht etwas von der Spannung zwischen Sarah und mir. Sie können ihr auch versichern, dass ich das Medikament genommen habe. Das wäre mir sehr wichtig.“

Der Arzt verstand, nickte und empfand es als einen guten Anfang für die beiden. Er ließ den Motor ausklingen und ging mit Dane ins Haus.

Dane sah sofort den umgekippten Küchenstuhl und schaute sich irritiert um. Er spürte, dass etwas nicht in Ordnung war, und roch Alkohol und Schweiß. Er dachte an seinen Vater. Unmöglich! Der war tot. Jemand war hier gewesen, der nicht hierher gehörte. Hatte dieser jemand Sarah abgeholt? Ihn überfiel das Gefühl einer großen Leere, die zu einer quälenden Verzweiflung wurde und schließlich seinen Atem abdrückte. Ungläubig durchsuchte er auch das Badezimmer, ob Pflegeutensilien fehlten, doch es befand sich alles an seinem Platz, und er rief: „Sarah?“

Die Wirkung der Beruhigungstablette ließ durch die Aufregung etwas nach, und er spürte sein Adrenalin ansteigen. Dann roch er wieder den Alkohol und ging dem Geruch nach.

Hendell stand erschrocken in der Eingangstür. War Sarah

tatsächlich gegangen? Dane lief ins Wohnzimmer und starrte auf die kleinen Blutflecken neben dem Tisch. Das veranlasste ihn zu einem verzweifelten Schrei: „SARAH!!"

Hendell kam hinzugerannt und sah ebenfalls auf das Blut. Dann sah er all die Papierschnipsel des Telefonbuchs. Was war hier passiert, bevor Dane seine Praxis aufgesucht hatte? War hier etwas vorgefallen, das Dane ihm verschwiegen hatte? Etwas Schlimmes?

Dane folgte wieder dem Geruch und rannte die Treppe hinauf. In der Luft hing ein ekeliger Schweißgeruch. Das Schlafzimmer! Der Geruch kam aus dem Schlafzimmer! Die Tür war verschlossen! Sie war nie verschlossen! Dane zerrte an der Türklinke herum und schmiss sich schreiend mit der Schulter dagegen. Hendell eilte aufgebracht hinzu. Er war vollkommen irritiert und konnte die Situation nicht mehr einschätzen. Hatte sich hier zuvor eine Tragödie abgespielt oder war Dane wirklich außer sich vor Angst?

„Sie ist nie verschlossen!", schrie Dane den Arzt an und zeigte auf die Tür. „Sarah ist da drin!"

Dr. Hendell schob ihn zur Seite und fragte durch die Tür hindurch: „Sarah? Sind Sie da drin?" Er wartete. Keine Antwort. Alles blieb still. „Ich bin es, Dr. Hendell. Sarah, es ist alles in Ordnung. Sie können die Tür wieder aufschließen. Sarah? Geben Sie mir irgendein Zeichen, dass Sie da sind." Er bekam auch keine Antwort. Hendell begann zu schwitzen. Nun überkam auch ihn die Angst. Lag Sarah tot hinter dieser Tür? Hatte Dane sie etwa selbst abgeschlossen und spielte hier den Besorgten? Hatte Sarah nicht von seinen Gedächtnislücken erzählt? Aber nein, das konnte nicht sein, er hatte doch mit ihr am Telefon gesprochen, nachdem Dane schon in seiner Praxis war.

Dane roch, wie der Schweiß durch die Ritzen der Tür drang. „Da ist noch jemand drin!", schrie er.

„Warten Sie, ich werde Ihnen helfen", sagte der Arzt dann entschlossen und wies Dane an, zur Seite zu gehen. „Sarah? Wenn Sie jetzt nicht öffnen, werde ich die Tür eintreten." Er wartete – eins, zwei, drei – und trat die Tür am Schloss ein. Als er sie aufdrückte und in das Zimmer trat, spielte sich alles in einem Bruchteil von Sekunden ab. Ehe der Arzt die Situation begriff, sah er ein großes Messer von der rechten Seite aufblitzen. Der Einstich in den Rücken traf seinen rechten Lungenflügel, und er war auf der Stelle tot. Dane sah gelähmt zu. Ein Nebel baute sich um ihn herum auf und alles wurde langsamer. Im Hintergrund erkannte er verschwommen den Schatten seiner Frau. Dann erfasste sein Blick die Gestalt von Phil Cammons, der grinsend hinter der Tür hervorkam. Dane erkannte den Mann aus Aurora sofort. Das Beruhigungsmedikament meldete sich wieder und alles verschwamm erneut vor seinen Augen. Cammons grinste noch, dann riss er Dane zu Boden. Ein harter Schlag machte ihn auf der Stelle besinnungslos.

S..A..R..A..H begann es in seinem Kopf zu spuken.

D..A..N..E. Sie rief ihn. Er kam wieder zu Bewusstsein und sah benommen Cammons hässliches Gesicht über sich. Zugleich spürte er den Druck des großen, schweren Körpers auf seinem. Hatte das Medikament ihm den Verstand benebelt? Dass es keine Halluzination war, spürte er, als Cammons ihm die Kehle zudrückte. Der Schmerz an seinem Hals holte die letzten Reserven aus ihm heraus, und er schaffte es, Cammons von sich herunterzuwerfen. Freigerungen schlug er auf ihn ein und rang mit ihm durch den Flur. Cammons verpasste Dane zwei harte Schläge gegen den Kopf, die er nur knapp bei Bewusstsein überstand. Er sah, wie der Fremde ins Schlafzimmer verschwand. Er holte sich das Messer, das noch in Dr. Hendell steckte.

Der Amoklauf

Santa Anna/Kalifornien

Linda und ich hatten uns entschlossen, an diesem Wochenende die Heddon-Farm anzusehen. Das Wetter war außerdem hervorragend für einen Kurzurlaub geeignet. Aufgeregt wie kleine Kinder packten wir unsere Sachen und machten uns auf den Weg. Wir wollten Dane und Sarah überraschen und hatten einige kleine Geschenke dabei. Darunter auch eine eingerahmte Luftaufnahme des *Running Horse* und einige Bilder von Johnathan. Für Sarah hatten wir eine Jubiläumsausgabe über die Stadt Denver gefunden. Wir freuten uns auf die anstehenden Tage und natürlich auf die Farm, die wir besichtigen wollten.

Lindas Schwangerschaft verlief vorbildlich. Sie befand sich bereits im sechsten Monat und sah wunderschön aus. Von Sarah wusste ich, dass sie sich hatte sterilisieren lassen. Ich konnte sie verstehen, aber ich verstand auch Danes Enttäuschung darüber. Er wäre sicherlich ein guter Vater gewesen, wenn da nicht diese Sache mit dem Erbgut wäre. Umso mehr erfreute mich der Gedanke, dass er unser Kind aufwachsen sehen könnte. Linda und ich wollten ihn und Sarah auf eine Patenschaft ansprechen. Sollten wir in Valley Falls tatsächlich diese Farm kaufen, würde unser Kind mit zwei Eltern aufwachsen. Na, vielleicht würden es auch noch mehr Kinder werden. Alles klang so wunderbar, wie immer, wenn Dane seine Finger im Spiel hatte. Erschreckend war dann die Grausamkeit, die sich immer erst am Ende zeigte. Aber daran dachten wir natürlich in diesem Moment nicht.

Ich hatte bereits mit zwei Kliniken in Kansas City telefonisch Kontakt aufgenommen. Sie hatten keinen direkten Bedarf, aber sie konnten mir die Adressen einiger Ärzte aus den Randbezirken nennen, die dringend Unterstützung suchten. Mit anderen Worten, sie suchten einen Landarzt. Viele ältere Bewohner außerhalb der Großstadt fanden kaum niedergelassene Ärzte in ihren Kleinstädten, und mir schwebte sofort eine kleine, eigene

Praxis vor. Auf der Fahrt nach Kansas malten Linda und ich uns eine gigantische Zukunft aus. Sie hatte sich mit Sarah auf Anhieb bei dem Weihnachtsfest verstanden und freute sich auf eine engere Freundschaft mit ihr. Für mich freute sie sich, weil ich endlich wieder mit meinem besten Freund zusammen sein konnte. Sie hatte die Begeisterung, die ich zu Weihnachten auf der Gelton-Farm verspürte, nicht vergessen. Auch die Geschichten, die ich ihr ununterbrochen erzählte. Alles klang wie ein wunderschönes Märchen.

Wir fanden den Schotterweg, der sich Fields nannte, problemlos wieder und sahen die Gelton-Farm schon von Weitem im goldenen Sonnenlicht liegen. Ich werde dieses Bild nie vergessen, das sich so stark in mein Gedächtnis eingebrannt hat. Es war der letzte Moment in meinem Leben, den ich noch unbeschwert genießen konnte. Wir fuhren auf den Hof und dann nahmen die Dinge ihren Lauf. Zunächst war ich sehr erstaunt, als ich einen Mercedes auf dem Hof stehen sah. Hatte Dane seinen Geschmack, was die Auswahl seiner Wagen betrifft, so gravierend geändert? Die Wohnungstür stand weit geöffnet. Wir stiegen aus und traten ohne Klopfen ein.

Da Sarah und Dane nicht über unseren Besuch informiert waren, war es logisch, dass niemand auf uns wartete und wir in ihren Alltag platzten. Mir klopfte das Herz bis zum Hals, und ich sah mich schon vor Freude heulen. Linda blieb hinter mir. Ich trat leise in die Küche und sah den umgekippten Stuhl. Es roch stark nach Alkohol. Mein *Hallo?* blieb mir im Hals stecken. Eine merkwürdige Atmosphäre empfing uns, sodass Linda weiterhin hinter mir blieb. Auch ihr wurde etwas unwohl. Von oben hörte ich ein Geräusch und rief: „Hallo? Dane? Sarah?"

Stille. Dann hörte ich hechelnde Geräusche und hastige Bewegungen. Also rief ich noch einmal, bekam aber immer noch keine Antwort. Mein Blick fiel auf die Treppe zum ersten Stock. Ich nahm rufend die ersten Stufen und sah alles vor mir. Dane lag auf dem Boden und ein fremder Mann hielt ihn mit einem Messer in der Hand in Schach. Dane sah zu mir herüber, seine Augen waren müde und glasig. Ich sah wieder zu dem Fremden, wie er das Messer einsatzbereit über Danes Brust hielt. Gott steh mir bei! In was war ich hier hineingeraten? Mir stockte der Atem! Ich fühlte mich zu gelähmt, um irgendetwas zu unternehmen, doch der Blick dieses fremden Mannes, der mich hasserfüllt traf, holte mich plötzlich aus meiner Handlungsunfähigkeit heraus. Ich rannte los, nutzte die kurze Verwirrung des Fremden und trat ihm das Messer mit meinem rechten Fuß aus der Hand, ehe es Dane erreichen konnte. Mein Tritt schleuderte es in das Schlafzimmer hinein. Ich trat ein zweites Mal zu und traf Cammons Kopf dermaßen hart, dass er hinterrücks zusammenfiel. Damit hatte ich ihn in die Bewusstlosigkeit geschickt. Mir fehlten die Worte. Was zur Hölle war hier los? Ich stand da und sah auf Dane, der sich mühsam aufrichtete und sich dann gegen den Türrahmen der Schlafzimmertür setzte. Dann sah ich auf den toten Mann im Schlafzimmer, Dr. Hendell. Im Schlafzimmer lag Sarah regungslos im Bett.

Linda schrie von unten. Ich schrie von oben, sie solle einen Krankenwagen und die Polizei anrufen. Ich ließ Dane sitzen, überstieg ihn, überstieg Dr. Hendell und eilte zu Sarah ans Bett. Sie starrte benommen zur Zimmerdecke. Ich schaute kurz unter ihre Bettdecke und sah schockiert das Ausmaß der mehrmaligen Vergewaltigung. Wer zum Teufel hatte das getan? Etwa Dane? Hatten diese beiden Männer hier versucht, ihn aufzuhalten? Nein! Das konnte ich mir beim bestem Willen nicht vorstellen! Hier musste sich etwas ganz anderes abgespielt haben. Dane würde Sarah nie verletzen.

Als Arzt prüfte ich geistesgegenwärtig ihren Zustand und diagnostizierte einen Schock. Unter ihre Beine legte ich ein Kissen und deckte sie wieder wärmend zu. Mehr konnte ich momentan nicht für sie tun –, auch als Arzt nicht. Wieder stieg ich über Dr. Hendell und wandte mich Dane zu, der Schwierigkeiten hatte, seine Augen offen zu halten.

„Hey, Dane. Kannst du mich hören?“, fragte ich ihn und konnte mir auf sein benommenes Verhalten keinen Reim machen. Er musste zutiefst schockiert sein, aber das war er nicht. Er rang mit seiner Besinnung, obwohl doch alles vorbei war.

Ich untersuchte ihn oberflächlich, konnte aber nichts feststellen, was seinen Zustand erklärt hätte. Er war auch nicht alkoholisiert. Während ich mir seine glasigen Augen ansah, versuchte Dane mit mir zu reden: „Ich Medi … Medi ….“ Sein Blick sackte weg. Ich schüttelte unverständlich den Kopf. Was hatte sich hier nur abgespielt? Vorsichtig schlug ich Dane die flache Hand ins Gesicht, um einer von mir vermuteten Ohnmacht entgegenzuwirken. Dane ließ es widerstandslos geschehen, öffnete erneut seine Augen und klammerte sich an meinen rechten Arm. Ich griff ihm unter die Armbeuge und zog ihn hoch. So brachte ich ihn langsam die Treppe hinunter und legte ihn auf das Sofa. Er sah mich mit müden Augen an, als ich ihm mitteilte: „Sarah ist in Ordnung.“ Daraufhin sagte er leise „Ja?“ Dann schlief er endgültig ein. Von dem regen Treiben in seinem Haus, das gute fünfzehn Minuten später herrschte, bekam er nichts mehr mit.

Ich sah mich um Jahre zurückversetzt, als ich Dane auf dieser Palloma Street fand. Seine Verletzungen waren denen von heute nicht gleichzusetzen, aber wieder löste es diese Panik in mir aus. Doch diesmal war Sarah das Opfer. Ich hatte Linda ausdrücklich verboten, nach oben zu gehen. Sie hätte sich um Sarah kümmern können, aber sie hätte auch genauso gut einen Schock erleiden und das Baby verlieren können. Zudem wusste ich nicht, ob dieser Fremde wieder zu sich kommen würde. Ein Krankenwagen und ein Polizeiwagen kamen und befreiten uns aus dieser Situation. Sarah wurde versorgt, die nach wie vor nicht ansprechbar war. Die Kriminalpolizei kümmerte sich um Phil Cammons, der inzwischen zu sich gekommen war und uns allen fluchend die Pest an den Hals wünschte. Damit hatte er sich als Täter dieses Massakers gestellt. Ein Leichenwagen erledigte nach der Spurensicherung den Abtransport von Dr. Hendell.

Viele Stunden der Hektik zogen wie ein Nebel an mir vorbei, und Linda war einem Nervenzusammenbruch nahe. Ich versuchte, sie so liebevoll wie möglich zu umsorgen. Ich konnte ihr unmöglich Beruhigungsmittel geben und wollte auch dieses

Haus nicht verlassen. Immerhin war ich ein wichtiger Zeuge der letzten Geschehnisse – und zudem wollte ich mich um Dane kümmern. Ich nahm an, dass sein kurzer Hinweis auf ein starkes Beruhigungsmittel hindeuten sollte, dass er etwas eingenommen hatte. Anders war sein Zustand nicht zu erklären. Also ließ ich ihn schlafen. Linda wollte auch nicht alleine in irgendein Hotel, also blieb auch sie.

Die Sanitäter boten sich an, Dane mit ins Krankenhaus zu nehmen, doch ich winkte ab und entschied mit fachlicher Kompetenz, ihn hier bei mir im Haus zu halten. Ich war sein Freund, den würde er jetzt wohl am dringendsten brauchen, dachte ich. Es schien mir auf jeden Fall die beste Lösung. Ich trug immer noch eine tiefe Verbundenheit zu Dane in mir, etwas, das sich nicht erklären ließ. Ich konnte es einfach nicht abschütteln, dieses Gefühl, ihm etwas schuldig zu sein.

Die Polizei ermittelte noch am Ort, dass Phil Cammons aus Denver kam. Damit ahnte ich, dass es sich um Sarahs Exmann handeln könnte. Sie hatte mir einmal kurz von ihrer ersten Ehe geschrieben. Daher wusste ich auch, dass sie aus Denver kam. Ein Polizeiwagen nahm ihn mit. Als er aus dem Haus war, wurde es für Linda und mich erträglicher. Wir deckten Dane mit einer dicken Wolldecke zu und richteten uns in seinem Gästezimmer ein; in dem Zimmer, in dem wir schon einmal gewohnt hatten – Weihnachten vor zwei Jahren. Wie die Zeit sich verändert hatte …

Es war ekelhaft und abstoßend, den Flur zu durchqueren. Überall war Blut zu sehen, doch zum Glück hatte die Polizei die Schlafzimmertür verschlossen.

Wir saßen noch bis tief in der Nacht unten bei Dane im Wohnzimmer und beobachteten, wie er tief und fest schlief. Sein Gesicht gefiel mir immer weniger. Es hatte etwas aus der Zeit, als ich ihn vor vier Jahren im Krankenhaus in L.A. behandelt hatte. Ich sah die ersten grauen Fäden in seinem Haar, und sein Gesicht wirkte viel älter, als es war. Linda schwieg und versteckte sich unter einer Wolldecke im Sessel. Ich wusste, dass ihr Danes Gegenwart unangenehm war. So setzte ich mich beschützend zu ihren Füßen und sah zu, wie eine Kerze auf dem Tisch bis zum Stumpf herunterbrannte.

*

Ich war es mittlerweile gewohnt, von Dane in einen Strudel der Verwirrung gerissen zu werden, und doch stand ich immer wieder mit großer Fassungslosigkeit davor. Er zeigte am nächsten Morgen nicht ein bisschen Erstaunen über unsere plötzliche Anwesenheit. Keine Begrüßungsfreude, kein überraschtes „Hallo!“, aber auch keine Bestürzung über die gestrigen Vorfälle. Nicht die kleinste emotionale Reaktion war ihm anzumerken. Er wirkte auf mich, als würden wir uns jeden Tag hier in seinem Haus sehen und Überfälle über uns ergehen lassen. Unglaublich! Ich fragte vorsichtig nach, ob er mir etwas über die gestrigen Vorfälle erzählen könnte, doch er gab daraufhin nur widerwillig und oberflächlich ein paar kurze Antworten. Aber immerhin so viel, dass ich Cammons‘ Geständnis bestätigt bekam. Dane hatte mit der Vergewaltigung nichts zu tun. Das erleichterte mich erst einmal. Ich sah jedoch seine Anspannung an den pulsierenden Adern seiner Schläfen und vermutete, dass er zu verwirrt war, um die erschreckende Brutalität der Situation zu erkennen. Immerhin wirkte das Beruhigungsmedikament noch nach. Ich selbst war zutiefst erschüttert über die Ereignisse, die mich in Fields begrüßt hatten.

Was ist passiert?, fragte Dane. Warum ist alles so durcheinander?
Du hast nicht aufgepasst!, zischte das Loch. Du hättest auf der Hut sein sollen.
Was habe ich falsch gemacht?
Du bist bei Hendell geblieben.
Bin ich das? Und was war falsch daran?
Deswegen ist Sarah auf der Farm geblieben.
Wo ist Sarah?
Sie ist jetzt weg.

Dane schwieg. Dann: Neiiin!!!
Beruhige dich.
Ich kann nicht! Wo ist Hendell?
Er ist tot.
Habe ich ihn umgebracht?
Irgendwie schon.
Was heißt irgendwie?
Du hast dafür gesorgt, dass er umgebracht wurde.
Ich war es aber nicht, oder?
Nein.
Ich muss Sarah finden.
Lass es, Dane. Lass sie gehen.
Ich kann nicht!
Du musst.
Ich kann nicht!
Du wirst es bereuen.

Im Bad hörten wir Dane schreien: „Nein!!!" Wir hörten ihn weinen und flüstern. Das empfanden wir als normal und ließen ihn in Ruhe. Irgendwie musste der Schock sich zeigen. Wir wussten natürlich nicht, dass er sich nur in einem weiteren Zwiegespräch mit seinem Loch befand. Wir wussten gar nichts! Nachdem Linda und ich das Haus wieder einigermaßen aufgeräumt hatten, kochte sie einen starken Kaffee. Sie kannte Dane nicht wieder, als er in die Küche trat, und sah des Öfteren mit einem besorgten Blick zu mir hinüber. Ich zuckte jedes Mal mit den Schultern. Dane wirkte in sich verschlossen und ruhig, zu ruhig, um wirklich ruhig zu sein. Er saß am Küchentisch und starrte zum Fenster hinaus. Es brodelte in ihm. „Wo ist Sarah?", fragte er schließlich.

„Sie haben sie zur Beobachtung in eine Klinik gebracht. Sie braucht jetzt erst einmal Ruhe."

„Ich muss zu ihr." Sein Ton war unnatürlich ruhig.

Ich versuchte ihm beizustehen: „Das kannst du auch. Aber erst einmal braucht sie etwas Ruhe. Das wird ihr gut tun. Morgen fahren wir zusammen zu ihr und schauen, wie es ihr geht."

„Ich muss jetzt zu ihr. Wo ist sie?"

„Sie wird erst von Ärzten und Psychologen betreut. Dann darfst du zu ihr. Aber du kannst anrufen und nach ihrem Befinden fragen. Da hat sicherlich niemand was dagegen." Ich gab ihm einen Zettel, auf dem ich die Klinik mit dem entsprechenden Anschluss notiert hatte. Ein nervöses Zucken zeigte sich in Danes Gesicht, und Linda zog sich daraufhin ins Wohnzimmer zurück. Ich holte den Kaffee von der Maschine und bat Dane, eine Tasse mit mir zu trinken. Da war einiges zwischen uns zu klären, mehr als nur der gestrige Tag. Wie sah der derzeitige Gesundheitszustand aus? Sein letzter Brief war besorgniserregend gewesen. Aber wie immer ließ Dane nichts an sich heran. Stattdessen ließ er mich alleine am Tisch sitzen und durchwühlte eine Schublade in der Küche. Er holte einen alten Schlüssel hervor und warf ihn mir nahezu verächtlich vor die Kaffeetasse. Der Schlüssel zur Heddon-Farm, wie er knapp bemerkte. Er hatte sich also doch Gedanken gemacht. Jetzt fühlte auch ich mich arg irritiert. Dane trank hastig im Stehen seine Tasse Kaffee und verließ schweigend das Haus. Ich redete mir ein, er brauche sicherlich einen Spaziergang, doch plötzlich hörte ich von draußen den Motor meines Wagens aufheulen und sah noch die Staubwolke, die er aufwirbelte, als er die Farm verließ. Ich fühlte in meinen Hosentaschen nach. Mein Autoschlüssel war verschwunden!

Dane fuhr natürlich zum Krankenhaus, in dem Sarah lag. Ich hatte ihm ja die Adresse auf dem Zettel geliefert. Die Dame an der Information in der Eingangshalle verwies ihn in den dritten Stock zur gynäkologischen Abteilung. Dort wurde er wider Willen zum Warten aufgefordert, bis der zuständige Arzt Dr. Recon zu ihm kam. Dane erhob sich, als er den Arzt kommen sah, und ging ihm nervös entgegen. Sie begrüßten sich mit einem kurzen Nicken, und Dane fragte nach Sarahs Befinden. Dr. Recon versuchte ihn zu beruhigen und fragte, ob er die Nachricht nicht bekommen hätte, dass Sarah heute keinen Besuch empfangen könnte. Dane überhörte die Worte und bestand weiterhin darauf, seine Frau zu sehen.

„Bleiben Sie mal ruhig, Mr. Gelton. Ihre Frau ist stark, das haben wir schon gemerkt. Eine Psychologin unterhält sich gerade mit ihr. Da wäre es nicht so gut, wenn Sie hinzukämen."

Das Wort Psychologin ließ ihn schaudern. Jetzt wühlten sie auch schon in ihrem Leben herum! Das konnte nicht rechtens sein, denn wenn sich jemand mit Sarah zu unterhalten hatte, dann war es ganz gewiss kein anderer als er selbst, ihr Mann.

„Aber sie ist meine Frau! Ich will sie sehen!", fuhr Dane den Arzt an.

„Ruhig, Mr. Gelton. Ich kann Sie ja verstehen, aber bitte verstehen Sie auch uns."

In diesem Moment eilte eine große, schlanke Frau auf den Gynäkologen zu und tauschte sich im Flüsterton mit ihm aus. Dane spürte die Blicke der Frau, die ihn abzuschätzen versuchten, was ihm sehr missfiel. Er konnte seine Unruhe kaum unter Kontrolle halten. Alle seine Mühen, dem Gespräch eine Mitteilung abzujagen, misslangen, und die Frau ging genauso grußlos, wie sie gekommen war. Dr. Recon sah Dane mit ernster Miene an. „Mr. Gelton, hören Sie, Ihre Frau braucht heute viel Ruhe. Verstehen Sie das?"

„Kann ich sie sehen? Ich möchte zu ihr!"

„Nein!"

„Was?"

„Sie verstehen mich offensichtlich nicht. Sie sind sehr unruhig, und ich möchte, dass Sie sich erst einmal beruhigen. Ihrer Frau geht es gut, aber sie kann heute keinen Besuch verkraften. Bitte, verstehen Sie das!"

„Nein!", schrie Dane. „Ich bin ihr Mann! Sie kann doch wohl ihren Mann verkraften! Ich möchte sie jetzt und hier sehen! Es ist sehr wichtig für mich!" Er versuchte sich an dem Arzt vorbeizudrücken, wurde aber mit einem Griff des Arztes am Arm zurückgehalten. Ihre Blicke trafen sich, und jeder spürte den heißen Atem des anderen. Wütend befreite sich Dane aus dem Griff des Arztes. Keiner hatte ihn anzufassen, und schon gar nicht so ein verdammter Frauenschänder! Was hatte er getan, dass ihn alle so ablehnten? Er fühlte sich in einem Strudel von

Verboten ertrinken und konnte seinen Zorn nicht bändigen. Dann spürte er das Loch in sich und ließ sich tiefer und tiefer hinabsinken, bis er schließlich den Aufprall spürte. Er war wieder ganz unten – so tief wie schon lange nicht mehr. Das Beruhigungsmedikament vom Vortag zeigte keinerlei Wirkung mehr.

Was soll ich jetzt tun?, fragte Dane.

Lass sie alle in Ruhe. Komm zu mir zurück zur Farm. Schicke Jim und Linda wieder nach Kalifornien. Lass Sarah gehen. Wir zwei schaffen das auch alleine.

Der Arzt wurde unruhig: „Mr. Gelton! Sie sind ein erwachsener Mann! Bitte, lassen Sie mich nicht ausfallend werden. Bitte gehen Sie nach Hause und schlafen sich bis morgen aus. Dann kommen Sie wieder und wir werden weitersehen. Bitte, Mr. Gelton. Hören Sie?"

Dane spürte den aufsteigenden Kopfschmerz. Er fraß sich von hinten hoch und breitete sich explosionsartig im gesamten Schädel aus. Das ließ ihn taumeln. Der Arzt half ihm auf einen Stuhl, und Dane verbarg weinend das Gesicht in seinen Händen. Der Arzt vernahm seinen stoßartigen Atem und bekam Mitleid. Hatte dieser Mann nicht auch ein bisschen das Recht, seine Frau zu sehen? Recon zeigte Verständnis und setzte sich neben Dane. „Sie haben gestern und heute einen furchtbaren Tag gehabt. Das kann ich gut verstehen. Aber was geschehen ist, lässt sich nicht mehr rückgängig machen. Wir müssen das Gestrige akzeptieren und versuchen, uns zu beruhigen. Ihre Frau ist sehr erschöpft, und es tut ihr nicht gut, wenn sie heute noch einmal gestört wird. Sie ist in guten Händen. Wissen Sie, was wir tun werden? Ich werde Ihrer Frau mitteilen, dass Sie da waren und sie herzlich von Ihnen grüßen. Wenn Sie möchten, werde ich einen Kollegen rufen, der sich um Sie kümmert. Sie sind ja völlig am Ende."

Dane sah den Arzt an. In seinen Augen lag plötzlich etwas Trauriges. Er flüsterte: „Sie will mich nicht sehen, nicht wahr?"

So ist es, sagte das Loch.

„Mr. Gelton, ich bitte Sie."

Dane wiederholte seine Frage, lauter und aggressiver. Der Arzt antwortete schließlich: „Ja, sie will Sie nicht sehen!"

Dane fühlte die Hitze in sich aufsteigen und lief forschen Schrittes davon.

Der Arzt hätte ihn so gerne beruhigt und schaute ihm mitleidig hinterher. Die Psychologin hatte ihn oberflächlich über die Differenzen von Sarah mit ihrem Mann informiert und stimmte einer vorläufigen Trennung zu. Er selbst wollte morgen das Gespräch mit ihr suchen, um der Sache auf den Grund zu gehen. Dr. Recon hegte ehrliche Zweifel an einer Vergewaltigung von Seiten ihres ersten Mannes. Dane schien ihm naheliegender. Er wäre nicht der erste Mann, der große Reue nach einer Gewalttat an seiner Frau zeigte.

Danes Aggressionen fanden keinen Weg nach draußen. Er raste mit dem Chevy vor Dr. Hendells Büro und tauschte ihn dort gegen seinen Chrysler ein. Dass er für den Rest des Tages nicht mehr zu seiner Farm zurückkehrte, konnten Linda und ich verstehen. Er brauchte sicherlich Abstand und einen ruhigen Platz für sich. Das hätte ich auch.

Linda und ich wollten uns die Heddon-Farm derzeit nicht anschauen. Uns war die Lust vergangen. So verharrten wir auf der Gelton-Farm, um Dane nach seiner Rückkehr aufzufangen und mit ihm zu überlegen, was weiter passieren sollte. Wir wollten schnellstmöglich wieder nach Kalifornien.

Was wir derzeit nicht wussten, war, dass er sich auf dem Edwardsville Friedhof an dem Grab seines Vaters zu schaffen machte …

*

Es war schon spät in der Nacht, als Dane seine Farm wieder erreichte. Er rammte mit seinem Wagen den linken Pfosten der

Einfahrt und schleifte ihn bis zum Scheunentor mit.

Von dem auffallend harten Geräusch wurden Linda und ich abrupt wach. Zuerst konnten wir nicht feststellen, was es überhaupt gewesen war, das uns hatte hochschrecken lassen.

Dann ging ich zum Flurfenster und sah zum Hof hinunter, während sich meine Frau zitternd unter die Bettdecke verkroch. Was ich sah, war mir geradezu unheimlich. Der Mondschein fiel über den Hof, als Dane taumelnd das Scheunentor öffnete und seinen Chrysler mit durchdrehenden Reifen in das Gebäude hinein rasen ließ. Der Schotter flog nur so in die Höhe! Ein harter Knall beendete abrupt das Motorengeräusch. Dane war ungebremst auf etwas aufgefahren. Ein anderer Wagen? Seine Corvette etwa? Stand sie in dieser Scheune? In diesem Zusammenhang kam mir noch eine andere Frage in den Sinn: Wo war mein Chevy?

Das Scheunentor schloss sich und wurde von innen verriegelt. Das ließ mich panisch werden, und ich rannte zurück ins Gästezimmer. Ich musste jetzt unbedingt etwas unternehmen und ahnte nicht, dass es alles andere als ein Spaß werden würde.

„Was ist los?“, fragte Linda aufgebracht.

„Ich weiß nicht“, antwortete ich ihr und zog mich hektisch an. „Irgendetwas stimmt da nicht. Dane hat sich in der Scheune eingeschlossen. Er wird dort hoffentlich keine Dummheiten machen. Ich werde mal nachsehen.“

Linda fuhr tiefer unter die Bettdecke. „Pass bloß auf“, flüsterte sie.

Ich nickte kurz, hatte keine Zeit, ihre Angst wahrzunehmen, und rannte die Treppe hinunter. Wieder einmal war es Dane, der mein Handeln bestimmte, der mich nun auch von Linda wegholte. Ich musste gestehen, derzeit Angst vor meiner eigenen Courage zu haben, doch die Angst um Dane war weitaus größer. Das trieb mich durch die kalte Nacht bis vor die verschlossene Scheunentür. Harte, nach Metall klingende Geräusche drangen nach außen. Etwas wurde mit großer Gewalt zerschlagen. Das Klirren von Glas und das Scheppern von Blech ließen mich schaudern, aber auch ahnen, dass Dane gerade seinen Chrysler demolierte. Ich hämmerte mit meinen Fäusten gegen die verschlossene Scheunentür und schrie: „Dane! Mach auf!“

Nichts geschah. Die Geräusche der Zerstörung drangen weiterhin nach draußen – stetig und unnachgiebig. Ich schrie lauter. Nichts. Ich schrie noch lauter und fand auch nichts Geeignetes, um das Tor zu öffnen. Erst mein vierter verzweifelter Schrei nach Dane fand seine Aufmerksamkeit. Es kehrte Stille ein. Wenig später hörte ich ihn von innen den schweren Eisenriegel zurückschieben. Das Scheunentor öffnete sich quietschend. Dane trat aus dem Schatten hervor und baute sich breitbeinig vor mir auf. Er war vollkommen mit Dreck verschmiert. Seine Kleidung, seine Schuhe, sein Gesicht und seine Hände waren voller Erde, als hätte er sich wie ein wilder Hund im Dreck gewälzt. Der Mond schien auf uns nieder, und in diesem Moment sah ich, dass er eine Axt mit beiden Händen vor seinem Körper hielt. Ich war entsetzt, schluckte und wich einen Schritt zurück. Der Blick meines Freundes verriet eine starke Verwirrung. In Dane steckte ein völlig anderer Mensch. Ich wagte es nicht, ihn anzusprechen, und hielt es nicht für möglich, jemals Angst vor meinem besten Freund zu haben. Nun sollte mich dieses Gefühl doch einholen. Ich sah noch, wie Dane die Axt anhob und hinter seinen Kopf führte. Dann sauste sie nieder, unbarmherzig und gezielt. Ich schloss die Augen und duckte mich, als die Axt millimeterscharf an mir vorbeisauste und in den Boden einschlug. Ich glaubte, ohnmächtig zusammenzufallen, bis ich wahrnahm, nicht getroffen worden zu sein. Ein triumphierender Blick von Dane traf mich, während ich ungläubig zu Boden auf die Axt starrte. Wortlos ging Dane an mir vorbei ins Haus unter die Dusche. Er war verschwitzt, dreckig und enttäuscht und glaubte, dies alles mit Seife abwaschen zu können.

Ich war unfähig, mich zu rühren. Sei es der Schock oder die Angst, die mich zittern ließ; ich war zu keiner Bewegung fähig. Dann sah ich durch das offene Scheunentor auf die Reste seines demolierten Chryslers. Weit verstreut glänzten Glas- und Metallsplitter im Licht des abnehmenden Mondes. Undeutlich erkannte ich im hinteren Teil der Scheune das Wrack der Corvette, und mich überkam erneut ein Schaudern. Nur langsam errang ich wieder etwas Fassung und versuchte, die Axt aus dem Boden zu ziehen. Ich spürte den kalten, hinterlassenen Schweiß und Dreck am Griff und entschied, sie hinter der Scheune zu vergraben, bevor sie ernsthaft Unheil anrichten konnte.

Linda!, schoss es mir plötzlich in den Sinn. Linda war im Haus, allein mit Dane! Oh Gott! Ich rannte ins Haus und hörte die Dusche im Bad. In der Küche schwebte eine ekelhafte Fahne aus Gin und Schnaps. Ich rannte nach oben und fand Linda verängstigt unter der Bettdecke liegen. Sie konnte unmöglich in diesem Haus bleiben, nicht mit Dane! Nicht in seinem Zustand! Also rief ich ein Taxi, während er immer noch duschte. Linda flehte mich an, mit ihr zu kommen, aber ich konnte nicht. Dabei hatte sie so recht gehabt. Ich konnte wirklich nicht. Ich wollte für Dane da sein, der mich meines Erachtens nach jetzt mehr brauchte als sie.

Fehler!

Dane war immer noch unter der Dusche, als Linda die Farm verließ. Ich hatte sie im *Ramada Inn* in der Stadt untergebracht und ihr einen flüchtigen Abschiedskuss auf die Wange gedrückt. Nun saß ich in der Küche und wartete, dass Dane die Dusche verlassen würde. Wie würde er mir begegnen? Sollte ich die Polizei rufen? Er hatte mich schließlich angegriffen, irgendwie. Ich hatte nichts in der Hand, was ich als Beweis vorlegen könnte. Niemand würde ihn festnehmen, weil er seinen Wagen demoliert hatte.

Die Dusche verstummte. Dane kam heraus und sah kurz zu mir an den Küchentisch herüber.

„Es tut mir leid“, sagte er leise und ging nach oben in sein Schlafzimmer. Mehr konnte er dem nächtlichen Vorfall nicht abringen. Ich rief ihm nach, dass ich mit ihm reden wollte, aber er verriegelte oben die Tür von innen.

Dane lag mit offenen Augen im Bett. Er empfand sein Gefühl als unbeschreiblich: Ein Gemisch aus Wut und Genugtuung zugleich holte ihn ein, eine Balance, bei der er sich wohlfühlte.

Du hast den Chrysler immer gehasst, sagte das Loch. Dr. Recon war ungerecht zu dir. Es ist ungerecht, dass Sarah dich nicht sehen will. Dr. Hendell ist tot. Alles ist Sarahs Schuld. Mit ihr ist nur Unheil in dein Leben gekommen.

Er presste sein Gesicht in die Kissen, damit niemand im Haus sein Weinen hörte.

*

Am nächsten Morgen bemerkte Dane, dass Sarah nicht neben ihm lag, aber er hörte das Geschirr von unten klappern, und der Duft von frischem Kaffee stieg ihm in die Nase. So dachte er, dass Sarah schon auf sei und das Frühstück richtete. Dann sah er den Blutfleck auf dem Teppich und die Kreidestriche der umzeichneten Leiche von Dr. Hendell. Wie ein Blitz holte ihn die Wirklichkeit wieder ein. Sarah war gar nicht da! Sein Herz raste! Wer war unten in seinem Haus und klapperte mit seinem Geschirr? Dane sprang aus dem Bett und lief zum Flurfenster. Unten vor dem Haus erblickte er einen alten Chevy. Dann erinnerte er sich an mich.

Ich hatte den Wagen heute Morgen von der Polizei erfassen und mich mit einem Taxi hinbringen lassen.

Dane lief zurück ins Schlafzimmer. Er sah auf das alte Messingbett, und der Albtraum von gestern hatte ihn wieder. Er riss das frische Bettlaken herunter, das Linda gestern aufgezogen hatte, um die Spuren der Vergewaltigung von Sarah zu beseitigen. Er fand also keine Hinweise. Die Matratze war sauber, genau wie alles andere in dem Bett. Es musste doch etwas zu finden sein, das seiner aufkommenden Wut einen Grund geben könnte. Wütend schmiss er die große Matratze seitlich aus dem Bett. Sie schmiss Sarahs Nachttischlampe um und schlug gegen ihren alten Frisiertisch, den sie stets mit viel Liebe gepflegt hatte. Ein Erinnerungsstück aus ihrer alten Wohnung in Denver. Glasflaschen und Cremedosen landeten scheppernd auf dem Boden.

Ich hörte das Scheppern und schaute besorgt nach oben, wieder unschlüssig, vielleicht doch die Polizei zu rufen. Aber was sollte ich tun, wenn Dane mich wieder angreifen würde – anders als gestern vor der Scheune, endgültiger? Ich versuchte, mich zunächst zu beruhigen. Dane würde mich niemals ernsthaft angreifen, ich war sein Freund.

Dane wusste nicht, wie er das Messingbett zerlegen sollte. Er hasste es vom ersten Tag an, das Bett seiner Eltern, seines Vaters! Nun hatte auch er drei verfluchte Jahre darin geschlafen, und es war grausam gewesen – es war Sarah zuliebe gewesen. Das war es! Der Gedanke daran gab ihm eine gigantische Kraft. Er riss und zerrte so lange an dem Gestell herum, bis es in vier Teile zusammenfiel. Dann öffnete er das Fenster und schmiss es hinaus, Stück für Stück, so dass es das gesamte Gemüsebeet von Sarah zerstörte. Dann ließ er einen Schrei der Erleichterung frei und befreite seine Stirn vom Schweiß. Erledigt.

*

Sarah hatte diese Nacht sehr unruhig verbracht und auch Schlafmedikamente abgelehnt. Die Vergewaltigung von Phil hatte keine sonderlichen Narben hinterlassen, da sie diese Prozedur fast vierzehn Jahre lang gewohnt war. Den größten Schock hatte die Ermordung von Dr. Hendell direkt vor ihren Augen ausgelöst. Sie hatte Dane und ihn vor der Tür rufen hören, aber Phil hatte ihr den Mund zugehalten und ihr mit dem Messer gedroht, falls sie schreien würde. Jetzt fühlte sie sich mitschuldig und sehr elend. All ihre Hoffnungen waren dahin, auch die Vorstellung, je wieder mit Dane zusammenleben zu können. Sicher hatte auch er einen Schock erlitten, aber sie war nicht mehr in der Lage, ihn zu trösten, geschweige denn, ihn zu ertragen.

Es klopfte und Dr. Recon betrat ihr Zimmer. Er lächelte. „Guten Morgen, Mrs. Gelton. Darf ich eintreten?“

Mrs. Gelton! Wie das klang! Sie konnte sich einfach nicht an diesen Namen gewöhnen, zog die Bettdecke hoch und versteckte sich darunter bis zum Hals. Der Gynäkologe setzte sich auf ihr Bett und fühlte behutsam ihren Puls am rechten Handgelenk. „Wie war die Nacht?“

Sarah schaute ihn traurig an. Sie suchte nach Worten, die ihm klarmachen sollten, wie verwirrt und unsicher sie war, richtige Entscheidungen zu treffen. „Ich habe sehr wenig geschlafen.“

„Viel gegrübelt, was?“

„Ja, das war's wohl. Es ist alles so … so kompliziert! Was soll ich nur tun?“

„Was wollen Sie denn tun?“

Sarah überlegte lange. Dr. Recon beobachtete sie geduldig und nahm ihre rechte Hand fest zwischen seine Hände. Das löste ein angenehmes Gefühl in ihr aus. „Ich würde gerne zu meinen Eltern.“

„Was ist mit Ihrem Mann? Er war gestern Abend hier und wollte zu Ihnen. Ich soll Sie grüßen.“

„Dane?“

„Ja, Dane. Er hat ziemlich getobt, als ich ihn weggeschickt habe.“

Sarah entriss ihm die Hand und vergrub ihr Gesicht in beide Hände.

„Mrs. Gelton, was ist mit Ihrem Mann?“, fragte Dr. Recon irritiert.

Wie sich das anhörte: *Mrs. Gelton, was ist mit Ihrem Mann*! Es klang abscheulich. Es klang nach Danes Vater, und Sarah antwortete: „Er ist krank.“

„Wie krank?“

„Es ist alles so kompliziert …“

„Mrs. Gelton, hat Ihr Mann Sie vergewaltigt?“

Oh Gott!, auch das hörte sich nach Danes Vater an! Sarah sah erschrocken auf. Sie musste mit dem Hirngespinst aufhören und sagte entsetzt: „Nein! Es war Phil, mein erster Mann. Das habe ich Ihnen doch gestern gesagt. Dane würde so etwas nie tun!“

„Sicher, Sie haben gestern viel gesagt – wichtige Dinge gesagt, die Sie heute Nachmittag der Polizei mitteilen müssen. Es ist mir wichtig, dass alles seine Richtigkeit hat. Sehen Sie, da scheinen massive Probleme zwischen Ihnen und Ihrem Mann zu stehen, und mir selber fällt es schwer zu glauben, dass ein Dritter an den Geschehnissen beteiligt sein sollte.“

Sarah setzte sich auf und schaute den Arzt an. Er sah nun die Prellungen an ihrem Hals und dem Brustansatz. Sie erzählte Dr. Recon von den Geschehnissen der letzten Tage, denn sie wollte Dane keine Ungerechtigkeit zukommen lassen. Sie fand, dass er mit sich selbst jetzt genug an Last zu tragen hatte.

„Und Dr. Hendell hat es geschafft, ein Gespräch mit ihm zu führen?“

„Ich glaube wohl, sonst hätte er mich gewiss im Laufe des Tages angerufen und informiert.“

Eine Schwester kam ohne anzuklopfen ins Zimmer. „Dr. Recon, ein Dr. Jim Clark ist auf Leitung fünf.“ Sie verschwand so schnell, wie sie gekommen war. Sarah entfuhr ein Schrei der Erleichterung: „Jim!!“

Der Arzt schaute sie an: „Kennen Sie Dr. Clark?“

„Ja, er ist ein Freund von uns. Ein guter. Jim!“ Sie konnte nicht glauben, wie ich so schnell von ihrem Aufenthalt hier erfahren konnte. Es gab nur wenige, an die sie sich jetzt zu klammern wünschte. Ich war einer von ihnen.

Dr. Recon nahm den Hörer ihres Telefons ab und drückte auf die Fünf. Die Verbindung stand. „Ja, hier Dr. Recon.“

„Guten Tag, Doc. Hier spricht Dr. Jim Clark. Ich wollte mich gerne nach Mrs. Geltons Zustand erkundigen, ich bin ein guter Freund von ihr. Können Sie mir Auskunft geben?“

„Sicher, ich bin gerade in ihrem Zimmer. Warten Sie, ich reiche ihr den Hörer, dann können Sie persönlich mit ihr sprechen.“

Sarah entlud all ihre Gefühle, indem sie sagte: „Jim!! Bin ich froh, mit dir zu reden!“

„Hallo, meine Süße. Wie geht es dir heute?“, versuchte ich gelassen zu fragen.

„Woher weißt du, dass ich hier bin?“, gab sie mir zur Antwort.

„Linda und ich sind an dem Abend bei euch angekommen, als Phil hier war. Wohl gerade noch rechtzeitig. Hast uns gar nicht bemerkt.“

Sie stutzte. „Ihr ward dabei?“

„Na, dabei würde ich es nicht nennen, aber Linda und ich sind wohl gerade rechtzeitig angekommen und konnten noch Schlimmeres verhindern.“

„Oh“, sagte sie. Dann fragte sie mich: „Was macht Dane?“

Was sollte ich ihr sagen? „Sarah, bitte sei mir nicht böse, aber darüber möchte ich mit dir nicht sprechen – nicht jetzt.“

„Ist er ausfallend geworden? Bitte, Jim, sag es mir.“

Ich wusste ihr nicht zu antworten, also sagte ich: „Sarah, das alles hier ist nicht einfach für ihn.“

„Was macht er gerade?“

Ich hörte den Tumult von oben und ging mit dem Telefon ins Wohnzimmer. „Gib mir mal Dr. Recon. Ich komm dich nachher besuchen. Dann erzähl ich dir alles.“

Sie sah auf den Hörer und gab ihn widerwillig ab. Dass sie nichts von mir erfuhr, erfüllte sie wieder mit Angst.

„Kann ich sprechen, Dr. Recon?“, fragte ich, um sicher zu sein, dass Sarah mich nicht hörte.

Recon entfernte sich von Sarahs Bett und ging zum Fenster. „Ja, ich höre.“

„Sie dürfen Mr. Gelton auf keinen Fall zu Sarah lassen. Das ist sehr wichtig. Er ist momentan sehr durcheinander, unter Umständen sogar gefährlich. Ich werde mich bemühen, ihn heute noch in ärztliche Obhut zu bringen. Ist ‘ne lange Geschichte. Falls es mir aber misslingt und er sollte doch bei Ihnen auftauchen, rufen Sie bitte sofort die Polizei. Die soll ihn festhalten. Ich werde dann vorbeikommen und Ihnen alles erklären. Mr. Gelton ist zurzeit hier bei mir in seinem Haus. Ich werde Sarahs Eltern informieren, dass sie morgen oder übermorgen ihre

Tochter abholen kommen. Ist das okay?"

Der Gynäkologe bejahte. Er sah die Verstrickungen von Sarahs Geschichte und war dankbar, Hilfe von außen zu bekommen. Noch ehe er sich von mir verabschieden konnte, legte ich den Hörer auf. Der Arzt sah besorgt zu Sarah hinüber.

Ich hörte Dane die Treppe hinunterlaufen und legte geschwind den Hörer auf. Danes Gesichtszüge waren hart und vergrämt, dennoch brachte er ein freundliches „Guten Morgen" über die Lippen. Ich konnte nicht abschätzen, wie aufrichtig sein Gruß war, und antwortete ebenso nett. Es war schon erstaunlich, wie gleichgültig er meine Anwesenheit auf seiner Farm hinnahm. „Was hast du oben gemacht?", fragte ich vorsichtig.

Dane überhörte die Frage, wie er alles ignorierte, was unangenehm war. „Wo ist Linda?", fragte er stattdessen.

„Sie ist oben und schläft noch etwas", log ich, um ihn nicht zu verärgern.

Dane schien mir die Lüge abzukaufen, das zeigte zumindest sein beruhigter Gesichtsausdruck. Er setzte sich an den Frühstückstisch und goss sich eine Tasse Kaffee ein. Ich setzte mich dazu. Erneut stellte ich die Frage: „Was hast du oben gemacht?" Dane schaute auf. Seine Augen waren ruhig und nett. Seine Antwort klang unbekümmert: „Ich habe das alte Messingbett rausgeworfen. Sarah wollte es so gerne behalten, aber da sie nicht mehr zurückkommen wird, zog ich es vor, das Scheißding endlich rauszuschmeißen. Wollte ich schon immer tun." Er sagte es so gelassen, als wäre es das Natürlichste auf der Welt.

„Aha", bemerkte ich, erstaunt über die Leichtigkeit, mit der Dane die Sachlage zu betrachten schien. „Und was willst du noch rausschmeißen?"

Dane lächelte komisch. „Dich?" Es sollte ein Witz sein, aber es klang nicht so. „Entschuldige, Jim. War nicht so gemeint."

„Und was war gestern Abend?"

„Gestern?"

„Ja, vor der Scheune. War das auch nicht so gemeint?"

Dane drückte seine Fingerspitzen an die Schläfen und spürte den einschießenden Kopfschmerz. Er fragte: „Was war gestern Abend vor der Scheune?"

Ich erschrak wegen seiner Vergesslichkeit, dachte aber auch an seinen Alkoholkonsum und riskierte eine weitere Provokation: „Du hast den Chrysler zerschlagen und bist mit der Axt auf mich losgegangen."

Dane sah mich entrüstet an. Dann bildete sich eine tiefe Kummerfalte zwischen seinen Augen. „Was sagst du?" Er trank den Rest seines Kaffees aus und warf die Tasse so stark gegen den Kühlschrank, dass sie zerbarst und in unzähligen Teilen zu Boden schepperte. Dann stand er auf und verschwand im Badezimmer.

Erschüttert sah ich auf die zerbrochene Tasse. Seine Reaktion erschien mir wie ein symbolischer Akt unserer Freundschaft. Nachdem Dane sich geräuschvoll und lange erbrochen hatte, hörte ich die Dusche laufen. Mich befiel Panik, und ich nutzte die Gelegenheit, die städtische Psychiatrie zu informieren. Nach meiner Schilderung der Sachlage sagten sie mir sofort einen Krankenwagen zu.

Dane witterte die Gefahr irgendwie. Er zwang sich, das Duschen kurzfristig abzubrechen. Mein Magen hob sich. Nun wurde mir schlecht, als ich das Wasser nicht mehr hörte. Kurze Zeit später stürmte Dane aus dem Bad und ich deckte so unauffällig wie möglich den Tisch ab, um überhaupt etwas zu tun und ihn nicht ansehen zu müssen. Mich keines Blickes würdigend rannte Dane die Treppe hinauf in sein Schlafzimmer, um sich anzukleiden. Es blieb nicht nur sein Verstand auf der Strecke, sondern auch sein Sinn für Ordnung schien sich von ihm abzuspalten. Unachtsam schlüpfte er in eine alte, verschlissene Jeans, zwei verschiedene Socken, Stiefel und einen Pullover, von dem er nicht wusste, ob es Sarahs oder seiner war. Die rosa Farbe und die lila Applikationen irritierten ihn keineswegs. Die fortschreitende Krankheit machte ihn zu einer jämmerlichen Kreatur.

Als er das Schlafzimmer wieder verließ, sah er kurz in das Gästezimmer hinein. Es war leer, Linda war nicht mehr da. Wütend rannte er die Treppe hinunter zu mir. Ich bemühte mich gerade darum, die Reste der zerbrochenen Tasse aufzukehren, als er mich brutal an den Schultern packte und herumriss. Nun erkannte ich den Fehler, den ich heute Morgen begangen hatte, als ich wieder zu dieser Farm zurückgekehrt war – zu meinem Freund, der kein Freund mehr war. Die Augen eines Wahnsinnigen starrten mich an, und seine Kleidung sah lächerlich aus.

„Warum ist Linda nicht oben?! Wo ist sie?“, schrie er mich an.

Meine Übelkeit wurde stärker. „Ich habe sie weggeschickt.“

„Wann?“

„Gestern Abend!“

„Warum? Warum hast du das getan?“

Ich versuchte ihn zu beruhigen, wusste aber nicht wie. Wie lange war es her, als wir zusammen gelacht und ein gutes Glas Gin getrunken hatten? War es nicht an Danes Hochzeit gewesen? Gott, wie groß war der Fehler gewesen, zu dieser Farm zurückgekehrt zu sein! „Weil sie ein Baby bekommt!“, schrie ich schließlich. „Sie ist im sechsten Monat schwanger! Die Aufregung hier ist zu viel für sie! Kannst du das verstehen? Du hast mich gestern fast erschlagen!“ Noch ehe ich reagieren konnte, traf mich ein harter Schlag vor die rechte Wange, was mich überrascht zu Boden riss. Ich schüttelte benommen den Kopf und fühlte das Blut, das meine Wange hinunterlief. Ich dachte kurz an Vancouver, an die Frage: *Hat Ihr Freund denn niemals Gewalt anderen gegenüber gezeigt*? Dann spürte ich einen Tritt an meine rechte Schläfe und kippte bewusstlos nach hinten.

Dane hob sein Gesicht zur Decke und schrie: „Ich will es nicht!! Aber was soll ich tun?!“ Er riss zornig die Telefonschnur aus der Wand und suchte nach meinem Wagenschlüssel.

Ich wurde von zwei Sanitätern wieder ins Bewusstsein zurück geholt. Sie verarzteten eine kleine Platzwunde an meiner rechten Wange und die Prellung kurz oberhalb meiner rechten Schläfe. Zudem wiesen sie mich darauf hin, dass das Jochbein einen Bruch erlitten haben könnte. „Glück gehabt“, versicherten sie mir. Ich stellte fest, dass der Krankenwagen zu spät gekommen war. Ein Blick aus dem Fenster reichte aus, um festzustellen, dass Dane wieder mit meinem Chevy verschwunden war. Blitzartig kam mir Sarah in den Sinn. Ich griff nach dem Telefon und hatte es mit der Einsteckbuchse in der Hand. Die Sanitäter reagierten sofort und machten über ihre Funkanlage eine Meldung an das Krankenhaus und die Polizei. Sie riefen ferner ein Taxi, das mich zu meiner Frau in die Stadt bringen sollte.

Der Krankenwagen der Psychiatrie machte sich mit Sirenengeheul auf den Weg in das Krankenhaus, in dem Sarah lag.

Lebe!, jubelte das Loch. Lebe!

Dane Gelton fühlte sich völlig normal und kampfbereit. Das bestätigte ihm immer wieder sein Gefühl. Für ihn existierte keine Geisteskrankheit; es gab nur Menschen, die ihm das einreden wollten. Der Gedanke verlieh ihm die Kraft und die Sicherheit, richtig zu handeln.

Ein Schutzengel hielt seine Hand über ihn, als er die Stadt mit hoher Geschwindigkeit durchquerte. Er ignorierte den Besucherparkplatz des Krankenhauses und parkte den Chevy direkt vor dem Haupteingang. Sein Haar war zerzaust, als er das Krankenhaus betrat. Die Menschen taten sein Erscheinungsbild mit einem Lächeln ab oder tuschelten leise. Es war ihm egal. Der Aufzug brachte ihn in den dritten Stock zur gynäkologischen Abteilung. Dane riss sich zusammen und fuhr sich mit den Händen durchs Haar, was aber nichts bewirkte. Er hatte verdammtes Glück, es war niemand auf dem Flur zu sehen.

Mein Anruf war wohl gemeldet worden, aber durch den Schichtwechsel der Schwestern noch nicht auf der Station angekommen. So fand Dane ohne großen Aufhebens das Zimmer seiner Frau. Ein Türschild deklarierte ja auch nur zu deutlich ihren Namen – Mrs. Gelton. Er öffnete langsam die Türe …

*

Linda war heilfroh, als ich ihr Zimmer im Ramada Inn betrat, doch sie erschrak vor meiner Verletzung und nahm mich in den Arm. Erst da spürte ich das Ausmaß ihrer Angst und fühlte mich schäbig. „Linda, ich liebe dich", sagte ich ihr mit Nachdruck, fügte aber schnell hinzu: „Es ist aber noch nicht vorbei. Der Krankenwagen hat ihn verpasst. Dane ist wohl mit unserem Wagen zu Sarah. Ich wollte nur kurz bei dir reinschauen, ob alles in Ordnung ist. Ich fahre gleich weiter zum Krankenhaus und werde sehen, was ich tun kann. Linda, wir müssen ihn kriegen. Er ist vollkommen durchgedreht."

Linda wollte mich zurückhalten, sah aber, dass es keinen Zweck hatte. Dane stand immer noch zwischen uns; sie konnte ihn nicht verjagen. Das konnte ich nur selbst, und das wusste sie. Doch ich konnte ihr ein Versprechen geben: „Linda, wir werden die Farm nicht kaufen, und ich werde meine Stelle in Santa Ana behalten. Alles bleibt, wie es ist."

Sie nickte dankbar. Als ich das Zimmer verließ, sah ich noch, wie Linda ihren Bauch hielt.

*

Sarah erschrak, als sich ihre Türe langsam öffnete, und sie glaubte zu sterben, als Dane im Türrahmen erschien. Er drückte sich vorsichtig durch den Spalt und schloss die Tür dezent hinter sich. Er sah ihre Angst und hielt an der Tür seine Stellung. Der Anblick ihres misshandelten Gesichts jagte ihm Tränen in die Augen. Er wollte sie so gerne in den Arm nehmen und sie trösten, doch sie würde schreien, dachte er und unterdrückte das Bedürfnis.

Sarah sah ihn angsterfüllt an. Danes einst so nettes Gesicht ähnelte jetzt tatsächlich einer verlebten Fratze. Er war ihr so fremd wie nie zuvor. Sein Blick flehte um ein Wort von ihr, aber sie sah sich nicht mehr in der Lage, ihm die Worte zu schenken, die er hören wollte. „Ich liebe dich", flüsterte er leise. Eine Liebe, die er nicht aussprechen konnte, nicht in diese drei kleinen Worte packen konnte.

Sarah konnte ihm darauf nicht mehr antworten. Sie konnte gar nichts mehr, außer ihn bestürzt ansehen.

„Ich werde einen neuen Arzt finden. Und dann wird alles wieder gut, ja?“, sagte er.

Was konnte sie ihm noch glauben? Sie wusste nicht, was er inzwischen alles angestellt hatte, aber es war sicherlich nichts Unbedeutendes. Sie kannte ihn. So blieb sie stumm und betete innerlich um eine Erlösung von Seiten der Ärzte oder Schwestern, aber nichts geschah, denn niemand hatte ihn bemerkt. „Ich habe mir Jims Wagen geliehen, damit ich dich besuchen kann. Er kommt auch gleich mit Linda. Sie werden die Heddon-Farm kaufen. Ist das nicht wunderbar?“

Zum ersten Mal waren seine Lügen offensichtlich. Er versuchte dabei fröhlich auszusehen, aber es gelang ihm schlechter als das Lügen. Sarah sah gequält zu Boden. Sie sah auf seine Schuhe, die keine Schuhe waren. Er trug Stiefel! Seine Arbeitsstiefel! In einem Krankenhaus? Dann erst sah sie, dass er ihren Pullover und seine alte Arbeitshose trug. Er war unrasiert und ungekämmt. Seine Ordnung schien ihn nicht mehr zu beherrschen, dafür zweifellos das Chaos.

„Sarah! Ich werde mir wieder einen neuen Wagen kaufen – eine Corvette. Ist das nicht wunderbar?“ Er sah ihre Fassungslosigkeit und schluckte verzweifelt. Wollte sie denn gar nichts mehr glauben? „Was hältst du von einem Urlaub? Wir werden uns Städte ansehen, so wie früher. Rick freut sich, wenn ich wieder zur Arbeit komme. Es geht mir gut. Ich habe keine Aussetzer mehr, keine Übelkeit, keine Kopfschmerzen. Nichts! Alles ist vorbei. Es war nur vorübergehend, siehst du, Sarah? – Sag doch was.“

Sein Glaube war beeindruckend. Sie wusste genau, dass er Rick Beaman nie wiedersehen würde. All ihre Mühen waren vergeblich gewesen. Was war aus ihrer Liebe geworden? Ein Wort, dachte Sarah. Sie hatte alles in ihn hineingesteckt, all ihre Kraft und Hoffnung, um ein glückliches Leben mit ihm zu führen – einem Mann, bei dem sie vom ersten Augenblick an das feste Gefühl hatte, dass er etwas Besonderes war. Das war er, in der Tat. Es tat ihr unendlich leid, ihn mit dieser Krankheit dahinsiechen zu sehen, auch die Zerstörung seines Verstandes und den Verfall seines Körpers in so kurzer Zeit mitzuerleben. Aus Angst, ihn wütend zu machen, antwortete sie schließlich: „Ja, Dane. Es wird alles wieder gut."

Mit diesen Worten sah er sich veranlasst, zu ihr ans Bett zu dürfen. Sie hatte die Distanz gebrochen. Er kniete vor ihrem Bett nieder und griff nach ihren Händen. Wie warm sie waren, die Hände seiner Heiligen. „Sarah, ich will das alles nicht, aber es kommt einfach. Ich werde einen Arzt finden, der mir hilft. Vielleicht mag Dr. Hendell wieder mit mir sprechen?"

Hatte er vergessen, dass Dr. Hendell bereits vor zwei Tagen in seinem Haus erstochen wurde?

„Er ist ein guter Arzt. Er wird mir helfen. Wenn dein Beinbruch wieder geheilt ist, hole ich dich heim. Es dauert bestimmt nicht mehr lange. Jim ist ein guter Arzt. Er wird sehen, dass alles gut verheilt. Und Johnathan hat uns in sein Restaurant eingeladen … sobald du wieder wohlauf bist."

Plötzlich meldete sich das Loch über Danes Stimme, in einem entsetzlich keifendem Ton. „*Gib es auf!!*", schrie es. „*Gib sie auf! Sie ist es nicht wert!*"

„Lass mich diesen einen Versuch noch starten", flehte Dane.

„*Es ist vergeblich! Mach, dass du wegkommst! Sie suchen dich bereits!*"

Sarah war entsetzt. Nun passierte die extreme Entgleisung tatsächlich schon in ihrer Gegenwart, und sie schrie ihn an: „Dane!! Was redest du da?"

Dane erschrak und kniff seine Augen zusammen. Was war denn falsch an dem, was er sagte? Waren es nicht Worte der Hoffnung gewesen, oder hatte er etwa unkontrolliert mit seinem Loch geredet? Er hielt sich die Ohren zu, um seinen Namen nicht wieder von ihr zu hören, doch der hallte unzählige Male als Echo in seinem Kopf wider. *Dane! Dane! Dane!* Ihm war plötzlich, als hörte er Joan schreien. DANE!! Er hörte ein Geräusch hinter sich und sah sich geschwind um. Hinter ihm standen plötzlich wieder die fünf Männer, die ihn in dem Haus auf der Palloma Street einst zusammengeschlagen und vergewaltigt hatten. Sie lachten ihn an, mit Gesichtern, die zu Fratzen entstellt waren. Der große Schwarzhaarige trat hervor, und durch sein Grinsen entblößte er seine vergilbten Zähne. Seine Haut sah verbrannt aus. Dane roch den Ruß an ihm, dann sah er die halb verkohlte Hand, die einst das Streichholz nach ihm geworfen hatte. Die anderen Männer hinter ihm traten grinsend hinzu und bauten sich in der Tür auf. Ein schrilles Fiepen erfasste Danes Trommelfell, schickte ihm einen grausamen Schmerz und übertönte seinen Namen, als er sich langsam vor dem Bett erhob. Schweißtropfen lösten sich von seiner Stirn und fielen zu Boden. Sein Atem beschleunigte sich, und er schrie: „Diesmal kriegt ihr mich nicht!" Dann rannte er durch den Pulk von Männern, die sich leise in der Tür gesammelt hatten und Zeugen der vorangegangenen Szene geworden waren. Da waren Dr. Recon, der Chefarzt, drei Sanitäter und ich. Er rammte mich als ersten, und ich ging prustend in die Knie. Die Sanitäter reagierten sofort und versuchten ihn in eine Zwangsjacke hineinzustecken, aber die Flinkheit seiner Bewegungen überraschte sie zu sehr. Es gelang ihm, sich frei zu raufen und davonzulaufen. Doch dann prallte er frontal gegen einen Polizisten, der gerade um die Ecke des Ganges kam. Beide erfasste Benommenheit; Dane weniger als den Polizisten, doch zum Unglück aller, denn während der Polizist sich aufzurichten versuchte, bemächtigte sich Dane schon dessen Waffe. Er entsicherte sie gekonnt und schaltete den Polizisten mit einem Kopfschuss kurzerhand aus. Der Knall dröhnte entsetzlich laut durch das Gebäude, und wir sahen den Mann chancenlos in seine eigene Blutlache fallen! Sofort fand die Waffe ein neues Ziel: mich. Dane zielte und schrie: „Ihr Schweine!!"

Der zweite Schuss jagte knapp an meinem Kopf vorbei, als ich mich schockiert zu Boden stürzte. Ehe alle auf diesen Schreck reagieren konnten, war Dane verschwunden. Wir liefen ihm bis zur Ecke nach, aber der Gang war leer. Als wir uns wieder umsahen, lag Dr. Recon vor Sarahs Tür, und dunkelrotes Blut floss aus der rechten Seite seines Schädels zu einer kleinen Lache zusammen.

Niemand bemerkte den Mann mit dem zerzausten Haar und dem rosafarbenen Pullover am Haupteingang, denn alle waren von dem Knall erschrocken und liefen verwirrt umher. War ein Amokläufer unterwegs? So konnte er in der Hektik unauffällig das Krankenhaus verlassen, und ehe ihm einer Aufmerksamkeit schenken konnte, war er spurlos verschwunden. Ich sah allerdings meinen alten Chevy vor dem Eingang stehen. Dane war also zu Fuß unterwegs, was die Suchaktion enorm erschweren würde, denn niemand rechnete mit der Lässigkeit, mit der er sich nun in der Öffentlichkeit bewegen konnte.

Dane fand ein öffentliches Pissoir und erbrach sich, ehe er die Toilette erreichte. Das brachte ihn wieder zur Vernunft. Er reinigte sein Gesicht mit kaltem Wasser und brach verzweifelt in einer nach Fäkalien stinkenden Toilette zusammen. Ein tiefer Schlaf holte ihn ein und ließ ihn für mehrere Stunden in eine Ecke wegsinken. Er nahm weder den regen Verkehr, dem das öffentliche Pissoir täglich ausgeliefert war, noch die Fixer neben seiner Toilette, wahr.

Die Glocke der alten Kirche in der Nebraska Avenue schlug sechs Uhr abends.

Dane kam wieder zu sich, als ein starker Schmerz seine Glieder durchfuhr, und die verkrampfte Haltung ließ ihn kaum aufstehen. Er fühlte seine durchnässte Hose zwischen den Beinen und musste sich eingestehen, während des Schlafs den Druck der Blase verpasst zu haben. In der Gesäßtasche der Arbeitshose fühlte er einen schweren Gegenstand – die Waffe des Polizisten. Dane konnte sich den Besitz zunächst nicht erklären, ebenso nicht seinen Aufenthalt neben dieser Toilette. Er setzte sich unter Schmerzen auf den Rand der verschmutzten Toilette und flehte leise um eine Erinnerung. Nichts. Daraufhin schlug er seinen Schädel mehrmals gegen die Trennwand und begann so lange auf sich einzureden, bis er sich erinnerte. Er sah Sarah und hörte den Schuss auf Dr. Recon. Es erschütterte ihn keineswegs, im Gegenteil, er begann sich zusehends wohler zu fühlen. Ein Lächeln huschte über sein Gesicht, gezeichnet von stiller Genugtuung. Recon hätte ihn nicht aufhalten dürfen. Dane Gelton verließ die Kabine. Ein alkoholisierter Obdachloser hauste unter dem Waschbecken und kam ihm wie gerufen. Gelton tauschte die Kleidung gegen den Willen des Mannes aus. Der hatte keine Wahl in seiner Trunkenheit. Als Dane Gelton das Pissoir verließ, kleideten ihn eine verschlissene, braune Stoffhose und ein kariertes Hemd. In dieser Kleidung hatten wir keine Chance mehr, ihn zu finden. Zu seiner Überraschung fand er in der rechten Hosentasche eine abgenutzte Geldbörse, die ihn tatsächlich mit 83 Dollar segnete – das erbettelte Geld des Mannes. Das brachte ihm Perspektiven. Im nächsten Urban-Warenhaus kaufte er Unterwäsche, eine Jeans und ein schwarzes Hemd. Die Kleidung des Stadtstreichers verschwand in einem Mülleimer am Eingang des Stadtparks, und Dane konnte nun mit Verlaub sagen, dass er sich besser fühlte. Ein Haarschnitt bei *Tonio's* war fällig. Man kannte ihn dort schon lange und begrüßte ihn sehr herzlich. Besonders liebte man seine großzügigen Trinkgelder. So war die Überraschung groß, als Dane nichts als den Betrag für den Haarschnitt und einen netten Gruß zum Tage hinterließ.

Ja, das war es. Jetzt ging es ihm wieder gut. Wer konnte nun noch feststellen, dass er krank war?

Er spürte plötzlich diesen sexuellen Druck, etwas, das er jahrelang nicht mehr gespürt hatte. Es war wie damals, als er noch in Glendale gelebt und sich regelmäßig eine Prostituierte gesucht hatte. Er ging auf die Suche.

Sie war nicht mehr allzu jung, vielleicht 35, hieß Patrica und erlebte zum ersten Mal in ihrem Gewerbe eine solche Vergewaltigung. Dabei sah er so gut aus. Es hätte ihr auf legalem Wege viel mehr Spaß mit ihm gemacht, aber die Brutalität, die er an den Tag legte, bestürzte sie zutiefst.

Er ließ sie liegen, was sollte es. Sie hatte ihn gesehen, sie würde ihn wiedererkennen, wenn sie gefragt würde. Er wollte sowieso die Stadt verlassen, also, was sollte es? Er lief einfach davon.

*

Es wurde Zeit für die Farm. Das Taxi stoppte am Anfang von Fields. Die Farm lag noch gut eine halbe Meile im Feld.

Dane drückte dem Taxifahrer seine letzten Dollar in die Hand und schlug den Weg zur Farm ein. Der Taxifahrer fuhr schmunzelnd davon, denn so viel Spaß hatte er bei einem Gespräch mit einem Kunden schon lange nicht mehr gehabt. Humorvoll hatte Dane ihm sein Vorhaben für die nächsten Stunden geschildert, und der Fahrer hatte sich köstlich dabei amüsiert. Er erkannte nicht den kranken Ernst der Sache und erfuhr erst Tage später von dem Mörder, den er so unbedacht ans Ziel seiner Wünsche gebracht hatte. Seitdem fuhr er kein Taxi mehr. Die ausgewachsenen Maispflanzen boten Dane einen guten Schutz, sich bis zur Farm zu schleichen. Er sah einen Polizeiwagen und einen Chevy vor dem Haus stehen. Hinter den Gardinen sah er die Schatten zweier Männer, die an seinem Küchentisch saßen und Kaffee tranken. Er schlich zur Scheune und verschwand unbemerkt darin. Die Waffe des Polizisten, die er immer noch bei sich trug, hatte noch drei Schüsse. Das erschien ihm im Zweifelsfalle zu wenig. Sicher, er konnte hervorragend zielen, aber das garantierte nicht unbedingt einen Treffer. Er begann die Axt zu suchen, doch er konnte sie nicht finden. Dafür fand er eine Handsense, die ihm als Waffe ebenfalls handlich und zweckmäßig erschien. Dann öffnete er leise die Fahrertür seines demolierten Chryslers und fegte mit der bloßen Hand die Glassplitter vom Sitz. Die Sitzlehne veränderte er zu einer Liege, auf der er sich niederließ. Sein Blick fiel nun direkt auf seine alte Corvette, die vor dem Chrysler stand und vor sich hinrostete. Mit seiner rechten Hand ertastete er noch einmal die Schusswaffe und die Sense auf dem Beifahrersitz, bevor er zufrieden in einen traumlosen Schlaf hinabglitt.

*

Sarah erlitt nach Danes Auftritt einen Nervenzusammenbruch und wurde noch am selben Tag in ein Krankenhaus in die Nähe ihrer Eltern geflogen. Sie hatte Dane endgültig verloren.

Ich saß mit dem Polizisten in der Küche und trank Kaffee. Wir waren sehr unruhig, nicht zuletzt durch den starken Aufguss. Ich weiß nicht, welcher Teufel mich geritten hatte, aber ich wollte mich nicht an der Suchaktion in der Stadt beteiligen, sondern auf seiner Farm warten, obwohl man nicht erwartete, dass Dane hier aufkreuzen würde. So dumm konnte selbst er nicht sein. Doch ich sah das anders, denn er tat immer das Unerwartete. Man gab mir zur Sicherheit einen bewaffneten Polizisten an die Seite. Wussten wir doch, dass Dane eine scharfe Waffe bei sich hatte. Mein Instinkt sollte mich nicht täuschen.

*

Die Gesellschaft Amerikas forderte am 28. September 1996 das Opfer seiner Missstände endgültig in die Knie. Kansas hatte ihn geboren und sollte ihn vernichten. Was auch immer Dane Gelton an Stolz diesem Land gegenüber in sich getragen hatte, so glaubte er niemals, hier auf dieser Farm das Ende seines freien Lebens zu finden. Vor vier Jahren hätte er wahrscheinlich gelacht, wenn ihm jemand erzählt hätte, dass hier sein freies Leben mit 41 Jahren enden würde.

In Dane Geltons Kopf tobten wilde Kriegsgedanken. Er hatte nur das eine Ziel: es allen zu beweisen, in guten und in schlechten Taten, aber mehr in schlechten als in guten. Dieses Ziel ließ ihn um sieben Uhr morgens die Augen öffnen. Die Sonne war bereits aufgegangen, kroch hinter den gelbgrünen Maisfeldern hervor und tauchte die Farm in pures Gold. Er dachte an Sarah, die um diese Zeit immer erwachte und ihn anlächelte. Eine Zeit, die niemals wiederkommen würde. Irgendwie hatte er immer gewusst, dass es ohne das Loch nicht funktionieren würde. Er war ein Kind der Dunkelheit, doch niemand konnte ihm jetzt einen Vorwurf daraus machen, denn er hatte alles versucht, um dieser Dunkelheit zu entweichen.

Durch das Geräusch einer Wagentüre wurde er aus seinen Gedanken gerissen. Er sprang aus seinem Chrysler und lugte durch ein Astloch in der Scheunentür hinaus auf den Hof. Draußen tat sich etwas. Er sah seinen Freund vor der Haustüre stehen, als ein Polizist in seinen Wagen stieg und sich mit einem Wink durch das offene Seitenfenster verabschiedete. Dane beobachtete alles, bis der Polizeiwagen verschwunden war. Dann schob er seine Waffe vorne in den Hosenbund und ließ das Hemd leger darüber hängen. Übel riechender Schweiß durchdrang seine Kleidung.

Die Scheune, der Schweiß, der Hass – sein Vater … Ekel. *Wer durch Hass getötet wird, kehrt wieder,* schoss es ihm durch den Kopf, und er erbrach sich. Dann öffnete er die Scheunentür und sah zum Haus.

Ich war inzwischen wieder in das Haus gegangen und wollte gerade die Toilette aufsuchen, als ich die Drehung des Türknaufs sah. Das versetzte mich sofort in Panik und wild tastete ich nach der Waffe, die mir Sergeant Parker zum Schutz hiergelassen hatte. Ich konnte sie nicht finden! Verdammt! Mein Blick fiel ins Wohnzimmer auf die Couch, wo ich sie vor einigen Minuten kopflos abgelegt hatte. Zu spät, um sie zu erreichen. Dane hatte sich inzwischen Einlass verschafft und baute sich breitbeinig in der Küche auf. Dass keiner von uns mehr ausweichen konnte, war offensichtlich. Wie blutrünstige Hunde in einer Kampfarena standen wir uns gegenüber – achtzehn Jahre gute Freundschaft, entfremdet durch Krankheit und Wahnsinn. Zu meinem Entsetzen spiegelte sich in den Augen meines Freundes der pure Hass wider. Ich wollte wegschauen, aber es war mir nicht möglich.

Ich maß seine ordentliche Erscheinung ab und war erstaunt, ihn so vorzufinden. Bleib locker, sagte ich mir, gleich wird Hilfe kommen. Die Ablösung von Sergeant Parker war schon unterwegs. Ich versuchte ein entspanntes Gespräch zu starten und sagte: „Hallo, Dane."

Dane hob den Kopf leicht an und antwortete scharf: „Jim."

Ich schluckte. „Willst du einen Kaffee? Ich habe zwar gerade einen getrunken, aber eine zweite Tasse wäre nicht schlecht.“ Ich spürte dabei den Druck meiner Blase und hoffte, nicht so elend herausgefordert zu werden, dass ich mich noch einnässen würde. „Gerne“, hörte ich ihn antworten. Ich konnte ihm nicht den Rücken zuwenden, wusste ja von seiner Waffe, so wies ich mit der Hand zum Küchenstuhl. „Prima, setz dich. Trinken wir zusammen.“

Dane kam meiner Aufforderung nach und ich nutzte die Gelegenheit zu einem unauffälligen Rückzug zur Kaffeemaschine. Erleichtert ergriff ich die Kanne, nahm eine Tasse vom Regal und setzte mich zu ihm an den Tisch. Da bewirtete ich ihn tatsächlich in seinem eigenen Haus. Die heiße Kanne ließ ich auf dem Tisch stehen. Vorsicht galt als oberste Regel der Vernunft, um zu verhindern, was ich dann später doch nicht verhindern konnte.

Wir prosteten uns durch eine leichte Geste zu, wobei ich mich bemühte, die Hände meines Freundes im Auge zu behalten. Irgendwo trug er die Waffe verborgen bei sich, und ich dachte nur daran, ihn hinzuhalten. Die Ablösung musste gleich kommen. Ich fragte mich, wie er nur diesen Zeitpunkt so exakt hatte abpassen können? Es schauderte mich. Hatte er uns etwa die ganze Zeit über beobachtet? Hinhalten, dachte ich wieder. Es konnte mein Leben retten. Ich wusste ja nicht, was Dane noch alles vorhatte. Worüber sollte ich mit ihm sprechen? Ich dachte angestrengt nach und musste wieder schlucken. Überraschenderweise zitierte Dane eine eigenartige Aussage: „Das habe ich getan, sagt mir mein Gedächtnis. Das kann ich nicht getan haben, sagt mein Stolz und bleibt unerbittlich – das Gedächtnis gibt nach.“

Ich starrte ihn irritiert an und hatte Mühe, diesen Worten zu folgen, doch dann verstand ich. „Woher hast du das?“

„Freud.“

„Freud?“

„Ja, es hat in deinem Buch gestanden, als du bei mir in der Klinik warst. Dr. Hendell hat es mir auch noch einmal verdeutlicht. Er legte es als Grundlage für meine Verdrängung aus. Interessant, fand ich."

„Finde ich auch. Was hat Dr. Hendell sonst noch gesagt?"

Dane grinste. „Viel."

„Erzähl mal. Interessiert mich."

„Warum?"

Herrgott!, dachte ich und konnte Danes Veränderung kaum Glauben schenken. Ruhig, ganz ruhig, befahl ich mir. „Gut, lassen wir das." Ich blieb stumm und überließ Dane das Reden.

„Willst du die Heddon-Farm sehen?"

Gott, hilf mir!, durchfuhr es mich erneut, und ich erkannte die Falle, in die er mich locken wollte. Nichts einfacher, als mich dort abzuknallen. Niemand würde vorerst vermuten, dass ich dort läge, während Dane schon über alle Berge wäre.

Verzweifelt suchte ich nach einer glaubwürdigen Antwort. „Ja, gerne. Aber erst, wenn Linda kommt. Sie wird wohl gleich hier sein. Ich will den Kauf nicht alleine entscheiden." Linda! Wie ein Schmerz durchfuhr mich der Name. Ich musste überleben, schon alleine für sie und das Baby, auf das wir uns so freuten.

„Linda?"

„Ja! Sie wollte dabei sein."

„Aber Linda wird nicht kommen."

Seine Bemerkung traf mich zutiefst! Hatte Dane ihr etwas angetan? Hatte er sie gefunden und sie verletzt? Oder gar getötet? Ich wollte aufspringen, ihm an die Kehle gehen, aber dann erkannte ich auch diese Falle, in die er mich locken wollte. Ruhig, ganz ruhig. „Warum sollte sie nicht kommen?", fragte ich.

„Weil sie Angst vor mir hat."

„Warum sollte sie Angst vor dir haben?"

Dane verspürte Unbehagen. Sein Machtgefühl schwand. Er überlegte: „Weiß nicht. Sag es mir."

Ich zuckte so locker wie möglich mit den Schultern und sagte: „Also warten wir auf Linda. Einverstanden?"

Dane war damit gar nicht einverstanden. Wieder wollte jemand die Kontrolle über ihn ausüben und in seinen Blick begann sich Zorn zu schleichen. Ich roch plötzlich seinen Schweiß. Mir fiel der Brief ein, den Dane kürzlich an mich geschrieben hatte. „Was hältst du von einer neuen Corvette? Bei uns in Santa Ana gibt es einen Händler, der hat ein weißes Modell mit vielen Extras auf dem Hof. Zwar von 74, aber … was sagst du dazu? Ist doch fast das gleiche Modell."

Damit konnte Dane momentan überhaupt nichts anfangen. Ein neuer Wagen war das Letzte, an das er jetzt denken wollte. „Wann kommt Linda?", fragte er.

„Gleich."

„Ich hab nicht viel Zeit. Ich muss noch zu Sarah."

Wusste er nicht, dass Sarah inzwischen verlegt worden war? Sein ewiges zweideutiges Reden machte mich ganz konfus. Alles, was er sagte, konnte man in zwei Richtungen jagen, dann aber auch meist in die grundverkehrte. Das war eine Regel, nach der er jahrzehntelang gelebt hatte, und die ich nun durchschaute. Mir wurde klar, dass Dane schon immer anders gedacht hatte als andere. Ich begann unruhig auf dem Stuhl herumzurutschen und hörte plötzlich, wie sich ein Wagen näherte. Endlich! Ich schluckte und sah ermutigt ins Wohnzimmer zu der Waffe. Dane vernahm ebenfalls das Geräusch des herannahenden Wagens und ging zum Fenster. Er zog die Gardinen zur Seite und sah einen Polizeiwagen den Hof überqueren. Sein Griff zur Waffe war schnell, und er zielte auf mich. Ich sprang erschrocken auf, als er den Lauf auf meinen Kopf richtete. Sein Atem beschleunigte sich. Er fühlte sich betrogen. „Du Schwein! Das ist nicht Linda! Es sind die Bullen!"

Ich holte tief Luft.

„Halts Maul, hörst du? Ein Ton, und ich puste dir den Schädel weg!"

Diese Drohung gab mir kaum die Möglichkeit zu antworten.

Dane positionierte sich hinter der Eingangstür – immer noch meinen Kopf im Visier. Ich wagte es kaum zu atmen und stand bewegungslos vor meiner kalten Tasse Kaffee. Mir blieb nichts anderes übrig, als auf die Dinge zu warten, die dann geschahen.

Meine Waffe lag unerreichbar weit, und die Telefonleitung war tot. Die einzige Verbindung zur Außenwelt befand sich in diesem verdammten Polizeiwagen, der nun unverrichteter Dinge vor dem Haus parkte. Die Chance, an das Funkgerät zu kommen, war gleich null. Dane hatte seine Zielsicherheit bereits im Krankenhaus unter Beweis gestellt. Wieso konnte er nur so verdammt gut mit der Waffe umgehen, sie gebrauchen, als wäre sie schon immer ein lebenswichtiger Bestandteil in seinem Leben gewesen? Das war mir ein Rätsel. Ich dachte plötzlich an Linda und das Baby und unterdrückte mühsam Tränen der Angst.

Sergeant Bucks öffnete die Tür und flötete ein fröhliches „Guten Morgen“ in die Küche, als ihn ein Schuss in den Hals zu Boden gehen ließ. Mitten in die Hauptschlagader! Er fiel wie ein nasser Sack um und blutete und blutete. Ehe ich einer Bewegung fähig war, starrte ich erneut in die Mündung seiner Waffe. Danes Flinkheit war unübertrefflich.

„DANE!!“, entwich es mir ungewollt.

„Ja … Ich?“

„Wie kannst du das tun? Er hat dir nichts getan!“

„Er war auf meiner Farm. Das war ein Fehler.“

„Aber ich bin auch auf deiner Farm! Willst du mich jetzt auch umbringen?“ Meine Hände öffneten sich zu beiden Seiten, als empfinge ich einen Segen. „Dann tu es jetzt, du Wahnsinniger! Du bist ja krank!“ Ich wusste nicht, welch Verrückter aus mir sprach, aber dieser bemächtigte sich meiner Stimme und meiner Sprache und erntete nur ein hässliches Lachen.

„Ja, vielleicht. Vielleicht hast du recht.“ Danes Stimme klang vulgär und zu meinem größten Erstaunen fand sie plötzlich den Ton einer flehenden, ängstlichen Stimme: „Aber ich will dir nichts tun. Verstehst du das? Jim! Ich WILL nicht!“

„Du bist ein Psychopath“, entfuhr es mir wieder ungewollt.

Dane straffte seine Haltung und wurde wieder ernst. „Ja, Jim, das stimmt. Ich habe euch alle getäuscht. Ich bin nicht der, den ihr kennt. Ich bin besser, nahezu brillant! Du weißt ja gar nicht, wie ich wirklich bin, was ich fühle, was ich empfinde. Ich habe es genossen, euch alle an der Nase herumzuführen. Und niemand hat auch nur das Geringste gemerkt!"

Ich glaubte nicht, was ich da hörte und sah. Es war nicht nur die veränderte Stimme, es war auch das veränderte Gesicht – beinahe Will Geltons Gesicht. Auch wenn ich es nur einmal kurz gesehen hatte, so hatte Dane doch Gesichtszüge, die ihm enorm ähnelten. War es die Stimme, die Sarah in der Scheune gehört hatte?

„Was gemerkt? Was sollen wir nicht gemerkt haben?", fragte ich nach.

„Alles. Auch die Inszenierung mit dem falschen Namen. Sogar die Behörden haben es mir abgenommen. Lächerlich! Es war so einfach, einen Ausweis zu fälschen. Ihr wusstet auch nicht, dass ich die ganze Zeit in engem Kontakt zu meinem Vater stand!"

„Dein Vater?!" Ich glaubte nicht, was ich hörte. Jetzt bekam ich endlich die Bestätigung für meine verdrängte Vermutung. „Dein Vater war doch angeblich tot!"

„Ja, das dachte ich auch. Bis zu dem Moment, als er auf mich schoss. Da war mir klar, dass er seinen Tod nur inszeniert hatte. Wir haben dann ein tolles Spiel gespielt. Ja, wir haben Spaß gehabt. Ihr habt dann alles mit eurem Helfersyndrom kaputtgemacht!"

„Seit er auf dich schoss?", fragte ich.

„Seit ich das Lokal hatte."

„Ich verstehe nicht! Was für ein Spiel?"

„Siehst du! Du hast es auch nicht bemerkt. Wir haben ein Jagdspiel gespielt."

Ich schluckte und musste es wiederholen, um es auch wirklich zu glauben: „Ein Jagdspiel? Was habt ihr gejagt?"

„Na, uns! Er versuchte, mich zu töten. Ich habe gut aufgepasst, und mir ist nichts passiert. Dann habe ich ihn gejagt. Und erwischt! Ich bin der Gewinner!"

Ich konnte es nicht fassen und hatte tausend Fragen: „Wann habt ihr das Spiel angefangen?"

„Ach, Gott! Wann war das? Johnathan und ich hatten gerade das Lokal eröffnet. Hast du das Einschussloch in der Tür des *Running Horse* nicht gesehen?"

Ich schüttelte den Kopf. Ein Einschussloch?

„Es ist aber da. Das war sein erster Schuss auf mich gewesen. Ich hatte echt Glück. Er hatte mich nicht getroffen."

„Ich verstehe das Ganze nicht. Das musst du mir schon näher erklären."

„Ich dachte doch, er wäre tot."

„Das dachten wir alle."

„Er war aber nicht tot. Er hat sich einfach nur aus dem Staub gemacht. Dann kreuzte er eines Tages in Glendale auf. Einfach so. Er schoss auf mich, einfach so."

„Einfach so! Kaum zu glauben!"

Dane kehrte einen Moment in sich. Ich fuhr fort: „Du warst der einzige überlebende Sohn, der über seine Vergangenheit Bescheid wusste, nicht wahr? Du wusstest, dass er getötet hatte."

Dane sah auf und begann plötzlich ein völlig unbekümmertes Gespräch mit mir zu führen. „Ja, ich wusste zu viel von ihm, das stimmt."

Das ermutigte mich, ihn auszufragen: „Warum hast du deinen Namen damals in Glendale geändert? Es war doch keine Notwendigkeit. Du hattest doch einen einwandfreien Leumund mitgebracht. Was also sollte der Namenswechsel?"

Dane sah mich an. Sein Blick wurde bitter.

Sei auf der Hut, flüsterte das Loch. Er lockt dich in eine Falle.

Dane sagte: „Kannst du dir das nicht vorstellen? Ich war ein Gelton. Ein *Gelton*! Ich wollte kein Gelton mehr sein. Ich fuhr Tausende Meilen von Kansas fort, um alles loszuwerden. Ich wollte doch nur ganz neu anfangen! Wie konnte ich das, wenn ich einen Sack voller Erinnerungen mit mir herumschleppte? Ich wollte nicht, dass irgendeiner herausbekam, woher ich komme. Ich wollte überhaupt nichts mehr von meiner Vergangenheit!“

Ich nickte. Das verstand ich. Doch dann interessierte mich noch etwas anderes: „Hast du die ganze Zeit von dem Tod diener Brüder gewusst, oder hast du die Geschichten tatsächlich verdrängt?“

Dane begann mit seinem rechten Bein zu wippen. „Ich kann mich nicht mehr erinnern“, sagte er leise, ja fast bemitleidenswert. Dann wurde er nervös. Das machte auch mich wieder nervös. Ich fragte: „Warum bist du damals nicht zur Polizei gegangen, als dein Vater auf dich geschossen hat? Das hätte dir eine Menge Ärger erspart.“

Sag es ihm nicht, flehte das Loch. Mach es nicht kaputt! Vernichte uns nicht!

Still!, zischte Dane. Ich weiß, was ich tue.

Dane schwieg eine geraume Zeit, dann sagte er: „Weil das nicht so amüsant gewesen wäre.“

Amüsant? Ich war zutiefst verwirrt. Was war an einem Attentat amüsant? Ich fragte nach.

Sag's ihm nicht, flehte das Loch. Du machst alles kaputt! Du machst mich *kaputt!*

„Es war aufregend, von ihm gejagt, aber nicht erwischt zu werden!“ Jetzt war es raus! Dane erzählte: „Es hat Spaß gemacht, endlich stärker und besser zu sein als er. So kam das Spiel zustande. Sei es in einer Gasse oder in einer Kneipe oder einfach nur im Park. Sogar im Lokal tauchte er einmal auf. Draußen auf dem Hinterhof hab ich ihn dann gekriegt.

Da habe ich das Jagdspiel offiziell für uns beide eröffnet. Seitdem habe ich ihn ebenfalls gejagt wie einen räudigen Hund! Er sollte die gleiche Angst spüren, die ich jahrelang gespürt habe. Und es hat mir Spaß gemacht!“

„Was hast du mit deinem Vater alles gemacht?“

„Mal dies, mal das. Manchmal hat er von mir eine aufs Maul bekommen, manchmal hab ich ihn mit meiner Waffe ein bisschen angekratzt. Er hatte Glück, dass ich oft nicht so gut drauf war, sonst wäre er damals schon vor die Hunde gegangen. Aber ich wollte Spaß, den Spaß, ihn leiden zu sehen. Wie gesagt, den gleichen Spaß, den er damals mit mir gehabt hatte. Hatte ich nicht ein Recht darauf?"

„Hat dein Vater das Spiel auch so gesehen?"

„Anfangs nicht, doch dann hatte er es kapiert. Wir waren uns im Laufe der Zeit ziemlich ähnlich geworden. Man könnte fast sagen, wir waren uns endlich *mal näher gekommen*!"

Ich dachte unwillkürlich an die unzähligen Flaschen Gin, die Johnathan ständig hinter dem Haus in der Glastonne gefunden hatte. Hatten sie zu dieser Einstellung beigetragen? War Dane ein Alkoholiker, der sich um den Verstand gesoffen hatte? Nein, er hatte den Gin als Beruhigungsmittel eingesetzt, sich regelrecht betäubt. Wie kalt musste man sein, um einem Menschen nach dem Leben zu trachten? Das Gesetz hätte seinen Vater doch kurzerhand aus dem Verkehr gezogen. Aber nein, Dane musste etwas Besonderes daraus machen. Es musste etwas in ihm gewesen sein, dass ihm Erregung geschenkt haben musste, wenn er daran dachte, wie amüsant es ohne Polizei werden konnte. Das war krank! Wie gut jetzt alles zusammen passte! Nie Durchschaubares wurde durchschaubar. Die Treffsicherheit von Dane mit der Waffe war uns allen ein Rätsel gewesen, dabei war die Lösung so nahe. Unzählige Schüsse auf seinen Vater dienten ihm als beste Übung zur Sicherheit. Ich glaubte das alles nicht. „Du hast uns nie von deinem Vater erzählt. Warum nicht?"

„Sollte ich mein eigenes Todesurteil aussprechen? Ich hatte genauso kriminell gehandelt wie er. Ich war keinen Pfifferling mehr wert. Was, wenn ich ihn getötet hätte? Ich gewinne ein Spiel und gehe in den Knast dafür? In den Knast für die Schmerzen meiner Kindheit? Nein! Nein! Dafür war mir die Sache viel zu … zu heilig."

„Warum, verdammt nochmal, hast du nicht alles abgebrochen, ehe es kriminell wurde?"

„Es war die Lust, die zählte. Die Lust, ihn zappeln zu sehen, ihn zu quälen."

Ich ermüdete und wiederholte mich: „Aber du hättest doch einfach nur alles der Polizei erzählen brauchen."

„Jim, die hätten mich doch in die Klapsmühle gesteckt! Du kennst mich immer noch nicht. Es war nicht der einfache Weg, den ich gehen wollte, es war der Reiz, wie weit ich gehen konnte, wie weit er gehen konnte, ohne dass es jemand bemerkte. Er liebte genau wie ich das Extreme. Ich glaube, es hat ihm genauso viel Spaß gemacht wie mir."

Ja, dachte ich, bis der Spaß aufhörte. Mir kam plötzlich der Überfall auf der Palloma Street in den Sinn. Sollte auch dieser Fall damit zusammenhängen? „Was war auf der Palloma Street passiert? War das auch eines eurer Spiele? War das *sein* Schachzug gewesen?" Ich sah, wie sich Danes Gesichtsausdruck veränderte. Aus dem machtbesessenen Blick wurde plötzlich ein gequälter. „Was?", fragte er verwirrt nach. Ich wiederholte meine Frage: „Na, auf der Palloma Street. Joan. Deine Vergewaltigung." Mir wurde etwas übel bei dem Gedanken.

„Ja", flüsterte Dane. „Das war sein letzter Versuch."

Ich ergänzte: „Da stand bei dir bereits fest, dass du ihn beim nächsten Mal töten würdest?"

„Ja."

„Wusstest du, dass dein Vater in Arizona im Gefängnis saß?" Dane nickte. Klar!

„Warum saß er wirklich?", fragte ich. Mir schwante Übles. „Hat er die drei Menschen getötet?"

Dane sah mich an. „Woher weißt du davon?"

„Na, Whiseman hat davon erzählt."

„Was hat er erzählt?"

„Dass mit deinem Vater noch eine weitere Person bei dem Überfall anwesend war. Warst *du* das?" Ich sah ihm in die Augen, die sich meinem Blick zu entziehen versuchten.

Verflucht! In was war ich da hineingeraten? Ich traute mich nicht weiter zu fragen, doch es ließ mir keine Ruhe. „Hast *du* geschossen?"

„Nein."

Jetzt war mir alles klar: „Du hast ihn schießen lassen, nicht wahr? Aber du bist mit dem Geld des Geschäftsmanns abgehauen, stimmt's? Und mit allen Unterlagen."

Dane grinste.

„Dann warst auch du derjenige, der das Geschäft mit ihm eingefädelt hatte. Was war es? Hast du ihm das *Running Horse* zum Kauf angeboten? Für 250 000 Dollar? Und Johnathan dazu?"

Dane hörte mit diesem dämlichen Grinsen nicht auf. Es machte mich wahnsinnig! „Wo ist das Geld geblieben?"

Dane sah hinüber zur Scheune und sagte: „Sieht doch gut aus, das neue Ding. Weißt du", sagte er weiter, „wenn ich in eine Sache einsteige, dann richtig oder gar nicht. Hast du je gemerkt, was um dich und Johnathan herum abgelaufen war?"

„Nein, hab ich nicht."

„Hast du je gemerkt, dass ich abends vollkommen erledigt bei der Arbeit im Lokal war? Oder Hinweise auf einen Krieg gezeigt habe, der neben euch ablief?"

„Nein."

„Und du zweifelst an meiner Genialität?"

Ich schwieg erschüttert. Dann fragte ich: „Wie hast du es geschafft, die Sache im Krankenhaus durchzustehen?"

Grinsen. „Perfektion! Komplett! Total! Du stehst über den Schmerzen, du stehst über dir selbst. Du nimmst eine Person an, die das bietet, was erwartet wird. Ihr habt mich dazu gezwungen, die Geschichte weiterzuspielen. Was hättest du gesagt, wenn ich aufgestanden und einfach nach Hause marschiert wäre?"

„Du hattest dich absolut nicht unseren Erwartungen gemäß verhalten. Wir hatten erwartet, dass du wieder zu dir kommst, mit uns redest, Betroffenheit zeigst, dich verletzt fühlst, aber auch wieder aus der Sache herausfindest. Du hast deinen Charakter gebrochen und den eines anderen Menschen angenommen, der uns sehr verwirrt hat."

„Spiel im Spiel."

„Wie meinst du das?"

„Es begann Spaß zu machen, zu sehen, wie Ihr euch alle sorgt. Wie ihr alle verwirrt wart und was ihr ohne mich tun würdet. Ich habe es genossen."

„Es war zu doll!"

„Ich liebe das Extreme."

„Du hättest es abbrechen müssen!"

„Warum? Es ging mir gut."

„Wegen Vancouver!"

Stille. Ich sah erneut die Wut in ihm aufsteigen. „Ja, Vancouver! Was hast du dir dabei gedacht? Die haben mich mit Tausenden von Elektroden verkabelt, um herauszufinden, ob ich bekloppt bin! Ja, da wurde mir klar, dass ich das Spiel zu weit getrieben hatte!"

„Es war doch nur ..."

„Scheiße war das! Meinst du, ich habe das alles nicht mitbekommen? Ihr Schweine habt mich von Kopf bis Fuß festgebunden! Wie sollte ich mich wehren?"

„Du konntest doch reden, endlich das verdammte Schauspiel abbrechen! Warum hast du es nicht getan?"

„Ihr habt mich taubgespritzt!"

„Taubgespritzt?" Ich glaubte es nicht!

„Ja! Im Labor! Die vielen Spritzen! Meinst du, die haben mir nur Blut abgenommen? Die haben mich mit Valium vollgepumpt, bis es mir aus den Ohren kam! Ich konnte nicht mehr reden und mich nicht mehr bewegen!"

Mir wurde schwindelig. Die Ärzte in Vancouver hatten alles vermutet, und ich hatte alles angezweifelt! Dabei hatten *sie* recht gehabt! Alle! Dane war nicht nur auf dem besten Weg, sich zu einem gefährlichen Psychopathen zu entwickeln, er war bereits einer gewesen! Alle hatten mit der Kälte im Kopf recht gehabt. Sie wollten noch weitere Tests durchführen, aber ich hatte es nicht zugelassen, war durch die illusionäre Freundschaft zu diesem Monster geblendet gewesen. Ich hatte alle Warnsignale übersehen, mir eingebildet, dass sie sich im Unrecht befanden. Dabei hatte immer nur einer Unrecht, und das war *ich*. Meine durch und durch schlechte Menschenkenntnis traf mich hart und raubte mir einen weiteren Funken meiner Kraft. Hätte ich damals den Ärzten in Vancouver nur ein bisschen Glauben geschenkt, dann wäre Vieles vermieden worden. Was hätte ich nicht alles verhindern können. Drei Tote! Oder vielleicht sogar mehr? Ich hatte sie auf dem Gewissen! „Aber die Klinik in Dallas“, wollte ich wissen, „was war da mit dir passiert?“

„Ja, stell dir vor, fast hättet ihr mich in die Klapsmühle bringen lassen. Gar nicht auszudenken, wenn ich da gelandet wäre. Mein Vater hätte sich totgelacht.“

„Warum hast du uns nicht gebremst?“

„Irgendwie hat es auch Spaß gemacht.“

„Spaß?? Du Spinner! Was war dein wirklicher Grund, dort zu bleiben?“

„Sarah.“

„Sarah?? Was hatte sie damit zu tun?“

„Sie hat mich zur Vernunft gebracht. Schon in der ersten Woche, als ich sie kennenlernte, ist mir klar geworden, dass alles aufhören musste. Aber das war nicht so einfach. Ich musste erst einmal eine Strategie entwickeln.“

„Es war dir zu gefährlich geworden, stimmt‘s?“

Dane wurde unwohl. Ihm war nichts zu gefährlich. „Man kann sich nicht allen Welten gleichzeitig stellen.“

„So ist es“, bemerkte ich und vollendete seine Gedanken: „Also musstest Du einen Weg finden, deinen Vater endgültig loszuwerden, richtig? Damit Sarah in dein Leben konnte. Doch sie war nicht so leicht zu täuschen wie Johnathan oder ich, stimmt‘s?“

Dane grinste mich an. „Es wurde Zeit, mich wieder in normale Bahnen zu lenken.“

Normale Bahnen!! Ich redete, von Neugier getrieben, weiter: „Erzähl mir von deiner neuen Strategie. Dein Vater saß im Gefängnis. Wie hast du es geschafft, ihn in diese Klinik zu bekommen?“

Dane holte tief Luft: „Ich brachte die Wahrheit ans Tageslicht. Davor hatte er am meisten Angst.“ Er setzte eine kindliche Fratze zur Schau. „Ich musste mir etwas einfallen lassen, was euch überzeugte. Also musste ich erstmal an meinem Verhalten arbeiten. Ein gutes Gemisch von Verhaltensstörungen und dann die Träume. Die Auflösung eines Verdrängungsprozesses ist mir doch wirklich gut gelungen, findest du nicht?“

Absolut! „Du hast nie unter einer Verdrängung gelitten!“

„Richtig!“

Ich schüttelte den Kopf und konnte es nicht glauben. „Du hast Roosevelt und mich vollkommen getäuscht!“

„Das war nicht schwer, aber dass du aufkreuzen würdest, konnte ich ja nicht ahnen. Du hast es nur etwas komplizierter gemacht. Durch dich musste ich meine Träume auch leben.“

„Du hättest Roosevelt sonst nur erzählt, dass du geträumt hast.“

„Genau. Ich habe mich damals sehr über dich geärgert. Weißt du, wie schwer es ist, sich in Träume hinein zu schlafen und alles wieder wirklich zu fühlen? All die Wut, den Hass?“

„Ich dachte, es hätte dich entlastet! Ich dachte, du wärst vor Kummer um deine Vergangenheit fast eingegangen!“

„Ich war sauer! Das war alles! Du hast mit Johnathan begonnen zu recherchieren. Ihr seid der Geschichte viel zu schnell auf die Schliche gekommen. Du hast mich wie eine Zitrone ausgepresst, hast in meinem Apartment herumgeschnüffelt, mir Sachen geklaut, die dir rechtlich nicht zustanden.“

„Du redest von *Recht*? Das ist ja lächerlich!“

Dane spannte den Hahn. Ich riss mich zusammen. „Wusste Johnathan von deinem Spiel, deinem Vater?“

„Woher denn?“

Ich war fassungslos. „Was war mit deiner Stummheit?“

„Hat es nie gegeben. Es untermalte nur hervorragend meine Rolle.“

Ich war's, nicht du!!, ärgerte sich das Loch. Ich habe dich stumm gemacht. Schmücke dich nicht mit fremden Federn!

Ich fragte: „Du hast von Anlocken gesprochen. Du wolltest deinen Vater in die Klinik locken. Die Geschichte war nun auf dem Tisch. Wer hatte sie deinem Vater zugetragen?"

„Rhyan."

Ich schluckte. „Rhyan?? Woher weißt du das?"

„Er kam irgendwann einmal völlig aufgelöst zu mir und erzählte mir von seinen Schulden. Dass er sich nebenbei etwas Geld verdienen musste. Und auf welchen Deal er sich eingelassen hatte. Rhyan war nicht sehr klug. Ich bot ihm ebenfalls Geld an, mehr als mein Vater, wenn er die Informationen weitergeben würde, die ich bestimmte. Das machte Vieles leichter. Es war ein guter Deal. Und Rhyan brauchte sich keine Sorgen darüber machen, ob er etwas falsch machte."

„Das heißt, bei deinem Vater sind von dir gesteuerte Informationen angekommen?"

„Und die Waffe."

„Du hast ihm die Waffe organisiert? Wie?"

„Rhyan."

„Rhyan hat ihm die Waffe gebracht?"

Dane nickte. Ich hätte nachfragen sollen, wie er das wieder eingefädelt hatte, denn man kommt doch nicht so einfach mit einer Waffe in ein Gefängnis hinein, doch meine Gedanken waren bei Rhyan. „Deswegen hat er sich umgebracht. Ihr habt ihn in ein kriminelles Netz verwickelt. Er hat dafür gesorgt, dass dein Vater ein gutes Timing für den Ausbruch erhielt und war dadurch indirekt an dem Tod deines Vaters beteiligt. Das hat er nicht verkraftet."

„Könnte man so sagen."

Ich stellte fest: „Du hast deinen Vater getötet, stimmt's?"

„Ja."

„Und ich habe dich gedeckt dabei!"

„Danke."

„Du hast auch Rhyan den Ledergürtel zugesteckt, mit dem er sich erhängt hat!“

Dane nickte. Ich war erschüttert. Wie viele Leichen hatte Dane für dieses Spiel noch hinterlassen? Ich hörte, wie er weitersprach: „Rhyan war sehr sensibel. Er hätte den Prozess nicht durchgehalten. Eigentlich zu schade. Man konnte guten Sex mit ihm haben.“

Ich starrte Dane an. Sex mit ihm? „Du … du bist bisexuell??“

„Ja.“

Nun wurde es für mich anders unangenehm, nicht wegen einer bisexuellen Neigung. Ich habe absolut nichts gegen Bisexuelle. Ich glaube, ich war durch meine komplette Fehleinschätzung entrüstet, diese Neigung nie bei ihm bemerkt zu haben. Wie oft hatte ich ihn mit Frauen flirten und im Apartment verschwinden sehen. Es war nie ein Mann dabei gewesen. Ich habe ihn niemals im Umgang mit Männern als auffallend empfunden. Er war mit einer Frau verheiratet! Wusste Sarah das? Ich musste schlucken und schlussfolgerte weitere Zusammenhänge: „Du hast Rhyan Geld für Sex gegeben!“ Diese Feststellung musste raus.

„Ja. Er konnte es ja gut gebrauchen.“

Ich konnte nicht widerstehen: „Hat er alles für Geld gemacht?“

Dane grinste.

Ich wollte mir über Danes Sexphantasien gar keine Gedanken machen, es ging mir um die kriminelle Tat, die dahinterstand. Und doch war meine Neugier gerade stärker als der Wunsch, alles zu verstehen. „Rhyan hatte sich durch dich in ein Milieu von Erpressung und Mord begeben.“

„Ja, das hatte er“, verstärkte er noch einmal mit einem breiten Grinsen.

„Du hattest also in der Klinik auf deinen Vater gewartet. Du hattest die Klinik als Treffpunkt genutzt, um das Spiel endgültig zu beenden. Hattest du keine Angst um Sarah, dass du sie in Gefahr bringen könntest? Immerhin war dein Vater mit Mordabsichten unterwegs.“ Jetzt hatte ich einen wunden Punkt erwischt. Dane stockte in seiner Erzählung. „Deswegen habe ich sie gebeten, am Tag meiner Abreise im Zimmer zu bleiben."

Ich nickte. Auch das war wahr. Sarah hatte sich an dem Tag nicht von ihm verabschiedet. Das hatten sie in der Nacht zuvor abgesprochen. Mich quälte noch eine andere Frage: „Warum hat Rhyan dich töten wollen, als alles vorbei war?"

„Sag es mir."

„Er hatte Angst, dass du ihn auch umbringen würdest", sagte ich verbittert. „Er wusste, dass du krank bist, nicht wahr?"

Dane wurde zornig und sagte: „Nein … nein, Jim! Ich bin nicht krank! Ihr...", und er zeigte mit dem Finger auf mich, „ihr redet mir nur die ganze Zeit ein, dass ich krank bin. Was habe ich getan? Die ganze Zeit habe ich mich nur gewehrt! Ich habe niemals angegriffen! Ich bin kein gewalttätiger Mensch!"

Ich schwieg und hörte eine Welle der Empörung über mich hinwegrauschen. Während er vor Wut sprühte, dachte ich an Rhyan. Der arme Kerl. Er hatte das Gewaltpotential von Dane erkannt und wollte die Chance nutzen, ihn zu vernichten, als er angeschossen auf der Krankenstation lag. Im Grunde wäre es eine gute Tat gewesen. Es hätte viele Opfer erspart. Es hätte auch sein eigenes Leben gerettet. Die Angst Rhyans Dane gegenüber musste gewaltig gewesen sein. So unerträglich, dass er nur diesen einen Ausweg sah. Dane musste ihn in der Zelle stark unter Druck gesetzt haben. Dann saß ich im gleichen Boot wie er. Dane hielt auch mir sinnbildlich den Gürtel zum Erhängen entgegen.

Als Dane sich wieder beruhigt hatte, fragte ich leise: „Warum die Farm? Das Glück mit Sarah?"

Nun stockte Dane. Er schluckte. Seine Gesichtszüge wurden weicher. „Ich habe mich in sie verliebt, schon am ersten Tag. Mit ihr sah ich die Chance, ein normales Leben zu beginnen und mir zu beweisen, dass es auch ohne den Kitzel funktioniert."

Man höre: KITZEL!! Als wenn das Töten von Menschen ein *Kitzel* wäre!

Er fuhr fort: „Ich wollte ihr beweisen, dass ich als ganz normaler Mann leben kann."

Ihr beweisen? Oder sich selbst beweisen? „Dann, wenn dein Vater aus dem Spiel wäre."

„Genau."

„Was ist passiert?"

„Es hat nicht funktioniert."

„Dein Kitzel fehlte."

Dane nickte.

Ich ergänzte seine Gedanken: „Anfangs war alles ganz leicht, weil es neu war. Und du warst wahnsinnig glücklich. Hast gedacht, na, das läuft ja prima. Was sollte noch schief gehen? Aber dann begann sich Vieles zu ändern. Von heute auf morgen peitschten so viele dumme Sachen auf dich ein – andere Sachen, als du es gewohnt warst. Sachen, die fremdbestimmt waren. Du hattest deine Macht verloren. Deine Corvette war hin, die Heddons verstarben, Sarah hatte sich sterilisieren lassen, und so weiter. Alles schlechte Sachen für dich. Aber so ist das Leben nun mal, wenn man es in normale Bahnen lenkt."

Hörst du!, schrie das Loch. Selbst Jim hat die Wahrheit erkannt! Du wärst besser allein geblieben!

„Sei still!!", schrie Dane.

Schrie er mich oder schrie er das Loch an?

„Ich wollte das alles nicht!", schrie er weiter.

„Was wolltest du nicht?!", schrie ich zurück!

„Dass sie sich sterilisieren lässt!"

„Aber sie hatte einen Grund dazu!"

„Nein, hatte sie nicht!"

„Wie bitte?"

„Wie kann ich von vornherein beurteilen, ob ich ein krankes oder gesundes Kind zur Welt bringe? Dass mein Vater krank war, sprach nicht dafür, dass mein Kind auch krank werden würde."

„Sie dachte dabei nicht unbedingt an deinen Vater!"

Dane wurde nervös, denn er verstand mich durchaus. „Was war passiert, nachdem Sarah sterilisiert war?“, fragte ich weiter.
„Ich weiß nicht. Ich … ich war einfach nicht in der Lage, das hinzunehmen. Als ich dann auf Sarahs Bitte hin diesen Psychiater aufsuchte, entstand dieses große Dilemma. Wer konnte denn ahnen, dass Sarahs Mann auftauchte und so etwas anrichtete? Jetzt ist alles aus! Sarah will mich nicht mehr sehen! Sie gibt mir keine Gelegenheit, alles zu erklären!“
Das stimmte. Sarahs Exmann hatte tatsächlich die verfahrene Situation eskalieren lassen, aber es hätte nichts an Danes Zusammenbruch geändert, höchstens den Zeitpunkt. Irgendwie war ich gerührt und entsetzt zugleich. Warum hatte Sarah ihm nicht die Gelegenheit gegeben, sich weiterhin an einen Psychiater zu wenden? Die Antwort lag plötzlich klar auf der Hand, und ich sagte: „Vielleicht ist sie deine Erklärungen leid.“
Dane nickte. „Sie hat sich so entschieden. Ich kann es nicht mehr ändern.“
Das hörte sich so einsichtig wie alarmierend an. Im Laufe dieses Gespräches, das sich über eine lange Zeit hingezogen haben muss, habe ich nicht an die Gefahr gedacht, in die ich mich begab. Dane hatte sich so aufrichtig all meinen Fragen gestellt, dass es mir nicht in den Sinn kam, mir damit mein eigenes Todesurteil zu schaffen. Er würde mich nie mit diesem Wissen je wieder in die Freiheit lassen!
„Was hast du jetzt vor?“, fragte ich und wusste, dass es nun wirklich gefährlich wurde. Ich sah angewidert zu der Leiche des Polizeibeamten an der Tür, die inzwischen von einer großen Blutlache umgeben war. Ich hörte Dane sagen: „Jetzt muss ich auch dieses Spiel beenden. Es heißt überleben, Jim. Um jeden Preis.“
Meine Anspannung, mit der ich ihm die ganze Zeit gegenüberstand, wechselte in große Unruhe, und ich schrie plötzlich wutentbrannt: „Sarah hat dich durchschaut! Von Anfang an!“
Das war die Sprache, die er sprach, und unsere Aggressionen schaukelten sich wieder hoch. Er schrie zurück: „Zu früh! Sie gab mir keine Chance, mit dem Entzug alleine fertig zu werden!

Sie mischte sich in alles ein! Immer wieder versuchte sie, mich zu bevormunden!"

„Sie war besorgt! Sie liebte dich! Dein Verhalten hat sie sehr durcheinander gebracht!"

Sein Ton wurde ruhiger. „Vorbei, Jim, vorbei."

„Verstehst du sie?", fragte ich.

Er wiederholte: „Vorbei."

„Okay." Ich gab mich geschlagen, hatte alles gehört, was ich wollte. Dane drehte sich erbost zur Seite. „Herrgott!", rief er, „es ist vorbei!" Dann sah er nach oben, als würde er mit Gott sprechen.

Ich wurde aufmerksam, doch ehe sich mir die Möglichkeit zu einer Handlung bot, hielt Dane die gespannte Waffe wieder unmittelbar vor meine Stirn. „Gib Acht, was du jetzt tust, Jim! Es könnte dich das Leben kosten."

Meine Blase drängte immer mehr; zwei Tassen Kaffee wollten zur Toilette gebracht werden. Ich sah jedoch keine Möglichkeit, dies zu tun. Meine Hoffnung, die Gelegenheit zu bekommen, dies alles der Polizei zu erzählen, wurde immer kleiner, es überhaupt jemandem erzählen zu können. Der Gedanke wurde zu einer unerträglichen Qual in meiner Seele. Ich fühlte mich dreckig, ausgenutzt und missbraucht. Dann fiel mir plötzlich etwas ein: „Was war mit den Tagebüchern deiner Mutter?"

Dane stockte und sah mich wie gelähmt an. „Woher weißt du davon?"

„Sarah hat es mir vor ein paar Tagen erzählt. Was war das für eine Geschichte in der Scheune mit deinem Vater? Noch ein Clou von dir?"

„Was hat sie dir erzählt?"

„Sarah hat dich zweimal beobachtet. Du hast in der Scheune gesessen und mit jemanden geredet, der nicht da war. Es hat sie sehr beunruhigt."

„Dieses Biest!", entfuhr es ihm.

Das Loch jubelte! Endlich verstand er!

„Dane, was ist da in der Scheune mit dir passiert?"
„Nichts!"
„Es war nicht *Nichts*! Eine Lüge oder eine neue Inszenierung?"
Ja, was war in der Scheune passiert? Dane stellte bestürzt fest, wie alles durcheinanderkam. Was war noch real, was nicht? Sein Erinnerungsvermögen lief Amok.
„Hast du dir die Geschichte nur eingebildet? Eine Halluzination?"
„Ich habe keine Halluzinationen!"
„Aber das war doch total verrückt! Du sitzt da, redest mit dir selbst und erfährst von dir ein Geheimnis, das du gar nicht wissen konntest. Wie das?"
„Du machst mich ganz konfus! Ich weiß nicht, wovon du redest."
„Wer hat dir wirklich von den Tagebüchern erzählt?"
Dane konnte sich nicht an die Szene in der Scheune erinnern. An die Tagebücher wohl, aber nicht an die Gespräche mit seinem Vater. Er hatte alles vergessen. Ich vermute, dass es die letzten Worte seiner Mutter waren, als er sie damals halb erstickt in das Krankenhaus von Kansas City gebracht hatte. Ihr Geflüster, das keiner verstanden hatte, weil es so leise und unscheinbar den Weg über ihre Lippen gefunden hatte, sodass nicht einer auf den Gedanken gekommen war, dass sie etwas Wichtiges gesagt hatte. Doch irgendwo hatten sich diese Worte in seinem Verstand eingehakt – leise, fast nicht zu hören –, und er hatte das Versteck der Tagebücher auf diesem schizophrenen Wege abrufen können.
Ich entwickelte eine Strategie: „Was, wenn ich dir helfen könnte, doch wieder ein normales Leben zu führen? Du suchst die Möglichkeit, ein normaler Mensch zu sein."
Dane lachte! „Normal? Wann war ich je normal? Wer wird mir jetzt glauben? Wer wird dir glauben?"
„Wir lassen uns etwas einfallen. Wir sind Freunde. Vielleicht macht es mir ja auch Spaß, die Leute ein bisschen an der Nase

herumzuführen. Deine Geschichten hören sich gar nicht so schlecht an."

„Du bist so scheiße naiv!" Damit zerschmetterte Dane meine Strategie, und ich war seinen Stimmungen wieder ausgeliefert. „Du weißt, dass ich dich nicht einfach laufen lassen kann."

Ich unternahm einen letzten Versuch: „Vertrau mir. Wir lassen uns eine Geschichte einfallen, die wir der Polizei auftischen können."

„Dir vertrauen? Ich habe in aller Öffentlichkeit zwei Menschen getötet! Hast du das vergessen?"

Ja, das hatte ich gerade vergessen!

„Da hört das Spiel für uns auf. Es ist kaputt. Wie willst du einen Krieg gewinnen, wenn du deine Strategie offen auf den Tisch des Gegners legst? Man muss eine Geschichte schon von Anfang an gut inszenieren. Jetzt ist alles zu spät."

„Dein Spiel ist perfekt!", lobte ich ihn. „Dir wird auch jetzt etwas einfallen, wie du, wie wir, aus der Sache herauskommen", sagte ich und spürte, wie mir der Schweiß ausbrach.

„Meinst du?", fragte er.

„Ja", sagte ich vorsichtig, „du bist genial."

„So?"

„Ja", sagte ich noch einmal.

„So?", wiederholte er etwas lauter, voller Ironie.

Dieses verdammte *so* raubte mir den Atem.

„Deine Idee hat nur einen Haken", sagte er und sah kurz zum Fenster.

„Der wäre?", fragte ich zitternd.

„Es wird uns keiner glauben."

Mir wurde schlecht. „Warum?", würgte ich heraus.

„Du bist doch der Realist." Dane lächelte. „Du bist ein verdammt harter Gegner für mich", sagte er und sah mir dabei direkt in die Augen. Ich dachte an seine Philosophie: Wo kein Kläger ist, ist auch kein Richter, und es traf mich wie ein Blitz. Wie konnte ich mit einer Waffe vor der Nase ausweichen?

„Ich will nicht dein Gegner sein", flehte ich.

„Dann verlierst du schneller, als du denkst."

Ich setzte meinen letzten Funken Verstand ein, indem ich sagte: „Was ist mit Dank? Bringt mir Dank eine Chance?"

„Dank? Was würde das ändern?"

„Aber ich habe keine Chance, bei deinem Spiel zu gewinnen. Das Prickeln wird dir dabei fehlen. Alles wird sich zu einer lahmen Tat entwickeln, ohne dass du so richtig das Gefühl hättest, herausgefordert zu werden." Der Gedanke könnte wirken, doch ich musste vorsichtig sein. Eine unachtsame Bewegung und … Nein, darauf wollte und konnte ich mich nicht einlassen.

„Du hast die Chance, vor mir zu stehen."

„Klar, und du mit einer Waffe in der Hand!"

„Mein Vater hatte auch eine Waffe, und trotzdem habe ich gewonnen."

„Das ist feige."

„Nichts ist feige im Leben. Man muss nur richtig damit umgehen können."

„Wie kann ich das jetzt? Ich bin nicht vorbereitet."

„War ich es in der Klinik?"

„Aber deine Waffe ist viel näher als die deines Vaters zu dir war. Ein Schuss, und du pustest mir den Schädel weg. Du wurdest nur an der Schulter getroffen. Können wir uns nicht anders einigen?"

Dane senkte plötzlich die Waffe und begann zu weinen. Was war geschehen? Seine Augen quollen über vor Tränen, und er biss sich auf die Lippen. Der bewaffnete Arm hing kraftlos herunter, und es erschien mir, als machte er eine unerwartete Wandlung durch. Ich war sprachlos und erkannte nicht die Täuschung, die sich dahinter verbarg. Was ich sah, war die Gelegenheit, meinen Freund hier und jetzt in dem Karussell seiner kranken Gedanken und kurzen lichten Momente auffangen zu können. Mit langsamen Schritten ging ich auf ihn zu, um ihm die Waffe wegzunehmen. Ich war so dumm, hatte nichts begriffen. Das Gespräch hätte mich doch aufmerksam machen müssen. Dane war ein Fallensteller, ein Spieler, egal, was er tat. Er machte alles zu einer Falle, und ich tappte geradewegs in seine letzte hinein.

Der nahe Schuss dröhnte durch das gesamte Farmhaus! Ich sah ungläubig auf das kleine runde Loch in meiner Hose am rechten Oberschenkel, dann erst spürte ich die Kugel inmitten meines Knochens – brennend und stechend. Blut floss, und ich ging jaulend in die Knie. Danes Arm hing immer noch schlaff herunter, nur die Waffe hielt er im leichten Winkel nach oben, und ich hörte noch den Hohn in seiner Stimme, als er sagte: „Das war deine Chance! Du warst leider zu langsam und hast sie gerade verpatzt!“ Dann spürte ich einen harten Tritt gegen meinen Kopf. Das ließ mich meine falschen Hoffnungen vergessen, und ich fiel zu Boden.

Dane starrte mich an und schmiss die Waffe zur Seite. Er sah zu dem toten Polizisten, der in der Eingangstür lag, und zog ihn in den hinteren Teil der Küche. Eine breite Blutspur malte sich quer durch das Zimmer. Dann suchte er nach einer festen Kordel, um mich zu fesseln. Mein letzter Weg auf dieser Farm sollte zur Scheune sein. Sie hatte für Dane immer noch eine magische Anziehungskraft für das Grausame. Der Dreck, durch den er mich zog, bohrte sich in Augen, Mund, Nase und Ohren. Das ließ mich mehr und mehr wieder zu mir kommen. Der Staub verursachte einen Hustenanfall, und es schmerzte überall, jedoch am meisten an meinem Oberschenkel. Mein gesunder Menschenverstand konnte dem, was da gerade passierte, nicht folgen.

Dane zog mich in die Scheune bis zum Chrysler. Dabei streifte mein Gesicht eine Lache aus Erbrochenem. Das löste auch bei mir einen Brechreiz aus, dem ich widerstandslos nachgab. Dann ließ er mich einfach liegen und schloss die Scheunentür. Es umschwirrte mich eine unheimliche Dunkelheit. Ich war alleine, Dane war nicht bei mir geblieben. Er hatte mich abgelegt wie ein Stück verrecktes Vieh, dessen Ausschlachtung er sich später zuwenden wollte. Was hatte er vor? Ich zerrte an den Fesseln herum, aber sie waren zu fest verknotet. Panisch blickte ich auf die Ritzen der Bretter, die ein paar Strahlen der morgendlichen Sonne auf meinen Körper warfen. Ich heulte, versuchte mir eine Vorstellung von Danes Vorhaben zu machen, stellte aber fest, dass die Möglichkeiten seiner Ideen nach wie vor bis ins Unermessliche gingen.

Dane Gelton ging zurück zum Haus. Er war froh, erst vorige Woche den großen Benzinkanister nachgefüllt zu haben. Das Benzin reichte für das gesamte obere Geschoss bis hinunter zum Wohnzimmer. Er warf den leeren Kanister in die braune Keramikspüle der Küche und besah sich ein letztes Mal sein Mobiliar, das er mit Sarah ausgesucht hatte. Alles war vorbei. Mit einem letzten Blick verabschiedete er sich von diesem Leben. Der Geruch von Kaffee lag noch in der Luft, wich dann aber dem Geruch von Benzin. Dann fiel innerhalb von Sekunden alles dem Feuer zum Opfer. Das Farmhaus stand in Flammen. Die Leiche von Sergeant Bucks verformte sich zu einem zusammengekrümmten und verkohlten Wesen. Nur mein Chevy und Bucks Einsatzwagen erzählten noch von der Anwesenheit zweier Männer, die heute Morgen nichtsahnend ihre Augen geöffnet hatten.

Dane stand in der Mitte des Hofes und sah zu den Flammen, die aus dem Farmhaus loderten. Dann jagte er einen letzten Schrei über die Farm. Was für ein Abgang! Er vernichtete nicht nur sein Elternhaus, sondern auch sich selbst. Es war für ihn das Höchste, sein Ende selbst zu bestimmen. Was konnte schöner sein, als das Spiel seines Lebens hinter sich gebracht zu haben. Das Feuer war immer schon ein Symbol seiner Handlungen auf dieser Farm gewesen.

Ich kam ihm wieder in Erinnerung. Er ließ von dem Anblick des Feuers ab und kam zur Scheune zurück. Kraftvoll riss er beide Türen nach außen auf und ließ helles Sonnenlicht hineinfluten. Sein Blick fuhr über die beiden Autowracks bis hin zu mir. Ich lag immer noch gefesselt neben der Fahrertür seines Chryslers. Meine Lage war aussichtslos. An Hilfe verschwendete ich keine Gedanken mehr, und auch einer neuen List gestand ich keine Chancen mehr zu. Ich wollte nur noch das über mich ergehen lassen, was Dane für richtig hielt.

Dane kletterte über mich hinweg wie über einen räudigen Hund und setzte sich auf den Fahrersitz, dessen Lehne immer noch in Liegestellung war. Er schaltete das Radio ein und ließ sich erschöpft nach hinten fallen. Ein Lied von Meat Loaf ertönte über den Sender. *Bat Out of Hell* traf genau seine Stimmung, und er sang lauthals mit. Ich lag am Boden wie ein ausgedientes Werkzeug. Wo mich Dane früher mit Leben und Lachen erfüllt hatte, forderte er in diesem Moment alles wieder zurück. In mir blieb eine katastrophale Leere. Ich dachte immer, dass das Gefühl vor einem schmerzhaften Tod ganz furchtbar sein würde, so unvorstellbar furchtbar, dass mein Horizont dafür nicht ausreichen würde, aber es war ganz anders. Es war ein Nichts. Meine Gedanken und Gefühle waren vollkommen ausgeschaltet. Ich lag da und tat nichts weiter als warten.

Als Dane das Auto wieder verließ, verzerrte sich plötzlich sein ganzer Gesichtsausdruck, während das Radio weiterplärrte. Er griff sich einen alten Lappen aus dem Regal und stopfte ihn mir gewaltsam in den Mund. Das riss mich aus meiner Apathie. Ein ekeliger Ölgeschmack mischte sich in meinen Speichel. Ich war erschrocken und fühlte, wie die Angst in mir hochkroch. Sollte dieser Lappen meine letzten Schmerzensschreie ersticken? Zur Sicherheit, dass ich den Lappen nicht wieder ausspucken konnte, band Dane ein altes Tuch um meinen Kopf, so dass ich würgen musste. Das Knäuel drückte sich tief in meinen Hals hinein, bis an die Grenze des Erstickens. Während ich verzweifelt nach Luft rang, nahm ich plötzlich ein Zerren an meinen Schuhen wahr, dann zerrte er an meinen Socken. Er zog den Gürtel aus meiner Hose und prüfte ihn auf seine Reißfestigkeit. Zufrieden legte er ihn zur Seite. Ich sah es und dachte an Rhyan, der sich mit so einem Gürtel erhängt hatte. Dann entkleidete mich Dane. Mit brutaler Gewalt riss er die Nähte meiner Kleidung auseinander und schändete damit meine Seele. Ich hörte ihn sagen: „Na, wie fühlt sich das an?“ Das war der Moment, als ich panisch wurde. Ich jammerte durch den Lappen hindurch und flehte um Vergebung, lag völlig nackt und gefesselt in all den Splittern vor ihm. Tiefe Scham ließ mich die Augen schließen, Tränen hatte ich keine mehr. Mein Atem stockte und fuhr mir stoßweise ein und aus. Ich wünschte jetzt und hier zu ersticken. Das wäre ein angenehmerer Tod als der, den Dane mir schenken wollte. Ein Blinzeln ließ mich beobachten, wie Dane ein dickes Seil um einen Balken an der Decke warf und somit meinen Galgen errichtete –, als Schlinge mein eigener Hosengürtel! Ein stummer Schrei nach Hilfe schmerzte in meinen Atemwegen. Das war also die Rechnung für all meine Zeit und Kraft. Durch den Knebel war mir jegliche Konversation mit Dane unmöglich, dabei hätte ich noch so viel zu sagen gehabt. Glassplitter durchdrangen meine Haut am Po und Rücken – das kleinste Übel von allen. Ich erteilte mir selbst einen letzten Segen, als ich Dane in würdevoller Haltung auf mich zukommen sah. Sein Gesicht war schwarz vom Ruß. Da roch ich zum ersten Mal den Qualm, der vom Farmhaus her über den Hof zur Scheune wehte.

Dane verhalf mir gewaltsam in den Stand. Die Fesseln hatten sich inzwischen durch meine Haut gerieben und hinterließen blutende Striemen an den Knöchel. Dane gab mir einen Stoß und zeigte auf den Hosengürtel, die Schlinge, die vor mir baumelte. Ich schüttelte den Kopf, dann spürte ich den kalten Lauf seiner Waffe im Nacken. Ich hüpfte, albern und entwürdigt, zu dem errichteten Strang. Dane legte mir den Gürtel um den Hals und zog ihn straff zu. Völlig teilnahmslos sagte er zu mir: „James Richard Clark, ich habe dich immer gemocht."

Ich traute meinen Ohren nicht, als ich diese Worte hörte! Ich war nicht mehr Jim, sondern James Richard für ihn geworden und somit jeder emotionalen Bindung enthoben. Ich würdigte ihn keines Blickes mehr. Dane ging zur Seite und bekam das andere Ende des Strickes zu fassen. Geschickt schlug er es dreimal um sein Handgelenk und ließ kurz seine Kraft spüren, die mich leicht vom Boden abhob. Ich würgte panisch. Sorgfältig schaute sich Dane noch einmal in der Scheune um. Er wollte nichts vergessen haben. Dann sah er zur Decke der Scheune und sprach mit tragender Stimme: „Vater, siehst du das? Was sagst du? Ich habe immer noch Spaß!"

Mit diesen Worten fiel ich ohnmächtig zusammen. Später erfuhr ich von den Geschehnissen, die sich danach ereignet hatten.

Dane hatte im Wahn seiner Tat nicht das herannahende Auto gehört. Unzählige Versuche von Sergeant Bucks' Dienststelle, ihn über Funk zu erreichen und nach dem Stand der Dinge zu fragen, waren fehlgeschlagen. Das löste höchste Alarmbereitschaft aus, und sie schickten einen Kontrollwagen. Erst als der Polizeiwagen im Vordergrund des Flammenmeers zum Stehen kam, erschrak Dane und wurde von seinem Vorhaben abgelenkt. Er warf das Ende des Stricks weg und flüchtete in das Innere der Scheune hinter seine Corvette. Ich landete bewusstlos im Dreck. Zwei Polizisten hasteten flink aus dem Fahrzeug und liefen zur Scheune, während sie ihre Waffen schussbereit in beiden Händen hielten. Ihre Anspannung ließ die Schlagadern am Hals anschwellen, als sie meinen bloßen, blutenden Körper sahen und schluckend das Ausmaß der Verwüstung registrierten. Ein kurzer Blick, und sie waren sich über die weitere Vorgehensweise einig. So schlich der junge Polizist linksseitig zur Tür und der bedeutend ältere rechtsseitig. Zugleich schwangen sie ihre Waffen hinein und bezogen Stellung in der Scheune, um Danes Versteck auszumachen. Ein plötzlicher Schrei ließ den älteren Polizisten herumfahren, und er musste mit ansehen, wie sich eine Sense in den Hals seines Kollegen bohrte und gut die Hälfte seiner Kehle offenlegte. Im Nachhinein konnte der ältere Polizist nicht mehr sagen, was ihn hatte feuern lassen – war es der Schock, die Angst oder die reine Panik vor dem grausamen Anblick gewesen?

Sieben Schüsse peitschten über die Farm. Die Richtung stimmte, aber er konnte nicht feststellen, ob sie Dane oder seinen Kollegen getroffen hatten. Das Bild des Grauens ließ ihn durchdrehen. Er wollte nach Beendigung der Schusssalve wegrennen, aber er sah Danes Körper neben dem seines Kollegen zusammensacken. Dennoch wagte er es nicht, sich den Körpern zu nähern. Sein Schock ließ nur noch den Gang zum Wagen zu, wo er über Funk heulend und flehend

Hilfe anforderte. Sein Mut war gebrochen. Er getraute sich weder Danes vermuteten Tod zu prüfen noch sich meiner Situation anzunehmen.

Zwei Krankenwagen mit vier Sanitätern und einem Notarzt erschienen zwanzig Minuten später auf der Farm. Kurze Zeit darauf folgten drei Löschfahrzeuge, die sich um das Feuer kümmerten. Der Notarzt stellte sowohl bei mir als auch bei Dane Atmung und Reflexe fest und bettete uns, mit Infusionen versorgt, auf die Transportliegen. Da lagen wir – wieder nebeneinander – an der Endstation unserer Freundschaft. Dem jungen Polizisten war eindeutig die Kehle durchschnitten worden und ihm somit nicht mehr zu helfen. Der ältere schrie zu Recht den Sanitätern nach: „Lasst das Schwein sterben!! Wieso helft ihr ihm?"

Alle an der Rettungsaktion Beteiligten zeigten Verständnis für diese Reaktion und gaben keine Widerworte.

Vom Farmhaus blieb nicht viel übrig. Es ließ sich genauso wenig retten wie einst die alte Scheune. Erst viele Stunden später konnten die Feuerwehrleute die verkohlte Leiche von Sergeant Bucks bergen. Seine Frau erlitt, nachdem ihr die Nachricht seines Todes mitgeteilt wurde, eine Fehlgeburt im fünften Monat. Seitdem befindet sie sich in psychologischer Behandlung.

*

Ich erwachte in einem ruhigen, weißen Raum und konnte mich an nichts erinnern. Der Geruch von Desinfektionsmitteln ließ mich erwachen. Im gleichen Moment ließ ich all den staubverseuchten Sauerstoff, der sich mir auf dem Weg zur Scheune in meine Lunge gefressen hatte, mit einem Hustenanfall aus mir heraus. Eine Schwester eilte herbei und gab mir ein Glas Wasser. Meine ersten Worte überschlugen sich: „Wo bin ich? Wie komme ich hierher? Was ist passiert?"

Die Schwester beruhigte mich mit den Worten: „Ruhig, Dr. Clark. Es ist alles in Ordnung. Sie haben einen Schock erlitten und sind im Krankenhaus. Ihre Frau ist auch da. Sie ist gerade bei Dr. Bigger, dem Chefarzt. Sie wird gleich zu Ihnen kommen. Bleiben Sie mal ganz ruhig, es kommt alles wieder in Ordnung."

„Meine Frau?", fragte ich. „Ich habe eine Frau?"

„Ja, Linda McFourson", sagte sie und lächelte mich an.

Ich schloss meine Augen und versuchte mich zu erinnern. Dann spielten sich plötzlich die ganzen Szenen wieder vor meinem inneren Auge ab. Ich schrie! Ich glaube, ich habe das ganze Krankenhaus zusammengeschrien. Eine zweite Schwester kam hinzu, und beide redeten solange auf mich ein, bis ich mich wieder beruhigte. Dafür überkam mich ein neuer Hustenreiz. „Aber Dane! Was ist mit ihm?", fragte ich hektisch. Mein Bein schmerzte.

„Ach, Sie meinen den anderen verletzten Patienten, der mit Ihnen eingeliefert worden ist? Oder den Toten?"

Meine Gedanken wanderten wild zwischen den Worten Toten und Verletzten hin und her. Ich musste erfahren, was aus Dane geworden war. Mein Körper zitterte, und ich wurde wieder panisch. Alles kam durcheinander. Ich durchlebte plötzlich die furchtbare Vorstellung, Dane könnte jeden Moment in mein Zimmer kommen und mich töten.

Meine Zimmertür öffnete sich plötzlich, und ich war im Begriff wieder zu schreien, als ich Linda hereinkommen sah. Sie nahm mich in den Arm und ich hörte ihren Atem. Ich fühlte ihren Bauch und beruhigte mich. Ihr und dem Baby ging es gut. Dr. Bigger, der Chefarzt des Krankenhauses, trat hinzu und erzählte mir noch einmal von den gestrigen Geschehnissen. Ich war schockiert, als ich hörte, dass Dane immer noch lebte. „Wie schwer ist seine Verletzung?" Es ließ mir keine Ruhe.

„Er hat einen Streifschuss an der rechten Schläfe und einen ungefährlichen Bauchschuss."

„Dr. Bigger, Dane Gelton ist psychisch sehr krank. Er muss eingesperrt werden!"

„Ja, Dr. Clark", beruhigte er mich und legte seine Hand auf meine. „Wir haben alles unter Kontrolle."

Ich rief: „Kontrolle? Es gibt keine Kontrolle für ihn! Der steht Ihnen glatt mitten im OP auf und verschwindet!“

„Er ist heute Morgen in eine Psychiatrie eingeliefert worden. Dort wird er sicherlich entsprechend versorgt werden. Wir sind über das Ausmaß seiner Taten im Bilde.“

Ich stieß ein verächtliches „Ha!“ aus. Im Bilde! Geradezu lächerlich! „Kennen Sie die Universität von British Columbia und ihr Forschungsprogramm?“, fragte ich aufgebracht.

*

Die Stätte, in der Dane Gelton den Rest seines Lebens verbringen sollte, nannte sich groteskerweise *Heaven*. Linda begleitete Sarah, als sie die große Eingangshalle der städtischen Psychiatrie von Kansas City durchschritt. Sarah spürte etwas Beruhigendes in sich. Hier also fand Dane die Hilfe, die er benötigte. Es war ihr unbegreiflich, was sich alles zugetragen hatte. Was hätte sie schon verhindern können?

Nahezu dreißig Jahre hatte er mit seiner Seele in einer Welt des Wahnsinns gelebt. Eins war Sarah geblieben: Immer noch liebte sie einen Teil von ihm. Sie liebte das Kind, das er vor seinem vierten Lebensjahr einmal gewesen war.

Nach dem Erledigen der Formulare und der Aufklärung über Danes weitere Behandlung, fand sie endlich den Weg in sein Zimmer, was man eben so Zimmer nennen konnte. Im dritten Trakt der Klinik stand sie vor einer großen, auf Hochglanz polierten silbernen Stahltür. Von innen war sie dick gepolstert, wie auch alle anderen Wände in diesem Trakt. Hinter der Tür befand sich ein kleines Zimmer. Es war steril. Das einzige Mobiliar war ein Bett. Darin lag Dane. Eine weiße Bettdecke hüllte ihn bis zum Hals ein. Sie sah, dass er die Haare frisch geschnitten hatte, worauf sie den Arzt fragend ansah. Der zuckte nur ratlos mit seinen Schultern. „Ist er wach?“, fragte sie leise.

„Das ist möglich. Wir haben ihn mit starken Medikamenten versorgt. Das führt zu einem Dämmerzustand, sodass es für ihn durchaus möglich ist, uns zu hören, aber nicht zu reagieren.“

„Was ist, wenn er es schafft, aufzustehen?"

„Sie meinen die Gurte?"

„Ja, Gurte."

Der Arzt hob die Bettdecke an. Sarah nahm ein leichtes Zucken von Danes Körper wahr und sah die Gurte, die beide Hände und die Füße fixierten. Sein Leib war zusätzlich mit einem breiten Gurt an das Bett gefesselt. „Was wird weiter passieren?", fragte sie.

„Wissen Sie, bei der Krankengeschichte Ihres Mannes werden wir erhebliche Einschränkungen bezüglich einer Behandlung haben, wenn Sie verstehen."

Sarah verstand ihn durchaus.

„Er wird auf nichts eingehen wollen. Gewalt bestimmt seine Gedanken. Eine Therapie ist unmöglich. Dennoch werden wir es nach einiger Zeit mit ihm versuchen. Zuvor werden wir ihn aber medikamentös behandeln, um ihn beim Ausführen von Gewalttätigkeiten zu hemmen. Wenn er über längere Zeit ruhig bleibt, kann er in ein paar Wochen frei auf der Station herumlaufen. Ich möchte aber jetzt noch keine Entscheidung treffen." Er sah Sarah an. „Dennoch würde ich es begrüßen, wenn Sie ihn hin und wieder besuchen kämen, denn in Hinsicht des nun eingeschränkten Lebens hat auch er sicher noch ein kleines Stück heile Seele in sich. Das dürfen wir nicht vergessen."

Jetzt weinte Sarah und nickte. „Sicher." Sie trat an sein Bett und streichelte seine Wange. Er war frisch rasiert und roch nach Seife. Ein Duft, den sie eigentlich immer von ihm gewohnt war. Sie sah das Blinzeln seiner Augen und die Kraftlosigkeit, diese zu öffnen. Sarah verstand ihn und versprach ihm, so oft vorbeizuschauen, wie es ihr möglich sein würde. Linda entfernte sie nach einiger Zeit nachdrücklich von seinem Bett und Sarah glaubte noch, eine Bewegung seiner Hand unter der Bettdecke gesehen zu haben.

*

Linda und ich fuhren eine Woche später nach Santa Ana zurück, während Sarah sich vorerst entschied, eine Wohnung in der Nähe der Klinik zu beziehen. Es war ihr wichtig, in Danes Nähe zu bleiben – zumindest in der ersten Zeit. Sie verabschiedete sich von Linda und mir und versprach, uns auf dem Laufenden zu halten. Vor unserer Abreise besuchte ich noch einmal meinen alten und mir doch so unbekannten Freund. Allerdings war ich nicht in der Lage, näher als einen Meter an ihn heranzutreten. Mich beherrschte immer noch eine große Angst vor ihm. Ich spürte kein Mitleid. Er verursacht mir heute noch Albträume. Die Wunde, die er in mich gerissen hat, ist einfach zu groß. Und doch wollte ich mich aufrichtig von ihm verabschieden, wo er doch eigentlich schon tot war – zumindest der Dane, den ich gekannt hatte. Was hier lag, war nur die Hülle eines Menschen, der einmal mein Freund gewesen war. Das Innenleben hatte sich selbst aufgefressen. Ich sagte: „Mach's gut“ und ging.

Sarah fand eine Arbeitsstelle im *Flowers Paradise* mitten in Kansas City, in dem sie eine gern gesehene Kundin gewesen war. Ihre Begabung, Gestecke und Sträuße zu binden, konnte sie dort erfolgreich umsetzen. Ihr ansprechendes Wesen und ihre Freundlichkeit zu den Kunden ließen das Geschäft florieren. Ihre Kolleginnen und auch viele Kunden waren mit dem Schicksal ihres Mannes durchaus vertraut und teilten sichtlich ihren Schmerz. Die Zeitung hatte einen Tag nach dem Unglück auf ihrer Farm darüber berichtet. Dass es die Bürger in Aufruhr versetzte, war klar, aber sie ließen eine gesunde Milde Sarah gegenüber walten. Ihre abendliche Zeit teilte sie mit Dane. Da es ihr unmöglich war, mit ihm durch die Benommenheit wegen der Medikamente ins Gespräch zu kommen, glaubte sie eine andere gute Möglichkeit gefunden zu haben, sich ihm mitzuteilen. Sie begann, ihm Abend für Abend ein Buch vorzulesen. Geschichten auf der Suche nach Anerkennung, Glück und Liebe.

Das Land, auf dem einst ihre Farm stand, wurde nun von niedergebrannten Mauern und einer verlassenen Scheune, in der zwei Autowracks standen, beherrscht. Die Farm stand zum Verkauf, genau wie auch immer noch die Heddon-Farm. Es wurde gemunkelt, dass ein Konzern ein großes Bauprojekt außerhalb der Stadt plante. Sarah wusste, dass es ihr das Herz brechen würde, aber es blieb ihr keine andere Möglichkeit, so alles hinter sich zu lassen.

*

Am 18. Dezember 1996 begleitete Sarah ein merkwürdiges Gefühl, als sie die Klinik betrat. Sie wusste, dass sie heute die letzten Seiten ihres Buches vorlesen würde. Sie kannte das Ende schon, und das Wort Tod füllte für sie zu viel Platz auf der letzten Seite. Sie verwarf ihre Unsicherheit und grüßte vertraut das Personal der Klinik, während sie zum letzten Mal den langen Gang der Station durchschritt. Dane hatte bis zu diesem Tag nicht mit ihr kommuniziert. Sie betrat sein Zimmer, und er lag wie am ersten Tag in seinem Bett – rasiert und gewaschen. Sein Gesicht war eingefallen, die Augen geschlossen. Seine Augenlider zuckten, als er ihren Duft wahrnahm.

Sarah sah eine Träne, die aus seinem rechten Auge lief. Sie streichelte seine Wange mit den Worten: „Hallo, Dane. Ich bin wieder da." Und dann öffnete er zum ersten Mal seit der zwölf Wochen seines Aufenthaltes die Augen und schaute sie an. Das Schlucken bereitete ihm durch die Medikamente und die dadurch angeschwollene Zunge große Schwierigkeiten.

Ihre Blicke trafen sich – wie gefesselt, gekettet – und lösten sich nicht mehr, bis sein Gesicht rot anschwoll und seine Augen die Gewissheit seines Todes widerspiegelten. Sarah wusste es und unternahm nichts dagegen. Sie hatte es seit heute Morgen gespürt und fand es in Ordnung.

Auch wenn ihre Liebe nur von kurzer Dauer gewesen war, so war sie doch von einer großen Intensität beherrscht. Leider war der andere Teil in Dane um so vieles stärker gewesen, dass niemals eine echte Chance für sie bestanden hatte. Dane war nie in der Lage gewesen, auf Dauer eine normale Beziehung durchzu-

halten.
Erst als Sarah sich ganz sicher war, dass Dane seine Ruhe gefunden hatte, rief sie das Pflegepersonal. Der Arzt konnte sich den plötzlichen Tod zunächst nicht erklären. Erst das Gespräch mit einem Kollegen brachte Klarheit. Es gab nur wenige Menschen, die in der Lage waren, einen Erstickungstod selbst herbeizuführen. Es bedurfte einer hohen Konzentration und Disziplin, wovon Dane gewiss nicht zu wenig besessen hatte. Seine Leiche wurde neben den Gebeinen seiner Familie beigesetzt.

Sarah erfuhr später, dass Dane niemals einen Ring bei einem Juwelier für seine Verlobung gekauft hatte. Es war der Ring seiner Mutter gewesen, den er ihr gegeben hatte. Er hatte also symbolisch ihr Eheversprechen eingelöst. Wir konnten Rückstände einer Gravur erkennen, die auf das Jahr 1951 schließen ließ, mit dem bloßen Auge kaum sichtbar. Den Aufkleber des Geschäfts musste er entwendet haben, als er dort einmal herumgestöbert hatte.

Er hatte tatsächlich gedanklich seine Mutter geheiratet, so, wie er es sich einst gewünscht hatte. Seine Sehnsucht nach ihrer Liebe musste unbeschreiblich groß gewesen sein.

*

Einige Wochen nach seiner Beisetzung machte der Friedhofsgärtner einen Leichenfund im angrenzenden Waldstück des Friedhofs. Die Leiche war ziemlich verwest gewesen und mit Blumenkränzen bedeckt worden. Es war die Leiche von Will Gelton. Man nimmt an, dass dies noch eins von Danes letzten Werken gewesen war. Vielleicht von dem Abend, als er mit Sarah von Denver heimgekehrt war und das Haus der Heddon-Farm für Linda und mich hergerichtet hatte.

Sarah erinnerte sich an seine von Erde verdreckte Erscheinung, als er am frühen Morgen heimkehrte.

Das Grab war allerdings wieder bestens verschlossen worden und die Tat bis zu diesem Zeitpunkt unentdeckt geblieben. Als Will Gelton wieder eingegraben wurde, legte der Gärtner einen

Teil von Danes Sarg frei. Er stieß dabei mit der Schaufel dagegen und hatte das Gefühl, dass mit diesem Sarg irgendetwas nicht stimmte ...

Dies war die Geschichte eines Opfers, das zum Täter wurde. Die Geschichte der Teilung eines Gefühls von Gut und Böse, mit dem Schrei der Hilflosigkeit, nicht zum Guten gefunden zu haben.

Nachwort:

Nur mühselig ist mir die Aufarbeitung der Geschichte gelungen. Ich kam an dem Zwang der negativen Ausgabe nicht vorbei, da ich nichts Positives an dieser Krankheit finden konnte. Ich selbst hatte meinen Teil mitzutragen und bin heute noch dankbar, mit Hilfe meiner Frau Linda wieder den Weg in ein normales Leben gefunden zu haben.

Ich habe mir viele Gedanken darüber gemacht, warum Dane alles ein Spiel nannte. Nun, ich vermute, es war die Flucht vor der Realität – eine wunderbare Möglichkeit, ihr auf diesem Wege zu entrinnen. Es nahm ihm zudem den Effekt des Bösen und die Erwartungshaltung vor einer Strafe. Das ermutigte ihn, weiter zu machen, wenn er keine Strafe zu erwarten hatte. Es nahm ihm die Angst vor dem Handeln und die Hemmung. Er war ein Kind geblieben, ein Kind, das spielte, etwas, das er nie konnte und wozu man ihm nie die Gelegenheit gegeben hatte. Ein Kind spielt z.B. ein Monster. Monster machen Kinder mutig. Sie identifizieren sich ein Stück weit mit ihnen, und so können schwache Kinder im Spiel jemanden besiegen, der sonst unbesiegbar erscheint. Auf diese Weise gewinnt ein Kind Selbstvertrauen. Viele Kinder sind von Figuren fasziniert, die eindeutig böse sind. Warum? Weil jeder Mensch im tiefsten Inneren eine böse Ader hat, sie aber in der Regel nicht auslebt. Monster dürfen gemein und fies sein. Ein prima Weg, um Wut und aggressive Gefühle schnell und unkompliziert abzubauen. Es gibt keine Regeln und Grenzen, an die man sich halten muss.

Ein Kind wird für sein Spiel niemals bestraft. Realitätsflucht und Straffreiheit in einem.

Doch wann hört ein Spiel auf, auch für ein Kind?

Eine Frage, die uns in der vergangenen, heutigen und der kommenden Zeit immer beschäftigen wird.

James Richard Clark

Missbrauch hat viele Gesichter! Fast jedes Opfer von Gewalt, sei es körperlicher, sexueller oder psychischer Natur, das keine frühzeitige Hilfe bekommt, zeigt später eine Form von Täterverhalten. Mit Täterverhalten meine ich, das Opfer greift zu einer Form von Verletzung sich selbst oder Fremden gegenüber.

Selbsttäter und Fremdtäter sind stark zu differenzieren. Ein Selbsttäter ist jemand, der sich selbst zu bestrafen beginnt, wenn er mit dem Erlebten nicht mehr klarkommt. Oftmals, weil er sich selbst für die Geschehnisse verantwortlich und damit schuldig fühlt. Er versucht sich z.B. durch Suchtverhalten, körperliche oder psychische Verletzungen oder auch durch soziale Isolation zu bestrafen. Als Folge zeigen sich häufig Depressionen, Zwangsneurosen, Angstneurosen, Psychosen, bipolare Störungen oder Panikattacken. Eine solche Entwicklung ist für viele alleingelassene Opfer an der Tagesordnung.

Was aber, wenn die Selbstbestrafung nicht mehr ausreicht? Wenn man die gegen sich gerichteten Aggressionen nicht mehr kompensieren kann? Folgt dann der klassische Selbstmord oder richtet das Opfer seine aufgestaute Gewalt gegen andere? Und wie ausgeprägt ist in diesem Fall die Gewalt? Ist das der Moment, in dem ein Opfer zum klassischen Täter wird?

Ich habe mich mit dieser Frage auf meine Art und Weise beschäftigt. Ein Mensch, der nach traumatischen Erlebnissen keine Hilfe erfährt und aus seiner Opferrolle nicht alleine herausfindet, ist die Romanfigur meiner ersten Trilogie. Schuldlos der Gewalt ausgeliefert, allein gelassen und zum Schluss Reaktionen folgend, die niemand, nicht einmal er selbst, an Ausmaß abschätzen kann. Was folgt, ist ein Grauen, ein Thrill.

Über die Entstehung des Buches „Die Scheune“

Ich werde häufig gefragt, wie ich auf diese Geschichte gekommen bin und kann diese Frage nicht wirklich beantworten.

Wenn ich mit einer Geschichte beginne, existiert sie nicht im Ganzen in meiner Vorstellung. Ich stelle mir eine Person vor, die ein schlimmes Trauma erleben musste und erarbeite dann episodenweise das weitere Leben dieser Person aus. Während des Schreibens weiß ich nie, wie sich die Dinge entwickeln. Ich denke häufig daran, was jetzt passieren könnte, womit ich nie rechnen würde? Und natürlich denke ich an das Schlimmste! Es soll ja spannend werden. Das füllt die Geschichte mit Überraschungseffekten im Ablauf und bereitet mir viel Freude beim Schreiben. Ich mag keine Klischees und finde, genau das macht eine Geschichte erst interessant. Und doch gibt es eine Inspiration dafür, dass ich dieses Buch überhaupt schrieb.

Eine überraschende Begegnung und die Folgen:

Ich hatte Anfang August 1983 das große Vergnügen, dem amerikanischen Schauspieler Bill Bixby in Kalifornien zu begegnen. Ich arbeitete derzeit als Au Pair in Costa Mesa an der Westküste. Bei einem Ausflug in die Stadt Glendale, Nähe Hollywood, sah ich rein zufällig in einem kleinen Restaurant den Schauspieler in einer Ecke sitzen.

Hollywood und Filmstudios hatten immer schon eine magische Anziehungskraft auf mich ausgeübt. Ich sprach den Schauspieler an und durfte einen halben Tag bei Dreharbeiten am Set zusehen. Dabei bekam ich viele Tipps für den Aufbau einer spannenden Geschichte und die Ermutigung, eines Tages ein eigenes Buch zu schreiben.

Am 21. November 1993, gute zehn Jahre später, verstarb der Schauspieler mit 59 Jahren an Krebs. Ich lag exakt zur gleichen Zeit mit einer Krebserkrankung im Krankenhaus und hörte von seinem Tod.

Wenn man mit einer Krebserkrankung konfrontiert wird,

verändert sich viel. Man erinnert sich an alle möglichen Stationen im Leben und fängt an, alles neu zu sortieren.

Wie durch einen Filter schob ich meine Begegnungen und Erfahrungen und ließ am Ende nur das wirklich Wertvolle übrig. Im Sommer 1995 begann ich tatsächlich, dieses Buch zu schreiben. Ich sah eine gewaltige Scheune vor mir und füllte sie Stück für Stück mit Geheimnissen. Es entstand die immer komplexer werdende Geschichte eines Mannes namens Dane Gelton.

Das Schreiben hat mir so viel Freude bereitet, dass es meine Krankheit wie eine zusätzliche Therapie heilte. Es ist heute mein Ventil, um Ängste und Wut, aber auch Freude und Glück zu verarbeiten und meine Seele in Balance zu halten.

Mit herzlichen Grüßen,
Ihre Autorin Marion Schreiner

Danksagung:

Ich danke meinem Mann und meinen Kindern, die so viel Geduld aufgebracht haben, um mich dieses Buch schreiben zu lassen. Sie mussten in dieser Zeit auf Vieles verzichten.
Ich danke meinen Freunden, die mich unterstützt und beraten haben. Sie gaben mir die Zuversicht, dass diese Geschichte gut gelungen ist.

Ich danke Marion Kremerius, die sich die Mühe gemacht hat, noch einmal viele kleine Rechteschreibfehler aufzuspüren, um die Qualität zu verbessern.

Und schlussendlich Elke Krüßmann, die diese Geschichte noch einmal als Lektorin unter die Lupe genommen hat.
Die Zusammenarbeit mit allen Helfern war großartig!

Mein allergrößter Dank geht an all meine Leser, die das Buch gelesen haben, und denen, die den Mut fanden, es öffentlich zu rezensieren.
Sie alle haben mir geholfen, dass dieses Buch, das 1995 entstand, nicht nur ein Bestseller, sondern auch ein Longseller geworden ist!

Vielen Dank, dass Sie, liebe Leser, so viel Geduld aufgebracht haben, bis zu diesem Schlusssatz zu lesen!

Weitere Bücher von Marion Schreiner

Das blaue Haus
Teil 2 der Gelton-Trilogie

Wir alle dachten, dass Dane Gelton tot sei. Alles deutete darauf hin, und niemand hegte irgendwelche Zweifel. Ich hatte ein letztes Gespräch mit ihm geführt und seinen Amoklauf hautnah miterlebt. Er wurde gefasst und in eine Psychiatrie eingewiesen. Seine Frau Sarah hatte ihn dort wochenlang besucht, bis er am 18. Dezember 1996 vor ihren Augen verstarb. Sein Arzt, Dr. Brickson, hatte seinen Tod bestätigt. Das Beerdigungsinstitut Peace by Pearson hatte ihn unter die Erde gebracht. Was also sollte uns in Zweifel stürzen? Doch wie immer war alles, was Dane Gelton in seinem Leben getan hatte, eine Täuschung. Nur den alten Ragee konnte er nicht täuschen …

Ein altes Haus wird Zeuge menschlicher Zerstörung

„Das blaue Haus" wurde als eBook-Bestseller ausgezeichnet!

Vielleicht gab es keine Schuld
Teil 3 der Gelton-Trilogie

Nach dem Tod seines Vaters wächst Christopher Gelton bei seiner psychisch kranken und tablettensüchtigen Mutter auf. Ungewünscht, unbeachtet, zurückgewiesen, ausgestoßen aus ihrem Leben und mit jeglichem fehlenden Gemeinschaftsgefühl. Von dem neuen Lebensgefährten der Mutter wird Chris zusätzlich körperlich misshandelt. Als der Junge elf Jahre alt ist und nicht mehr in der Schule erscheint, wird das Jugendamt aufmerksam und findet ihn schwer verletzt unter seinem Bett kauernd vor. Chris hat schwere Verletzungen am Kopf, im Gesicht und am gesamten Körper. Doch den größten Schaden hat seine Psyche genommen. Er wird in einem Heim für schwererziehbare Jungen untergebracht und lernt dort den Jugendpsychologen Bob Koman kennen. Beide entwickeln eine große Sympathie zueinander. Chris findet in Bob den Vater, den er so schmerzlich in seinem Leben vermisst. Um den Jungen in seiner ganzen emotionalen Störung zu erfassen, bittet der Arzt ihn, seine Lebensgeschichte aufzuschreiben. Als der Psychologe das liest, wird er in den Sog einer unglaublichen und zugleich gefährlichen Geschichte gezogen ...

„Vielleicht gab es keine Schuld" wurde als eBook-Bestseller ausgezeichnet!

Stumme laute Schreie

Daryl ist zehn Jahre alt, als er seinen Vater an einem Strick hängend auf dem Dachboden findet. Seine Mutter ist bemüht, ihm und seinem Bruder Joe nach diesem schrecklichen Vorfall mit allen Mitteln wieder zu einem normalen Leben zu verhelfen. Doch Daryl ahnt, dass sich viele grausame Dinge mit dem Tod seines Vaters in Gang setzen werden. Und er behält Recht. Ein Jahr später verliert er seine Mutter unter nicht minder schrecklichen Umständen. Sie wird schwer verletzt im angrenzenden Wald gefunden und verstirbt zwei Tage später an den Folgen der Gewalt, die der Täter ihr angetan hat. Daryl bekommt eine Ahnung, wer seine Mutter auf dem Gewissen hat und begibt sich auf die Suche nach einem Mann, der Frauen hasst…

Wenn Mutterliebe krankhaft wird

„Stumme laute Schreie" wurde als eBook-Bestseller ausgezeichnet!

Es blieb nur dieser Blick
Teil 1 der Kale-Hatfield-Story

„Mr. Morgan ist ein guter Lehrer!", hatte sein Vater ihm ins Gesicht geschrien, als Kale immer wieder von Ian Morgans Übergriffen auf seinen Körper erzählte. Jedes Mal, wenn der Junge auch nur den kleinsten Kummer seiner Mutter anvertraute, erzählte sie es seinem Vater, der ihn dafür bestrafte. Mit jedem Schlag, der seinen Körper traf, sei es mit der Hand, dem Gürtel oder gar der Holzlatte, schrie sein Vater: „Mr. Morgan ist ein guter Lehrer!" Er wollte es dem Jungen solange einbläuen, bis er es glaubte. Mit 15 Jahren wird Kale Hatfield in eine Psychiatrie gebracht. Diagnose Schizophrenie. Doch er ist nicht schizophren. Kale hat eine multiple Persönlichkeit entwickelt und eine davon tötet ...

Packender Thriller über eine multiple Persönlichkeit

"Es blieb nur dieser Blick" wurde als eBook-Bestseller ausgezeichnet

Lydias Haus
Teil 2 der Kale-Hatfield-Story

Was geschah im Wald, in dem Kale Hatfield angeblich zu Tode kam? Rachel Finley fühlt sich für seinen Tod verantwortlich und landet deswegen für vier Jahre in einer geschlossenen Psychiatrie. Nach ihrer Entlassung begibt sie sich auf die Suche nach der Grabstätte ihres Freundes, doch was sie findet macht sie fassungslos! Die freundliche Dr. Lydia Hays nimmt Rachel in ihrer Not mit in ihr mysteriöses Haus, in dem sie ein schreckliches Geheimnis über Kale Hatfield hütet…

Es gibt Menschen, die sollte man nie alleine im Wald leben lassen …

"Lydias Haus" wurde als eBook-Bestseller ausgezeichnet

Rachels Zimmer
Teil 3 der Kale-Hatfield-Story

Sie sahen aus, wie zwei verwahrloste Gestalten – zerschunden und zugrunde gerichtet. Lydia war genauso verletzt wie Kale. Sie wimmerte, aber das war ihm egal! Er schleifte sie durch das ganze Haus bis zur Terrassentür und ließ sie dort liegen. Dann ging er zum Gartenhaus und holte einen Spaten. „Grab! Hier!“, schrie er sie an. Dabei zeigte er auf eine Stelle direkt unter Rachels Zimmer. Lydia sah ihn eingeschüchtert an und humpelte zu ihm herüber. Er hielt den Spaten in der einen Hand und den Revolver in der anderen.
Sie hatte die Wahl!

Manchmal stößt man an eine Grenze, die alles Normale verzerrt und man hält das Verzerrte für Normalität

"Rachels Zimmer" wurde als eBook-Bestseller ausgezeichnet!

17637146R00242

Printed in Poland
by Amazon Fulfillment
Poland Sp. z o.o., Wrocław